AF624257

साँस की कलम से

(कहानी-संग्रह)

प्रकाशक / लेखक की अनुमति के बिना इस पुस्तक को या इसके किसी अंश को संक्षिप्त, परिवर्धित कर प्रकाशित करना या फ़िल्म आदि बनाना कानूनी अपराध है।

साँस की कलम से

धर्मवीर भारती

प्रस्तुति : पुष्पा भारती

वाणी प्रकाशन ग्रुप
भारतीय ज्ञानपीठ
वाणी प्रकाशन : भारतीय ज्ञानपीठ की पुस्तकों के एकमात्र प्रकाशक एवं वितरक

लोकोदय ग्रन्थमाला : ग्रन्थांक 653

पेपरबैक पहला संस्करण : 2000
पेपरबैक दूसरा संस्करण : 2021
पेपरबैक तीसरा संस्करण : 2026

वाणी प्रकाशन : भारतीय ज्ञानपीठ की पुस्तकों के एकमात्र प्रकाशक एवं वितरक

वाणी प्रकाशन

4695, 21-ए, दरियागंज, नयी दिल्ली-110 002
दूरभाष : 011-23273167, 23275710
ईमेल : sales@vaniprakashan.in
www.vaniprakashan.com

ISBN : 978-93-5775-494-1

मूल्य : ₹ 495

साँस की कलम से

(कहानी-संग्रह)

धर्मवीर भारती

© श्रीमती पुष्पा भारती

SAANS KEE KALAM SE

(Short-stories)

by Dharamvir Bharti

आवरण : गौरी त्रिपाठी
मुद्रक : आर. टेक ऑफ़सेट प्रिंटर्स, दिल्ली-110 032

समर्पण

शहर इलाहाबाद क अतरतुइया मुहल्ले के नाम—
जहाँ के जिये जीवन ने
भारती जी को कथाकार बना दिया!

अनुक्रम

निवेदन

कोई घटना, कोई बात, कोई याद, कोई छुवन, कोई पीर, कोई कसक या फिर कोई औचक सुख, कोई आह्लाद, कोई संवेदन मन की भीतरी तहों में ऐसी सिहरन पैदा कर दे कि मन अकुलाने लगे और बिना व्यक्त किये रहा न जाए तो—पता नहीं कब कैसे मन में कविता उग आती है। अजब रहस्यमयी-सी होती है कविता के सृजन की प्रक्रिया। धर्मवीर भारती जैसे कवि की पत्नी ही नहीं उनकी अन्तरंग मित्र भी रही हूँ, इसलिए ऐसे पलों की साक्षी हूँ। उनकी अनेकानेक कविताओं की पृष्ठभूमि जानती हूँ, उन शब्दों के पार—पर्त-दर-पर्त अर्थों के असीमित संसार से सहज ही परिचित हो गयी थी। पर उनके द्वारा लिखी गयी कहानियों के सृजन के दौर को समझ पाना बड़ा कठिन रहा था। वे जिन दिनों कहानी लिख रहे होते थे उन दिनों एक रोबोट की तरह बाहरी जीवन-व्यापार को बख़ूबी संचालित करते हुए भी किस तरह सब-कुछ से असम्पृक्त हो जाते थे और दूसरे ही लोक में पहुँच जाते थे कि बरसों पहले जीयी हुई घटनाएँ—उन घटनाओं से जुड़े लोग उन्हें सैकड़ों सन्दर्भों में याद आने लगते थे। उन दिनों वे कभी ख़ुद से बातें करते, कभी गुनगुनाते, कभी अकेले बैठे-बैठे हँसते, मुस्कराते, यहाँ तक कि कभी नम हो आयीं आँखों को पोंछते दिखाई देते थे। घण्टों अपनी लम्बी स्टडी में या घर की छत पर या गलियारे में सिर्फ़ टहलते रहते थे। खाना-पीना नाममात्र का हो जाता और चाय के प्यालों का दौर बढ़ता ही जाता था। फिर एक दिन मैं देखती कि अपनी एक ख़ास ख़ूबसूरत डायरी लेकर बैठे कुछ लिख रहे हैं। मैं पाती कि वे पुरानी यादें, वे पुराने संगी-साथी नये सन्दर्भों से जुड़ जाते, नये रूप, नये आकार और नये नाम ले लेते—एक नये ही संसार का निर्माण हो जाता। कहानी के पॉइण्ट्स बन जाते। जब उनका मन यह निश्चय कर लेता कि उन्हें अपने पाठक को क्या देना है, उससे क्या कहना है तो कहानी के पात्र कभी उनकी उँगली पकड़कर चलते, कभी अपने मनमाने ढंग से अपनी हथेली

उनकी उँगलियों में फँसाकर उन्हें खींच ले जाते। बस इन्हीं कभी सँकरी, कभी चौड़ी गलियों से गुज़र-गुज़रकर भारती जी कहानी पूरी कर लेते। कहानी जब लिखनी शुरू कर देते थे तब तो रात-दिन उसी में डूबकर ख़ूब जल्दी से ख़त्म कर डालते थे। घटनाओं के ताने-बाने बुनने में उन्हें समय नहीं लगता था। बस जो समय लगता था वह तो कहानी बनने के पहले की तैयारियों की अनगढ़ राहों में से लहूलुहान होकर गुज़रने में लगता था।

दादा माखनलाल चतुर्वेदी ने भारती जी को पिता का प्यार दिया था। उनके आशीर्वाद भारती जी के सम्बल बने रहे। आधी सदी से भी अधिक समय हुआ जब दादा ने 1949 में भारती जी के दूसरे कहानी-संग्रह 'स्वर्ग और पृथ्वी' की प्रस्तावना लिखते समय लिखा था—"अपने अनन्त उल्लासों और अपनी भारी-से-भारी उसाँसों में भी वह अपने अभिमत के सम्मुख नन्हे बच्चे जैसा निर्मल उद्दण्ड किन्तु जागरूक है। भारती की अँगुलियों ने एक जीवन के अनेक टुकड़े कर जहाँ जिस-जिस रूप में सँवारने का उपक्रम साधा है, सब बड़े प्यार से पढ़ा जाता है। ख़ूब दूर तक भारती की दृष्टि जीवन के परमत्व को छू गयी है। समय की लाँबी दूरी है और तारुण्य के अरमानों की चहल-पहल। भारती को सिद्ध करना है कि मेरी पंक्तियाँ मेरा पक्षपात नहीं हैं—घास की कलम से नहीं, साँस की कलम से।"

बस, यहीं से उठा लिया है मैंने आपके लिए भारती जी की समस्त कहानियों के इस संकलन का नाम—'साँस की कलम से!' हाँ, यह शब्दशः सच है कि भारती जी ने केवल कहानियाँ ही नहीं—जब-जब जो-जो लिखा सब 'साँस की कलम' से ही लिखा है। न कभी किसी वाद के दायरे में स्वयं को बाँधा, न कभी किसी गुटबाज़ी से स्वयं को जोड़ा। जो लिखा वह शुद्ध सत्य लिखा—अपने दिलो-दिमाग़ से जिया और भोगा सत्य लिखा—जो केवल साँस की कलम से ही लिखा जा सकता है। देखें, शायद आप भी उनके साँसों का स्पर्श अपनी साँसों के बीच सरसराता अनुभव कर सकें!

अत्यन्त आभारी हूँ बड़े भाई श्री निर्मल वर्मा की, जिन्होंने मेरे आग्रह (जो ज़िद की सीमा छू रहा था) की रक्षा की और अस्वस्थता व व्यस्तता के बावजूद इस संग्रह की प्रस्तावना लिखी। भारती जी और निर्मल जी दोनों अपनी-अपनी

राहों पर अलग-अलग ढंग से चले हैं, पर मुझे हमेशा से ये दोनों एकदम समानधर्मा मित्र लगे हैं—जिनकी मंज़िलों की ठण्डक और गर्मास एक-दूसरे की बड़ी जानी-पहचानी रही है। निर्मल जी को प्रस्तावना लिखकर सुख मिला—वह मेरी पूँजी है, जिसे कृतज्ञ भाव से सहेजे हूँ।

अक्सर लोगों को भ्रम रहा है कि भारती जी ने केवल छह-सात कहानियाँ लिखी थीं। भारतीय ज्ञानपीठ ने उनकी समस्त कहानियों को एक-साथ प्रस्तुत करके यह भ्रम तोड़ा है, इसके लिए मैं आभारी हूँ।

लीजिए, अब यह संकलन आपका हुआ—

—पुष्पा भारती

मुम्बई
4 सितम्बर, 2000

प्रस्तावना

कोई भी श्रेष्ठ लेखक अपनी एक ख़ास साँचे में पड़ी तस्वीर के भीतर हमेशा नहीं रहना चाहता। वह हमेशा गतिमान रहता है या—रहना चाहता है। उसके लेखकीय व्यक्तित्व के 'हस्ताक्षर' भले ही एक-जैसे रहते हैं, उसके भीतर की दुनिया के अन्दर अपने अन्तस्सम्बन्धों में हमेशा नये शब्द, ध्वनियाँ, स्वराघात बदलते रहते हैं। एक छवि में उसे 'रिड्यूस' करते ही लगता है, कि वह कहीं अधूरा और विकलांग रह गया है। जिस चौखट में उसे बन्द किया गया था, उसके कितने जीवन्त अंश उसके बाहर झूलते रहते हैं, जिन्हें कभी कोई नाम नहीं दिया जाता। लेखक को उसकी सतत गत्यात्मकता में पकड़ना उतना ही दूभर है, जितना एक पक्षी को उसकी उड़ान में पूरा देख पाना...एक अंग पर हाथ पड़ते ही बाक़ी देह आँखों से ओझल हो जाती है। लेखक जितना अधिक विकासशील होगा, उतना ही उसे एक 'फ्रेम' में बन्द रखना असम्भव होगा।

धर्मवीर भारती ऐसे ही लेखक थे। कहानीकार, नाट्य-लेखक, उपन्यासकार, कवि, निबन्ध-लेखक—सर्वतोमुखी प्रतिभा से सम्पन्न लेखक। वह दूर से जो होने का भ्रम देते थे, पास आते ही बदल जाते थे। उनकी प्रारम्भिक रचनाओं को पढ़कर जो शब्द बार-बार मन में आता है—वह 'रोमाण्टिक' है। युवराजों, संन्यासियों, देवदासियों की दुनिया हमें अपने आज के यथार्थ से कितनी दूर और परायी जान पड़ती है। भीगती मसों का रोमांस, पवित्र निष्कलंक किस्म की आदर्शवादिता, आध्यात्मिक अन्तर्लोक का सुगन्धित वायुमण्डल, जिसमें प्रवेश करने से पहले पैरों से कीचड़ में सने जूते उतारने पड़ते हैं। विश्वास नहीं होता, यह 'गुलकी बन्नो' और 'बन्द गली का आख़िरी मकान' के लेखक हैं। और तभी एकाएक झटका-सा लगता है। हमारे सामने सहसा एक कोई ऐसी कहानी आ जाती है, अकाल की विभीपिका या अस्पताल में आख़िरी साँसें गिनते हुए, पीड़ा और भूख और बीमारी में कुलबुलाते मानव-कंकालों की, कि उनके सामने लेखक की 'रोमाण्टिक' छवि का मनोरम चित्र एकाएक खण्डित हो जाता है। 'मंज़िल', 'भूखा ईश्वर', 'हरिनाकुस और उसका बेटा'

कुछ-एक ऐसी कहानियाँ हैं, जो सहसा हमें बिना किसी तैयारी के नंगे पाँव ही एक ऐसे नारकीय यथार्थ में धकेल देती हैं, जो असहनीय रूप से दिल दहला देनेवाला है। मैं विशेष रूप से उनकी अपेक्षाकृत अज्ञात कहानी 'धुआँ' का उल्लेख करना चाहूँगा, जहाँ सहसा आग लग जाने पर शहर की जलती, ढहती हुई कोठरियाँ, सड़क पर भागती, चीख़ती-चिल्लाती नगर-वेश्याएँ, अश्लील फ़ब्तियाँ कसते हुए दर्शक हमें उन्नीसवीं शती की रूसी कहानियों की याद दिला देते हैं, जहाँ मानवता का चेहरा अपने समस्त आदर्शवादी मुखौटों को उतारकर अपनी नंगी वीभत्सता में खुल जाता है। एक छोटे क़स्बाती शहर की तार-तार होती दरिद्रता, स्वार्थपरकता, दम तोड़ती हुई पीड़ा सामने आ जाती है।

उत्तरी-पूर्वी भारत के क़स्बाती जीवन का ताना-बाना जितने महीन रेशों से भारती ने अपने कथा-विन्यास में बुना है, उतना शायद ही किसी समकालीन हिन्दी लेखक ने। यदि स्वातन्त्र्योत्तर भारत के ग्राम-जीवन के अद्भुत चितेरे रेणु हैं, तो शहरी गलियों के धूप-छाँही संसार के 'मिनियेचर चित्रकार' भारती हैं। चाहे आरम्भिक कहानियों की उदात्त आदर्शवादिता हो, अथवा बाद की कहानियों की निर्मम, ठण्डी, वयस्क वस्तुपरकता, दोनों में ही 'कला की महान् चेतना और चेतना के मूल में यथार्थ रूप की प्रेरणा' समान रूप से विद्यमान रहती है। निम्नवर्गीय भारतीय स्त्री की जीवट-भरी कर्मठता और सहनशीलता एक तरफ़, और दारुण परिस्थितियों के मारक प्रहार दूसरी तरफ़; भारती की तीक्ष्ण, सहानुभूतिपूर्ण दृष्टि से उसका कोई काला उजला पक्ष छिपा नहीं रहा था। एक ही कहानी—सावित्री नं. दो—में मृत्यु-शैया पर लेटी एक स्त्री की एक-दूसरे से टकराती, लहूलुहान अन्तर्विरोधी भावनाओं के अलग-अलग 'शेड' भारती हृदय-भेदी पारदर्शिता के साथ उघाड़ पाते हैं। सावित्री का मोह और शारीरिक वासना, देह का आकर्षण झर जाने की मर्मान्तक पीड़ा, पति के प्रति प्रेम और आक्रोश जैसी एक-दूसरे से गुँथी भावनाओं को भारती आख़िरी बूँद तक निचोड़ लाते हैं। यह वही कथाकार कर सकता है, जो झील पर उठती हुई उर्मियों की तरह मनुष्य के हृत्स्थल को हिलाती हुई हर छोटी-से-छोटी अनुभूति को—इससे पहले कि वह उठने से पहले ओझल हो जाए—पकड़ पाने में समर्थ हो और—यह सामर्थ्य कोई मनोवैज्ञानिक दक्षता से नहीं, बल्कि कलात्मक संवेदनशीलता से फूटकर बाहर आती है :

(विरजा) धीरे-धीरे पाँव सहलाने लगी...मुंशी जी का मन और उमड़ आया। कैसा होता है मन! जिससे चोट खाता है, उसी से सहारा ढूँढ़ता है और फिर दुगनी चोट खाता है। टूटता भी है और जुड़ता भी है और पूरी तरह न टूटता ही है, न जुड़ता ही है।

(बन्द गली का आख़िरी मकान)

एक बीमार व्यक्ति की आँखों में क्या जीवन का घटना-चक्र वैसे ही चलता

है, जैसा हम उसे देखते हैं। नहीं, वह थोड़ा-सा बदल जाता है और भारती उसके 'बदलाव' की हर सलवट को बड़ी सूक्ष्मता से व्यक्त करते हैं :

लम्बी बीमारी में भी वक़्त गुज़ारने का हिसाब भी अजब होता है। कुछ चीज़ों को लेकर वक़्त जहाँ का तहाँ थम जाता है। जो घटना हुई, बस वही होती रहती है...उस घटना का घटित होना अपने में मुकम्मिल हो गया है। कुछ चीज़ें ऐसी हैं जो मशीन की तरह अपने वक़्त से होती जा रही हैं...शाम होना, पार्क में बच्चों का इकट्ठा होना, पतंग उड़ना, सामने की खिड़की से उस लड़की का जवान और चंचल होते चले जाना। सब अपनी जगह चक्के की तरह घूम रहे हैं। कुछ आगे नहीं बढ़ता।

बहुत वर्ष पहले जब मैं विदेश से लौटा था, तो मुद्दत बाद अपने शहरों, क़स्बों, शहरों की गलियों, गलियारों को देखकर लगता था, मानो वे निन्यानबे डिग्री के बुख़ार में तप रहे हों। सड़कों पर उड़ती गर्द, चिलचिलाती धूप की चकाचौंध, आकाश में उड़ती चीलों के बीच हिन्दुस्तानी शहर के धूल-धूसरित भिनभिनाते मुहल्लों से उठती हुई धूमिल आवाज़ें एक अन्तहीन, अनर्गल प्रलाप में गूँजती जान पड़ती थीं। आवाज़ों के भीतर कौन-सा निस्तब्ध अभेद्य रहस्य छिपा था, इसका थोड़ा-सा अनुमान भारती जी की कहानियों को पढ़ते हुए लगता है। धूल और गन्दगी में दम तोड़ती साँसों के भीतर मध्यवर्गीय समाज के सम्बन्धों की अन्तरंगता, उमठती लोटती हुई वासनाओं, अतृप्त इच्छाओं का घटाटोप, बाहर मुक्त हवा में आने की बेबस छटपटाहट हर गली के आख़िरी मकान के झरोखों से दिखाई दे जाती थी। गली के हर मकान व चबूतरे को देखकर लगता था, यहाँ कभी गुलकी बन्नो अपनी सूखी, मुरझायी दरियाँ बिछाकर बैठती होगी। किसी खिड़की से बाहर ताकती लड़की के चेहरे पर मृत्यु की छाया कैसे सरकती दिखाई देती है। अँधेरा, ख़ामोशी, सिर्फ़ खपरैल के बाँसों से लगे घुनों की अनवरत आवाज़ कर्र-कर्र सुनाई देती है। "क्या आदमी के तन-मन में भी कोई घुन लगा रहता है। बाहर से चाहे कुछ न बदले, लेकिन अन्दर से कुछ कहीं घुन की तरह खाता रहता है।"

भारती जी अक्सर अपनी कहानियों से हमें पात्रों की पीड़ा से उस पार ले जाते हैं जहाँ सब भावनाएँ, अनुभूतियाँ, आकांक्षाएँ निरर्थक हो जाती हैं, सिर्फ़ देखना बचा रहता है—"अँधेरे में बाहर की आँख न देखे, लेकिन मन की आँख ज़्यादा साफ़ देख लेती है क्या? मुंशी जी को लग रहा है, कि न इस समय उन्हें मोह है, न दुःख, न डर, न क्रोध, न ममता, न खीझ। वे बस देख रहे हैं..."

ऊपर 'मोह' शब्द आया है।...भारती की कहानियों के पात्र, अपनी उत्कट भावनाओं को कोई नाम नहीं दे पाते, और 'डर' जैसा शब्द उन्हें 'ठेटर' का सस्ता सतही शब्द जान पड़ता है, तो 'मोह' की शरण में जाते हैं...आख़िर गीता में भगवान

अर्जुन को इसी मोह की कन्दरा से बाहर निकालना चाहते थे...गीता का ज़िक्र बार-बार इस कहानी में यूँ ही नहीं आता। क़स्बों, गाँवों में रहनेवाला भारतीय अपनी भावनाओं का शरण-स्थल भागवत्, गीता, महाभारत और रामायण में ही पाता है। इन पात्रों की शब्दावली यदि सम्भ्रान्त लोगों से अलग है, तो इसलिए कि उनका समूचा भावनात्मक ढाँचा पौराणिक स्मृतियों के आधार पर खड़ा है। भारती की कहानियों की यह अद्भुत विशेषता है, कि आधुनिक अन्तर्द्वन्द्वों और अनुभूतियों की अभिव्यक्ति ठेठ भारतीय संस्कारों के बिम्ब और प्रतीकों द्वारा होती है। 'बन्द गली का आख़िरी मकान' में मुंशी जी की कोठरी की जो चीज़ हमें आख़िर तक याद रह पाती है वह है "सिरहाने के झरोखे से दीखते पिछवाड़े के खेत, कुआँ और बीच में हनुमान-चौरा।"

यह चीज़ इसलिए भी उल्लेखनीय जान पड़ती है कि एक लेखक के रूप में भारती की दृष्टि सर्वथा 'आधुनिक' है—यदि आधुनिक से हमारा अर्थ उस 'स्वतन्त्र चेतना' से है जो बिना किसी पूर्व-निर्धारित मताग्रह अथवा आस्था की बैसाखी का सहारा लिये हर चीज़ को उसकी वस्तुगत नग्नता में परखती-तौलती है। शायद इसीलिए वह 'भारतीय मन' की अतल गहराइयों को इतनी निष्पक्ष सूक्ष्मता से व्यक्त कर पाते हैं...यहीं से उनकी कहानियों में उस 'हास्य' या आयरनी का सूत्रपात होता है, जिसकी ओर अज्ञेय ने 'सूरज का सातवाँ घोड़ा' की प्रस्तावना में संकेत किया था। इस 'हास्य' में एक अजीब क़िस्म की करुणा लक्षित होती है, क्योंकि जिस 'भारतीय मन' के वह अद्भुत चितेरे हैं, स्वयं भी कहीं उसका भाग हैं, उसकी करुण और क्रूर विडम्बनाओं में कहीं स्वयं लेखक की आत्मा वास करती है। भारती जिस भारतीय जीवन की अँधेरी, टेढ़ी-मेढ़ी गलियों को बाहर से देखते हैं—जो चीज़ उन्हें आधुनिक बनाती है—स्वयं उनके संस्कार और अनुभव इन्हीं गलियों के भीतर अपनी कलात्मक लय और लोच प्राप्त करते हैं, जो उनकी कहानियों को अनूठे ढंग से 'भारतीय गन्ध' प्रदान करती हैं। आधुनिकता और भारतीयता के इस संगम के भीतर ही 'अन्धा युग' और 'सूरज का सातवाँ घोड़ा' जैसी क्लासिक कृतियाँ जन्म ले सकती थीं।

भारती हमारे समय के उन दुर्लभ, असाधारण लेखकों में से थे, जिन्होंने अपनी सर्वतोमुखी प्रतिभा से साहित्य की हर विधा को एक नया, अप्रत्याशित मोड़ दिया था। कहानियाँ हों या उपन्यास या नाटक—वह उनमें एक ऐसी ताज़ा, मौलिक दृष्टि लेकर आये थे जिसे किसी कलाकार में देखकर अनायास उसके लिए 'जीनियस' शब्द मन में कौंधता है। अज्ञेय की प्रखर दृष्टि ने शुरू के वर्षों में ही भारती के इन सब तत्त्वों को लक्षित कर लिया था, जो एक 'जीनियस' के लक्षण होते हैं—"अथक श्रम, सामर्थ्य और अध्यवसाय, बहुमुखी क्रियाशीलता, चिर-जाग्रत, चिर-निर्माणशील कल्पना, युग-सत्य के प्रति सतर्कता आदि।" मैं यहाँ सिर्फ़ एक तत्त्व और जोड़ना

चाहूँगा—एक मुक्त करुणा का समावेश, जो भले-बुरे का भेद लाँघकर लेखक को अपने हर पात्र के साथ एकाकार बनाने में समर्थ कराती है। यह तत्त्व भारती की हर कृति में पाया जाता है, किन्तु उनकी कहानियों में वह एक घनीभूत प्रभाव लेकर आता है। इन कहानियों में सैकड़ों पात्र आते हैं—भारती जी की टटोलती निगाहों से उनके व्यक्तित्व का कोई पक्ष छिपा नहीं रह सकता—उनकी कमीनगी और ओछापन, त्याग और स्वार्थपरकता, पाप के अँधेरे कोटर और दया-उदारता की उदात्त मानवीयता...भारती जिस सौहार्द और खुलेपन के साथ हर पात्र के भीतर प्रवेश कर लेते हैं, वह शायद एक अच्छा कलाकार होने का सबसे उल्लेखनीय तत्त्व और 'जीनियस' होने की सबसे अनिवार्य शर्त होती है। भारती की कहानियाँ पढ़ते हुए मुझे अपनी प्रिय डेनिश लेखिका इसाक डाइनसिन की बात याद हो आती है। अपनी एक कहानी में वह कहती हैं—"मैं कभी एक व्यक्ति बनकर नहीं रहूँगी...मैं तुमसे भी यही कहती हूँ। इसके बाद तुम भी हमेशा *एक से अधिक बनकर रहो, जितने भी लोगों के बारे में सोच सकते हो उतने ही अधिक* तब तुम दिल में हल्का महसूस करोगे।"

यह क्या मात्र संयोग है, कि समूचे विषाद और बोझिल विवशता से भरी इन कहानियों को पढ़ने के बाद भी हम कहीं अपने में हल्का महसूस करते हैं। हम जो एक और अकेले थे, इन कहानियों के बाद, अकेले होते हुए भी अनेक में बँट जाते हैं।

नयी दिल्ली

27 जुलाई, 2000

—निर्मल वर्मा

कथा-यात्रा

धर्मवीर भारती

देखिए भाईजान, अपने पाठकों से मैं कोई बात छिपाता नहीं, इसलिए यह पहले बता दूँ कि कहानियाँ लिखना तो मुझे थोड़ा-बहुत आता है, लेकिन आपकी कहानियों का जीवन-दर्शन क्या है? उनमें किसके प्रति प्रतिबद्धता है? आपके लेखन का वर्गचरित्र क्या है?—आदि-आदि भारी-भरकम सवालों का जवाब देना मुझे बिलकुल नहीं आता, सच पूछिए तो अपने साहित्यकार या अपने साहित्य के बारे में कुछ भी बात करते समय मेरा गला सूखने लगता है, ज़बान तालू से चिपक जाती है। अपने बारे में मैं शब्दों का अत्यन्त विपन्न हूँ, निर्धन हूँ।

और शब्द ही क्या, मेरी तो हर प्रकार की विपन्नता जग-जाहिर है। कुछ वर्ष पहले पुण्य नगरी प्रयाग में परिमल के मित्रों ने प्रकाशकीय समस्या आदि को लेकर एक विराट् लेखक-मेला आयोजित किया था। जाने कैसे अनुपस्थित रहते हुए भी वहाँ अनेक वक्ताओं पर कमलेश्वर और भारती का भूत सवार हो गया। एक मेरे पुराने मित्र ने भैरव गर्जना की—"यह भारती, आज बम्बई में बैठा है, कल तक यह छोकरा यहीं टूटी साइकिल लिये फटी चप्पलें चटकाते हुए इन्हीं गलियों में घूमता था।" इस व्यक्तिगत उल्लेख की साहित्य के लिए क्या प्रासंगिकता थी, यह अनेक श्रोताओं की समझ में नहीं आया। पर मैंने सुना तो बहुत कृतज्ञ हुआ। मैं उन्हें कैसे बताऊँ कि वह टूटी साइकिल और फटी चप्पलें भले पीछे छूट गयी हों पर वे गलियाँ आज भी सजीव हैं। उन गलियों की धूल आज भी मन में बसी हुई है—और मेरी कहानियाँ? वे तो उसी धूल में खींची गयी लकीरें हैं, उसी धूल में उकेरी गयी शक्लें हैं, मैं और मेरा कथा-साहित्य जो भी है उसी धूल का प्रताप है। दिल्ली सम्राट् के कोषाध्यक्ष घनानन्द जब वैराग्य लेकर वृन्दावन जा बसे थे तब नादिरशाह के सैनिक नंगी तलवारें लिये उन्हें खोजते हुए जमुना के घाट पर पहुँचे। 'जर! जर! जर!' उन्होंने माँग की कि जर कहाँ है? ख़ज़ाना कहाँ है? तो घनानन्द ने तीन मुट्ठी जमुना-तट की धूल उठायी और उनकी ओर फेंकते हुए कहा—'रज! रज! रज!' सो,

महाराज प्रश्नों की कितनी भी लपलपाती, चमचमाती तलवारें लेकर कोई आये, मेरे पास तो एक ही जवाब है—"मेरी गली की धूल! मेरे अपने मुहल्ले की धूल!"

सामाजिक यथार्थ, प्रगति चेतना, वर्ग-संघर्ष, मरणोन्मुख सामन्तवाद, थैलीशाही, नयी कहानी, सचेतन कहानी, समान्तर कहानी—बाप रे बाप! इन शब्दों से जूझना किसी योद्धा के ही बूते की बात है। छोड़िए कुछ और बातें करें। आपने चैत बैसाख में नीम को फूलते देखा है? हमारे उस कीचड़-भरी गलियोंवाले मुहल्ले में आम नहीं था, कड़ुवा नीम था। मगर चैत में जब फूलता था और कड़वाहट-बसी एक ताज़ी सुगन्ध उन फूलों की मुहल्ले की हवा में बस जाती थी, तब जो एक नशा छा जाता है, मुहल्ले के डिप्टी लाला पर, गोरी मुदियाइन पर, खूँटी चोर और उसकी पतली छरहरी औरत छटंकी पर, और सुबह-सुबह किशन उस्ताद के घर में बजनेवाली सारंगी के सुरों पर और मटकी, मिरवा, गुलकी और मुन्ना पर, उस नशे की व्याख्या न तो मैं मार्क्स या स्टालिन की भाषा में कर सकता हूँ न सार्त्र या सोल्ज़ेनित्सिन की भाषा में। मैं तो इतना जानता हूँ कि उसी गली में एक लड़का रहता था, भले घर का लेकिन बहुत ग़रीब, जो बहुत सुबह उठकर इम्तहान की तैयारी करता था, रामचन्द्र शुक्ल, जयशंकर प्रसाद, सूर और जायसी, केशवदास और वेदान्त से जूझता था, लेकिन रह-रहकर उसका ध्यान अपनी किताबों से उचट जाता था और मुँह-अँधेरे बड़े भोर महकनेवाले नीम के फूलों की महक उसे बहा ले जाती थी किसी और दुनिया में जहाँ डिप्टी लाला थे, गोरी मुदियाइन थीं, खूँटी चोर था, छटंकी कहारिन थी, मटकी, मिरवा थे, गुलकी थी, अपर्णा दीदी थीं, और खिड़की के पीछे लेटी हुई पार्क की ओर सूनी निगाह से देखती हुई बीमार सावित्री थी, किशन उस्ताद के घर में बजती सारंगी थी और सारंगी सुनते अपने छप्पर के नीचे लेटे बिरजा और मुंशी जी थे। उस लड़के को, जिसका घर का नाम बच्चन और स्कूली नाम धर्मवीर था, कभी सपने में भी अन्दाज़ न था कि वह कभी लेखक होगा, कहानियाँ लिखेगा। उसे तो सिर्फ़ इतना मालूम था कि अब ये फूल झरेंगे, हरी निबौलियाँ नीम में लगेंगी, फिर अषाढ़ आएगा, निबौलियाँ पकेंगी और तब मटकी, मिरवा और गुलकी के साथ वह नीमवाले चबूतरे पर बैठकर खेल-खेल में निबौलियों की दूकान लगाएगा और सरकण्डे की तराजू बनाकर झूठ-मूठ में निबौलियाँ बेचेगा। मटकी, मिरवा और मुन्ना ख़रीदेंगे और बदले में पैसे की जगह गोल-गोल मिट्टी के ढेले देंगे और कोई आज 35 साल बाद भी धर्मवीर के मन से पूछे, निबौलियाँ बेचकर कमाये गये उन मिट्टी के ढेलों की जो दौलत थी क्या दुनिया का कोई भी लाल तानाशाह उनका अवमूल्यन कर सकता है? या कोई पीला करोड़पति उन ढेलों की क़ीमत चुका सकता है?

पर कहानी लिखने की शुरूआत ज़रा एक दूसरे ढंग से हुई। वह लड़की—जिसे यह भले घर का लेकिन बहुत ग़रीब लड़का मन-ही-मन बड़ा सुकोमल, बड़ा इन्द्रधनुषी प्यार करने लगा था और उस प्यार को कभी ज़बान पर भी नहीं लाता

था, बिलकुल नीम के चैती फूलों की तरह थी, ताज़ी, क्वाँरी, पवित्र, उजली लेकिन काफ़ी कड़वी। और वह लड़का धरती पर रहकर आकाश के सपने देखने लगा था। पर आकाश भी उसका कितना? बस अपने मुहल्ले जितना। खुसरो की वह पहेली है न—एक थाल मोतियन भरा, सबके सर पर औंधा धरा! चैत, बैसाख बीत चले थे। जेठ लग गया, दिन-भर लू। शाम को भी छत पर पानी छिड़को तो छत और दीवार से भभकती हुई आग निकले। जैसे-तैसे छत पर खरहरी खाट डालकर लेटो और तारे देखते रहो। ज़िन्दगी का पहला प्यार कोई आसान बात नहीं होता। ऐसे ही एक गरमी की रात। नींद नहीं आयी तो नहीं आयी और काग़ज़ पेन्सिल हाथ में आयी तो सुबह ही एक कहानी लिखने बैठ गया—'तारा और किरन'। प्रसाद की भाषा का जादू उस समय सिर पर सवार था और आस्कर वाइल्ड थे उस समय उसके प्रिय लेखक। सो उस कहानी की भाषा क्या सिंगार सजावटवाली थी और कल्पना कैसी झिलमिल सतरंगी थी! हे प्यारे भाइयो, आप सब अनुभवी हैं; दोष उस कच्ची उमर और उस पहले सुकुमार पवित्र प्यार का और जयशंकर प्रसाद का और आस्कर वाइल्ड का था। उस बेचारे लड़के का क्या क़सूर! उसी तरह की और कहानियाँ वह लिखता गया—स्वर्ग और पृथ्वी, पूजा, शिंजिनी, स्वप्न श्री और श्री रेखा वग़ैरह-वग़ैरह। जैसे-तैसे हिम्मत करके उसने 'परिमल' की एक गोष्ठी में पूजा कहानी पढ़ दी। उस दिन प्रमुख अतिथि थे उसके गुरु, विश्वविद्यालय के उपकुलपति डॉ. अमरनाथ झा। जब उन्होंने अपने भाषण में कहा कि आज की कहानी को सुनकर उन्हें विश्वास हो चला है, हिन्दी कहानी अब उस पथ पर है जहाँ वह विश्व-कथासाहित्य के स्तर को छू लेगी, तो उसके मन को कैसा-कैसा लगने लगा। बेहद ख़ुशी भी और बेहद डर भी। बहरहाल पागल की तरह साइकिल भगाता हुआ घर आया। साइकिल फेंककर मन हुआ जाकर उसे बताये जिसकी चम्पई छवि को सोच-सोचकर यह कहानी लिखी है, लेकिन छिः! मुहल्ले का जीवन बड़ी मर्यादा का जीवन है। ऐसी बातें कहीं ज़बान पर लायी जाती हैं! लेकिन दूसरे दिन जब लीडर अख़बार में भी 'परिमल' की रिपोर्ट के साथ झा साहब का यह वाक्य छप गया तब तो उसे इतनी शरम आयी कि वह युनिवर्सिटी भी नहीं गया। साइकिल लेकर गऊघाट से मिण्टो पार्क तक निंबहरा की सड़क पर जमुना किनारे भटकता रहा।

बाद में ये कहानियाँ 'स्वर्ग और पृथ्वी' नाम के संग्रह में छपीं, लेकिन उसके पहले कुछ और कहानियों की कहानी सुनिए!

सन् '42 में इस लड़के ने इण्टरमीडिएट का इम्तहान दिया था। ग़रीबी जो इस घर पर आयी थी उसका मुख्य कारण यह था कि पिता, जिन्होंने बर्मा और मिर्ज़ापुर के जंगलों के ठेके में बहुत धन कमाया था और फिर आकर मऊनाथभंजन (आजमगढ़) में सरकारी नौकरी करने लगे थे, उन्होंने सन् '31 के राष्ट्रीय आन्दोलन में गाँधी जी की पुकार पर नौकरी से इस्तीफ़ा दे दिया था और सरकारी ठेके लेना

भी छोड़ दिया था। और फिर धीरे-धीरे घर पर छाती गयी ग़रीबी, कर्ज़ और बीमारी। पिता ने बचपन से ही उग्र राष्ट्रीय विचारों के संस्कार उसमें भरे थे। टण्डन जी, मालवीय जी का मुहल्ला था, नेहरू जी आते-जाते रहते थे और कुछ दिनों चन्द्रशेखर आज़ाद वहाँ रह चुके थे। सन् '39 में पिता का देहावसान हो गया पर गुलामी के प्रति एक ज्वलन्त विद्रोह पिता उसे विरासत में दे गये थे। सो सन् '42 में उसने इण्टर पास किया और वजीफ़ों और ट्यूशनों के सहारे युनिवर्सिटी में दाख़िल हुआ कि सन् '42 का आन्दोलन शुरू हो गया। उस लड़के के नेता थे श्री हेमवतीनन्दन बहुगुणा, जो उस समय छात्र यूनियन के उपाध्यक्ष थे। और वह अपने एक साथी गणेश के साथ तार काटने की कैंचियाँ लेकर बहुगुणा जी के नेतृत्व में निकल पड़ा। आन्दोलन विफल हुआ, युनिवर्सिटी फिर खुली, पर अब उसके पास पैसे न थे कि सारी फ़ीस देता। साल-भर छिपकर आर्डिनेन्स डिपो (छिउकी) में नौकरी की ताकि अगले साल दाख़िले के पैसे जमा कर सके।

और फिर पड़ा बंगाल का अकाल। 'हंस' में उसने कृश्नचन्दर की एक कहानी पढ़ी बंगाल के अकाल के बारे में और अब शुरू हुआ एक और दौर कहानी लेखन का। अकाल के बारे में जहाँ-जहाँ जो-जो मिलता वह पढ़ता और छोटी-छोटी लेकिन तीखी कहानियाँ लिख़ता। लेकिन अँग्रेज़ी शासन। डी.आई.आर. लगा हुआ। छपें कहाँ ये? एक-दो कहानी 'तरुण' में छपीं। फिर दद्दू जी भी हिम्मत हार गये। उन्हीं दिनों परिचय हुआ दादा पं. माखनलाल चतुर्वेदी से। वे बोले कि अमृतराय के पास जाओ। अमृतराय जी ने कहानियाँ पढ़ीं, छापीं हंस में और इतने प्यार से कि उस लड़के के हौसले आकाश को छूने लगे, यहाँ तक कि उसने संग्रह छपवाने की भी हिम्मत कर ली। पहला संग्रह छापा उसके प्रकाशक कम मित्र ज़्यादा स्व. श्रीनिवास अग्रवाल ने किताब महल से। पूरे संग्रह की एकमुश्त रायल्टी रक़म एडवान्स में। पूरी रक़म कितनी थी, आप जानते हैं? 162 रुपये। लेकिन भइया उस वक़्त तो मेरे लिए ये 1 लाख 62 हज़ार के बराबर रक़म थी! जाकर अपनी मामी जी (मामा-मामी ही मेरे सब-कुछ रहे हैं) के चरणों में रखी तो पाँव धरती पर नहीं पड़ते थे। मामी जी ने दो रुपये लेकर 160 रुपये आशीर्वाद सहित लौटा दिये। उनसे मैंने किताबें ख़रीदीं—शरतचन्द्र के उपन्यास, पन्त जी की 'पल्लविनी', ऑस्कर वाइल्ड का संकलन, नीत्शे की 'दस स्पेक जरथुस्त्र', निराला की 'अनामिका', प्रसाद के नाटक और काव्य-कला तथा अन्य निबन्ध, टाल्स्टाय का 'वार ऐण्ड पीस', मार्क्स, लेनिन का सजिल्द वाल्यूम, नारद भक्ति सूत्र और काडवेल का 'स्टडीज़ इन डाइंग कल्चर'।

अरे हाँ, स्वर्ग और पृथ्वी की बात तो बीच में ही छूट गयी। अब वह भी कहानी सुन लीजिए। वे कहानियाँ पत्रिकाओं में छपकर रह गयी थीं। हमारे संरक्षक अग्रज श्री वाचस्पति पाठक के एक बनारसी मित्र थे श्री मुरारीलाल केडिया। उन्होंने प्रकाशन शुरू किया तो पाठक जी ने अनिरुद्ध पाठक, ओंकार शरद और मुझे

बुलाकर कहा कि अपने कहानी संकलन दे दो। संकलन छप गये। प्रतियाँ आयीं, मित्रों में बँट गयीं पर रायल्टी का पता नहीं। अनिरुद्ध पाठक तो अफ़सर आदमी पर मैं और शरद ख़ाली जेब लिये साइकिल पर सिविल लाइन का चक्कर काटनेवाले। कई बरस बीत गये तो तय हुआ कि चलो बनारस चलकर केडिया जी से रायल्टी ले आयें। टिकट कटाया बनारस पहुँचे। धर्मशाला में डेरा डाला। रिक्शा करके गलियों में होते हुए केडिया जी की आढ़त पर पहुँचे। प्रकाशन तो साहित्य-सेवा थी असली धन्धा था बनारसी साड़ियों का। केडिया जी मिले। बड़े प्रेम से। एक प्रसिद्ध भण्डार की मिठाई खिलायी, मगही के बीड़े खिलाये मगर किताबें तो बिकीं ही नहीं, रायल्टी कैसी। हाँ चाहो तो बनारसी साड़ी एक-एक ले जाओ। शादी तब तक शरद की ही हुई थी। प्यारे दोस्त ने मेरे हिस्से की भी साड़ी बँधवा ली और दोनों साड़ी रानी भाभी के लिए ले गया। और मुझे पूरा यक़ीन है कि उसने यह कभी भाभी को नहीं बताया होगा कि उनमें से एक साड़ी मेरी ओर से है।

—इति प्रारम्भिक रचनाएँ नामक प्रथमोध्यायः!

हम पाँच दोस्त थे। गोपेश, कातिक, त्रिलोकी पुरवार, त्रिलोकी चोपड़ा और भारती। शाम को अतरसुइया, कल्यानी देवी, खुशाल पर्वत, खेमा माई और लोकनाथ की गलियों से होकर जब हम पाँच गुज़रते थे तो ठहाकों से गलियाँ गूँज जाती थीं। दोनों ओर चबूतरों और दूकानों पर बैठे लोग कहते—"आय गये पाँचों पाण्डव, हँसी का गोला दग रहा है, बौड़ियाय गये हैं।" क्या शामें थीं! राजा की लस्सी, बिशम्भर भइया का वायलिन, बनारसी की केसरिया बरफी, और मुहल्ले की ऊपर से मस्त और सुकून-भरी ज़िन्दगी के ऊपरी खोल के नीचे कुलबुलाता हुआ अँधेरा और दुःख और निराशा और टूटन की परत-दर-परत ट्रैजेडी के नये-नये खुलते हुए आयाम। और इन पाँचों पाण्डवों में सबसे ज़्यादा खुलकर हँसनेवाला भारती, जब अकेला छूट जाता तो दुःख और उदासी के बीसों अजगरों की गुँजलकों में फँसे लाओकून की तरह घुटता, लगता जैसे एक-एक हड्डी चटख जाएगी। ग़रीबी उसे तोड़ने में सफल नहीं हो पायी थी। ग़रीबी ने तो उसमें एक अतिरिक्त स्वाभिमान, अथक मेहनत करने की ताक़त और अदम्य संकल्प-शक्ति दी थी। लेकिन प्यार खोकर वह अन्दर-ही-अन्दर बुरी तरह टूट गया था। पर उसकी इस टूटन का अर्थ क्या है? वह अकेले में अपने से पूछता था।

पुरवार परिवार की बड़ी दूकान के पीछे एक मन्दिर है। उस बेहद भीड़-भाड़वाले इलाक़े में एक शान्त ठण्डी जगह। कभी-कभी वह और त्रिलोकी पुरवार दोपहर को अकेले वहाँ बैठ जाते—ठण्डे फ़र्श पर चटाई डालकर, और बातें होतीं बृहदारण्यक उपनिषद की, गौतम बुद्ध के दुःखवाद की, शंकर के मायावाद की,

रामानुज और वल्लभ के ब्रह्मसूत्र भाष्य की और यह कि वे आज के जीवन के दुःख की कोई सही व्याख्या दे पाते हैं क्या? और आज का सन्दर्भ आते ही बात आ टिकती कार्ल मार्क्स के द्वन्द्वात्मक भौतिकवाद पर, वर्ग-संघर्ष पर, काडवेल और राल्फ़ फ़ाक्स पर, और गाँधी के 'वैष्णव जन तो तेने कहिए जो पीर परायी जाणे रे' पर। नहीं शंकर ने ग़लत कहा कि ज़िन्दगी मिथ्या है, माया है। ज़िन्दगी है, और सच है। उसका सुख और दुःख, उसका प्यार और टूटन सच है, पर उस टूटन का अर्थ क्या है? गौतम बुद्ध का निर्वाण या मार्क्स का द्वन्द्वात्मक नियतिवाद। सब-कुछ वैसा ही होना है जैसा वे ऐण्टी डुहरिंग या लुडविग फ़ायर बाख़ में बता गये हैं। और क्या मार्क्सवादी होना हमारे व्यक्ति के अन्दरूनी भटकाव को सचमुच कोई गहरा संस्कार देता है? उस संस्कार को पाने के लिए मन क्यों वापस भागवत या मीरा या कबीर या सूर सागर और उद्धव शतक की ओर लौटता है? कुछ बुनियादी सवाल हैं व्यक्ति-जीवन के, जिन्हें मार्क्स हल नहीं कर पाते, पर कुछ स्थितियाँ हैं जो द्वन्द्वात्मक भौतिकवाद की ही विश्लेषण-प्रणाली से सफल हो पाती हैं, 'भटके हुए व्यक्ति का संशय, इतिहासों का अन्धा निश्चय', हे भगवान् इन दोनों के बीच रास्ता कहाँ है? कहाँ है रास्ता? और उस पर चलकर कहाँ जाना है?

और वह भटकता है। अजानी सुनसान जगहों में। क़िले से ज़रा पहले मनकामेसर घाट के पास मुग़ल काल का एक टूटा-फूटा घाट और सीढ़ियाँ हैं, जिन पर लोहे के बड़े-बड़े कुण्डे लगे हैं। कभी यहाँ दिल्ली से आकर बड़े-बड़े जंगी बेड़े लंगर डालते रहे होंगे। क़िले के लिए रसद और सिपाही उतरते होंगे। आज सीढ़ियाँ टूट चुकी हैं, ऊँची जंगली घास और नरकुल उग आये हैं। कीचड़ में जमुना किनारे घड़ियाल ने अण्डे दिये हैं और कोई साँप केंचुल छोड़कर चला गया है। वह दोपहरों को अकेले इन सीढ़ियों पर आकर बैठ जाता है और सोचता रहता है—दुःख की यह केंचुल क्या कभी उतरेगी मन पर से। उसने तो अपना सब-कुछ दे डाला था, कुछ बदले में चाहा नहीं था फिर ज़िन्दगी ने उसे यह अँधेरा, यह सर्वग्रासी अँधेरा दिया क्यों?

अँधेरे की एक अदा होती है डसकर उलट जानेवाली। उसे सूर ने चाँदनी रात कहा है—"कबहुँक जामिनि उपज जुन्हैया, डसि उलटी ह्वै जात!" ऐसी ही एक चाँदनी रात में वह गंगा की रेती पर भटकता चला जा रहा है। साथ हैं तीन दोस्त जगदीश, केशव, और चन्द्रभूषणधर द्विवेदी। मीलों तक रेत और रेत और रेत। और नीचे बहुत दूर छूट गयी है गंगा और ऊपर एक अदद चमकता हुआ पूरा चाँद, सारे दुःख घोर अँधेरे और उनकी ज़िन्दगियों से सर्वथा निरपेक्ष। तुम दुःख से टूटो या किसी सतरंगे सुकुमार प्यार के उद्वेलन में पंखुरी-पंखुरी खिलकर झूमो, चाँद को क्या? और उस दिन उस बहुत ख़ूबसूरत, लेकिन बेहद निचाट सुनसान अकेलेपन के भयावने माहौल में उसे एक कुंजी मिलती है अपने दुःख से दूसरों के दुखों के बन्द द्वार खोलकर अपने संसार को और व्यापक विस्तृत बनाने की। और उसे एक

रास्ता मिलता है—"यह दर्द तुम्हारा नहीं, दर्द यह सबका है। यह दर्द विराट् ज़िन्दगी में होगा परिणत। है तुम्हें निराशा पर तुम पाओगे ताक़त। ओ मेज़ों की कोरों पर माथा रख-रखकर रोनेवालो! हर एक दर्द को नये अर्थ तक जाने दो!"

तीन बजे रात तक वे गंगा की उस चमकती पवित्र रेती के उजले अन्धकार में भटकते रहे और कण्ठ-कण्ठ उस चाँदनी में घुलते रहे, चाँदनी रात के ठण्डे कोहरे की तरह। और वह घर लौटा तो उसने पाया कि वह वह नहीं रहा। वह अपने आसपास में घुल गया है।—और वायवी बनकर दूसरों की ज़िन्दगी और दूसरों के दुखों के बन्द क़िलों में पैठ रहा है।—और थककर दूसरे दिन सोता रहा और उठा तो बरसों बाद उस दिन फिर एक कहानी लिखी 'चाँद और टूटे हुए लोग।'

वह कहानी कहाँ छपी थी अब याद नहीं। 'माया' से लेकर श्रीपत राय की 'कहानी' तक, कहानी पत्रिकाओं से उसका कोई परिचय नहीं था। पर किसी तत्कालीन लघु पत्रिका में वह कहानी पढ़कर जब श्रीपत राय ने अपने एक लेख में ज़िक्र करते हुए लिखा कि इधर कहानी के जमे-जमाये नामों से अलग किसी नये लेखक की एक कहानी पढ़ी 'चाँद और टूटे हुए लोग' और एक नये पहलू से ज़िन्दगी को देखने और उसमें पैठने की कोशिश श्रीपत राय को उस कहानी में लगी और कि 'वह कहानी पढ़कर बहुत देर तक मन उदास रहा।' श्रीपत राय की इस अयाचित सम्मति ने उसे कितना सहारा दिया था, यह स्वयं श्रीपत जी को आज तक उसने नहीं बताया। और उसी क्रम में उसने धुआँ, युवराज, अगला अवतार—कई कहानियाँ लिखीं और जब 'अगला अवतार' कहानी अज्ञेय जी ने प्रतीक के लिए स्वीकार की और उसकी प्रशंसा करते हुए पत्र लिखा तो उसका आत्मविश्वास सचमुच दृढ़ हो आया! वह कहानी लिख सकता है, उसे भरोसा हुआ और कुछ ही दिनों बाद जब 'निकष' की योजना बनी तो पहले अंक के लिए उसने लिखी 'गुलकी बन्नो' और चैत के फूलते नीम के फूलों की कड़वी, ताज़ी मगर उदास कर जानेवाली महक को, अपने मुहल्ले के अन्दरूनी दुःख और अँधेरे और लाचारगी को गुलकी बन्नो के बहाने चित्रित करने की कोशिश की। 'गुलकी बन्नो' लिखते समय कई बार उसके दिमाग़ में दादा पं. माखनलाल चतुर्वेदी का एक वाक्य घूम जाता था। दादा से उसे वैष्णवता के संस्कार मिले थे। कड़वाहट के बिना दुःख झेलने का मन्त्र और एक चुनौती भी। 'स्वर्ग और पृथ्वी' संकलन के लिए दादा ने एक परिचय वक्तव्य लिखा था : "कहानी के रूप में भारती ने पहली बार अपना सजग चरण अस्तित्व की अटपटी भूमि पर रखा है। भारती की अँगुलियों ने एक जीवन के अनेक टुकड़े कर जहाँ-जहाँ जिस रूप में सँवारने का उपक्रम किया है, सब बड़े प्यार से पढ़ा जाता है। ख़ूब दूर तक भारती की दृष्टि जीवन के परमत्व को छू गयी है। समय की लाँबी दूरी है और तारुण्य के अरमानों की चहल-पहल। भारती को सिद्ध करना है कि मेरी पंक्तियाँ मेरा पक्षपात नहीं हैं—घास की कलम से नहीं, साँस की कलम से।"

और गुलकी बन्नो से प्रारम्भ हुआ साँस की कलम से लिखना, पर वह कहानी कथा-क्षेत्र में सफलता और वास्तविक जीवन में असफलता की ट्रैजिक कॉमेडी का एक विचित्र मोड़-बिन्दु बन गयी।

'गुलकी बन्नो'! जिस कहानी से मैंने अपने मुहल्ले को लेखन के स्तर पर प्रगाढ़ प्यार करना और उसकी अन्दरूनी ज़िन्दगी को गहराई से समझना शुरू किया था, उसी के लेखन के दौरान एक ऐसा विचित्र घटना-चक्र शुरू हुआ जिसमें पहले घर की, दाम्पत्य की नींवें हिलीं। फिर मुहल्ला छूट गया। उस समय मन पर पत्थर रखकर नव-स्वीकृत दाम्पत्य सम्बन्ध से समझौता करके उसके कारण मुहल्ला छोड़ तो दिया लेकिन कहीं मन को यह हौलनाक अहसास होने लगा था कि सम्बन्ध-सूत्रों के टूटने की यह शुरुआत है। मुहल्ले से टूटकर कहीं किसी से जुड़ना सम्भव नहीं। और सारी कोशिशों के बावजूद वह आशंका सच निकली। जिस गार्हस्थ्य के कारण मुहल्ला छूटा था, दो-तीन साल लड़खड़ाने के बाद वह गार्हस्थ्य टूट गया।...

लेकिन अँधेरे दिनों में, कितने टूटे, भारी और निराश मन से मैंने अपना प्यारा शहर छोड़ा—बीसों बरस की दोस्तियों में आयी दरारों और ग़लतफ़हमियों के बीच, कितने भयानक शून्य को जीते हुए; उसके बारे में न मैंने अब तक ज़ुबान खोली, और अब तो वह सब मेरे लिए एक गुज़रा हुआ भयानक दुःस्वप्न बन चुका है। अब मेरे लिए, नितान्त अप्रासंगिक। तमाम मनगढ़न्त आरोपों और गर्हित कलंकों का एक ही जवाब होता है एक स्वाभिमानी निष्ठावान मन के लिए—और वह जवाब है—और अधिक प्रांजल समर्पित जीवन, और अधिक उजला व्यक्तित्व। आरोपों का जवाब प्रत्यारोपों से? क्या रखा है इस अन्ध चक्र में, जब बेहतर काम हों ज़िन्दगी में पूरा करने के लिए।

पर यह ज़रूर है कि चार-पाँच साल तक लेखन में एक अँधेरा छाया रहा। न अपना मुहल्ला, न अपना शहर, न कविताएँ, न कहानियाँ। पत्थरों में चुनवाये जाते थे लोग मध्य काल में। विश्वासघात, कृतघ्नता आरोप और मित्रघात के ठण्डे पत्थरों में दफ़न एक शव जैसा था मैं।

और उसमें फिर जान फूँकी एक दुबली-पतली लेकिन बहादुर लड़की ने जो अब जीवन संगिनी है, और उसे फिर एक गर्माहट दी बम्बई के उन दोस्तों ने जो ज़िन्दगी को व्यापक और गहरे सन्दर्भों में समझना जानते थे।—मोहन राकेश, गिरधारी, कमलेश्वर, बेदी, बाशू, राही, टी.पी. और लखनऊ-दिल्ली के वे मित्र जो निःशब्द रहे पर जिन्होंने फिर मुझमें मृत शब्दों को जगाया, उन्हें प्राण दिये। और 'गुलकी बन्नो' के बाद वर्षों की ख़ामोशी को सच पूछिए तो तुड़वाया मोहन राकेश और कमलेश्वर की प्यार-भरी लानत-मलामतों ने। 'यह मेरे लिए नहीं', 'सावित्री नम्बर दो', 'बन्द गली का आख़िरी मकान', 'आश्रम' सभी कहानियाँ बम्बई में लिखी गयीं—या तो राकेश के तकाज़ों पर या कमलेश्वर के आग्रह पर, 'नयी कहानियाँ'

के लिए, 'सारिका' के लिए! इस क़दर मुनहसर रहा मैं इन दोनों पर कि 'बन्द गली का आख़िरी मकान' की पहली दो किस्तें 'नई कहानियाँ' में छपीं पर कमलेश्वर ने वह पत्रिका छोड़ दी तो कहानी भी जहाँ की तहाँ छूट गयी। और बरसों बाद फिर बाक़ी किस्तें लिखी गयीं जब कमलेश्वर 'सारिका' में आ गये।

और सच पूछिए तो अब आभारी हूँ उस अँधेरे के दौर का भी। उस भयानक शून्य में डालनेवाले भूतपूर्व आत्मीयों और मित्रों का भी, क्योंकि अब मुझे लगता है कि उस दौर से न गुज़रा होता तो मानव-मन का गर्हित तम, अन्धतम नरक साक्षात् देख नहीं पाता, महसूस नहीं कर पाता। और बाद में चित्रित भी नहीं कर पाता। आख़िर वह अपने-आप बनाया हुआ नरक ही तो है, जिसमें सावित्री अपने को डाल लेती है। सब-कुछ है उसके पास—उजला, सुखद, प्रामाणिक, पर मन का कोई गुबरैला है जो मन के अन्धे पाताल से निकलता है और उसे ढकेलता हुआ ले जाता है अन्धे पाताल की ओर। आप पूछेंगे इस संकल्प-हीनता के लिए वह दोषी नहीं है क्या? पता नहीं। दोष और फ़ैसले की अदालती ज़ुबान मेरा कहानीकार सीख नहीं पाया।

बरसों पहले एक कैथॅलिक कथाकार मारियाक का एक बयान पढ़ा था। उसने पूछा था लेखक का अपने पात्रों से क्या सम्बन्ध है? वकील और मुद्दई का? जज और अभियुक्त का? पता नहीं। बस इतना मालूम था उसे कि हर पात्र एक सलीब है, जिस पर कथाकार ईसा की तरह अपने को मिटाता जाता है और हरेक के दोष का दण्ड अपने पर लेता जाता है।

हर पात्र का नरक अपनी आत्मा पर लेकर वह उस पात्र को मुक्ति देता है। इसलिए काहे की वासना, काहे का क्रोध, काहे का अभिमान! हमारे भक्ति-सूत्र में कहा गया है न कि 'काम क्रोध मानादिकम् तस्मिन्नेव करणीयम्!' कहानीकार का अपना काम क्रोध और अभिमान क्या? किस पर दोष और किस पर फ़ैसला?

गोर्की के बचपन पर बनी एक पुरानी फ़िल्म का आख़िरी दृश्य याद आता है। ग़रीब लड़का गोर्की पिंजरे में बन्द सैकड़ों चिड़ियों को एक टूटी-फूटी हाथगाड़ी पर रखकर उस विशाल कूड़ेखानेवाले खुले मैदान में ले जा रहा है जहाँ वह खेला करता है। अन्तिम पंक्तियाँ थीं—"खुले मैदान में, असीम आकाशतले, क्षितिज की ओर जहाँ वह सब मुक्त और आज़ाद हो सके जो सुन्दर है, पंखवान है, जिसमें आकाश नापने की ताक़त है, मगर जो आज दृश्य या अदृश्य पिंजरों में क़ैद है, घुट रहा है।" मैं पहचानता हूँ, वह लड़का गोर्की नहीं, अरे यह तो वही अपने मुहल्ले का ग़रीब लड़का है, टूटी साइकिल, फटी चप्पलोंवाला...और यही उसकी कथायात्रा है—बन्द पिंजरों में घुटती ज़िन्दगी को खुले आकाश की ओर ले जाती हुई, जहाँ हिमालय की बर्फ़ है, मुन्शी जी हैं और हरिया की उदास सारंगी बज रही है जिसका स्वर उतना ही ताज़ा, उदास और कड़ुवा है, जितना चैत में फूलनेवाले मेरे मुहल्ले के नीम के फूलों का।

चाँद और टूटे हुए लोग

आसमानों की अथाह नीलिमा में बड़े-से बेले के फूल की तरह तैरता हुआ चाँद ऊपर, नीचे; दूर-दूर तक फैली हुई गंगा की ठण्डी महीन सूखी बालू पर दो-तीन टूटे हुए लोग, चौदहवीं के चाँद की छाया में, शहर के कोलाहल से दूर, इस किनारे पर निकल आये थे, पीपों के पुल पर से होकर। उनके आते समय पीपे पानी में कुछ दबे थे, पुल में हल्की-सी हरकत हुई थी, दोनों बाजू की रेलिंग चरमरायी थी, पानी की छोटी-छोटी लहरियाँ उठी थीं और विलीन हो गयी थीं।

उनमें से दो से चाँद का काफ़ी पुराना परिचय था, यों कहना चाहिए कि मूक मैत्री ही थी। पिछले पाँच-छह साल से अकसर दोनों इसी तरह की जादूभरी चाँदनी रातों में आते थे। घण्टों बालू में निरुद्देश्य चलते रहते थे, थककर बैठ जाते थे। अमूमन वही बातें करते थे जो चाँदनी रातों में लोग सृष्टि के आदि से करते आये हैं। वास्तव में दोनों दोस्तों के बीच की कड़ी बन गया था चाँद। वैसे दोनों चाहे महीनों न मिलें, लेकिन जब कभी कोई असाधारण-सी चाँदनी रात आए, उनमें से एक दूसरे को बुला लाता और घण्टों चाँद की छाया में बैठकर दोनों अपने मन की पर्तों में छिपे हुए फूल, आँसू, गीत, प्यार और दर्द बालू में बिखेर जाते थे।

उनसे पहले-पहल परिचय की बात चाँद को अच्छी तरह याद है। कॉलेज की उम्र थी, रोज़ी और परिवार की चिन्ताओं से मुक्ति, भविष्य की अजब-सी कल्पनाएँ, अपरिपक्व, कच्चे फूलों-सा सुकुमार स्वभाव और जैसा उस उम्र के लिए स्वाभाविक है, प्यार के पहले रंगीन और पवित्र जादू में बँधने के लिए आतुर मन। दोनों बालू की परिधि में धँसते गये, दूर-दूर, यहाँ तक कि किनारा छिप गया। सिर्फ़ बालू, सफ़ेद धुआँ, संगमरमर-सी बालू और हवाओं में उड़ती हुई झिलमिल दूधिया चाँदनी। दोनों वहीं बैठ गये, लगता था धरती चाँदनी में घुल गयी है। दोनों चुप रहे। एक विह्वल स्वर में बोला—"कितना अच्छा लगता है! जैसे न नीचे धरती हो न ऊपर आकाश। हम लोग जैसे बादलों से घिरे हैं। बादलों में बैठे हैं। क्यों?" दूसरे ने जवाब नहीं

दिया। चुपचाप लेटा चाँद की ओर देखता रहा। चाँदनी उसके चौड़े माथे पर जम गयी थी, उसकी लटों से खेल रही थी।

"क्या सोच रहे हो? चुप क्यों हो राजे?" उसने राजेश का शीतल माथा छुआ।

राजेश ने चाँद की ओर से निगाहें हटायीं। क्षण-भर अपने साथी की ओर देखा और अजब-सी काँपती हुई नशीली आवाज़ में बोला—"एक बात बताओ कुँवर। कभी तुमने यह महसूस किया है कि जब कभी ऐसे अकेलेपन में आदमी आ जाए और उसके सामने सुन्दर फूल हो, या चाँद हो, या बादल हो, या पेड़ों की हरी-भरी छाँहें हों तो उस समय कोई चेहरा उसके सामने आ जाता है। आँसू धुला या मुस्काता हुआ...क्यों?"

कुँवर कुछ नहीं बोला, सिर्फ़ एक फीकी मुस्कान के साथ उसने राजे का हाथ हल्के-से दबाया और चाँदनी में सोयी हुई तटरेखा की ओर देखने लगा। चाँद के चेहरे पर एक हल्की-सी मुस्कान आयी और चाँदनी थोड़ी तेज़ हो गयी।

राजे उठकर बैठ गया। बोला—"कुँवर, तुमने कोई ऐसी लड़की देखी है जो सफ़ेद फूलों की तरह पवित्र हो, जो इसी चाँदनी की तरह सूक्ष्म हो। एथीरियल हो। बोलो।" कुँवर ने कुछ नहीं कहा। चुपचाप बैठा बालू पर लकीरें खींच-खींचकर मिटाता रहा। चाँद हँसकर बोला—"ठीक है लड़के, इस उम्र में सभी को कोई लड़की एथीरियल लगने लगती है। फूल-सी पवित्र, चाँदनी-सी सूक्ष्म; क्या उम्र है तुम्हारी?" लेकिन चाँद की आवाज़ राजे तक पहुँच भी नहीं पायी थी कि कुँवर ने पूछा—"कौन है यह लड़की बताओगे?"

"है एक! जानकर क्या करोगे?"

"उसे मालूम है?" कुँवर ने पूछा।

"क्या?"...राजे हँसकर बोला—"क्या?"

"यही"...

"नहीं जी," राजे खिलखिलाकर हँस पड़ा—"तुम कुछ और न समझना। जानने की क्या बात है। तुम जानते हो, मैं दूसरे क़िस्म का आदमी हूँ। प्यार-व्यार मेरे बस का रोग नहीं। मेरी ज़िन्दगी का कुछ और ही मकसद है। वह लड़की फूल-सी पवित्र है, मैं केवल इतना कह रहा हूँ, लेकिन मेरे लिए है, यह तो मैंने नहीं कहा। आदमी दूर से भी फूल को देख सकता है।"

चाँद खिलखिलाकर हँस पड़ा। 'दूर से प्यार कर सकता है।' इस पीढ़ी के अधिकांश लोगों को इस उम्र में ऐसी बातें कहने की आदत पड़ गयी थी। पता नहीं, चाँद ने सोचा, इसका मतलब भी वे लोग समझते हैं या नहीं।

उसके बाद ये दोनों चुपचाप पड़े रहे। थोड़ी देर बाद राजे के हाथों पर एक गर्म आँसू चू पड़ा तो उसने चौंककर कुँवर की ओर देखा। कुँवर ने बिना राजे की ओर देखे हुए बहुत धीमे से कहा—"तुम क़िस्मतवर हो। तुममें ताक़त है, बौद्धिकता

है। तुम प्यार में विश्वास नहीं करते, पर तुम्हारे जीवन में है कोई जो प्रतिक्षण तुम्हारे समीप है। और मैं? जानते हो, मैं प्यार करता हूँ। लेकिन पिछले छः वर्ष से कभी उससे दो बात नहीं कर पाया। फिर भी हर साँस उसे छू आती है, कभी उसके प्यार, बल्कि मैं पूजा कहूँगा, के बिना एक क्षण भी नहीं जी सकूँगा। तुम मुझे कमज़ोर कह सकते हो। तुम्हारी-सी आग मुझमें ज़रूर नहीं है..."

"आग!" राजे ने धीमे से दुहराया और हँस पड़ा, शायद कुछ आत्म-सन्तोष के साथ, शायद हल्के से अविश्वास के साथ, शायद थोड़े से निश्छल अभिमान के साथ। "आओ चलें!" उसने कहा और दोनों उठ खड़े हुए। राजे का मन तितलियों की तरह चंचल, हल्का और उड़ने को आतुर था। कुँवर का मन भारी, उदास मन। सहसा रुककर राजे ने कुँवर के कन्धे से टिककर कहा, "मैं उसे प्यार नहीं करता लेकिन"...और राजे ने अपनी बात पूरी नहीं की।

यह पहला मरतबा था जब चाँद ने उन्हें देखा था। चाँद तो ऊपर है, इन भावावेशों और आँसुओं से ऊपर, अतः उसने केवल कुतूहल के भाव से, ऊपर ही से, उनकी ओर देखा जिनकी ये लोग बातें कर रहे थे। राजे ने जिसका ज़िक्र किया था, वह छत पर सो रही थी किसी से लड़कर, वह रोते-रोते छत पर पड़कर सो गयी थी, उसकी काली भौंराली चोटी उसके वक्ष पर नागिन की तरह बेहोश पड़ी थी। पास किताबें बिखरी थीं। सिरहाने दूध का गिलास रखा था जिसे मारे गुस्से के उसने पिया ही नहीं था। जिसका ज़िक्र कुँवर ने किया था वह खिड़की के पास टेबल लैम्प की रोशनी में किताब छोड़कर घुटनों में शीश छिपाये, न जाने क्या सोच रही थी। आँचल सर से खसक गया था। चाँद को अपनी ओर अपलक देखते हुए उसने उठकर खिड़की बन्द कर दी।

चाँद ने उन दोनों लड़कियों को देखा, और सफ़ेद बालू पर काले चींटों-से रेंगते हुए उन दोनों को देखा जिनके हृदय पर प्रथम बार स्वर्णिम प्रेम की छाया पड़ रही थी, उस प्रेम की जो आकाश से भी विस्तृत, सागर से भी गहरा, ऋचाओं से भी पवित्र था, जिसके बारे में उन्होंने उपन्यास पढ़े थे, कहानियाँ पढ़ी थीं, कविताएँ पढ़ी थीं। चाँद ने कुछ कहा नहीं सिर्फ़ अपनी लम्बी सूची में थोड़े से नाम और जोड़ लिये।

यह पाँच साल पहले की बात है। उस दिन से चाँद ने इन पर कड़ी निगाह रखनी शुरू कर दी थी। उसके बाद वे सब अपनी-अपनी पगडण्डियों पर चलते रहे और प्यार-व्यार तो हर एक की ज़िन्दगी में आता है, कभी उनकी पगडण्डियाँ मिलीं, फिर

अलग हो गयीं, फिर विभिन्न दिशाओं में मुड़ गयीं। कभी वे अपनी-अपनी ज़िन्दगी में बहुत व्यस्त हो जाते। कभी एक-दूसरे को दूर से देख लेते।

और आप जानते हैं। चाँद इस बीच में क्या करता रहा। कभी आपने मक्खी को फँसाते हुए मकड़ी को देखा है। जहाँ मक्खी के पंख उलझे और वह तड़फड़ायी कि मकड़ी दौड़ पड़ती है और दायें-बायें, ऊपर-नीचे, इस कोने से उस कोने तक बिजली की तेज़ी से दौड़कर इतने तार बिन देती है कि फिर मक्खी के लिए कोई निस्तार नहीं रह जाता। ठीक उसी तरह नीचे ज़मीन पर ये लोग चलते रहे, ज़िन्दगी में बढ़ते रहे, ब्याह, शादी, रोज़ी-रोज़गार, प्यार, सभी में वे डूबते-उतराते रहे और ऊपर चाँद एक बहुत बड़े चाँदी के ज़हरीले मकड़े की तरह आसमान के इस छोर से उस छोर तक दौड़-दौड़कर इनकी ज़िन्दगी को एक अजब-से चमकीले जाले में कसता रहा। हाँ, कभी-कभी चाँद एक काम और करता, चाँदनी को डोरों में बाँधकर उन्हें इसी बालू पर खींच लाता और यद्यपि आर्थिक संघर्ष, सामाजिक परिस्थितियाँ आदि उन पर चेतना और संस्कार की पर्त पर पर्त जमाते जाते थे, किन्तु चाँद एक क्रूर मज़ाक करता था। वह यह कि चाँदनी की एक तेज़ बौछार से उसके मन पर जमी हुई पर्तें धोकर बहा देता था और वे फिर उसी बालू में लेटकर उसी दिन की-सी बातें करने लगते थे जिस दिन उनके हृदय पर प्रेम की प्रथम छाया पड़ी थी—वह प्रेम जो आकाश से विस्तृत और सागर से गहरा है जैसा कि उपन्यासों और कविताओं में उन्होंने पढ़ा था।

तो इस तरह अकसर वे इसी तरह बालू पर मिलते रहे। एक बार राजे ने बताया हँसते-हँसते कि अब उसे बहुत फुरसत रहती है क्योंकि वह लड़की उसकी ज़िन्दगी से चली गयी है। लेकिन पता नहीं कौन-सी चीज़ है जो दोनों के मन में हमेशा ऐसी ही रहेगी—वह चीज़ प्यार है या और कुछ, यह नहीं कहा जा सकता क्योंकि राजे प्यार में तो विश्वास ही नहीं करता—और यह समाचार देते समय राजे हँसा। उसकी हँसी चाँद को कुछ टूटी-फूटी हुई-सी ज़रूर लगी थी, यह चाँद का भ्रम भी हो सकता है। और कुँवर के आँख में आँसू आ गये। क्योंकि उसे किसी की याद आ गयी जिसे वह खो ही देगा क्योंकि प्यार में पाने का विधान उतना महत्त्वपूर्ण नहीं है जितना खो देने का।

और फिर दो साल बाद एक दिन जब वे मिले तो कुँवर ने बताया कि उसकी शादी होनेवाली है। उस लड़की से नहीं क्योंकि वह राजे के सिद्धान्त में विश्वास करता था कि देवता अपने मन्दिर में रहें। वह केवल दूर से पूजा अर्पित कर दे या जैसे इसी सिद्धान्त को अन्य उपमाओं के सहारे भी कहा जाता है। राजे यद्यपि उसके विवाह के निर्णय से असहमत था पर जब कुँवर ने बताया कि स्वयं उस लड़की

ने ही कुँवर से उसके विवाह के लिए ज़िद की है, शपथ दिलायी है, वह भी उसने स्वयं पसन्द की है तो राजे भी उस लड़की के अनन्य त्याग पर विस्मय करता हुआ मौन रह गया।

और उसके बाद अकसर वे मिलते रहे और दोनों यह बताते रहे कि वास्तव में प्रेम में अद्भुत शक्ति है। दूरी से उसमें कोई अन्तर नहीं पड़ता, बल्कि इस दूरी ने उनके पारस्परिक विश्वासों को और भी सबल बना दिया है और दोनों चाँद की ओर देखकर कहते थे कि उनका प्यार इतना ही पवित्र है जितना यह चाँद, उनका प्यार रोज़मर्रा की ज़िन्दगी से उतना ही ऊपर उठकर है जितना यह चाँद, और दूर होते हुए भी अन्तर के उतना ही समीप है जितना यह चाँद, और उसके सिलसिले में कभी-कभी कबीर का एक दोहा भी वे लोग कहते थे कि 'कमोदनी जलहर बसे चन्दा बसे अकास', क्योंकि दसवें दरजे से एम.ए. तक यह दोहा उनकी पाठ्य-पुस्तकों में था। फिर अकसर वे दोनों उदास हो जाते और कुँवर की आँखों में आँसू आ जाता और राजे के होठों पर एक फीकी मुस्कान और यद्यपि वे दोनों अन्दर से एक बहुत बड़ा अभाव महसूस करते थे, लेकिन चाँद ने देखा दिन-दिन वे अपनी ज़िन्दगी में तरक्की करते गये। राजे ने एकाउण्ट्स की परीक्षा दी और डिप्टी इन्स्पेक्टर ऑफ स्कूल्स बन गया। और चाँद ने कुछ नहीं किया। सिर्फ़ एक बेडौल बड़े से चमकीले मकड़े की तरह दौड़-दौड़कर उनकी ज़िन्दगी पर जाला बुनता रहा और नतीजा यह हुआ कि राजे कुछ अधिक बौद्धिक, मुँहफट, हँसमुख, चतुर होता गया और कुँवर अधिक व्यावहारिक, दूरदर्शी, पारिवारिक (उसका परिवार हो गया था।) और गम्भीर होता गया। लेकिन यह उनकी ऊपरी पर्त थी। अन्दर की पर्त में तो केवल प्यार ही प्यार था। क्योंकि प्यार ही अमर है, जैसा कि महाकाव्यों में भी कहा गया है। हाँ, चाँद ने यह ज़रूर थोड़े आश्चर्य और अधिक सन्तोष के साथ देखा कि प्यार से वंचित हो जाने पर भी उनके जीवन की बाहरी प्रगति में बाधा नहीं पहुँची। वे पहले से अच्छे कपड़े पहनते थे, पहले से अच्छा खाना खाते थे, पहले से बेहतर घर में रहते थे, और पहले से अधिक व्यस्त थे, सोचने और चिन्ता करने का कम अवकाश निकाल पाते थे और इतने व्यस्त हो गये थे वे लोग कि हर महीने चाँद आसमान की अथाह नीलिमा में बड़े से बेले के फूल की तरह तैरता जाता मगर वे लोग कभी ध्यान भी न देते। इस तरह जब साल-डेढ़ साल यानी लगभग 17-18 पूर्णिमाएँ बीत गयीं तो चाँद को यह उपेक्षा काफ़ी अपमानजनक मालूम पड़ी और वह चाँदनी का रेशमी रुपहला जाल फेंककर उन्हें फिर बालू पर खींच लाया।

और वे पीपे का पुल पार कर आये। आते समय पीपे की रेलिंग चरमरायी, लहरें उठीं और विलीन हो गयीं, और जब इस पार पहुँचे तो पता नहीं क्यों उनका मन धूमिल था, उस पर पर्तें जमी हुई थीं और वे तमाम बातें कर रहे थे। सिर्फ़ वे बातें नहीं कर रहे थे जो अमूमन सृष्टि के आदि से चाँदनी में लोग करते आये हैं और

वे भी करते रहे और जिन्हें सुनने को चाँद उत्सुक था। हाँ, उनके साथ आज एक व्यक्ति और था, जिसकी खोयी-खोयी मनःस्थिति, आँखों के गुलाबी डोरे, झूमती हुई चाल और पाँव का सलेमशाही जूता यह बता रहा था कि वह विवाहित है। चाँद का जाल जो राजे और कुँवर पर आज नहीं था उसे सहसा घायल कर गया और वह राजे के कन्धे पर हाथ रखकर बोला—"कितनी सुन्दर है चाँदनी!" और चाँद की ओर देखता हुआ चलने लगा कि राजे ने टोका—"देखो नीचे गड्ढा है विनय।" नवविवाहित विनय राजे के और भी समीप जाकर बोला—"राजे, तुम्हें ऐसा कभी हुआ है कि सामने चाहे फूल हो या चाँद, बादल या पेड़ों की हरी-भरी छाँह का चेहरा उन सबके पीछे से मुस्करा पड़े।" राजे चुप रहा। एक टूटी हुई ठण्डी हँसी उनके होठों तक आते-आते रुक गयी। 'तो इसका नाम भी सूची में जुड़ना चाहिए।' चाँद ने सोचा। विनय फिर बोल उठा, "मैं जानता हूँ तुम लोग हँसोगे। पता नहीं कि मुझी पर कुछ पागलपन है, कुछ समझ में नहीं आता है। मैंने इससे अच्छी लड़कियाँ देखी हैं, शायद उन्हें प्यार भी किया है, हफ़्तों पागल भी रहा हूँ, लेकिन आज लगता है, यह सब अस्थायी है, उम्र का तकाज़ा, एक उत्सुकता, एक शौक़। लेकिन पत्नी की हमदर्दी, उसका स्नेह, इसमें कुछ और ही रस रहता है। राजे, तुम उसे कभी महसूस करोगे।"

"देखो शायद महसूस करूँ," राजे ने कहा और मन-ही-मन उसे महसूस करने की आधी परिहासमयी चेष्टा भी करने लगा।

'यह अजब-सा 'केस' है!' चाँद ने सोचा, 'प्रेम और अपनी पत्नी के लिए?'

"राजे से क्या कहते हो? मुझसे कहो।" सहसा कुँवर तेज़ और कड़ए स्वर में बोला। "मैंने शादी भी की है, पत्नी है, परिवार है, बच्चा है। जिसको तुमने प्यार किया है, उसका पति है, परिवार है, पता नहीं तुम पत्नी के किस स्नेह की, किस हमदर्दी की बात कर रहे हो। तुमने प्यार किया है। तुम्हारी उम्र का तकाज़ा रहा होगा जो मिट गया। प्यार अगर होता है तो अटूट रहता है। घरबार, पत्नी, बच्चे सभी जैसे पिंजरे की तीलियाँ हैं। पलभर अगर आदमी को एकान्त मिलता है तब सिर्फ़ एक व्यक्ति हमारे साथ रहता है। वह जो हमारी ज़िन्दगी में साथ नहीं आ पाया, जिसे हम खो चुके हैं।"

विनय चुप हो गया। वे बात करते-करते ऐसी जगह पहुँच गये थे जहाँ ऊपर लहरों ने बालू की एक लम्बी रेखा-सी बना दी थी। वे तीनों वहीं रुक गये। राजे और कुँवर उसी पर सिर टिकाकर लेट गये। विनय अँगुलियों से शिखर रेखा बनाता-मिटाता रहा। चाँद ने मकड़े की तरह जाल का एक तार और कसा। कुँवर बोला—"मैं जानता हूँ इस दूरी के बावजूद न मैं बदला हूँ न वह!"

"अभी कितने दिन गुज़रे हैं दोस्त!" राजे ने बहुत उड़ती हुई आवाज़ में कहा।

"तो तुम भी जानते हो कि यह सब अस्थायी..."

राजे ने कोई जवाब नहीं दिया। विनय राजे से टिककर बैठ गया।

"एक बात पूछूँ राजे," कुँवर ने राजे का माथा छूकर कहा—"तुम कुछ बदल गये हो क्या?"

"तुम उसे बदलना कहते हो? मैं उसे विकसित होना!"

"एक बात और पूछें?"

"क्या?"

"वह?"...

"नहीं, वह नहीं बदली है। वही अपनापन, वही अधिकार, वही शासन, वही तेवर और एकान्त क्षणों में वही पागलपन। लेकिन पहले मैंने सिर्फ़ उसे देखा था। उसके बाद दुनिया देखी है, दुनिया! जिसका वह सिर्फ़ एक अंश है। ज़िन्दगी देखी है ज़िन्दगी, जो सिर्फ़ प्यार नहीं होती, जाने कितनी अनुभूतियाँ, कितने संघर्ष, कितनी परिस्थितियों से मिलकर ज़िन्दगी बनती है।"

"लेकिन प्यार उन सबों के बावजूद टिकता है?" कुँवर ने विह्वल स्वरों में कहा।

"हो सकता है, पर मुझे तो लगता है प्यार शायद आदमी की सबसे आकर्षक और सबसे निस्सार कल्पना है! सच पूछो तो मैं अब प्यार में ही विश्वास नहीं करता। असल बात है हमदर्दी, एक आपसी निर्भरता, जो मूलतया सामाजिक है, सामाजिक परिस्थितियों से सापेक्ष है।"

भाषा कुछ इतनी कड़ी होती जा रही थी कि चाँद समझ नहीं पा रहा था पर कुछ ऐसा लग रहा था कि उसने जो जाल के तार उन लोगों पर बुन रक्खे हैं, उन्हें राजे बार-बार झटके दे रहा था।

"तो तुम कोई चीज़ स्थायी नहीं मानते। सब सापेक्ष है। तो वासना स्थायी होती होगी।"

"नहीं, वासना तो बिलकुल बालू की लकीर है। स्थायी है आत्म-प्रवंचना, अपने को ठगते रहना। अपने को भुलावे में डाले रखना। गुज़रे हुए प्रेम के नाम पर।"

"हूँ!" कुँवर ने बहुत उपेक्षा से कहा।

"नहीं, ख़ैर यह तो मैं मज़ाक़ कर रहा था। आत्म-प्रवंचना भी नहीं टिक पाती। परिस्थितियाँ उसे भी धीरे-धीरे तोड़ डालती हैं। लेकिन ख़ैर मेरी बात का बुरा मत मानो। न ग़लत समझो। सम्भव है मैं ही ग़लत होऊँ। पर मुझे ऐसा ज़रूर लगता है कि नारी और पुरुष के सम्बन्धों में अस्वस्थ रूमानी अंश निकालकर अगर एक स्वस्थ मानवीय हमदर्दी रहने दी जाए जिसके सहारे एक स्वच्छ सामाजिक जीवन बन सके तो बहुत समस्याएँ सुलझ जाएँ।"

चाँद का मन इस वार्तालाप से ऊब-सा रहा था। लेकिन कुँवर फिर बोल उठा, "लेकिन हम समस्याएँ सुलझाने के लिए तो प्यार नहीं करते। वह तो पता नहीं कैसे हो जाता है एक अजब-सा बल, एक अजब-सी रंगीनी, एक ताज़ी अँगड़ाई हमारी आत्मा में जाग जाती है। और जो व्यक्तित्व हमें छूकर फूल की तरह खिला देता

है, जो हममें जाने कितना अमृत भर देता है, जिसके सपनों में हम बरसों डूबे रहते हैं, फिर उसी के सामने हम एक दिन यह प्रश्न-चिह्न लगा दें कि इससे हमारी समस्याएँ सुलझती हैं या नहीं? यह हमारे सामाजिक जीवन की कसौटी पर कैसा है?" चाँद ने दूर से देखा तैश से कुँवर का चेहरा लाल हो रहा था। वह और ध्यान से सुनने लगा।

राजे शान्त और संयत स्वर से बोला, "लेकिन मैं तो इसे दूसरे ही पहलू से देखता हूँ बन्धु; ज़रा अपने व्यक्तिगत मोह से अलग होकर देखो। एक उम्र होती है जब एक अजब-सा रंगीन प्यारा फूल सभी के मन में खिलने लगता है। उस समय जो भी व्यक्तित्व हमारे समीप आया उसकी गहरी छाप उस पर पड़ जाती है। लेकिन हमारे चारों ओर की व्यवस्था, वातावरण, परम्पराएँ सामाजिक ढाँचा कुछ ऐसा है कि हम सब बेबस हैं, और कायर हैं। सामाजिक स्तर पर वह व्यक्ति हमारे साथ आ नहीं पाता। अपनी व्यक्तिगत सीमाओं में आबद्ध हम आत्मिक प्रेम, आस्था और निष्काम पूजा की बात करने लगते हैं पर सामाजिक स्तर पर विवाह करते हैं। पत्नी आती है, बच्चे होते हैं और हमारे दो व्यक्तित्व हो जाते हैं। दोनों एक-दूसरे को धिक्कारते हैं। दोनों एक-दूसरे की साँसों में ज़हर घोल देते हैं। हमारा व्यक्तित्व खोखला हो जाता है और खोखले व्यक्तित्व से बना हुआ समाज अनैतिक। मैं कभी-कभी सोचता हूँ—काश, इन अन्तर्विरोधों, इन विषमताओं से हम छुटकारा पा सकते तो हमारा जीवन कितना स्वच्छ होता, हमारा समाज कितना स्वस्थ। हम अपना व्यक्तिगत मोह छोड़कर कितनी विराट आस्था पा लेते। हमारी व्यक्तिगत ज़िन्दगी कितने बड़े संगीत की एक कड़ी होती...अपने व्यक्तिगत मोह की बात छोड़कर ज़रा तटस्थ होकर आकलन करो।"

चाँद तिलमिला उठा, उसे ऐसा लगा जैसे राजे ने झटके से जाल का सबसे मज़बूत तार तोड़ दिया हो। उसने चाँदनी की एक तीखी बौछार दी, कुँवर बोला—"उठो और आगे चलो।" चाँद ने डोरे खींचे और तीनों कठपुतली की तरह चाँदनी के जादू में बँधे फिर आगे चल दिये। चाँद ने व्यंग्य से कहा, "पता नहीं किसने आदमी को बौद्धिक प्राणी कहा है। प्यार ने तोड़ दिया है। उसको स्वीकार न कर, एक पता नहीं किस असम्भव अवस्था की बात करता है। दूसरा विवाह को मंज़िल समझ बैठा है। और तीसरा तो जैसे समाजवादी नेता की तरह बात कर रहा है। समाज-व्यवस्था, स्वस्थ सामाजिक जीवन...। बेमतलब, बेसिर-पैर की बातें।" ...और मकड़े की तरह गुस्से में चाँद जल्दी-जल्दी जाल के तार बुनने लगा।

तीनों का मन अजब-सी आशंकाओं, समस्याओं और प्रश्नचिह्नों से ग्रस्त जाल में फँसी मछलियों की तरह पंख फड़फड़ा रहा था और मन की आकुलता जितनी बढ़ती जाती

थी उतनी ही एकाग्रता से वे चाँदनी और बालू के जादू में डूबने का प्रयास करते थे। उन्होंने बालू पर बनी हुई लहरियाँ देखीं, उनकी तुलना बादल में पड़ जानेवाली लहरियों से की। एक स्थान पर पास के ककड़ी के खेतों की मेंड़ों पर गड़ी सरपत की कलौंच बालू पर जम गयी थी। उसे आश्चर्य से देखा। उसे पैर से ज़रा ठोकर मारने पर नीचे से कपूरी बालू निकल आती थी। इसे बहुत आश्चर्य से देखा। बालू मुट्ठी में भर-भरकर गिराते रहे। बालू में बनते अपने पगचिह्नों को देखते रहे। विराट बालू की हिमश्वेत झिलमिली पृष्ठभूमि में काली छायाओं से हिलते-डुलते एक-दूसरे के व्यक्तित्व को देखते रहे। लेकिन यह सब ऊपरी पर्त की बातें थीं। अन्दर ही अन्दर वे तीनों बेचैन, उलझे हुए और व्यथित थे क्योंकि उन सबों की जाने कितनी धारणाओं, आस्थाओं और मान्यताओं में गहरा मन्थन हो रहा था।

और चाँद तो इन सभी व्यक्तिगत दुःख-सुख, व्यथा और पीड़ाओं से बहुत तटस्थ और निरपेक्ष है। उसे इसमें क्या दिलचस्पी, फिर भी महज़ कुतूहलवश उसने अपनी निगाह घुमायी और देखा राजे जिसके बारे में सोच रहा था, वह बिलकुल उसी तरह जैसे चाँद ने पहले देखा था, छत पर बेहोश सो रही है। पास में एक छोटी-सी गुलाब-सी बच्ची किलकारियाँ भरकर माँ को जगाने की कोशिश कर रही है। एक अक्षय वात्सल्य और कमल की पाखुरियों-सी मंजुल ममता उसके होठों पर है। वह छोटी-सी माँ पहले से कहीं ज़्यादा सौम्य, मधुर और स्नेहमयी लग रही थी। और चाँद ने देखा कि जिसके बारे में कुँवर सोच रहा था वह उसी तरह खिड़की पर टेबल लैम्प के पास घुटनों में सिर झुकाये पति की प्रतीक्षा कर रही है, जो अभी लौटा नहीं है। वह पहले से अधिक सूनी-सूनी लग रही है और जिसकी बातें विनय ने की थीं, वह सुहाग की लजीली तुलसी-सी पवित्र छोटी-सी अबोध नव-वधू; चाँद की निगाहें उस पर टिकी हीं नहीं।

और चाँद ने नीचे बालू पर रेंगते हुए तीनों काले चींटों की ओर देखकर कहा—"मूर्ख!" पर उन्होंने सुना नहीं। हाँ, कुँवर ने आगे आकर कहा—"राजे, एकाएक गम्भीर क्यों हो गये। सम्भव है तुम्हीं सब कर रहे हो।"

राजे का मन आया। बोला—"कौन जानता है? हम सब टूटे हुए लोग हैं। कुण्ठित। अधूरे। जिनका विकास कुचल चुका है। हम सबकी निगाह टूटी है, अधूरी है। पता नहीं सच्चाई क्या है! पता नहीं मैंने जो कुछ कहा उसमें स्वयं मैं विश्वास करता हूँ या नहीं! मैं प्रेम के रूमानी अंश को नहीं मानता। फिर भी लगता है उसे अस्वीकार भी नहीं कर सकता। पता नहीं यह केवल संस्कार मात्र है, जो छूट नहीं पाता या सच्चाई का तकाज़ा है।" और चाँद को लगा कि राजे ने अभी-अभी जाल के जो तार तोड़े हैं वह स्वयं उनमें उलझ रहा है। वे तार साँप बनकर उसके क़दमों में लिपटे जा रहे हैं—राजे भरे कण्ठ से कहता गया—"मैं ही अभी व्यक्तिगत मोह से उठने की बात कह रहा था। सामाजिक दृष्टिकोण की बात कर रहा था पर मुझे

कभी-कभी लगता है चाहे मेरा प्यार अब व्यक्तिगत सीमा से न बँधा हो पर वह दर्द तो मेरा ही है जो हड्डियों में आग की तरह रेंगा करता है।"

वातावरण बहुत भारी-सा हो गया। चाँद तो हमारे सुख-दुःख से निरपेक्ष है। वह तो केवल कौतुक के लिए बालू पर इन कठपुतलों का खेल देख रहा था। नाहक मन को उलझनों में फँसाने से क्या फ़ायदा! वह तो एक मुर्दा नक्षत्र ठहरा जिसमें इन्सान और उसकी दर्दभरी ज़िन्दगी, उलझन-भरी समस्याएँ कभी की समाप्त हो चुकी थीं और जिसमें अब सिर्फ़ सूने पहाड़ और झुलसे मैदान रह गये थे। ऐसा मुर्दा नक्षत्र क्यों नाहक आदमी की समस्याओं में दिलचस्पी दिखाए। वे क्यों रोते हैं? क्यों टूटते हैं? अपनी ज़िन्दगी को, अपनी रहन-सहन को, अपनी व्यवस्था को बदलते क्यों नहीं? चाँद इसमें क्या करे! उसने जाल के डोरे ढीले कर दिये। अपने शिकारों को छोड़ दिया। और ख़ुद थककर, आँख मूँदकर एक काले बादल से टिककर बैठ गया।

चाँदनी धूमिल हो गयी। तीनों भारी मन से चुपचाप इस किनारे लौट आए। ढाई बज गये थे। रिक्शा एक ही था, तीनों बैठे। राजे बोला—"और जानते हो! हँसी-ख़ुशी भरे दिन के बाद जब मैं सोता हूँ तो अकसर आजकल क्या सपना देखता हूँ? देखता हूँ एक अथाह समुद्र है जिसके किनारे एक ऊँची मीनार है। जिसके एक झरोखे में से सहसा मेरा पैर फिसल गया है और मैं गिर रहा हूँ। नीचे अथाह, ख़ूँख़ार समुद्र है और मैं गिरता जा रहा हूँ...गिरता जा रहा हूँ..." और राजेश का गला रुँधने-सा लगा। रिक्शे की ठण्डी लोहे की सलाख पर सिर टिकाकर पड़ रहा। विनय ने सान्त्वना से उसका हाथ अपने हाथों में ले लिया। पर सभी चुपचाप रहे। बादल और गहरे हो गये। चाँदनी बिलकुल छिप गयी।

चाँद ने आँखें खोलीं तो चारों तरफ़ अँधेरा था। एक अँधेरा सभी को घेरे हुए था। और उस अँधेरे में यह सभी अजब-से लग रहे थे। यह राजेश, यह कुँवर, यह विनय, यह माँ और उसका वात्सल्य। यह प्रतीक्षारत पत्नी और उसका घर, यह सभी अँधेरे में डोलती हुई प्यासी परछाइयाँ मालूम पड़ रही थीं। उनका प्यार, उनका दर्द, उनकी आस्था, उनकी बौद्धिकता, उनका मातृत्व सभी टूटी हुई परछाइयों के प्यार, परछाइयों के दर्द और परछाइयों की आस्था की तरह झूठा और खोखला मालूम पड़ रहा था। उनमें ठोसपन नहीं। उनमें सच्चाई का वज़न नहीं।

इतने में रिक्शा ढाल पर पहुँचा और रिक्शेवाले ने सहसा जो उसे छोड़ दिया एक अजब-से झोंके के साथ, तो राजे को ऐसा लगा जैसे सचमुच वह मीनार से गिर पड़ा है और नीचे अथाह समुद्र है, अथाह, असीम और वह बिलकुल अकेला है। अगर वह आवाज़ भी दे तो सिर्फ़ आवाज़ ही समुद्र से और पहाड़ों से टकराकर लौट

आएगी। और सहसा उसकी पसलियों में एक अजब-सा दर्द मरोड़ उठा और राजेश की पलकों से अनजाने एक बड़ा-सा गर्म आँसू गालों पर ढलक आया।

और उसी समय एक अजब-सी बात हुई। चाँद की निगाह उस आँसू पर जो पड़ी तो वह स्तब्ध रह गया। यह जिसमें आग है, जो व्यक्तिगत मोह को चीर चुका है यह उसी की पलकों का आँसू है। पाँच साल में यह पहला आँसू उसने उस पलकों में देखा था। चाँद को ऐसा लगा जैसे वह आँसू सफ़ेद चमकदार मगर तड़पते हुए फौलाद का टुकड़ा है। और जैसे आग छूने से आदमी चौंक उठता हो वैसे ही चाँद की नसों में एक आघात दौड़ गया। और जैसे अंगारे से मोम पिघल जाता है वैसे चाँद की निगाह पर न जाने क्या जमा हुआ था जो पसीज-पसीज उठा और एक अजब-सी विह्वलता चाँद में जाग उठी और उसे लगा—हालाँकि ये सभी लोग टूटे हुए हैं, आत्मप्रवंचनाओं में उलझे हुए हैं, अपूर्ण और कायर हैं, पर राजे के इस आँसू में, कुँवर की उस दृढ़ आस्था में, उस धूपदीप-सी नववधू में, अपने नये बचपन में, उस गुलाब-सी बच्ची में अपना सारा दुःख भूलकर तन्मय हो जानेवाली माँ में, उस बेबस करुण पत्नी में, इसमें, उसमें, सभी में पता नहीं कहाँ कौन-सी प्रांजल पवित्रता है, जो प्रकाश की प्यासी है, प्रकाश में आने के लिए छटपटा रही है। सिर्फ़ उसे रास्ता नहीं मिल पा रहा है। एक अमृत-स्पर्श, केवल एक अमृत-स्पर्श उनको बिलकुल बदल देगा। वे छटपटा रहे हैं...और उसी क्षण सहसा चाँद को महसूस हुआ कि केवल चाँदी का मकड़ा नहीं है। वह रेतीले मैदानों और टूटे पहाड़ोंवाला मुर्दा नक्षत्र मात्र नहीं है। वह प्रकाश का देवता है, सुधा का स्रोत है, अमृत का रजत कलश है और यह सब उसी के अपने टूटे हुए टुकड़े हैं जो प्रकाश के अभाव में छटपटा रहे हैं, जो एक नये प्रकाश की खोज में हैं, नये जीवन की खोज में हैं, नयी व्यवस्था की ओर लड़खड़ाते हुए आगे बढ़ रहे हैं—तब चाँद बादलों को चीरकर इन टूटे हुए लोगों पर, उनकी सारी टूटी हुई पीढ़ी पर, एक विराट् मंगलमय आशीर्वाद की तरह झुक गया!

एक पत्र

डियर राबर्ट,

सुना है तुम कामन्स की बैठक में बंगाल के अकाल की जाँच की माँग करनेवाले हो। सोफ़ी के पास आये हुए पत्र से यह मालूम हुआ कि तुम्हारा विचार है कि अकाल की घटनाओं से भारत में असन्तोष फैलने की सम्भावना है और तुम्हें सन्देह है कि कहीं उससे युद्ध-प्रयत्नों में बाधा न पड़े।

तुम्हारे इस सन्देह से केवल यही मालूम होता है कि तुम भारत की असली हालत से कितने अपरिचित हो। तुम्हें शायद यह नहीं मालूम कि हिन्दोस्तान की युग-युगों की सभ्यता और संस्कृति ने यहाँवालों को इतना सहनशील बना दिया है कि तुम इसका अन्दाज़ा भी नहीं कर सकते। हिन्दोस्तानियों के धर्म में उपवास रखना और भूखों मरना एक साधना है, आध्यात्मिक निष्ठा है। इस बंगाल के उपवास से भारत की आत्मा पवित्र हो रही है, समझे। हिन्दोस्तानी अपमान और बेइज़्ज़ती की ठोकरें खाकर बहादुरी से शहादत की मौत मर जाते हैं; उनके लिए गेहूँ और रोटी का कोई सवाल ही नहीं उठता।

फिर भी, तुम्हारी दिलचस्पी के लिए मैं एक भूख की मौत का हाल लिखता हूँ, वह मौत जो तुम्हारी समझ में यहाँ ग़दर मचा देती, लेकिन जो ख़ुद हिन्दोस्तानियों की निगाह में एक पानी के बुलबुले से अधिक महत्त्व नहीं रखती।

जाड़े के दिन थे—सुबह का वक़्त। यकायक मेरा कुत्ता बुरी तरह भूकने लगा। मैंने ओवरकोट डाला और मैं बाहर आया। दूर पर बिजली की मद्धिम रोशनी में कुछ भिखमंगे चले आ रहे थे। सबसे आगे एक छोटा-सा लड़का था, क़रीब ग्यारह वर्ष का और तुम्हें यक़ीन न होगा, वह जंगली बिलकुल नंगा था। रूखे-रूखे बाल, पीला चेहरा, बुरी तरह फूला हुआ पेट और लकड़ी की तरह पतली टाँगें। उसके पीछे दो बुड्ढे थे। एक की लम्बी दाढ़ी में कीचड़ लगा हुआ था और दूसरे का एक पैर किसी बीमारी से फूल गया था। उनके पीछे तीन औरतें थीं, जिनके लिबास का हाल लिखना अश्लीलता होगी। उसमें से एक अभी कम उम्र की लड़की थी। एक तरफ़

उसके बालों ने और दूसरी तरफ़ उसके बच्चे ने उसकी छातियाँ ढक रक्खी थीं। यह हिन्दोस्तानी औरतों के पहिनावा का तरीक़ा है, जिसकी इतनी तारीफ़ तुम कर रहे थे, जब तुमने पेरिस में जूली को सारी पहिने देखा था। और जानते हो उसकी यह हालत क्यों थी? इसलिए नहीं कि उसको कपड़े नहीं मिल सकते थे, बल्कि इसलिए कि इस तौर से नंगे रहने पर उसे शायद आसानी से भीख मिल सकती थी। सबसे पीछे एक जवान आदमी था, जो धीमे-धीमे कराह रहा था, और दोनों हाथों से अपने पेट को दबाये था। शायद वह ज़्यादा खा गया था, क्योंकि तुम्हें यह नहीं मालूम कि हिन्दोस्तानी भिखमंगे कितने लालची होते हैं।

मेरे घर के आगे हिन्दोस्तानी मुसलमानों की एक क़ब्रगाह है। पहले मैंने सोचा शायद क़यामत का दिन आ गया है और क़ब्रों के पत्थरों को तोड़कर ये मुर्दे न्याय के लिए जा रहे हैं, क्योंकि तुम उनकी शक्लों से ज़िन्दगी का कोई भी चिह्न नहीं पा सकते थे। लेकिन उसी समय एक ऐसा वाक़या हुआ कि मुझे विश्वास हो गया कि वे ज़िन्दा हैं। मैं अपनी नन्ही बेबी के लिए चॉकलेट लाया था और उस पर लिपटा हुआ काग़ज़ राह में पड़ा था। आगेवाला नंगा लड़का अपनी पतली-पतली टाँगों पर झुका और लपककर वह टुकड़ा उठा लिया। पल भर उसे अजीब भूखी निगाहों से देखा और बड़े चाव से चाटा। और फिर चारों ओर निगाह घुमाकर झट से उसे निगल गया। मुझे बहुत ताज्जुब हुआ—हिन्दोस्तानी काग़ज़ भी खाते हैं। शायद करेन्सी नोट भी खा जाते होंगे। पर आजकल तो यहाँ काग़ज़ पर भी नियन्त्रण है।

ख़ैर, तो वे इतने धीरे-धीरे चल रहे थे कि एक बिजली के खम्भे से दूसरे तक आने में उन्हें कम से कम बीस मिनट लगे होंगे। शायद वे सचमुच भूखे और कमज़ोर थे।

वह जवान भिखमंगा मेरे सामने रुका, शायद कुछ माँगने के इरादे से। तुम नहीं जानते कि मुझे इन भिखमंगों से कितनी नफ़रत है। मैंने फ़ौरन अपने कुत्ते को इशारा किया और वह झपटा। भिखमंगा भागा और लड़खड़ाकर गिर गया। कुत्ते ने अपने दाँत गड़ाये लेकिन मैंने उसे वापस बुला लिया—मेरा कुत्ता बहुत समझदार है—वह हिन्दोस्तानी नस्ल का है और नेटिव कुत्ते बहुत ही वफ़ादार होते हैं। मैंने भी उसे खिलाकर इतना मोटा कर दिया है जैसे कोई हिन्दोस्तानी सेठ या पुलिस का दरोग़ा जिनकी तस्वीरें तुमने 'किपलिंग' की किताबों में देखी होंगी।

वह आदमी ज़ोर-ज़ोर से कराह रहा था। ठण्ड से उसका बदन जकड़ गया था और वह उठने की बेकार कोशिश कर रहा था। उसके साथी पल भर रुके, उन्होंने एक ख़ूनी निगाह से उसकी ओर देखा, अजीब तौर से सर झटका और रेंगते हुए आगे चले गये, उसे मरता हुआ छोड़कर। वह उनके लिए साधारण-सी बात हो गयी थी।

वह लड़की रुकी। उसने अपने बच्चे को ज़मीन पर रख दिया। मुझे उस पर तरस आ रहा था और शायद मैं उसकी कुछ मदद भी करता अगर मैं एक अँग्रेज़ न होता क्योंकि एक अँग्रेज़ के लिए हिन्दोस्तानियों की मदद करना अपमानजनक समझा जाता है। मुझे विक्टोरिया कॉलेज में हिन्दोस्तानी विद्यार्थियों के सामने 'सौन्दर्य का देश—भारत' विषय पर भाषण देना था; मैं उसकी तैयारी करने लगा।

शाम को जब मैं वापस आया, तो देखा वह आदमी चुपचाप पड़ा है। वह औरत कहीं चली गयी थी। आधे घण्टे में वह लौटी। उसकी गोद में बच्चा था और एक हाथ में एक सड़ी रोटी का टुकड़ा, और केले के छिलके। वह पास आयी और उस आदमी से कुछ कहा। उसने कुछ जवाब न दिया। पास में नाली धोने का नल था। उस लड़की ने अपना पल्ला भिगोया और उसके मुँह में दो बूँदें निचोड़ीं—पल भर रुकी और फिर वह रोटी का टुकड़ा उसके मुँह में डाल दिया। फिर भी आदमी कुछ न बोला, न हिला-डोला। उस औरत ने अपना सूखा हाथ उस आदमी की पसलियों पर रक्खा—उसके बाद उठी—पल भर चुप रही और उसके बाद सूखे गले से सुबकने लगी। वह आदमी मर चुका था।

औरत ने बच्चे की बाँह पकड़ी और रेंगते हुए सड़क के दूसरे किनारे पर सर थामकर बैठ गयी। जैसे उसने कोलतार से बनी हुई उस पतली सड़क को ज़िन्दगी और मौत की विभाजन रेखा समझ लिया हो।

वह आदमी निश्चेष्ट पड़ा था। उसके अधखुले मुँह पर मक्खियाँ भिनभिना रही थीं और मुँह में से आधी रोटी झूल रही थी। वह ऐसा मालूम पड़ता था जैसे सर चार्ल्स नेपियर का बयान किया हुआ हिन्दोस्तानी बाज़ीगर जो अपने मुँह से अजीब-अजीब चीज़ें निकाल देता है।

अँधेरा छा गया; वह औरत वहीं बैठी रही। रात को ऐसा मालूम हुआ कि टामी ठण्ड से कूँ-कूँ-कर रहा है। रोज़ी ने उसे अपने बिस्तरे पर बुला लिया। पर वह आवाज़ बन्द न हुई। मैंने खिड़की खोलकर बाहर झाँका—ग़ज़ब की सर्दी थी, हिन्दोस्तान उतना गर्म मुल्क नहीं जितना तुम समझते हो। यहाँ काफ़ी सर्दी पड़ती है जिसका असर तुम हिन्दोस्तानियों की सर्ददिली में देख सकते हो।

वह औरत सड़क के उस किनारे से इस किनारे पर आ गयी थी। पता नहीं किस ताक़त के सहारे उसने ज़िन्दगी और मौत के बीच की उस सड़क को पार कर लिया था, वह भी इस भूख और सर्दी में। उसका बच्चा भूख और सर्दी से कुनकुना रहा था। मेरी नींद उचट गयी थी। मैंने देखा, वह औरत उठी, उस मुर्दे

के पास गयी और उसके मुँह से निकला हुआ रोटी का सड़ा टुकड़ा उस बच्चे के हाथ में दे दिया। बच्चा उसे खाने लगा, वह उसके मुर्दा बाप की देन थी—वह रोटी का सड़ा टुकड़ा, मुर्दे के मुँह से निकला हुआ। यक़ीन मानो राबर्ट।

बच्चे ने फिर चीख़ना शुरू किया। औरत फिर उठकर मुर्दे के पास गयी। उस पर से उसका वस्त्र, जो एक फटा हुआ बोरा था, उठा लिया। मुर्दा वस्त्रहीन हो गया, पर फिर औरत झिझकी और काँपी—और टाट उसी पर डाल दिया। बच्चा काँप रहा था और पसलियों में सर्दी से जमे हुए कफ़ की घरघराहट साफ़-साफ़ सुनाई पड़ी थी। वह मुर्दे की बग़ल में बैठ गयी और आधा टाट अपनी ओर खींच लिया। उसने नीचे बच्चे को ढाँककर दुबका दिया और बग़ल में ख़ुद लेट गयी। एक ओर मुर्दा, बीच में बच्चा, और दूसरी ओर माँ—यह एक बंगाली परिवार था।

मुझे नींद आ रही थी। मैं सो गया। सुबह लाश उठाने की गाड़ी आयी। मुर्दा भरते वक़्त मालूम हुआ बच्चा दो लाशों के बीच में था। माँ भी फिर सोकर उठी नहीं। उन्होंने माँ की लाश और बच्चे को बीच सड़क में छोड़ दिया। गाड़ी में जगह नहीं थी। शायद मुर्दों ने, बिना सरकार की असुविधा का ध्यान रक्खे, ज़्यादा से ज़्यादा संख्या में श्मशान-यात्रा का निश्चय कर लिया था।

मैंने तुम्हें बताया है कि मेरे घर के आगे एक क़ब्रिस्तान है। और उस क़ब्रिस्तान के सामने एक सिख रेज़ीमेण्ट का पड़ाव। कभी-कभी तो चाँदनी में सफ़ेद क़ब्रों और सफ़ेद तम्बुओं में फ़र्क़ ढूँढ़ना मुश्किल हो जाता है। ख़ैर, गेहूँ और रसद की एक लारी उस ओर जा रही थी। सड़क पर लाश पड़ी हुई थी। लारी रुक गयी, फ़ौजी उतरे और बन्दूक के कुन्दों से लाश को एक ओर हटा दिया। लारी चल दी। पर वह बेचारा बच्चा लारी के पिछले पहियों के नीचे आ गया—पच्च—एक दर्दनाक-सी आवाज़ हुई—एक ख़ून का फ़व्वारा छूटा और एक बड़ा-सा धब्बा वहाँ फैल गया। उस बच्चे की अँतड़ियाँ टायरों में फँसी रह गयीं और दूर तक लहू की लाल रेखा खिंच गयी।

पीछे से कुछ आहट हुई। मैंने मुड़कर देखा। रोज़ी ग़ुस्से से तमतमायी हुई खड़ी है। वह चीख़कर बोली—"लारी रुकवाओ!" मैंने उसे आहिस्ते से समझा दिया कि इसमें ड्राइवर का क्या क़सूर। बच्चे को दबने के पहले चीख़ना चाहिए था। दबने के बाद चीख़ना बच्चे की नासमझी थी—रोज़ी भी कभी-कभी तुम्हारी तरह भावुक हो जाती है।

यह एक अदना-सा वाक़या है। तुम ख़याल कर रहे होगे इससे बड़ी नाराज़गी

फैली होगी—जाँच-कमीशन बैठा होगा—आन्दोलन मचा होगा।

यह सब कुछ नहीं मेरे दोस्त! सामने रहनेवाली बंगाली लड़कियाँ उसी ख़ुशी और सज-धज से कॉलेज गयीं, बग़ल के सेठ जी का रेडियो उतनी ही सुरीली आवाज़ में हापुड़, मेरठ और दिल्ली के गेहूँ के भाव बतलाता रहा—किसी पर कुछ भी असर न हुआ। सिर्फ़ उस गुलाम धरती पर ख़ून की रेखा खिंच गयी और उसे भी मुसाफ़िरों के जूतों की रगड़ ने मिटा दिया।

यह यहाँ की हालत है। तुम्हारा विचार बिलकुल ही ग़लत है। उम्मीद है तुम अपनी भावुकता को छोड़ दोगे और कामन्स में फ़िज़ूल के सवाल न पूछोगे। क्योंकि, उनसे हिन्दोस्तानियों में तो नहीं, सम्भव है अँग्रेज़ों में ही कुछ असन्तोष फैले; और यह युद्ध-प्रयत्नों में बाधक हो।

अमृत की मृत्यु

सामने रखे हुए अग्निपात्र से सहसा एक हलके नीले रंग की लपट उठी और बुझ गयी। दूसरी लपट उठी और बुझ गयी। उसके बाद ही दहकते हुए अंगारे चिटखने लगे और उनमें से बड़ी-बड़ी चिनगारियाँ निकलकर कक्ष में उड़ने लगीं।

अग्निपात्र के सामने बैठा था एक भिक्षु—काषाय वस्त्र, चौड़ा भाल, लम्बी और गठी हुई भुजाएँ—अपलक दृष्टि से देख रहा था वह अग्निपात्र को। आग पर धातु के पात्र में कुछ द्रव-पदार्थ उबल रहा था। चिनगारियाँ उड़ते ही उसने धातु के पात्र से थोड़ा-सा द्रव एक स्वर्णपात्र में ढाला। उसका रंग मदिरा की भाँति लाल था। उसने बड़े ध्यान से देखा। कहीं-कहीं उसमें सफ़ेद बूँदें तैर रही थीं। वह प्रसन्नता से हँस पड़ा—"बस थोड़ी देर और!" वह गद्गद स्वर में बोला—"और, और फिर मैं अमृत का स्वामी बन जाऊँगा। अमृत केवल पुराणों की कल्पना न होगी—वह होगा इस जीवन का यथार्थ। अमृत की लहरें इस पात्र में इठलाती हुई नाचेंगी!" उसने पात्र फिर अग्नि पर रख दिया।

द्वार पर कुछ आहट हुई। एक भिक्षु ने प्रवेश किया।

"क्या है?"

"अनावश्यक बाधा के लिए आचार्य क्षमा करें : एक नारी आपसे मिलना चाहती है!"

"नारी! अमृत और नारी!! क्या साम्य है? कह दो मुझे अवकाश नहीं है!"

"किन्तु वह कह रही है कि आचार्य भव्य से मिले बिना मैं न लौटूँगी!" भिक्षु ने कहा।

"किन्तु मुझे अवकाश नहीं!" आचार्य भव्य ने कहा और अपने कार्य में लग गये। भिक्षु खड़ा ही रहा—"नहीं गये तुम? अच्छी विवशता है! अच्छा, उसे भेज दो।"

भिक्षु बाहर गया। द्वार खुला। भव्य ने देखा, द्वार पर थी एक नारी : असीम रूप, अपार सौन्दर्य, अनन्त मादकता। हलका गुलाबी रेशमी अधोवस्त्र, कमर में एक लम्बा मृणाल नागिन की भाँति लिपटा था, जिसके सिरे पर नीलकमल की अधखिली

कलियाँ झूल रही थीं। वक्ष पर चम्पई रंग का वस्त्र था। अंगों से पराग के अंगराग का तीखा सौरभ उड़ रहा था। पीछे के केशों को उलटकर बायीं ओर हटकर जूड़ा बँधा था और उस पर मौलश्री की माला लपेट दी गयीं थी। रमणी ने अधखुली मुसकराती पलकों से भव्य की ओर देखा और नम्रता से नमस्कार किया।

भव्य! भव्य जैसे मन्त्रमुग्ध-सा हो रहा था। उससे नमस्कार का प्रत्युत्तर भी देते न बना। उसकी दृष्टि जैसे जम-सी गयी हो।

पास के वातायन से वसन्ती बयार का एक झोंका आया और कक्ष में सद्यःविकसित रसाल-मंजरी का मादक सौरभ बिखेरता हुआ चला गया। भव्य ने पवन की गुदगुदी का अनुभव किया। उसी समय पास में रखा हुआ अग्निपात्र फिर दहक उठा। भव्य का ध्यान उधर आकर्षित हुआ। देखा अमृत का गहरा लाल रंग फीका पड़ता जा रहा है, द्वार पर नारी जो थी। नारी ने वीणा विनिन्दित स्वर में कहा—"नमस्कार!"

आचार्य नागार्जुन ने हाथ उठाकर चारों ओर उमड़ते हुए प्रश्नों को रोका। भिक्षुओं के प्रश्नातुर अधर काँपकर रुक गये। आचार्य ने पैनी दृष्टि से चारों ओर देखा और हँसकर बोले—"भिक्षुओ! उत्तर और प्रत्युत्तर, विकल्प और विचार, तर्क और वितर्क से जीवन के सत्य का निरूपण नहीं हो सकता। तर्कों से जीवन की जिस सत्ता का स्पष्ट संकेत तुम्हें मिलता है, सम्भव है गहनतर तर्कों से कोई उन संकेतों को असत्य सिद्ध कर दे। जिसे हम आज असम्भव समझते हैं, सम्भव है कालान्तर में वही सम्भव हो जाए। मनुष्य का जीवन इतना छोटा है, मनुष्य की बुद्धि इतनी सीमित है, मनुष्य की कल्पना इतनी भ्रमात्मक है कि हम सत्य का मूलरूप देखने से वंचित रह जाते हैं। हमें जो वस्तु सत्य लगती है वही दूसरे को असत्य। अतः हम न यह कह सकते हैं कि यह वस्तु है, और न यही कह सकते हैं कि यह वस्तु नहीं है। न हमें यही ज्ञात है कि इन वस्तुओं में अस्तित्व और अनस्तित्व समान रूप से व्याप्त हैं। यही चरम अज्ञान हमारा एकमात्र ज्ञान है। सत्य की इसी अनिर्वचनीयता का नाम शून्य है। इसी शून्य की साधना, अपने को अस्तित्व और अनस्तित्व से भी ऊपर उठाना, हमारी गति का लक्ष्य है। यह सभी प्रश्नों का उत्तर है बस!"

नागार्जुन उठ खड़े हुए। सभा विसर्जित हो गयी। आचार्य अपनी कुटी में जा ही रहे थे कि एक भिक्षु ने आकर नमस्कार किया।

"कौन भव्य? क्या है वत्स?"

"एक शंका है आचार्य : और उसका समाधान आपको करना ही होगा।"

"क्या प्रश्न है?" आचार्य ने स्नेह से पूछा।

"आचार्य! सत्य का निरूपण बिना अपनी सत्ता के स्थापित किये और हो ही

कैसे सकता है? जो मनुष्य स्वयं स्थित नहीं वह निरूपण कर ही कैसे सकता है?"

"ठीक है भव्य! किन्तु मनुष्य की सत्ताशीलता को मैं अस्वीकृत तो नहीं करता। हाँ, ब्राह्मणों की भाँति उसमें आत्मा अवश्य नहीं मानता!"

"आत्मा नहीं! यदि शरीर का अस्तित्व भी है तो कितना नगण्य! सारा जीवन बिताकर जब हम सत्य की एकाध झलक पाते हैं, आकर्षित होकर उस ओर बढ़ते हैं, उसी क्षण मृत्यु का काला अँधेरा हमें चारों ओर से घेर लेता है। क्या हम अमर नहीं हो सकते?"

"असम्भव है भव्य!"

"कभी-कभी असम्भव भी सम्भव हो जाता है आचार्य! आज मैं आपको एक रहस्य बताऊँ। विन्ध्यपथ में मुझे एक भोजपत्र मिला था। उस लिपि का अध्ययन करने के बाद उसमें कुछ ऐसे संकेत मिले हैं कि अमृत का निर्माण सम्भव है।"

नागार्जुन चौंक पड़े।

"सच! भव्य तुम मेरे योग्य शिष्य हो। देखता हूँ मेरे पश्चात् मठ की रासायनिक परम्परा को तुम बनाये रख सकोगे। प्रयत्न करो वत्स! मेरा आशीर्वाद तुम्हारे साथ है!"

बाल भिक्षु तरुण हुआ। नागार्जुन के बाद आचार्य बना और अमृत के प्रयोग में लग गया...।

उसने देखा कि द्रव का गहरा लाल रंग फीका पड़ता जा रहा है...

सहसा रमणी ने वीणा-विनिन्दित स्वर में कहा—"नमस्कार आचार्य!" भव्य ने सजग होकर कहा, "आशीर्वाद भद्रे! तुम्हारा परिचय?"

"आचार्य मुझे नहीं जानते। किन्तु जिस समय मैं गोपाल को जगाने के लिए प्रभाती गाती हूँ उसी समय आचार्य मन्दिर के पार्श्ववर्ती राजमार्ग को पवित्र करते हुए जाते हैं और मुझे गाने के लिए एक पुनीत प्रेरणा मिल जाती है?"

"अहो! तुम वैष्णव मन्दिर की देवदासी, अंजलि! मैंने तुम्हारे विषय में सुना था। कहो, क्या बात है?"

"आज फाल्गुन की पूर्णमासी है आचार्य! और नवपत्रिका का उत्सव हम लोग आपके संघाराम में मनाने की आज्ञा चाहते हैं।"

"किन्तु तुम जानती हो देवदासी, उत्सवों और नाटकों में भिक्षुओं का भाग लेना वर्जित है, फिर मैं तुम्हें कैसे आज्ञा दे दूँ? इसका उन पर बुरा प्रभाव पड़ सकता है देवि!"

"उत्सवों का बुरा प्रभाव! आश्चर्य है देव! जीवन भर क्षण-क्षण दुःख की ज्वाला में सुलगता हुआ मनुष्य कभी उस कष्ट की यातना को जीतकर मुसकरा पड़े, हँस दे, तो उसमें भी कोई पाप है?"

"हाँ, है!" भव्य ने कहा—"यह उत्सव, यह आनन्द मनुष्य को जीवन की उपेक्षा सिखलाता है। मनुष्य का जीवन नश्वर है और वह अपनी इस क्षणिकता को भूलकर जीवन के काल्पनिक सुखों में डूबकर वास्तविक साधना को भूल जाता है।"

"क्या दुःख और मृत्यु यही जीवन की सीमाएँ हैं? तुमने जीवन की बड़ी संकुचित व्याख्या बना रखी है आचार्य! मनुष्य को इतना दुर्बल, इतना छोटा मत बनाओ भव्य! इसमें मानव की मानवता का अपमान होता है। किन्तु तुम तो आत्मा के अस्तित्व को ही नहीं मानते। इसीलिए तुम मनुष्य को साधना का यन्त्र समझ सकते हो पर हमारी दृष्टि में तो साधना मनुष्य के लिए है, मनुष्य साधना के लिए नहीं! मनुष्य साधना का उद्देश्य है, साधना मनुष्य का उद्देश्य नहीं!"

"पर देवदासी! तुम्हारे धर्म में तो मनुष्य देवता का साधन बन जाता है, देवता की पूजा की सामग्री बन जाता है, फिर तुम मनुष्यत्व पर इतना गर्व कैसे कर सकती हो?"

"तुमने हमें ग़लत समझा है आचार्य! हमारे लिए साध्य है मनुष्य, प्रेम मनुष्यत्व की साधना है और राधाकृष्ण उस प्रेम के विकास के अवलम्ब मात्र!"

"प्रेम!" भव्य हँसे—"प्रेम की साधना!! कितना बड़ा भ्रम है तुम्हें देवि? तुम समझती हो प्रेम तुम्हें सत्य के निकट ले जाएगा!"

"हाँ, आचार्य! इसी विश्वास पर मैं जीवित हूँ। प्रेम को समझकर जब मनुष्य उस पूर्ण सत्ता को स्नेह समर्पण कर देता है, उसी समय विश्वरूप भगवान उसके हृदय में बस जाते हैं। उस समय प्रत्येक प्रेमी कृष्ण बन जाता है, प्रत्येक प्रेमिका राधिका बन जाती है और प्रत्येक कुंज में गूँज उठती है मनमोहन की मादक मुरली—यही प्रेम की साधना है, यही आत्मसमर्पण का पथ!"

"आत्मसमर्पण!" भव्य फिर हँस पड़े—"ठीक है—किन्तु प्रेम का विचार ही मिथ्या है अंजलि! बिना दो के प्रेम हो ही नहीं सकता। और जिस समय एक मनुष्य अपना सब कुछ समर्पित कर देता है उस समय उसका अपना क्या रह जाता है? कुछ नहीं। केवल अपनी लालसाओं की समाधि पर, अपनी इच्छाओं के श्मशान में सिसक-सिसककर जो मृत्युगीत वह गाता है, उसी को समझता है प्रेम! चिता के धूम्र से मलिन अन्तरिक्ष उसे देखकर व्यंग्य से हँसता है। श्मशान के प्रेत अट्टहास करते हैं। और पागल प्रेमी? वह समझता है संसार उसका स्वागत कर रहा है। यह है प्रेम! शव का आलिंगन! चिता की राख में दबे हुए अंगारों को ही तो प्रेम कहते हैं न? इसी प्रेम के सम्बल को लेकर तुम जीवन को जीतने चलती हो—बिना सत्ता के, बिना स्थिति के, तुम जीवन को नहीं जीत सकतीं और प्रेम, आत्मसमर्पण, सत्ता को चूर-चूर कर डालता है।"

"मुझे जीवन के जीतने की कामना ही नहीं आचार्य। हम जीवन को केवल प्यार करते हैं और जीवन स्वयं हमारे सामने हार जाता है!"

"जीवन हार जाता है या तुम्हें भ्रम में डाल देता है देवि! वासवदत्ता की कथा सुनी है न? जीवन भर प्रेम करने के पश्चात् भी उसे मिली केवल अतृप्ति, असन्तोष और अन्त में उसे झुकना पड़ा बुद्ध के वैराग्य, बुद्ध की करुणा के सामने! प्रेम के सामने नहीं। आओ बुद्ध की शरण अंजलि। तुम्हारी सभी कामनाओं की सिद्धि होगी। तुम निर्वाण पाओगी।"

"रहने दो भव्य! मुझे निर्वाण की आवश्यकता नहीं। हमें बार-बार इसी संसार में आना है। क्यों न इसी को स्वर्ग बना लें। और कामनाओं की सिद्धि से क्या लाभ है भव्य! कामनाओं की सिद्धि तो जीवन का अन्त है। हमारे तो जीवन का कभी अन्त ही नहीं होता क्योंकि हमारी कामनाओं की कभी सिद्धि ही नहीं होती। उनकी कभी सिद्धि ही नहीं होती क्योंकि हमारी कामनाएँ स्वयं सिद्धि हैं। हमारा जीवन उल्लासमय है भव्य! जब तक हम जीवित रहते हैं हँसते—जब मरते हैं तो...।"

"ठहरो देवि! वासवदत्ता भी यही कहती थी...।"

"लेकिन आचार्य, मैं वासवदत्ता की तरह नहीं हूँ।"

"मृत्यु सबको वही बना देती है देवि!"

"वासवदत्ता मृत्यु के उद्यान के काँटों से डर गयी थी, उसने वहाँ की छाया की शीतलता का अनुभव नहीं किया था। किन्तु अब देर हो रही है आचार्य; तो आपका उद्यान हम लोगों को न मिलेगा।"

"मुख्य उद्यान तो नहीं, वह सामनेवाला उद्यान तुम उपयोग में ला सकती हो!"

"धन्यवाद आचार्य!" अंजलि उठी और चली गयी।

'इतना रूप और इतनी बुद्धि!'—भव्य ने मन में कहा।

'इतना तेज़, इतना तारुण्य और यह विरक्ति! आश्चर्य है!' अंजलि ने सोचा।

सन्ध्या हो गयी थी। पूर्णिमा की सफ़ेद चाँदनी वातायन के मार्ग से झाँककर हँस रही थी। भव्य एकाग्रचित्त से अग्निपात्र के तापमान को संयत रखने में व्यस्त था। बाहर दूर पर सामने के उद्यान में उत्सव हो रहा था। रसाल-वृक्ष में झूला पड़ा था और लड़कियाँ गीत गा रही थीं। सहसा उस कोलाहल को चीरकर एक मीठा पर तीव्र स्वर गूँज उठा। भव्य का ध्यान भंग हो गया। यह तो अंजलि का स्वर है। वह एक गीत गा रही थी—राधा का मरण-गीत—"ओ निष्ठुर मनमोहन! तुम्हारी राधा मरणसेज पर तुम्हारी प्रतीक्षा कर रही है। क्या अब भी तुम न आओगे। एक बार आओ घनश्याम। प्यार करने के लिए नहीं। केवल यह बतलाने के लिए कि प्यार झूठा है। राधा! मेरे प्यार को भूल जाओ!"

उसके बाद एक ज़ोर का कोलाहल हुआ और उसमें अंजलि के स्वर छिप गये। उसने फिर अपने प्रयोग की ओर देखा। पात्र से सहसा लहराता हुआ धुआँ उठा

और एक उबाल खाकर द्रव श्वेत हो गया। और वह चीख़ उठा—"अमृत! मिल गया। वह मनुष्य की जीत है!"

सहसा वातायन से आवाज़ आयी—"अब मृत्यु निकट है, जीवन की कोई आशा नहीं!"

भव्य चौंक पड़ा, "कौन कहता है मृत्यु निकट है। अब तो मनुष्य अमर बनेगा।"

लेकिन बाहर से फिर किसी ने कहा—"मृत्यु अब बहुत निकट है!"

भव्य ने बाहर झाँककर देखा—नीचे कुछ लोग बातें करते हुए जा रहे थे। एक ने कहा—"लेकिन हुआ क्या था?"

"जब अंजलि गा-गाकर देवता के लिए फूल चुन रही थी तो उसे साँप ने डस लिया।"

भव्य स्तम्भित हो गया। अंजलि को साँप ने डस लिया। आश्चर्य है, अभी तो वह गा रही थी! वह सुनो—वह तो अब भी गा रही है—"निष्ठुर! तुम्हारी राधा मरणसेज पर तुम्हारी प्रतीक्षा कर रही है। क्या तुम अब भी न आओगे? एक बार फिर आओ निष्ठुर! प्रेम करने के लिए नहीं! यह बतलाने के लिए कि प्रेम झूठा है..."

भव्य ने ध्यान से देखा। उद्यान शून्य था। तो क्या सचमुच अंजलि मरणसेज पर है। क्या मृत्यु के द्वार पर खड़े होकर अंजलि ने यह गीत गाया है जिसकी प्रतिध्वनि अनजाने मेरे हृदय में गूँज रही है। वह विकल हो गया। नहीं, अंजलि को खींच ही लाना होगा मौत के मुँह से। उसने अमृत का पात्र लिया और चल पड़ा मन्दिर की ओर! मुख्य कक्ष में, दासियों से घिरी हुई अंजलि अचेत थी। उसके पहुँचते ही दासियाँ हट गयीं। अकस्मात् अंजलि ने आँखें खोल दीं। वह काँप रही थी, प्रयत्न कर बोली—

"ओह! वासवदत्ता की मरणसेज पर अमिताभ आये हैं?"

"आज तुम्हें जीवन की असारता मालूम हो गयी न? इसी को भूलकर वासवदत्ता ने प्रेम..."

"ठहरो भव्य!" वह बात काटकर बोली—"वासवदत्ता ने प्रेम किया था मगर मरते समय बुद्ध की कृतज्ञता मोल ली, यह अच्छा नहीं किया। और बुद्ध! बुद्ध ने उसके प्यार का तिरस्कार कर मानवता की भावनाओं का अपमान किया था और अन्त समय पर प्रेम के शव पर करुणा और दया का कफ़न उढ़ाकर उन्होंने जले पर नमक छिड़का था। यदि वासवदत्ता का प्रेम बुद्ध ने स्वीकार कर लिया होता तो वासवदत्ता की वह अवस्था ही क्यों होती। मुझसे तुम उसकी आशा न करो भव्य! मैं मनुष्य की भाँति जीवित रही हूँ; मनुष्य की भाँति मरूँगी। मुझे जीने का उल्लास रहा है; मरने का पश्चात्ताप न होगा!"

भव्य चकित रह गये। जिस मृत्यु से वे जीवन भर डरते रहे, यह देवदासी उसे किस निर्भयता से स्वीकार कर रही है। जिस जीवन के पीछे वे इतनी साधना करते रहे उसे किस शान से इसने ठुकरा दिया। कौन-सी शक्ति है इस आत्मविश्वास के पीछे?

अंजलि ने फिर आँखें खोलीं और अपना शीतल हाथ भव्य के हाथ पर रख दिया। भव्य सिहर गये पर उन्होंने वह हाथ हटाया नहीं! उन्होंने बड़े ध्यान से देखा अंजलि के मुख की ओर। उसके ओठ ज़हर के कारण नीले पड़ते जा रहे थे। क्या मृत्यु अंजलि को छीन ले जाएगी?' भव्य व्याकुल हो उठे।

"अंजलि! जाने दो!" उन्होंने कहा—"करुणा न सही, सहानुभूति न सही, क्या प्रेम की प्रार्थना पर भी तुम अमृत की दो बूँदें स्वीकार न करोगी?"

अंजलि ने हाथ बढ़ाया और अमृत का पात्र लेकर देवता की मूर्ति के चरणों पर डाल दिया। वे अमर हो गये।

"अमृत देवताओं के लिए है, मनुष्य के लिए नहीं प्रियतम! तुम मृत्यु से डरते हो? मृत्यु जीवन की प्रेरणा है, विरह प्रेम की उत्तेजना है, दुःख सुख का विधाता है भव्य! जानते हो, कुमुदिनी प्रातःकाल इसलिए नहीं कुम्हला जाती कि चन्द्र उससे दूर हो जाता है, चाँद की किरणें तो उसके हृदय में खेलती ही रहती हैं; वह मुरझाती है इसलिए कि साँझ को फिर प्रियतम का सुखद स्पर्श उसे प्राप्त हो। यही प्रेम की साधना है। जन्मजन्मान्तर तक यही क्रीड़ा चलती रहती है भव्य!"

सहसा वह चुप हो गयी और उसने अपना सिर भव्य के कन्धों पर टेक दिया।

भव्य ने धीरे से पुकारा, "अंजलि!" पर वह मूक थी। वह काँप उठा आशंका से! उसने ध्यान से देखा। कुमुदिनी मुरझा गयी थी। वह पागल-सा हो उठा—झुककर उसने अंजलि के विषाक्त अधरों को चूम लिया और चीख़ उठा—"मैं कहता था! मैं कहता था! प्रेम शव का आलिंगन है, श्मशान की साधना है। जन्म-जन्मान्तर! यह भ्रम है, केवल भ्रम! कौन कहता है प्रेम मनुष्य को अमर बनाता है? मनुष्य को अमर बनाती है निर्ममता, निरीहता—अमर हैं ये पत्थर के देवता! दुःख, सुख, वेदना, आनन्द, जीवन और मृत्यु से उदासीन इनकी पथरीली आँखों में आँसू नहीं आते—आह! कितने शान्त हैं ये पत्थर, दुःख से परे, सुख से ऊपर! मैं प्रेम नहीं कर सकता। मैं भी पत्थर बनूँगा। देवता! पत्थर के देवता! मुझे भी अपनी तरह पत्थर बना लो! परन्तु मैं तुम्हारी पूजा काहे से करूँ? हृदय तो मेरे पास है ही नहीं! रहा भी हो तो पहले ही स्पर्श में चूर-चूर हो चुका। लेकिन मस्तिष्क है—उसे तुम्हारे चरणों पर रखता हूँ देवता! मुझे पत्थर बना लो।" और आवेश में भव्य ने अपना सर मूर्ति के चरणों पर पटक दिया। अंजलि का शव शान्त पड़ा था और देवदासियों की अर्द्ध-मौन सिसकियाँ वातावरण में तड़प रही थीं...

आधार और प्रेरणा

सुगन्धित धूम्र की रेखाएँ शून्य पट पर लहराकर अनन्त में मिलने लगीं। शमी की झूलती हुई कोमल शाखाओं में गूँज उठा ऋचागान। बालक के स्वर में स्वर मिलाकर बालिका भी ऋचाएँ गाने लगी। उसका स्वर इतना मीठा था कि डाल पर बैठी कोयल लजाकर चुप हो गयी। हरिण-शावक तृण चरना भूलकर यज्ञमण्डप में आ बैठे। पास के लताकुंज से सारिका उतरकर बालिका के कन्धे पर आ बैठी। उसके स्नेह से धृष्ट बनी सारिका ने उसके स्वरों का अनुकरण करना चाहा, पर असफल होकर उड़ गयी। सहसा उसके पंख शमी की कण्टकित टहनियों में उलझ गये और वह व्यथित स्वरों में क्रन्दन कर उठी।

व्याकुल होकर बालिका ने गान बन्द कर दिया और पलकें खोल दीं। सामने की टहनियों में उलझ गयी थी उसकी भोली सारिका। ऋषिजी ध्यान छोड़कर कविता करने लगे!

"हाँ सरिता, ध्यान और उपासना में तो ईश्वर की कल्पना ही कल्पना रहती है, पर कविता के स्पर्श से तो प्रस्तर भी देवता हो जाता है!"

सहसा पट पर किसी ने अंगुलिप्रहार किया।

सरिता ने उठकर कपाट खोल दिये—"कौन! स्वामीजी?" उसने झुककर चरण स्पर्श किये और बाहर चली गयी। शिखर ने अपना आसन छोड़ दिया। स्वामीजी उस पर बैठ गये। बाहर जाती हुई सरिता की ओर उन्होंने ध्यान से देखा और बोले—

"शिखर! मलयशिखरों पर चन्दन होता है न?"

"हाँ, स्वामी!"

"यदि वह चन्दन झोंकों के साथ सुगन्ध रूप में न बिखरकर उन्हीं मलय-उपत्यकाओं में भटकता रह जाए तो संसार में उसे कौन जान पाएगा। और यदि उस उमड़ते हुए सुवास को दो-चार कोमल पल्लव अपने बन्धन में बाँध रखना चाहें तो?"

"स्वामी, चन्दन का स्वभाव ही विस्तार है। वायु के प्रवल झकोरे उस सुगन्ध को उन पल्लवों की सीमा से छुड़ाकर बिखेर देंगे अनन्त आकाश में!"

"बहुत सुन्दर शिखर! किन्तु मैं देखता हूँ तुम्हारे मन के अक्षत-चन्दन किसी विशेष व्यक्तित्व की ही पूजा में सीमित हो गये हैं वत्स! क्या मैं आशा करूँ कि कोई पवन का झकोरा उसे इन बन्धनों से छुड़ा पाएगा?"

शिखर समझा और समझकर भी न समझा।

स्वामीजी ने ध्यान से देखा उसके मुख की ओर और बोले—"शिखर! यदि यह प्रेम, यह पूजा, यह अर्चना मनुष्य के स्थान पर तुम देवता के प्रति करते तो तुम्हें स्वर्ग मिल गया होता युवक! स्त्री प्रभात की ओस होती है, जिसे सूर्योदय होते ही सूरज की किरणें हर ले जाती हैं और दूर्वादल प्यासी दृष्टि से देखते रहते हैं नीलाकाश की ओर। यदि वे दूर्वादल ओस के स्थान पर किरणों से प्रेम करते तो उन्हें अनन्त प्रकाश मिलता। आकाश से प्रेम करते तो उन्हें असीम आश्रय मिलता...।"

"पर स्वामीजी," शिखर बात काटकर बोला, "उन्हें ओस की सजलता न मिल पाती, उन्हें किरणों का ताप ही मिलता, उन्हें आकाश की शून्यता ही प्राप्त होती, वे जीवन की हरियाली से अपरिचित ही रह जाते!"

"जीवन की हरियाली! तुम्हारी भूल है शिखर! उस हरियाली का क्या आश्रय ढूँढ़ना जो क्षणभंगुर है—नश्वर है। इस दुःख की रजनी से निकलकर उस दीपक की खोज करो शिखर! जो तुम्हें अनन्त प्रकाश दे सके।"

स्वामीजी चले गये, पर उनके शब्द जैसे अब भी शिखर के मन में गूँज रहे थे।

"मैं मनुष्य के स्थान पर ईश्वर की पूजा करूँगा, मैं सीमित न रहकर असीम बनूँगा, मैं प्रेम के स्थान पर स्वर्ग की कामना करूँगा!" शिखर ने निश्चय किया।

प्रभात में सरिता ने देखा—पर्णकुटी के कपाट खुले थे। सम्भवतः शिखर गया है स्नान के लिए। वह प्रतीक्षा करती रही...किन्तु...।

"जाओ शिखर! तुम देखना सरिता तुम्हारे मार्ग में बाधक न बनेगी। ओस नश्वर होती है, पर वह स्वयं गिरकर भी फूलों में मादक सौरभ भर जाती है। मैं मिटूँगी शिखर, पर तुम्हारा सौरभ पल्लवों में उलझकर न रह जाएगा। जाओ, जाओ मेरे देवता!" उसने रोकर हृदय थाम लिया और चुप हो रही।

शिखर अब शिखर से आचार्य शिखर हो चुका था। चार ही वर्ष की साधना में वह योग की सिद्धि कर चुका था। भावनाओं के तुच्छ प्रवाह को उसने बुद्धिबल से जीत लिया था। बस एक यत्न और—और फिर स्वर्ग उसके चरणों पर लोटेगा।

उसकी समाधि सहसा भंग हो गयी। पास के वृक्ष पर एक नीड़ था। युगल पक्षी उड़-उड़कर आहुतियों से गिरे हुए यव बीन-बीनकर लाते थे और विहग-शिशु कलरव कर उनका स्वागत करते थे। योगी शिखर ने देखा। वह कलरव जैसे उसके मन के झुरमुट में गूँज उठा। उसने सोचा—कितना आनन्द, कितना उल्लास है इनमें। पर ये छोटी-छोटी भावनाएँ हैं—ये भ्रम हैं, माया हैं, मिथ्या हैं।

पर यदि यह मिथ्या है तो सत्य क्या है? सत्य है योग-तप-साधना। संसार झूठा है। स्वर्ग की कामना ही मनुष्य के अन्तर्विकास की प्रेरणा है।

किन्तु यह उल्लास! यह आनन्द! यह भी तो क्षणिक ही है।

किन्तु क्षणिक होते हुए भी इनमें कितना आनन्द है—कितना तेज है! इस लम्बी साधना का एक क्षण भी इतना मधुर न हुआ होगा। इस संयम, इस साधना में उसने पाया क्या? केवल श्वासों का नियन्त्रण मात्र—केवल शारीरिक शक्तियों का वशीकरण भर। पर मन का स्पन्दन—वह तो इन बन्धनों में ही घुटकर रह गया। इस निष्फल साधना के स्थान पर किसी के तप्त हृदय पर वह अमृत-वर्षा करता, किसी तृषित के ओठों पर लोचनों का नीर ढालता, किसी के हृदय के तम में जलाता प्रेम का दीपक, तो क्या वह क्षण भर का उल्लास स्पृहणीय न होता! जीवन दुःख की रजनी है। इस रजनी से निकलकर उसने ढूँढ़ा था स्वर्ग का दीपक, पर देखा—इस दीपक के तले भी अँधेरा ही अँधेरा।

और सुख? प्रेम के उस स्वर्ग में क्या उसे सुख न था? क्या सरिता को सुख न था? क्या स्वर्ग की साधना में काँटों से बचने के लिए उसने सरिता का प्रेम पैरों तले नहीं बिछा दिया था? क्या यह त्याग उसके मन की दुर्बलता नहीं थी? उसे याद आये ऋषि के अन्तिम शब्द, "दुःख के प्रत्येक आघात में सुख का आभास खोजना—निशीथ के तम में ऊषा की किरणें खोजना, शिखर!" ठीक है, जीवन के उन दुःखों को, प्रेम की उस नश्वरता को ही वह अमर बना लेगा। सरिता को आधार बनाकर वह फैला देगा तृषित ब्रह्माण्ड में प्रेम का सौरभ।

वह चल पड़ा अपने आश्रम की ओर—

साफ़-सुथरी पगडण्डियों पर वन-गुल्म उग आये थे। लताकुंज सूने थे—उनमें मृगशावक दृष्टिगोचर न होते थे। डालों पर विहग निराश मुद्रा में बैठे थे। विचित्र नीरवता ने जैसे उस समस्त हरियाली पर दुर्भेद्य तम का रहस्यमय आवरण डाल दिया था।

"क्या सरिता कहीं चली गयी?" कुटी के द्वार पर जाकर उसने पुकारा—"सरिता!"

"कौन?"

"मैं हूँ शिखर।"

सरिता मौन थी। कोई प्रत्युत्तर न मिला।

"क्या मुझे भूल गयीं सरिता? मैं हूँ तुम्हारा शिखर।"

सरिता बोली, जैसे मन के किसी भारी आवेग को शान्त करने का प्रयत्न कर रही हो—

"तुमने बहुत देर कर दी शिखर! मैंने भी तप की दीक्षा ले ली है।"

शिखर पर जैसे वज्रपात हो गया—"सरिता! तप व्यर्थ है, यह मेरा अनुभव है। व्यर्थ की मृग-तृष्णा में अपने जीवन को न खोओ! प्रेम की दो बूँदें तप की इस विशाल सैकतराशि से श्रेष्ठतर हैं सरिता!"

"प्रेम!" सरिता जैसे जलकर बोली, "मैं ख़ूब समझती हूँ। अपनी कामना, अपनी वासना के आवेग की अपने प्रेमास्पद के द्वारा तृप्ति का ही नाम तो प्रेम है न?"

"तुम भूल रही हो सरिता!"

"मैं भूल रही हूँ या तुम भूल रहे हो! याद करो शिखर, जब तुम स्वर्ग के पीछे किसी को ठुकराकर चले गये थे तो क्या क्षण भर को भी सोचा था कि तुम किसी का स्वर्ग उजाड़कर जा रहे हो! यही तुम्हारा प्रेम था शिखर?"

"वह मेरा प्रेम न था सरिता! वह मेरी भूल थी। पर क्या तुम उसके लिए क्षमा नहीं कर सकतीं?"

"क्षमा का कोई प्रश्न ही नहीं उठता। सरिता अब स्वर्ग की साधना करेगी। उसकी प्रेम की भूख मर चुकी है। उसने जी भर प्रेम का रहस्य समझ लिया है!"

"प्रेम का रहस्य!" शिखर हँसा—उसकी हँसी सुनकर डालों पर झूलते हुए विषधर सहम गये—"तट के हलकोरों से घबराकर बालू में फँस जानेवाली सीपी कहती है कि मैं सागर की थाह ले आयी! अपने को डुबोकर ही इस सागर के तल तक पहुँचा जा सकता है सरिता! प्रेम सरिता की नश्वर लहरों की तरह टूट नहीं जाता। वह शैलशिखरों पर खिंची हुई रेखाओं की तरह अमर रहता है नारी! मैं तुम्हारे बिना भी प्रेम की साधना कर सकता हूँ सरिता!"

"अवश्य शिखर, कोई दूसरी सरिता मिल जाएगी।"

"उफ़! इतना तीख़ा व्यंग्य न करो स्वर्ग की देवी! मुझे किसी की आवश्यकता नहीं है। प्रेम केवल नारी की प्रेरणा चाहता है, नारी का आधार नहीं। अनन्त आकाश के किसी कोने में दो-चार बदलियाँ मिलकर उभार देती हैं एक तूफ़ान—पर फिर उस तूफ़ान को बहने के लिए उन बदलियों का सहारा नहीं ढूँढ़ना पड़ता। वे बदलियाँ

पतझड़ के पीले पत्तों की भाँति उड़ जाती हैं उस तूफ़ान में। आसमान के तारे काँप उठते हैं झंझा में। तुम स्वर्ग की साधना करो सरिता—मैं तुम्हारी स्मृति के सहारे अपने उजड़े संसार को ही स्वर्ग बना लूँगा...!"

पट बन्द के बन्द रहे। पथिक निराश चल दिया।

कुटी के अन्दर—सरिता ने सुनी—शिखर की क्षण-क्षण दूर होती जानेवाली पदध्वनि। उसके मन का दबा आवेग उभर आया। जल की जिस लहर को पकड़ने के लिए जन्म से वह बैठी थी, सागर तट पर वही लहर उसी के हृदय के पत्थरों से टकराकर चली जा रही है दूर, पर उसके हाथ हिलते ही नहीं। सिसककर वह बोली—

"जाओ देवता! तुम कभी न समझोगे, सरिता ने तुम्हें क्यों लौटा दिया। क्षण भर के उल्लास के लिए सरिता तुम्हारी साधना को तोड़ना नहीं चाहती थी। आकाश को अपने बाहुपाशों में कसकर वह उसकी अनन्तता को नष्ट नहीं करना चाहती थी। तुम जाओ, मेरी स्मृति के काँटे चुभ-चुभकर तुम्हारे मार्ग को प्रशस्त बनावेंगे।"

उसका क्षीण स्वर दीवारों से टकराकर खो गया।

झाड़ियों को चीरता हुआ, काँटों को कुचलता हुआ शिखर चला जा रहा था न जाने किस ओर!

"शिखर! शिखर!" पीछे से किसी ने पुकारा—वह न रुका।

"ठहरो शिखर!" शिखर ने मुड़कर देखा—दो देवदूत।

"शिखर! तुम्हें स्वर्ग ने स्मरण किया है।"

शिखर हँस पड़ा, "स्वर्ग भी व्यंग्य का अवसर नहीं चूकता—जब मैंने स्वर्ग की साधना की तो मुझे मिली अशान्ति, संघर्ष और शुष्कता; और आज जब मैं प्रेम की ओर बढ़ रहा हूँ तो मेरे सम्मुख आता है स्वर्ग।"

"व्यंग्य की कोई भावना नहीं है स्वर्ग में शिखर!" एक देवदूत बोला—"जब तुम दुःखों से हारकर स्वर्ग की कामना करते थे तो स्वर्ग तुम्हारी दुर्बलता पर हँसता था, आज जब स्वर्ग को ठुकराकर तुम चल पड़े हो प्रेम के मार्ग पर तो स्वर्ग अपने भविष्य पर काँप उठा है। भय है कि स्वर्ग की नींव, यह संसार, कहीं तुम्हारे लोचनों के नीर से बह न जाए। स्वर्ग तुम्हें आश्रय नहीं दे रहा है, वह स्वयं तुमसे आश्रय की भीख माँगता है शिखर!"

"शिखर भूल को बारम्बार नहीं दुहराता, तुम जा सकते हो देवदूत!" देवदूत निराश ही लौट चले। पास की कुटी में सरिता सिसक रही थी। भोले देवदूत—वे क्या जानें उसके मन की व्यथा। करुण स्वर में एक बोला—"स्वर्ग के देवता को द्वार से लौटाकर न जाने किस स्वर्ग की कामना करती है पागल नारी!"

बादल के पटों को चीरकर वे उड़ चले स्वर्ग की ओर, सन्ध्या के धुँधले प्रकाश

में झाड़ियों के बीच से शिखर चला जा रहा था न जाने किस ओर। उसकी गति में गौरव था।

एक देवदूत बोला—"काश! हम भी मनुष्य होते साथी।"

"तो हमारे ये झिलमिल पंख गल गये होते उस ज्वाला में! प्रेम की इतनी भीषण प्रेरणा और जीवन की इस आधारशून्य यात्रा का भार मनुष्य ही वहन कर सकता है।"—दूसरे ने उत्तर दिया।

स्वर्ग और पृथ्वी

कल्पना ने आश्चर्य में भरकर वातायन के दोनों पट खोल दिये। सामने अनन्त की सीमा को स्पर्श करता हुआ विशाल सागर लहरा रहा था। तट पर बिखरी हुई उषा की हलकी गुलाबी आभा से चाँदनी की चंचल लहरें टकराकर लौट रही थीं। प्रशान्त नीरवता में केवल चाँदनी की लहरों का मन्द मर्मर गम्भीर निःश्वासें भर रहा था।

फिर यह स्वर कैसा? कल्पना विस्मय से स्तब्ध थी। यह कल्पना का पहला अनुभव था। चाँदनी के सागर के तट पर, स्वर्ग के एक उजाड़ कोने में, हलके सुनहरे बादलों का एक प्रासाद था। शैशव से ही कल्पना उसमें निवास करती थी। पर वह स्वर्ग में रहते हुए भी स्वर्ग से अलग थी : वह एकान्त पर विश्वास करती थी। उसके प्रासाद के चारों ओर का वातावरण इतना रहस्यमय और दुर्भेद्य था कि क्रीड़ारत चंचल देवकुमार भी उधर जाने का साहस न करते थे। कल्पना अपने सूनेपन की रानी थी। हलकी नीली आभावाले वातायन-पटों को खोलकर वह न जाने कब तक निहारा करती थी, सामने फैले हुए चाँदनी के अनन्त सागर को, उसमें लहराती हुई चंचल लहरों को। कभी-कभी स्वर्ग के घाटों पर देवियाँ मंगलकामना से प्रेरित होकर बहा देती थीं कुछ जलदीप, जो लहरों पर उठते-गिरते, जलते-बुझते उसके वातायन के सम्मुख से बह जाते थे और उन्हें देखते ही वह भयभीत होकर पट बन्द कर लेती थी। चंचल लहरों का मन्द स्वर हलके-हलके झकोरों के साथ थपकियाँ देता था। जलपक्षियों का मधुर सुकोमल संगीत उसे लोरी सुनाता था और वह पलकें मूँदकर सो जाती थी।

किन्तु आज का सहसा गूँज उठनेवाला यह स्वर विचित्र था। उसने कल्पना की कि यदि इस सागर का तट ऊषा की हलकी गुलाबी आभा से न निर्मित होकर प्रखर धूप के काँपते हुए पीलेपन से बना होता और चाँदी की रेशमी लहरें कहीं उससे आकर टकरातीं तो जितना करुण क्रन्दन उस वातावरण में छा जाता—कुछ वैसी ही करुणा इस स्वर में भी है। पर इस स्वर का उद्गम कहाँ से है? इस स्वर की

लहर-लहर जैसे भिगो रही थी कल्पना के मन को एक आर्द्र उदासी से। वह वातायन से टिककर बैठ गयी। उसकी आँखें शून्य गति से ढूँढ़ने लगीं—चाँदनी के अनन्त विस्तार में उस अनन्त रहस्यभरे गायक को। स्वर लहराता रहा। वह उसमें खो गयी। धीरे-धीरे कुछ चंचल आँसू उसके नयनों से झाँकने लगे।

सखियाँ उद्विग्न हो उठीं। "कुमारी!" उन्होंने व्याकुल होकर पुकारा। कुमारी की तन्द्रा भंग हुई। उसने चौंककर उदासी से पूछा—"यह कैसा स्वर है वेदना?"

वेदना बोली—"जाने भी दो कल्पना! आज क्या तारों के हार न गूँथोगी?" कल्पना बोली—"वेदना! मेरे प्रश्न का उत्तर दो! तारों के हार तो नित्य गूँथती हूँ सखी! दुष्ट तारे कुम्हलाते भी तो नहीं। देखो न, असंख्यों हार पड़े हैं। आज न जाने क्यों मन करता है कि कोई ऐसा होता जिसके चरणों में इन हारों को समर्पित कर पाती। जाने दो इन हारों की वेदना। यह स्वर कैसा है?"

वेदना ने उत्तर न दिया।

"बोलो वेदना! मेरे मन की उत्सुकता विकल हो रही है। ऐसा स्वर तो पहले कभी नहीं सुना था।"

वेदना ने देखा अन्य सखियों की ओर, और वे एक विचित्र आशंका से भर गयीं। वेदना किसी प्रकार प्रयत्न कर बोली—"यह स्वर! यह कुछ नहीं रानी! एक देवकुमार निर्वासित कर दिया गया है स्वर्ग से। वही सम्भवतः गाता हुआ इस ओर आ निकला है।"

"देवकुमार! कल्पना के देश की नीरवता और एकान्त को भंग करने का साहस उसे कैसे हुआ?" कल्पना ने किंचित् रुष्ट होकर पूछा।

"वह ऐसा ही दुस्साहसी है कुमारी! स्वर्ग के निषिद्ध स्थानों में उसने प्रवेश किया, तारों के फूलों में उसने अपना सौरभ भर दिया, अपने गीतों में उसने किरणों के तीर चलाने प्रारम्भ किये। इसी से तो देवराज ने उसे निर्वासन का दण्ड दे दिया। किन्तु विश्वास करो कुमारी! उसे मस्तक पर चिन्ता की रेखा भी न उभरी। कुछ ठिकाना है इस दुस्साहस का?"

"स्वर्ग के नियमों का उल्लंघन! मेरे एकान्त को सहसा भंग करने का साहस!" कल्पना क्रोध से काँप रही थी। एकाएक झकोरों के साथ गायक का तीव्र स्वर कक्ष में गूँज गया। कल्पना के मन का क्रोध जैसे एकाएक धुल गया हो। परन्तु फिर भी प्रयत्न कर वह तीव्र स्वर में बोली, "बुलाओ उस उद्दण्ड देवकुमार को—"

वेदना काँप गयी—"नहीं, नहीं, कुमारी। वह यों ही आया है, यों ही चला जाएगा।"

कल्पना बोली—"मैं उसे दण्ड दूँगी, जाओ।"

"मैं डरती हूँ कुमारी! उसका प्रवेश अमंगलकारी न सिद्ध हो। उसके स्वरों

में इन्द्रजाल की लहरें नाचती हैं—उसके नयनों में जादू की ज्योति चमचमाती है।"

"कल्पना इतनी दुर्वल नहीं है—जाओ।"

"तुमने यह दुस्साहस क्यों किया देवकुमार?"

देवकुमार कुछ सोच रहा था।

"मेरे प्रश्न का उत्तर दो, दुस्साहसी युवक!"

"पर तुम्हारा प्रश्न क्या है?" देवकुमार ने चौंककर पूछा।

"इतनी उच्छृंखलता! मैंने अभी तुमसे कुछ पूछा था?" कल्पना क्रोध से काँप गयी।

"क्षमा करो देवि! मेरा मन तुम्हारे स्वरों की मिठास में ही डूब गया था। अर्थो की ओर मैंने ध्यान ही न दिया"—देवकुमार किंचित् मुसकराया—"जिस प्रश्न की ध्वनि इतनी मीठी है, उसका तात्पर्य कितना मादक होगा! फिर से प्रश्न पूछो कुमारी! मन होता है तुम सदा इस प्रकार प्रश्न पूछती जाओ और मैं अनसुनी करता जाऊँ।"

सखियाँ अपने को वश में न रख सकीं, खिलखिलाकर हँस पड़ीं। रानी के मस्तक की रेखाएँ सुलझ गयीं। गालों पर दो गुलाब चुपके से खिल गये। पर वह फिर सँभल गयी।

"यह दुस्साहस और फिर भी यह वाचालता एक देवकुमार को शोभा नहीं देती।" कल्पना के स्वर भी जैसे उखड़ रहे थे।

"देवकुमार! अब मैं 'देवकुमार' नहीं हूँ देवि! मेरी व्यक्तिगत संज्ञा 'प्रेम' है और प्रेम आसन को नहीं सह सकता, चाहे वह स्वर्ग का आसन ही क्यों न हो। देवराज ने अपने अधिकार को अक्षुण्ण रखने के लिए प्रेम को नियन्त्रण में रखना चाहा और मैंने विद्रोह कर दिया। मुझे निर्वासन का दण्ड मिला। निराश्रित होकर चल पड़ा। सुना था तुमने शैशव से ही अपने को स्वर्ग से दूर रखा है। सोचा था, तुम्हारे यहाँ आश्रय मिलेगा पर तुम दण्ड दोगी। अच्छा है, दण्ड ही दो। तुम्हारा दण्ड भी कम सुखद न होगा कुमारी!"

हँस पड़ी कुमारी। कब तक बाह्य कठोरता के आडम्बर में मन के नवीन स्पन्दन को ढाँक रखती—"तो तुम आश्रय की इच्छा से आये हो! कल्पना तुम्हें निराश न करेगी प्रेम!"

"वेदना, इनका प्रबन्ध करो।"

वेदना किसी भावी अमंगल की कल्पना से काँप उठी।

"देवराज पधारे हैं कुमारी!"

"आने दो।"

"मैंने कहा था प्रेम का आगमन अमंगल से पूर्ण है!" वेदना ने सोचा।

देवराज आये; नयनों में रोष था, गति में संयम।

"कल्पना, तुमने एक विद्रोही को आश्रय दिया है। उसने निषिद्ध स्थानों में प्रवेश किया है—स्वर्ग का शासन भंग किया है।"

"निषिद्ध स्थान जैसे?"

"जैसे देवबालाओं के अज्ञान हृदय, मृगशावकों के भोले नयन और तरुणों की चंचल गति—" कल्पना केवल किंचित् मुसकरा दी—"और कल्पना, उसने तुम्हारे वातावरण की नीरवता और एकान्त को भी भंग किया है—"

"कल्पना इस नवीन परिवर्तन का स्वागत करती है। स्वर्ग के इस विभाजन और अन्याय्य शासन के विरोध में प्रेम ने समता और स्वतन्त्रता की पुकार की है और कल्पना उससे सहानुभूति रखती है।"

"क्या मेरा शासन अन्याय्य है?" देवराज उत्तेजित हो उठे।

"यह कहना मेरी अशिष्टता होगी और न कहना असत्य।" कल्पना शान्ति से बोली।

देवराज खीज गये—"अच्छा, अभी तो प्रेम को केवल निर्वासन मिला था—कल प्रभात में उसे प्राणदण्ड दिया जाएगा। मैं जाता हूँ।"

कल्पना सिसक रही थी। वेदना रुँधे गले से बोली—"चुप रहो कुमारी! मैंने पहले ही कहा था, अनजान परदेसी से इतनी ममता बढ़ानी उचित नहीं है कल्पना!"

"वेदना!" कुमारी सिसकियाँ रोककर बोली—"कल्पना करो कि एक पक्षी जो जन्म से निराधार अन्तरिक्ष में उड़ रहा हो और दूर-दूर तक केवल शून्य ही उसके परों को सहारा दे रहा हो—गति दे रहा हो और चुपके-चुपके उसके परों में थकान भी भर रहा हो—यदि उस पक्षी के थके हुए परों को विश्राम के लिए किसी सुकोमल टहनी का आसरा मिल जाए; और, दूसरे ही क्षण प्रबल झंझावात झकझोरकर उस टहनी को तोड़ दे तब वह पक्षी क्या करेगा?"

"उसका वश ही क्या है कुमारी! उसके थके हुए पर उड़ने में असमर्थ होंगे। उसी टहनी के साथ-साथ मुरझाये हुए फूल की भाँति वह पक्षी भी टूटकर गिर जाएगा कुमारी!" वेदना ने निराश स्वर में कहा।

"वेदना! हाँ ठीक है वेदना!" कल्पना को जैसे कोई नयी बात सूझ गयी

थी–"मेरी टहनी टूट जाएगी सखी और मैं–मैं भी उसका साथ दूँगी।"

वेदना कुछ समझ न पायी।

"प्रेम!"

"हाँ कुमारी!"

"तुम्हें अपना भविष्य ज्ञात है न!"

"ज्ञात है रानी!" और प्रेम हँस पड़ा।

"तुम हँस रहे हो प्रेम?" रानी के नयन भर आये।

"तुम रो रही हो, छिः। उधर देखो कुमारी–" प्रेम ने चाँदनी के सागर की ओर संकेत किया। चाँदनी की लहरें प्रासाद से टकराकर लौट रही थीं।

"मैं नहीं समझी प्रेम!"

"नहीं समझीं! देखो युगयुगों से कितनी लहरें आकर प्रासाद के इन पत्थरों से टकराती हैं, पर प्रासाद के पत्थर अटल हैं। मुझे भी तुम एक नश्वर लहर समझना कुमारी, जो अनन्त के किसी कोने से उमड़ी और टकराकर दूसरे ही क्षण लौट गयी। ऐसी नश्वर लहरियों को पत्थर कभी भूलकर भी याद नहीं करते।"

"पत्थर! मैं पत्थरों की बात नहीं कर रही हूँ प्रेम। उधर देखो, उसे भी समझने का प्रयत्न करो–"

प्रेम ने देखा। वेदना स्वर्ण-कलश में चाँदनी भरकर महल की ओर लौट रही थी। हलकी गुलाबी सिकता में उसके नन्हे-नन्हे पैरों के चिह्न बनते जाते थे।

"देखा! जो एक बार भी इसे कुचलकर चलता है, यह सिकता उसके चरणचिह्नों को अपने हृदय में कितने स्नेह से अंकित कर लेती है कुमार!"

"ठीक है कुमारी। पर देखना, कल तक पवन के झकोरे और चाँदनी की लहरियाँ इसे समतल कर देंगी। यदि किसी पथिक की स्मृति के पद-चिह्न कहीं सिकता पर अंकित हो गये हों तो समय के झकोरे उन्हें समतल कर ही देंगे। इसमें शोक क्यों करती हो कुमारी!"

"मैं तुम्हें कैसे समझाऊँ?" कल्पना बोली।

पास के सरोवर के नील जल में कमल खिल रहे थे, तारों के कुछ भौंरे मकरन्द-पान कर रहे थे। रानी ने एक कमल तोड़ा और प्रेम के पास फेंक दिया। भ्रमर उड़ा नहीं, मकरन्द से चिपटा रहा।

"इसका क्या उत्तर है प्रेम!"

"इसका उत्तर! तुम सम्भवतः पूछ रही हो कि कमल के टूटने पर भी भ्रमर उड़ा नहीं। पर रानी, ये तुम्हारे तारों के कमल अमर हैं। यदि ये नश्वर होते और

किसी नश्वर क्षण में इन पर छा जाता पीलापन, उड़ जाता इनका मकरन्द, तो भ्रमर भी उड़कर दूसरे कमल पर जा बैठता। कमल सूखते रहते हैं रानी, भ्रमर सदा आश्रय ढूँढ़ लेते हैं।"

कल्पना निरुत्तर हो गयी। प्रेम हँस पड़ा।

"कितनी भोली हो तुम कुमारी! उत्तर देना भी न आया। कहो—कल्पना का सौन्दर्य वास्तविकता से अधिक स्थायी होता है—कहो।"

"हाँ!" कल्पना को जैसे उत्तर मिल गया—"कल्पना का सौन्दर्य वास्तविकता से अधिक स्थायी होता है कुमार। प्रेम की लहरों के टकराने पर कल्पना के पत्थर टूट जाते हैं—कल्पना की सिकता पर प्रेम के पदचिह्न अमर होते हैं, प्रेम के कमल के सूखने पर कल्पना के भ्रमर उड़ नहीं जाते, वे उसी के साथ टूट जाते हैं कुमार! कल्पना को प्रेम ने नया जीवन दिया है और कल्पना मृत्यु में भी प्रेम का साथ देगी।"

"मृत्यु? प्रेम ने न शासन में जीवित रहना सीखा है और न प्राण देना। कल्पना की शाखाओं पर किरणों की रेशमी डोर में झूलने की अपेक्षा मैं उन्मुक्त आकाश की स्वतन्त्र छाया में, चाँदनी की लहरों के साथ मृत्यु-क्रीड़ा करना अधिक उचित समझता हूँ। इन लहरों को चीरकर सागर के उस पार पहुँचना कितना सुखद होगा। और यदि डूब भी गया, तो यह सन्तोष होगा कि कल्पना रानी के सागर ने ही मुझे आश्रय दिया है। और तब उस पार का आनन्द मुझे मझधार में ही मिल जाएगा। किन्तु तुम यहीं रहो रानी। तुम्हारा सुख मेरे साहस की प्रेरणा होगा—"

"तुम मेरे आश्रित हो न! मैं तुम्हारे साथ चलूँगी, तुम्हारी रक्षा में सन्नद्ध होकर। चाँदनी की लहरें कल्पना रानी का शासन मानती हैं। अपने कोमल स्पर्श से सहारा देकर वे तुम्हें ले चलेंगी उस पार। आओ।"

दोनों सागर की ओर बढ़े—सागर स्वागत के उल्लास में हिलोरें लेने लगा—कल्पना ने पैर बढ़ाये। सहसा प्रेम ने उसे पीछे खींच लिया और कहा— "ठहरो!..."

नीचे पृथ्वी पर,

साँझ के गुलाबी बादलों में आँखमिचौनी खेलते हुए विहगदल के रव को अनसुना करते हुए, पेड़ों की काँपती छाया में, चला जा रहा था एक पथिक अपने गेह को। रात घिर आयी थी, बादल छा गये थे। एक घने वृक्ष के तले वह रुक गया, आश्रय के हेतु। हरे झुरमुट के पास, नगर के एक उच्च गृह के वातायन से झाँक रही थी एक बालिका। अँधेरा बढ़ रहा था, बादल छा रहे थे।

पर उस समय पृथ्वी पर न प्रेम था, न कल्पना।

बालिका के मन में, वन-वन भटकनेवाले एक पथिक की याद तो आयी पर उसके मन में कोई पीड़ा न कसकी—उस समय पृथ्वी पर प्रेम न था।

पथिक के मन में एक अनजान पीड़ा तो कसक गयी पर उसे कोई याद न आया। उस समय पृथ्वी पर कल्पना न थी।

दोनों मूक थे, दोनों के अभाव घुटते रहे।

प्रेम ने कल्पना को पीछे खींच लिया। "ठहरो कल्पना! उधर पृथ्वी की ओर तो देखो–" कल्पना ने देखा और दोनों के मन की बेबसी को समझकर काँप गयी।

"इतनी विवशता!" प्रेम बोला, "हम दोनों के अभाव से अभागा मानव न समझ पाता है अपने मन की हलचल को और न व्यक्त कर पाता है उसे शब्दों में। कल्पना! क्या प्रकाश की दो लघु बूँदों के समान चाँदनी के इस अनन्त सागर में हम सदा के लिए घुल जायँ? क्या प्रेम इतना दुर्बल है? क्या कल्पना इतनी शक्तिहीन है? नहीं रानी, आओ! हम तुम दो लघु बूँदें हैं, पर मानव-हृदय का आधार हमें सागर से भी अधिक विस्तार दे देगा–कल्पना, आओ।"

स्वर्ग के देवताओं ने देखा–

ज्योति के दो पैने तीरों की भाँति कल्पना और प्रेम चले पृथ्वी की ओर–नारी के हृदय में समा गया प्रेम और पुरुष के हृदय में समा गयी कल्पना।

"कल्पना से विलग रहनेवाली वेदना के ताप को तुम न सह पाओगे देवताओ!" और वेदना भी समा गयी मनुष्य के हृदय में।

"जहाँ कल्पना है, जहाँ प्रेम है, कोमलता और सरसता भी वहीं रहेंगी स्वर्ग के पत्थरो!" और स्वर्ग के अमर सुनहले बादल रिमझिम कर बरस पड़े पृथ्वी पर।

वातायन से झाँकती हुई बालिका ने देखीं आकाश से झरती हुई बड़ी-बड़ी बूँदें। उसका परदेसी पथिक न जाने किस उजाड़ पथ पर भींग रहा होगा। क्या जाने पथिक को भी कभी उसकी याद आती है या नहीं। उसने नयनों से प्रेम उमड़कर बादलों से होड़ लेने लगा। टप-टप आँसू चू पड़े।

पथिक तरु के नीचे बैठा था, अन्धकार में। तरु-शिखर के पल्लव भींग चुके थे। कुछ बड़ी-बड़ी बूँदें पल्लव के झीने पटों को एक-एक कर खोलती हुई चू पड़ीं। पथिक की कल्पना के पल्लवों से कोमल आश्रय से जैसे ये बूँदें चू पड़ती हैं–वैसे ही उसके नगर में किसी बालिका की पलकों से चंचल आँसू चू पड़ते होंगे और खो जाते होंगे प्यासी धरती में!

दोनों के मन में वेदना कसक उठी।

और–प्रथम बार संसार में फूट पड़ी भाषा। पथिक ने बादलों के संगीत के साथ गाना प्रारम्भ किया एक विरह-गीत। प्रेम की वह पहली कविता जब अम्बरपटों को चीरकर पहुँची स्वर्ग में, तो कहा जाता है कि देवता भी लालायित हो उठे थे पृथ्वी पर आने को।

किन्तु स्वर्ग स्वर्ग है और पृथ्वी पृथ्वी!!

कलंकित उपासना

मनुष्य ईश्वर से पूर्णता का वरदान माँगने गया।

ईश्वर अपने कुटिल ओठ दबाकर मुसकराया और बोला—"मेरी उपासना करो, मैं तुम्हें पूर्णता का वरदान दूँगा।"

मनुष्य ने असीम श्रद्धा से पुलकित होकर भगवान के चरणों पर अपना रजत-मस्तक रख दिया और देर तक उपासना करता रहा। थोड़ी देर बाद मनुष्य ने सिर उठाया और भगवान की ओर प्रार्थना-भरी निगाहों से देखा।

भगवान ने अपनी नील कमल-सी पलकें उठायीं। और मौत के रेशों से बुनी हुई मुसकराहट बिखेरकर मनुष्य के मस्तक पर लगी हुई अपनी चरणरज की ओर संकेत कर कहा—"देखो तुम्हारे मस्तक पर कलंक है। अभी तुम पूर्ण नहीं हो सकते, और उपासना करो।"

मनुष्य ने फिर चरणों पर सिर रखा। चरणरज का चिह्न और भी गहरा हो गया। उसने फिर सर उठाया।

भगवान ने फिर कहा—"तुम्हारा कलंक तो और गहरा हो गया।"

उसने फिर पैरों पर सिर रख दिया।

तब से आज तक उपासना की अनन्यता और कलंक के गहरे होते जाने का क्रम बदस्तूर जारी है।

कवि और ज़िन्दगी

"गाओ कवि!" अनुरोध भरे स्वर में राजा बोला—"गाओ, तुम्हारा पहला ही स्वर जैसे हर लेता है जीवन की सीमाएँ, पहुँचा देता है चाँदनी के लोक में, जहाँ कल्पना फूलों से शृंगार कर अतिथियों का स्वागत करती है। मैं भूल जाना चाहता हूँ यह संघर्ष, क्षण भर को मुझे खो जाने दो मधु के उफान में, अधरों की कोमलता में, नयनों की बंकिमता में—गाओ..."

कवि मूक था।

राजा पात्र से एक घूँट पीकर फिर बोला, उसका स्वर भारी हो चला था—"क्या नहीं गाओगे कवि? बोलो, यह विस्मरण की वेला है मित्र! मैं भूल जाना चाहता हूँ अपनापन; मैं डूब जाना चाहता हूँ मदिरा की इन हलकी लहरियों में, और तुम्हारी कविता का स्वर मदिरा से अधिक नशीला है, अंगूरों से अधिक रसीला है। अपने स्वरों की नौका पर मुझे ले चलो उस तट पर मेरे माझी! गाओ!"

कवि फिर भी मूक था।

"तुम क्यों मूक हो?" राजा का स्वर कर्कश हो चला था और उसमें अधिकार की चेतना गरज उठी थी। "बोलो! बोलो!" राजा ने अधीर होकर मधुपात्र फ़र्श पर पटक दिया। सामने बैठी अस्त-व्यस्त कामिनी चौंक उठी, सजग हो उठी।

"नहीं गाओगे? राजसभा के टुकड़ों पर पलनेवाले क्षुद्रकवि! राजा की छोटी-छोटी इच्छाओं का अपमान!"

कवि तिलमिला उठा—

"बस महाराज!" उसकी आँखों से तारे टूट रहे थे, उसके स्वरों में तूफ़ान गरज रहा था—"कविता वासना की क्रीत दासी नहीं है महाराज और न कवि किसी की इच्छा का गुलाम! रागरंग के वातावरण में गान घुट जाते हैं राजन्! मदिरा के सौरभ में कविता कुम्हला जाती है। वासना की शिलाओं से टकराकर स्वर टूट जाते हैं।

चाँदी के टुकड़ों पर मैं कविता की हत्या नहीं कर सकता!"

कवि चला गया...।

मन्त्री ने एक अर्थपूर्ण दृष्टि डाली कवि पर और बोला—"कवि, तुम्हारे गीत महान् हैं और उनकी योजना के लिए महान् पृष्ठभूमि की आवश्यकता है कलाकार! तुम्हारे गीतों की प्रतिध्वनि राजमहलों की विशाल प्राचीरों में ही शोभा देती है। झोंपड़ियों के अँधेरे में उलझकर तुम्हारे हृदय का सन्देश घुट जाएगा कवि!"

"ग़लत, झोंपड़ी-झोंपड़ी, गाँव-गाँव, नगर-नगर के करोड़ों निर्धनों के मन में राजा के प्रति जाग उठनेवाला यह असन्तोष, यह विद्रोह कितनी बड़ी और कितनी सशक्त पृष्ठभूमि है मेरे सन्देश की, यह तुम नहीं जानते। यह मैं समझ रहा हूँ, और उसी दिन से लगता है जैसे उनकी पसलियों में हहरानेवाला वह तूफ़ान मेरे स्वरों में भर गया है!"

"लेकिन ध्यान रखो कवि! तूफ़ान कहीं तुम्हारे गीतों का सौन्दर्य न उड़ा ले जाए। जानते हो कवि—सौन्दर्य नियमों में बँधा होता है, ध्वंसात्मक विद्रोह काव्य के सौन्दर्य को चूर-चूर कर देता है। मैं कहता हूँ आओ, अपने स्वरों के जादू से राजा को जीतकर तुम कुछ भी कर सकते हो। राजशक्ति के साथ रहने में ही तुम्हारा कल्याण है!"

"मन्त्रिवर!" कवि हँस दिया, "कवि और राजनीतिज्ञ में अन्तर होता है। कवि की आँखों में साँप की आँखों का छल नहीं होता और न वह हर क्षण रूप ही बदल सकता है। कविता वंचना का षड्यन्त्र नहीं, आत्मा की ईमानदार आवाज़ होती है मन्त्रि!"

"यह राजशक्ति की उपेक्षा है!"

"कविता का आत्मसम्मान राजशक्ति को कुचलकर चलता है।"

"सावधान! तुम अपने भविष्य पर अन्धकार का आवरण डाल रहे हो!"

"भविष्य! क्या गुलाम देश में भी कविता का कोई भविष्य होता है! पींजरे की तीलियों में कल्पना की उड़ान बँध जाती है। गुलामी में कविता के प्राण सिसककर रह जाते हैं। बची अधर नियन्त्रित गति, सीमित विचार कविता के स्वच्छन्द विकास के लिए अभिशाप होते हैं। इस नाते कवि की वाणी का प्रथम स्वर होता है विद्रोह!"

"कवि!" राजमन्त्री कड़ककर बोले और फिर जलती हुई आँखों से कवि की ओर देखा—"जाओ। अभी जाओ यहाँ से!"

कवि उद्विग्न था। उसकी स्वतन्त्र आत्मा बन्धनों को नहीं सह सकती थी। गुलामी पाप है, वह छोड़ देगा गुलामी के देश को!

सन्ध्या के डूबते हुए सूरज ने देखा—पास के पर्वत की ऊँची-नीची पगडण्डियों

पर अन्यमनस्क कवि अपनी वीणा लेकर चला जा रहा था नगर से दूर। दूर, गुलामी से दूर! सुदूर वनप्रान्तर ने बाँहें खोलकर कवि का स्वागत किया। कवि ने एक पर्णकुटी बनायी और वहीं रहने लगा।

अपने देश-निर्वासन की स्मृति में कवि ने बोया था एक वटपादप। वह बढ़कर तरुण हुआ, शाखाएँ फैलीं, उनमें जवानी के लाल डोरे झूलने लगे, और, और एक दिन उन्होंने झुककर पृथ्वी चूम ली।

पृथ्वी चूम ली! कवि के मन में सहसा एक विचार बिजली की तरह चमक गया। क्या अब भी आज़ादी ने उसके देश को न चूमा होगा। नहीं, उसका देश अब स्वतन्त्र हो गया होगा। वहाँ के उन्मुक्त आकाश में एक नवीन शक्तिशाली जीवन का सृजन हो रहा होगा। वहाँ के फूल आज़ादी से फूलते होंगे और उनका सौरभ आज़ादी के वातावरण में गमक उठता होगा। वहाँ के निवासी गौरव से शीश ऊँचा करके चलते होंगे—वहाँ की बालिकाएँ आज़ादी के गीत गाती होंगी। वह व्याकुल हो उठा अपने देश जाने को...।

पर उसका देश बदल चुका था। वसन्त का अन्त हो रहा था। चारों ओर सुनहरे खेत पके खड़े थे। उसने दृष्टि दौड़ायी पर कोई मनुष्य न दीख पड़ा। हाँ, कुछ यन्त्र आये और उन्होंने खेत रौंदकर क्षण भर में पृथ्वी साफ़ कर दी।

कवि वहाँ से चला आया। नगर में उसने देखा पहले का उन्मुक्त वातावरण समाप्त हो चुका था। मनुष्य काम में पिस रहा था। सन्ध्या आयी; विश्राम का सन्देश देनेवाली रंगीन सन्ध्या। नगर बिजली से चमचमा उठा। दिन भर काम से थके हुए लोग शराब के प्यालों में, रूप के बाज़ारों में अपनी थकावट उतारने लगे।

कवि का मन भर आया। क्षण भर के लिए उसकी आँखों में नाच उठी वनप्रान्तर की सन्ध्या, जब पश्चिम की फूल पत्तियों में भर जाती है एक सिहरन, नीड़ों में हँस उठता है जीवन का स्पन्दन और डालों में गूँज उठते हैं विहगों के गान! और यहाँ, यहाँ सन्ध्या है पशुत्व के विकास का समय। उसके देशवासियों ने राजा से स्वतन्त्रता पायी, पर उसकी संस्कृति के गुलाम बन गये। यह आज़ादी है या आज़ादी के शव पर गुलामी का कफ़न। इस श्मशान में गीतों की साधना असम्भव है।

कवि लौट आया अपनी कुटी में। कवि का हृदय टूट चुका था। राजशक्ति की उपेक्षा उसका विद्रोह जगा सकती थी पर जनता की उपेक्षा ने उसके हृदय पर जो आघात पहुँचाया उसके कारण उसकी कविता घुटकर रह गयी। कभी उसके देश की याद उसकी पलकों को भिगो जाती थी, कभी आज़ादी की चाह उसकी सिसकियों में हँस पड़ती थी, पर वह अब गीत न लिख पाता था। उसकी वीणा एक ओर पड़ी थी।

हर साल वसन्त आता था और वसन्ती बयार उसके मन को रुला जाती थी। पूरब से आनेवाले विहगों से वह पूछता था अपने देश की दशा और उत्तर में वे करुण गीतों से गुँजा देते थे डालों के झुरमुट को।

आषाढ़ आते ही पुरवैया बहती थी और कवि प्रफुल्ल हो उठता था। यह पवन आ रहा है उसके देश से, उसके देश की बालिकाओं के केशपाश को अस्त-व्यस्त करता हुआ। यह पवन उसके लिए एक नवीन सन्देश लाता था और उसके मन में कसक उठती थी अपने देश की याद।

वर्षो के बाद एक बार जेठ-बैशाख के झुलसे पेड़ खड़े थे, आषाढ़ की प्रतीक्षा में! आषाढ़ आया पर पूरब के आकाश में रसीली घटाएँ न लहरायीं। सावन आया पर रिमझिम बूँदें पल्लवों से अठखेलियाँ करने न आयीं! फूलों ने प्यासे नयनों से देखा गगन की ओर, पर वहाँ छाया हुआ था भयंकर अन्धड़!

कवि का मन एक अमंगलकारी आशंका से भर गया। क्या उसके देश का सागर इतना नीरस हो गया कि वहाँ से बादल भी नहीं उठते? क्या वहाँ का वातावरण इतना जड़ हो गया कि वहाँ से पुरवैया भी नहीं लहराती?

कवि वृद्ध हो चुका था। पर उसने सोची एक बार फिर अपने देश की ओर चलने की। काँपते हुए हाथों से उसने अपनी वीणा उठायी और डगमग क़दमों से वह चल पड़ा अपने देश की ओर!

पूर्व में उषा दोनों करों से गुलाबी आभा बिखेर रही थी, पर नगर-द्वार पर नियमित रूप से बजनेवाली शहनाई मूक थी। तरु की डालों पर चहकनेवाले विहग अदृश्य थे। चारों ओर के खेतों में धूल उड़ रही थी।

दूर-दूर तक फैली हुई नीरवता और सुनसान में कहीं विशालकाय लौहयन्त्र खड़े भयंकर अट्टहास कर रहे थे। पर इस देश के निवासी क्या हुए?

कवि ने देखा—पास था एक वृक्ष, पर उसकी पत्तियों पर विचित्र पीलापन छाया था। उसने अपनी अँगुलियों से छुआ उन्हें और वे टूटकर गिर पड़ीं।

इन पत्तियों की कोमलता कहाँ गयी?

यन्त्रों के पास कवि ने देखीं कुछ मूर्तियाँ। क्या वह उस देश की निर्जीव कला है? किन्तु इतनी मूर्तियाँ मार्गों पर खेतों में—क्या ये उस देश के निवासी ही तो नहीं हैं?

पर कहाँ गयी इनमें से जीवन की गति?

बिजली की तरह कवि के मन में एक विचार चमक गया। विज्ञान! प्रकृति की उपासना। हाँ, मानव ने हार मान ली थी बुद्धि के सामने और बुद्धि ने छीन लिया था उसके मन का उन्मुक्त उल्लास। विज्ञान ने बना दिया था मनुष्य को पत्थर-सा कठोर। विज्ञान के सहारे मनुष्य ने पाली थी अमरता, पर ऐसी अमरता जिसे देखकर एक बार मौत भी काँप उठी होगी।

कवि की आँखों में आँसू छलक आये! काँपते हुए हाथों से उसने उठायी अपनी वीणा और रुँधे गले से गाना प्रारम्भ किया एक करुण गीत। वर्षों बाद कविता उमड़ पड़ी।

नगर के निःशब्द प्राचीरों में उसके गीतों की प्रतिध्वनि गूँजने लगी। सूखी हुई डालों में उसके स्वर लहराने लगे। कवि की तानों के साथ-साथ पूरब से बहने लगे पुरवैया के झोंके। कवि के लहराते स्वरों के साथ-साथ आकाश में लहराने लगीं काली घटाएँ। कवि के आँसुओं के साथ-साथ पेड़ों पर, पत्तियों पर, फूलों पर बरस पड़ीं पावस की रिमझिम बूँदें।

गीत का स्वर चढ़ते ही झूलती हुई डालों से कूक उठी उल्लास में भरकर एक काली कोयलिया। चारों ओर के नीरव वातावरण में जैसे एक नयी हरियाली छा गयी। स्वर गूँजता रहा।

पर कवि का अभ्यास छूट चुका था। उसका स्वर उखड़ने लगा। उसने कलेजा लगाकर फिर प्रयत्न किया। सहसा पत्थर की मूर्तियों में स्पन्दन हुआ और स्वरों के साथ-साथ उनमें संचार हुआ नवीन चेतना का। वर्षों की बेहोशी तोड़कर वे उठ बैठीं—एक अलसायी अँगड़ाई लेकर।

सहसा कवि का स्वर उखड़ गया। उसकी वीणा हाथ से छूट पड़ी और वह अचेत होकर गिर पड़ा। चीख़कर पत्थर की मूर्तियाँ घिर आयीं उसके पास (सम्भवतः उनमें चेतना-मानवता फिर जाग गयी थी)। अपराधी की तरह सर झुकाकर उन्होंने कहा, "आह! कवि का अन्त हो गया।"

पर डाल पर कोयलिया कूक उठी—"कवि अमर है! हममें सुनो कवि की प्रतिध्वनि!" आकाश में लहराते हुए बादल रो पड़े—"कवि मरा नहीं है। हममें अब भी छलक रहे हैं कवि के आँसू।" पूरब से बहती हुई नशीली पुरवैया क्रन्दन कर उठी—"कवि की मृत्यु भ्रम है। हममें अब भी लहरा रहे हैं कवि के गीत!"

पर अपराधी की तरह मानव ने सर झुकाकर कहा, "कवि का अन्त हो गया!"

आकाश में, ज़मीन पर, मानव में, प्रकृति में, स्वर्ग में, पृथ्वी में कवि की वाणी लहरा उठी थी ज़िन्दगी बनकर : पर ज़िन्दगी ने डाल दिया था कवि पर मौत का काला आवरण। पर मौत के उस अँधेरे को चीरकर भी कवि के अधरों पर खेल रही थी ईश्वरीय मुसकान की चमचमाती हुई जोत—

कोयल कूकती रही, बादल लहराते रहे, पुरवैया बहती रही!

पिरामिड की हँसी

पहले कलाकार का राजकुमारी ने स्वागत किया। वह आया। उसने छेनी उठायी। राजकुमारी ने मुख का आवरण उलट दिया। बादल के हटने पर सुनहली धूप छिटक गयी। कलाकार सिहर उठा। राजकुमारी मुसकरा पड़ी। वह निष्प्रभ हो गया। उसकी छेनी लक्ष्यभ्रष्ट हो गयी। राजकुमारी हँस पड़ी। कलाकार हार गया।

दूसरा आया, तीसरा आया। वर्षों बीत गये। मीलों तक धरती प्रस्तरखण्डों से ढँक गयी। राजकुमारी प्रत्येक की हार पर मुसकराती, जलपात्र में अपने रूप की प्रतिच्छाया देखती, बिखरी हुई अलकें सँभालती, भाल के स्वेदबिन्दु पोंछती और सदर्प अपने सिंहासन पर आकर बैठ जाती।

और एक दिन प्रतिहारी ने सूचना दी—"भारत से एक कलाकार आया है!"

"आने दो!" राजकुमारी बोली।

कलाकार ने प्रवेश किया। भौंरों-सी काली लहराती हुई अलकों पर असावधानी से रखा हुआ उष्णीष, भूमि तक झूमता हुआ नीला रेशमी उत्तरीय, चुना हुआ पीत अधोवस्त्र और सावधानी से बँधा हुआ अरुण कटिवस्त्र। आम की फाँक की भाँति आकर्षक, विशाल भोले नयन और सारंग-सी मतवाली चाल।

वह आगे बढ़ा और एक लिपटा हुआ अर्धशुष्क कमलपत्र राजकुमारी के चरणों के समीप रख दिया। राजकुमारी ने उठाया। ओस की बूँदों में पराग घोलकर मृणाल की तूलिका से राजकुमारी का एक रेखा-चित्र बनाया गया था। आड़ी, तिरछी, उलझी हुई रेखाएँ जिनमें उसके रूप की तो केवल झलक थी, लेकिन उन रेखाओं की हर वक्रता में राजकुमारी का दर्प बल खाकर इठला उठता था। राजकुमारी का गर्व हर अभाव में मुसकरा उठता था। वह राजकुमारी का चित्र नहीं, भावछाया थी।

राजकुमारी ने देखा और वह मुसकरा पड़ी।

"यह तो भावछाया है : क्या तुम यथार्थ प्रतिमा का निर्माण कर सकोगे युवक? क्या तुम भारत से आवश्यक प्रस्तरखण्ड लाये हो?"

"क्या मूर्ति के लिए पत्थर? विवशता थी राजकुमारी। भारत में पत्थर हैं ही कहाँ? जितने पत्थर थे भी कलाकारों ने मूर्ति-निर्माण के लिए उन्हें स्पर्श किया, और कला के स्पर्श से सब पत्थर देवता हो गये, राजकुमारी!"

राजकुमारी मुसकरायी।

"ओह! तुम तो शिल्पी ही नहीं, कवि भी हो। लेकिन कला का गुणगान मेरे सम्मुख कर रहे हो। मैं—जिसके एक भ्रूभंग से आहत होकर कितने युवक कवि बन गये हैं। जिसकी छवि की एक झलक का अंकन करने में कितने कलाकार असफल होकर चले गये और जिनके अवशिष्ट पत्थरों से मिस्र की धरती ढँक गयी है।"

"वे कलाकार न थे राजकुमारी! वे दर्प की प्रतिमा के दुर्बल उपासक थे। उन्होंने यथार्थ की सीमाओं में कला को बाँध देना चाहा था और वे असफल होकर चले गये। भारत का कलाकार जीवन को, यथार्थ को, बाह्य रूप को, कला की, कल्पना की, आदर्श की सीमाओं में बाँधता है।"

"हूँ! शायद इसीलिए भारत का कलाकार पर्वतों, सागरों, मरुस्थलों को पार कर रूप के चरणों में कला का फूल चढ़ाने मिस्र आया है—" राजकुमारी ने व्यंग्य किया।

"कदापि नहीं!" कलाकार ने उत्तर दिया—"मैं प्रणय-याचना के उद्देश्य से नहीं आया हूँ। मैं तुम्हारे लिए भारत से एक सन्देश लाया हूँ। वह जीवन, जो यथार्थ के दर्प में उलझकर रह जाता है, परिवर्तन उसे नष्ट कर देता है। वह जीवन, जो कला की असीम सीमाओं में बँधकर चलता है, अमर हो जाता है राजकुमारी! और देशों के कलाकार तुम्हारे रूप की छाया का चित्रण करने आये थे, मैं तुम्हारी छाया में रूप भरने आया हूँ।"

"मेरी छाया में रूप!" राजकुमारी हँसी, "मुझे रूप की कमी नहीं है कलाकार! रूप के पाश में जकड़कर ही मैं सहस्रों कलाकारों के अभिमान को चूर-चूर कर चुकी हूँ।"

कलाकार पलभर चुप रहा और फिर बोला—"एक कलाकार की हैसियत से मुझे इस पर लज्जा आती है राजकुमारी! अच्छा इन्हीं अवशिष्ट पत्थरों से मैं कला का वह शाश्वत निर्माण करूँगा जिसे देखकर संसार आश्चर्यचकित रह जाएगा। जिस दिन तुम्हारा रूप चूर-चूर होकर बिखर जाएगा और गर्म रेगिस्तानी हवा के झोंके उसे अनन्त शून्य में बिखरा देंगे उस दिन भी मेरा निर्माण गौरव से शीश उन्नत कर जीवन की नश्वरता पर अमर अभिमान की हँसी हँसेगा—"

और धीरे-धीरे एक दिन वह निर्माण पूरा हो गया। वह संसार का उच्चतम भव्य निर्माण—पिरामिड। कलाकार ने राजकुमारी को आमन्त्रित किया—पिरामिड की

कला का निरीक्षण करने के लिए—उच्च भव्य निर्माण, जिसके आधार के समीप एक अन्तःप्रकोष्ठ था। राजकुमारी ने कक्ष में प्रवेश किया। सामने एक चिकना पत्थर था। राजकुमारी ने उसमें झुककर अपना प्रतिबिम्ब देखा। ऊपर एक छेद से भूली-भटकी हुई एक सूर्यकिरण झाँकने लगी जिसकी प्रकाश-रेखा में राजकुमारी को लगा जैसे उसके कुछ बाल सफ़ेद हो गये हैं। वह हँसी और कलाकार से बोली—"तुम्हारी कला त्रुटिपूर्ण है कलाकार! उसमें तो मेरे केश श्वेत दीखते हैं!"

"हाँ, राजकुमारी! कला की कल्पना के दर्पण में यथार्थ को अपनी सभी त्रुटियाँ दीखने लगती हैं और वह आहत होकर विद्रोह कर उठता है—कला त्रुटिपूर्ण है। क्या तुम्हारा रूप अमर रहेगा? जिस दिन तुम्हारे कोमल कपोलों पर श्वेत अलकें झूलेंगी, जिस दिन तुम्हारे जीवन पर वृद्धावस्था का अभिशाप छा जाएगा, उस दिन तुम सोचोगी कि तुमने जीवन में क्या किया? केवल रूप के दर्प में मनुष्यों के जीवन को कुचलती रहीं। एक दिन भी तुमने हृदय की प्यास नहीं बुझायी। हमेशा भावना की भूख को झुठलाती रहीं। तुमने अपने जीवन से कला का, कविता का, प्रेम का बहिष्कार कर दिया और एक दिन कला, कविता, प्रेम तुमसे प्रतिशोध लेंगे!"

"कलाकार!" राजकुमारी चीख़ उठी—"मैं हार गयी युवक! मैं तुम्हारे सामने हार मानती हूँ। मेरा वैभव, मेरा यौवन, मेरा रूप, मेरा राज्य, कला के, तुम्हारे चरणों पर अर्पित है।"

कलाकार स्तब्ध रह गया। क्षण भर असमंजस में रहा और उसके बाद सहसा बोल उठा, "मुझे अस्वीकार है!"

"नहीं! नहीं! कलाकार, इतना भीषण प्रतिशोध न लो। मानती हूँ मैं जीवन भर पत्थर रही पर तुम तो पत्थर को स्पर्श कर देवता बना देना जानते हो न!"

"ठीक है राजकुमारी! पर मेरे कन्धों पर, कला के कन्धों पर, मानवता का उत्तरदायित्व है। किसी एक व्यक्तित्व की सीमाओं में बँधकर मैं कला की हत्या नहीं करना चाहता! विदा राजकुमारी, मेरा कार्य समाप्त हो गया—"

राजकुमारी ने क्षण भर जाते हुए कलाकार की ओर देखा और उसके बाद चोट खायी हुई नागिन की तरह तड़पकर बोली—"यह मेरी पहली पराजय थी—लेकिन यह पराजय मुझे विजय की शाश्वत चेतना देगी। मैं प्रेम की याचना नहीं करूँगी निष्ठुर! मैंने रूप की लहरों के सहारे जीवन की नाव खेयी है और रूप के नष्ट होने के पहले ही मैं रूप की धारा में अपने जीवन को डुबो दूँगी!"

उसने अपनी उँगली से अँगूठी निकाली। अँगूठी का हीरा रंग और रूप की किरणों से जगमग हो रहा था। वह अँगूठी ओठों तक ले गयी और उसका ज़हर चूस लिया। उसके ओठ नीले पड़ गये और वह सदा के लिए सो गयी।

लेकिन मिस्र के निवासी बोले—"हमारी राजकुमारी का रूप अजेय रहा है, अजेय रहेगा।"

वे वैज्ञानिक रसायन लाये। राजकुमारी का शव रसायनों में लपेटकर पिरामिड के अन्तःकक्ष में रख दिया गया। वे बोले—"जब तक कला के इस विशिष्ट निर्माण, पिरामिड का अस्तित्व रहेगा, तब तक हमारी राजकुमारी का रूप भी शेष रहेगा। कला अमर है तो रूप भी नश्वर नहीं, हमारी राजकुमारी मरकर भी कला से जीत गयीं!"

लाखों वर्ष बाद—

एक कलाकार और उसकी पत्नी भ्रमण करते हुए पिरामिड के अन्तःकक्ष में आये। उन्होंने राजकुमारी की ममी को देखा और देखा पिरामिड की ऊँचाई को।

"कितना भव्य निर्माण है?" कलाकार ने कहा।

"कितना मादक रूप है?" उसकी पत्नी ने कहा।

"इसके निर्माण में कला की कितनी महान् चेतना लगी होगी?"

"और उस चेतना के मूल में यथार्थ रूप की कितनी सशक्त प्रेरणा रही होगी?"

"यथार्थ रूप की प्रेरणा! कला के शाश्वत निर्माण के सामने उसका क्या महत्त्व! यथार्थ नश्वर होता है, एकयुगीन होता है। कला युग-युग की होती है, अमर होती है!"

कलाकार ने आगे बढ़कर ममी को स्पर्श किया। वह राख की तरह चूर-चूर होकर बिखर गयी। पत्नी चीख़ पड़ी।

"कहाँ है यथार्थ! बस इतनी-सी सत्ताशीलता पर उसकी तुलना तुम कला के अमर निर्माण से कर रही थीं—"

वह चुप हो गयी। आज युगों के संघर्ष के बाद भी कला जीत गयी। कलाकार हँस पड़ा और पत्थरों में वह हँसी गूँज गयी। कला का शाश्वत निर्माण—पिरामिड प्रतिध्वनि दुहराते हुए हँस पड़ा—अपनी विजय के गौरव पर।

युद्ध, मृत्यु और कविता

मनुष्य भय से चीख़ उठा।

साथ के देवदूत ने रुककर पूछा, "क्या है मनुष्य?"

मनुष्य ने एक बार देखा अपने चारों ओर—अन्धकार पर अन्धकार की परतें। आह! पैरों के नीचे निराधार शून्य! वह काँप गया।

"मुझे भय लगता है।" उसने देवदूत का हाथ और भी मज़बूती से पकड़कर कहा।

"किन्तु काहे का भय?" देवदूत ने आश्चर्य से पूछा।

मनुष्य बोला—"तुम अपने पंखों के सहारे इस अन्धकार के सागर को तैरकर जहाँ चाहो जा सकते हो देवदूत—पर मेरे लिए तो तुम्हारा ही आश्रय है। यदि दैववश तुम्हारा हाथ छूट जाए तो ये अन्धकार की काली लहरें मुझे न जाने कहाँ ले जाएँगी।"

"अपने को इतना तुच्छ न समझो मनुष्य!" देवदूत ने कहा—"अन्धकार की लहरें चीरकर अपना मार्ग स्वयं बनाने में विश्वास करो और जिस जीवन की हानि का भय तुम्हें हो सकता है उसे तो तुम संसार में ही छोड़ चुके हो। यह तो केवल मृत्यु का देश है। साथी, अपनी शक्ति पर विश्वास रखो।"

मनुष्य ने कुछ शान्ति का अनुभव किया।

उसका भय नष्ट हुआ और उसने दुगुने उत्साह से पैर बढ़ाये।

और आश्चर्य से उसने देखा—अन्धकार की परतों को चीरकर प्रकाश की किरणें विहँस उठीं।

चारों ओर का दृश्य प्रकाश में आ गया। लम्बा पथ और दोनों ओर ऊँची पर्वतश्रेणियाँ। शैलशिखरों पर नाचती हुई किरणें, शिखरों से गिरते हुए निर्झर जिनसे झर रहे थे सोने के तार—और सुनहरी जलधार में नीलम के कमलों से विहार करते हुए चाँदी के राजहंस।

"यह कौन लोक है?" मनुष्य ने पूछा।

"मृत्युलोक!" देवदूत ने उत्तर दिया।

"मृत्युलोक अथवा नरक?" मनुष्य ने प्रश्न किया।

"नरक! हाँ, मनुष्य की कल्पना में स्थान पाकर सम्भवतः मृत्युलोक नरक बन जाता है, किन्तु अपने स्वतन्त्र अस्तित्व में मृत्युलोक उतना ही मनोरम है जितना स्वर्ग। मृत्यु उतनी ही सुखद है जितना जीवन। ओह! कभी-कभी मृत्यु की कोमलता जीवन को हरा भी देती है।"

"यह नरक है!" विस्मय से मनुष्य ने सोचा।

"किन्तु यह नरक है तो स्वर्ग कहाँ है देवदूत?"

"स्वर्ग?" देवदूत ने मुड़कर नीचे पृथ्वी की ओर इंगित किया। पृथ्वी पर बादल घिर रहे थे और एक रसाल-वृक्ष के नीचे झूलती हुई तरुणियाँ गा रही थीं—एक लहराता हुआ गीत।

"यह स्वर्ग है।" देवदूत बोला।

"स्वर्ग!" मनुष्य विस्मयान्वित होकर बोला—"यह तो पृथ्वी है, जहाँ से हम लोग अभी आ रहे हैं। तुम भूल तो नहीं रहे हो देवदूत?"

"नहीं मनुष्य, पृथ्वी ही स्वर्ग है। आश्चर्य है कि स्वर्ग के निवासी स्वयं स्वर्ग की सत्ता से अपरिचित हैं।"

"तो यह नरक है! उफ़! क्या मुझे मृत्युलोक में ही जाना होगा?" मनुष्य ने करुण स्वर में पूछा।

"तुम मृत्युलोक से डरते हो?" देवदूत बोला।

"पृथ्वी पर लोग कहते हैं कि मृत्युलोक यन्त्रणा से भरा हुआ है।"

"यन्त्रणा!" देवदूत हँसा—"भोले मानव! पृथ्वी पर कभी तुमने प्रेम किया था?"

"प्रेम!" एक निःश्वास लेकर मनुष्य बोला—"हाँ! लेकिन अब उसकी क्षीण स्मृति ही है जो कभी-कभी मन को झकझोर डालती है देवदूत।"

"हाँ, तो उस प्रेम की यन्त्रणा से तीखी यन्त्रणा और हो ही क्या सकती है। उस यन्त्रणा को हँसकर सह लेनेवाला मनुष्य नरक की कल्पित यन्त्रणा से काँप उठता है। आश्चर्य है।"

"तुम तो मेरी जन्मजात धारणाओं को बदल रहे हो मित्र! मृत्युलोक में यन्त्रणा ही नहीं होती?"

"होती क्यों नहीं, किन्तु उतनी ही यन्त्रणा जितनी आगामी उल्लास के लिए पृष्ठभूमि बनकर प्रयुक्त हो सके। वह रहा मृत्यु का प्रासाद।"

और दोनों चुप हो गये।

एक कक्ष के सम्मुख आकर देवदूत रुक गया।

"यही है मृत्यु की सृजन-शाला।" देवदूत ने कहा।

"मृत्यु और सृजन! असम्भव।" मनुष्य बोला, "मृत्यु, कविता का विनाश-गृह कहो देवदूत।"

"एक ही बात है मनुष्य! मृत्यु के विनाश में ही सृजन के अंकुर होते हैं, आओ।"

दोनों भीतर प्रविष्ट हुए।

कक्ष में अगणित चित्र बिखरे पड़े थे। लगभग सभी धुँधले थे। किसी का रंग उड़ गया था, किसी की रेखाएँ मिट गयी थीं और किसी का चित्रपट फट गया था।

उन चित्रों के बीच में थे एक देवी और एक देवता। देवी उन चित्रों को साफ़ कर रही थी, पुराने रंगों को धो रही थी, तूलिकाएँ साफ़ कर रही थी।

और देवता उन तूलिकाओं में गाढ़ा रंग भरकर उन पुराने चित्रों को नवीन कर रहा था।

"ये कौन हैं?" मनुष्य ने पूछा।

"वह है मृत्यु की देवी, विनाश की स्वामिनी और यह है जीवन का देवता, जन्म का विधायक।" देवदूत ने बताया।

"यही है मृत्युलोक?" मनुष्य ने जैसे असन्तुष्ट होकर कहा, "कुछ भी नवीनता नहीं। अब मैं ईश्वर को देखूँगा देवदूत।"

"ईश्वर को! असम्भव।" देवदूत ने कहा।

"क्यों?" मनुष्य ने पूछा।

सहसा मृत्यु ने ग्रीवा मोड़कर कहा—"ईश्वर को! कौन देखेगा ईश्वर को? तुम, देवदूत?"

"नहीं देवि! मैं।" मनुष्य ने हाथ जोड़कर कहा, "देवि! मैं ईश्वर के दर्शन करना चाहता हूँ।"

"इधर आओ।" मृत्यु ने कहा।

जीवन ने अपनी तूलिका धरकर कुतूहल से मनुष्य की ओर देखा।

मृत्यु बोली—"जाओ, सामने के उस दर्पण में तुम देखोगे ईश्वर की छाया।"

मनुष्य गया। पर उसे कुछ भी न दीखा।

"मुझे कुछ नहीं दीखता है देवि!"

"ठहरो।" मृत्यु ने उस दर्पण पर एकत्र कलुष साफ़ कर दिया।

अब मनुष्य ने देखा—पर असन्तुष्ट होकर बोला, "यह तो मेरी ही छाया है। ईश्वर कहाँ है? मैं ईश्वर के दर्शन करूँगा।"

"पागल मनुष्य!" हँसकर जीवन बोला, "आत्मदर्शन ही ईश्वर का दर्शन है। अपने दृष्टिकोण से अज्ञान का कलुष साफ़ कर मनुष्य जिस रूप में दीखता है, वही ईश्वर है। मनुष्य ईश्वर है।"

मनुष्य ने जैसे नवीन शक्ति का अनुभव किया।

"अब तुम जीवन और मृत्यु के रहस्य से परिचित हो गये—जाओ, पृथ्वी के लोगों को बतलाओ कि पृथ्वी ही स्वर्ग है—मनुष्य ही ईश्वर है—अपने को पहचानना—ईश्वर का दर्शन है।" जीवन बोला।

"किन्तु अपने को पहचानने का साधन?" मुनष्य ने पूछा।

"जीवन से प्रेम—मृत्यु से प्रेम—यही ईश्वर-प्राप्ति का साधन है—" मृत्यु बोली।

मनुष्य ने झुककर प्रणाम किया और देवदूत के साथ लौट चला पृथ्वी पर—मृत्यु ने उठाया एक नवीन चित्रपट और जीवन को दे दिया। "इस पर क्या अंकित करूँ, कोई नवीन सृष्टि?" उसने पूछा।

"हाँ, आज का मनुष्य अपने अस्तित्व के रहस्य से परिचित हो गया है और प्रत्येक नवीन जीवन में मनुष्य उन्नति करेगा। आओ, हम तुम मिलकर आगामी मनुष्य के आदर्श चित्र का निर्माण करें।"

दोनों चित्र बनाने लगे—

परलोक के क्षण पृथ्वी पर के युगों से भी बड़े होते हैं। जब मनुष्य पृथ्वी पर आया तो बहुत परिवर्तन हो चुका था। उसे कोई परिचित न दीखा। अपरिचितों के बीच में खड़े होकर उसने पुकारा—"मनुष्यो! आओ, मैं तुम्हें जीवन का रहस्य बतलाता हूँ।" लोग उसके चारों ओर घिर आये।

"सुनो, तुम ईश्वर हो। मृत्यु के भय के कारण, प्रकृति की उपासना के कारण तुम अपना रूप भूल गये हो—अपने को पहचानो—जीवन का प्रेम तुम्हें ईश्वरत्व प्रदान कर सकता है।"

अपरिचितों ने आश्चर्य से पूछा, "हम ईश्वर हैं?"

"हाँ, तुम्हीं ईश्वर हो।"

"मैं ईश्वर हूँ! मेरी पूजा करो।"—एक मनुष्य ने लौटकर अपने घर में कहा।

"मैं ईश्वर हूँ! मेरी पूजा करो।"—दूसरे ने अपने परिवार में कहा।

"मैं ईश्वर हूँ! मेरी पूजा करो।" तीसरे ने अपनी जाति में कहा।

और कुछ ही दिनों में सैकड़ों ईश्वर हो गये, सैकड़ों धर्म और हर एक धर्म के विभिन्न अनुयायी।

मृत्युलोक से लौटे हुए मनुष्य ने देखा—उसके शब्दों का अनर्थ हो गया। उसने समझाने का प्रयत्न किया—पर व्यर्थ। वह निराश हो गया।

कई वर्षों के बाद–

संसार विभाजित हो चुका था। पहले धर्म का विभाजन हुआ। अन्त में धर्म के विभाजन के साथ ही जाति और राष्ट्र का विभाजन।

एक दिन एक राष्ट्र की सभा बैठी।

राजा ने कहा–"मैं पड़ोसी राष्ट्र पर आक्रमण करूँगा।"

मन्त्री ने कहा–"किन्तु यह अधर्म है राजन्।"

"मुझे अपने वैभव की किंचित् इच्छा नहीं है, मैं केवल धर्म का प्रचार करना चाहता हूँ।"–राजा ने कहा।

"तो केवल धर्मोपदेशक भेजे जाएँ।"–मन्त्री ने कहा।

धर्मोपदेशक गये पर अन्य राष्ट्रवालों ने उन्हें लौटा दिया। राजा इस समाचार से क्रोध में भर गया।

"मन्त्री, हमारे पूर्वजों ने जीवन की उपासना–जीवन का प्रेम–ईश्वर-प्राप्ति का मार्ग बताया था। आज हमारा धर्म, हमारी सभ्यता, हमारे राष्ट्र का जीवन ख़तरे में है। मैं विवश होकर आक्रमण कर रहा हूँ।"

और दूसरे दिन सेना ने पड़ोसी राष्ट्र पर आक्रमण कर दिया।

जीवन ने चित्र भूमि पर रख दिया। मृत्यु ने उत्सुकता से पूछा–"क्या मनुष्य का चित्र पूरा हो गया?"

जीवन ने कहा–"हाँ, केवल हृदय का निर्माण शेष है।"

"क्यों?" मृत्यु ने पूछा।

"पट के दो-चार टाँके निकल गये हैं।"

"लाओ, मैं उन्हें सी दूँ।" मृत्यु ने रेशमी डोरों से रिक्त स्थान भरना प्रारम्भ किया। सहसा वह चीख़ पड़ी। सूई उसकी उँगलियों में चुभ गयी। दो बूँदें ख़ून की चू पड़ीं।

"अपशकुन!" जीवन गम्भीर स्वर में बोला।

सहसा पट खोलकर देवदूत घबराये स्वर में बोला–"देवि! देवि! तनिक पृथ्वी की ओर तो देखो।"

मृत्यु ने देखा–पागलों की भाँति मनुष्य एक-दूसरे की हत्या कर रहे हैं।

"अपशकुन का अर्थ!"–जीवन बोला।

"अर्थ या अनर्थ–" मृत्यु ने व्यथित होकर कहा।

"इसका उत्तरदायित्व तुम पर है।" जीवन ने कहा।

"मुझ पर! क्यों?" मृत्यु ने पूछा।

"नारी सदा से युद्ध के मूल का कारण रही है। तुम्हीं ने मनुष्य को सिखाया था जीवन का प्रेम। अब देखो उसका परिणाम।"

"नारी को पुरुष ने सदा ग़लत समझा है।" मृत्यु ने उत्तर दिया–"मैंने मनुष्य

को सिखलाया था अपनी मृत्यु और दूसरों के जीवन से प्रेम—और मनुष्य ने सीख लिया अपने जीवन और दूसरों की मृत्यु से प्रेम।"

"इसका निराकरण?" जीवन ने पूछा।

"आओ, मनुष्य के हृदय को प्रेम से रँग दें।" मृत्यु बोली। जीवन ने चित्र उठाया।

"प्रेम का रंग लाल होता है। लाओ रंग।"

मृत्यु ने तूलिका में रंग भरकर दे दिया।

जीवन ने तूलिका चलायी—रंग फैल गया।

"यह क्या? यह रंग तो नहीं है। रंग तो फैलता नहीं है—सम्भवतः रक्त है।"

"आह! मेरी उँगली का रक्त तूलिका में लग गया होगा।"

"चित्र बिगड़ रहा है मृत्यु! सारा परिश्रम व्यर्थ गया।"

नीचे युद्ध का रव बढ़ रहा था। ख़ून की बूँदें उछलकर मृत्युलोक से आ रही थीं। मृत्यु का साहस न हुआ कि उस जन-संहार को देखे। उसने उठकर कक्ष के पट बन्द कर दिये, किन्तु मुड़कर देखा—जीवन निराश दृष्टि से देख रहा है आगामी मनुष्य के चित्र को।

"क्यों जीवन?"

जीवन मूक था। मृत्यु ने झुककर देखा। रक्तिम रंग सारे पट पर फैल रहा है। नीचे युद्ध का रव बढ़ रहा था। धीरे-धीरे कुछ क्षणों में मनुष्य का सारा चित्र रह गया बनकर केवल रक्त का एक विशाल धब्बा।

कक्ष की नीरवता को भंग कर सहसा परलोक के आदि कवि ने प्रवेश किया। हाथ में वीणा थी, वीणा के तार टूटे थे, मस्तक पर चिन्ता की रेखाएँ थीं, मुख पर उद्विग्नता की लालिमा। काँपते हुए स्वर में कवि ने कहा—"जीवन! देख रहे हो भयानक जन-संहार?"

"हाँ कवि! इसे मनुष्य ने स्वयं आमन्त्रित किया है।"

"पर क्या इसका कुछ निराकरण नहीं हो सकता?"

"न! विवशता है कवि।"

कवि क्षणभर मूक रहा।

"जीवन! अगर मैं केवल देवता होता तो शायद निराश होकर बैठ रहता, लेकिन मेरे कन्धों पर कवित्व का भी तो उत्तरदायित्व है न! आकाश में विहार करते हुए पृथ्वी की समस्याओं का समाधान नहीं हो सकता। मैं स्वयं पृथ्वी पर जाऊँगा।"

और आकाश का कवि पृथ्वी की ओर चल पड़ा।

जब कवि लौटा तो उसके हाथ में था एक कमल-पत्र। उस कमल-पत्र पर थीं शबनम-सी चमकती हुई कुछ बूँदें।

"यह क्या है?" मृत्यु ने पूछा।

"यह, यह हैं पृथ्वी की कोमलता के आँसू। इस जनसंहार पर दुखी मानवता के आँसू। माताओं और शिशुओं के आँसू—"

"इनका क्या होगा?" जीवन ने पूछा।

"शायद आँसुओं को छिड़ककर युद्ध की ज्वाला बुझाना चाहते हो। क्यों कवि?" मृत्यु ने व्यंग्य से पूछा।

"जीवन और मृत्यु दोनों को अभी बहुत समय लगेगा कविता की गति समझने में। पहले देखो फिर व्यंग्य कर लेना।" कवि ने शान्ति से कहा।

कवि ने एक स्वच्छ तूलिका उठायी; स्वर के समान बारीक़। उन स्वच्छ आँसुओं से उसने चारों ओर फैला हुआ रंग पोंछना प्रारम्भ कियां।

नीचे युद्ध का रव धीमा पड़ गया। कवि रंग को समेटता गया।

युद्ध की चीत्कार धीमी पड़ती गयी। अन्त में सारा रंग सिमटकर हृदय में केन्द्रित होता गया।

युद्ध का रव बन्द हो गया।

कवि ने विजयी आँखों से मृत्यु की ओर देखा; और उल्लास में भरकर एक गीत गा उठा।

थके हुए मनुष्यों ने हथियार रख दिये। कवि के स्वर में स्वर मिलाकर गाने लगे प्रेम का सुन्दर गीत—जो प्रतिध्वनित हो उठा दिग्-दिगन्त में।

हरिनाकुस और उसका बेटा

उसने मिर्जई उतारकर बाँस पर लटका दी, रस्सी एक ओर फेंक दी, फिर चारों ओर देखा और फटी-सी कर्कश आवाज़ में पुकारा—"बिसुआ! ओ बे बिसुआ! जाने कहाँ मर गया कम्बख़्त। अच्छा वहीं होगा। राजा के पास। ठहर अभी तेरी हड्डी तोड़ता हूँ।"

उसकी आवाज़ ताड़ी के नशे में काँपने लगी, बदन पर अँधेरा फिसलने लगा और आँखों में लाल रोशनी सुलग उठी। वह जाति से डोम था, पेशे से जल्लाद। खानदान उसका बहुत ऊँचा और नामी था। उसके दादा ने ताँतिया भील को फाँसी दी थी। उसके नाना ने अपनी जवानी में चौदह ख़ून किये थे और जब उसे फाँसी का हुक्म हुआ था तो उसी के बाप ने उसके नाना को फाँसी लगायी थी और लौटकर नौ बोतल दारू पी थी, एक सुअर की गर्दन मरोड़ दी थी और अपनी बीमार औरत का हाथ गरम करछुली से दाग दिया था। इन्हीं सब वजहों से उसके खानदान का बड़ा नाम था और वह बिरादरी का चौधरी माना जाता था।

एक दिन जब वह जेलर साहब के बँगले में हाज़िरी बजाकर लौट रहा था तो उसे राह में धनिया मिली, उसकी बीवी की बहन, और उसने बताया कि उसकी बहिन के लड़का हुआ है, बच्चा ज़िन्दा है मगर जच्चा के प्राण निकल गये। वह क्षण भर रुका, फिर बहुत अनासक्त भाव से हँसा, बिरहा गुनगुनाता हुआ घर आया और औरत की लाश के सिरहाने खड़े होकर बोला—"मर गयी, चलो अच्छा हुआ। पेट क्या था कम्बख़्त का भाड़ था। जब देखो तब खाँव-खाँव! एक से तो फ़ुरसत मिली।"

फिर बच्चे को उठाकर बोला—"ओह यह पिल्ला छोड़ गयी है कुतिया!" और फिर कुत्तों की तरह उसके नाख़ून गिनकर बोला—"बीस हैं! बाप रे बाप! बिसहा है बिसहा! जभी तो पैदा होते ही खा गया माँ को!"

उसके बाद धनिया से बोला—"ले जा इस पिल्ले को अपने यहाँ! मैं नहीं रखता जंगली जानवर को अपने पास!"

और तब से बिसहा अपनी मौसी के पास रहता था। मौसी ने उसके नाम का परिष्कार कर दिया था और गाँव भर उसे बिस्सू कहकर पुकारता था।

बिस्सू गाँव का सबसे शरारती लड़का था और उसका सबसे प्यारा खेल था चूहे मारना। पास ही में एक सेठ का गेहूँ का गोदाम था जहाँ रोज़ चूहेदानी रखी जाती थी। उसका दरबान रोज़ चूहे लाकर डोमों की बस्ती में छोड़ जाता था। सब लड़के चूहे मारने को दौड़ पड़ते, पर बिसुआ का निशाना अचूक था। वह एक ढेले से तीन चूहे मारता था और दो ढेलों से सात। उसके बाद उन्हें लटकाकर नदी पर ले जाता था। रास्ते में कोई मिलता तो कहता—"गुलदस्ता लोगे, गुलदस्ता सेठ जी। आज तो ठाकुर जी का जन्म है न?" और नरकुल की नाव बनाकर उस पर चूहे रखकर बहा देता और कहता—"आहा! चूहे राजा की बारात जा रही है।" अगर कोई पूछता कि दुल्हन कहाँ है, तो कहता—"अरे वह क्या है वही मोटे सेठ की लड़की; वही छमाछम!"

एक दिन जब वह चूहे ले जा रहा था तो बाप मिला उसका। उसने पूछा—"क्यों बे बिसई? सालन बनाकर खाएगा क्या इन्हें?"

उसने जवाब दिया—"इन्हें! ये तो बड़े छोटे हैं। उसे खाऊँगा, तोंदवाले चूहे को!"

चौधरी ख़ुश हो गया, मन में बोला—"शाबाश! है न आख़िर इसमें ख़ानदान का ख़ून!"

धीरे-धीरे वह बिसहे को काफ़ी चाहने लगा था और वह उसे अपने हुनर में होशियार बना देना चाहता था। इसलिए एक दिन वह बिसहे को फाँसी दिखाने ले गया। लेकिन जब बिसहा लौटा तो बहुत सहमा हुआ था। आदमी का ख़ून चूहे के ख़ून से गाढ़ा होता है। वह धनिया की गोद में मुँह छिपाकर बहुत रोया, रात को सोते-सोते चीख़ पड़ा और बाप के पास जाने में डरने लगा। चूहे मारने की कौन कहे वह उनकी ओर देखता भी नहीं था। दिन भर या तो नदी किनारे नरकुल के झाड़ में लेटकर बाँसुरी बजाता या चौधरी के बाड़े में सुअरों के पास पड़ा सोता रहता था। चौधरी ने उसके ये रंग-ढंग देखे तो बहुत बिगड़ा और बोला—"कम्बख़्त दोगला निकल गया। मेरा लड़का होता तो डोम होता। यह तो बाभन है बाभन। हरजाई की सन्तान बाभन। छिः!"

और एक दिन उसकी सुअरी ने बच्चा दिया। चितकबरा, जिसके माथे पर

सफ़ेद टीका था। चौधरी ने उसे उठाकर प्यार करते हुए कहा–"अरे यह राजा होगा। मेरा राजा बेटा..." उसे झुलाते हुए बोला।

धनिया बोली–"वाह रे चौधरी! तुम्हारा तो दिमाग़ ख़राब हो गया, कहीं सुअर भी राजा होते हैं?"

चौधरी बिगड़ गये–"देख, औरत जात होकर ज़बान मत लड़ाया कर। अक्किल न सऊर, चली है सास्तारथ करने। अरे राजा लोग सुअर होते हैं तो सुअर क्यों राजा नहीं हो सकते! मेरा तो राजा बेटा है!"

उसके बाद क़ैदी को तम्बाकू पहुँचाने के एवज़ में उसे बारह आने पैसे मिले थे जिसमें वह एक घुँघरूवाला पट्टा ले आया और उसे पहनाकर बोला–"देख री! अपने पिल्ले से मना कर दे मेरे राजा बेटा के साथ न रहा करे नहीं तो इसे भी बिगाड़ देगा।"

लेकिन बिसुआ मौक़ा पाने पर बाड़े में घुस आता था और घण्टों राजा को खिलाता रहता था।

आज जब चौधरी ने आवाज़ दी तो वहीं था। उसने दरार से झाँककर देखा और बोला–"आज ख़ैर नहीं है!" काका ताड़ी के नशे में चूर था।

चौधरी डगमगाते क़दमों से झोंपड़ी की ओर बढ़ा। मगर जग्गू ने अपने चबूतरे से आवाज़ दी–"कहो चौधरी!"

चौधरी उधर मुड़ गया और कली लेकर पीने लगा।

"कहो आज बहुत गंगाजल पिया है क्या? ताड़ीघर से सीधे आ रहे हो?"

"ताड़ी, अरे आज ख़ून पिया है भइया, ख़ून!"

"ख़ून! क्यों सावन-भादों लग गया क्या चौधरी?"

"हाँ और क्या भइया, झूला डाल के आया हूँ आज!"

"आख़िर किसे झुलाया?"

"सो न पूछो जग्गू भइया! इतने दिन हुए मुझे जेल में, इन्हीं हाथों से बड़ी-बड़ी गर्दनों पर जाल डाला है मगर आज तो दिल काँप गया।"

"अच्छा, कौन था आख़िर?"

"एक लड़का अठारह बरस का, अभी दूध के दाँत भी नहीं टूटे थे।"

"क्या औरत का गला घोंट दिया था?"

"अरे राम कहो। कभी जान-बूझकर फूल भी नहीं मसला होगा उसने। कैसा भोला-भाला था? चौड़ा मत्था, दुबला चेहरा, बड़े-बड़े बाल। आँखें छोटी थीं मगर बड़ी तीखी, उजली-सी बेले की साँवर कली समझो उसे।"

"तो किया क्या था उसने?"

"अरे ऐसा हुआ जग्गू भइया कि उसने तार काटे थे; बस फ़ौज चढ़ गयी उसके गाँव पर, और लगा दी आग। आदमी आम की गुठली की तरह भुनने लगे। उसने जाकर कप्तान की गर्दन थाम ली। बस, पकड़ लिया उसे और लिख दिया सरकार को कि इसने छावनी में आग लगा दी। बस हो गयी फाँसी।"

"अरे, इतने ही पर?"

"और क्या सरकार से लड़ना कोई हँसी-खेल है। जब चाहे फाँसी दे दे, जब चाहे जागीर दे दे। लेकिन भइया गज़ब का निडर था वह लड़का। जब फाँसी चढ़ने आया तो कलट्टर को देखकर बोला—"इस छावनी में तो आग नहीं लगायी अब वहाँ की छावनी में आग लगाने जा रहा हूँ, उसकी छावनी में जो हिन्दुस्तान में घास-फूस पैदा करता है।" सुपरण्डण्ट साहब ने पूछा, "तेरी आख़िरी ख़्वाहिश क्या है?" तो हँसकर बोला—"अगले जन्म में तुम्हारा सगा भाई बनूँ तब तुम फाँसी दो!" साहब ने मुँह फेरकर रूमाल निकाल लिया। फिर मेरी ओर देखकर बोला, "देर क्यों करते हो पुरोहित जी, जल्दी कंगन बाँधो, लगन टल गयी तो?" बस मेरा हाथ काँप गया। पहले तो लगा जैसे आँख में आँसू आनेवाले हैं, फिर मैंने दिल कड़ा करके सोचा, अरे आँसू-वाँसू तो सब बड़े आदमियों के चोचले होते हैं। जिसके पेट में दाना हो, तन पर कपड़ा हो उसके दर्दे में आँसू भी सोहता है। बस मैंने फन्दा डालकर खींच ही तो दिया रस्सा। लटक गया फूल एक ही झटके में! लेकिन कैसी कच्ची गर्दन थी उसकी। बस, उसके बाद भागा मैं वहाँ से और जन्तू की दुकान पर आधी घड़िया ताड़ी पी। कैसा ऊजर फेन था, जैसे उसकी आँख।" और सहसा उन निरीह आँखों की याद कर वह सहम गया—"अच्छा, चलूँ अब।"

चौधरी के हाथ से कली (हुक़्क़ा) लेते हुए जग्गू ने मुँह फेरकर, हँसकर कहा—"जब चौधरी पर नशा चढ़ता है तो सबको यही क़िस्सा सुनाते हैं। पिछले छः साल में कम-से-कम दर्जन बार तो कहा होगा और रोज़ यही कहते हैं कि आज उसे लटकाया है। राम जाने कोई भूत-परेत है कि रोज़ जी उठता है और रोज़ चौधरी उसे लटकाते हैं।"

चौधरी मुड़ पड़ा। उसने आग्नेय दृष्टि से जग्गू की ओर देखा और बोला—"मामा के बेटवा हो, ख़ून का रिश्ता है नहीं तो...हम क्या झूठ बोलते हैं? हाँ, छः साल पहले फाँसी पर लटकाया था, पर आज देखा तो जिस कप्तान ने उसे फाँसी पर लटकाया था, वो वर्दी तमगा साजे सुपरण्डण्ट बन के आया है। उसके साथ कोई गाँधी टोपीवाला भी था, उसका रिश्तेदार! बस भइया! मैंने सलाम के लिए हाथ उठाया तो लगा कि जैसे फिर उसकी लाश उठा लाया हूँ और फिर लाश के गले में फ़न्दा छोड़ रहा हूँ! बताओ, ईमान-धरम से बताओ, हमने झूठ कहा था कि आज उसे लटकाया है। हम नशे में हैं...ठहर वे बिसुआ! ओ बिसुआ..." इतने में उसने देखा कि बिसुआ चुप्पे से बाड़े में से निकलकर जा रहा था।

"ठहर तो बे!"—उसने पुकारकर कहा।

बिसुआ रुक गया। चौधरी लड़खड़ाता हुआ उसके पास पहुँचा और भरपूर तमाचा जमाकर कहा—"क्यों बे? फिर बैठा राजा के पास! उसे भी बिगाड़ेगा। फिर जाएगा उसके पास? बोल! बोल!"

बिसुआ का सर घूम गया। वह क्षण भर चुप रहा, फिर तनकर बोला—"हाँ फिर जाऊँगा, सौ बार जाऊँगा, बेईमान, कमीना, जल्लाद काका!"

अब तो गुस्से में घी पड़ गया। वह नशे में था पर गालियाँ पहचानता था। बेईमान, कमीना तक तो ग़नीमत थी, यह विशेषण बड़े-बड़े आदमियों पर लगता था मगर जल्लाद; वह जल्लाद था? उसने उठायी रस्सी और सड़ासड़ कई निशान बिसुआ की पीठ पर बन गये।

धनिया भागती हुई आयी और बिसुआ को अपनी कोख में दुबकाकर बोली—"मार डाल हत्यारे। मुफ़्त का है न। अपने पाप की कुढ़न उस पर निकाल रहा है। ख़बरदार जो हाथ चलाया अबकी दफे!"

चौधरी का हाथ रुक गया। वह ताड़ी के नशे में मदहोश था। उसका सर घूम रहा था और उसके सामने महज़ वे दोनों उजली आँखें चमक रही थीं। वह उन्हें देखकर डर रहा था, उन्हें वह कोड़े मारकर भगाना चाहता था, मगर वह कोड़े क्या बिस्सू पर पड़ गये थे?

वह क्षण भर चुप रहा, फिर बोला—"लेकिन वह मुझे जल्लाद कहता है! मेरा ही लड़का मुझे जल्लाद कहे!"

"और है नहीं तू जल्लाद, निपूते, तू तो राक्षस है राक्षस!"

"जुबान सँभालकर बोल रे! मैं जल्लाद हूँ? कोई रस्सी में गाँठ लगाने से जल्लाद हो जाता है? जिसने आग लगायी वह कप्तान, जिसने फाँसी चढ़ायी वह जेलर और मैंने गाँठ लगा दी तो मैं जल्लाद हो गया। जो बचे वो अफ़सर हो गये, जो कप्तान था वो सुपरण्डण्ट हो गया और मैं जल्लाद हो गया! और राम जानता है मैंने ऐसे आहिस्ते से झटका दिया था कि एक नस भी नहीं चिटकी होगी और परान तो ऐसे आहिस्ते से रेंगकर निकले होंगे...और उस पर यह मुझे जल्लाद कहता है! दिन भर यही सोचता है पड़े-पड़े!"

"सोचेगा नहीं पड़े-पड़े! तेरे काम में इसकी तबीयत नहीं लगती तो क्यों नहीं भेजता स्कूल?" बस्ती में हरिजन सेवावालों ने एक पाठशाला खोल रखी थी।

"हूँ" स्कूल भेज दूँ इसे और खानदान की नाक कटा दूँ! क्या सीखेगा यह गाँधीवालों से? देख आया हूँ आज उनकी करतूतें। जब फाँसी लग रही थी तो सैकड़ों खड़े थे बाहर झण्डे ले-लेकर। जेलर ने कहा लाश नहीं मिलेगी। बस वे बोले, "लाश नहीं मिलेगी भाइयो—शान्ति से घर लौट चलिए। बोलो भारत माता की जय!" और जब उस अभागे के गले में भीतर फन्दा लग रहा था तो वे गला फाड़कर जय बोल

रहे थे। तोड़ देते फाटक, घुस जाते और छीन ले जाते उसे, तब जानता। यों जय चिल्लाना कौन बड़ी बात है। और फिर उसी कप्तान को सुपरण्डण्ट बना दिया! "छिः! हमारे पास इलम है। हम कमाते-खाते हैं। उनकी विद्या उन्हीं को मुबारक हो।"

बिसहा अब तक चुप खड़ा था; गुमसुम। धनिया उसे ले गयी। रोटी दी। मगर रोटी उसने फेंक दी और चुपचाप एक ओर चल दिया।

"बाप से बेटा कोई कम थोड़े ही है। मुझ पर गुस्सा उतार रहा है कम्बख़्त!" धनिया रुँधे गले से बोली।

बिसहा नदी के किनारे गया और एक झाऊ की शाख से टिककर खड़ा हो गया। अब उसकी आँख से आँसू निकले और वह चीख़-चीख़कर रोने लगा। धीरे-धीरे वह चुप हुआ। उसने अपनी बाँह और पीठ पर नीले निशान देखे और दाँत पीसते हुए मुट्ठी बाँधकर कहा—"अच्छा, देख लूँगा!" फिर जाने कौन-सा दृढ़ निश्चय कर वह चल दिया। झोंपड़ी में झाँककर देखा, कोई नहीं था। फिर वह बाड़े में घुस गया और उसे गोद में उठा लिया। सुअरी ने उसकी ओर देखा तो बोला—"क्या करूँ? काका मुझे जल्लाद बनाकर छोड़ेगा। देख न तेरे राजा की वजह से कितनी मार पड़ी है।"

और वह राजा को झोंपड़ी में लाकर बोला—"अब झूलो बेटा!" उसने रस्सी में फन्दा डाला, बाँस में अटकाया, राजा को नीचे रखकर उसके गले का पट्टा उतारा और फन्दा उसके गले में डाल दिया। रस्सी खींचने ही वाला था कि बेबस जानवर बुरी तरह चीख़ उठा। बिसुआ ने रस्सी छोड़ दी और बहुत प्यार से चुमकारकर बोला—"काहे राजा भइया? भूख लगी है क्या? अच्छा, चल तुझे दूध पिला लावें। मेरा राजा भइया कोई आदमी थोड़े ही है कि भूखों पेट मरे।"

और उसने राजा को गोद में उठाया और थपथपाकर ले चला।

चौधरी मारपीटकर सामनेवाले पीपल के पेड़ के नीचे जाकर लेट रहा था। उसे बिलकुल ध्यान नहीं था कि अभी क्या हुआ है। वह अब बिलकुल चूर था। महज़ अँधेरे में बेले की पाँखुरी जैसी दो आँखें मुसकरा उठती थीं। थोड़ी देर बाद उसने देखा उन आँखों में नीले डोरे उतर आये हैं, ठीक जैसे बिसुआ की पीठ पर थे। बस वह काँप उठा। उसका नशा उतर गया और सीने में पसली के नीचे उसे जाने कैसा-सा लगा, कुछ ख़ाली-ख़ाली-सा—शायद ताड़ी बासी थी—उसने सोचा—चिलम पीने से ठीक हो जाएगी। वह झोंपड़ी की ओर चला।

झोंपड़ी खोलकर उसी वक़्त बिसुआ निकला, बिसुआ को देखकर चौधरी का मन जाने क्यों भर आया।

"बिस्सू बेटा!" बड़े दुलार से उसने कहा—"एक चिलम तो भर दो!"

बिस्सू का चेहरा डर के मारे नीला पड़ गया और राजा उसके हाथ से छूटकर नीचे गिर गया।

"ओह! तू इसे खिला रहा है।" (बिस्सू ने उम्मीद की थी कि अब एक हाथ भरपूर कनपटी पर पड़ेगा)—"कोई बात नहीं उसे खिला ले बेटा!"

बिस्सू स्तब्ध! आज काका को क्या हो गया?

"अरे इसका पट्टा क्या हो गया?" चौधरी ने कहा।

"मैंने खोल डाला।" बिस्सू तन गया और उसने मुट्ठी कस ली।

"क्यों?"

"मैं इसे लटकाने जा रहा था, रस्सी से!"

चौधरी नहीं समझा—"क्यों?"

"क्यों? अब जल्लाद बनूँगा तेरी तरह और क्यों?"

चौधरी जल गया सर से पैर तक। वह बढ़ा बिस्सू की ओर मगर दूसरे ही क्षण वही दोनों बेले के पाँखुरी जैसी आँखें मुसकरा उठीं और उसका गुस्सा धुल गया।

"नहीं बेटे। तू क्यों जल्लाद बनेगा? मेरा बेटा बड़ा आदमी बनेगा। हरिनाकुस का बेटा पह्लाद था, मेरा बेटा बिसुआ है।" और पास खींचकर प्यार से बोला—"कल से तू स्कूल जाना, अच्छा!"

बिस्सू पहले चुप रहा फिर जाने क्यों फूट-फूटकर रो पड़ा। चौधरी का गला रुँध आया लेकिन वह बोला—"बस, बस, यह मुझे नहीं अच्छा लगता। क्या तेरी माँ मर गयी जो रोता है। जा जेलर से कह आ कल से काका नौकरी नहीं करेगा—जा जल्दी!"

बिसुआ आँसू पोंछता हुआ चल दिया।

चौधरी क्षण भर उसे जाते हुए देखता रहा, फिर न जाने किसे ऊपर देखकर बोला—"देखो मेरा पाप मेरे बच्चे को न लगे नहीं तो समझ लेना, हरिनाकुस से पाला पड़ा है!"

और गमछे से खुरदरे गालों पर बहता हुआ आँसू पोंछकर बोरसी की आग कुरेदने लगा।

कुलटा

कहानी है मेरी पड़ोसिन की। पड़ोसिनें अच्छी भी होती हैं और बुरी भी, कर्कशा भी होती हैं और सीधी भी, लड़ाकू भी होती हैं और मिलनसार भी, लेकिन मैं तो कुछ इस क़िस्म का आदमी हूँ कि जिन्हें यही नहीं कि भले-बुरे की तमीज़ नहीं होती वरन् यह कि भले और बुरे के बीच की अन्तर्रेखा का कोई महत्त्व ही वे नहीं समझ पाते। फलाँ आदमी शराब पीता है, इसलिए वह बुरा है, फलाँ आदमी खद्दर पहनता है, इसलिए अच्छा है, फलाँ यह करता है, इसलिए दुश्चरित्र है, फलाँ वह करता है, इसलिए सच्चरित्र है, इस तरह के बँधे-बँधाये फ़ैसले कभी भी मेरा मन स्वीकार ही नहीं कर पाता। मेरे लिए फलाँ व्यक्ति 'है', फलानी चीज़ 'है', फलानी बात 'है', बस इतना ही सच है। विशेषणों को समझने और महत्त्व देने की बुद्धि जैसे मुझे मिली ही नहीं। इसलिए कभी-कभी जब मुझसे कहा जाता है कि उससे दूर रहो, यह बात अच्छी नहीं, तो मैं इसकी अहमियत नहीं समझ पाता।

इसी अच्छे और बुरे की बात को लेकर अकसर मुझमें और भइया में तनातनी रहती है। भले और बुरे की पहचान की, उन्हें कुछ ऐसी ईश्वरदत्त प्रतिभा है कि वह उड़ती चिड़िया पहचान लेते हैं। किसी का चेहरा देखकर बता दें कि उस आदमी में कितने महान् दुर्गुण भरे हुए हैं। यह बात नहीं कि दुनिया को देखने, समझने और अभ्यास करने से उनमें यह अद्भुत शक्ति आयी है, यह तो ईश्वरीय देन है, वरना इस विश्लेषण में मैं 'जड़मति' इतने अभ्यास के बाद 'सुजान' बन ही गया होता।

अब इन्हीं नन्दराम घड़ीसाज़ को ले लीजिए। इन्हें मेरे पड़ोस में आये सिर्फ़ तीन ही महीने हुए लेकिन भइया ने पहले ही दिन बता दिया था कि इनकी बीवी के रंग-ढंग अच्छे नहीं हैं। यूँ उसकी उम्र काफ़ी थी। कम-से-कम 28-30 के क़रीब। गोद में एक चार महीने का बच्चा था, देखने-सुनने में बहुत मलीन और गन्दी, नाम भी कोई अच्छा नहीं, सिर्फ़ 'लाली', लेकिन वाह रे भइया कि उनसे लाली की दुश्चरित्रता भी नहीं छिप सकी। भइया रोज़ उसके बारे में नयी-नयी बातें बताते। और मुझसे भइया से इसलिए बहस हो गयी। यूँ तो मुझे इस तरह की बातों पर

अक्सर यक़ीन नहीं होता और फिर लाली जैसी औरत को कोई भला निगाह उठाकर देखना भी पसन्द नहीं करता लेकिन भइया का कहना है कि मैं औरतों को समझता ही नहीं। यूँ कभी वह आग लेने, कभी लड़के की घुट्टी लेने और कभी तुलसी की पत्ती लेने मेरे यहाँ आती थी। मगर भइया के फ़ैसले ने इतना डरा दिया था कि कभी उसके सामने भी नहीं जाता था। मुझे ऐसी बातों पर ज़रा कम यक़ीन होता था। मगर मेरे यक़ीन करने-न करने से क्या, जब सभी जानते हैं कि मुझे भले-बुरे की तमीज़ नहीं। लेकिन एक घटना ऐसी हुई कि मेरा ध्यान उसकी ओर बुरी तरह खिंच गया।

उस दिन इतवार था और मैं दालान में बैठा साइकिल साफ़ कर रहा था। "भइया, आपके पास कोई डाक का लिफ़ाफ़ा होगा?" मैंने सिर उठाकर देखा तो लाली। मेरी तो जुबान तालू में चिपक गयी। "नहीं", मैंने किसी तरह कहा। मगर सच बताऊँ आपसे, अगर भइया का डर न होता तो उससे कुछ बातें करना चाहता था।

"टिकट है?" उसने फिर पूछा।

"नहीं, लेकिन सुनिए..." सहसा मैंने देखा दरवाज़े पर भइया—और बड़ी सफ़ाई से स्वर बदलकर मैं बोला—"क्या मैं कोई डाकख़ाना खोले हूँ क्या?"

"जी नहीं, भइयाजी"—उसके स्वर में बेहद दीनता थी—"आज इतवार है। एक ज़रूरी ख़त लिखना था। सोचा शायद आपके पास हो। आप नाराज़ न हों"—और जैसे लगा वह अभी रो पड़ेगी। उसके बाद वह मुड़ी और चली गयी।

अब भइया आये और पहले उन्होंने बड़ी विश्लेषणात्मक निगाह से मुझे सर से पैर तक देखा और बोले—"क्या कह रही थी?"

"लिफ़ाफ़ा-टिकट माँग रही थी।"

"हूँ", भइया बहुत गम्भीर थे, "तो यह ढंग निकाला है! कमीनी! बदज़ात!"

"नहीं भइया, मगर...मगर उसने और कोई बात नहीं की। मैंने उसे डाँट दिया तो बेचारी रुआँसी हो गयी!"

"बेचारी रुआँसी हो गयी!" बेचारी पर ख़ास ज़ोर देते हुए भइया ने कहा, "तुम अभी इन लोगों के ढंग नहीं जानते! पूरी कुलटा है यह!"

"क्यों किसी पर तोहमत लगाते हो!"

"तोहमत! जानते हो विधवा है यह। दूसरा ब्याह किया है। मैंने पहले ही दिन कह दिया था...।"

"लेकिन इतने से ही दुश्चरित्र कैसे हो गयी?"

"क्यों एक आदमी मर गया तो चैन नहीं पड़ा? अरे मैं कहता हूँ कौन जाने इसने पहले आदमी को ज़हर न दे दिया हो। सौ बार ऐसी ख़बरें अख़बार में निकलती हैं!"

मैं चुप रह गया। बात सही थी! कौन जाने उसने ज़हर ही दे दिया हो। लेकिन भइया के स्वर में कुछ ऐसा था कि उसमें मुझे अपने प्रति अच्छा न लगा, और मैं बोला—"आप तो शक्की हैं!" भइया सुनते ही मुड़े और फिर मेरे बिलकुल नज़दीक आकर बोले—"और आप झक्की हैं! तुम जानते हो, जब तुम कॉलेज चले जाते हो तो रोज़ दोपहर में आकर मुझसे पूछती है।—मेरा कोई ख़त तो डाकिया भूल से नहीं दे गया? बताओ किसी का ख़त तो डाकिया मुझे नहीं दे जाता फिर उसका ही क्यों दे जाएगा? फिर तुम्हारे सामने पूछने क्यों नहीं आती? अकेले में ही क्यों पूछने आती है? मैं सब समझता हूँ।" प्रमाण अकाट्य था। मैं इस बार सचमुच निरुत्तर था। भइया फिर दरवाज़े तक जाकर रुक गये और पैण्ट पर क्लिप चढ़ाते हुए बोले—"और फिर मान लिया कि वह किसी और मतलब से नहीं आती, लेकिन कौन है जिसके ख़त के लिए इतनी चिन्ता कि किसी दूसरे के हाथ न पड़ जाए। किसे ख़त भेजने की इतनी बेताबी है कि इतवार भी काटे नहीं कट रहा है?" और भइया साइकिल उठाकर चल दिये।

उसी दिन से पता नहीं क्यों, मैं लाली के बारे में अनावश्यक रूप से सोचने लगा। उसका घर खपड़ैल का था, मेरी खिड़की से उसका आँगन दीखता था। सहसा मुझे इस बात का ख़याल हो आया कि आज तक मैंने न कभी खिड़की बन्द करने की कोशिश की और न कभी उसने पर्दा करने की! नन्दराम से वह बहुत कम बोलती थी। नन्दराम की उम्र 45 की थी और उसके पहली पत्नी से दो बच्चे थे, जो लाली से नफ़रत करते थे। जब नन्दराम खाना खाकर अपनी खिचड़ी मूँछों को पोंछता हुआ और दाँत खोदता हुआ बाहर चबूतरे पर जा बैठता तो दोनों बच्चे लाली की शिकायत करते और कभी-कभी नन्दराम भी कह उठता—"कमीनी है बदज़ात!" और फिर आँगन में खड़े होकर गुर्राता हुआ कहता—"मैं कहे देता हूँ कि घर में इन्हीं बच्चों के आराम के लिए लाया हूँ! तुझे माँ बनकर रहना हो तो रहो वरना याद रख... भूखों मर रही थी, अब चर्बी चढ़ गयी है न! हड्डी-हड्डी तोड़ डालूँगा।" इतने ही में नन्दराम का बड़ा लड़का पुत्तन गोद के लड़के को धीरे से चुटकी काट लेता और वह चीख़कर रो पड़ता। लाली जब तक उसे दौड़कर चुप कराए, तब तक नन्दराम कहता—"हरामज़ादी अपनी सन्तान को तो खाये जाती है, दूसरे के पेट की क्या ममता होगी? मुझे तो समाज के मन्त्री जी ने अच्छा फँसा दिया! कहाँ बुढ़ापे में यह पाप गले पड़ा मेरे!" और वह खड़ाऊँ चटकाता हुआ फिर चबूतरे पर चला जाता!

अगर मेरी जगह और कोई होता तो नन्दराम का पक्ष लेता या लाली पर तरस खाता, मगर मैं तो बता चुका हूँ कि मुझे भले-बुरे की तमीज़ ही नहीं और दुनिया की कोई चीज़ मेरे लिए अहमियत ही नहीं रखती लेकिन आज की घटना के बाद यह सभी चीज़ें न जाने किस कोने से निकलकर मेरे मन की पर्तों में रेंगने लगीं। शाम को लेटा तो भी यही सोच रहा था। होली नज़दीक थी और दूर पर कुछ बारी मिलकर ढोल पीट-पीटकर फगुआ उड़ा रहे थे। इतने में भइया भी आकर बैठ गये। सामने की खिड़की खुली थी और नन्दराम आँगन में खड़ा रोज़ का कार्यक्रम पूरा कर रहा था। हाँ, आज ज़रा उसकी आवाज़ तेज़ थी। वह अपने दोनों बच्चों को सर्कस ले जानेवाला था और कपड़े पहने तैयार खड़ा था। गोद का बच्चा चीख़-चीख़कर रो रहा था, लेकिन लाली गुमसुम चौके में बैठी कुछ बना रही थी। घी और सूजी की महक यहाँ तक आ रही थी जिससे अनुमान होता था कि वह होली का पकवान बना रही थी। नन्दराम कभी पुत्तन की टोपी ठीक करता, कभी अपना कोट; और कह रहा था—"पकवान बना रही है हरामज़ादी! कहा था बच्चों को तैयार कर देना! लेकिन माँ का दिल हो तब न! अपनी गोद का बच्चा गला फाड़-फाड़कर मरा जा रहा है। जाने किसे खिलाएगी पकवान! एक को तो खिला-खिलाकर मार डाला।" ...और वह पैर पटकते हुए चला गया।

भइया बड़ी दिलचस्पी से सुन रहे थे। और उस कमीनी कुलटा पर डाँट पड़ने से उन्हें एक विचित्र प्रकार का मानसिक सन्तोष प्राप्त हो रहा था। सहसा वे मुझसे बोले—"इधर आओ, देखो ज़रा!" मैंने खिड़की से झुककर देखा—लाली कढ़ाई के पास से उठ आयी थी और सामने एक थाल में से चीज़ें उठा-उठाकर खा रही थी। बच्चा एक खटोले पर पड़ा रो रहा था। रोते-रोते गला बैठ रहा था उसका, मगर लाली थी कि उस ओर बिना ध्यान दिये एक-एक चीज़ बहुत स्वाद ले-लेकर चख रही थी।

कुछ ऐसी वीभत्सता थी इस दृश्य में कि मैं सिहर उठा। "सचमुच यह औरत दुश्चरित्र ही नहीं नीच है, जानवर है। बच्चा चीख़ते-चीख़ते मरा जा रहा है और इसे अपने पेट की पड़ी है। यह माँ है?"

"यह माँ है!" भइया बोले, "छिः! मैं कहता हूँ औरत में जो कुछ अच्छा है, ऊँचा है, वन्दनीय है, वह है उसका मातृत्व! जहाँ वह उससे गिरी कि फिर गोश्त के भूखे-प्यासे लोथड़े के सिवा रह क्या जाता है? कुछ भी तो नहीं! अब बताओ कोई भी इन्सानियत रह गयी है इस औरत में? केवल लालसा, अन्धी तृष्णा, चाहे वह स्वाद की हो या भोग की, छिः।"

इस बीच में लाली उठी और एक पिटारी ले आयी। बच्चा अन्त में रोते-रोते सो गया था। पिटारी में उसने बहुत-सा पकवान रखा और एक कपड़े से बाँध दिया। इतने में किसी ने बाहर से आवाज़ दी। वह बाहर गयी और हम लोगों ने देखा कि उसके पीछे-पीछे कोई आदमी तनज़ेब का कुर्त्ता और धोती पहने आ रहा है। आदमी ने अन्दर आते ही चारों तरफ़ देखा। लाली बोली—"कोई नहीं है, घबराओ मत!" उसने सशंकित निगाह से हमारी खिड़की की ओर देखा और कुछ लाली से कहा जो सुनाई नहीं पड़ा। लाली थोड़ी देर आँगन में खड़ी कुछ सोचती रही, फिर चुपचाप बरामदे में चली गयी। वह आदमी भी अन्दर चला गया। मैं मारे ग्लानि के खिड़की के पास से उठ आया। भइया कमरे में टहलने लगे। "देखा तुमने?" थोड़ी देर बाद बोले, "अब तो अपनी आँखों से देख लिया। मैं कल नन्दराम से कहता हूँ कि वह अपना मकान बदल दे वरना अच्छा नहीं होगा। मुझे यह सब बहुत नापसन्द है। ऐसे आदमियों का पड़ोस कितना गलीज़ होता है।"

थोड़ी देर में आदमी जब गया तो हाथ में पकवानों की पिटारी थी।

मुझे कभी-कभी ताज्जुब होता था कि नन्दराम क्यों इतना बेख़बर है। क्या वह लाली के रंग-ढंग नहीं समझता? क्यों नहीं वह ऐसी औरत का गला दबा देता? एक तो विधवा, ऊपर से...

लेकिन कुछ रोज़ बाद, शायद होली तब तक बीत चुकी थी, उस घर में एक घमासान काण्ड मचा। आँगन में कुछ नहीं दीख पड़ता था, मगर बरामदे में अन्दर नन्दराम चीख़ रहा था—"मैं सब समझता हूँ, सब जानता हूँ। रोज़ मुहल्ले भर में जाकर उसकी चिट्ठी ढूँढ़ती है। उसी के लिए यह पकवान बने थे—ले और ले।" घम, घम...मारपीट शायद हो रही थी, क्योंकि नन्दराम के दोनों बच्चे, पुत्तन ख़ास तौर से, ताली बजाकर नाच रहे थे। बीच-बीच में सिसकियों की आवाज़, बाद में फिर नन्दराम की आवाज़। "इतनी हिम्मत तेरी। उसे यहाँ बुलाएगी, जान ले लूँगा तेरी। कुतिया।" उसके बाद रोते-रोते कुछ लाली ने कहा जो सुनाई नहीं पड़ा और थोड़ी देर के लिए नन्दराम की आवाज़ आनी बन्द हो गयी। मैंने भइया की ओर देखा। वे बहुत ख़ुश नज़र आते थे—बोले, "आज पता लगा है। उसी को लिख रही होगी ख़त! जो उस दिन आया था न।"

सहसा नन्दराम फिर चीख़कर बोला—"मैंने एक दफे कह दिया न। ख़बरदार जो उसे ख़त लिखा। तेरी उँगलियाँ काटकर मिर्चा भर दूँगा।" लेकिन उससे भी ज़्यादा ज़ोर से चीख़कर लाली बोली—"मैं लिखूँगी, लिखूँगी हत्यारे, कसाई, निपूते।" और सहसा वह बरामदे में से निकलकर बाहर भागी। नन्दराम उसके पीछे लपका, मगर यह ले,

वह ले। और लाली मेरे आँगन में मौजूद और लगी चीख़ने–"माँ जी। बचाओ माँ जी। कसाई मारे डालता है मुझे।"

माँ अष्टमी पूजने गयी थीं। मेरे काटो तो ख़ून नहीं। भइया कुछ कहने ही वाले थे कि इतने में नन्दराम चीख़ता-चिल्लाता हुआ आया और उसके बाल पकड़कर घसीटता हुआ ले गया। भइया ने कहा–"जाओ, दरवाज़ा बन्द कर आओ।" मैं नीचे उतरा कि आँगन में ही मेरी निगाह मुड़े हुए पोस्टकार्ड पर पड़ी जो लाली के आँचल से गिर पड़ा था। शायद यही उसके प्रेमी का ख़त था जिस पर कुहराम मचा हुआ था। उठाऊँ या न उठाऊँ? अन्त में मैंने उठा ही लिया। किसी बहुत कम पढ़े-लिखे की बहुत त्रुटिपूर्ण हस्तलिपि में था–(मैं इसको वैसे ही लिखे देता हूँ जैसा कि ग़लत-सलत लिखा हुआ था।)

श्रीमती माता जी,

आगे समार्चार यह है कि आपके भेजे हुए पकवान मीले। आपने जो की लिखा है कि एक बार ईलाहाबाद चले आना वह मैं इमतहान बाद आऊँगा एक दिन के लिए। पर मैं ठहरूँगा नहि क्योंकि आपने सादी कर लिया है और रहा हम तो उस कुलवालों की बात सुनने के लिए और पुत्तन की मार खाने को मैं उस बार इलाहाबाद गया। आपने कहा की मेरा लड़का नालेक है, इसकूल से भाग आता है और नन्दराम ने हज़ारों बातें सुनाईं। हमको नन्दराम की बात सुनने का बरदासत नहीं है। बात सुनने की बरदासत होता तो मामा की खुसमत करता तो वो अपने पास रख लेते। जब मामा के पास से दादा के घर आये तो हमारे कुछ कपड़ा धोबी के यहाँ रह गया। उसे मामी नहीं भेजा। और बहुत बात है जो मैं आऊँगा तो बताऊँगा। पर आपने जो लिखा कि मैं 10 रुपये का मास्टर रख दूँगी और दो आना रोज़ दूँगी, वह आप मुझको देना होता तो पहले देतीं। मैं आपका नन्दराम की कमाई नहीं खाना चाहता। मैंने तो सोचा है कि मुझको दादा नहीं रखेंगे तो किया जिस भगवान पैदा कीया वह जीन्दा रखेगा। आपनें कहा था दादा से की मैं समछूँगी की इस कुल में सब मर गये तो समझ लीजेगा कि मर गया, या इससे आपको दुख हो तो समछ लीजेगा की मेरा लड़का मरा नहीं नालेक है, अब जो दूसरा हुआ है वह बड़ा होकर कैहना मानेगा। होली के दिन मामा आपका पकवान दिया पर हम खाया नहीं की वह नन्दराम की कमाई का है। तो उसे मामी रख लिया। यहाँ सब ठीक है इन्दरा जल गयी थी। छोटी बुवा को बिटिया हुई सो निमोनिया हो गया अब ठीक है। मैं

इमतहान बाद आऊँगा पर ठहरूँगा नहीं कियों की आप सादी कर लीया है।

आपका पुत्र
श्याम मनोहर लाल

तो यह था जिसे हम प्रेम-पत्र समझ रहे थे।

मैंने चुपचाप ख़त भइया को दे दिया और कुर्सी पर बैठ गया। खिड़की से आवाज़ आ रही थी। लाली जिबह की जाती हुई गाय की तरह डकरा-डकराकर चीख़ रही थी—"मैं लिखूँगी, ज़रूर लिखूँगी, उसे यहीं बुलाऊँगी। तेरी छाती पर बिठाऊँगी।" और नन्दराम मारता हुआ चीख़ रहा था—"हरामज़ादी, कुतिया, कमीनी, बदज़ात, कुलटा।"

मरीज़ नम्बर सात

नर्से झल्लायी हुई थीं, रोगी सहमे हुए थे, डॉक्टर अपने फेरे में उस वार्ड को टाल जाने की कोशिश करता था, कमरे में एक अजब-सा ख़ामोश, भयावना, मनहूस वातावरण छाया हुआ था, हवाओं में ख़ून जम गया था और खिड़कियों से रोशनी जैसे अन्दर आने में डरती थी, यहाँ तक कि छत पर लगा पंखा भी दबे पाँव सहम-सहमकर चलता था। और यह सब केवल उस मरणासन्न अधेड़ औरत की वजह से जो तीन दिन से बार-बार मौत के मुँह तक जा-जाकर लौट आती थी। मंगल को रात के सवा दो बजे एकाएक दौड़-धूप हुई, स्ट्रेचर मँगाया गया, डॉक्टर को ख़बर दी जाए या न दी जाए, इस पर नर्सों में कानाफूसी हुई। वार्ड के दूसरे मरीज़ों ने सिहरकर करवटें बदलीं, मन-ही-मन ईश्वर का नाम लिया, किसी तरह पानी का घूँट गले के बीच उतारने की कोशिश की–

लेकिन चार बजे के लगभग उसे फिर चेत आ गया और वह उठ बैठी। नर्सों को यह बात काफ़ी अपमानजनक मालूम पड़ी और उन्होंने झल्लाकर आपस में लड़ना शुरू किया। डॉक्टर ने सोचा बला गले से उतरते-उतरते फिर उलझ गयी। मरीज़ों के मुँह पर स्याही दौड़ गयी। उन्होंने सोचा मौत ने दरवाज़ा तो देख लिया है, वह बच गयी तो क्या, अब पता नहीं किसके सर उतरे।

दो बार फिर वही हालत हुई। बुध को शाम को पाँच बजे और रात को एक बजे। उसके प्राण टँगे थे, किसी क्षण भी हो सकता था।

और यही चीज़ बरदाश्त के बाहर थी। उसकी मौत में जो अनावश्यक देर हो रही थी वह अन्दर ही अन्दर सबको मथ रही थी। सच तो यह है कि उन सबों के मन में वह औरत मर चुकी थी। लाश न सिर्फ़ उठायी जा रही थी वरन् बोल रही थी, दवा पी रही थी और इसी से सबों के मन में एक अजीब-सी झल्लाहट, डर, गुस्सा और खीज थी। उनका दम घुट रहा था। कई मरीज़ों ने खाया नहीं था, खाने से उन्हें अरुचि होती थी, जो दर्द से आकुल थे वे भी कराह नहीं रहे थे, करवट बदलने में भी काँप रहे थे।

सबसे ज़्यादह तकलीफ़ थी मरीज़ नम्बर सात को। उसके दोनों हाथों में फ्रैक्चर था, लकड़ी की पट्टियाँ बँधी थीं। करवट बदलने से लाचार था। बुख़ार था। अन्दर ही अन्दर बड़ी बेचैनी थी। नसों में अंगारे चलने लगते थे। कमरे में उमस थी। इलाहाबाद की मशहूर उमस। वार्ड भर में सिर्फ़ एक पंखा था, जिसके नीचे वह औरत पड़ी थी और वह तीन दिन से मर ही नहीं रही थी।

उसने नर्सों से कई बार कहा। नर्सों में एक थी बेन्सन। उसका विशेष ध्यान रखती थी। उसने मंगल को सुबह उस औरत के लिए एक मिक्स्चर तैयार करते हुए कहा था बहुत कड़ए स्वर में—"हम सोचता था कि पेशेण्ट गुज़रेगा तो वो बेड ख़ाली होगा। तुम्हारे को उसमें डाल देंगे। लेकिन हमारी जान को आफत मारेंगा। पेशेण्ट मरेगा काए को।"

बेन्सन सबसे ज़्यादा हँसमुख, लापरवाह, रूपवती और अल्हड़ थी। बेन्सन इस समय सबसे ज़्यादा झल्लायी, चिन्तित, क्रुद्ध और रंजीदा थी। वह न मरनेवाली औरत उसके मन पर भार बनकर बैठ गयी थी। पता नहीं क्यों बेन्सन उसके न मर पाने में किसी रहस्यमय ढंग से अपने को अपराधिनी समझती थी।

मरीज़ नम्बर सात व्याकुल था। उमस और पसीना। हाथ भी प्लास्टर में जकड़े थे। पहले उसने दायाँ पैर बायें पर रक्खा, फिर बायाँ पैर दायें पर। फिर दोनों सिकोड़ लिये। फिर दोनों पैर फैला दिये। तकिये के छोर पर मुँह रगड़कर पसीना पोंछा। फिर उसे रुलाई आने लगी। उसका स्वभाव कुछ तेज़ था। घरवाले उससे विशेष स्नेह नहीं रखते थे। कोई देखने भी नहीं आता था। नौकर कटोरदान में दोनों वक़्त दूध और खाना लाता था। वही खिला भी जाता था। उसकी अँगुलियों से तम्बाकू की कड़ी महक आती थी। नाख़ूनों में बेहद मैल था। खाने के समय वह आँखें बन्द कर लेता था। उसे रुलाई फिर आने लगी, पर आँसू नहीं आये।

उसने पाँव समेटकर, गद्दे पर जमाकर, पीठ के बल ऊपर खिसकने की कोशिश की। पलँग के काले गर्म लोहे से सिर टिकाकर उस औरत की ओर देखने लगा। उसके विस्तरे पर ऊपर पंखा चल रहा था। पंखा सफ़ेद था। जैसे झरने का पानी। उसने सोचा कि उस पलँग पर सोनेवाली को ऐसा लगता होगा जैसे कोई उमस भरे दिन में साफ़ ठण्डे पानी से जी भरकर नहाए। वह नहाना चाहता था। फूट-फूटकर रो पड़ा।

उस औरत के सिरहाने दो बच्चे बैठे थे। नीचे चौकी पर घर की कोई दूसरी औरत। बड़ा बच्चा भय से सहमा हुआ चारों ओर देख रहा था, छोटा बच्चा ललचायी निगाहों से अनार की एक फाँक को, जो तश्तरी में रक्खी थी। रोगिणी हाँफ रही थी। वह औरत कह रही थी, "बच्चे तो मुझसे ख़ूब हिल गये हैं। बिटिया तो आ

ही नहीं रही थी। हमने अनार की लालच दी तो आयी। तुम बच्चों की तरफ़ से चिन्ता न करना। भैया दूसरा ब्याह करेंगे तो बच्चों को मैं रख लूँगी।" रोगिणी के हाथ-पाँव ऐंठने लगे। बच्चा सहमकर बुआ के पास सिमटकर बैठ गया।

मरीज़ नम्बर सात फिर लेट गया। उसके हाथ बँधे न होते तो वह बाल खींचता और कनपटियों पर घूँसा मारता। यह उसकी आदत थी। जब गुस्सा, दुःख, झल्लाहट से वह कोई राह नहीं ढूँढ़ पाता था तो यही करता था। उसके बाल छोटे थे, कनपटियाँ सपाट।

उसे तकलीफ़ बढ़ रही थी। बुख़ार चढ़ रहा था। पलकें कड़ुवा रही थीं। उसने कराहना चाहा पर उस औरत का ख़याल करके चुप हो गया। बगलवाला मरीज़ किसी से कह रहा था—"अरे अब खात्मा ही है...कल तक या आज ही...फिर देखें पंखेवाली जगह किसे मिलती है।"

"मुझे, मुझे।" उसने कहना चाहा पर जुबान सूखकर तालू से चिपक गयी।

उसके आगे धुँधली छायाएँ नाचने लगीं। स्ट्रेचर पर वह औरत उतारी जा रही है। डॉक्टर आता है। इशारा करता है—सब समाप्त। हरे बाँस, कलावा, सुतलियाँ, सफ़ेद कोरी चादर...फिर एक बड़ा-सा सफ़ेद पंखा दैत्यों के विशाल पंखों की तरह नाचने लगता है।

बच्चे चले गये थे। औरत हाँफ रही थी। बेन्सन आयी, झल्लाती हुई चली गयी। मरीज़ नम्बर सात ही नहीं वरन् सभी उसके जीते रहने पर नाराज़ थे—नर्सें, स्टाफ, डॉक्टर, कमरे के दूसरे मरीज़।

शाम और भी बेचैनी में कटी। बुख़ार तेज़ था। उसे लगता था औरत के चारों ओर एक लाल पर्त जम गयी है। उसने छटपटाते हुए सोचा यह सब कितना निरर्थक है। यह जीते जाना, यह नौकर के हाथों की कड़ुवी महक, यह हाथ का प्लास्टर।

रात को उमस बेहद बढ़ गयी थी। वह संज्ञाहीन था। लगभग मूर्छित-सा। वह ज़िन्दगी से तटस्थ हो चुका था। जीवन और मौत एक-सी है। उसका दर्द और औरत का दर्द एक है। किसी न किसी गहराई में उतरकर तमाम ज़िन्दगी एक है। अगर वह मर जाए तो औरत को और औरत मर जाए तो उसको अपने दर्द से छुटकारा मिल जाए।

फिर उसे लगा यह भी ग़लत है। ज़िन्दगी और गहरी परतों में उतरकर न एक है न अनेक। वह सबों से अलग एक तीसरी ही सत्ता है जिसे हम जीते नहीं जो हमारे आधार से जीती है। हम उससे निरन्तर संघर्ष करते हैं, लड़ते हैं, हारते हैं और ख़ामोश हो जाते हैं। फिर वह ख़ामोश हो गया। निश्चेष्ट।

रात ढलते-ढलते वह और भी बेख़बर होने लगा। उसे लगा सब झूठ है। सब सपने का अभिनय है। वह औरत अगर मरेगी भी तो एक अभिनय होगा। जब इसका दम टूटेगा तो न नर्सें हिलेंगी, न डॉक्टर आएगा, न कोई मरीज़ कुछ कहेगा...नीचे यह मरी आँखों से देखती रहेगी। ऊपर पंखा चलेगा।

कमरा ख़ामोश था। सभी चुप थे। दो विराट काले पंख सब पर छाये थे।

रात को ढाई बजे एकाएक चिरप्रतीक्षित अभिनय का क्षण आया। औरत एक बार छटपटायी, कराही फिर उसका हाथ नीचे झूल गया।

क्षण भर स्तब्धता रही, फिर जैसे किसी ने हथौड़ा मारकर कमरे पर छाये हुए काले जादू को तोड़ दिया।

नर्सें चलने लगीं, मरीज़ों ने करवट बदली, दो-एक ने पानी माँगा। स्ट्रेचर आया, भंगी आया, डॉक्टर आया, कमरे में ज़िन्दगी दौड़ गयी।

मरीज़ नम्बर सात को कुछ भूख मालूम दी। तीन दिन बाद। बेन्सन से माँगकर सेब का एक टुकड़ा खाया। बेन्सन ख़ुश थी जैसे महीनों की बारिश के बाद बादल छटे हों। सेब खिलाते वक़्त हँसी।

मरीज़ नम्बर सात का मन हल्का था। कड़ुवाहट घुल रही थी। चित्त शान्त हो गया था।

सुबह छह बजे पलँग हटाकर पंखे के नीचे कर दी गयी। वह धीरे-धीरे गुनगुना रहा था। मन हल्का होने पर वह गाता था, उसकी आदत थी। पंखा चल रहा था, हवा झरने के पानी की तरह झर रही थी। उसे हवा की कल-कल ध्वनि तक सुनाई पड़ रही थी। बाहर कम्पाउण्ड में मौलसिरी का पेड़ था। उस पर गौरैया चहक रही थीं। ऐम्बुलेंस पर औरत का शव रक्खा जा रहा था। सर्टिफ़िकेट मिलने में कुछ देर हो गयी थी।

उसको सब कुछ पूजा के क्षणों की तरह पवित्र लग रहा था। उसने ईश्वर को धन्यवाद दिया जिसने मौत बनायी।

बेन्सन अपने क्वार्टर से चाय बनाकर लायी थी उसके लिए। साथ में कुछ नमकीन बिस्कुट। उसने ईश्वर को धन्यवाद दिया जिसने नर्सें बनायीं।

धुआँ

धुएँ पर अचानक मेरी नज़र पड़ी। लगता था जैसे किसी प्रसुप्त दानवाकार ज्वालामुखी ने अपना मुँह खोल दिया है और कुछ-कुछ जमा हुआ गीला-गीला, काला कड़ुवा धुआँ, जाने कब का क़ैद धुआँ, बेताबी से निकल पड़ा है।

धीरे-धीरे धुआँ मुहल्ले में आकाश से दक्खिन ओर से घुसा और छतों, गलियों, चौराहों और पार्कों पर छा गया। जेठ की शाम का तपता सूरज भी धूमिल पड़ गया और छतों पर, गलियों में, दीवारों पर धुएँ की भद्दी भूरी छाँहें उड़ने लगीं। कहीं आग लगी थी। बहुत ज़ोर की आग।

मैं दौड़कर छत पर गया। मेज़ खींच लाया। उस पर चढ़ गया। आस-पास की छतों पर लोग बन्दरों की तरह चढ़े हुए, ध्यान लगाये, धुएँ को देख रहे थे। कुछ का अनुमान था, मुहल्ले में ही आग लगी है। कुछ का अनुमान था लोहट्टी में, कुछ का ख़याल था चौक में। नीचे गलियों में खड़े लोग छतवालों से सवाल पूछ रहे थे। बच्चे भाग-दौड़ कर रहे थे। औरतें रसोई छोड़कर पसीना पोंछते हुए छतों पर आ गयी थीं। काफ़ी हलचल थी।

आग और धुएँ में बच्चों के लिए एक अनोखा आकर्षण होता है। उन्हें आग और धुएँ से बेहद उल्लास मिलता है। अपनी उम्र और ज्ञान-विज्ञान, अनुभव वगैरह के बावजूद हम सभी कहीं न कहीं बच्चे होते हैं। आप भी हैं। मैं भी हूँ।

मैं नीचे आया। घर के कुछ बच्चे आपस में सलाह कर रहे थे, चलकर ख़ुद आग देखने के लिए। मैंने उन्हें डाँटा–"ख़बरदार घर के बाहर गये तो!" और ख़ुद चल पड़ा।

सड़क पर काफ़ी लोग आ-जा रहे थे। कोई त्यौहार था। शायद शुबेरात और बैसाखी पूर्णिमा साथ पड़ी थी। गर्मी भयानक थी। हवा रुक गयी थी। धुआँ भी पर्त पर पर्त जमता जा रहा था। सड़कों पर लोगों का ध्यान आग की तरफ़ अपेक्षाकृत कम

था। वेनीप्रसाद बारबर—जिन्हें हेयर-कटिंग-सैलून खुलने के पहले लोग "वेनिया वे! ओ नउआ!" सम्बोधित किया करते थे—वह बैठे सामने की कोयलेवाली के अप्रतिम रूप की तुलना गुलबकावली से कर रहे थे और कोयलेवाली जिसने गर्मी के मारे पल्ला खोल दिया था, पंखे की डण्डी से पीठ खुजाती हुई, आँख नचाती हुई कह रही थी—"तोरे मुँह में दियासलाई लगाय देबै कौनों दिन हाँ!" सामने तरबूजे की फाँकें बेचनेवाला खटिक, पास में बर्फ़ लेकर जानेवाले एक छोटे से धोबी के बच्चे को छेड़ता हुआ कह रहा था—"अबे बरफ़ लैके आग बुझउबे का! गदहा पै लाद के मसक लेत जा!" धोबी के बच्चे ने गालियों की शानदार परम्परा अपने माता-पिता से पायी थी और मुक्त कण्ठ से खटिक का अभिनन्दन करता हुआ कह रहा था—"अबहीं आगवाला अंजिन गवा है। घनन-घन। घनन-घन!" खटिक द्वारा अधिक छेड़े जाने पर वह बता रहा था कि इंजिन से खटिक के कुटुम्ब की महिलाओं के कितने निकट सम्बन्ध हैं।

धुआँ और बढ़ गया था। पत्ता भी नहीं खड़क रहा था। हवा गुमसुम थी। सड़कों पर भीड़ बढ़ रही थी। एक क्लर्क, जिसे शायद छुट्टी के दिन भी बड़े साहब ने दफ़्तर बुलाया था, और जिसे अब घर पहुँचने की जल्दी थी—मेरे पीछे देर से घण्टी बजा रहा था। अन्त में झुँझलाकर मुझे पैर से ढकेलते हुए आगे निकल गया और बोला—"साले हिन्दुस्तानी। ज़रा-सी आग क्या लगी कि मेला लग गया। जैसे रामदल निकल रहा हो। ये नहीं कि घर जाकर अपना काम देखें। पता नहीं आग को खाएँगे कि पिएँगे।"

मालूम हुआ कि आग सराय में लगी है। सराय अकबर के ज़माने की थी। ग़दर में जनरल नील के सिपाहियों ने उसे जला दिया था। अगल-बगल के मकान अब भी धुएँ से काले थे। भटयारिनें अब भी रहती थीं। छोटे-छोटे सहन और कोठरियाँ थीं। टाट के पर्दे थे। सस्ती बाँस की खाटें थीं। दीये थे। उनमें रहनेवाली औरतों का दाम बारह आने, छह आने और आठ आने था। मैं अकसर शाम को भारतीय स्थल सेना के बहादुर जवानों को पैसे गिनकर गली में जाते हुए और सीटी बजाते, डगमग चाल से लौटते और अपने अनुभवों का सव्याख्या विवरण देते हुए लौटते देखा था।

जाऊँ कि न जाऊँ? कभी उधर जाने की हिम्मत नहीं पड़ी थी। पर आज तो जनसमूह उधर जा रहा था। हिम्मत बँधी। जनसमूह पाप भी करे तो वह पाप नहीं रह जाता। पाप की स्थिति व्यक्ति मात्र में है।

मैं एक 'शार्टकट' जानता था। हम्मामवाली गली में से होकर। गली में मुड़ा। गली सूनी थी। खुलकर साँस ली। बायीं ओर की छोटी गली से मिर्ज़ा अपने छोटे

बच्चे को थामे चले आ रहे थे। पूछ रहे थे—"अजी जाओ! तुमने क्या आग देखी होगी। हम तो गली तक में हो आये, कुछ देखने को नहीं मिला।" बच्चा चैतन्य था, कल्पनाशील था। सिर चढ़ाकर रुककर, अकड़कर बोला—"अरे जाओ! हमने ख़ुद देखा। घण्टा बोल रहा था।" मिर्ज़ा पब्लिक-सर्विस-कमीशन के मोटर पर दफ़्तर में क्लर्क थे पर बच्चों की पढ़ाई का बहुत ध्यान रखते थे। बोले—"अच्छा फायर के हिज्जे बताओ!"

यफ—आई—आर—ई और ई कहते ही बच्चा ख़ुशी से उनके पाँवों में लिपट गया और उन्होंने गोद में उठा लिया। और तब उनकी नज़र मुझ पर पड़ी। "कहो! आग देखने जा रहे हो!" "नहीं"—मैंने झेंपकर कहा—"ज़रा काम से जा रहा हूँ।"—उतनी जल्दी कोई दूसरा बहाना नहीं सूझा, और आगे बढ़ गया। बच्चे ने फिर दोहराया—यफ, आई, आर, ई। मुझे ख़याल आया मैंने फ्रेंच राज्यक्रान्ति-सम्बन्धी कोई चित्र देखा था जिसमें पर्दे पर धुआँ था और बार-बार कुछ अक्षर लिख जाते थे—"फायर!", "ब्लड!", "एनार्की!" और अन्त में काँपते हुए टेढ़े-मेढ़े हड्डी के आकार के अक्षर आते थे—"हंगर" (भूख)।

बच्चों का एक गिरोह शोर करता, हंगामा मचाता चला आ रहा था। गली पतली थी, इसलिए उनकी क़तार लम्बी थी और सभी एक-दूसरे को ढकेल रहे थे। उन्होंने आग देखी थी। बेहद प्रसन्न थे सब और उनमें से दो-एक तो प्रसन्न होकर धुआँधार गालियाँ बक रहे थे।

आगे गली ठसाठस भरी थी। सिर्फ़ एक छोटा-सा चबूतरा था जिस पर लोग चढ़े हुए देख रहे थे। चलना मुश्किल था। चबूतरे के सामने लम्बी गली थी जिसके दूसरे छोर पर दो-तीन मकान थे जिनमें आग लगी थी। मेरे एक रसिक दोस्त चबूतरे पर खड़े थे। उनसे मेरा परिचय चार साल पहले हुआ था जब वे पहली बार प्रेम में मुब्तिला थे, और सिनेमा के तर्ज़ की कविताएँ लिखते थे। उसके बाद उसी प्रकार की दो घटनाएँ और हुई। तीनों में उनका कहना है कि उन्हें चरम सफलता मिली थी। और मेरे पूछने पर कि चरम सफलता से क्या तात्पर्य? वे बोले थे—"अरे हमसे बनो मत! प्रेम की क्या दो-चार चरम सफलताएँ होती हैं।" मुझे पास बुलाकर बोले—"हाय! हाय! अभी एक गयी है। मुश्किल से 18 बरस की होगी। चम्पई रंग, झकाझक। दायाँ हाथ बिलकुल झुलस गया था। अब तो सब बूढ़ी रह गयी हैं!"

इतने में एक स्ट्रेचर पर एक औरत को लादे हुए चार सिपाही आये। वह चीख़ रही थी। उसके बाल, भौंहें, बरौनियाँ तक जल गयी थीं। कपड़े जल गये थे। अन्दर केवल झुलसा शरीर मात्र था। वह चीख़कर तड़पी तो कम्बल हट गया। भीड़ में से कुछ सिसकारियाँ, कुछ चटखारें सुनाई पड़ीं। छः-सात क़दम पीछे उसकी माँ, या

शायद बूढ़ी पेशेवर पड़ोसिन रोती हुई आ रही थी। सलीस उर्दू में लोगों से दरख़ास्त कर रही थी कि सिपाही उसे अस्पताल ले जा रहे हैं। अस्पताल में सुई भोंकी जाती है। अस्पताल में आँख फोड़ी जाती है। अस्पताल में हड्डी निकाली जाती है जिससे सरकार मिल में चीनी साफ़ करती है।

एक दूसरी औरत एक हाथ में एक देगची, जिसकी कलई उड़ गयी थी ताँबा रह गया था, लेकर आ रही थी। बगल में दो-तीन अधजली दरियाँ और कपड़े थे। भाग-दौड़ में कुर्ते की पीठ पर एक खोंता लग गया था। कपड़ा नीचे झूल गया था। अन्हौरियाँ लदी पीठ झलक रही थी।

मेरे बगल में एक आदमी खड़ा था। गाड़ी पर जाड़े में मूँगफली, गर्मी में शर्बत बेचता था। उसने कान से बीड़ी निकालकर सुलगायी और एक जुमला कहा। औरत ने चुपचाप सर घुमाकर देखा। शर्बतवाला पीले दाँत निकालकर हँस दिया। औरत ने देगची और कपड़े पटक, हाथ नचाकर गालियाँ दीं। भीड़ में से बहुत से लोग हँस पड़े। दो-एक ने उधर चवन्नियाँ फेंकीं। औरत ने तिगुनी गालियाँ दीं और चवन्नियाँ बटोर लीं। एक गणितज्ञ भीड़ में से बोले—"अरे इतनी तो 30 रातों में न मिली होंगी!" औरत दबंग थी। मुड़कर बोली—"एक रुपये से कम में तो बात नहीं करती!" उसने कपड़े उठाये और सर झटककर चल दी।

दूसरी औरत के गोद में बच्चा था, बाल बिखरे थे, ओढ़नी नदारद थी, पाँव में छाले थे। लँगड़ा रही थी। नाली के किनारे बैठी। नाली धोने के पाइप से एक चुल्लू पानी लेकर बच्चे को पिलाने लगी। "कै बाप हैं इसके?" शर्बतवाले ने चिल्लाकर पूछा। और चारों ओर भीड़ में इस निगाह से देखा कि लोग उसके मज़ाक़ की दाद दें। कुछ लोग मुरव्वत में आकर हँस दिये। सहसा हंगामा मचा। पुलिसवाले औरतों के एक गिरोह को डण्डों से हाँकते हुए चले आ रहे थे। उनमें से किसी की आरसी छूट गयी थी, किसी का बर्तन, किसी की दरी, किसी का पिटारा, किसी की गठरी। भाग-दौड़ में कई गिर पड़ीं, कुछ उनसे टकराकर गिरीं, बाक़ी उनको कुचलती हुई निकल गयीं। वे कराह रही थीं। बाक़ी एक स्वर में गालियाँ दे रही थीं। वे फिर रुकीं। जो गिर पड़ी थीं वे चीख़-चीख़कर रो पड़ीं।

भीड़ में से ठहाके लगे।

उनमें से दो निकल आयीं! वे आपस में बुरी तरह लड़ रही थीं। एक के हाथ में एक पिटारा था, जो फायर ब्रिगेड के पानी से भीग गया था। दूसरी उसे छीनना चाहती थी। दोनों में छीना-झपटी होती रही। कपड़े फट गये। बाल बिखर गये। नाख़ूनों की खरोंचों से ख़ून छलछला आया। अन्त में दूसरी हारकर ज़मीन पर बैठ गयी और गाली देने लगी। पिटारा उस औरत का था जो अस्पताल चली गयी थी। उसके बाद उस पर किसका हक था, इस पर युद्ध हो रहा था।

पहली औरत चुपचाप पिटारी छाती से दबाये बैठी थी। सहसा दूसरी ने नाली

के पत्थर पर सर पटकना शुरू किया। उसके सर से लाल ख़ून की एक धार माथे से नाक पर होती हुई होंठ पर टपकने लगी। पहली दौड़ी, उसने पिटारा खोला और बोली–"ले! ले!–इसमें है क्या? सूखी पावरोटी है।" पावरोटी पानी में भीगकर गल गयी थी। दूसरी ने पल्ले के छोर से होंठ का ख़ून पोंछा और उनींदी-सी रोटी खाने लगी। पहली मुँह फेरकर बैठ गयी–"तुहूँ खाले ले!" दूसरी ने पहली के मुँह में रोटी ठूँस दी! दोनों चुपचाप खाने लगीं।

भीड़ छँटने लगी थी। लोग ज़ोर-ज़ोर से बातें करते हुए लौट रहे थे। दो क़िस्म के लोग थे। एक जिन्हें इस बात की बहुत निराशा थी कि "कुछ मज़ा नहीं आया! क्या आग लगी? कोई आग में आग है।" कुछ लोग ऐसे थे जो नवागन्तुकों को लौटा रहे थे–"जाओ भाई, अब क्या रक्खा है यहाँ? क्यों भीड़ लगा रहे हो? जो होना था सो हो गया?" उनके स्वर से यह मालूम होता था कि वे कह रहे हों–"मूर्खो! अब सोकर उठे हो। जो मज़ा आग का देखना था वह देख लिया हम लोगों ने। अब यहाँ क्या है?" कुछ लोग आने-जानेवालों से आग का पूरा वर्णन उल्लास भरे शब्दों में कर रहे थे। वे परोपकारी थे। जो रस, जो आनन्द मिला था उसे मुक्तहस्त बाँट रहे थे। कुछ सवालों पर चुप रह जाते थे या टाल जाते थे। उनकी भावना थी–"हुँ! भीड़ में धक्के खाकर तो हम गये; सारा काम छोड़कर तो हम गये आग देखने; और ये घर बैठे सारा हाल जान लें!"

मेरे वापस घर पहुँचने पर लोग घिर आये। बड़े आग्रह से, बड़ी उत्सुकता से, बड़े उल्लास से विस्तृत हाल पूछने लगे। सभी के मन में एक अजब-सा उल्लास था जैसे कोई विशेष आनन्द का पर्व आया हो, बरसों के बाद!

मैंने चारों ओर देखा। वही लोग थे जिनसे मैं रोज़ बोलता-बतलाता हूँ! मेरे पड़ोसी, मेरे मुल्क के लोग! मेरे अपने लोग। हिंस्र जानवरों का-सा उल्लास! आँखों की चमक! निर्ममता और क्रूरता! यह क्या हो गया है इन्हें? किसने इन्हें ऐसा बना दिया है? गुफ़ाओं में रहनेवाले आदिम पशु-मानव ने जीवन-विकास के लिए अग्नि का आविष्कार किया था। करोड़ों साल की सभ्यता के बाद आदमी आज उसी आग में कितना बर्बर उल्लास ढूँढ़ रहा है। क्या करोड़ों साल के विकास की सारी दिशा ही मूलतः ग़लत रही है?

मैंने महसूस किया कि मैं एक ऐसी विशाल बस्ती में खड़ा हूँ जहाँ लोग सहसा पागल हो गये हैं, हिंसक पशुओं की तरह चीत्कार करते हुए आग लगाते हुए घूम रहे हैं, और धीरे-धीरे मेरे गले में, आँखों में, दिमाग़ में, नसों में, आत्मा में भयानक काला कड़ुआ धुआँ भर गया।

आग की वजह तीसरे दिन मालूम हुई।

सराय की उन औरतों में एक थी जिसकी आँखो में माड़ा पड़ गया था। कम दीखता था। उसकी पड़ोसिनें उसके खाने में कंकड़ियाँ डाल आती थीं, उसके बिस्तर पर पानी फेंक आती थीं, वह गालियाँ देती थी। उसकी गालियों में बहुत स्वाद रहता था।

उन्हीं गालियों का उपभोग करने के लिए मण्डी के एक पुर-मज़ाक़ बनिये ने उसे अठन्नी दी और अन्दर ले जाकर उसकी पोशाक में जलती छछूँदर छोड़ दी।

वह पहले तो समझी नहीं, फिर चीख़ने लगी, इधर-उधर भागी, गाय की तरह डकराने लगी। एक खम्भे से टकराकर बेहोश होकर गिर गयी। पड़ोसिनें ताली पीट-पीटकर हँसती रहीं।

अन्दर ही अन्दर आग फैलती रही!

बाद में मलवा हटाने पर उसकी लाश मिली। जलकर कोयला हो गयी थी।

युवराज

अस्पताल के रजिस्टर में इस तरह दर्ज़ था—

तारीख 26 अगस्त; सुबह 8 बजकर 35 मिनट; दाखिल हुआ—कृष्णवल्लभसिंह उम्र 42 साल, मर्ज़—नामालूम (अभी जाँच होगी), ठिकाना— +, पेशा—कुँवर!

पेशे के खाने में कुँवर इसलिए लिखा गया था कि मरीज़ का कहना था कि वह रियासत नाह्नरगढ़ का युवराज था। जब वह 20 बरस का था तभी सरदार और सौतेली राजमाता ने साजिश करके उसके भाई को गद्दी दिला दी थी। उसने अपील की। जब किसी ने कोई ध्यान नहीं दिया तो वह गाँधी जी से मिला। जिस दिन उनसे मिला, उस दिन उनके मौन का दिन था, अतः उन्होंने काग़ज़ पर लिख दिया—ठीक इबारत याद नहीं—मतलब यह था कि राजगद्दी के पीछे मत दौड़ो; देश को तुम्हारे जैसे युवकों की ज़रूरत है। आत्मनिग्रह करो।

उस दिन से उसने आत्मनिग्रह का व्रत ले लिया। राज की लालसा छोड़कर देश की सेवा में लग गया।

इस कथा के प्रमाणस्वरूप वह अपनी कई जेबों में हाथ डालने के बाद मैली सदरी की अन्दरूनी जेब में तम्बाकू की छोटी डिबिया में तह करके रक्खा हुआ एक काग़ज़ दिखाता था जो बेहद मैला और तेल में डूबा था। उस पर क्या लिखा था, यह डॉक्टर से लेकर दरबान तक नहीं पढ़ पाये।

मर्ज़ की ठीक-ठीक जाँच न हो पाने से उसे बरामदे में एक खाट दी गयी थी, जहाँ पंखा नहीं था, मच्छर भी बहुत थे, कोने पर नाबदान था, वहाँ नर्सें आकर पुरानी दवाइयाँ फेंका करती थीं, भंगी कमरे में ही झाड़ मारकर लौट जाता था, और शाम के वक़्त धूप भी ऐसी तिरछी होकर पड़ती थी कि टाट का पर्दा गिरा दो तो घुटन से पसीना छूटने लगे और पर्दा उठा दो तो धूप से। उसने कई बार डॉक्टर से कहा, पर डॉक्टर ने परवाह नहीं की।

"कोई बात नहीं।" उसने कराहते हुए कहा—"लोग मद में अन्धे हैं। अहंकार में पागल हैं। मैं अख़बारों में इसके विरुद्ध पत्र लिखवाऊँगा। तुम लोगों ने क्या

समझा है?" और उसने किसी मरीज़ से माँगकर एक मैला पोस्टकार्ड हासिल किया और उसे एक स्थानीय संवाददाता के नाम भेज दिया—जिससे उसकी मुलाक़ात एक बार सेवा-ग्राम में हुई थी जहाँ वह कैमरा और बैग लिये मुर्ग़े की तरह पंख फुलाये घूम रहा था। उसने महान् त्यागी युवराज का एक चित्र भी लिया था और उस पर लिखने का वायदा किया था। युवराज ने इस प्रकार की व्यक्ति-पूजा को गर्हित बताते हुए उससे प्रार्थना की थी कि वह उसे व्यर्थ की प्रसिद्धि न दे और अन्त में उसका पता भी नोट कर लिया था। बाद में उसे कई ख़त भी लिखे थे कि जिस अख़बार में उसका चित्र छपे वह उसे भिजवा दिया जाय, मगर न अख़बार आया न ख़त का जवाब।

तीसरे दिन वह संवाददाता आया। मरीज़ यानी युवराज ने उसे नहीं पहचाना, न उसने युवराज को, किन्तु दोनों ने यह नहीं ज़ाहिर होने दिया। बातों का सिलसिला वहीं से शुरू हुआ जहाँ से 7 साल पहले टूटा था। "तो आपने अख़बार नहीं भेजा।" कहकर वह ऐसे हँसा जैसे अख़बार पाने का विशेष इच्छुक नहीं था, वह तो केवल वार्तालाप करने और मज़ाक़ करने का एक बहाना ढूँढ़ रहा था। संवाददाता ने बरामदे की बदबू से ऊबते हुए और धूप से बचने के लिए भौंहों पर अख़बार रखते हुए कहा—"अच्छा, अख़बार आपके पास नहीं पहुँचा। उस लेख की तो बहुत चर्चा रही। अब तो वह अंक प्राप्य नहीं होगा!" उसने दूसरी ओर देखते हुए कहा क्योंकि वास्तव में उसने वह चित्र छपाया ही नहीं था।

ख़ैर, उसके बाद युवराज ने उसे बताया कि उसने किस-किस कान्फरेन्स में भाग लिया, उससे अमुक प्रान्त के मन्त्री ने क्या कहा, अमुक सरदार के गुट ने उसे किस तरह बदनाम करने की कोशिश की, और वह भ्रष्टाचार के कितना विरुद्ध है, वह चाहता तो कोठियाँ खड़ी करवा लेता, लेकिन उसे आत्मनिग्रह पर विश्वास है वग़ैरह-वग़ैरह! संवाददाता बार-बार बदबू से ऊबकर बेचैन हो रहा था। फिर युवराज ने बताया कि यह डॉक्टर है, जिसने उसे बरामदे में डाल रक्खा है क्योंकि उसके पास घूस देने को रुपया नहीं है और वह चाहता है कि इसका पूरा हाल अख़बार में निकले—(यह शब्दावली तो लेखक की है) युवराज ने कहा था, "अस्पतालों का नंगा ख़ाका आम जनता के सामने रक्खा जाना चाहिए। यह जनहित का प्रश्न है। संवाददाताओं का कर्तव्य है कि नगर की संस्थाओं की बदइन्तज़ामी का पर्दाफ़ाश करें।"

संवाददाता इस बात पर राज़ी हो गया क्योंकि उसके भतीजे को किसी सरकारी नौकरी के लिए झूठा मेडिकल सर्टीफ़िकेट देना था और डॉक्टर ने उसके लिए इतनी रक़म माँगी थी कि उसके इमकान के बाहर थी।

तय यह हुआ कि दूसरे दिन शाम को वे लोग मिलकर ख़बर की इबारत

लिखेंगे और इसी बीच में संवाददाता कांग्रेस के सेक्रेटरी और धारा सभा के स्थानीय सदस्यों को फ़ोन भी कर लेगा।

जब संवाददाता चलने लगा तो युवराज ने उसके सिगरेट केस से दो-तीन सिगरेटें निकालकर तकिये के नीचे छिपा लीं और अपने पीले-पीले मैले दाँत निकालकर हँसा, अपने बढ़े हुए नाख़ूनवाले हाथ जोड़े, गन्दे मैले बालों को झटककर गर्व से नर्सों की ओर देखा और लेट गया। थोड़ी-सी आँख लगी तो उसने देखा कि नर्सें चर्खा कात रही हैं, मेट्रन बीमार है और वह उसको गीली मिट्टी की पट्टी चढ़ा रहा है...कहाँ? सहसा उसके कमर के पास के अंगों में भयानक चिलकन हुई और वह चीख़कर उठ बैठा।

रात भर वह बेचैन रहा। बेहद परेशानी थी। गला बुरी तरह सूख रहा था लेकिन पानी पीने की हिम्मत नहीं थी। पानी पीते ही इतनी दर्दनाक चिलकन होती थी जैसे जलते लोहे की सलाख से चिपककर गोश्त उचट आता हो।

सुबह डॉक्टर आया। उसने स्ट्रेचर मँगवाया। दूसरे कमरे में बुलवाकर जाँच की। कहा—"आपको यह वार्ड छोड़ना पड़ेगा।"

"क्यों?" दर्द के बावजूद उसने तनकर कहा—"आप मुझे बहुत परेशान करेंगे तो...तो..." मगर वह आगे नहीं बोल सका क्योंकि उसकी ज़ुबान तालू से चिपक गयी। किसी तरह थूक निगलकर बोला—"आप मर्ज़ क्यों नहीं बताते?"

डॉक्टर एक क्षण हिचका—फिर ज्योंही उसने मर्ज़ बताया युवराज का चेहरा पीला पड़ गया। मेल नर्स ने मुसकराकर सिस्टर की ओर देखा। सिस्टर ने झेंपकर सर झुका लिया। दूसरे मेल नर्स ने साबुन से रगड़-रगड़कर हाथ धोते हुए कहा—"नेता लोग हैं भाई, नेता। इन्हें सब शोभा देता है।"

मरीज़ ने दूसरे वार्ड में जाने से इनकार कर दिया। अगर वहाँ कोई पढ़ा-लिखा समझदार आदमी होता तो वह समझाता कि वह आत्मनिग्रह, संयम और हृदय की शुद्धता पर दृढ़ विश्वास करता है और डॉक्टर उसे बदनाम करने के लिए यह मर्ज़ बता रहा है—पर वहाँ कौन उसकी बात समझता?

इसीलिए उसने अपना सामान लिया और दर्द से कराहते, लँगड़ाते चल दिया। थोड़ी दूर जाकर फिर लौटा, तकिये के नीचे चुराकर रक्खी तीन सिगरेटें निकालीं। उन्हें सदरी की अन्दरूनी जेब में रख लिया, जहाँ डिबिया में वह काग़ज़ भी रक्खा था जिस पर उसे गाँधी जी ने आत्मनिग्रह, त्याग और देशसेवा करने का लिखित आदेश दिया था—फिर धीरे-धीरे लँगड़ाते हुए फाटक के बाहर निकल गया।

अगला अवतार

"अगली क्रान्ति! मैं कहता हूँ मैं प्रतिक्रियावादी नहीं हूँ। मैं भी प्रगति में विश्वास करता हूँ, लेकिन मेरा दृढ़ विश्वास है कि भारत में जो क्रान्ति होगी वह अनोखी होगी। वह वर्ग की क्रान्ति नहीं होगी, न निम्न-वर्ग की, न मध्य-वर्ग की। वह क्रान्ति चेतना में होगी। मानव की आत्मा बदलेगी। हाँ, ख़ैर तुम इसको मज़ाक़ समझो!"

"नहीं, नहीं, मैं इसको मज़ाक़ क्यों समझूँगा?" मैंने गम्भीर होकर कहा—"सम्भव है तुम ही सच कह रहे हो। भविष्य में क्या होगा, कौन जानता है।"

"यह", मेरे साथी ने जोश में मेज़ पर हाथ पटककर कहा—"अब कहा तुमने। भविष्य में क्या होगा यह कौन कह सकता है। न मार्क्स, न अरविन्द। दुनिया अपनी गति से चलती रहती है, बड़े-बड़े विचारक दर्शन में उलझे रहते हैं कि पता नहीं कहाँ से कौन शक्ति आकर सारी व्यवस्था में उलट-पलट कर देती है। उसी को अवतार कहते हैं। असल में अभी परसों गुरुजी से भेंट हुई। वह जो हैं न फतेहगंज में, पूरन स्वामी, बड़े सिद्ध योगी हैं। और अध्ययन की तो पूछो मत। पुराने ताड़पत्रों से लेकर फ्रेंच और जर्मन के साइकिक रिसर्च (प्रेत विद्या) तक के ग्रन्थ पढ़ डाले हैं। और माडर्न (आधुनिक) तो इतने हैं कि पूछो मत!"

"क्यों, नहीं? क्यों नहीं? चाय तो पीते चलो; ठण्डी हो जाएगी।"

"हाँ, हाँ, पी रहा हूँ। गुरु जी से भी मैंने यही सवाल पूछा था कि मान लीजिए व्यक्ति को पूर्णता मिल गयी तो क्या हुआ। व्यक्ति का अस्तित्व समाज के बाहर तो है नहीं। समाज तो वैसे का वैसा रहा। तो वे बोले—इस बार योगी लोग इसी खोज में हैं कि कोई ऐसा मार्ग ढूँढ़ निकालें कि संसार की समस्त आत्माओं को एक साथ निर्वाण मिल जाए। एक साधक मृत्यु को जीते तो केवल अपनी मृत्यु नहीं सारी सृष्टि की मृत्यु को जीत ले, सारी सृष्टि के दुःख को जीत ले। और कहते हैं उन लोगों को इस दिशा में काफ़ी संकेत मिल भी गये हैं। इस बार तो उनका प्रयास बड़े संगठित ढंग से चल रहा है। हर प्रान्त में योगी साधना में तल्लीन हैं। कहीं

किसी शक्ति का आभास मिले तो—और कौन जाने वह शक्ति कहीं अवतरित ही हो गयी हो!"

मैं हँसी नहीं रोक पाया, खिलखिलाकर हँस पड़ा, लेकिन यक़ीन मानिए अपने दोस्त की बातों पर नहीं। उसे नाराज़ करने का बिल्कुल दुस्साहस मुझमें नहीं था। हँसी मुझे दूसरी बात से आ रही थी। सिविल लाइन्स के उस सजे-सजाये सुन्दर रेस्तराँ में एक अजब-सा आदमी घुस आया था और इधर-उधर देखता हुआ अपने लिए एक कुर्सी ढूँढ़ रहा था। मकर-संक्रान्ति आ गयी थी और माघ में तो प्रयागराज में ऐसी-ऐसी मूर्तियाँ देखने को मिलती हैं कि 'न भूतो न भविष्यति।' लेकिन इसने सारे रेकार्ड तोड़ दिये थे। मोटे ख़द्दर का लम्बा पीला चोग़ा, सर पर पीली मुरेड़दार पगड़ी, पीला पाजामा जो नीचे जाँघिये और ऊँचे पतलून के बीच की चीज़ थी, पैरों में मूँज की चप्पल, कमर में चोग़े के ऊपर लिपटा हुआ मृग-चर्म और कन्धे में लटकता हुआ, कमण्डल के बजाय चमकदार नया अमरीकन थर्मस, चोग़े में लगा हुआ सस्ता पाँच-छः रुपये का फाउण्टेन पेन, आँखों पर पन्द्रह आने का काला ठण्डा चश्मा और माथे पर पीला आर्यसमाजी ढंग का चन्दन। तमाम लोगों का ध्यान उधर खिंच गया था। कोई हँसी रोक रहा था, कोई धृष्टता से हँस रहा था, दो-एक दुस्साहसियों ने टिप्पणी भी कस दी थी लेकिन वह महापुरुष अटल धैर्य से अपने स्थान पर खड़ा था। और हाँ, यह तो मैंने देखा ही न था। कोने में उन्होंने एक लम्बा पीतल का त्रिशूल और एक बहुत बड़ा झण्डा टिका दिया था जिस पर जाने क्या-क्या लिखा था। मैंने अपने साथी की ओर देखा। वह भी बड़े कुतूहल से उधर देख रहा था।

सहसा मुझे कुछ सूझा और मैंने ब्वाय को बुलाकर कहा—"यहाँ एक कुर्सी खाली है। बाबाजी को यहीं भेज दो।" सारे रेस्तराँ की निगाहें मेरी मेज़ की ओर घूम गयीं।

वे आये और कुर्सी पर बैठने के पहले भाषण देने की मुद्रा में पूरे रेस्तराँ की ओर मुख़ातिब होकर बोले—"आ गया है—समय आ गया है। जो हँसता है शो रोवेगा और जो चुप है शो बोलेगा; और जो बोलेगा शो उसके हाथ में तिरशूल होगा, शो उसके हाथ में केतु फहराएगा। शामवेद में भगवान ने कहा है कि कलजुग में देवा वहन्ति केतवः शो जो सुनता है शो सुनता है, जो नहीं सुनता है शो पछताएगा!"

सारे चायघर में सन्नाटा छा गया। वे बैठ गये। मेरे साथी ने बड़े आदर से प्रणाम किया। "चाय पिएँगे?" मैंने पूछा और उनकी स्वीकृति पाकर बैरे को दो कॉफ़ी और एक चाय लाने का ऑर्डर दिया।

"कहाँ से आना हुआ?" मेरे साथी ने पूछा।

"अवध क्षेत्र से!"

"कहाँ जा रहे हैं महाप्रभु?" मैंने पूछा।

"विश्व भ्रमण को! हम लोग शाधक हैं। सन्देश देते हैं। जो सोया है उसे जगाते हैं। संसार माया के वशीभूत होकर भोग-विलास करता है, पाप शंचय करता है, सन्धि विग्रह करता है, युद्ध करता है। पर संसार को यह नहीं मालूम कि भगवान का औतार हो गया।"

"हो गया!" मैंने ठण्डी साँस लेकर कहा—"चलो बड़ी प्रतीक्षा थी। कहाँ हुआ महाराज?"

मेरे साथी ने कड़ी निगाह से मेरी ओर देखा और बड़े विनय से पूछा—"किस स्थान पर अवतरण हुआ स्वामी जी?"

"फ़ैज़ाबाद से ईशान कोण में, 12 योजन दूर तलवरिया ग्राम में केशव धृत कल्कि शरीर, जय जगदीश हरे!"

"जय जगदीश हरे! कब हुआ!"

"कब? कहाँ?—यह सब माया के वशीभूत होकर पूछते हो तुम लोग! अवतार देश और काल से परे होता है। अब उसका चमत्कार देखना। सब पापी नष्ट होंगे—म्लेच्छ निवह निधने कलयसि करवालम—धनी, विलासी, पाखण्डी कोई नहीं बचेगा। और जैसे राम ने पहले अपना अंश परशुराम को दिया था वैसे ही कल्कि भगवान ने अपना अंश पहले से मारकेश मुनि को दे दिया है!"

"मुनि मारकेश?"

"हाँ, हाँ, मुनि काल मारकेश। भविष्य पुराण में कहा है—उत्तराखण्डे तु काल मारकेश विराजते—उत्तराखण्ड में काल मारकेश मुनि राज करेंगे। सो रूस में कार्ल मार्क्स का छद्म नाम धारण करके राज करते हैं। पर हैं मारकेश। देखो क्या अमरीका को मार भगाया। तो फिर भारत में प्रेम-विवाद होगा, फिर मारकेश मुनि कल्कि भगवान की स्तुति करेंगे और सारे संसार में फिर से सतजुग आएगा, लेकिन उसके पहले फिर 21 बार पृथ्वी क्षत्रीविहीन होगी।"

"तो कल्कि भगवान माघमेले में आएँगे न?" मैंने पूछा।

"आएँगे? आ गये हैं। यह झण्डा उन्हीं के पक्ष का है। शो फिर भारत में यह होगा जो कहीं नहीं हुआ। फिर उनका चक्रवर्ती राज होगा।"

"तो प्रयाग में कहाँ विराज रहे हैं भगवान!"

"भगवान तेरे सामने विराजते हैं। माया का पर्दा हटाकर, ज्ञान की आँखें खोलकर देख, भगवान तेरे सामने हैं वत्स!" मैंने झुककर श्रद्धा से प्रणाम किया। और भगवान आत्म-प्रशंसा और वरदान भरे नेत्रों से हमारी ओर देखकर हम दोनों के हिस्से का दूध अपने प्याले में उँडेलकर चम्मच से चीनी मिलाने लगे।

भूखा ईश्वर

एक था गाँव। सदाबहार की हरियाली से जवान, पुरवैया की गोद में अलसायी अधखुली पलकों से ज़िन्दगी का रंगीन सपना देखता हुआ। दोपहरी को सुदूर झुरमुटों से उठते हुए, चरवाहों की वंशी के नग़मे उसकी छाती से टकरा जाते थे—आधी रात जब बेला फूलता था तो लाजवन्ती बिरहनियों के काँपते-दर्दीले स्वर न जाने कैसी मिठास घोलकर उड़ जाते थे।

गाँव के बाहर था एक छतनार कदम का पेड़। उसके नीचे था एक अनगढ़ पत्थर का ढोंका। वह था उस गाँव का ईश्वर। सुबह होते ही पास के पोखरे से नहाकर लौटनेवाली भोली किशोरियाँ मनोवांछित वर की आशा से उस पर ज़ल चढ़ाती थीं, फूल बिखेरती थीं; और पूजा करते वक़्त उनके दिल में न जाने कैसी मीठी-मीठी पीर उठ आती थी कि उनके हाथ काँप जाते थे और गालों पर एक सिहरन दौड़ जाती थी। कभी-कभी दुखियारी माताएँ आती थीं जिनके बच्चे रोग-शय्या पर पड़े होते थे। वे अपना मैला आँचल खोल दिन भर की कमाई के पैसे चढ़ाती थीं, मत्था टेकती थीं, और बाँह में गीली आँखें पोंछती हुई चली जाती थीं। बहुत से उपासक थे, बहुत-सी मनौतियाँ—

मगर ईश्वर था एक; वह सुने भी तो किस-किस की? पहले किसी-किसी की सुन लेता था, बाद में कण्ट्रोल की दूकान की तरह बढ़ती हुई भीड़ देखकर उसने भी किनारा कस लिया। अब वह सुबह आरती के वक़्त जगता था, भोग लगाता था, दो-एक पूजागीत सुनता था और सो जाता। फिर शाम को जागता था, भोग लगाता था, दो-एक पूजागीत सुनता था, और सो जाता था। कभी-कभी उसके कानों तक सिसकती हुई—विनतियाँ पहुँचतीं मगर उसकी पलकों में नींद का इतना खुमार भरा रहता था कि उससे हिला भी नहीं जाता था। इसमें उसका क़सूर भी क्या था? भोग के पकवान, सुरीली आरती, और थपकीदार झोंके—जब आदमी को इतने ऐश में नींद आ जाती है तो फिर ईश्वर तो ठहरा महज़ आदमी की कल्पना।

इस तरह सोते-जागते सदियाँ बीत गयीं। धीरे-धीरे ईश्वर को कुछ परिवर्तन

दीख पड़ा। चाँदी की जगह पहले ताँबे के थाल में आरती जलने लगी, धीरे-धीरे वह भी ख़त्म हुआ और अब कभी-कभी कोई आकर एक मिट्टी का दीया जला जाता था। पकवानों की जगह गुड़ चढ़ने लगा और एक दिन वह भी ख़त्म हो गया।

और एक दिन सुबह जब ईश्वर ने आँख खोली तो देखा वह मिट्टी का दीया भी बुझ चुका था। आसपास घास उग आयी थी और ऊपर डाल पर बैठा हुआ एक कौआ पूजागीतों की पैरोडी कर रहा है। ईश्वर को अचरज हुआ मगर फिर वह आँख मूँदकर सो गया। इस तरह ख़ाली पेट सोते-सोते महीनों बीत गये, मगर अब उसकी भूख असह्य होती जा रही थी। पत्थर के कणों में न जाने कैसी मरोड़ उठती थी कि वह तिलमिला उठता था। उसकी नसें इतनी पथरा गयी थीं कि वह करवट भी नहीं बदल सकता था। पत्थर के कण रह-रहकर तड़प उठते थे।

और एक दिन भूख की आग से पत्थर चिटखकर दो टूक हो गया। ईश्वर को उस पत्थर की क़ैद से छुटकारा मिला मगर भूख से नहीं। उसकी भूखी रूह पत्थर के टुकड़ों पर डगमगाती रही। मगर बिना आकार के वह भूख बुझाये तो कैसे? ईश्वर में 'इच्छानिर्मित तन' बनाने की ताक़त थी, अतः उसने इच्छा की एक शरीर की!

मगर वह भूखा था, और भूखों की इच्छाएँ भी भूखी, कमज़ोर और कुरूप हुआ करती हैं। फलतः उसे आकार मिला, मगर एक ग़रीब भुखमरे का। फटी-मैली धोती, भूखा पेट, धँसी आँखें, लाचार क़दम! ईश्वर ख़ुद अपने रूप पर सिहर उठा—मगर वह मजबूर था। भूखा स्रष्टा उससे अच्छा सृजन नहीं कर सकता था।

वह एक पत्थर के ढोंके पर बैठ गया और सर झुकाकर सोचने लगा, तब की बात जब वह पृथ्वी पर नहीं आया था—

तब स्वर्ग था। बरसाती बूँदों की मेहराबवाले फाटक थे। नीली सड़कों पर इन्द्रधनुषी बादलों के महल थे। तारों की छीटोंवाला सिंहासन था और उस पर था ईश्वर—ताज़ी किरणों का मुकुट लगाये।

पानी की चादर जैसे पंखोंवाले देवदूत थे। गीत की उठान जैसी अप्सराएँ थीं। बादलों की छाँह जैसे देवता थे।

सब कुछ था मगर वह घमण्ड से गर्दन घुमाकर चारों ओर देखता था, वैभव को देखकर त्रस्त होनेवाला कोई भी न था। देवता उसकी मुसाहबी करते थे, पूजा नहीं। देवदूत उसका हुक्म बजा लाते थे, सम्मान नहीं करते थे। अप्सराएँ उसकी रूप की प्यास बुझा देती थीं, उससे प्यार नहीं करती थीं। वह बुझा-बुझा-सा रहता था।

और एक दिन ऊबकर ईश्वर स्वर्ग से निकल पड़ा। तारों ने उसे राह दिखायी। हवाओं ने सूरज-किरनों का चूरा उसके क़दमों के नीचे बिछा दिया। ईश्वर चलता गया।

धीरे-धीरे बादलोंवाली पगडण्डी ठोस होती गयी और एक दिन उसने अपने

क़दमों के नीचे धरती की कठोरता का अनुभव किया। वह चलता गया और चलते-चलते आ पहुँचा इस गाँव में और आदमी की पूजा ने जाने क्या जादू फेर दिया उस पर, वह फिर वापस जाने की भी नहीं सोच सका। पत्थर बनकर जम गया वहीं।

मगर आज आरती नहीं थी, पूजा नहीं थी, धूप, दीप, नैवेद्य भी नहीं था। आज थी महज़ भूख, मरोड़ती हुई भूख। और ख़त्म हो चुका था पृथ्वी का सारा आकर्षण। वह व्याकुल हो उठा स्वर्ग जाने के लिए।

उसने बादलों की राह अपनायी। मगर उसे अचरज हुआ। न तारे उसे राह दिखला रहे थे, न हवाएँ उसके क़दमों के नीचे फूल बिछा रही थीं। वह स्वर्ग के दरवाज़े पर जा पहुँचा। उसने देखा स्वर्ग की शानशौक़त पहले से चौगुनी बढ़ गयी है। उसने सन्तोष की साँस ली। मगर देखो तो, देवदूतों ने अभी तक फाटक नहीं खोला था। उसने ज़ोर से दरवाज़ा खटखटाया। बहुत देर बाद आँख मलते हुए द्वारपाल की देवकन्या आयी, मगर वह ईश्वर का डरावना रूप देखते ही ज़ोर से चीख़ मारकर भाग गयी। द्वारपाल आया। ईश्वर ने डाँटकर कहा—"खोलो दरवाज़ा!"

द्वारपाल ने एक बार सर से पैर तक उसे देखा और पूछा—"अन्दर आने का परवाना है तुम्हारे पास!"

"परवाना! कैसा परवाना?"

"अच्छा, परवाना नहीं तो कुछ सोना है घूस देने के लिए!"

"कैसा सोना, कैसा परवाना! क्या बकता है! मालिक को नहीं पहचानता!"

"मालिक!" अब तो द्वारपाल की हँसी रोके नहीं रुकी। "मालिक! ज़रा आईने में अपनी सूरत तो देखो! तारे जिसकी अगवानी करते हैं, चाँद जिसका रूप सँवारता है—कहाँ मेरा मालिक कहाँ तुम? चीथड़ों से रोब नहीं जमता, समझे!"

ईश्वर क्रोध से काँप गया—"मैं सदियों पहले स्वर्ग से धरती की ओर नहीं गया था?"

"हाँ, मगर मेरा मालिक अब भी धरती पर है! वह देखो शहर के बीचोंबीच ईश्वर आराम कर रहा है। वहाँ उसे स्वर्ग से भी ज़्यादा आराम है। और तू यहाँ आया है हम लोगों को पट्टी पढ़ाने! अच्छा चल, भाग यहाँ से!"

द्वारपाल ने दरवाजे बन्द कर लिये। ईश्वर की जलती हुई पलकों में अपमान के आँसू छलछला आये। ग़रीब भुखमरों के लिए स्वर्ग का भी दरवाज़ा बन्द रहता है, यह उसे पहले दिन मालूम हुआ। मगर यह दूसरा ईश्वर कौन पैदा हो गया? उसने आँसू पोंछे और धरती की ओर चल दिया।

धरती पर उतरकर वह उस बड़े मन्दिर के दरवाज़े पर जा पहुँचा। केसर की सुगन्ध से उसका सर घूम गया। रेशम के दुपट्टेवाली किशोरियाँ, ठोस गहनोंवाली वृद्धाएँ, मोटे बनिये सभी पूजा के फूल लिये चले जा रहे थे। ईश्वर एक कोने में

भयभीत खड़ा था। कोई उसकी ओर निगाह नहीं डाल रहा था। थोड़ी देर वह खड़ा रहा, फिर भीड़ में छिपकर अन्दर चला गया। उसी की एक मुर्दा पत्थर की मूरत, उसी की पत्थर की लाश रक्खी थी। बगल में एक बहुत मोटा पुजारी भी। उपासक आते थे, थैलियाँ और सोने की ईंटें चढ़ाते थे और पुजारी उन्हें स्वर्ग का परवाना दे देता था। वह क्षण भर तक देखता रहा। फिर उससे न रहा गया। वह चिल्ला उठा—"तुम लोग धोखे में हो! यह पुजारी तुम्हें धोखा दे रहा है।"

लोगों का ध्यान उधर गया—"अरे! यह भिखमंगा कैसे घुस आया? निकालो इसे। अभी सेठों की पूजा की वेला है। निकल बे!" और उसके बाद ईश्वर को मन्दिर से धक्के देकर निकाल दिया गया।

वह उठकर खड़ा हो गया। उसकी आँखों में चिनगारियाँ छलक आयीं। उसके मन में आया कि एक प्रहार में वह अमीरों के ईश्वर का महल चूर-चूर कर डाले, मगर उसकी बाँहें कमज़ोर थीं और भूखा था।

शाम हो गयी थी। मन्दिर में भोग लग रहा था और ईश्वर भूखा-प्यासा थकावट से चूर अपनी राह पर चला जा रहा था। सड़कों के दोनों ओर ऊँची-ऊँची हवेलियाँ थीं जिसके नीचे भिखमंगे भूख से कराह रहे थे। वे ईश्वर के ही प्रतिरूप थे—चीथड़ों के वेश में—वह कभी-कभी अस्फुट स्वर में भीख माँगना चाहते थे मगर ईश्वर को अपने ही प्रतिरूप देखकर चुप हो जाते थे।

शायद भूख की गर्मी से नसों के तार जल्दी झंकार उठते हैं, और शायद भूख की हड़कम्पी लपटों से पलकों के आगे का अँधेरा जल्दी जल जाता है—क्योंकि आज इन भूखे, बेबस और लाचार भिखमंगों को देखकर पता नहीं ईश्वर को कहाँ अपनी सृष्टि में कौन-सा दोष लग रहा था? महसूस हो रहा था कि भूल से, लापरवाही से, उसने कहीं पर आदमी की पसलियों में कोई काली बूँद बहा दी है जिससे आदमी की आत्मा में इतना अँधेरा छा गया है कि वह न सिर्फ़ यह अन्धेर करता है वरन् इसे चुपचाप सह भी लेता है।

उसे ताज्जुब हुआ, ग्लानि हुई, नफ़रत हुई कि ये आदमीनुमा हड्डी के ढाँचे क्यों कीचड़ में पड़े रहते हैं। क्यों भूख की घिनौनी लपटों में तिल-तिलकर जलते रहते हैं? ये लाचार गोश्त के लोथड़े विद्रोह क्यों नहीं कर पाते? क्यों, आख़िर क्यों?

और इच्छामय ईश्वर के मन में उस दिन एक अजब-सी इच्छा जगी। वह क्यों न उनके मन में विद्रोह की किरनें बिखेरे। वह क्यों न इनका दल साजकर इनके क़दम से क़दम मिलाकर, इनके कन्धों से कन्धा मिलाकर इनकी आवाज़ को अपनी आवाज़ बना दे। वह क्यों न विद्रोह को ईश्वर ही का साधन बना दे?

मगर इस महान् विद्रोह का, उसके बाद के निर्माण का केन्द्रबिन्दु क्या होगा? उसने सोचा और चारों ओर निगाह दौड़ायी।

और उसने अजब दृश्य देखा। पास की हवेली से एक जूठी पत्तल फेंक दी

गयी। फुटपाथों पर पड़े हुए नारकीय भिखमंगे दौड़े और पल भर में पत्तल का पत्ता-पत्ता ग़ायब हो गया। वे अपनी-अपनी जगह पर आ बैठे और चाव से उन जूठी पत्तलों को चाटने लगे।

ईश्वर की विचारधारा को जैसे किसी ने हथौड़े से चूर-चूर कर दिया। ये, ये जघन्य पापों से भी घिनौने भिखमंगे, ये विद्रोह करेंगे। ये इस योग्य हैं कि इनके लिए सृष्टि की व्यवस्था बदली जाए? ये चीथड़े लटकाये हुए कंकाल? नहीं, कभी नहीं?

काश कि ईश्वर का ध्यान इस वक़्त अपने वेश पर जाता जिसके कारण उसको स्वर्ग से धक्के देकर निकाल दिया गया था।

पासवाला भिखमंगा पत्तल की पूड़ी का एक टुकड़ा खा रहा था। उसकी औरत पास बैठी थी। उसकी गोद में भूखी बच्ची रो रही थी।

"एक टुकड़ा इसे भी दे दो न!" औरत बोली।

भिखमंगे ने महज़ उसे घुड़क दिया और अपना टुकड़ा खाता रहा।

औरत ने मिन्नत के स्वरों में कहा—"उसने दो दिन से कुछ नहीं खाया! कैसे बाप हो? उसके गले से आवाज़ भी नहीं निकल रही है।"

भिखमंगे ने कुछ जवाब नहीं दिया। महज़ खिसक गया, मुँह फेर लिया और खाने लगा। वह औरत उठी और वहाँ गयी जहाँ अब भी कुत्ते पत्तल चाट रहे थे। उसने पास पड़े एक टुकड़े को उठाना चाहा। कुत्ता गुर्राया। वह रुकी, जैसे आदमियों से निराश होकर अब जानवरों से दया-याचना कर रही है। कुत्ते ने भी मुँह फेर लिया। उसने मौक़ा पाकर वह टुकड़ा उठा लिया—कि यकायक कुत्ता गुर्राकर उठा और बाँहें झकझोर डालीं। मगर फिर भी उसने टुकड़ा न छोड़ा। कुत्ता हारकर पीछे हट गया।

ऐसा लगा जैसे किसी ने ईश्वर के ईश्वरत्व को मरोड़ दिया हो? वह औरत चीख़ उठी। उसने दर्द से हाथ झटका। ख़ून के दो-एक छींटे पास खड़े हुए ईश्वर पर पड़े और वहाँ छाले उभर आये।

वह औरत आयी और उसने अपने बच्चे को वह टुकड़ा दे दिया। बच्ची ने टुकड़ा कुतरा और मुसकराकर माँ की ओर देखा। माँ दर्द से हाथ झिटक रही थी, मगर बच्ची की मुसकराहट पर वह भी मुसकरा उठी और झुककर उसने बच्ची के ओठ चूम लिये।

ईश्वर सिहर उठा। इन्हीं को क्षण भर पहले वह नफ़रत की निगाह से देख रहा था। वह भूखा-प्यासा, दरिद्र चुम्बन उड़कर ईश्वर की छाती पर चिपक गया और उसके मन में एक अजब-सी ताक़त जाग उठी—नहीं! वह विद्रोह कर सकता है; इन्हीं के सहारे विद्रोह कर सकता है। इनमें अभी एक तत्त्व बाक़ी है, वे अभी प्रेम करना नहीं भूले हैं। उनमें अभी ज़िन्दगी की रोशनी बाक़ी है। बस, वह इसी प्रेम के आँसू को अपने विद्रोह का केन्द्रबिन्दु बनाएगा, अपने निर्माण का सम्बल बनाएगा।

और उसने आवाज़ लगायी—

"नंगो, भूखो! तुम नहीं जानते, तुम्हारी पसलियों में एक ताक़त छिपी हुई है जो मौत से ज़्यादा ज़हरीली और चाँदनी से ज़्यादा सुधामयी है। वह मृणाल-सी कोमल, फौलाद-सी कठोर है। वह है प्रेम—उसकी रुकावट है विद्रोह, विध्वंस; उसका बहाव है निर्माण—सृजन! जागो! मैं विद्रोही, भूखा ईश्वर तुम्हें मानव बनकर जगाता हूँ।"

किन्तु उसकी आवाज़ अभी भिखमंगों तक पहुँच भी न पायी थी कि उसे गिरफ़्तार कर लिया गया।

दूसरे दिन उसे अदालत में ले गये। बिना कुछ सुने जज ने सजा दे दी क्योंकि उन्हें शाम को सेठों के डिनर में जाना था।

उसके बाद उसे जेल में भेज दिया गया। उसका विद्रोह तड़पकर रह गया।

और ईश्वर अब भी क़ैद है। उसकी छाती में विद्रोह की हुंकार है। उसकी नसों में सृजन की तड़पन है; मगर उसके हाथों में हथकड़ियाँ हैं और उस पर सेठ के नौकरों का पहरा है।

मुर्दों का गाँव

उस गाँव के बारे में अजीब अफ़वाहें फैली थीं। लोग कहते थे कि वहाँ दिन में भी मौत का एक काला साया रोशनी पर पड़ा रहता है। शाम होते ही क़ब्रें जमुहाइयाँ लेने लगती हैं और भूखे कंकाल अँधेरे का लबादा ओढ़कर सड़कों, पगडण्डियों और खेतों की मेंड़ों पर खाने की तलाश में घूमा करते हैं। उनके ढीले पंजरों की खड़खड़ाहट सुनकर लाशों के चारों ओर चिल्लानेवाले घिनौने सियार सहमकर चुप हो जाते हैं और गोश्तख़ोर गिद्धों के बच्चे डैनों में सिर ढाँपकर सूखे ठूँठों की कोटरों में छिप जाते हैं!

और इसी से जब अखिल ने कहा कि चलो उस गाँव के आँकड़े भी तैयार कर लें, तो मैं एक बार काँप गया। बहुत मुश्किल से पास के गाँव का एक लड़का साथ जाने को तैयार हुआ। सामने दो मील की दूरी पर पेड़ों की झुरमुटों में उस गाँव की झलक दिखाई दी। मील भर पहले ही से खेतों में लाशें मिलने लगीं। गाँव के नज़दीक पहुँचते-पहुँचते तो यह हाल हो गया कि मालूम पड़ता था भूख ने इस गाँव के चारों ओर मौत के बीज बोये थे और आज सड़ी लाशों की फ़सल लहलहा रही है। कुत्ते, गिद्ध, सियार और कौवे उस फ़सल का पूरा फ़ायदा उठा रहे थे। इतने में हवा का एक तेज़ झोंका आया और बदबू से हम लोगों का सर घूम गया। मगर फिर जैसे उस दुर्गन्ध से लदकर हवा के भारी और अधमरे झोंके सूखे बाँसों के झुरमुटों में अटककर रुक गये।

और, सामने मुर्दों के गाँव का पहला झोंपड़ा दीख पड़ा। तीन ओर की दीवारें गिर गयी थीं और एक ओर की दीवार के सहारे आधा छप्पर लटक रहा था। दीवार की आड़ में एक कंकाल पड़ा था। साथवाला लड़का रुका–"यह! यह निताई धीवर है।"

"कहाँ?" अखिल ने पूछा।

"वह, वह निताई धीवर सो रहा है!" लड़के ने कंकाल की ओर संकेत किया–"वह धीवर था, और गाँव का सबसे पट्ठा जवान। अकाल पड़ा। भूख से

उसकी माँ मर गयी। उसके पास खाने को न था, फिर लकड़ी लाकर चिता सजाना तो असम्भव था। उसने अपनी नाव बाहर खींची, माँ के शरीर को नाव में रखा, ऊपर से सूखी घास रक्खी और आग लगा दी। रहा-सहा सहारा भी चला गया। और एक दिन वह भी यहीं भूखा सो गया; यहीं, इसी जगह उसकी माँ ने भी दम तोड़ा था।" वह लड़का बोला।

हवा का झोंका फिर चला और खोखले बाँसों से गुज़रती हुई हवा सन्नाटे में फिसल पड़ी। लड़का चीख़ पड़ा—"वह साँस ले रही है—सुना नहीं आपने?"

"कौन?"

"वह, वह जुलाहिन साँस ले रही है।"

"क्या वाहियात बकता है!" अखिल ने झुँझलाकर डाँटा। "कौन जुलाहिन?"

"आपको नहीं मालूम? वह सामने झोंपड़ी है न, उसी में जुलाहे रहते थे। उसमें से तीन भूख से मर गये। रह गये सिर्फ़ जुलाहा, जुलाहिन और उनका करघा। मगर भूख से उनकी नसें इतनी सुस्त थीं कि करघा भी बेकार था। उन्होंने पास के जंगल से जड़ें खोदकर खानी शुरू कीं। उनके दाँत नुकीले हो गये जैसे सियारों की खीसें। जुलाहा बीमार पड़ गया; जुलाहिन जड़ें खोदने जाती थी। एक दिन जड़ें खोदते वक़्त खुरपी उनके कमज़ोर हाथों से फिसल गयी और बायें हाथ की तर्जनी और अँगूठा कटकर गिर गया। जब वह घर पहुँची तो भूखा और बीमार जुलाहा झल्ला उठा और चिल्लाकर बोला—"निकल जा मेरे घर से, अब तू बेकार है, न करघा चला सकती है, न जड़ें खोद सकती है।" तब से जुलाहिन का पता नहीं है। मगर कुछ लोगों का कहना है कि वह भूत बनकर गाँव की क़ब्रों के पास घूमा करती है। वह अभी भी साँस ले रही थी, सुना नहीं, आपने?"

अखिल ने मेरी ओर देखा और मैंने अखिल की ओर। हम दोनों आगे बढ़े और जुलाहों के झोंपड़े में घुसे। लड़का ठिठका मगर हिम्मत दिलाने पर वह भी आगे बढ़ा; हम लोग अन्दर गये। लड़के ने अन्दर से किवाड़ बन्द कर लिये और हम लोगों से सटकर खड़ा हो गया। वह डर से काँप रहा था। सामने आँगन में तीन क़ब्रें आसपास खुदी हुई थीं, बीच की क़ब्र में एक बड़ा-सा छेद था। उसमें से एक बिज्जू निकला और हम लोगों को डरावनी निगाहों से पल भर देखकर सर झटका और फिर क़ब्र में घुस गया।

आँगन में किसी मुर्दे के सड़ने की तेज़ बदबू फैल रही थी। अखिल ने अपना कैमरा सँभाला और फ़ोटो लेने की तैयारी की। इतने में पीछे की किवाड़ें खड़क उठीं। मेरे रोंगटे खड़े हो गये। अखिल बोला, "कोई स्यार होगा।" किवाड़ को किसी ने जैसे बार-बार धक्का देना शुरू किया। मैंने सोचा शायद ज़िन्दा आदमी की गन्ध पाकर

गाँव भर के मुर्दे हम पर हमला करने आये हैं। मेरे खून का कतरा-कतरा डर से जम गया। लड़का बुरी तरह से चीख़ पड़ा। अखिल धीमे-धीमे गया, धीरे-से किवाड़ खोल दी, और उसके वाद बुरी तरह से चीख़कर भागा और मेरे पास आकर खड़ा हो गया। मैं बदहवास हो रहा था, और आपको यक़ीन न होगा मैंने दरवाज़े पर क्या देखा। मैंने जिसे देखा वह आदमी नहीं कहा जा सकता था। वह जानवर भी नहीं था, भूत भी नहीं—एक औरतनुमा शक़्ल जिसकी खाल जगह-जगह पर लटक आयी थी, सर के बाल झड़ गये थे, निचला होठ झूल गया था और दाँत कुत्तों की तरह नुकीले थे। मालूम होता था जैसे आदमी के ढाँचे पर छिपकली का चमड़ा मढ़ दिया गया हो। उसके दायें हाथ में एक खुरपी थी और बायें हाथ की दो अधकटी और तीन साबित उँगलियों में कुछ जड़ें।

वह पल भर दरवाज़े के पास खड़ी रही, फिर धीरे-धीरे आगे बढ़ी। मैं चीख़ना चाहता था, मगर गला जवाब दे चुका था। वह हमारे बिलकुल पास आकर खड़ी हो गयी, जड़ें ज़मीन पर रख दीं और अपने तीन उँगलियोंवाले हाथ को मुँह के पास ले जाकर कुछ खाने का इशारा किया। हम लोगों की जान में जान आयी। वह भूखी है, वह आदमी ही होगी, क्योंकि भूख आदमियत की पहचान है। अखिल ने अपने झोले में से केला निकाला और उसकी ओर फेंक दिया। उसने केला उठाया और मुँह के पास ले गयी। मगर फिर रुक गयी, उठी और झोंपड़ी के दूसरी ओर चल दी। हम लोगों को कुतूहल हुआ, हम लोग भी पीछे-पीछे चले। वह औरत सहन के एक कोने में गयी। वहाँ एक मुर्दा था, जिसकी सड़ाँध आँगन में फैल गयी थी। देहाती लड़के ने उसे देखा और पहली बार उसके मुँह से आवाज़ निकली—"जुलाहा! यह तो जुलाहे की लाश है—यह जुलाहिन उसे भी भूत बनाने आयी है।"

जुलाहिन लाश के पास गयी। लाश सड़ रही थी और उसमें चींटियाँ लग रही थीं। उसने केला और जड़ें लाश के मुँह पर रख दीं और हँसी। हँसी की आवाज़ मुँह से नहीं निकली मगर खीसों को देखकर अनुमान किया जा सकता है कि वह हँसी होगी। मगर दूसरे ही क्षण वह बैठ गयी और मुर्दे की छाती पर सर रख सुबकने लगी।

"यह जुलाहिन है? मगर यह तो कम से कम सत्तर बरस की होगी।"

"सत्तर बरस। No, it is dropsy, देखते नहीं ज़हरीली जड़ें खाने से इसकी नसों में पानी भर गया है, मांस झूल गया है।" अखिल बोला—"इस मुर्दे को हटाओ वरना यह भी मर जाएगी।"

उसके बाद हम लोग झोंपड़े के भीतर आये। पास में एक गढ़ा था। सोचा इसी में लाश डाल दी जाय। भीतर आये, लाश के पास से जुलाहिन को हटाया और

उसकी लाश भी एक ओर लुढ़क गयी। मैं घबरा गया, बेहोश-सा होने लगा, अखिल ने मुझे सँभाला।

हम लोग थोड़ी देर चुप रहे। फिर मैं बोला—भारी गले से—"अखिल! उँगलियाँ कट जाने पर यह निकाल दी गयी, फिर किस बन्धन के सहारे, आख़िर किस आधार के सहारे यह मरने के पहले जुलाहे के पास आयी थी जड़ें लेकर; क्यों?"

अखिल चुप रहा—मुर्दों के गाँव की दोनों आख़िरी लाशें सामने पड़ी थीं—

"अच्छा उठो!" अखिल बोला।

हम लोगों ने लाशें उठायीं और गढ़े में डाल दीं, एक ओर जुलाहा, दूसरी ओर जुलाहिन। बाँस के सूखे पत्तों से उन्हें ढाँक दिया। मैंने अपनी उँगली से धूल में गढ़े के पास लिखा—

"ताजमहल, 1943"

और हम चल पड़े।

एक बच्ची की क़ीमत

उन दिनों जब परिचित भुखमरे आपस में मिलते थे तो उनका साधारण कुशल-प्रश्न हो गया था, "तुम कब से भूखे हो?" और इसीलिए जब उस मोड़ पर एक ही गाँव की रहनेवाली बिन्दो और रामी मिलीं तो बिन्दो ने फ़ौरन पूछा—"तुम कब से भूखी हो रामी?"

रामी महज़ एक ठण्डी साँस लेकर रह गयी।

बिन्दो फिर बोली—"उफ़ तुम कितनी दुबली हो गयीं। और, यह तुम्हारी बच्ची, यह तो महज़ कंकाल रह गयी है।"

रामी ने अपनी धुँधली आँखें उठाकर पूछा—"बिन्दो तुम्हारी बच्ची क्या मर गयी?"

अब की बार बिन्दो एक ठण्डी साँस लेकर रह गयी।

"क्यों, क्या रास्ते ही में मर गयी?" रामी ने प्रश्न दोहराया।

"मरी नहीं—अभी ज़िन्दा है—मैंने उसे पंजाबी के हाथ बेच दिया!" बिन्दो ने सर झुकाकर कहा और रुँधे गले से सिसकने लगी।

"बेच दिया!" रामी चीख़ पड़ी, "तो यह कहो, हत्यारिन अपनी बच्ची के हाड़ बेचकर पेट भर रही है। तेरी जुबान नहीं कट गयी, तेरे हाथ नहीं टूट गये बेचते बख़त!"

बिन्दो ने एक दयनीय दृष्टि से रामी की ओर देखा और सर झुकाकर चुपचाप चली गयी। बिन्दो चली गयी, मगर उसकी बात रामी के मन को मसोस रही थी। उसने अपनी फूल-सी बच्ची को कैसे बेचा होगा...राम! राम! हत्यारों का काम है यह तो!

दो हफ़्ते बाद...।

रामी के 13 वक़्त फ़ाक़े हो चुके थे। एक दिन सुबह रामी की आँख खुली।

बदन में बेहद कमज़ोरी थी। सर सूना-सूना-सा मालूम पड़ रहा था और मालूम होता था जैसे किसी ने आँतों पर जलते हुए अंगारे रख दिये हों। जाने कौन-सी चीज़ नसों को एलास्टिक की तरह खींच रही थी। पलकों पर जैसे पहाड़ लदे थे और पुतलियाँ फिराने में मालूम होता था जैसे वह कोई भारी चट्टान हटा रही हो।

उसने फ़ौरन हाथ बढ़ाकर अपनी बच्ची को टटोला और ग़ौर से और स्नेह से उसे देखा। बच्ची ने आँखें खोलीं और कुछ कहने की कोशिश की मगर कह न पायी, और अजब तौर से मुँह खोलकर हाँफने लगी।

रामी का दिल थर्रा गया। वह बहुत कोशिश करके उठी और पास के नल पर गयी, टीन के डब्बे में पानी भरने की कोशिश की। मगर उसकी उँगलियाँ इतनी शिथिल हो गयी थीं कि उससे नल की टोंटी नहीं घूम पायी। उसने डब्बा नीचे रखकर दोनों हाथ लगाये किन्तु असफल रही। फिर गर्दन फेरकर चारों ओर देखा—सड़क सूनी थी। उसने टोंटी में मुँह लगाया और दाँतों से खोलने की कोशिश की। एकाएक उसकी पसलियाँ थर्रायीं और ढेर का ढेर ख़ून मुँह से उछलकर डब्बे में गिर पड़ा। उसे मालूम दिया जैसे वह बेहोश हो रही हो। एक हाथ से नल थामकर वह खम्भे से टेक लगाकर खड़ी हो गयी। कुछ मिनटों बाद उसको होश आया। उसने वह डब्बा उठाया और नल के सामने जमा हुए गढ़े के मटमैले पानी में धोया। पानी ख़ून की वजह से लाल हो गया। हिलोरों से पानी पर तैरते हुए सैकड़ों भुनगे और मच्छर हवा में भुनभुनाने लगे। रामी ने एक कोने से निथारकर पानी उस डब्बे में भरा और बच्ची के पास गयी। बच्ची चुपचाप थी, महज़ कभी-कभी हाथ-पाँव छटपटा उठते थे। उसने थोड़ा-सा पानी उसके सूखे हलक में डाल दिया। बच्ची ने आँखें खोलीं और सूनी-सूनी निगाहों से माँ की ओर देखा। फिर ज़ुबान निकालकर होठ पर लगी हुई पानी की बूँद चाटीं। रामी प्यार के साथ हाथ फेरकर बोली—"बेटी।"

बेटी ने हाथ पटककर सूखे गले से कहा—"भूख...माँ!" भूख पहले कहा माँ बाद में।

"उफ़!" रामी ने मन में कहा, "इससे तो यह पंजाबी के पास आराम से रहेगी।" फिर जैसे किसी ने उसकी आत्मा को झकझोरकर कहा—"तुम! तुम! माँ हो हत्यारिनी..." और वह अपनी बात पर अपने ही आप सहम गयी।

सामने का फाटक खुला और अपने कुरते की बाँहें समेटते हुए पंजाबी निकला। ढीले कुरते का छोर खम्भे में लगा और जेब में रुपये खनक गये। रुपये की खनखनाहट रामी की पसलियों में गूँज गयी, और उसकी नसों में किसी सर्वग्राही ताक़त ने गरजकर कहा—"इससे...इससे तो यह पंजाबी के पास आराम से रहेगी।" रामी उठी और पंजाबी की ओर चली। मगर उसके दिल की गर्मी पिघलकर फूट पड़ी। "माँ

...माँ! तुम अपनी फूल-सी बच्ची बेचने जा रही हो, बेचने!..."

रामी फिर लौट आयी। बच्ची की पसलियाँ चल रही थीं और पैर जैसे ऐंठ से रहे थे। रामी की आत्मा को किसी ने मरोड़कर कहा—"ख़ुदग़रज़! तुम माँ हो, अपनी एक छोटी-सी ख़्वाहिश पर अपनी बच्ची की जान ले रही हो। क्यों नहीं बेच देतीं? आराम से तो रहेगी, पास या दूर!"

उसका पेट जल रहा था। कुछ रुपये मिल जाएँगे, पेट में वह कुछ दाने डाल सकेगी, बच्ची को भरपेट खाना मिल सकेगा। वह पंजाबी के सामने जाकर खड़ी हो गयी। बच्ची को गोद में लेकर।

"सेठ सा'ब!" वह क्या कहे! उसने अभी तक मछलियाँ बेची थीं, तरकारी बेची थी, धान बेचा था, अपनी सन्तानें कभी नहीं बेची थीं। उसे नहीं मालूम था सन्तान बेचने के लिए ग्राहक कैसे पटाया जाता है।

"सेठ सा'ब" उसकी ज़ुबान फिर रुक गयी।

"क्या है? भीख...मुफ़्त के पैसे माँगते शर्म नहीं आती?" पंजाबी ने एक डकार लेकर कहा।

"भीख नहीं सेठ सा'ब, यह लड़की खरीदिएगा?" उसके गले में आँसू अटक रहे थे।

पंजाबी खड़ा हो गया—"यह बच्ची, इसका मैं क्या करूँगा? यह तो घर ले जाते-ले जाते मर जाएगी। कोई बड़ी लड़की नहीं है, अन्दाज़न पन्द्रह-सोलह बरस की?"

"भूखी है सा'ब, दाना मुँह में जाते ही बोलने लगेगी।"

पंजाबी ने झुककर बच्ची को देखा। रंग साफ़ था, कट अच्छा था, मगर भूख की वजह से दुबली थी। "अच्छी निकलेगी। पाँच साल में तैयार हो जाएगी, निखर जाएगी...और कम से कम पाँच सौ रुपये तो मिल ही जाएँगे—" उसने अपने मन में सोचा। "बोल कितने में देगी?"

रामी असमंजस में पड़ गयी, कितना बताए। एक बच्ची की क़ीमत कितनी होती है? उसे आज तक नहीं मालूम था, उसने हिसाब लगाया। एक पाव चावल आठ आने का, चार दिन को एक सेर चावल—

"दो रुपये दे दीजिएगा सेठ सा'ब।"

पंजाबी ज़ोर से हँस पड़ा। "यह पेट" उसने पेट पर ठुनकी मारी जैसे किसी टायर की हवा देख रहा हो, और पसलियों में उँगली गड़ाकर बोला, "यह हड्डियाँ! इनकी क़ीमत तो दो पैसे भी बहुत है।"

"दो पैसे!" रामी चीख़ पड़ी।

"हाँ-हाँ, दो पैसे! और क्या कोई गाय-बकरी बेच रही है कि रुपये लेगी। अच्छा, आठ आने लेगी? नहीं! तेरी मर्ज़ी!" कहकर फाटक के अन्दर जाने लगा।

रामी ने कुछ सोचा, और फिर आगे बढ़कर बच्ची को पंजाबी के हाथ में रख दिया। पंजावी ने जेब में हाथ डालकर एक अठन्नी निकाली और उसके सामने फेंक दी। रामी की हिम्मत न हुई कि उसे उठाए। उसकी नस-नस काँप रही थी...उसने जल्दी से अठन्नी उठायी और भागी। उसके हाड़ जल रहे थे और वह जैसे बेहोशी में चल रही थी।

सामने एक बनिये की दुकान थी। उसने अठन्नी बनिये को देकर कहा, "चावल!"

"चावल नहीं है!"

"दे दो! महाजन! बड़ी मेहरबानी होगी।"

बनिये ने चारों ओर शंकित निगाह से देखा और बोला, "दो रुपये सेर मिलेंगे।" उसके बाद ग़ल्ला खोला, अठन्नी उसमें रखी और दूसरी अठन्नी निकालकर बोला—"ठगने आयी है बदमाश! खोटी अठन्नी बोहनी के वक़्त। बेईमानी तो देखो।" चार आने सेर ख़रीदे हुए चावल को दो रुपये सेर बेचकर अठन्नी बदलनेवाला ईमानदार बनिया बोला—और खोटी अठन्नी उसके सामने फेंक दी।

रामी गुस्से से उबल पड़ी—"झूठा! धोखेबाज़! मेरी अठन्नी तो अच्छी थी।"

"अच्छा! अच्छा! गाली देती है। चोरी ऊपर से सीना-जोरी। इसी अधर्म से तो यह अकाल पड़ रहा है...।"

बनिये का नौकर उठा और डाँटकर बोला—"उतर दुकान से..." और धक्का दिया तो वह मुँह के बल सीढ़ियों से नीचे गिर पड़ी। नौकर ने खोटी अठन्नी उठाकर बनिये को दे दी और बोला—"रख लो लाला! फिर किसी मौक़े पर काम आ जाएगी।"

आदमी का गोश्त

झाड़ियों में चरमराहट की आवाज़ हुई और अमलतास के नीचे एक स्यार दीख पड़ा। स्यारनी ने दौड़कर स्यार का स्वागत किया—वह दो दिन बाद लौटा था, उसका बदन चाटा और बोली—"तुम्हारे चेहरे पर तो अजीब रौनक़ आ गयी है, आख़िर तुम रहे कहाँ दो दिन तक?"

स्यार ने अपने रोयें फुलाये, पूँछ तानी और आँखें नचाकर कहा—"जानती हो, मैं आदमी का गोश्त खाकर आ रहा हूँ; ज़िन्दा, ताज़ा, लजीज़!"

"आदमी का गोश्त? ताज्जुब है, लेकिन ज़िन्दा आदमी का गोश्त तुम्हें मिला कैसे?"

स्यार बैठ गया और बोला—

"तुम्हारा साथ छूटने के बाद मैं शहर की ओर चला। उस अँधेरे में उस सड़क पर न जाने कितने देहाती डरावने प्रेतों की भाँति चले जा रहे थे—मौन, चुपचाप। उनके पैरों में ताक़त न थी मगर आँतों को मरोड़ती हुई भूख की नर्मी उनकी नसों में ख़ून की रवानी की तरह दौड़ रही थी और वे मशीनों की तरह आगे बढ़ रहे थे। उनकी चाल से मालूम देता था जैसे सैकड़ों भूखे ईसामसीह पीठ पर सूखी हड्डियों का क्रास लादे वधस्थल की ओर जा रहे हों।"

ख़ैर, दिन भर दौड़ते रहने के बाद शाम तक मैं शहर के नज़दीक पहुँचा। वह शहर का किनारा था और वहाँ से फ़ौजी घास के मैदान शुरू हो जाते थे। सामने दो बड़ी ऊँची-ऊँची कोठियाँ थीं और उनके सामने सड़क के दूसरी ओर एक टूटा हुआ कच्चा झोंपड़ा। मैंने झोंपड़े में झाँका। एक बूढ़ा कंकाल घुटनों से पेट दबाकर सर झुकाये बैठा था। झोंपड़े की एक कोठरी से एक बच्चा कराहा—"पानी..."

बूढ़ा उठा। मगर लड़खड़ा गया। अपने कमज़ोर और सूखे हाथों से उसने दीवार थामी और एक हाथ में पानी का बर्तन लेकर बच्चे की ओर बढ़ा। बूढ़े ने हाथ बढ़ाया, बच्चे के ओठ से बर्तन लगाया मगर इतने में पैर की हड्डियाँ कड़कड़ायीं।

उसका हाथ काँप गया और सारा पानी बच्चे पर गिर पड़ा। बच्चा तड़प गया और फिर गीली आवाज़ में कराहा, "पानी..."

बुड्ढा पहले चुप रहा और फिर प्रेत की तरह चीख़कर बोला–"मर जा! आख़िर पीछा तो छूटे, कम्बख़्त!" उसके बाद वह हाँफने लगा, बैठ गया और सिसकने लगा, "मर जा! मर जा कम्बख़्त!"

"ठहरो! ठहरो!" स्यारनी ने बाधा दी। पास बैठे बच्चे को पंजों से खींचकर दूध पिलाने लगी और रुँधे गले से बोली–"क्या आदमी अपने बच्चे को प्यार नहीं करते?"

"करते क्यों नहीं", स्यार ने जवाब दिया, "प्यार तो कर सकने की बात है–जो कर पाता है करता ही है। सामनेवाली कोठी में एक छोटा बच्चा हार्लिक्स न पीने के लिए रो रहा था और उसकी माँ उसे मना-मनाकर हार्लिक्स पिला रही थी। उसे सामर्थ्य थी न प्यार करने की–झोंपड़ी में रहनेवाले प्यार कर कहाँ पाते हैं? मजबूर हैं!"

"ख़ैर सुनो! वहाँ से मैं चला आया–

दूसरे फ़ुटपाथ पर कोठी की दीवार से सटकर एक आदमी लेटा था। मैं पास आया, वह शायद मर चुका था। पहले मैं चक्कर काटता रहा, फिर उसके नज़दीक गया, चारों तरफ़ अँधेरा था। कोठी की खिड़कियाँ बन्द थीं। मौक़ा अच्छा था! मैं दबे पाँव लाश के नज़दीक गया और धीरे से अपने दाँत लाश के कन्धे में गड़ा दिये–लाश चिहुँक उठी। मैं डर गया! वह आदमी अभी मरा नहीं था, ज़िन्दा था–मैं उछलकर अलग खड़ा हो गया। वह आदमी दर्दनाक आवाज़ में चीख़ने की कोशिश कर रहा था मगर आवाज़ उसके गले में फँसकर रह जाती थी। मैंने अन्दाज़ किया वह कम से कम तीन दिन से प्यासा था–और इसी से उसका ख़ून भी गाढ़ा था, स्वादिष्ट। उसने करवट बदलने की कोशिश की बेकार, हाथ हिलाने की कोशिश की बेकार–वह ठण्ड से अकड़ गया था, उसकी नसें जम गयी थीं।

मैं फिर नज़दीक गया और उसके बाद कन्धे के हिस्से से थोड़ा-थोड़ा गोश्त काटना शुरू किया। वह आदमी फिर चीख़ा मगर उसकी पसलियों में जमा हुआ कफ़ उसके गले में अटक गया। मैंने पूरी ताक़त से उसका गोश्त छीला। उसकी लाश थोड़ी दूर तक खिंच आयी और पुट्ठों से पीठ तक का गोश्त नीचे लटक गया। वह आदमी एक जमी हुई चीख़ मारकर बेहोश हो गया।

उसके बाद बेहोशी में तो कोई बाधा थी ही नहीं। मैंने धीरे-धीरे आसानी से खाना शुरू किया। मगर सुबह हो चली थी। पास की कोठी में लोग जाग गये थे–ऊपर की छत से किसी ने, रात का रक्खा हुआ ठण्डा पानी नीचे फेंक दिया। पानी बर्फ़ की तरह सर्द था। मेरे ऊपर कुछ ही छींटे पड़े और मैं भाग आया।

वह पानी सारा का सारा उस बेहोश और भूखी लाश पर पड़ा। ताज़े ज़ख़्मों

पर काटता हुआ बर्फ़ीला पानी पड़ा और वह आदमी तड़प गया। उसकी नसें छटपटा गयीं। मगर मौत की तरह गम्भीर कोशिश करने पर भी उसके मुँह से एक भी आवाज़ न निकली।

दिन हो गया था। मैं पास की झाड़ी में छिप रहा। जाड़े की हल्की सुनहली धूप कोठी की दीवारों पर पड़ रही थी। नाचती हुई किरणें नीचे उतरकर लाश के ज़ख्मों को देखने लगीं। किरणों की गर्मी ने धीरे-धीरे उस आदमी की जकड़ी हुई नसों के बन्दों को खोला, और उस आदमी ने पलकें उठायीं, करवट ली और दर्द से तड़प उठा।

उसका मुँह खुला हुआ था और उस पर पास की नालियों से उड़कर मक्खियाँ भिनकने लगीं। उसने हाथ उठाने की कोशिश की मगर इसकी ताक़त न थी। अपनी सूखी ज़ुबान निकालकर उसने ओठ चाटे और गर्दन घुमायी। नसों पर ज़ोर पड़ने से पुट्ठों के पास से ख़ून की धार बह निकली। उसने चीख़ने की कोशिश की; गला फँस गया। उसने बहुत बल लगाकर करवट बदली और ओठों को ज़मीन से लगाकर अपने पुट्ठों से बहता हुआ ताज़ा ख़ून चाटा।

"अपना ख़ून चाटा?" स्यारनी ने सहमकर पूछा। "हाँ, अपना ख़ून! अपनी कटी हुई रगों से बहता हुआ ख़ून; जानती हो वह तीन दिन, तीन रातों का प्यासा था।"

"मगर आदमी अपना ख़ून भी पीता है?" स्यारनी ने ताज्जुब से पूछा।

"क्यों नहीं? यही तो आदमी की ख़ासियत है। आदमी पहले तो दूसरे आदमियों का ख़ून पीकर, गोश्त खाकर ज़िन्दा रहता है, और जिसे दूसरों का गोश्त नहीं मिलता वह अपना ही ख़ून पीता है। हम जानवर ऐसा नहीं करते। इसी से तुम्हें ताज्जुब होता है, मगर हम जानवरों की सारी कमी इन्सान ने पूरी कर दी है। इसीलिए तो आदमी जानवरों से बड़ा माना जाता है।"

"ख़ैर! उस आदमी के गले में ख़ून जाकर जम गया, और उसकी रही-सही बोली भी जाती रही। रास्ते पर लोग आने-जाने लगे थे।

दुकान खोलने जाता हुआ एक बनिया फ़ुटपाथ पर आ रहा था। लाश देखकर वह झिझका, और झल्लाकर बोला—"जहाँ देखो कम्बख़्त मक्खियों की तरह मर जाते हैं। आने-जाने का रास्ता तो कम से कम छोड़ दें...।"

भारी दिन किसी तौर कट गया। रात आयी। मैं मौक़ा पाकर फिर उसके पास गया और धीरे-धीरे उसका गोश्त खाता रहा। वह पूरी तौर से बेहोश था मगर अभी मरा नहीं था क्योंकि सूखा ख़ून किसी तरह अटक-अटककर बह रहा था। इतने में सामनेवाली खिड़की खोलकर कोई बोला—"कुत्ते को मारकर भगा दो।"

जवाब मिला—"जाने दो, वह उस भिखारी के ज़ख़्म चाट रहा है। चाटने से ज़ख़्म अच्छे हो जाएँगे।"

लोग जाग गये थे। मैंने जल्दी से उसके दिल का एक लोथड़ा नोच लिया और चल दिया।

हालाँकि मैं दिन भर सोया था मगर मुझसे चला नहीं जाता था। आदमी का गोश्त खाने से शायद चर्बी जल्दी बढ़ जाती है। मुझे ताज्जुब होता था कि ये बनिये और सेठ इतने मोटे कैसे होते हैं। मैं समझता हूँ शायद वे ज़िन्दगी भर आदमी का गोश्त खाते होंगे।"

"अच्छा तो वह लोथड़ा गया कहाँ?" स्यारनी ने पूछा। स्यार ने एक सूखे पत्तों के ढेर की ओर इशारा किया।

स्यारनी उसकी ओर उत्सुकता से बढ़ी और पत्तों को पंजे से हटाया। नीचे एक मांस का लोथड़ा था। स्यारनी ने क्षण भर स्यार की ओर देखा और उसमें दाँत गड़ाये और एकाएक उछलकर पीछे हट गयी।

"क्या हुआ?" स्यार ने पूछा।

"यह! यह आदमी का गोश्त नहीं है। तुमने धोखा खाया, इसमें कहीं गर्मी नहीं, लज़्ज़त नहीं। इतना चिमड़ा कहीं आदमी का गोश्त होता है?"

"नहीं! नहीं! वह साफ़ आदमी था," स्यार ने प्रतिवाद किया, "क्या मैं आदमी नहीं पहचानता। ऊँची धोती लपेटे पास के किसी गाँव का कोई देहाती भुखमरा था।"

"देहाती भुखमरा! तभी तो मैं कहती हूँ कि आदमी नहीं था।"

"क्यों?"

"ये लोग कहीं आदमी होते हैं, भूख में सूख-सूखकर मर जानेवाले, गुलामी में घुट-घुटकर मिट जानेवाले कहीं आदमी होते हैं?"

स्यार ने शर्म से सिर झुका लिया। उसने एक गुलाम भुखमरे का गोश्त खाया था, गुलाम भुखमरे जो आदमी नहीं होते!

बीमारियाँ

कातिक बीत गया था, अगहन की शुरुआत थी। बेला ने सुबह थोड़ी-सी सूखी लकड़ी इकट्ठी की। उसे लाकर सुलगा दिया और बैठकर तापने लगी। खेतों से सर्द हवा के झोंके आ रहे थे। सारे गाँव पर सन्नाटा था। कहीं-कहीं आग के चारों ओर बैठे हुए किसान ताप रहे थे और दूर पर किसी कुएँ से चरख की चरमराहट की आवाज़ आ रही थी।

वह सोचने लगी—आज सुबह आग़ा आया था। पारसाल के कपड़ों का दाम अभी तक नहीं चुकाया गया। इसी मारे खेती का काम छोड़कर चन्दन शहर में मजूरी करने गया। पर इतने दिन हो गये चन्दन का अभी पता भी नहीं। कातिक पूनों की रात को भुनेसरी के हाथ चन्दन ने धोती और करनफूल भेजा था, पर अब जाने क्या हाल है। सुना है शहर में हैजा फैल रहा है।

अकस्मात् सन्नाटा तोड़कर गाँव के कुत्ते भौंक उठे। उसने सोचा टीका लगानेवाला डॉक्टर आया होगा—बीमारी! बीमारी! उसका दिल दहल गया जाने चन्दन कब आएगा।

इतने में आग की रोशनी में कोई चुपचाप आकर खड़ा हो गया, हाँफता हुआ—चेहरे पर मुर्दनी का पीलापन और बिखरे रूखे-सूखे बाल। बेला चीख़ पड़ी।

"बेला!" चन्दन ने सूखे गन्ने में मिठास लाने की कोशिश की।

जब खाना खाकर दोनों आग तापने बैठे तो बेला ने कहा—"बहुत थक गये हो, लाओ पाँव दबा दूँ।" चन्दन ने निर्जीव-सा पाँव आगे बढ़ाया। बेला ने उँगलियाँ गड़ायीं। पिण्डलियाँ मुर्दा होकर लटक रही थीं।

"तुम्हारी हालत क्या हो गयी है?" बेला ने पूछा। चन्दन कुछ बोला नहीं। हँस भर दिया, एक सिसकती हुई हँसी।

"अब तू ख़याल करेगी; तन्दुरुस्त तो मैं कल तक हो जाऊँगा बेला! पर रुपये

कहाँ से आते, जा देख मिरजई की भीतरी जेब से रुपये तो निकाल ला।"

वेला भीतर गयी। जेब में हाथ डाला। वह ख़ाली थी, मिरजई उलटकर देखा वह ख़ाली थी। उसको जैसे बिजली मार गयी हो। उसने मिरजई लाकर चन्दन के सामने डाल दी। चन्दन ने देखा और सर थाम लिया। तन्दुरुस्ती, जवानी, अपमान, भूख, सबका मोल महज़ एक कटी हुई जेब। वह एक आह भर चुप हो गया।

सुबह पड़ोस की एक औरत चन्दन से मिलने आयी। "कहो चन्दन! क्या कमा के लाये हो?" चन्दन ने कुछ कहा नहीं, महज़ सूनी-सूनी निगाहों से उसकी ओर देखता रहा।

"ओफ्फ़ोह! अधजल गगरी छलकत जाय।" आँखें मटकाकर उसने घर जाकर कहा—"दस-बीस रुपये क्या कमा लाया है कि मुँह से बोल तक नहीं निकलते?"

दिन भर में गाँव भर में सारी चर्चा नमक-मिर्च लगकर फैल गयी।

दोपहर में चन्दन ने बेसन की मोटी-मोटी रोटियाँ मट्ठे के साथ खायीं और सो रहा। तीसरे पहर जब सोकर उठा तो बदन टूट रहा था।

"देख मेरा बदन गरम है क्या?"

वेला ने छूकर देखा, माथा जल रहा है, वह सहम गयी। "लेट जाओ!" उसने कहा। शाम होते-होते पेट में भयानक दर्द शुरू हो गया। चन्दन दर्द से चीख़ने लगा। क़ै शुरू हो गयी और प्यास से गला सूख गया।

पड़ोसिन देखने आयी। "वाह बेला, इतनी हालत ख़राब है और दवा भी नहीं मँगवायी!"

"दवा क्या देती जीजी! घर की दवा तो दे चुकी, कुछ फ़ायदा ही नहीं हुआ।"

"चन्दन तो रुपये लाया है; लाओ क़स्बे से दवा मँगवा दें।"

"रुपये कहाँ हैं जीजी!"

"अरे बेला, इतनी कंजूसी! आदमी से ज़्यादा मोल नहीं है रुपये का बेला! ये तो राक्षसी कर्म है...।"

पड़ोसिन चली गयी।

बेला सिसक-सिसककर रो पड़ी। चन्दन को कम्बल उढ़ाकर वह घर से निकली। वैद्य शायद उधार दवा दे दे।

कोनेवाले खेत की मोड़ पर उसे ठाकुर मिला, ज़मींदार का लड़का। "कौन, बेला? कहाँ इतनी रात को?"

बेला सिसक-सिसककर रो पड़ी। उसने सब हाल बताया, "बस, इतनी-सी बात," ठाकुर ने कहा—"अरे हम कोई गैर थोड़े ही हैं। तुम्हारा ज़रा-सा इशारा होता तो दवा, रुपया डॉक्टर सब हाज़िर था बेला।" ठाकुर ने एक हाथ से नोट निकाला और दूसरा हाथ बेला की कमर की ओर बढ़ाया।

"दूर हट पिशाच!" बेला तड़प उठी। उसने चिल्लाने की कोशिश की।

ठाकुर कुछ समझकर चला गया। आगे जाने में बेला के पाँव रुक गये! वह साँस छोड़कर वहाँ से भागी और झोंपड़ी में आकर हाँफने लगी। चन्दन चुप था। "शायद सो गये!" उसने कहा। और कम्बल ठीक कर दिया। बुख़ार देखने के लिए उसने माथे पर हाथ रक्खा। माथा बर्फ़ की तरह ठण्डा था। वह घबरा गयी। भागकर पड़ोसिन के यहाँ गयी। "जीजी! चलो देखो तो उन्हें हो क्या गया?"

उन्होंने आकर देखा। सब कुछ हो गया था। उधार के कम्बल से ढँकी हुई चन्दन की पीली-पीली लाश, दीये की टिमटिमाती रोशनी और कभी-कभी दिल को कँपा देनेवाली आवाज़ में सूनी रात को चीरती हुई बेला की चीख़ें!

. .

"बेला! लाश फूल रही है। रुपये दो तो इन्तज़ाम किया जाए।" नातेदारों ने कहा।

"रुपये!" बेला ने चाहा सर पीट ले।

"हाँ, बहिन!" औरतें बोलीं, "जीते जी तो रुपये दबाकर आदमी को मार डाला, अब मरते वक़्त तो ठीक से किरिया-करम कर दो। आख़िर ऐसा भी रुपये का क्या मोह!"

रुपया! रुपया! उफ़! बेला करे तो क्या करे। उसे मालूम हुआ जैसे चन्दन की लाश फूल रही है, वह सड़ गयी। उसमें कीड़े लग गये हैं, हर कीड़ा लाश को थोड़ा-सा कुतरता है और बेला की ओर देखता है।

उसने देखा कोई काली भूखी छाया। उसने लाश को मरोड़ दिया। हड्डियों के टूटने की कड़कड़ाहट गूँज गयी। उसके बाद! उसके बाद जैसे उसने हड्डियों को उठाकर बेला के सर पर पटक दिया। उसका सर घूम गया। वह उठकर भागी। किसी ने पूछा, "कहाँ?"

"रुपया! रुपया!" उसने अस्फुट स्वरों में कहा और बाहर चली गयी।

"रुपया लेने गयी है," पड़ोसिन ने कहा, "मैंने कहा था न कहीं पास-वास गाड़ रक्खे होंगे, इतनी सीधी नहीं है बेला।"

बेला भागती गयी। सामने ज़मींदार का बाग़ था। बाग़ में एक छोटी-सी झोंपड़ी थी। दरवाज़े पर ठाकुर अकेला बैठा था। ठाकुर ने आँखें उठाकर देखा। बाल बिखरे थे, आँखें सूज आयी थीं। "रुपया! रुपया!" दाँत पीसकर वह बोली। उसके बाल पथरा गये थे, उसके बाद वह पत्थर की तरह खड़ी रही, पत्थर की तरह चारपाई पर गिर गयी, पत्थर की तरह चूर-चूर हो गयी। जब वहाँ से लौटी तो उसके हाथ में एक काग़ज़ का टुकड़ा था—नोट।

रुपया आया, लाश उठी, चिता जली, मगर बेला चुप रही। वह किस हिम्मत से आख़िर रोने की हँसी उड़ाती।

चार दिन बाद!

जब पटेसरी क़स्बे की ओर जा रहा था तो उसे एक पठान मिला।

"ओ जवान!" पुकारकर उसने कहा, "तुझे चन्दन का मकान मालूम है?"

"हाँ।"

"कहाँ है भाई?"

"चन्दन का घर?" पटेसरी ने आकाश की ओर उँगली उठा दी।

"मर गया?" पठान ने ताज्जुब से पूछा।

"क्या कुछ रुपये उधार थे?" पटेसरी ने पूछा।

"हाँ, थोड़े-बहुत।" पठान लौट पड़ा पटेसरी के साथ क़स्बे की ओर। "क्या हुआ था उसे?" पठान ने पूछा।

"हैज़ा," पटेसरी ने उत्तर दिया, "शहर से भूखे आने के बाद घर पर ज़्यादा खा गया था।"

"ज़्यादा खा गया?" पठान हँसा, "जानते हो हैज़ा क्यों होता है, ज़्यादा खाने से नहीं; बात यह है कि ज़िन्दगी भर भूखे रहने के बाद कभी पेट भर खाना मिल जाए तो आँतें उसे सहेंगी कैसे?"

"नहीं जी वह तो साफ़ ज़्यादा खा गया था। मरने के बाद लाश फूल गयी थी। उफ़ आज तक कन्धा दर्द कर रहा है," पटेसरी ने कहा।

पठान रुक गया। उसने चादरें हटाकर अपना कन्धा खोला और दिखाया—"देखते हो, मेरे कन्धे पर भी दाग़ है। जानते हो कैसे पड़ा? लम्बी कहानी है—एक मर्तबा हमारे पास खाने को कुछ नहीं था। हमारे गाँव के चारों ओर फ़ौज पड़ी थी। लेकिन हमने सिसक-सिसककर दम नहीं तोड़ा। एक मालगाड़ी जा रही थी और उस पर लदा था लाहौर का गेहूँ। हमने गाड़ी रोककर अनाज लूट लिया। और उसके बाद ख़ूब खाया, हफ़्ते भर का खाना खाया। मगर किसी कम्बख़्त को हैज़ा नहीं हुआ। बात यह है जवान, कि न हमने भूख को मारना सीखा है और न भूख से मरना।"

"और जानते हो कन्धे पर यह निशान कैसे हैं। जब फ़ौज ने बदले में गाँव पर हमला किया तो मैं कारतूस दे रहा था और मेरा बाप मेरे कन्धे पर रखकर बन्दूक़ चला रहा था। तुम हिन्दुस्तानी लोग कन्धे पर मौत ढोते हो और कन्धों के दर्द की शिकायत करते हो। हम लोग कन्धे पर ज़िन्दगी ढोते हैं और हमारे कन्धे रोज़-बरोज़ मज़बूत होते जाते हैं। समझे।"

पटेसरी ने विषय बदलना चाहा। बोला—"आजकल क़स्बे में बीमारियाँ बढ़ रही हैं।"

"क़स्बे में।" पठान फिर बोला—"अरे तुम्हारे पूरे मुल्क में लोग मरते हैं भूख से और तुम्हारे चश्मेवाले डॉक्टर कहते हैं—हैज़ा है, मलेरिया है। और ग़रीब ही नहीं तुम्हारे यहाँ के अमीर भी मरते हैं मगर दिल की बीमारी से! वह पेशावर का सेठ,

बैठे-बैठे अपनी गद्दी पर उलट गया। चलते-चलते उसका दिल बन्द हो गया। यहाँ के अमीर दिल की बीमारी से मरते हैं।"

पठान हँसा, दूर पर ठाकुर एक इश्क़िया गीत गाता जा रहा था।

"और बात क्या है?" पठान ने फिर कहा, "गुलाम मुल्क की आबोहवा ही ऐसी है। यानी लाशें भी तो फूलने लगती हैं। छिः...गुलामी, बीमारियाँ, मौतें..." पठान मुँह बिचकाकर बोला।

क़फ़न-चोर

सक़ीना की बुख़ार से जलती हुई पलकों पर एक आँसू चू पड़ा।

"अब्बा!" सक़ीना ने करीम की सूखी हथेलियों को स्नेह से दबाकर कहा—"रोते हो! छिः।"

बूढ़े करीम ने बाँह से अपनी धुँधली आँखें पोंछते हुए कहा—"बेटा! तुम बुख़ार में जल रही हो और मैं तुम्हारे ओढ़ने के लिए एक चादर भी न ला सका...।"

सक़ीना बात काटकर बोली—"तो इसमें रोने की क्या बात? सुनते हैं सरकार ने इन्तज़ाम किया है, बहुत-सा सस्ता कपड़ा आनेवाला है। तब ख़रीद लेना। फिर मुझे तो जाड़ा भी नहीं लगता।" सक़ीना मुश्किल से अपनी कँपकँपी रोक पा रही थी।

"सरकार!"...करीम एक ठण्डी साँस लेकर रह गया।

सक़ीना ने देखा करीम बहुत दुःखी हो रहा है। फ़ौरन ध्यान बटाने के लिए बोली—"नींद नहीं आ रही अब्बा, कोई कहानी सुनाओ!"

"पगली! तुझे भी इस वक़्त कहानी सूझती है। बेटा हमीं लोगों के हालात कोई अख़बार में छपा दे तो बड़ी दर्दनाक कहानी बन जाय!"

"नहीं! नहीं! कहानी सुनाओ!" सक़ीना छोटे बच्चों की तरह मचलकर बोली।

"अच्छा सुन," करीम बोला, "यहीं लखनऊ का क़िस्सा है। नवाबी अमल था। छतरमंज़िल में नवाब साहब की ऐशगाह थी। दिन भर दोस्तों के साथ ऐश करने के बाद जब नवाब साहब आरामगाह में जाते थे तो उनकी पलकों में गुलाबियों का नशा रहता और उनके क़दमों में शराब की छलकन। उन्हें सहारा देने के लिए ज़ीने की हर सीढ़ी पर दोनों ओर नौजवान बाँदियाँ रहती थीं जिनके कन्धों पर हाथ रखकर वे धीरे-धीरे ऊपर जाते थे। सुन रही है न?"

"हूँ"—

"अच्छा, तो एक दिन सभी बाँदियाँ मुर्शिदाबादी रेशम की पोशाक़ पहनकर खड़ी हुईं। नवाब साहब ने पहली बाँदी के कन्धे पर हाथ रक्खा ही था कि रेशम

की चिकनाहट की वजह से दुपट्टा फिसल गया और वे गिरते-गिरते बचे। नीचे से ऊपर तक बाँदियों में एक भय की लहर दौड़ गयी। नवाब साहब सँभले और गरजकर बोले—'बदज़ातो! कल से तुम लोगों के कन्धे नंगे रहने चाहिए।' और दूसरे दिन से उनके कन्धे नंगे रहने लगे।

"समझी बेटी, तब कपड़ों की कमी नहीं थी, और न अब है, मगर हम गुलाम और ग़रीब तब भी नंगे रहते थे और अब भी नंगे रहते हैं। जानती है क्यों, ताकि अमीर लोग हमारे नंगे कन्धों पर आसानी से हाथ जमाकर सोने और चाँदी की सीढ़ियों पर चढ़ सकें...सो गयी, सक़ीना।"

सक़ीना सो गयी थी।

करीम उठा। एक फटी चटाई पर, बाँहों पर सर कर लेट रहा। उसने दोपहर से कुछ नहीं खाया था, भूख लगी थी मगर वह धीरे-धीरे सो गया। हिन्दुस्तानियों की आदत है कि जब वे भूखे होते हैं तो सो जाते हैं और सपने देखने लगते हैं। करीम ने भी एक सपना देखा...

और हिन्दुस्तानियों की तरह वह भी इस दुनिया से ऊबकर बहिश्त चला गया। आगे-आगे काँपता हुआ करीम और पीछे-पीछे अपने फटे कुर्ते को सँभालती हुई मासूम सक़ीना।

सामने तख़्त पर ख़ुदा था। करीम ने सिर झुकाकर कहा—

"या ख़ुदा। हम लोग नंगे हैं। भूखे हैं।"

ख़ुदा ने अपनी आँखें उठायीं, सक़ीना पर उसकी निगाह गड़ गयी और उन्होंने बग़ल में बैठे हुए एक फ़रिश्ते से कहा—"हज़रत, मैं देखता हूँ कि भूख में भी आदमी का हुस्न निखरता जाता है।"

फ़रिश्ते ने अदब से सिर झुकाकर कहा—"हुज़ूर की नायाब क़ुदरत!"

ख़ुदा ने खुश होकर कहा—"अच्छा तो इस हसीना का नाम हूरों में दर्ज कर लो।"

फ़रिश्ते सक़ीना की ओर बढ़े।

"ख़बरदार!" करीम की भूखी पसलियाँ गरज उठीं।

ख़ुदा ने उसे देखा। "यह कौन है, निकालो इसे?"

"कम्बख़्त तूने इन्साफ़ का ठेका लिया है," करीम चीख़ा, "उफ़! तुझमें ख़ुदाई हो मगर तूने अभी तक इन्सानियत नहीं सीखी है, ओ धोखेबाज़ ख़ुदा।"

सक़ीना फ़रिश्तों के हाथों में छटपटाती हुई चीख़ी..."अब्बा!"

करीम की आँखें खुल गयीं—छटपटाती हुई सक़ीना चीख़ रही थी, "अब्बा!" करीम घबराकर उठा। "अब्बा जूड़ी चढ़ रही है," थरथराती हुई सक़ीना बोली। वह पानी से निकली हुई मछली की तरह छटपटा रही थी। करीम लाचार होकर उसकी

ओर देखता रहा। उसके पास नाम के लिए एक धोती भी न थी कि पूस की रात में जूड़ी से काँपती हुई रोगिन बेटी को उढ़ा दे।

"हाथ ऐंठ रहे हैं अब्बा!" कहकर उसने हाथ झटके और महीनों का पहना हुआ जर्जर कुर्ता बग़ल पास से चर्राकर फट गया। सक़ीना ने कोहनियों से लाज ढँकने की कोशिश की मगर उसके हाथ की नसें तनी जा रही थीं। वह शर्म से तड़प गयी।

करीम से अब न बर्दाश्त हुआ। उसकी आँखों में ख़ून उतर आया। उसका रोम-रोम सुलग उठा और उसने पैर पटककर कहा, "सक़ी! सक़ी! मैं कहीं से तुम्हारे लिए कपड़ा लाऊँगा बेटी! कहीं से!" और झोंके की तरह वह बाहर निकल पड़ा।

क़ब्रगाह में लगे हुए पीपल के नीचे एक मुसलमान भिखमंगा बैठा था। सामने थोड़ी-सी आग जल रही थी। उसने एक लकड़ी से आग कुरेदते हुए कहा, "या ख़ुदा! ग़ज़ब की सर्दी है। सुना था चौदहवीं सदी में क़यामत होगी, इन्साफ़ होगा। क़यामत बरपा है, मगर इन्साफ़ का पता भी नहीं।"

एकाएक तीसरी क़ब्र के पास एक मनुष्य की छाया दीख पड़ी। वह क़ब्र आज ही खुदी थी, और जुड़ाई करनेवाले मजदूर फावड़ा और कन्नी वहीं छोड़कर चले गये थे। उस छाया ने फावड़ा उठाया और चलाना शुरू कर दिया। भिखमंगा डर से काँप गया। यह कौन है? कोई जिन? जिन नहीं फ़रिश्ता होगा, क़ब्र खोदकर गुनाहों का लेखा दर्ज़ करने आया है। उसके मन में एक ख़याल आया। मगर वह इससे अरज करे तो दुनियावी मुसीबतों से छुटकारा पा जाएगा। वह काँपते हुए उठा और उसके नज़दीक गया। फ़रिश्ते ने फावड़ा चलाना बन्द कर दिया।

"हुज़ूर! आप पैग़म्बर हैं, ख़ुदा के फ़रिश्ते हैं। मैं...।"

"चुप रहो, बेइज़्ज़ती मत करो, मैं फ़रिश्ता नहीं इन्सान हूँ," फ़रिश्ते ने चीख़कर कहा।

"नहीं हुज़ूर! फ़रिश्ता...।"

"फ़रिश्ता! फ़रिश्ता! मैं चोर हूँ बुड्ढे! कफ़न चुराने आया हूँ, मेरी बेटी बिना कपड़े के मर रही है। तू भी नंगा है, अच्छा आधा कफ़न तू भी ले लेना।"

भिखमंगा सहमकर पीछे हट गया। डर से उसकी घिग्घी बँध गयी और उसके बाद चीख़कर बोला—

"चोर! चोर!...।"

रखवाले की झोंपड़ी से कई लोग दौड़ पड़े।

दूसरे दिन लखनऊ में बिजली की तरह इस अनोखी चोरी की ख़बर फैल गयी।

सुबह क्लाथ कण्ट्रोल आफ़िसर जब चाय पीने बैठे तो उनकी पत्नी ने चाय ढालते हुए कहा, "सुना तुमने कल एक आदमी कफ़न चुराते पकड़ा गया।"

"पागल हो गयी हो क्या?" ओवरकोट और मफ़लर से कान और छाती को ढकते हुए उन्होंने कहा–"कपड़े की ऐसी भी क्या कमी! और फिर आदमी चाहे मर जाए क़ब्र खोदकर कफ़न चुराने नहीं जाएगा...।" फ़र के दस्ताने से ढकी उँगलियों से चाय का प्याला उठाते हुए उन्होंने जवाब दिया।

हिन्दू या मुसलमान

सरकारी अस्पताल के बरामदे में तीस लाशें एक क़तार में रक्खी हुई थीं। लाशें, नहीं उन्हें लाशें कहना ग़लत होगा, मगर उन्हें ज़िन्दा भी नहीं कहा जा सकता था। वे सूखी हड्डियों के मुरदार ढाँचे, जिन पर ज़र्द, झुर्रीदार चमड़ा मढ़ा हुआ था, कलकत्ते की विभिन्न सड़कों से उठाकर लाये गये थे इलाज के लिए। उन्हें भूख की बीमारी हो गयी थी और इसीलिए वे चलते-चलते सड़क पर गिर पड़ते थे और धीरे-धीरे दम तोड़ देते थे। हिन्दोस्तान जैसे ख़राब आबोहवा के देश में जहाँ आये दिन एक बीमारी चल पड़ती है, यह भी एक नयी बीमारी चल निकली थी। झुण्ड के झुण्ड लोग गाँवों से चल पड़ते और चलते-चलते बिना दायीं और बायीं पटरी का ख़याल किये गिर पड़ते और फिर उठने का नाम न लेते। शासकों ने समझा यह सत्याग्रह का कोई नया तरीक़ा है, मरने दो; मेडिकल विभाग ने समझा यह मलेरिया की कोई नयी क़िस्म है जो बंगाल के लिए साधारण बात है। लेकिन बीमारी बढ़ती गयी। जब सड़कों पर पड़ी हुई लाशों की वजह से, मारवाड़ियों की मोटरें, दफ़्तर की बसें और फ़ौज की लारियों के आने-जाने में रुकावट होने लगी तो हमारी मेहरबान सरकार को फ़िक्र हुई, और इसलिए वे 30 भुखमरे, सरकारी अस्पताल में जाँच के लिए लाये गये और सावधानी से बरामदों में नरम और सीले हुए पक्के फ़र्शों पर लिटा दिये गये।

डॉक्टर परेशान थे, नर्सें परेशान थीं। यह भी क्या बीमारी है? और एकदम से तीस नये मरीज़।

बरामदे में शान्ति थी। एक सुनसान क़ब्रगाह की तरह डरावनी ख़ामोशी। मुर्दे ख़ामोश थे। एकाएक खटखट की आवाज़ हुई और एक नर्स बरामदे की सीढ़ियों पर चढ़ती हुई दीख पड़ी। चढ़ने में उसका मोज़ा नीचे खिसक गया और वह रुककर उसे ठीक करने लगी। उसके जूतों की खटखट शायद किसी भुखमरे के बेहया दिल से जा टकरायी। उसने करवट बदली। नर्स आगे बढ़ी और जब उसके पास से गुज़रने लगी तो उसने बेबस निगाहें उठाकर नर्स की ओर देखा और बहुत प्रयत्न कर बोला—"पानी।"

नर्स पल भर को ठिठकी।

"उँह कहाँ तक कोई काम करे! सुबह से पोशाक भी तो नहीं सँभाल पायी हूँ।" वह आगे बढ़ गयी।

मरीज़ की प्यासी पसलियों से फिर दर्दनाक कराह उठी—"पानी।"

"मरने दो!" नर्स ने कहा। और बगल के कमरे में एक शीशे के सामने खड़े होकर गले में बँधे रूमाल की गाँठ खोलने लगी।

"पानी," घुटती हुई आवाज़ बोली। वह अभागा मरीज़ भी अपनी ज़िन्दगी और मौत की गाँठ खोलने में व्यस्त था।

नर्स परेशान थी। गाँठ खुल ही नहीं रही थी। वह आदमी चुप हो गया। नर्स ने अपनी पोशाक ठीक की और चली गयी।

मरीज़ की कराह बन्द न हुई। बग़ल की लाश में कुछ हरकत हुई और कम्बल उठाकर एक बुढ़िया ने सर बाहर निकाला। उसके बाद वह उठी और कंकालों की तरह लड़खड़ाते हुए एक टीन के डब्बे में पानी लायी और मरीज़ के मुँह से लगा दिया। वह अपना दम तोड़ रहा था। पहला घूँट गले से उतरा, मगर दूसरा घूँट हिचकी के कारण नीचे गिर गया। बुढ़िया ने क्षण भर मायूसी से मरीज़ की ओर देखा और उसके बाद चुपचाप कम्बल के नीचे लुढ़क गयी।

इतने में नर्स डॉक्टर को साथ लेकर लौटी और प्यासे मरीज़ की ओर इशारा किया। डॉक्टर ने स्टेथेस्कोप लगाकर देखा—उस कम्बख़्त की प्यास हमेशा के लिए बुझ गयी थी। डॉक्टर ने स्टेथेस्कोप हटाया और अजीब आवाज़ में कहा— "ख़तम।"...

फिर जेब से नोटबुक निकाली। घड़ी देखकर टाइम दर्ज़ किया और नर्स से पूछा—"यह भुखमरा कहाँ से लाया गया था।"

"सप्लाई ऑफ़िस के सामने से!" नर्स ने जवाब दिया।

"हिन्दू था, या मुसलमान।"

"मालूम नहीं।"

"मालूम नहीं? अच्छा इसके बग़लवाले मरीज़ से पूछो?"

"नर्स ने बग़लवाले मरीज़ को उठाया। वह नहीं उठा।"

डॉक्टर ने जूते से कम्बल उलट दिया और डाँटकर कहा—"उठो?"

बुढ़िया काँपकर उठ बैठी।

"यह आदमी कौन था?" डॉक्टर ने पूछा।

"हुज़ूर यह आदमी भूखा था।"

"भूखा था? यह कौन पूछता है—ठीक से जवाब दो।" डॉक्टर ने डाँटा।

"देखो! यह सरकारी काम है!" नर्स ने आहिस्ता से समझाया—"सरकार यह नहीं पूछती कि यह आदमी भूखा था या प्यासा। सरकार यह पूछती है कि यह आदमी हिन्दू था या मुसलमान? बोलो—अस्पताल के रजिस्टर में दर्ज़ करना है।"

"मालूम नहीं हुजूर!" बुढ़िया बोली।

"उँह, जाने दो। अच्छा उधरवाले मरीज़ से पूछो?"

उधरवाला मरीज़ बोला ही नहीं। नर्स ने डाँटकर पूछा तब भी उसने जवाब नहीं दिया, क्योंकि वह मर चुका था और मुर्दों को मज़हब की पहचान नहीं होती क्योंकि वे ईश्वर के समीप पहुँच जाते हैं।

डॉक्टर एक और नया मुर्दा देखकर चिन्तित हुआ। उसने स्टेथेस्कोप लेकर जाँच करनी शुरू की। लगभग इक्कीस भुखमरे मर चुके थे।

डॉक्टर ने अपने सहकारी को बुलाया और कहा—"देखो, इन बचे हुए भुखमरों को एक-एक तेज़ इंजेक्शन देकर निकाल दो। वरना ये भी मर जाएँगे।"

"यदि यहाँ नहीं तो बाहर मर जाएँगे!" सहकारी ने उत्तर दिया।

"बाहर मरने की परवाह नहीं। यहाँ मरेंगे तो सरकार की बदनामी होगी। और देखो—अख़बार को रिपोर्ट दो कि कुल 7 की मौत हुई। बाक़ी यहाँ लाने के पहले ही मर चुके थे। समझे!" और थोड़ी देर बाद बाक़ी भुखमरे निकाल दिये।

बुढ़िया बेहद कमज़ोर थी। वह पाँच क़दम चली और बैठ गयी। पेट में जब भूख आँतों को मरोड़ने लगी तब वह फिर उठी और किसी तरह घिसटती हुई आगे बढ़ी!

बग़ल में एक साबुन की कम्पनी थी जिसके दरवाज़े पर एक मोटा दरबान बैठा था। बुढ़िया उसके सामने गयी और हाथ फैला दिये। लेकिन कुछ बोल न पायी। गले में आत्मसम्मान आकर रुँध गया। दरबान ने देखा और एक क्रूर हँसी हँसकर बोला—"चल! चल! आगे बढ़, अगर तू जवान होती तो इज़्ज़त बेचने पर शायद 8-10 पैसे मिल भी जाते—अब किस बिरते पर भीख माँगने आयी है। चल हट!"

बुढ़िया की झुर्रीदार पलकों में दो बेहया आँसू झलक गये।

वह चलने को मुड़ी कि दरबान बोला—"तुझे ख़ैरात चाहिए। यहाँ ख़ैरात की कमी नहीं। हिन्दुस्तानी तो अपने बाप के मरने पर ख़ैरात करते हैं, फिर ज़िन्दा लाशों के लिए क्यों न ख़ैरात करेंगे। उधर जा, वहाँ सेठों ने धाबा खोल रक्खा है।"

बुढ़िया उधर की ओर चली। भोजनालय के द्वार पर बेहद भीड़ थी। हड्डियों के अनगिन कंकाल प्रेतों की भाँति सूखे हाथ फैलाकर बैठे थे। उबले हुए ज्वार की महक हवा में फैल रही थी। बुढ़िया ने एक गहरी साँस ली जैसे साँसों के सहारे पेट भरने की कोशिश कर रही हो।

कार्यकर्ताओं ने ज्वार की खिचड़ी से भरी हुई एक देग लाकर सामने रक्खी और करछुल से निकालकर ज्वार बाँटने लगे। एक हंगामा-सा मच गया। बुढ़िया उठी और कुत्ते को भगाकर देग खिसकाने का व्यर्थ प्रयास करने लगी।

इतने में एक कार्यकर्त्ता चीख़ा—"देखो! देखो! उसने देग छू ली।"

"देग छू ली! हिन्दू है या मुसलमान?"

"मुसलमान मालूम देती है।"

"निकाल दो कम्बख़्त को?"

बुढ़िया लांछना से पीड़ित होकर उठ गयी! उसका क़सूर क्या था? क्या मुसलमान कुत्तों से बदतर होते हैं?

सामने ही एक दूसरा धावा था। उसकी हिम्मत न हुई वहाँ जाने की, लेकिन उस पर चाँद-तारे का एक हरा झण्डा लगा हुआ था। उसको कुछ सान्त्वना हुई और वह वहाँ चली गयी। सामने एक वालण्टियर था। उसने रोका—"यहाँ सिर्फ़ मुसलमानों को खाना मिलता है।"

"मैं भी मुसलिम हूँ", बुढ़िया ने जवाब दिया।

"सामने के धावे से खाकर आयी है, काफ़िर है; साफ़ काफ़िर, शकल से नहीं देखते।"

दूसरा वालण्टियर बोला—"भाग! भाग! यहाँ काफ़िरों की गुज़र नहीं, चल हट!"

बुढ़िया का चेहरा तमतमा गया और चीख़कर बोली—"ख़ुदा के बन्दो! अल्लाह ने अनाज के दानों पर मज़हब की छाप लगाकर नहीं भेजा है। तुम्हारी ओछी बात सुनकर मुझे अपने मुसलमान होने में शरम आती है।"

"पागल है!" एक बोला।

"भूख से दिमाग़ ख़राब हो गया है।"

"अल्लाह काफ़िरों को ऐसी ही सज़ा देता है।"

वह हाँफती हुई एक ओर चली गयी।

दूसरे दिन कलकत्ते के एक प्रमुख दैनिक में छपा था—

"बंगाल के इस अकाल में समस्त भारत, प्रान्त और धर्म का भेद-भाव भुलाकर सहायता कर रहा है। मारवाड़ियों और इस्फ़हानियों, दोनों ने सार्वजनिक भोजनालय खोले हैं। इस सम्बन्ध में हम सरकारी अस्पतालों की मूल्यवान सहायता भी नहीं भुला सकते। हम इन सबके हृदय से कृतज्ञ हैं।"

इसके नीचे एक छोटी-सी, नगण्य और महत्त्वहीन ख़बर छपी थी।

"यद्यपि सरकारी अस्पतालों के कार्य से भुखमरों की संख्या में भारी कमी है, फिर भी अभी मौतें बराबर हो रही हैं। मुस्लिम धावे के नज़दीक एक बुढ़िया की लाश पायी गयी है जो ठीक वक़्त से अस्पताल न पहुँच पाने के कारण मर गयी। यह नहीं समझ में आता कि लाश जलायी जाय या दफ़नायी जाय, क्योंकि यह पहचान नहीं हो पायी है कि बुढ़िया हिन्दू थी या मुसलमान...?"

कमल और मुर्दे

"कमल? लेकिन स्वर्ग में तो कमल होते ही नहीं!" देवदूतों ने कहा।

"किन्तु बिना कमल के आज हमारा शृंगार अधूरा रह जाएगा। शरद के निरभ्र आकाश पर बादल के हल्के क़दमों से बिजली की तेज़ी से नाचने वाली देवकन्याओं की वेणी कमल से शून्य रहेगी। इससे अच्छा तो यह है कि उत्सव मनाया ही न जाए," देवकन्याओं ने मचलते हुए कहा।

देवदूतों ने क्षण भर सोचा और उसके बाद सहसा एक देवदूत बोला—"अच्छा, मैं पृथ्वी पर जाकर कमल लाऊँगा। लेकिन किस रंग का?"

"पीला, ज़र्द।"

"अर्थात् प्रभात के सुनहले आकाश की भाँति।"

"नहीं; और उदासी का रंग, मुर्दों के चेहरे पर छाये हुए पीलेपन की भाँति।"

"असम्भव! मुर्दों की भाँति ज़र्द कमल! असम्भव है देवकन्याओ! कमल तो विकास का प्रतीक है, शुभ्रता का प्रतीक है। उसमें मुर्दों का पीलापन कहाँ से आ सकता है?"

"तो उत्सव नहीं मनाया जा सकता।"

देवदूत चिन्ता में पड़ गये।

सहसा एक देवदूत बोला, "ठहरो! मैं ऐसे देशों को जानता हूँ जहाँ के कमल ताज़गी के नहीं थकान के प्रतीक हैं। मटमैली लहरों पर उदासी की प्रतिमूर्ति की तरह शीश झुकाये रहते हैं। मैं ऐसे देशों को जानता हूँ जिनकी सरिताएँ विदेशी बन्धनों में बाँध दी गयी हैं, जिनके पवन झकोरों को बेड़ियों में कस दिया गया है, जिनकी सूर्य रश्मियों के स्वतन्त्र विकास की हत्या कर दी गयी है; और मैं जानता हूँ कि ऐसे देशों में फूलने वाले फूल मुर्दों की तरह पीले होते हैं। मैं अभी किसी ऐसे देश में जाकर पीले उदास कमल लाऊँगा।"

देवकन्याओं में उत्साह और प्रसन्नता की लहर दौड़ गयी।

"किन्तु जल्दी करो। जल्दी, अन्यथा उत्सव का समय निकल जाएगा," देककन्याएँ बोलीं।

समय कम था। देवदूतों ने चाँदनी से बनी हुई एक उत्तुंग रुपहली शिला पर खड़े होकर पृथ्वी की ओर देखा। सफ़ेद वस्त्र पर काले धब्बों की भाँति वसुन्धरा पर गुलाम देश बिखरे हुए थे। किन्तु वे सब स्वर्ग से दूर थे। बहुत दूर। वहाँ तक जाकर कमल लाने का समय नहीं था। देवदूतों ने दृष्टि घुमायी। पूरब में एक गुलाम देश था, जो गुलाम होते हुए भी स्वर्ग से बहुत समीप था। वह अतुल शोभा से लदा हुआ देश, दूर से तो स्वर्ग की ही सीमा से घिरा हुआ मालूम देता था।

"वहाँ हमें कमल अवश्य मिलेंगे, मैं जानता हूँ। वह स्वर्ग-सा देश भारत है। चलो।" और वे देवदूत धूप के तारों से बुने हुए पंख पसार कर भारत की ओर उड़ चले। ऊँची-ऊँची हिमाच्छादित चोटियों को पार करते हुए वे भारत के पूर्वी भाग में पहुँचे। उन्होंने नीचे देखीं हरियाली से लदी हुई घाटियाँ जिन्हें बादल अपने पंख फैलाकर धूप से बचाते हैं। "यह कामरूप है। यहाँ गन्धर्व-कन्याएँ सूर्य की प्रथम रश्मियाँ चुरा लेती हैं, और रात में जब कमल मुर्झाने लगते हैं तो उन चुरायी हुई रश्मियों को बिखरा देती हैं, कमल खिल जाते हैं और उन प्रफुल्ल कमलों को वेणी में गूँथकर वे निशा-शृंगार करती हैं। वहाँ कमल अवश्य मिलेंगे। आओ।"

दोनों देवदूत नीचे भारत-भूमि पर उतर पड़े। मगर वहाँ कहीं कमल का नाम-निशान नहीं था। दूर-दूर तक छोटी-छोटी लम्बी पत्तियों के पौधे उग रहे थे और साँवले रंग की फटी और मैली-कुचैली धोती पहने भूखी और अर्द्धनग्न स्त्रियाँ पीठ पर टोकरी लादे पत्तियाँ चुन रही थीं। पास में कुछ भूखे और अस्थिशेष बच्चे चीख़ रहे थे।

देवदूत आश्चर्य में पड़ गये। क्या यही भारत है? उन्होंने चारों ओर अचरज से देखा। पौधों के बीच में उगी हुई एक कली पत्तों का घूँघट हटाकर उनकी ओर झाँक रही थी। देवदूत उसके पास गये और बोले—

"यह कौन-सा देश है कलिका?"

"यह आसाम है। भारत का एक प्रान्त", कली ने जवाब दिया। उसके स्वर में एक अजब-सी काँपती हुई उदासी थी।

"यहाँ कमल नहीं होते?"

"नहीं यहाँ केवल चाय होती है, देखते हो न ये पौधे। यहाँ इनकी खेती होती है।"

"खेती, किन्तु यह अन्न तो नहीं है, इनका उपयोग क्या है।"

"ये तोड़कर सुखा ली जाती हैं और उसके बाद यहाँ के शासक और शिक्षित वर्ग उसका पेय बनाकर पीते हैं।"

देवदूतों ने आश्चर्य से एक-दूसरे की ओर देखा।

"हरी वस्तु को सुखाकर उपयोग करने से क्या लाभ?" उन्होंने पूछा।

कली एक फीकी-सी मुसकान के साथ बोली—"देवदूतो! इस देश में प्रत्येक हरी और अंकुरित होती हुई शक्ति को तोड़कर, सुखाकर यहाँ के शासक उसे काम में लाते हैं, समझे।"

देवदूत चुप हो गये।

"अच्छा, यहाँ गन्धर्व-कन्याएँ नहीं होती हैं। शायद उनसे कमल का पता चल सके।"

"नहीं, यहाँ सिर्फ़ चाय की मजदूरिनें होती हैं।"

"देखो देखो", बात काटकर एक देवदूत बोला—"वह देखो, एक गन्धर्व-कन्या जा रही है।"

पास की झोंपड़ी से एक तरुणी कमर में केले के हरे पत्ते लपेटे हुए निकली, उसका बाक़ी सब शरीर नग्न था।

"यह पल्लवों से शृंगार किये हुए कोई गन्धर्व-कन्या मालूम देती है। आओ इससे पूछें।"

"ठहरो!" कली ने रोका—"यह गन्धर्व-कन्या नहीं है। कपड़ों की कमी से लाचार, पत्तों से तन ढँककर बेशर्मी की ज़िन्दगी जीनेवाली एक ग़रीब मजदूरिन है। इसे गन्धर्व-कन्या कहकर इसका अपमान मत करो।"

"आश्चर्य है! इस निर्धनता में भी ये लोग इतने कलाप्रिय हैं।"

"कलाप्रिय!" कली क्रोध से काँप गयी—"यह कलाप्रियता नहीं, लाचारी है। इस ग़ुलामी में किसी तरह बेशर्मी से जीने का एक बहाना है। ग़ुलाम देश में कला एक भयानक बेबसी का नाम है।"

सहसा कली चुप हो गयी। हवा का एक झोंका पुलिस दल की तेज़ी से लहराता हुआ आ रहा था! "राजद्रोह फैलाती है कम्बख़्त! ठहर?" हवा का झोंका बोला और अपने तेज़ प्रहारों से कली की पंखुड़ी-पंखुड़ी बिखराकर गर्व से इठलाता हुआ चला गया। वह ग़ुलाम धरती से उगी हुई कली फूलने के पहले ही नष्ट कर दी गयी। कली के इस असामयिक अवसान को देखकर देवदूतों का मन भारी हो गया और वे आगे उड़ चले।

आगे चलने पर उन्हें विस्तृत समतल मैदान दीख पड़े जहाँ धान के हरे खेत लहलहा रहे थे और उनमें नदियाँ ऐसी मालूम दे रही थीं जैसे नीले आकाश पर टूटते हुए

तारों की ज्योति-रेखाएँ। यह तो बंग देश मालूम होता है। हाँ, यह कविता-प्रधान देश है। यहाँ कवियों के गीत लहरों में घुलकर कमल में पराग की तरह महक उठते हैं। यहाँ नदियों के आस-पास नम भूमि में कमल ख़ूब मिलते हैं और दोनों देवदूत भूमि पर उतर पड़े।

दूर पर एक नदी के किनारे दूर तक चाँदनी की तरह सफ़ेदी लहरा रही थी—"वह देखो, वहाँ हज़ारों कमल लहरा रहे हैं।"

देवदूत वहाँ चले। पास आकर उन्होंने देखा कि वे भ्रम में थे। नदी के किनारे कमल नहीं वरन् सफ़ेद कफ़न में ढँके हुए सैकड़ों मुर्दे जलाने के लिए रक्खे थे। नदी का पानी गन्दी राख, अधजली लकड़ियाँ और टूटी हड्डियों से ढँका हुआ था। एक-एक चिता पर तीन-तीन और चार-चार लाशें एक साथ जलाई जा रही थीं। देवदूत भय-मिश्रित आश्चर्य से चीख़ पड़े।

"क्यों? चीख़ क्यों पड़े देवदूत?" राख से सनी हुई एक लहर ने पूछा।

"हम यहाँ कमल की खोज में आये थे और हमें मिले कफ़न से ढँके हुए मुर्दे।"

लहर हँस पड़ी। उसकी हँसी चिता के शोलों की तरह भभक उठी। "इसमें अचरज क्या है देवदूत! पराधीन देशों में सौन्दर्य खोजने वाले कलाकारों को अकसर बाहरी सौन्दर्य के आवरण में ढँके हुए मुर्दे ही मिलते हैं।"

"मगर इतने मुर्दे?"

"हाँ, यह पास के गाँवों में भूख से मरे हुए लोग हैं। आज भारत में सौन्दर्य, कला, जवानी और जीवन, सभी मौत की तराज़ू पर तौले जा रहे हैं।"

"अच्छा, और कविता! यहाँ की कविताएँ अब जीवन-दायिनी नहीं रहीं क्या?"

"कविताएँ?" लहर फिर एक ज़हरीली हँसी हँसकर बोली—"यहाँ की कविता ने भूख से अकुलाकर आत्महत्या कर ली।"

देवदूत निराश होकर आगे चले। नीचे एक शान्त गाँव था। खेतों में घास उगी हुई थी,. झोंपड़ियाँ सूनी थीं; और सामने लगे हुए केले के पेड़ों में सुनहली फलियाँ झूम रही थीं, मगर उन्हें तोड़ने वाले कहीं नज़र नहीं आ रहे थे। सारे गाँव पर एक सन्नाटा छाया हुआ था। हरियाली से घिरा हुआ एक तालाब हरे चौखटे में जड़े हुए आईने की भाँति शोभित था।

"शायद उस तालाब में हमें कमल मिल जाएँ।"

देवदूत उतर पड़े।

वहाँ एक भयानक दुर्गन्ध फैल रही थी। वह तालाब लाशों से पटा पड़ा था।

"क्या यहाँ कमल नहीं मिलते?" देवदूतों ने पास के उगे हुए एक बाँस के पेड़ से पूछा।

"कमल! हाँ एक दिन था, जब स्वतन्त्र आकाश से बरसती हुई स्वर्ण-रश्मियाँ लहरों को चूमकर बंगाल के तालाबों में कमल खिलाती थीं। मगर आज पूरब की

परतन्त्र घाटियों से उगने वाले सूरज की कलंकित किरणें बंगाल के तालाबों में मुर्दे खिलाती हैं। आज धूप में जीवन-रस के स्थान पर अकाल की विभीषिका बरसती है, देवदूत!"

और बाँस की पत्तियों से ओस के आँसू झर पड़े।

साँझ हो चली थी। साँझ के झुटपुटे में एकाएक तालाब की लहरों पर कमलों की भाँति बहुत से पीले और उदास प्रकाश-पुंज खिल गये। मालूम होता था जैसे वह ज्योति के बने हुए कमल हों।

"यह क्या है?" देवदूतों ने आशा और भय से पूछा।

बाँस के पेड़ ने सिहरकर जवाब दिया—"ये, ये उन लाशों की भूखी और अतृप्त आत्माएँ हैं। साँझ होते ही ये अन्न की तलाश में निकल पड़ती हैं। मौत भी इनकी भूख नहीं बुझा सकी है।"

"बहुत ठीक। कमल मिलना तो कठिन है, चलो इन्हीं को स्वर्ग ले चलें—यह शृंगार के अच्छे उपकरण होंगे।"

"लेकिन—लेकिन मनुष्य की भूखी आत्माओं से उत्सव का शृंगार—यह तो पैशाचिकता है।"

"पागल हो गये हो क्या? हम लोगों का वर्ण हिम की भाँति श्वेत है न? और गोरी जातियों को काली जातियों की आत्माओं से खेलने का पूरा अधिकार है।" देवदूत ने जवाब दिया, और उन्होंने वे आत्माएँ बटोरीं और स्वर्ग की ओर उड़ चले। देव-कन्याएँ अधीरता से प्रतीक्षा कर रही थीं। उन्हें देखते ही प्रसन्नता से उछल पड़ीं। इस नवीन उपकरण से उन्होंने केश-शृंगार किया। लेकिन वे भूखी आत्माएँ क्लान्त और मलिन होकर बुझ गयीं, उत्सव रुक गया।

देवदूत फिर पृथ्वी की ओर उड़ चले। "लेकिन सुनो!" देवकन्याएँ बोलीं—"अगर ये आत्माएँ इतनी जल्दी बुझती रहेंगी तो इतनी आत्माएँ कहाँ से आएँगी कि हम उनसे रोज़ शृंगार करें।"

"इसकी कोई चिन्ता नहीं। जब तक भारत बन्धन में है, तब तक वहाँ मुर्दों और भूखी आत्माओं की कमी नहीं—वहाँ लोग रोज़ मक्खियों की तरह मरते रहते हैं।"

देव-कन्याओं में व्यंग्य की एक हँसी गूँज गयी। देवदूत भारत की ओर चल दिये।

पूजा

वह आँसुओं और चुम्बनों से बनी हुई जलपरी की तरह सुकुमार थी। उसकी कजरारी आँखों में मधुमास की शामें लहराती थीं और उसकी केसरिया उसाँसें ऐसी अरसौंही अँगड़ाइयाँ लेती थीं जैसे पुरवैया नीले सावन की बूँदों से घायल हो जाए। लजवन्ती तरुणाई वचपन की पंखों में इस तरह दुबकी थी जैसे अंगूरी पंखों में सलोनी सुनहली धूप ढँकी हो। उसके अंग-अंग में शैशव के सपने टूट रहे थे और धीरे-धीरे उसकी वह अधखिली उमर आ गयी थी जब जवानी अपनी ही छाँह देखकर लजाने लगती है।

भागवतों के विशाल मन्दिर के आचार्य के पास वह रहती थी। उसका विधुर पिता सात्वत् क्षत्रिय था और मरने के पहले अपनी अतुल सम्पत्ति से यह मन्दिर बनवाकर उसे भी पुरोहित के पास धरोहर रूप में छोड़ गया था। वैष्णव अभिरुचि के अनुसार उसका नाम था—पूजा।

उनींदे गीतों और अधजगे फूलों की गोद में पलकर पूजा इतनी बड़ी हुई थी! उसकी ज़िन्दगी की कली की महज़ पन्द्रह पंखुरियाँ खिल पायी थीं मगर केसरिया जवानी उन्हीं में से फटी पड़ती थी।

आज शरदपूनो थी। मन्दिर में पूजा का अनुष्ठान हो रहा था। आँगन में नीलकमल की पंखुरियों से जमुना की लहरें बनायी गयी थीं जिनमें श्वेत पंखुरियों के हंसों की एक पाँत तैर रही थी। द्वार पर मल्लिका की बन्दनवार थी और सोपानों पर कामिनी के पाँवड़े। आँगन में जूही के हारों की जाली तनी थी जिससे छन-छन चाँदनी बरस रही थी।

सहसा गंगाजल पर बहते हुए गुलाब की तरह आँचल से अलकों में उलझी हुई चाँदनी पोंछते हुए पूजा ने प्रवेश किया। मन्दिर की सारी चहल-पहल शान्त हो गयी। देवता के मुकुट में लगनेवाली कलियों पर चम्पे के पराग का छींटा देते हुए आचार्य भी रुक गये और उन्होंने उत्सुक निगाहों से पूजा की ओर देखा। वह कहीं

जाने के लिए तैयार थी। फ़र्श पर बिछी कलियाँ उसके पैरों के महावर से रँग गयी थीं। हथेलियों से फूट पड़ने वाली अभी-अभी धुली हुई मेहँदी की झलक ऐसी लगती थी जैसे उसने मुट्ठियों में रूप की रतनारी लपटें क़ैद कर रखी हों।

"कहाँ चली बेटी?"—आचार्य ने बड़े स्नेह से पूछा।

पूजा ने मुड़कर अपनी सखी की ओर देखा, मुसकरायी, फिर आधे मचलते हुए स्वरों में कहा—"कहीं नहीं, यह कुंकुम नौका-विहार के लिए ज़िद कर रही है। वैसे मैं तो सोचती थी आरती के बाद जाऊँ।"

आचार्य हँसे—"मैं समझता हूँ तेरी इच्छा। आरती से तुझे क्या मतलब? तबीयत तो अपनी है, नाम उसका लगाती है। जा!"

"चल कुंकुम"—पूजा ने कहा और फूलों के ढेर में एक कमल ढूँढ़ने लगी।

आचार्य ने मुड़कर भागवत प्रतिमा की ओर देखा और बोले—"पूजा बेटी को मेरे देवता से प्रेम नहीं है। अभी नादान है। तुम नाराज़ मत होना गोपाल! तुम्हारे अनन्य भक्त की थाती है।" फिर जैसे कुछ सोचकर कहने लगे, गहरी साँस लेकर—"एक पाख और है। अगली अमावस्या को उसके भी भाग्य का निबटारा हो जाएगा।"

पूजा ने कमल ढूँढ़ लिया था और उसे कुंकुम की वेणी में गूँथ रही थी कि अन्तिम वाक्य पर उसका ध्यान आकर्षित हो गया।

"क्या कहा बाबा तुमने?"

"कुछ नहीं! अभी गयी नहीं तू?"

"नहीं बाबा!" वह रेशमी दीपशिखा की तरह मचलकर बोली—"कैसा निर्णय? नहीं बताओगे तो नहीं जाऊँगी मैं। जा कुंकुम तू!"

"ओह रूठ मत पगली। तेरे पिता एक मंजूषा मुझे सौंप गये हैं। जिसमें तेरे लिए कुछ आदेश है जो तब खुलेगी जब तू अगली अमावस्या को सोलह वर्ष की हो जाएगी। और फिर मुझे भी तेरी ममता से छुटकारा मिल जाएगा। हे भगवान्!" एक लम्बी साँस लेकर उत्तरीय के कोने से अपनी बूढ़ी पलकों से आँसू पोंछते हुए आचार्य ने कहा।

पूजा कुछ लजा गयी। फिर मुँह बनाकर बोली—"हूँ, ऐसी ही तो भारी लगने लगी हूँ तुम्हें मैं?" और भाग गयी।

लेकिन रात भर उसके दिल में गुदगुदी मचती रही। एक विचित्र-सी उत्सुकता उसके प्राणों को झकझोरने लगी। अगले पाख में वह सोलह साल की हो जाएगी और फिर जाने कौन-सा रहस्यात्मक आदेश मिलेगा उसे। वह उन लड़कियों में से थी जिन्हें

कल्पना, रहस्य और अभावों से प्रेम होता है। जो कुछ उनके जीवन में है उसकी उपेक्षा और जो नहीं है, चाहे वह कैसा हो, कुछ हो उसके लिए बेहद प्यास। उसे पिता की याद नहीं थी अतः वे रहस्य थे, अतः उसे प्यारे थे। वह देवता की छाया में पलकर बड़ी हुई थी, अतः स्वभावतया देवता के प्रति उसके मन में अवहेलना थी। जो उसके जीवन का यथार्थ था वह उसके लिए उपेक्षणीय था। जो कुछ उसके लिए दुष्प्राप्य था उसी पर उसकी कल्पना आसक्त हो जाती थी। इसीलिए रात को वह बहुत देर तक अपनी सोलहवीं वर्षगाँठ के सपने बुनती रही।

सुबह जब कुंकुम आयी तब भी वह बैठी थी अस्त-व्यस्त-सी। जब कुंकुम ने उसके मस्तक पर हंस के पंख की तूली से बेंदी पूरना शुरू किया तो उसने पूछा—"क्या बनाएगी आज?"

"नील कमल!"

"न, एक किरन मंजूषा बना जिसमें अमावस बन्द हो।"

"ओहो"—कुंकुम चुटकी लेकर बोली—"कोई कलाकार ढूँढ़ना इसके लिए। अमावस के बाद।"

"सुन तो" सहसा बात काटकर, आग्रह भरी मुद्रा से सर से पैर तक कुतूहल बनकर पूजा बोली—"अच्छा कुंकुम, क्या होगा उस मंजूषा में? क्यों री?"

"तुम्हारा भाग्य!"

"नहीं, सच बता!"

"तुम्हारा भविष्य!"

"उँह, तू तो बात टालती है!" शोखी से कुंकुम के वक्ष पर बँधे मृणाल को कसते हुए पूजा बोली!

"आचार्य हैं?"—किसी ने द्वार पर से पूछा।

झट से कुंकुम ने अपना आँचल सँभाला।

द्वार पर एक युवक था जिसके वेश और रूप से लापरवाही टपकती थी। सवाल में लापरवाही थी और ऐसा लगता था जैसे वह उत्तर के प्रति भी लापरवाह रहेगा। बड़े-बड़े उलझे बाल जो घुँघराले होते-होते रह गये थे। कृश लेकिन प्रदीप्त चेहरा, जिसकी रेखाओं में भावनाओं का चढ़ाव-उतार था। उसका सारा व्यक्तित्व ऐसा था जैसे किसी कच्चे बादल की साँवली छाँह।

"नहीं हैं आचार्य?" उसने प्रश्न दोहराया।

"जी नहीं"—कुंकुम बोली—"आपको क्या काम है?"

"मुझे संगमरमर के टुकड़े चाहिए।"

"उन्हीं के आने पर मिल सकेंगे!"

"मुझे संगमरमर के टुकड़े चाहिए। तुम चुप क्यों हो?"—उसने कुंकुम की

अवहेलना करते हुए कुछ अधिकार और कुछ तीखेपन के स्वर में पूजा से कहा।

"तो मैं क्या करूँ?" थोड़ी नाराज़गी और थोड़ी शोखी के स्वरों में पूजा ने कहा—"कोई मैं संगमरमर का टुकड़ा थोड़े ही हूँ!"

"ख़ैर, खुशी है तुम्हें अपने बारे में असलियत मालूम है। वरना ज़्यादातर लड़कियाँ तो अपने को यही समझने के भ्रम में रहती हैं।"

इस उत्तर पर पूजा का चेहरा कानों तक लाल हो गया। गुस्से से या शरम से, यह नहीं मालूम।

युवक क्षण भर खड़ा रहा फिर बोला—"उनसे कह देना कि पत्थर जल्दी भेज दें वरना मूर्तियाँ न बन पाएँगी।"

और वह चला गया।

कुंकुम क्षण भर चुप रही—फिर ओठ काटते हुए बोली—"कौन है यह।"

"यह आचार्य के सबसे मेधावी शिष्य हैं। मूर्तिशिल्प सीखने गान्धार गये थे। अब वापस आये हैं। मन्दिर में नये प्रकोष्ठों का शृंगार कर रहे हैं!"

"हूँ, नाम क्या है इसका?"

"नाम तो किसी को नहीं मालूम। हाँ, आचार्य इनकी प्रतिभा देखकर इन्हें नक्षत्र कहते हैं!"

"क्या कहते हैं?"

"नक्षत्र!"

"नक्षत्र? ओह, व्यक्ति की अपेक्षा तो नाम कहीं ज़्यादा अच्छा है।"

"पत्थर अच्छा है! शिल्पी हैं ये?"—और अपने पतले मूँगिया ओठ बिचकाकर पूजा बोली—"इन कलाकारों से तो मैं नफ़रत करती हूँ!"—और कहते-कहते नफ़रत का ऐसा भावनाट्य किया कि कुंकुम खिलखिलाकर हँस पड़ी और बोली—"मगर बड़ी प्यारी है तुम्हारी नफ़रत!"

पूजा इस हँसी पर चिढ़ गयी।

और इसीलिए दूसरे दिन सायंकाल को जब आचार्य ने कहा—"पूजा बेटी, ज़रा ये चित्र तो दे आना नक्षत्र को?"—तो पूजा ने फ़ौरन कहा—"मैं नहीं जाती वहाँ!"

"जा बेटी, देवता का काम है। वह बेचारा दिन-रात लगा है। बिना प्रतिदिन एक मूर्ति सजाये प्रसाद नहीं लेता। जा!"

पूजा ने चित्र ले लिया और चल दी, एक ऐसी रंगीन अनिच्छा से जिसके मूल में न जाने कितनी तीखी इच्छा थी।

वह गयी और कक्ष का पर्दा हटाकर भीतर झाँका। एक चन्दन-पीठिका पर वह बैठा हुआ कलाकार नक्षत्र एक पत्थर पर किसी मूर्ति की रेखाएँ तराश रहा था। वह भीतर गयी। मगर वह तल्लीन रहा अपने कार्य में। वह क्षण भर खड़ी रही। नक्षत्र ने उसे तीखी और रहस्यमयी निगाहों से देखा और फिर अपने कार्य में लग

गया। मगर सचमुच उस निगाह में जाने कैसा नीला जादू था कि वह टूटे हुए नक्षत्र की तरह उसकी पसलियों में पैठ गयी। जाने क्यों एक सिहरन उसे झकझोर गयी। उस समय उसे लगा जैसे उसके चारों ओर दीवारें नहीं हैं, और वह देश और काल की अनन्तता में, शून्य की पृष्ठभूमि में जहाँ चाँद नहीं है, सूरज नहीं है, आकाश भी नहीं है—वहाँ किसी सपने की साँझ में अकेली खड़ी है, किसी हलके नीले नक्षत्र के सहारे! एक अनोखी वर्फ़ानी शीतलता उसके प्राणों में भर गयी और लगा जैसे वह घुट जाएगी...और इसीलिए घबराकर वह बोल उठी—"यह चित्र...यह भी कहाँ की शिष्टता है? कला में इतना खोना भी क्या? इसीलिए तो मैं क़ला से नफ़रत करती हूँ।"

"धन्यवाद!"—नक्षत्र मुसकराया—"मगर अपनी यह श्रद्धांजलियाँ बिना माँगे ही क्यों बिखेरती रहती हैं आप?" उसके बाद हाथ से प्रस्तर-खण्ड को पास रखकर वह बोला—"हाँ, अब कहिए। आप कला से नफ़रत करती हैं? मैं बहुत कृतज्ञ हूँ। आज पहला व्यक्ति मिला मुझे कम-से-कम जिससे मेरा भावसाम्य हो।—" उसके हाथ से चित्र लेते हुए नक्षत्र ने कहा।

"भावसाम्य हो?"

"हाँ पूजा, मैं भी कला से नफ़रत करता हूँ। कल्पना से नफ़रत करता हूँ। सच तो यह है कि मैं हर चीज़ से नफ़रत करता हूँ जिसमें भावना का कोई भी स्थान हो। और कला भी उनमें एक है।"

"और फिर भी आप इतने उत्कृष्ट कलाकार हैं?"

"हाँ, यही मेरे जीवन का अन्तर्विरोध है। क्यों, यह मैं नहीं समझ पाता। जो मेरी व्यक्तिगत धारणाएँ हैं वह कला में उतर नहीं पातीं; जो मेरी कला की रेखाएँ हैं, ज़िन्दगी उन पर चल नहीं पाती। मेरी कला मेरे व्यक्तित्व की अभिव्यक्ति नहीं है—अन्तःसंघर्ष है। मेरे व्यक्तित्व और कला दोनों को आपस में लड़ना पड़ा है। दोनों एक-दूसरे के विरोधी हैं।"

"लेकिन तुम्हारी कला तो बहुत सुन्दर है।"

"मेरा व्यक्तित्व उसी का उलटा। मेरे साथी कहते हैं तुम्हारी कला जितनी स्पष्ट और सुकुमार है, व्यक्तित्व उतना ही उलझा और क्रूर।"

"मुझे तो तुम्हारी कला की अपेक्षा तुम्हारा व्यक्तित्व अधिक आकर्षक लगता है"—लाज से सकुचकर बहुत धीमे से पूजा बोली।

"क्या"—नक्षत्र सुन नहीं पाया!

"कुछ नहीं"—उसने जल्दी से कहा और लजाकर पास रखे हुए कमल की पंखुरियाँ गिनने लगी।

"ख़ैर कुछ हो! मुझे ख़ुशी हुई कि कम-से-कम एक व्यक्ति मिला जो किसी तरह भावनाओं से नफ़रत करता है। लेकिन सच कह रही हो तुम?"

"क्यों, झूठ क्यों बोलूँगी मैं!"

"नहीं, यह बात नहीं है। बात यह है कि देवताओं ने पुरुष को वाणी इसलिए दी है कि वह अपनी भावनाओं को प्रकट करे, और स्त्री को वाणी इसलिए दी है कि वह अपनी भावनाओं को साफ़-साफ़ छिपा जाए।"

"तुम बड़े वाचाल हो"—वह कह उठी फिर अपने ही साहस पर लजाकर उठकर भाग गयी।

दूसरे दिन पूजा आयी, जब चिड़ियाँ पंख खोले विहान की धूप में नहा रही थीं। नक्षत्र कल की तराशी मूर्ति को कमल-पत्र में लपेट रहा था। बिना मुड़कर देखे ही उसने पूछा—"कोई चित्र?"

"नहीं, क्या कलाकारों के कक्ष में चित्र लेकर ही आ सकती हूँ, व्यक्तित्व लेकर नहीं?"

उत्तर पर नक्षत्र चौंक उठा। मूर्ति एक ओर रख दी और पूजा की ओर देखा।

विचित्र-सा वेश था उसका। कानों में शिरीष कलिकाओं के कुण्डल थे और कलाइयों में मृणाल के कंगन। जाने कैसी लगती थी वह! फूल के पंखों वाली गौरैया की तरह शैशव के प्रकाश में लिपटी हुई मगर तरुणाई की धूप में पंख डुबोने के लिए आतुर! बाल खुले थे जैसे बादलों की तहें खुल गयी हों। लेकिन वे काले भौंराले नहीं थे, एक हल्का सुनहलापन था उनमें जैसे काली तितली के पंखों पर पराग की धूल।

नक्षत्र ने देखा और बोला—"इस समय तो तुम स्वयं चित्र हो, व्यक्तित्व नहीं?"

"चली जाऊँगी फिर मैं!"

"अच्छा नहीं, देखो यह मूर्ति कैसी बनी है?"

पूजा क्षण भर ध्यान से उसे देखती रही फिर बोली—"यह मूर्ति उतनी ही ख़राब है जितना अच्छा तुम्हारा व्यक्तित्व। ओह, उलटा कह गयी मैं! क्षमा करना।"

नक्षत्र मुसकरा पड़ा—कैसी लहरिया शरारत थी उसकी बातों में। पास के वातायन से झरती हुई दो-चार किरनें उसकी अलकों में उलझ गयी थीं। नक्षत्र के प्राण न जाने क्यों व्याकुल-से हो उठे। उसे लगा काश वह एक रेशमी चुम्बन होता जो हवा की लहरों पर तैरता, कभी चुपके से उसके ओठों पर बैठ जाता, क्षण भर उसकी साँसों में पंख सुखाकर फिर उड़ जाता। जाने कैसे नशे में डूब गये थे उसके प्राण कि वह फिर सँभल गया और नशीले स्वरों में बोला—"तुम सचमुच संगमरमर का टुकड़ा हो!"

"तो मुझे भी तराशकर कला की मूर्ति बनाने का इरादा है क्या?"

"हूँ, पहले देवताओं की मूर्तियाँ बनाने से अवकाश तो मिले।"

पूजा क्षण भर चुप रही। फिर पास आकर बैठ गयी और बोली, "एक बात पूछूँ, बताओगे?"

नक्षत्र ने केवल आँखों से पूछा—"क्या?"

"क्या तुम्हारी कला में केवल देवता को स्थान-है, नारी का कोई भी स्थान नहीं।"

नक्षत्र प्रश्न पर चौंक उठा। बड़ा अप्रत्याशित प्रश्न था और बड़ा ही बेमौक़ा। वह उलझ-सा गया।

"अच्छा, जाने दो। तुम्हारी कला तुम्हारे देवता की साधना है न? तो यह बताओ तुम्हारे देवता के जीवन में नारी का कोई स्थान है या नहीं?"

नक्षत्र तब तक सुलझ गया था—"ठहरो! मैं तुम्हारे दोनों प्रश्नों का उत्तर देता हूँ। वैष्णवों का देवता है क्या? पत्थर की मूरत नहीं। वह है प्रेम की समष्टि का प्रतीक। व्यक्तित्व से ऊपर उठकर एक सर्वव्यापी भावना, प्रेम की। उसके ज़ीवन में नारी के स्थान का प्रश्न ही नहीं उठ सकता। हाँ, नारी के जीवन में प्रेम का स्थान है, महत्त्व है। नारी की आत्मा में प्रेम उज्ज्वलता फैलाता है मगर प्रेम की आत्मा में नारी का प्रवेश...!"

"मलिनता फैलाता है, क्यों?" बात काटकर पूजा बोली—"हूँ, अच्छी धारणाएँ हैं तुम्हारी। अच्छा वैष्णव देवता के जीवन में यह हुआ, अब वैष्णव कलाकार के जीवन में नारी का क्या स्थान है?"

"वैष्णव कलाकार के जीवन में नारी का स्थान विचित्र-सा है। वह अपने जीवन में आये हुए हर प्यार को देवता के चरणों पर चढ़ा देता है। नारी उसके लिए महज़ एक दीप है जिसे वह आरती की तरह अपने देवता के चारों ओर बुन देता है। वह एक पूजा-फूल है जिसे वह देवता को अर्पित कर देता है।"

पूजा खड़ी हो गयी। बड़ी गम्भीर वाणी में उसने कहा—"नक्षत्र, तुमने यह धारणाएँ सोचकर, दर्शन पढ़कर, अध्ययन करके बनायी हैं। मगर अब भी तुम जीवन का रहस्य नहीं पा सके हो। मैंने केवल किसी की साँसों में घुलकर जो रहस्य पाया है वह क़हीं ज़्यादा महान् है। मैं व्यक्ति से परे किसी देवता को नहीं मानती। हाँ, यह मानती हूँ कि कोई व्यक्ति ही किसी का देवता हो सकता है।"

नक्षत्र ने कुछ कहना चाहा, मगर पूजा रुकी नहीं—"मैं जो कुछ कह रही हूँ वह शायद मन से नहीं, प्राणों से नहीं, शायद आत्मा से कह रही हूँ। नक्षत्र, देवता की पूजा यह नहीं है कि उसके चरणों पर सब कुछ चढ़ाकर निश्चेष्ट बने रहो। उसकी पूजा का अर्थ स्वयं देवता बन जाना है।"

"पूजा"...उद्विग्न स्वरों में नक्षत्र ने कहना चाहा।

पूजा रुकी नहीं—"और नक्षत्र, याद रखो किसी को देवता बनानेवाली नारी होती है। अपने आँसू के फूल किसी के चरणों पर चढ़ाकर उसे देवत्व की ऊँचाई तक पहुँचा देती है। पुरुष पूजा स्वीकार करता है, देवता बनता है। नारी आँसू दान करती है, देवता बनाती है। तुम्हारे इस देवता के जीवन में नारी का कोई स्थान

नहीं है? ग़लत। तुम अपने कृष्ण के युद्ध की गाथाएँ गाते हो। सुदूर ग्रामों से आनेवाली आभीर कन्याएँ कृष्ण के प्रणय और रास के गीत गाती हैं। उनसे पूछना है मुझे कि कौन-सी वह विशेष गोपी है जिसने अपनी एकान्त आराधना से शिशु गोपाल को भगवान् बना दिया था। मगर अब तो कृष्ण भगवान् बन ही गये। अब उस आराधिका से किसी को क्या मतलब! उसे भूलना ही ठीक समझा लोगों ने। लेकिन नक्षत्र, तुम कलाकार हो, तुम्हीं अगले आचार्य होनेवाले हो। अगर अभी तक तुम लोग देवता के जीवन में नारी का स्थान भूले रहे हो तो अब उसे स्थापित करो। तुम्हें अपने देवता के जीवन में उस अज्ञातनामा राधिका को स्थापित करना ही होगा। उसके बिना तुम्हारा देवता अपूर्ण रहेगा, और तुम भी अपूर्ण रहोगे। समझे!"

इतना कहते-कहते वह हाँफने-सी लगी और फिर पागलों की तरह भागी!

"पूजा!" नक्षत्र ने पुकारा मगर वह रुकी नहीं।

कुछ देर तक नक्षत्र अपने कक्ष में बेचैनी से टहलता रहा। मन्दिर के बाहर आभीरों का एक दल गीत गाता हुआ जा रहा था। नक्षत्र ऐसा बेचैन था कि वे भोले-भाले स्वर भी उसकी नसों पर चोट करने लगे। वह अकुला उठा। उसे लगा जैसे न जाने कौन-सी प्रवंचना नसों के सहारे उसकी आत्मा में प्रवेश कर गयी है और वहाँ बैठकर कभी अपने आँसुओं से, कभी अपनी मुस्कानों से उसके सारे व्यक्तित्व को ही बदले डाल रही है। उसे लगा जैसे किसी ने उसकी आत्मा को चुम्बनों से ढक दिया है और हर चुम्बन शत-शत पंख बनकर उसे दर्द के देश में उड़ाये लिये जा रहा है। वह भागकर देवता के मन्दिर में गया और पट बन्द कर लिये। देवता के पैर पकड़कर बोला—"मेरी पूजा!" और अपने सम्बोधन पर वह ख़ुद ही काँप गया, फिर क्षण भर चुप रहा और गहरी साँस लेकर कातर स्वरों में बोला—"मेरे देवता। यह मुझे हो क्या गया है? मैंने अभी तुम्हें पुकारा मगर वाणी पर उसका नाम क्यों उतर आया। तुम जानते हो कि मैंने अपने व्यक्तित्व के चारों ओर इतनी उलझन, इतनी अस्पष्टता इसीलिए बुन रखी थी कि मेरे हृदय में बसनेवाले भगवान् का सौन्दर्य अनदेखा रहे, अछूता रहे। लेकिन किस अभाग्य के क्षण में वह मेरे व्यक्तित्व के बादलों को चीरती हुई आत्मा की गहराई तक उतर गयी। और जाने क्यों अब ऐसा लगता है कि वहाँ से उसे निकाल न सकूँगा। अच्छा, एक बात बताओ देवता, तुमने मेरी भली-बुरी हर प्रकार की पूजा स्वीकार की है। अगर मैं उसे तुम्हारे चरणों पर चढ़ाऊँ तो क्या तुम स्वीकार न करोगे? नहीं देवता, वह तुम्हारे प्रति उपेक्षाशील भले हो मगर मैं क्या करूँ, मेरे हाथों में तो वही फूल आ गया है। मैं उसी को अपनी अंजलि में सहेजकर, साँसों से धोकर, आँसुओं से निखारकर तुम्हारे चरणों पर चढ़ाऊँगा। और तुम्हें स्वीकार करना ही होगा मेरे भगवान्!" उसने याचना में ही नहीं वरन् आग्रह के स्वरों में यह सब कहा और देवता की चरण-रज लेकर चला आया।

और फिर उसके मन की व्याकुलता कुछ शान्त हुई। वह धीरज से पूजा की प्रतीक्षा करने लगा, और प्रतीक्षा करते-करते वह मूर्तियाँ बनाने में तल्लीन हो गया।

और एक दिन उसके प्राणों पर मँडराते हुए बादलों को देखकर आकाश में भी क्वार-कार्तिक के परदेसी बादल आये। हवा में एक नमी, खुन्की घुल-मिल गयी और झोंके इतने तीखे और तेज़ हो गये कि लगने लगा कि साँझ के सितारों को उड़ा ले जाएँगे। नक्षत्र ने अपनी मूर्तियाँ एक ओर रखीं। उठकर बाहर चला आया और द्वार पर टिककर पूजा के बारे में सोचने लगा। जैसे कोई मलयज का झोंका फूल की सुकुमार पंखुरियों में उलझ जाए।

थोड़ी देर में उसने देखा—दूर पर पूजा जा रही है। हलके फालसई रंग के वस्त्र को समेटती हुई वह ऐसी लगती थी जैसे ऊदी बदलियों में लिपटी चम्पई बिजली का टुकड़ा झोंकों पर उड़ रहा हो। नक्षत्र का मन नाच उठा। उसने उल्लास के स्वर में पुकारा—"पूजा!"

पूजा रुक गयी, मुड़ी मगर फिर चल दी।

नक्षत्र ने फिर पुकारा—वह ठिठक गयी और फिर चली आयी।

"क्यों, इतने दिनों से नहीं आयीं पूजा?"

पूजा चुप रही। वह उदास थी और कुछ आहत भी।

"बोलतीं क्यों नहीं? मैं इस समय तुम्हारे ही बारे में सोच रहा था।"

"ओहो! देवता के साधकों को मनुष्यों के बारे में भी सोचने का अवकाश मिल जाता है?"—उसने बहुत गम्भीर स्वर में कहा—"मेरे विषय में सोचने का व्यर्थ कष्ट किया आपने।"

नक्षत्र व्यंग्य समझ गया। लेकिन उसके पीछे की घुलती हुई उदासी पहचानकर वह डर गया।

"नहीं पूजा, व्यंग्य फिर कर लेना—लेकिन सचमुच तुम आयी क्यों नहीं?"

"मुझे कोई चित्र नहीं पहुँचाना था और रही मेरे आने की बात तो एक दिन मैं चित्र ज़रूर थी मगर न जाने किस अभागे क्षण में किसी की एक दृष्टि-किरण ने मुझमें प्राण फूँक दिये। उसके बाद मैं बन गयी व्यक्तित्व—नारीत्व और फिर यहाँ आकर अपमान सहने की इच्छा नहीं हुई।"

"अपमान तुम्हारा किसने किया पूजा?"

"तुमने, तुमने नक्षत्र! उस दिन मैंने दुर्बलता के क्षण में जाने क्या-क्या कह दिया वह जो मैं कभी भी नहीं कहना चाहती थी। मैंने क्यों कहा तुमसे कि नारी किसी एक को देवता मान लेती है। मैंने क्यों कहा तुमसे कि तुम्हें भी कोई देवता मान बैठा है।"

"पूजा!"—काँपते हुए स्वरों में नक्षत्र ने कहा।

पूजा के स्वरों में आँसू घुल गये थे और वह पिघल रही थी। सिसकती हुई

बोली—"नहीं नक्षत्र, तुम नहीं जानते—तुम्हारे लिए दुनिया देवता है, मुक्ति है, स्वर्ग है, न जाने क्या-क्या है? नारी के लिए यह सब कुछ नहीं है। मेरी सारी दुनिया महज़ पलकों की एक बूँद में उतर गयी थी और प्राणों के दर्द की वह बूँद मैंने किसी के चरणों पर चढ़ायी और उसने उपेक्षा से उसे झटक दिया। यह वेदना नहीं, उससे बढ़कर, अपमान है।"

नक्षत्र चुप था। उसने कातर निगाहों से पूजा की ओर देखा।

उसके चेहरे पर एक रुपहली उदासी थी और एक गुलाबी आग थी। दो अजनबी सपने पिघलकर छलक आये थे लेकिन गालों पर गर्व की रतनार लपटें थीं। उनके बोझ से गुलाब की पत्तियों जैसे ओठ काँप रहे थे। आवेग से गले की एक नीली नस रह-रहकर काँप उठती थी जैसे कमल की श्वेत सुकोमल पंखुड़ी पर टूटकर गिरा हुआ भौंरे का तड़पता हुआ पंख। धुआँ-धुआँ-सी नज़रें, जैसे मेघदूत के कचनार बादल घिर आये हों।

नक्षत्र पागल हो गया। वह आगे बढ़ा और अपने आप पूजा की अँगुलियाँ उसके हाथों में आ गयीं। पूजा की साँसें बादल के रेशों की तरह काँप उठीं लेकिन उसने हाथ हटाया नहीं।

नक्षत्र को लगा जैसे उसके हाथों में तुषार-शीतल बिजलियाँ उलझ गयी हों। उसने काँपते हुए स्वरों में कहा—"पूजा, मैं न जाने क्या कहना चाहता हूँ। मैंने तुम्हारी उपेक्षा नहीं की। अपमान नहीं किया। पूजा, तुमने कम-से-कम अपने को व्यक्त कर दिया। मैं वह भी नहीं कर पाया था।"

"मैंने अपने को व्यक्त कर दिया; यह मेरी कितनी बड़ी हार है नक्षत्र! यह तुम कभी नहीं समझोगे। मैंने सोचा था मैं अपने पूजागीत को प्राणों की तहों में छिपाकर रखूँगी जहाँ मेरी वाणी तो दूर मेरा मन भी न जान पाएगा कि पूजा किसकी है। लेकिन न जाने कौन-सा जादू था तुममें कि तुम अन्तरतम में प्रवेश कर मेरे हृदय के रहस्यों को चुरा लाये। और उस पर स्वयं अपने को इतना तटस्थ रखा तुमने कि मुझे ही अपने आँसुओं से आत्मसमर्पण लिखना पड़ा; और तुम विजेता की तरह मुसकुराते रहे। और उस आत्मसमर्पण का मूल्य भी क्या है तुम्हारी निगाह में, कुछ भी नहीं। वह तो तुम्हारी विजय सम्पत्ति है। उसे चूमना व्यर्थ है। उसे तो ठुकरा देने में ही विजय का गौरव समझा है तुमने।"

"नहीं पूजा, तुम नहीं जानतीं कितनी बार मैं साँसों से तुम्हारे आँसू चूमता रहा हूँ। इधर तुम कितनी नशीली प्रेरणा बन चुकी थीं। वह तुमसे भी कभी नहीं बताया मैंने। मगर यक़ीन मानों मेरी कला की हर रेखा में, मेरी मूर्तियों के हर उभार में, मेरी हर कल्पना में, हर निर्माण में तुम्हारी साँसें गूँजी हैं। इन पत्थर के टुकड़ों पर मैंने तुम्हारी कहानी लिखी है। मेरी कला महज़ तुम्हारी अभिव्यक्ति रही है, पूजा!"

"फिर तुमने छिपाया क्यों? मेरा अभिमान भी टूटा और..." पूजा फिर सिसकने लगी।

"अभिमान तोड़ने के लिए मैंने नहीं छिपाया। मैं न जाने कब से इन पत्थरों के स्वरों में व्यक्त करता रहा हूँ अपने को। लेकिन अपने प्राणों में समाकर भी तुम्हें इतने दूर महज़ इसलिए रखा कि तुम्हारा प्यार मेरे लिए केवल प्रतिस्नेह की नहीं, पूजा की वस्तु रहा है। लेकिन वह पूजा मैं अपने तक सीमित नहीं रखना चाहता। यह मुझे स्वार्थ लगता है। तुम इतनी पवित्र हो, इतनी निश्छल हो कि तुम मेरे नहीं मेरे देवता के योग्य हो। तुम नहीं जानतीं कि मेरे जीवन-दर्शन में प्यार की आकुलता के साथ-साथ एक इतना कठोर संयम् है जो तुम्हें केवल अपने प्यार में बाँधकर सन्तुष्ट नहीं हो सकता।"

"लेकिन मैं किसी देवता को नहीं मानती! नक्षत्र मेरे देवता, मैं तुम्हीं में बँधना चाहती हूँ।"

नक्षत्र ने उसकी उँगलियाँ छोड़ दीं और उसकी नरगिसी निगाहों को अपनी निगाहों से चूमते हुए कहा–"पूजा, मैं बाँधने के लिए नहीं हूँ। शायद प्यार के उस लक्ष्य में मेरी आत्मा भी नहीं है। मैं तुम्हारा लक्ष्य नहीं बनना चाहता। मैं तो महज़ पथ का दीपक हूँ। प्रकाश लो, मुझमें उलझो मत। तुम्हारी मंज़िल मुझसे भी ऊपर उठकर है। बस उसी की ओर उन्मुख करना मेरा लक्ष्य है। तुम्हारी प्रेरणा मेरी शक्ति रही है। मैं चाहता हूँ तुम मेरा प्यार लो और अपने पथ पर बढ़ती रहो। मैं महज़ पूजाफूल की तरह देवता के चरणों पर तुम्हें चढ़ा देना चाहता हूँ।"

"और इसे तुम अपना त्याग समझते हो नक्षत्र। यह स्वार्थ है, दुर्बलता है। जानते हो बिना पूजाफूल के कभी भक्त को देवता के मन्दिर में जाने ही को नहीं मिलता। देवता से वरदान पाने की लालच में किसी फूल को तोड़ लेना, देवता के चरणों पर चढ़ाकर वरदान ले लेना और फिर उसे छोड़ देना पत्थर के चरणों पर घुल-घुलकर मर जाने के लिए यही तुम्हारे प्यार की साधना है? अच्छा है तुम्हारा देवता और उसकी भक्ति!"

"नहीं, मेरा मतलब यह नहीं है। मैं तुममें, अपने पूजाफूल में महज़ अपनी साँस भर देना चाहता हूँ ताकि तुम देवता तक पहुँच जाओ मेरी पूजा!"

"छिः कौन देवता? मेरा देवता सिर्फ़ एक है। मैं उससे अलग नहीं रहना चाहती। नक्षत्र, नारी पर व्यंग्य करना दूसरी बात है, उसको समझना बहुत कठिन होता है। पुरुष के प्यार की प्रेरणा और आधार दोनों ही अपार्थिव हो सकते हैं, नारी से ऊपर उठकर हो सकते हैं। वह देवता को प्यार कर सकता है, कला को प्यार कर सकता है, पूर्णता को प्यार कर सकता है लेकिन नारी केवल पुरुष को प्यार कर सकती है। उसी के चरणों पर बिखर सकती है। उसी की पूजा में घुल सकती है। तुम उसके अन्दर पूजा की प्यास जगा देते हो। उड़ने की यह प्यास जगाकर

पंख काट देने में विश्वास करते हो! अच्छा वरदान है तुम्हारा नक्षत्र!"

"नहीं, मुझे ग़लत मत समझो!"

"बिलकुल यही है"—पूजा ने कहा—"तुम्हारा जो भी वरदान है मुझे स्वीकार है मगर उसे उचित कहूँ यह मुझसे नहीं होगा, कम-से-कम इतना अधिकार तो रहना ही चाहिए। वैसे तो—"

और उसके बाद वह फिर सिसक-सिसककर रोने लगी।

नक्षत्र उठा और चल दिया। उसके रोम-रोम में सैकड़ों तारे चूर-चूर हो रहे थे। वह पागल-सा हो रहा था। इतना भयंकर तूफ़ान कभी उसकी पसलियों से नहीं टकराया था। उसके दिल की धड़कनें क्षत-विक्षत हो रही थीं। उसकी गति, उसका विवर्ण चेहरा देखकर पूजा स्तब्ध हो गयी, उसके आँसू पलकों ही में घुट गये। "नक्षत्र! नक्षत्र!" उसने पुकारा। मगर नक्षत्र रुका नहीं। पूजा दरवाज़े से टिककर बहुत देर तक रोती रही और धीरे-धीरे अपने कक्ष में लौट गयी।

दो दिन और दो रातें पूजा ने आँसुओं के देश में बितायीं। घुलते हुए मोमदीप की तरह वह आँसुओं की गीली आग में सुलगती रही। आँखें साँझ का आकाश बन गयी थीं, ऐसी साँझ जिसके हज़ारों तारे टूट चुके हों।

तीसरे दिन कुंकुम आयी। पूजा सँभल गयी, और उसने हँसने की कोशिश की मगर...!

"क्या हुआ पूजा?" कुंकुम ने सशंकित होकर पूछा।

"कुछ तो नहीं!" अपनी रूखी अलकें समेटते हुए पूजा ने कहा।

"ओह, दो ही दिन हुए नक्षत्र को गये हुए, अभी से यह...!"

"नक्षत्र को गये हुए?"—जल्दी से बात काटकर पूजा ने पूछा!

"हाँ, पता नहीं कहाँ गया। उस दिन पानी बरस रहा था न। उसी दिन से पता नहीं, कहाँ अदृश्य है"—उसके गालों पर कमल कली मारते हुए कुंकुम ने कहा।

पूजा ने एक गहरी साँस ली और हठीला आँसू उसकी पलकों से झाँकने लगा। कुंकुम घबरा गयी।

"क्या हुआ। अरे, तू तो रो रही है"—उसने पूजा को पास खींचकर उसकी पलकें चूमते हुए कहा।

पूजा अलग हट गयी और मुसकराने का प्रयास करती हुई बोली—"रो कहाँ रही थी! तेरे कमल का पराग पड़ गया था।"

"अच्छा तो उठ, तेरा शृंगार कर दूँ, फिर तुझे एक बड़ी ही ख़ुशी की बात बताऊँगी!" और उसने फिर उस दिन की तरह बिन्दिया रचाने के लिए हंस का पर मृगमद में डुबोकर पूछा—"क्या बनाऊँ?" तो पूजा ने शान्त स्वरों में कहा—"मेरे दुर्भाग्य का तारा बना दे।"

"तारा बना दे! ओहो, साफ़-साफ़ क्यों नहीं कहती नक्षत्र बना दे!"

पूजा इस परिहास पर चौंक उठी। एक ध्रुवतारा उसकी आँखों में जगमगा उठा लेकिन फिर वह चिटख गया।

और वह बोली—"कुंकुम आगे से वह नाम मत लेना! मुझे पीड़ा होती है!"

स्वर में कुछ ऐसी दृढ़ता, ऐसी कठोरता, ऐसा थमा हुआ तूफ़ान था कि कुंकुम सहम गयी।

"यह आख़िर हुआ क्या पूजा, मुझे नहीं बताओगी? तुम इस तरह उदास हो, नक्षत्र न जाने कहाँ चला गया है?"

"इसका मुझे और भी दुःख है। मैंने इतने दिनों तक अपना प्यार छिपाये रखा। एकान्त में उन पीड़ा की लपटों में चुपचाप घुलने का कितना सुख था। लेकिन इधर कुछ दिनों से मैं पागल हो उठी थी। एक बेहद नशीला, मगर बेहद ख़ूनी दर्द मेरी नसों को झकझोर रहा था। लगता था जैसे मैं अभिव्यक्त हुए बिना नहीं रह पाऊँगी। इस नयी प्यास का नया सबेरा मेरे दिल की दो सुकुमार पंखुरियों के बीच क़ैद नहीं रह पाया और एक दिन मैं प्रभाती कमल की भाँति खुल ही पड़ी उनके सामने। मगर इससे हुआ क्या? मेरे नारीत्व का अभिमान भी टूटा और उनके सामने एक उलझन भी बिछ गयी। वे देवता को प्यार करते हैं, पूर्णता को प्यार करते हैं। उनके सामने मोल भी क्या है मेरे व्यक्तित्व के समर्पण का। अब तक मैं एक दर्द के सहारे जीती थी, अब उसका भी आसरा नहीं।" उसका गला रुँध गया और वह सिसकते हुए बोली—"मन में आता है मैं मर जाऊँ, मरने के बाद अगर प्यार नहीं कम-से-कम तरस की निगाह से भी कोई एक बार मुझे देख लेता...मगर वे तो कहेंगे चलो अच्छा हुआ देवता के चरणों के समीप चली गयी। नहीं, यह सुनने के लिए मैं नहीं करूँगी। मगर फिर सोचती हूँ ज़िन्दा भी रहूँ तो क्यों? किसके लिए?"

"पगली कहीं की। तू ज़िन्दा रहेगी एक बहुत बड़ी क़िस्मत के लिए। सुन, यही बताने के लिए आचार्य ने मुझे भेजा है।"

"क्या?" स्वस्थ होकर पूजा ने पूछा।

"आज अमावस है पगली! मंजूषा आज खोली गयी थी और मैं तुझे तेरी क़िस्मत पर बधाई देने आयी हूँ।"

"मेरी क़िस्मत पर?" पूजा एक बड़ी फ़ीकी हँसी हँसकर बोली—"क्या हुआ?"

"तेरा ब्याह देवता से होगा!"

"कुंकुम!"—डाँटकर पूजा ने कहा—"परिहास की एक सीमा होती है।"

"परिहास नहीं पगली, सच कह रही हूँ। तेरे पिता की इच्छा है कि तू देवता की दासी बने। इस मन्दिर की अतुल सम्पत्ति पर तेरा ही अधिकार होगा। मगर तुझ पर देवता का अधिकार होगा।"

पूजा हँस पड़ी।

"आह, हँसी न तू! मैं पहले से जानती थी तू देवताओं के योग्य थी, मनुष्य के नहीं!"

पूजा रो पड़ी!

"तो यह है मेरे भाग्य में! वे चाहते हैं मैं देवता के चरणों पर चढ़ूँ। पिता की इच्छा है मैं देवदासी बनूँ। और मेरी इच्छा—कितनी नाचीज़ मेरी इच्छा। मैं तो महज़ दूसरे की इच्छा पर चूर-चूर हो जाने के लिए बनी हूँ। कितना महान् भाग्य है मेरा।" और वह आँसुओं को मसल-मसलकर मुसकान बनाने की कोशिश करने लगी।

इतने में द्वार खुला और आचार्य ने प्रवेश किया। पूजा सँभलकर बैठ गयी।

"बेटी!"—आचार्य ने आकर गद्गद कण्ठ से कहा—"कुंकुम ने बताया!"

"हाँ, बाबा!" पूजा ने अपने पर काबू कर लिया था।

"तुझे सुख है न बेटी?"

"क्यों नहीं बाबा!"

"मैं जानता था, मैं जानता था बेटी—" उनके स्वर से स्नेह और उल्लास बरस रहा था—"मैं जानता था एक दिन आएगा जब मेरी बेटी देवता के रहस्य को समझेगी, उनके चरणों में झुकेगी और मेरे भगवान् उसे स्वीकार करेंगे—मैं जानता था!" और उन्होंने झुककर पूजा के पैरों की धूल माथे पर लगा ली।

पूजा ग्लानि से चूर-चूर हो गयी—"अरे यह क्या बाबा?"

"नहीं, अब तुम केवल मेरी पूजा बेटी नहीं हो। तुम हो मेरे भगवान् की अधीश्वरी। जो भाग्य बड़े-बड़े भक्तों को नहीं मिला वह तुम्हें मिला है। आशीर्वाद दो देवी मुझे कि तुम और भगवान्—तुम दोनों की सेवा में मेरे बचे-खुचे दिन भी कट जाएँ।"

पूजा स्तब्ध थी।

"कल बेटी, तेरी दीक्षा है। कल हमारे सम्प्रदाय में राधा की प्रतिष्ठा है और तेरी दीक्षा।"

"राधा की प्रतिष्ठा?" कुंकुम ने आश्चर्य से पूछा!

"हाँ बेटी, नक्षत्र भगवान् का अनन्य भक्त है। उससे देवता ने कहा है कि उनके अवतार का, उनकी महिमा का मुख्य कारण एक गोपी थी जिसने जन्म-जन्मान्तर में उनकी अनन्य आराधना की थी। इसी से उनका नाम राधा पड़ा। भगवान चाहते हैं उनके पार्श्व में उसकी प्रतिमा स्थापित की जाए। नक्षत्र राधा की मूर्ति बना रहा है। और तू"—उसने पूजा की ओर संकेत करके कहा—"तू राधा की प्रतिनिधि होगी। आह, भगवान् की महिमा तो देखो कैसा नाम है, राधा माने भी तो पूजा ही होती है। लेकिन नाम अगर तूने राधा का पाया है तो उनकी पूजा भी तुझे निभानी होगी। ओह कितना बड़ा भाग्य है तेरा? कितना बड़ा भाग्य...!"

पूजा दर्द से तड़प उठी—और चल दी।

"कहाँ चलीं बेटी?"

"ज़रा मन्दिर जा रही हूँ। भगवान् के पास।"

आचार्य हँसे—"कुंकुम देख तो। कैसा रहस्य है देवता का। अभी से इतनी उत्कण्ठा जगा दी अपनी पूजा के मन में।"

वह भरी बरसात की तरह धँसती गयी मन्दिर में और देवता के सामने बरस पड़ी। "देवता! पत्थर के देवता! मानव के साथ परिहास करने में तुम्हें कौन-सा सुख मिलता है। तुम अपने बग़ल में राधा की प्रतिमा स्थापित करना चाहते हो, किसी के बग़ल से राधा की प्रतिमा छीनकर। यह कहाँ का...!"

सहसा उसने देखा कोई पहले ही से देवता की उपासना में तल्लीन है। वह चौंककर पीछे हट गयी और चुपचाप खड़ी हो गयी। उपासक चुपचाप देवता के चरणों पर सर रखकर आँसू बहा रहा था।

थोड़ी देर में उसने सर उठाया और कहा—"देवता, चाहे और कोई समझे या न समझे, मगर तुम मुझे समझते हो। अभी तक मेरे और पूजा के बीच में तुम्हारी प्रतिमा थी। आज से तुम भी हट जाओगे। मैं तुम्हें तुम्हारी राधा सौंप रहा हूँ। तुम मुझे मेरी पूजा दे दो! यही मेरी उपासना है, यही तुम्हारा वरदान! जो मुझे प्रिय है वही तुम्हें दे रहा हूँ। और दूँ भी क्या? मुझे मिली है किसी की अनन्य पूजा जिसने मुझे शिल्पी से कलाकार बनाया, मनुष्य से देवता बनाया और वही पूजा राधा के रूप में तुम्हें दे रहा हूँ देवता! अच्छा, अब आज्ञा दो! मैंने किसी की आराधना के साथ उपेक्षा करके अन्याय किया था। अब प्यार करके प्रतिकार करूँगा!"

पूजा तड़प उठी। यह चोट के बाद चोट क्यों? जब वह अपना सम्पूर्ण समर्पण लेकर नक्षत्र के पास गयी तो नक्षत्र ने बीच में देवता की शर्त रक्खी! आज जब नक्षत्र देवता को हटाकर बढ़ रहा है उसकी ओर तो वह देवता की हो चुकी है। क्या नारी का सर्जन ही इसलिए हुआ है कि उसके दिल की हर धड़कन, उसकी पलकों का हर सपना उसे छलता रहे। वह चीख़ उठी—"उफ़, मैं रह भी नहीं पाती—सह भी नहीं पाती, रो भी नहीं पाती!"

"कौन, पूजा?"—नक्षत्र मुड़ा—"आओ, मैं तुम्हारी ही प्रतीक्षा कर रहा था। ओह ये चार दिन मैंने कैसे बिताये हैं पूजा! तुम हर क्षण मुझे बदलती रही हो। एक दिन मैं तुम्हारे सामने विजयी था। आज विजय तुम्हारी है। मैं दण्ड में तुम्हारा बन्धन चाहता हूँ।"

पूजा हँस पड़ी। ऐसी हँसी जो शंकर ने सती की लाश कन्धों पर रखते वक़्त हँसी होगी।

"तुमने बहुत देर कर दी, भावी-आचार्य नक्षत्र, अनन्य भक्त, तुमने बहुत देर कर दी।"

"देर कैसी पूजा! जब हृदय झुक जाता है तभी पूजा की वेला आ जाती है मेरी रानी!" आगे बढ़कर उसने पूजा के दोनों हाथ अपने हाथों में दबा लिये।

पूजा की पसलियों से एक सिसकी छलकते-छलकते रह गयी। उसने धीरे से अपने हाथ खींच लिये—"ये उँगलियाँ अब देवता की हैं नक्षत्र!"

"क्या?" नक्षत्र स्तब्ध हो गया।

"हाँ, कल तक मैं कुमारी थी—अपना यौवन, अपना हृदय, अपना रूप किसी को भी समर्पित करने को स्वतन्त्र। आज मैं देवदासी हूँ, मेरी सुकुमार प्यासी भावनाएँ, मेरी अछूती तरुणाई आज महज़ उसकी है, उस पत्थर के देवता की।"

नक्षत्र के आगे आकाश घूम गया। वह चुप रहा फिर धीरे से रुँधे गले से बोला—"पूजा, तुमने बहुत जल्दी की निर्णय में। महज़ चार दिन में ज़िन्दगी की बाजी पलटने की भूल क्यों की आख़िर?"

"नहीं, चार दिन नहीं; यह 16 साल का निर्णय है।"

"सोलह साल! पहले ही से निश्चित था कि तुम देवदासी बनोगी। फिर तुमने मेरे प्राणों के आगे यह मृगजाल क्यों रचा? यह सैकड़ों धूमकेतुओं का आवेग क्यों तुमने मेरी साँसों में भर दिया? आज जब मेरी आत्मा का तूफ़ान अपने अर्द्धवृत्त को पूरा करने के लिए पागल हो उठा है उस समय तुम इस तरह जा रही हो—कितना बड़ा खेल किया है मेरे जीवन से तुमने पूजा!"

"नहीं, मैं स्वयं इस निर्णय से अनजान थी। आज मेरी सोलहवीं वर्षगाँठ पर यह मालूम हुआ कि मेरे पिता की इच्छा मुझे देवदासी बनाने की है। तुमने भी कहा था कि तुम देवता का पूजा-फूल बनो। मैं क्या करती? मैं निराश थी नक्षत्र!"

"ठीक किया पूजा! अपमान मैंने किया था अभिमान मैंने तोड़ा था, अब दण्ड भुगतने कोई दूसरा नहीं आएगा।"

"नहीं, ऐसा मत समझो मेरे देवता, ओह भूल गयी नक्षत्र!"

"कैसे न समझूँ? पहले मुझे ज़िन्दगी सफलता लगती थी। फिर मुझे ज़िन्दगी साधना लगी—आज मुझे ज़िन्दगी प्रवंचना लग रही है—और प्रवंचना भी नहीं आज तो मुझे अपना व्यक्तित्व ही एक भूल—भूल क्यों गुनाह लग रहा है। तुम सुखी रहो पूजा, मैं इसका प्रायश्चित्त कर लूँगा।" और वह मन्दिर के बाहर चल दिया।

"ओह, सुनो, रुको, इस तरह मुझे चूर-चूर करके मत जाओ नक्षत्र! क्या सुनना ही चाहते हो, सुनो तुम मेरे आराध्य रहे हो, आराध्य रहोगे। मेरा शरीर देवता का हो मगर आत्मा तुम्हारी है, मेरे सब कुछ!"

इस पर नक्षत्र मुसकराया। जैसे प्रलय होने के पहले सितारे मुसकराते हैं।

"नहीं मुसकराओ मत! अविश्वास मत करो। आज से तुम्हें जो कुछ कहना हो तुम देवता के ओठों में रख देना, वे राधा से कह देंगे मैं सुन लूँगी, समझ लूँगी सन्देश तुम्हारा है। जो कुछ मुझे कहना होगा मैं राधा के ओठों में रख दूँगी—वे देवता

से कहेंगी। तुम सुनकर समझ लेना सन्देश मेरा है। बोलो, है मंजूर!"

मगर नक्षत्र ने कुछ जवाब नहीं दिया। वह चला गया चुपचाप...!

दूसरे दिन पूजा की दीक्षा थी। लेकिन सुबह से ही उसने दिल पर पत्थर रख लिया था इस भरोसे से कि नक्षत्र तो उसी का है। कुंकुम के सहारे, शृंगार कर वह मन्दिर में गयी। प्रवेश करते ही सभी ने उसे प्रणाम किया श्रद्धाभाव से।

किन्तु उसकी निगाहें कुछ और खोज रही थीं। उसने चारों ओर देखा नक्षत्र अभी नहीं आया था। एक-एक करके अनुमान होने लगे।

उसने फूल चढ़ाये, अर्चना की।

नक्षत्र अभी नहीं आया!

देवता के चरण रज से उसकी माँग भरी गयी।

नक्षत्र अभी नहीं आया!

अन्तिम विधि समीप आ गयी। एक आरती की दीपशिखा के साथ उसका परिणय हुआ।

लेकिन नक्षत्र अभी नहीं आया!

वह पागल हो उठी। क्या अन्तिम क्षण पर वह टूट जाएगी। वह नक्षत्र के सहारे यह सब सह रही थी। क्या वही आधार इस समय हट जाएगा? कितना बड़ा बदला नक्षत्र ले रहा है। अब वह न रह सकी। उसने व्याकुल होकर आचार्य से पूछा।

"क्या आज राधा की प्रतिष्ठा नहीं होगी?"

"होगी क्यों नहीं बेटी?"

"मगर नक्षत्र तो नहीं आया अभी तक!"

"आया था बेटी—लेकिन!..."

"लेकिन क्या?"

"कुछ नहीं!"

"बताओ न! क्या हुआ?"—उसको लगा जैसे उसके दिल की धड़कनें डूब जाएँगी!

"उसे इस सम्प्रदाय से निर्वासन का दण्ड मिल गया है।"

"क्यों—" वह चीख़ पड़ी।

"बात यह हुई बेटी कि वह राधा की मूर्ति बनाकर लाया। मूर्ति बड़ी सुन्दर थी, अतः वह स्वीकार कर ली गयी, लेकिन उसमें किसी मानव का रूप झलक आया था। देवी में मानवीय रूप लाना पाप है। बेटी इसी से उसे दण्ड मिला।"

"आख़िर उस प्रतिमा में रूप किसका था?"

आचार्य चुप रहे।

कुंकुम ने झुककर कान में कहा—"लोग कहते हैं, वह प्रतिमा तेरी है!"

"मेरी है! आह नक्षत्र, मैंने यह क्या किया"—और वह फूटकर रो पड़ी।

"क्या हुआ?" सारी सभा व्यग्र हो उठी।

"कुछ नहीं।" आचार्य ने खड़े होकर शान्त स्वर में कहा—"भावावेश की तीव्रता से आँसू छलक आये। श्री प्रभू की असीम कृपा है!"

"प्रभु उसे जीवन में सुख दें, शान्ति दें, सन्तोष दें," भक्तों ने एक स्वर में श्रद्धाभाव से कहा।

स्वप्नश्री और श्रीरेखा

"ऊँह, तू तो पलभर भी सीधा नहीं बैठता," एक हाथ से अपनी तूली को पट्टिका पर पोंछते हुए और दूसरे हाथ से वीणा के तारों में उलझे हुए राजहंस के पैरों को सुलझाते हुए श्रीरेखा झल्लाकर बोली।

आज नवपत्रिका का उत्सव था और नृत्य के लिए वह अपने राजहंस के पंख चित्रित कर रही थी। राजहंस इस स्नेह की फटकार को सुनकर क्षणभर के लिए चंचल हो उठा और फिर श्रीरेखा की गोद में अपनी गर्दन छुपाकर चुपचाप बैठ गया। श्रीरेखा ने दायें पंख पर भौंरों की प्रत्यंचा पर रसाल-मंजरी का पुष्प-वाण साधे हुए अनंग का रेखा-चित्र बनाया और फिर रुक गयी। बायें पंख पर क्या बनाए? उसने एक अधखिले गुलाब में छिपे हुए भौंरे की रेखाएँ खींची। सहसा पास की शय्या पर सोयी हुई स्वप्नश्री ने करवट बदली और उसके वक्ष पर रखे हुए रजत घुँघरू नीचे गिर पड़े। उसका ध्यान बँट गया। नृत्य से थककर स्वप्नश्री पास की शय्या पर अलसाकर लेट गयी थी। घुँघरू उतारकर उन्हें वक्ष पर रखकर क्षण भर देखती रही—धीरे-धीरे आम के बौरों को चूमकर आते हुए रेशमी झोंकों ने उसकी चेतना पर जादू फेर दिया और वह सो गयी। श्रीरेखा ने उसकी ओर देखा—

मोतियों की किनारीवाला आँचल सिर से खसककर नीचे गिर गया था। करवट लेने से दब जानेवाली एक जुही की कली का चिह्न उसके गालों पर उभर आया था। दुहरी वेणी गूँथकर, उन्हें कानों के पास श्याम कमलों की तरह लपेट दिया गया था किन्तु उनके गुम्फन में उलझी हुई वेले की कलियाँ अस्त-व्यस्त हो गयी थीं। श्वास के श्रम से शिशिर के बादल जैसी पतली गोरी गर्दन पर नाजुक आसमानी नस उभर आयी थी। ओठ-ओठ रह-रह कर काँप उठते थे और झिलमिली पलकों में पुतलियों पर मँडरानेवाले सपनों के इन्द्रधनुषी पंख साफ़ झलक रहे थे।

श्रीरेखा ने इस सोते हुए उदास सौन्दर्य की ओर क्षण भर मादक आग्रह से देखा और फिर सहसा उसकी आँखों में शरारत छलक उठी। उसने चित्रित भौंरे की रेखाएँ कर्पूर-जल से धो डालीं और एक सूक्ष्म तूलिका से राजहंस के बायें पंख पर

सोती हुई स्वप्नश्री का चित्र बनाने लगी। थोड़ी देर में एक स्थूल रेखा-चित्र बनाकर उसने फिर स्वप्नश्री की ओर देखा और दोनों में सामंजस्य देखकर सन्तोष की साँस ली। स्वप्नश्री के ओठ रह-रहकर हिल रहे थे और उनपर एक उनींदी मुसकान खेल रही थी। वह कोई सपना देख रही थी।

उसने फिर तूली उठायी और राजहंस की गर्दन सीधी की। अपनी मांसल बायीं भुजा पर उसकी गर्दन सँभाली। राजहंस उसके नीलम-कंचुक पर अपना सिर रख भोली-भोली आँखों से उसकी ओर देखने लगा। श्रीरेखा ने उसकी आँखों के दोनों ओर दो वृत्ताकार इन्द्रधनुष बनाये और फिर उसे छोड़ दिया। उसने अपने पर फैलाये, गर्दन मोड़ी और अँगड़ाई लेकर खड़ा हो गया। "जा, स्वप्नश्री को जगा ला, चल।" उसकी ग्रीवा को किसलय के गुच्छे से मृदुलता से, थपथपाकर श्रीरेखा बोली और एक कुहनी से टिककर दूसरे हाथ से वीणा के तारों को छेड़ने लगी। हंस ने एक बार मुड़कर अपनी स्वामिनी की ओर देखा और फिर झंकार की लय पर चलता हुआ स्वप्नश्री के पास जा पहुँचा। उसके दुपट्टे में टँके हुए मोती को चोंच में लेकर खींचने लगा। स्वप्नश्री सहसा चौंककर जग गयी। "अरी, यह क्या पागल हो गयी है?" अपने आँचल को सँभालती हुई स्वप्नश्री उठ बैठी। "अरे, तू है दुष्ट!" उसने हंस को देखकर कहा और गोद में लेकर उसे प्यार करने लगी।

"अच्छा, अभी तक चित्रकारी कर रही थी! यह अनंग का चित्र बनाया है। आजकल उसी को इष्टदेव माना है क्या?"

श्रीरेखा मुसकरायी। "वह मेरा इष्टदेव थोड़े ही है। दूसरे पंख पर देखो। रति सोयी हुई अनंग का ध्यान कर रही है। अनंग उसी के स्वप्न में विहार कर रहा है।"

स्वप्नश्री ने दूसरा पंख देखा और अपना रेखा-चित्र देखकर बेहद शरमा गयी। दूसरे ही क्षण बोली—"बड़ी शरारती है। अच्छा बताऊँगी तुझे भी...।"

"मुझे क्या बताओगी? स्वयं तो अनंग के सपनों में डूबी रहने लगी हो। हाँ और क्या? मधुमास का नशा ही ऐसा होता है।"

"सच री श्री, सपना तो ज़रूर देख रही थी...।"

"अनंग का न?"

"धत्! अनंग का नहीं, वह जो अपने आँगन में रातरानी है न। तो मैंने देखा उसकी एक तरुण कली में चाँदनी की रेखा छिपकर बैठ गयी। सुबह हुई और उस किरण को अपनी पलकों में छिपाकर वह अलसायी हुई कलिका सो गयी। थोड़ी देर बाद एक भौंरा आया और प्रभाती गाकर उसे जगाने लगा। जब वह नहीं जागी तो एक पंख से उस पर छाँह कर ली और दूसरे पंख से उस पर विजन डुलाने लगा। फिर उसके बाद क्या हुआ श्रीरेखा कि वह भीतर सोयी हुई चाँदनी की किरण सहसा हवा लगते ही अंगारों की तरह धधक उठी और वह अभागी कलिका अपने अन्तर्ताप से ही मुरझाकर गिर गयी," स्वप्नश्री ने एक गहरी साँस लेकर कहा।

श्रीरेखा क्षण भर स्तब्ध रही, फिर मुसकराने का यत्न करती हुई बोली–

"छिः! ऐसे दुःखभरे सपने मत देखा कर।"

"वाह! जैसे सपने देखना न देखना अपने हाथ में है। मुझे तो खुद अचरज होता है कि न जाने कहाँ से ये निर्मम सपने आकर हृदय मरोड़ जाया करते हैं। इन्हें जैसे मुझी से दुश्मनी है।"

"हर एक बुद्धिमान अपने लिए रूपवान सुकुमार दुश्मन ढूँढ़ा करता है रानी! फिर इन सपनों ने तुझी से दुश्मनी पाली है तो क्या आश्चर्य?"

"चल, तुझे हमेशा मज़ाक़ सूझता है।"

"मेरे लिए तो जीवन केवल एक मज़ाक़ है स्वप्नश्री; वरना मैं भी सपने देखकर रोती होती। मैं तेरी तरह थोड़ी ही हूँ। मैं तो हर वस्तु के पीछे उसका वैषम्य, उसका अन्तर्विरोध देखकर हँस लेती हूँ; तू रो लेती है।"

"यही तो मेरी दुर्बलता है श्री! मुझे तो जीवन की हर चीज़ के पीछे न जाने कैसी प्यास घुटती हुई मालूम पड़ती है। लगता है जैसे सारा जीवन एक मूक वेदना, एक अतृप्त तृष्णा के डोरे में गुँथा हुआ है। मैं उनकी झुलस का अनुमान करती हूँ और मेरा हृदय रो पड़ता।"

"मैं तो जीवन को इतनी गम्भीरता से लेती ही नहीं कि रोना पड़े। जीवन मौक़ा पाकर हम सभी को तोड़ डालने का यत्न करता रहता है। मैं कभी उसे इतना महत्त्व ही नहीं देती कि वह अपना जाल मुझ पर फैला सके। वह अपना वार करे, तुम मुसकराकर मुँह फेर लो; जीवन कुण्ठित होकर स्वयं ही हार मान लेगा।"

"पगली! जीवन इतना अवसर ही नहीं देता कि तुम मुँह फेर सको। मुसकरा सको। वह तो पहले ही से मन को जकड़कर तब अपना प्रहार करता है। तब उस असह्य वेदना से छुटकारा पाया नहीं जाता और वह पीड़ा सही नहीं जाती। इतने विलास, इतने सुख के होते हुए भी मेरे लिए जीवन है गम्भीर अनुभूति की वस्तु, छलकते हुए आँसुओं की वस्तु।"

"और मेरे लिए जीवन है उन्मुक्त क्रीड़ा की वस्तु तथा झरने की तरह निर्बाध उल्लास की वस्तु।"

"द्वार पर पुष्परथ तैयार है", दासी ने आकर कहा। दोनों उठ खड़ी हुईं। रथ फूलों से सजा हुआ था। श्रीरेखा ने आगे बढ़कर रेशमी रास अपने हाथों में ले ली और स्वप्नश्री पीछे अधलेटी-सी हंस की आँखों पर बने इन्द्रधनुष के रंग गिनने लगी। पहिये में लगे घुंघरू झनकार उठे। रथ चल पड़ा।

नवपत्रिका श्रावस्ती का विशेष उत्सव था। फाल्गुन समाप्त होते-होते जब आम बौर उठते थे और चैती बयार के हलके गुलाबी झोंकों पर तैरती हुई कोयल की नशीली

कूक प्रभात के सपनों को गुदगुदाने लगती थी तब श्रावस्ती की कुमारियाँ नवपत्रिका उत्सव मनाती थीं। प्रातःकाल होते ही वे सोने के थालों में उपहार सजाकर आम के नये चिकने पत्तों पर स्नेह-सन्देश लिखकर सखियों के पास भेजती थीं। उसके बाद सब नगर के बाहर उपवन में जाती थीं और वहाँ संगीत तथा नृत्य के आयोजन होते थे। नगर-सेठ की चंचल कन्या श्रीरेखा इन आयोजनों का प्राण थी। नगरपति माण्डलिक की पुत्री स्वप्नश्री अपने स्नेह और गाम्भीर्य से इन उत्सवों को संचालित करती थी और श्रीरेखा अपनी मस्ती से छलकती हुई शरारत और गुदगुदाते हुए परिहास में समस्त उत्सव पर सुनहला कुंकुम बिखेर देती थी। दोनों अभिन्न सखियाँ थीं; किन्तु स्वभाव में बिलकुल विरुद्ध। श्रीरेखा लम्बी, पतली, लहराती हुई धूमरेखा की तरह चंचल थी और स्वप्नश्री गुलाब की पंखुरियों पर सँभल-सँभलकर चलती हुई, संगमरमर की गान्धार प्रतिमा की तरह शान्त, भावुक और सुकुमार।

उत्सव प्रारम्भ होने के पहले किसी कुमारी को उस दिन के उत्सव की रानी चुना जाता था। सबने कहा—"आज के उत्सव की रानी स्वप्नश्री होगी।" श्रीरेखा तुरन्त बोली, "ठहरो! इसके लिए मैंने इस वर्ष नयी कसौटी रखी है। मैंने बाँस का एक हलका-सा रथ बनवाया है जिसमें चार पालतू मृग जुतेंगे। जो कुमारी इतनी हलकी हो कि उसे मृग खींच सकें, वही आज की रानी होगी।" सबकी सब खिलखिलाकर हँस पड़ीं। स्वप्नश्री हँसते हुए बोली—"तो यह कह कि आज स्वयं साम्राज्ञी बनने का षड्यन्त्र रच रखा है।" "नहीं!" श्रीरेखा मुसकराहट को ओठों में दबाकर बोली, "पहले तू ही चढ़ना; अगर हरिण तेरे आँसुओं का भार सँभाल ले गये तो तेरे लिए स्थान छोड़ दूँगी।"

रथ आया और स्वप्नश्री बैठी। रथ में रास नहीं थी लेकिन हरिण पालतू थे। हाँकने के लिए हाथ में एक छड़ी दे दी गयी। सहसा मृग चौंके। उन्होंने कान खड़े कर चारों ओर गर्दन घुमायी और कूदकर भागे। स्वप्नश्री गिरते-गिरते बची, चीख़ पड़ी और मज़बूती से सँभलकर खड़ी हो गयी। श्रीरेखा दौड़ी पर मृग कूदते हुए, रथ को खींचते हुए झाड़ी के पीछे अदृश्य हो गये थे। पास ही कहीं बहुत मधुर स्वर में वीणा बज उठी थी और मृग उसी के स्वरों में बँधकर चले गये थे। श्रीरेखा ने झाड़ियों को चीरकर देखा—कोई वीणा बजाने में तल्लीन है। उसकी सुनहली अलकें हवा में लहरा रही हैं और उसके स्वर वातावरण पर जादू कर रहे हैं। अपने उष्णीष के रंग और कटिवस्त्र के पहनाव से वह कौशाम्बी के समीप का कोई मध्यदेशीय युवक जान पड़ता था। स्वप्नश्री नीचे कूद पड़ी थी किन्तु हरिण उसी ओर भागे जा रहे थे। श्रीरेखा भागकर स्वप्नश्री के पास गयी। स्वप्नश्री बहुत घबरा गयी थी। आवेग से उसका चेहरा लाल हो गया था और भ्रू-रेखाओं पर स्वेद-बिन्दु छलक आये थे। वह चुप थी, किन्तु श्रीरेखा के पास पहुँचते ही चीख़ कर उससे लिपट गयी और उसके बाद दोनों खिलखिलाकर हँस पड़ीं। पथिक का ध्यान उनकी ओर आकर्षित

हुआ किन्तु फिर भी वह उपेक्षा से मुँह फेरकर वीणा बजाने में तल्लीन हो गया।

"यह तो कोई परदेशी है," स्वप्नश्री बोली।

"कोई भी हो—इसे तो बहुत कड़ा पाठ मिलना चाहिए। ऐसी वीणा बजायी कि तुम मरते-मरते बचीं।"

"ओ! तो उस बेचारे को क्या मालूम था?"

"बेचारे को!" श्रीरेखा मुँह बनाकर बोली—"ओहो! बड़ी सहानुभूति हो गयी तुम्हें। और देखो तो, अभिमानी भी कैसा है। इधर देखकर भी गर्दन फेर ली जैसे..."

"...जैसे तुम्हारा कोई महत्त्व हीं न हो। क्यों!"

श्रीरेखा हँस पड़ी—"जाऊँ, पूछूँ तो कौन है?"

"जा तू, मैं यहीं खड़ी हूँ।"

श्रीरेखा गयी और अपरिचित के सम्मुख गम्भीरता से हाथ जोड़कर चुपचाप खड़ी हो गयी। उसने सिर उठाकर देखा, रुक गया और पूछा—"कहिए?"

"ओह! आप तो मनुष्य की वाणी बोलते हैं। मैं तो समझी थी आप कोई देवता हैं।" अपरिचित ने विस्मय से इस मुखर लड़की की ओर देखा और फिर कुछ मुसकरा कर बोला—"यह सुखद सन्देह आपको कैसे हुआ कि मैं देवता हूँ?" श्रीरेखा अब भी गम्भीर थी। "बात यह है कि मैंने एक ऐसे देवर्षि के बारे में सुना था जो वीणा बजाते हैं और जब पृथ्वी पर आते हैं तो कुछ-न-कुछ अनिष्ट अवश्य होता है। देवयोग से इस समय दोनों ही संयोग हैं।"

वह हँस पड़ा—"आपका परिचय?"

"मैं यहाँ के नगर-सेठ की कन्या श्रीरेखा, और आप?"

"श्रीरेखा! बड़ा सजीला नाम है; मैं कौशाम्बी से आया हूँ। मेरा नाम समुद्रगुप्त है।"

"महाराजकुमार युवराज समुद्रगुप्त!" श्रीरेखा आश्चर्य से चीख़ उठी। आँचल सँभालकर—"धृष्टता के लिए क्षमा करें कुमार।"

"नहीं, नहीं।" राजकुमार फिर हँस पड़े।

"किन्तु आप यहाँ कैसे?"

"मैं माण्डलिक कुन्तल के पास एक आवश्यक राजकीय कार्य से आया था, किन्तु वहाँ ज्ञात हुआ कि वे तीर्थाटन के लिए गये हैं और उनकी पुत्री स्वप्नश्री उपवन की ओर आयी हुई हैं। अवकाश के क्षण बिताने के लिए मैं रथ लेकर इधर ही चला आया। क्या आप स्वप्नश्री को जानती हैं? उन्हें बुला सकेंगी?"

"हाँ, अभी लायी।"

श्रीरेखा गयी और स्वप्नश्री के पास जाकर बोली, "चल, वे तुझे बुला रहे हैं।"

"फिर वही शरारत," स्वप्नश्री चिढ़कर बोली।

"नहीं, सच वे गुप्तवंश के युवराज समुद्रगुप्त घर पर गये थे, स्वामिनी को न पाकर तुझे खोजते हुए यहाँ आये हैं।"

"अरे!" स्वप्नश्री चल पड़ी और पास जाकर नम्रता से उन्हें प्रणाम किया।

"अच्छा आप ही हैं स्वप्नश्री। गुप्त-साम्राज्य के प्रसिद्ध योद्धा माण्डलिक की पुत्री मृगों का रथ भी नहीं हाँक पातीं।"

किन्तु श्रीरेखा ने तुरन्त उत्तर दिया—"वह कल्पना के रथ हाँकने की अभ्यस्त है, मृगों के नहीं।"

राजकुमार मुसकरा पड़ा।

"चलिए तो, हम लोग घर चलें," स्वप्नश्री बोली।

"चलिए, मेरा रथ वह खड़ा है।"

श्रीरेखा ने आगे बढ़कर रास अपने हाथ में ले ली। कुमार ने रोका तो बोली, "नहीं, स्वप्नश्री नहीं हूँ मैं। रथ हाँकना आता है मुझे।"

कुमार और स्वप्नश्री पीछे बैठ गये। रथ चल पड़ा। स्वप्नश्री सोच रही थी—आर्यावर्त का यशस्वी सम्राट उसके पास बैठा है। वह समुद्रगुप्त, जिसके यश और शौर्य की कहानियों के झूले में उसकी तरुणाई का शैशव-सुगम उत्सुकता भूल चुकी है। कुमार की भुजा पर बँधे आभूषण का छोर रह-रहकर स्वप्नश्री के कपोलों को गुदगुदा जाता था और वह सिहर उठती थी। वह विचारों में मग्न थी और न जाने क्या-क्या सोच रही थी। रथ बहुत तेज़ी से चल रहा था, सहसा छींटेदार पंखों वाली दो तितलियाँ लड़ते-लड़ते उसके मुँह से टकरा गयीं और उनके पंखों पर जमी हुई पराग-धूल उसके कपोलों पर छा गयी। राजकुमार ने उसे देखा और मुसकरा दिया। स्वप्नश्री सचेत हो गयी। उसे यह अकारण मौन अखर रहा था! राजकुमार उसका अतिथि था। उसे कुछ बातें करनी चाहिए। उसने राजकुमार की ओर देखा, वह बाहर देख रहा था।

"आप!" उसने बहुत साहस बटोरकर कहा—"आप श्रावस्ती के वनों में निरस्त्र न घूमा करें। यहाँ कुछ लोग गुप्त-साम्राज्य के विरुद्ध षड्यन्त्र कर रहे हैं।" उसने एक साँस में कहा और लज्जा के कारण हाँफने-सी लगी।

राजकुमार ने सिर भीतर किया और पूछा—"क्या कहा आपने?"

"मैंने! मैंने कुछ नहीं। मैं कह रही थी आपको कला से बहुत प्रेम है?"

"हाँ देवि, कला ही मेरा जीवन है।"

"अच्छा, किन्तु मेरा तो जीवन ही कला है," सहसा श्रीरेखा ने मुड़कर उत्तर दिया।

"ओह! और आपका क्या मत है इस विषय में?" उसने मुड़कर स्वप्नश्री से पूछा।

"मेरा क्या मत है? कला या जीवन, मेरे लिए तो कोई भी नहीं है। मैं ही

कला और जीवन के लिए हूँ। जीवन जब चाहता है मुझे छेड़कर रुला लेता है; कला जब चाहती है मुझे गुदगुदाकर हँसा लेती है।"

राजकुमार इस अप्रत्याशित उत्तर पर दंग रह गया और कौतूहल से स्वप्नश्री की ओर देखने लगा।

गृहपति के न होने से मातृविहीना स्वप्नश्री पर कुमार के आतिथ्य का भार आ पड़ा था। कुमार विश्राम-कक्ष में थे और पास ही आसन पर बैठी स्वप्नश्री अपने पिता को कुमार के आगमन का सूचना-पत्र लिख रही थी। इतने ही में श्रीरेखा आ गयी। स्वप्नश्री ने पत्र पूरा कर चन्दनशलाका पर लपेट कर भृत्य को दे दिया और उसके बाद सँभलकर बैठ गयी। श्रीरेखा बोली–

"कुमार की कला की बहुत प्रशंसा सुनी है। सुना है, आपने वादन-कला की नयी शैली का आविष्कार किया है।"

"हाँ, देवि! किन्तु वह शैली पुरुषोचित है, ओजस्वी है, उसमें लड़कियों को विशेष रस न मिलेगा।"

श्रीरेखा, सदा वाक्पटुता में दूसरों को हरा देनेवाली श्रीरेखा निरुत्तर हो गयी। क्षण भर बाद उसने पूछा–"कुमार नारी की इतनी उपेक्षा क्यों करते हैं?"

"नहीं, मैं नारी को इतना महत्त्व ही नहीं देता कि उसकी उपेक्षा करने का व्यर्थ कष्ट उठाऊँ।"

"महत्त्व नहीं देते? तो क्या आप नारी को खेल की वस्तु समझते हैं?"

कुमार उठ बैठे और उत्तरीय को पीछे फेंककर बोले–"हूँ, मेरे खेलने के लिए बड़ी-बड़ी वस्तुएँ हैं। मैं साम्राज्यों के भाग्य से खेल सकता हूँ; नारी जैसे कच्चे खिलौने से मैं नहीं खेलता।"

श्रीरेखा झल्ला उठी। वह अपनी वाक्पटुता के लिए प्रसिद्ध थी और बड़े-बड़े मानी युवक उससे हार मानकर गौरव का अनुभव करते थे। किन्तु कुमार उसे बराबर हराते जा रहे थे। स्वप्नश्री शान्त थी, किन्तु श्रीरेखा फिर शक्ति बटोरकर बोली–"नारी जीवन में कच्ची हो किन्तु खेल या प्यार में कच्ची नहीं होती। जिस दिन वह खेलने अथवा प्यार करने का निश्चय करती है, उसी दिन उसमें अपूर्व प्रतिभा जाग जाती है।"

"ठीक है, किन्तु जिस दिन पुरुष में प्रतिभा जगती है उस दिन से वह खेलना और प्यार करना दोनों ही बन्द कर देता है।"

श्रीरेखा फिर हारी पर उसे अब जैसे पराजय के हर खेल में एक अपूर्व सुख मिल रहा था। वह अभी तक जीवन से खेलती रही और जीतती रही, आज वह खेल रही थी और हार रही थी। फिर भी मन करता था जैसे हारती जाए। इसीलिए वह

फिर बोली—"किन्तु कुछ भी हो, नारी ही प्यार कर सकती है।"

"मानता हूँ श्रीरेखा! नारी ही ईर्ष्या कर सकती है, नारी ही द्वेष कर सकती है, नारी ही निन्दा कर सकती है, नारी ही अनिष्ट कर सकती है, नारी ही अमंगल कर सकती है और नारी ही प्यार कर सकती है।"

श्रीरेखा का चेहरा तमतमा उठा और उसने तीखे स्वर में कहा—"और नारी समय पड़ने पर घृणा भी कर सकती है।"

"हाँ, कर ही नहीं सकती, करती भी है। किन्तु पुरुष उससे डरता नहीं, क्योंकि नारी के प्यार की तरह नारी की घृणा भी क्षणिक और अस्थायी होती है। आपका क्या मत है?" कुमार ने स्वप्नश्री से पूछा।

स्वप्नश्री शान्त थी। सहसा प्रश्न से वह चौंक गयी और बोली—"क्या आज्ञा दी आपने?"

"मेरा प्रश्न है कि आपका नारी के विषय में क्या मत है?"

"नारी के विषय में तो नहीं—" स्वप्नश्री ने कहा—"किन्तु आपके मत के विषय में मुझे अवश्य कहना है।"

"हाँ, हाँ!"

"कुमार, नारी एक सूत्र है; एक गूढ़ सूत्र। जैसे एक सूत्र की व्याख्या से टीकाकार अधिकतर अपनी ही मनःस्थिति और विचारधारा के अनुसार टीका करता है; उसी प्रकार नारी की व्याख्या भी प्रत्येक पुरुष अपने अनुभव और अपनी विचार शक्ति के अनुसार करता है। मैं विश्वास नहीं करना चाहती कि आपका व्यक्तित्व इस व्याख्या में है। जितनी कठोर और छिछली आपकी व्याख्या है, उतना छिछला आपका व्यक्तित्व नहीं। इसलिए आपके श्रीमुख से ये विचार शोभा नहीं देते।" स्वप्नश्री ने शान्त एवं संयत स्वर में कहा और चुप हो गयी। कहते समय उसकी आँखों में विचित्र-सी चमक झिलमिला उठी और फिर उसने निगाहें झुका लीं; ठीक जैसे समुद्र की एक उत्ताल लहर उठे और क्षितिज पर उगते हुए पीले चन्द्रमा को चूमकर शान्त हो जाए।

कुमार इस रहस्यमय लड़की की ओर आग्रह से देखने लगे। वह बिलकुल शान्त रहती थी लेकिन जब बोलती थी तब कोई ऐसा सत्य वाणी में बिखेर देती थी जो अन्तर को मरोड़ देता था। ऐसी ही उसने कही थी कला और जीवन की बात। कुमार चुप हो गये। उनका उच्छृंखल स्वभाव न जाने क्यों इस शान्त, लजीली करुण सपनों में डूबी रहनेवाली लड़की के प्रति स्नेह अनुभव करने लगा। स्वप्नश्री विद्रोह के सामने झुकना जानती थी। वह बाँस की उस कच्ची टहनी के समान थी जो तूफ़ान के हर झोंके के साथ ज़मीन पर बिछ जाती है। राजकुमार उच्छृंखल कलाकार था और नारी को तोड़कर हँसता था। किन्तु आज वह हार गया था। उसने

मुसकराकर अपनी हार स्वीकार की और बोला—"अच्छा तो आज का वादविवाद स्थगित हुआ।"

स्वप्नश्री ने वातायन के पर्दे गिरा दिये और दोनों उठकर बाहर आ गयीं। छत पर चैत की चटख चाँदनी बिछी हुई थी। दोनों एक झूले पर बैठ गयीं।

श्रीरेखा बोली—"राजकुमार बहुत प्रतिभाशाली हैं और बहुत वाक्पटु। तुम्हारी क्या राय है?"

"प्रतिभाशाली तो अवश्य हैं किन्तु वाक्पटु नहीं। अन्तर स्वच्छ है और गम्भीर; वाणी कुछ कठोर है किन्तु शरारत से भरी हुई।"

"नहीं, वे वाणी के भी कुशल हैं।"

सदा हर एक की आलोचना करनेवाली श्रीरेखा आज जैसे कुमार की प्रशंसा करने पर तुल गयी थी। उसके मन में हार की टीस अब भी कसक रही थी। वह चाँद की ओर देखने लगी। पीला चाँद ऐसा लग रहा था जैसे नीली आँखों पर तैरती हुई उदासी। एक हलका रुई का बादल आया और उदासी को छेड़कर चला गया। वह छेड़छाड़ श्रीरेखा के हृदय में उतर आयी और वह न जाने कैसी आकुलता का अनुभव करने लगी।

सहसा स्वप्नश्री बोली—"हाँ श्री, उस दिन वाला सपना तुझे याद है न?"

"कौन, वह रातरानी और किरण वाला न।"

"हाँ, मैंने उसे श्लोकबद्ध कर डाला है। ला, तुझे सुनाऊँ।"

श्रीरेखा पास के प्रकोष्ठ से बाँसुरी उठा लायी। अपनी चम्पे की कलियों जैसी लम्बी, पतली उँगलियों से उस पर स्वर साधने लगी और स्वप्नश्री ने तड़पते स्वरों में अपना गीत प्रारम्भ किया। स्वप्नश्री विभोर थी और श्रीरेखा तन्मय। आधे श्लोक के बाद उसने बाँसुरी रख दी और स्वप्नश्री के कन्धे पर सिर रखकर अपलक दृष्टि से उदास चन्द्रमा को देखती रही। स्वप्नश्री ने गाते-गाते एक हाथ श्रीरेखा के कन्धे पर रक्खा और उसे अपनी छाती के पास खींच लिया। श्रीरेखा ने अपना सिर स्वप्नश्री के धड़कते हुए वक्ष में छिपा लिया और जब स्वप्नश्री ने स्वर में विचित्र-सी टीस भरकर कहा—"रातरानी की पलकों में खोयी हुई चाँदनी लपटों की तरह धधक उठी"—तो श्रीरेखा को लगा जैसे कोई उसे चूर-चूर कर रहा है और वह लाचार सिसक-सिसककर रो पड़ी। स्वप्नश्री अकस्मात् रुक गयी।

"श्री! क्या हुआ री! ऐं, अरे, तू तो रो रही है!"

स्वप्नश्री ने बड़े दुलार से श्रीरेखा का चिबुक थामकर मुँह ऊपर उठाया। पलकें गीली थीं और गालों पर दो आँसू फिसल रहे थे।

"पगली!" स्वप्नश्री ने कहा और झुककर अपने हाथों से उसके गालों पर से दोनों आँसू पोंछ डाले, "क्या बात है? इधर देख मेरी ओर।"

श्रीरेखा ने स्वप्नश्री की ओर देखा और मुसकराकर उसकी गोद में मुँह छिपा

लिया। स्वप्नश्री उसकी अलकों को उँगलियों से सुलझाती रही। सहसा श्रीरेखा ने सिर उठाया और गहरी साँस लेकर बोली—"न जाने क्यों, आज का गीत, यह चाँद, तू, सब कुछ इतना करुण, इतना वेदनामय लग रहा है कि प्राण रो उठते हैं!"

"क्यों, तू तो इन सब पर हँस सकती है न?"

"नहीं, कल तक हँस सकती थी, आज सब पर हँस सकने का अभिमान किसी ने तोड़ दिया है। अच्छा! अब चलती हूँ रात अधिक हो रही है।" और श्रीरेखा चल दी।

जब ये दोनों चली आयीं तो कुमार करवट लेकर लेट गये और राजकीय प्रश्नों पर सोचने लगे कि सहसा रात की नीरवता तोड़कर गीत का स्वर गूँज उठा। उसमें कुछ ऐसी तड़प, ऐसी टीस, ऐसी करुणा थी कि उनका मन अपनी वीणा उठाने के लिए व्याकुल हो उठा। उन्होंने प्रतिहारी से पूछा—"यह कौन गा रहा है?"

"कुमारी स्वप्नश्री।"

"ओह, बहुत सुन्दर गाती हैं!" उन्होंने कहा और शय्या पर लेट गये। बहुत देर तक सपनों में स्वप्नश्री गाती और उनसे बात करती रहीं।"

श्रीरेखा अपने भवन में पहुँची तो जैसे बेहोश थी। उसके प्राणों पर न जाने कैसी नीरव अचेतनता का सम्मोहन छा गया था। उसकी बड़ी-बड़ी पलकें झुकी थीं और उसके क़दम डगमगा रहे थे। उसकी नसों की बूँद-बूँद में एक गुलाबी नशा छाया हुआ था। वह शयन-कक्ष में गयी और गले में पड़े मुक्ताहार को भूमि पर फेंककर बिना वस्त्र बदले ही शय्या पर लेट गयी। वातायन के ऊपर संगमरमर में कटी हुई जाली से छनकर आती हुई चन्द्रकिरण ऐसी लग रही थी जैसे अँधेरे के सीने में चुभा हुआ एक नीमकश तीर।

"आह! क्यों ऐसा होता है?" वह बोल उठी—"आख़िर क्यों अनजाने में दर्द के तीर आकर चुभ जाते हैं और फिर क्यों मन चाहता है कि वे तीर हमेशा चुभे रहें। अपने उद्धत अभिमान के टूट जाने का दर्द क्यों इतना प्यारा होता है? क्या मनुष्य उसी को प्यार करता है जिससे वह पहली बार हारता है?"

उसने उठकर वातायन का पट खिसका दिया। हरसिंगार के फूलों की तरह चाँदनी झर पड़ी। "और यह हार भी क्या? शब्दों के खेल की हार? जब ज़िन्दगी की हार-जीत को खेल समझकर उसने कभी ध्यान नहीं दिया तब आज खेल की हार-जीत में वह क्यों हृदय को गँवा बैठी?" उसने वातायन से झरती हुई चाँदनी की ओर देखा। चाँदनी एक कपासी नागिन की तरह लहरें ले रही थी। "आख़िर क्यों यह मेरे अन्तर में आज साँप लहरा रहे हैं? यह कौन-सा ज़हर मोल ले आयी हूँ आज? मैं इतनी व्याकुल हूँ और कुमार? क्या वे जाग रहे होंगे? और जाग भी

रहे होंगे तो क्या मेरे...।" उसे लगा जैसे पसलियों में ख़्वाहिश का तूफ़ान उमड़ आया। उसने पास से मौलश्री के फूलों की ढेरी उठाकर छाती पर दबा ली। धीरे-धीरे उसे नींद आ गयी—हलकी शर्बती नींद। मगर उसके मन की प्यास, उसकी नसों का दर्द, उसके सपनों की बेचैनी रातभर करवटें बदलती रही।

जब रात ने करवट बदली तो स्वप्नश्री की आँखें खुल गयीं। नीचे आँगन में रातरानी गमक रही थी और वातायन के पास झूमनेवाले बेले की पंखुरियों ने पलकें खोल दी थीं। वह श्रीरेखा के विषय में सोचने लगी—आज उसे हो क्या गया था? और वह सहसा क्यों चली गयी? ऐसी आकुल होते उसे कभी न देखा था।

सहसा वातायन से एक झोंका सौरभ से लदकर आया और उसे झुलसाता हुआ चला गया। वह छत पर चली गयी। रात बहुत सुहावनी थी। सहसा वह चीख़-सी उठी। वह सामने गवाक्ष पर इतनी रात को कौन है। अरे, कुमार! वह अभी जाग ही रहे हैं! दो खम्भों के बीच में लगी हुई रजत-शलाका पर कुहनियाँ टेककर चिन्तामग्न मुद्रा में कुमार ऐसे लग रहे थे जैसे किसी सुकोमल टहनी पर गाल रखकर चुपचाप चाँदनी पीता हुआ एक जवान गुलाब। स्वप्नश्री घूमकर कुमार के पीछे खड़ी हो गयी। कुमार ने देखा किन्तु फिर चन्द्रमा की ओर देखकर चुपचाप सोचने लगे।

"क्या राजकुमार चाँद को देख रहे हैं?"

"नहीं, देख तो नहीं रहा हूँ, उसकी बोली अवश्य सुन रहा हूँ।" और घूमकर बोले—"अब देख भी रहा हूँ।"

स्वप्नश्री हँसी और फिर लजा गयी। कुछ क्षणों तक चाँदनी में दमक उठनेवाले अपने अँगूठी के हीरे की ओर झुकी नजरों से देखती रही और फिर बिना निगाह उठाये ही पूछा—"कौन-सा विचार है जिसने कुमार को इतनी रात तक जगा रखा है?"

"वह विचार!" कुमार ने एक गहरी साँस ली और टहलने लगे—"क्या तुम सुनोगी?"

"क्या वह मुझसे सम्बन्धित है?" उसने एक भोलेपन से पूछा और उसके बाद अपने प्रश्न पर स्वयं ही लजा गयी।

"हाँ है भी, और नहीं भी। तुम जानती हो स्वप्नश्री! मैं महाराज से विद्रोह करके आया हूँ।"

"क्यों?"

"क्यों, इसलिए स्वप्नश्री, कि मैं गुप्तवंश की परम्परा को नयी धारा में मोड़ना चाहता हूँ। महाराज अपने आन्तरिक झगड़ों में व्यस्त हैं। मैं आन्तरिक मतभेदों को मिटाकर भारत में वह साम्राज्य स्थापित करना चाहता हूँ, जो अडिग हो। मुझे लगता है जैसे मैं भारत की स्वर्ण संस्कृति का अग्रदूत हूँ और वह सांस्कृतिक देन दे जाऊँगा जो विश्व में अनूठी होगी। मैं सम्राट-पद को केवल अपना व्यक्तिगत अधिकार नहीं

मानता, मैं उसे राष्ट्र की थाती मानता हूँ और इसीलिए मैं विदेशी प्रभावों से अलग रहना चाहता हूँ। पिता से इसी विषय में मेरा विरोध है और मैंने चुनौती दे दी है कि समय आने पर मैं गुप्त-साम्राज्य को भी उलटने में न हिचकूँगा।" राजकुमार के नेत्र जल उठे, उनकी मुट्ठियाँ बँध गयीं और वे तनकर चलने लगे।

स्वप्नश्री बोली—"श्रावस्ती अपने विद्रोही राजकुमार के साथ होगी, आप विश्वास रखें।"

"श्रावस्ती मेरे साथ होगी किन्तु क्या स्वप्नश्री भी? क्या मैं विश्वास करूँ कि मेरे विद्रोह में, मेरे विध्वंस में, मेरे दुःख में, मेरे कष्टों में, मेरे संग्राम में स्वप्नश्री भी मेरे साथ होगी?"

स्वप्नश्री विचार में पड़ गयी और गम्भीर मुद्रा में पास के झूले पर बैठ गयी—वही झूला जिस पर श्रीरेखा रोयी थी। कुमार उसके पार्श्व में खड़े हो गये।

"क्यों? बोलो! मैं तुमसे सच कहता हूँ मुझे प्रेयसी नहीं चाहिए, प्रणयिनी नहीं चाहिए। यह खेल खेलकर मैं ऊब चुका हूँ। मुझे एक संगिनी चाहिए। एक ऐसी संगिनी, जिसे अपनी भावना का राज्य सौंपकर निश्चिन्त होकर, मैं विद्रोह में लग जाऊँ। मुझे एक ऐसी आधार-मूर्ति चाहिए जो मेरी शक्ति बन जाए। बोलो!"

स्वप्नश्री ने दोनों हथेलियों में अपना मुँह छिपा रखा था।

"बोलो न। जानती हो, मैंने आज तक नारी को तोड़ा है; किन्तु तुम थीं जिसमें न जाने कौन-सी शान थी, न जाने कौन-सी गहराई थी, सकर्तता थी, सन्तुलन था कि मेरी उच्छृंखलता हार बैठी। और मेरी दिवास्वप्न! तुम नहीं जानतीं कि मनुष्य उसी को प्यार करता है जिससे वह पहली बार हारता है। हाँ, यह अवश्य है कि मैं तुमको राजमहलों का सुख न दे पाऊँगा। मुझे तो अभी देश के इस छोर से उस छोर तक सोयी हुई चेतना जगानी है। मेरे साथ रहकर तुम्हें गुलाब की पंखुरियों पर नहीं, विद्रोह के अंगारों पर चलना होगा। बोलो! मैं तुम्हारे मौन से क्या समझूँ? हाँ? ...नहीं?...तो क्या समझूँ कि इन कष्टों का लेखा सुनकर स्वप्नश्री पीछे हट गयी?"

"नहीं," स्वप्नश्री ने क्षीण स्वर में उत्तर दिया—"कष्टों से मैं नहीं डरती। वे मेरे जन्म के साथी हैं। यह बात नहीं है कुमार किन्तु..."

"किन्तु क्या?"

"कुछ नहीं!" वह सहसा विह्वल होकर बोली—"इस समय मैं कुछ नहीं कह सकती कुमार—इस समय मुझे जाने दीजिए..." और स्वप्नश्री उठकर धीरे-धीरे अपने शयन-कक्ष में चली गयी।

प्रातःकाल ही श्रीरेखा ने रथ जोता और स्वप्नश्री के यहाँ चल दी। उसे लग रहा था जैसे वह एक क्षण भी कुमार के बिना नहीं रह सकती है। उसके मन में एक तीखी कामना थी, कुमार के चारों ओर किरण-रेखा बन जाने की।

भवन में पहुँचने पर ज्ञात हुआ कि स्वप्नश्री कहीं गयी है।

"और कुमार?" उसने पूछा।

"अभी-अभी राजधानी से एक दूत आया है, कोई गुप्त सन्देश लेकर। राजकुमार उसी से मन्त्रणा कर रहे हैं।"

श्रीरेखा रुक गयी। इतने में दूत ऊपर से आया।

"दासी ! इन्हें अतिथिगृह में ले जाओ," कहकर श्रीरेखा कुमार के पास चल दी। जाते समय उसका हृदय धड़कने लगा और उसके क़दम रुकने-से लगे। अंग-अंग में एक विचित्र-सी पुलक छा गयी और प्राणों में गुदगुदी-सी मचने लगी। वह कक्ष के समीप पहुँची और झाँककर देखा—कुमार अचेत पड़े हैं। वह घबरा गयी। "कुमार! कुमार!" वह दौड़कर अन्दर गयी। देखा—कुमार की बाँह से रक्त बह रहा है और एक तीर वातायन की राह से आकर उनकी भुजा को छीलता हुआ पास के चन्दन-स्तम्भ में चुभ गया है। कुमार मूर्छित हैं और पास ही एक पत्र खुला हुआ पड़ा है। उसने जल्दी से पत्र उठाया। वह राजदूत का लाया हुआ पत्र था और उस पर लिखा था—"त्रयोदशी को महाराज का अवसान हो गया। प्रजा ने आपको महाराजा चुना है। सावधान, बौद्ध विहारों में आपकी हत्या के आयोजन हो रहे हैं—महामन्त्री।"

श्रीरेखा क्षण-भर के लिए स्तब्ध हो गयी। अखिल आर्यावर्त का सम्राट उसके सामने अचेत, असहाय पड़ा है! फिर उसने झपटकर बाँह का घाव देखा। थोड़ा-सा छिल गया था, लेकिन घाव के आस-पास नीलिमा थी। "ओह! विषैला तीर है क्या करूँ?" और फिर सहसा झुककर उसने वह घाव चूस लिया, विष थूक दिया और उसके बाद निश्चिन्तता से खड़ी हो गयी। उसके ओठ जल रहे थे। उसने पास के पात्र में से जल पिया। "कुमार!" उसने माधुर्य से पुकारा किन्तु कुमार अचेत थे। उनकी सुनहली अलकें भाल पर और पलकों पर लहरा रही थीं। उसने एक हाथ से वे अलकें हटा दीं और क्षण भर अपलक दृष्टि से उन्हें देखती रही! "मेरे देवता!" रुँधे हुए गले से उसने कहा और झुककर पलकें चूम लीं। सहसा एक पीड़ा उसे इस तरह तोड़ गयी जैसे कि सूरज की किरण चूर-चूर हो जाती है।

"दासी!" उसने पुकारा—"गुलाबजल ले आ।"

उसने एक वस्त्र गुलाबजल में भिगोकर महाराज की आँखों पर रख दिया और आँचल डुबोकर महाराज का मस्तक भिगोने लगी। क्षणभर में महाराज को होश आ गया।

"उफ़! बेहद जलन है आँखों में।"

"पट्टी रक्खी रहने दें महाराज!"

"कौन? तुम! रहने दो स्वप्नश्री!" महाराज ने टटोलकर उसका हाथ अपने भाल से हटा दिया। श्रीरेखा संकोच में गड़ गयी। वह कुछ कहना चाहती थी। वह अवसर था, जब वह लाज की डोरी में बँधी अपने दिल की धड़कनों को मुक्त कर

देना चाहती थी, लेकिन जब हृदय कुछ कहने के लिए तड़प उठता है तब वाणी मौन साध लेती है।

"स्वप्नश्री!" महाराज एक गहरी साँस लेकर बोले—"स्वप्नश्री! कल तक मैं विद्रोही था, आज मैं सम्राट हूँ। कल अपने दुःख में मैंने तुमसे भीख माँगी थी, आज अपने सुख में तुम्हें आमन्त्रित करता हूँ मेरी रानी!" और महाराज ने श्रीरेखा की हथेली अपने ओठों पर रख ली।

श्रीरेखा लपटों में झुलस गयी। तो यह बात है। महाराज स्वप्नश्री को अपना हृदय दे चुके हैं। कौन है वह? क्या अधिकार है उसे किसी दूसरे के मन्दिर में पूजा करने का। जिसके चरणों में वह सर्वस्व समर्पित करने आयी है, वह किसी दूसरे का हो चुका है। उसकी पलकें छलछला आयीं और उसने अपना हाथ धीरे से खींच लिया।

"स्वप्न! मेरी स्वप्न! अब भी तुम मेरे प्रश्न का उत्तर न दोगी?" महाराज ने अस्फुट स्वर में पूछा। "मेरे मन में एक निर्माण का सपना है। मैं स्वप्नश्री को अपने निर्माण में गूँथ देना चाहता हूँ। मैं चाहता हूँ तुम मुझे बनाओ, मैं अपने राष्ट्र को बनाऊँ। बोलो—मेरी पलकें जल रही हैं स्वप्नश्री!"

"महाराज अभी विश्राम करें," उसने किसी तरह सिसकियाँ रोककर कहा और जल्दी से कक्ष के बाहर निकल आयी और फूट-फूटकर रो पड़ी। वह जीवन में प्रथम बार प्राणों की सारी आकुलता समेटकर पूजा के लिए चली थी। वह पूजा कर लेती, फिर चाहे उसे देवता से वरदान नहीं अभिशाप ही मिलता। किन्तु उसे तो मन्दिर में प्रवेश करने का अवसर ही न मिल पाया। सोपान तक पहुँचने के पहले ही देवता ने पट बन्द कर लिये। यह असफलता न थी, अपमान था; पूजा की विफलता न थी, पूजा की हत्या थी। वह रथ पर बैठ गयी और घोड़ों को बेतहाशा छोड़ दिया। वह उस समय पागल हो रही थी।

"देवी स्वप्नश्री बहुत देर से आपकी प्रतीक्षा कर रही हैं," भवन में पहुँचते ही दासी ने सूचना दी। श्रीरेखा की विचारधारा को झटका लगा। वह खड़ी हो गयी। "नहीं; अब रोऊँगी नहीं। हँसूँगी, अपने लिए नहीं, स्वप्नश्री के लिए।" और वह मुसकराने का यत्न करते हुए अपने कक्ष में गयी।

"अरे! तेरी आँखें क्यों सूज आयी हैं?"

"बहुत दिनों से जागी हूँ न!" उसने हँसने का प्रयत्न करते हुए कहा—"अब सोने जा रही हूँ।"

"सोने जा रही है! तेरी सब बातें निराली होती हैं। अब जब सबने अँगड़ाई ली है तो तेरी आँखों में नशा झलका है। मगर मैं तुझे बहुत कुछ बताने आयी हूँ।"

"मुझे मालूम है पहले से।" वह उठी और स्वप्नश्री के पीछे खड़ी होकर दोनों

हाथों से उसके गालों को थपथपाते हुए झुककर कान में बोली, "आर्यावर्त की महारानी को बधाई देती हूँ।"

स्वप्नश्री चौंक गयी—"अच्छा! तुझे मालूम है। नहीं श्री! मैं उस प्रस्ताव को अस्वीकार करने जा रही हूँ।"

"क्यों?" श्रीरेखा के हृदय की धड़कन एकाएक रुक गयी।

"क्यों, इसलिए कि मैं विद्रोह में कुमार का आमरण साथ दूँगी मगर उसके बदले सिंहासन स्वीकार करूँ यह मुझसे न होगा।"

"कहाँ का विद्रोह पगली। महाराज की मृत्यु हो गयी है और प्रजा ने कुमार समुद्रगुप्त को अपना सम्राट चुना है।"

"सच!" स्वप्नश्री आश्चर्य से चीख़ पड़ी।

"हाँ, सच और अभी कुमार की हत्या का षड्यन्त्र विफल हो चुका है।"

"हत्या!" स्वप्न सहम गयी। "मैं जाती हूँ। वे सकुशल तो हैं?"

"हाँ, वे विश्राम कर रहे हैं, तू जल्दी जा। लेकिन तू प्रस्ताव स्वीकार कर लेगी न?"

"नहीं," उसने तनकर उत्तर दिया।

"क्यों? सच बता स्वप्न, तू महाराज से प्यार नहीं करती?"

"क्यों नहीं श्री? तुझसे कुछ नहीं छिपाऊँगी। मैंने अपने जीवन में कुमार को, केवल कुमार को ही प्यार किया है। उन्हीं की एकान्त पूजा की है और इसीलिए कोई भी वरदान स्वीकार कर अपनी पूजा को मुरझाने देने का साहस नहीं होता। जिससे अटूट प्यार होता है श्री, उससे कुछ भी लेने की इच्छा नहीं होती।"

"नहीं, यह बात नहीं है स्वप्न! तू नहीं समझती। कुमार जैसा उच्छृंखल युवक पहले तो प्यार की सत्ता से ही इनकार कर देता है, किन्तु जब वह नास्ति से अस्ति पर आता है तब प्यार नहीं पूजा करने लगता है। तू उनकी प्रेयसी नहीं, उपास्य बन चुकी है। तुझे अब वरदान लेना नहीं, देना है। तू उनके विद्रोह की शक्ति बनने के लिए तैयार थी, अब तू उनके निर्माण की कल्पना बनेगी। समझी न!"

स्वप्नश्री क्षण भर खड़ी सोचती रही, फिर एक स्वीकृति की मुसकान मुसकरा कर चल पड़ी। श्रीरेखा उसे जाते हुए देखती रही और फिर बोली—"राष्ट्र को सम्राट की आवश्यकता है। सम्राट को स्वप्नश्री की आवश्यकता है। अगर अनावश्यक हूँ तो केवल मैं—मेरी आवश्यकता किसी को नहीं।" और अट्टहास कर उठी। सहसा उसकी पसलियाँ जल उठीं। यह क्या? कुछ विष अन्दर ही रह गया शायद! उसने सोचा और ख़ुशी से नाच उठी।

जब स्वप्नश्री भवन में प्रविष्ट हुई तो महाराज स्वस्थ हो चुके थे। वे बैठे कुछ लिख रहे थे। स्वप्नश्री को आते देखकर उठ गये। स्वप्नश्री ने आनन्द-विह्वल स्वर में कहा—"सम्राट को बधाई!"

"किन्तु क्या तुम्हें साम्राज्ञी कहने का अधिकार है?" सम्राट ने उसकी पलकों में पलकें डालकर पूछा। स्वप्नश्री लजा गयी और फिर झुककर उसने सम्राट के चरणों की धूलि अपने मस्तक पर लगा ली। महाराज हर्ष से स्तब्ध हो गये—"स्वप्नश्री! ...मेरी स्वप्न..."

"कुमारी! कुमारी!" अस्त-व्यस्त स्वर में श्रीरेखा की दासी ने आकर पुकारा।

"क्या है री?"

"श्रीरेखा बहुत अस्वस्थ हैं।"

"ओ, अभी तो मैं आ रही हूँ!" वह चलकर रथ पर बैठी, महाराज भी बैठ गये।

जब वे वहाँ पहुँचे तो कक्ष में श्रीरेखा का शव रखा था। स्वप्नश्री अचेत हो गयी। महाराज ने उसे सँभाला और श्रीरेखा के शव को देखकर बोले—"मृत्यु विष से हुई है। इसने विष क्यों खाया स्वप्न?"

"मालूम नहीं! किन्तु कल से यह उद्विग्न बहुत थी," स्वप्नश्री ने सिसकियाँ रोककर उत्तर दिया।

"क्या यह किसी को प्यार करती थी?"

"नहीं, ऐसा होता तो यह मुझसे बताती। यह मुझसे कुछ भी न छिपाती थी।"

"नहीं, यह अवश्य किसी को प्यार करती थी। देखो न मौत में भी कितना आकर्षण बढ़ गया है। कहते हैं, प्रणय की मौत ज़हरीली हो किन्तु सुन्दर बहुत होती है। बहुत अच्छी लड़की थी बेचारी। जिसने इस सुकुमार फल को इस बेदर्दी से मसल दिया वह कितना निष्ठुर होगा, कितना निर्मम होगा।" महाराज ने एक गहरी साँस लेकर कहा और शव को फिर चादर से ढँक दिया।

शिंजिनी

जिस समय की यह प्रेम-कहानी है उसके कई पीढ़ियों पहले प्रेम के देवता अनंग की मृत्यु हो चुकी थी।

किन्तु प्रेम मरकर भी नहीं मरता, इस सन्दिग्ध सत्य को सुस्थिर रखने के लिए कामदेव के प्रजाजन गन्धर्वों ने एक विचित्र-सा नियम बना रखा था। उनका शासक अनंग मर चुका था। किन्तु वे हर पीढ़ी के लिए अनंग का प्रतीक–एक शासक नियुक्त करते थे। समस्त गन्धर्व-लोक से ढूँढ़कर उस पीढ़ी का सर्वश्रेष्ठ युवक चुना जाता था। उसकी पलकें सपनों के शवनम से भीगी रहती थीं, उसकी तरुणाई की साँसें युग की धूल से अछूती रहती थीं, उसकी नीलम-नसों में कल्पना का सुनहला रस छलकता रहता था। वे उसे लाते थे, उसका अभिषेक करते थे। उसके वाद किसी रहस्यमयी रीति से उसमें अनंग की आत्मा प्रविष्ट करा दी जाती थी और वह गन्धर्व-लोक का शासक नियुक्त कर दिया जाता था।

उस पीढ़ी का शासक प्रभात के झोंके-सा प्यारा युवक किंजल्क चुना गया था। वह कलाकार था। चुने जाने के पहले वह वादलिया नदियों के तट पर उगे हुए कनकचम्पा के आँसुओं की साँवली छाया में बैठकर किरणों के तारवाली वीणा पर गाया करता था। लम्बी, पतली, कलामयी उँगलियों से किरण-तारों को झंकारते ही उनमें से स्वर की लपटें फूट पड़ती थीं। वह अग्निकला का साधक था। आग की लपटों के स्वर साधता था, आग की लपटों के गीत गाता था, आग की लपटों से प्यास वुझाता था...।

उनके अग्निस्वरों से आकर्षित होकर कितनी ही गन्धर्व-कुमारियाँ उसे प्यार करने लगी थीं। वे उसे अपना स्नेह समर्पण करने आती थीं। किन्तु किंजल्क की कला ने उसके चारों ओर एक अग्निरेखा खींच दी थी, जिसे पार करने का उसे साहस

न होता था। किन्तु स्वयं किंजल्क आग की इन लपटों में जलकर कंचन की तरह निखरता जा रहा था। इसीलिए जब गन्धर्वों के पिछले शासक की तरह मृत्यु हुई तो नयी पीढ़ी ने इस अछूती तरुणाईवाले युवक को अपना शासक चुना।

आज उसका अभिषेक है।

राजपुरोहित ने आगे बढ़कर सोनजुही की कलियों का किरीट उसके मस्तक पर रख दिया। किंजल्क ने सिर झुकाकर उसका अभिनन्दन किया। पुरोहित ने गम्भीर स्वर में कहा, "आज से तुम हमारे शासक हो। इस किरीट के स्पर्श के क्षण से ही तुममें काम की आत्मा प्रवेश कर गयी है। अब तुम गन्धर्व नहीं हो, अब तुम मनुष्य नहीं हो, आज से तुम देवता हो। शासन के लिए तुम्हें यह भूल जाना होगा कि तुम मनुष्य थे। बोलो, स्वीकार है?"

"स्वीकार है"—किंजल्क ने कुछ अनमने स्वर में कहा।

"किन्तु जानते हो काम का अस्तित्व प्यास में है? तुम्हें जीवन भर अपनी प्यास से खेलना होगा।"

"क्यों?" किंजल्क ने विस्मित होकर पूछा।

"क्यों! इसलिए कि तुम देवता हो, उपासना-गृह में सभी को सन्तोष और तृप्ति का वरदान मिल जाता है। पूजा के फूल रस से भरे होते हैं, आरती के दीप स्नेह से सराबोर होते हैं, उपासकों की वाणी में सरस पूजा-गीत छलकते हैं। इस तृप्ति के वातावरण में वह मूक देवता एक उदास शीतल प्यास में हमेशा घुलता रहता है। जानते हो क्यों? मुनष्य क्षणिकता को प्यार करता है और देवता शाश्वत को। तृप्ति क्षणिक है, मिथ्या है; प्यास शाश्वत है, चिरन्तन है। बोलो, प्यास को प्यार कर सकोगे?"

किंजल्क चुप था। उसने किरीट उतारकर धर दिया और गुलाब-सी हथेलियों में रजत-भाल झुकाकर मौन चिन्ता में डूब गया। उसकी अछूती तरुणाई पर चिन्ता ने पहला दाग़ लगा दिया। सारी सभा व्यग्र हो उठी। परिचारिकाएँ केशर-कलियों का चँवर डुलाने लगीं—अनुचर मरकत-थाल में तारक-फूलों का सौरभ-जल ले आये।

"बोलो!" राजपुरोहित ने गम्भीर स्वर में पूछा—"प्यास को प्यार कर सकोगे?" किंजल्क ने सिर उठाया और मन्त्र-चालित स्वरों में उत्तर दिया—"हाँ!"

सभा खिल उठी। गवाक्षों से झाँकती हुई गन्धर्व-कन्याओं ने कहा—"देवता युवराज किंजल्क की जय।"

"ठहरो!" राजपुरोहित ने मना किया—"अभी अभिषेक बाक़ी है। देवता की प्यास को और तीखी बनाने के लिए उस पर निरन्तर जल-सिंचन किया जाता है।

तुम्हारी प्यास को जीवित रखने के लिए तुम्हारी सेवा में सर्वश्रेष्ठ सुन्दरी शिंजिनी नियुक्त की जाती है। किन्तु तुम्हें उसे सदा अपनी जीवन-सीमा से परे रखना होगा। आज वही तुम्हारा अभिषेक करेगी। शिंजिनी, आओ।"

बायीं ओर शृंगार-प्रकोष्ठ था। उस पर पड़ा रेशमी चाँदनी का पर्दा हिला और शिंजिनी बाहर आयी।

शिंजिनी—उसका सौन्दर्य सन्ध्या-गगन का सौन्दर्य था। हलके गुलाबी सौन्दर्य की दुर्बल मौन प्रतिमा जिसके मुख पर चम्पई उदासी अँगड़ाइयाँ ले रही थी। कच्चे दूध के फेन-सी उजली किन्तु नासाज नज़रें उठती थीं और चारों ओर टकराकर फिर ज़मीन पर गिरती थीं। किसी तूफ़ान से नुचे-हुए गुलाब की अन्तिम पंखुड़ी से उसके ओठ रह-रहकर काँप उठते थे। उसके क़दमों में संगीत था, हलका, धीमा, सिसकता हुआ। वह संगीत जो किसी मूर्छित जल-देवता को जगाने के लिए उदास जल-परियाँ गाया करती हैं। उसकी मुद्रा में रूप और उदासी बिलकुल घुलमिल गये थे। उसकी चाल में उत्सुकता थी, एक हलकी-सी ख़ुशी की लहर थी। किन्तु ऐसा लगता था जैसे उस उल्लास की लहर पर आँसुओं की नमकीन उदासी की हलकी-सी परत जम गयी हो।

वह आगे बढ़ी। एक गन्धर्व-कन्या ने उसके हाथों पर नीलम का थाल रख दिया। उस थाल में एक ओर किरण-फूल रखे थे, दूसरी ओर अभिषेक-जल। तारों की पंखुड़ियों से झरती हुई ओस बटोर कर पुखराज की केशर घोली गयी थी।

वह आगे बढ़ी और जावक-रंजित अँगूठे को जल में डुबोकर अभिषेक करना ही चाहती थी कि राजपुरोहित ने कहा—"ठहरो।" स्वर के आकस्मिक अवरोध से वह सहम गयी। उसके सिर पर से खिसककर वस्त्र कन्धे पर गिर गया। कोमल बेले की ग्रीवा मुड़ी और उसने पुरोहित की ओर देखा। काली ज़हरीली वेणी ने करवट बदली और कानों में लटकते हुए किसलय-कुण्डल रोमांचित कपोलों पर चुम्बन की थपकियाँ देने लगे।

"ठहरो!" राजपुरोहित ने कहा—"तुम कलाकार किंजल्क की नहीं, देवता युवराज किंजल्क की सेवा में अपना जीवन अर्पित कर रही हो। तुम दोनों का अन्तर समझती हो न?"

"हाँ।" क्षीण-सा उत्तर मिला।

"शिंजिनी! नारी की अपनी कोई स्वतन्त्र गति नहीं होती। तुम्हें किंजल्क की गति लेकर उसी के समानान्तर देवत्व की दिशा में उड़ना होगा। लेकिन इसका ध्यान रखना होगा कि तुम्हारी थकान कहीं किंजल्क के पंखों का बोझ न बन जाए। बोलो, रख सकोगी इतना अन्तर?"

शिंजिनी ने हाँ कहना चाहा किन्तु उसके उदास रूप की तरलता में उसके स्वर डूब गये। केवल सिर हिलाकर उसने स्वीकृति का संकेत कर दिया।

अभिषेक समाप्त हो गया। किंजल्क विश्राम-कक्ष में आया। वह बहुत थक गया था। लगता था जैसे किसी अदृश्य शक्ति ने उसका सारा उल्लास खींच लिया हो। दन्तपत्र-मण्डित शय्या पर वह निर्जीव-सा पड़ गया।

उफ़! कितना नीरस था वह अभिषेकोत्सव! और वह सोनजुही की कलियों का मुकुट-किरीट कितना दुर्वह था। उसका मस्तक प्रथम स्पर्श में ही जल उठा। हाँ, जब उस कलामूर्ति शिंजिनी ने अभिषेक किया तो उसके अन्तरतम पर न जाने कौन-सी शीतलता छा गयी। वह शिंजिनी—कैसा अलौकिक था उसका रूप, कितना सुन्दर, कितना उदास...सहसा एक विचित्र-सी प्यास उसे झकझोर गयी और वह व्याकुल-सा हो गया। दासियाँ दौड़ीं। एक ने साहस कर पूछा, "आज्ञा, देवता युवराज!" देवता युवराज—जैसे किसी ने उसके घावों में नमक भर दिया हो। वह तड़प उठा, कितना कर्कश है, कितना नीरस है यह सम्बोधन।

"कुछ नहीं, जाओ।"—उसने तीखे स्वर में कहा। उसे याद आये वे दिन, जब वह कनक चम्पा के कुंजों में अपनी वीणा बजाता था और तारा-मृग उसे पुकारते थे—"किंजल्क! प्रभाती सुनाओ।" काश! उसे कोई किंजल्क कह पुकारता स्नेह से। उसकी पलकों में प्यास के आँसू छलक आये और उसने वीणा में मुँह छिपा लिया।

सहसा किसी ने पीछे से विहग-शावकों से भी मृदुल स्वर में पुकारा—"किंजल्क!" किंजल्क ने चौंककर सिर उठाया—"शिंजिनी!" वह असमंजस में पड़ गया। कुछ कहना चाहता था किन्तु अधरों की सारी गति नयनों ने छीन ली थी। उसे इस प्रकार शून्य दृष्टि से अपलक अपनी ओर निहारते हुए देखकर शिंजिनी सहम गयी—"क्या कोई अपराध हुआ देवता युवराज?"

किंजल्क को फिर आघात लगा—"नहीं! नहीं! वही सम्बोधन ठीक है शिंजिनी।"

शिंजिनी को इस विनीत स्वर पर आश्चर्य हुआ। किन्तु क्षण भर में उसकी आँखें हँस पड़ीं, न जाने क्या सोचकर। किंजल्क ने देखा—उसकी आँखों में न जाने कौन-सी किरणें छलक रही थीं। ठीक वैसी ही किरणें जैसी उसकी वीणा में कसी हुई थीं। ऐसा जान पड़ता था जैसे उसकी वीणा की किरणें शिंजिनी की नज़रों में कस गयी हैं। उसके मन में आया कि वह इन्हीं नज़रों की किरणों पर अपनी वीणा के स्वर उतार दे।

सहसा शिंजिनी ने कुछ लजाकर कुछ साहस कर पूछा—"तो क्या मुझे किंजल्क कहकर पुकारने का अधिकार दे रहे हैं?"

"अधिकार दे रहा हूँ इन शब्दों के अर्थ मुझे ज्ञात नहीं शिंजिनी। क्षमा करना, मैं अभी तक तारा-मृग और विहग-शिशुओं के बीच रहा हूँ। न उन्होंने कभी मुझसे अधिकार जैसी वस्तु माँगी और न मैंने दी ही। किन्तु मुझे तुम्हारे संसार की परम्पराएँ नहीं मालूम। शायद यहाँ और कुछ नहीं, केवल अधिकारों का क्रय-विक्रय होता है।"

शिंजिनी कुण्ठित हो गयी। उसने कुछ कहना चाहा किन्तु न जाने क्या सोचकर विषय बदल दिया। वह आगे बढ़ी और किंजल्क की शय्या के समीप रखी हुई चन्दन की चौकी पर बैठ गयी।

"अच्छा, किंजल्क तुम्हें अपने जीवन पर सन्तोष है?" उसने किंजल्क की नज़रों पर अपनी किरणों वाली नज़रें डालकर पूछा।

"क्यों? असन्तोष क्यों होता? मैंने कभी सन्तोष की कामना ही नहीं की शिंजिनी, तो असन्तोष का प्रश्न ही कैसे उठ सकता है?"

"मैं देवता से नहीं, किंजल्क से पूछ रही हूँ। क्या वह सदा से प्यास का उपासक रहा है?"

"हाँ, शिंजिनी! उसे कभी भी तृप्ति में कोई आकर्षण ही नहीं दीखा।"

"आश्चर्य है, किंजल्क! तुम्हें तृप्ति से इतना विराग क्यों है? क्या इसलिए कि वह क्षणिक है?"

"हाँ, इसलिए कि क्षणिक सत्य नहीं होता। मैं देवता हूँ, मेरा आधार सत्य है।"

"तुम ग़लत सोचते हो किंजल्क! सत्य की माप समय और काल की सीमाओं से नहीं होती है। तृप्ति, प्यार, मोह, वासना केवल इसलिए असत्य नहीं कहे जा सकते कि वे क्षणिक हैं।"

"तो तुम सत्य का मापदण्ड क्या मानती हो?"

"सत्य का मापदण्ड सम्पूर्णता है किंजल्क! यदि कोई क्षणिक आवेग अपने में जीवन की सम्पूर्णता समेट लेता है तो मैं उसी को सत्य मानने के लिए तैयार हूँ किन्तु यदि कोई शाश्वत साधना जीवन के एक खण्ड को आधार बनाकर दूसरे खण्डों को कुचल देती है तो मैं उसे सत्य नहीं समझ सकती। मैं मोह में विश्वास करती हूँ। मैं तृप्ति में विश्वास करती हूँ।"

किंजल्क को लगा जैसे शिंजिनी की नज़रों की किरणें उसकी नसों में चुभी जा रही हैं। उसके चेहरे की चम्पई उदासी ने करवट बदल ली थी और वहाँ एक मंजुल प्रभात मुसकरा रहा था। शिंजिनी की बातों ने, उसके रूप ने न जाने कहाँ आघात किया था और उस मधुर घाव में एक अनोखी कली खिल रही थी जिसके मादक सौरभ से वह अनजान में ही विभोर होता जा रहा था। फिर भी उसने पूछा—"यदि तुम तृप्ति में विश्वास करती हो तो कल तुमने प्यास की शपथ क्यों ली थी?"

"केवल तृप्ति को और मधुर बनाने के लिए किंजल्क! तुम्हारे चरणों के समीप

रहकर अपनी प्यास को जाग्रत रखकर अपनी तृप्ति के क्षण को और भी तीखा बनाने के लिए, देवता!"

"किन्तु तृप्ति प्यास की तो हत्या कर देती है। तृप्ति जीवन की गति के आगे विराम-चिह्न बना जाती है शिंजिनी! इसलिए अनंग का अस्तित्व प्यास में ही माना गया है।"

"जो तृप्ति को प्यार नहीं कर पाया वह भला प्यास को कैसे प्यार कर सकेगा? रहा अनंग, वह तो एक कायर देवता था जो आकाश की शून्यता से घबराकर धरती की ओर चला, किन्तु धरती की मांसलता से टकराकर चूर-चूर हो गया।"

किंजल्क का ध्यान वार्तालाप से हट चुका था। वह नज़रें बचाकर देख रहा था शिंजिनी की किरणमयी निगाहें तथा काँपते ओठ और हर बार तृप्ति शब्द पर रोमांचित हो उठनेवाले अरुण कपोल। अगर इन कपोलों पर निराशा की एक हलकी-सी तरल छाया पड़ जाए तो रूप की मादकता कितनी बढ़ जाए। इसलिए उसने हठात् कह ही तो दिया, "नहीं! नहीं! मैं तुमसे कभी सहमत हो ही नहीं सकता।"

"शाबाश किंजल्क!" दूसरे कोने से आवाज़ आयी। उसने देखा—राजपुरोहित। शिंजिनी उठकर चली गयी।

"मुझे तुमसे यही आशा थी। शिंजिनी को मैंने ही भेजा था—यह देखने के लिए कि तुम अपनी शपथ पर अटल हो या नहीं।"

किंजल्क को लगा जैसे किसी ने उसके हृदय में अभी-अभी खिली मंजुल कली को बिजली के पाटों से मसल दिया हो। उसने रुँधे गले से पूछा—

"तो शिंजिनी को आपने भेजा था?"

"हाँ!"

"तो यह उसका अभिनय मात्र था?"

"हाँ!"

उसे लगा जहाँ अभी एक कोमल कली खिली थी वहाँ अब एक ज़हरीला काँटा निकल आया है। उसकी चुभन से व्याकुल होकर वह खड़ा हो गया, बेचैनी से टहलने लगा—

"नहीं, मैं तृप्ति में विश्वास नहीं कर सकता। और वह तृप्ति भी किससे? ज़हर के प्याले से? नारी से? वंचनामयी नारी—मैं उसे ज़हर समझता हूँ—मैं उससे घृणा करता हूँ।"

"प्रत्येक देवता नारी से घृणा करता है।" राजपुरोहित ने धीरे से कहा और बाहर चला गया।

किंजल्क पागल-सा हो रहा था। कुछ क्षणों पहले जीवन में पहली बार उसने नारी का प्यार पाया था और दूसरे ही क्षण उसे उस प्यार को कुचलना पड़ रहा

था। घृणा से उसकी नसें फटी जा रही थीं। उसने चारों ओर पागलों की-सी निगाह डाली।

सामने एक प्रस्तर-मूर्ति के हाथों में उसकी वीणा रखी थी—फूलों से ढकी और फूलों के बीच से किरणें चमक रही थीं। उसने वीणा उठायी और बजाना चाहा। घृणा के आवेग से उसकी उँगलियाँ काँप रही थीं। उसने झंकार दी और एक सिसकती हुई आवाज़-सी उठी और लो, घृणा की उँगलियों के छूते ही कला मर गयी तथा किरणों से तारे सहसा बुझ गये। उसने झल्लाकर वीणा पटक दी और फिर बेचैनी से टहलने लगा।

उधर शिंजिनी अपने कक्ष में पहुँची। सखियाँ उसकी प्रतीक्षा में थीं। एक ने आगे बढ़कर उसके वस्त्र बदले और दूसरी ने उसकी शय्या सँवार दी। वह आगे बढ़ी, शय्या के सिरहाने बने हाथीदाँत के मयूर की गर्दन में बाँहें डालकर बैठ गयी और शान्ति की एक साँस ली।

"कहो! आज जीवन में पहला अभिनय करने गयी थीं, सफल हुई?"

"पहला अभिनय! हाँ सखी, गयी तो इसी उद्देश्य से थी किन्तु वहाँ जाकर ऐसा लगा जैसे आज तक का सारा यथार्थ जीवन, यह प्यास की साधना, यह सब केवल एक अभिनय था, एक सपना था जो किसी बहुत बड़े सत्य के आलोक में घुल गया। आज का अभिनय जैसे जीवन बन बैठा हो।"

"पागल तो नहीं हो गयी हो?"

"हो सकता है।" शिंजिनी ने कहा, "किन्तु मैं जानती हूँ कि पहले वाक्य के बाद मैंने जो कुछ कहा, हृदय से कहा। उस मृगशावक से भोले किंजल्क से प्रवंचना करने का साहस ही न हुआ।"

"यह क्या कर आयीं तुम?"

"मैं कुछ नहीं कर आयी। मैं सचमुच पागल थी। अपने आपे में नहीं थी। न जाने किस अदृश्य शक्ति ने अभिनय को इतनी गहराई दे दी थी कि वह सत्य बन गया। उफ़! मैं उसे प्यार करती हूँ। उसने कहा था कि मुझे किंजल्क कहकर पुकारो। किंजल्क-शिंजिनी, शिंजिनी-किंजल्क।"

पास के पिंजरे में लटकी सारिका ने पंख फड़फड़ाये और बोल उठी, "...शिंजिनी-किंजल्क।"

शिंजिनी हँसी और फिर लज्जित होकर एक सखी के वक्ष में मुँह छिपा लिया और उसके गले में बाँहें डालकर बेहोश-सी पड़ रही।

पूर्व दिशा में जब नीलम की डाल पर पहला किरण-फूल फूला तो शिंजिनी किंजल्क को जगाने चली। उसने धीरे से कक्ष-पट खोला और भीतर झाँका। वह

जगाने किसे चली है? किंजल्क तो स्वयं ही बैठा है। अपलक दृष्टि से वातायन के बाहर झाँकते हुए उसकी पलकें जागरण से सूजकर पुष्प की भाँति लाल हो गयी हैं।

"किंजल्क!" उसने बड़े मीठे स्वर में पुकारा—किंजल्क का ध्यान भंग हुआ। उसने उधर देखा और देखते ही फिर मुँह फेर उधर देखने लगा और भारी स्वर में कहा—"बाहर जाओ शिंजिनी! जब आवश्यकता होगी तो...।"

शिंजिनी अवाक् रह गयी और फिर धीमे-धीमे वापस आयी। वह शय्या पर पड़कर सिसकने लगी। और सिसकती रही...।

एक घड़ी बीती, एक दिन बीता, एक सप्ताह बीत गया। किन्तु किंजल्क ने न बुलाया। वह व्याकुल हो गयी। उठी, शृंगार किया। केशों को धूपित कर मालती-माला से जूड़ा सँवारा, कानों में किरणों की कलिकाएँ लगायीं और किंजल्क के भवन की ओर चली।

किंजल्क मन्त्रणा-गृह से बाहर आ रहा था। शिंजिनी को देखते ही ठिठक गया, फिर अवहेलना के स्वर में कहा—"मैं राजकीय कार्यों में बहुत व्यस्त हूँ। क्या कोई विशेष कार्य है?"

"नहीं, कोई विशेष कार्य तो नहीं।"—शिंजिनी ने रुलाई रोकते हुए कहा, "देवता युवराज स्वस्थ तो हैं?"

"हाँ, स्वस्थ हूँ, अस्वस्थ रहने की कोई आवश्यकता भी नहीं समझी मैंने। अच्छा।" कहकर मन्त्रणा-गृह की ओर मुड़ गया। "कैसा आडम्बर रचती हैं ये प्रवंचना की पुतलियाँ!"

शिंजिनी को जैसे किसी ने लपटों से सींच दिया। वह खड़ी न रह सकी, डगमग पैरों से अर्द्धमूर्छित-सी चल दी अपने भवन की ओर।

गन्धर्व अपने राजा से बहुत सन्तुष्ट थे। चौबीस घण्टे केवल प्रजा का ध्यान—न कोई व्यक्तिगत व्यसन, न कोई अपना स्वार्थ। गन्धर्वों की रीति थी कि उनका राजा या राजपुरोहित चिकित्सक हुआ करता था। रहस्यमय वशीकरण और मन्त्रों के सहारे वह उनकी चिकित्सा करता था। दिन हो या रात, किंजल्क सदा उनकी सहायता के लिए प्रस्तुत रहता था।

एक दिन दूत ने आकर कहा, "शिंजिनी बहुत बीमार है।"

"राजपुरोहित से कहो।"

"वे असफल होकर लौट आये।"

वह असमंजस में पड़ गया। उसके दिल की हर धड़कन घृणा से कह रही थी—"मत जाओ किंजल्क! यह भी एक नया आडम्बर है।" मगर न जाना राजमर्यादा के विरुद्ध था और वह गया।

भवन पर उदासी छायी थी। द्वार-प्रतिमाओं के हाथों में लटकी हुई

स्वागत-मालाएँ मुरझा गयी थीं। पिंजरों में विहग अपने पंखों में मुँह छिपाये चुपचाप बैठे थे। मृगशावक चौकड़ी भरना भूल गये थे और बुझे हुए दीपों के नीचे मुँह लटकाये उदास खड़े थे। द्वार पर बिछे हुए फूल बदले नहीं गये थे और बिछे-बिछे वहीं सूख गये थे। दुग्ध-फेन से कोमल फूलों की शय्या पर घायल पंखोंवाली तितली की तरह शिंजिनी लेटी थी, शान्त, मलिन, निष्प्राण-सी।

किंजल्क ठिठक गया। आज भी शिंजिनी के मुख पर उसे उसी गुलाबी उदासी का आभास मिला जिसने उसे पहले आकर्षित किया था। जूड़े में बँधा हुआ मृणाल-तन्तु टूट गया था और भौंराली अलकें उसके मुख के चारों ओर बिखर गयी थीं। मुँह पर एक अजीब मधुमासी पीलापन था। श्वास नहीं ठहर रहा था और हर बार के श्वास-प्रश्वास में वक्ष पर बँधी हुई मुकुल-माला का एक पुष्प टूटकर गिर पड़ता था। भाल पर रोली से बने कमल की पंखुड़ियाँ क्षत-विक्षत हो गयी थीं।

वह चुपचाप गया और सिरहाने खड़ा होकर मन्त्र पढ़ने लगा—"तुम्हारे मन की उमड़ती हुई ज़हरीली घटाएँ लौट जाएँ। पसलियों में टकराती हुई काली आँधी शान्त हो जाए। तुम्हारे मनोविकार शान्त हों। तुम्हारी वासनाएँ शान्त हों।"

शिंजिनी ने पलकें उठायीं—यह देखने के लिए कि यह कौन कह रहा है। उसने देखा—किंजल्क निष्प्राण यन्त्र की भाँति पथरीले स्वर में दुहरा रहा है—"तुम्हारी वासनाएँ शान्त हों।"—मारे दर्द के उसकी आँखों में कुछ जल-देवता छलक आये। उसने कराह कर करवट बदली। उसे हिलते हुए देखकर सारिका बोली, "शिंजिनी!" और पर फुलाकर चहकने लगी "शिंजिनी—किंजल्क, किंजल्क—शिंजिनी!"

शिंजिनी बेचैन हो उठी और करवट बदलकर उसने कातर निगाहों से किंजल्क की ओर देखा...। किंजल्क को लगा जैसे उसकी नज़र की चिनगारी उसकी पसलियों को चीरती हुई उसके दिल में बैठ गयी। जैसे किसी ने उसकी नसों को झकझोर दिया। उसके ख़ून की बूँद-बूँद सुलग उठी। "तुम्हारी वासनाएँ...तुम्हारी वासनाएँ अमर हों!" उसने कहा और पागलों की तरह झुककर शिंजिनी के ओठ चूम लिये। फिर मूर्छित-सा उसकी अलकों में मुँह छिपाकर बैठ गया। बीमार, थकी, शिंजिनी मलयज का पहला झोंका पाकर सो गयी।

सहसा दिशाओं को कँपाता हुआ भयंकर झंझावात उठा। अधर-स्थित गन्धर्व-लोक कमज़ोर टहनी में लगे हुए फल की तरह हिलकोरे लेने लगा। किंजल्क उठा। वह न जाने किस मखमली नशे में चूर था। डगमग क़दमों से वह अपने महल में गया। तेज़ हवा के झोंकों से दीप बुझ चुके थे। लेकिन उसने देखा कि उसकी वीणा के बुझे हुए किरण-तारों में फिर प्रकाश लौट आया है और वे चन्द्र-किरणों की तरह जगमगा रहे हैं।

वह ख़ुशी के मारे चीख़ उठा और बिना तूफ़ान की परवाह किये हुए गाना शुरू किया—"मेरी तृप्ति की रानी! मेरी प्यास की प्रेरणा! मैं आज से जीवन के

आरोह-अवरोह का स्वागत करता हूँ। मैं साधना को प्यार करता हूँ। मैं गुनाहों की रंगीनियों को भी प्यार करता हूँ। मैंने जीवन का सत्य पहचान लिया है। जीवन की पूर्णता में प्यास भी सत्य है और तृप्ति भी। संयम भी सत्य है और वासना भी। मैं भी सत्य हूँ और तुम भी। सत्य हम दोनों के प्यार का नाम...।"

प्रातःकाल हुआ—सारा गन्धर्व-लोक सन्त्रस्त था। वे अपने देवता के पतन पर क्षुब्ध थे। राजपुरोहित ने कहा—"देवता युवराज को इसका प्रायश्चित्त करना होगा।" प्रजा अपने देवता को असीम प्यार करती थी।

"देवता का इसमें कोई अपराध नहीं है। सारा अपराध शिंजिनी का है।" एक ने कहा।

"ठीक है।" दूसरा बोला, "अपराध सदा नारी करती है। पुरुष तो अनजान है—निर्दोष है।"

और पुरुषों के उस समूह ने एक स्वर से नारी के विरुद्ध अपना निर्णय दे दिया।

शिंजिनी अपने श्वेत मयूर को सरोवर के तट पर मृणाल खिलाने जा रही थी कि लताकुंज को चीरकर हाँफती हुई एक सखी ने कहा—

"कुछ सुना तुमने?"

"क्या?"

"जनता देवता पर क्षुब्ध है।"

शिंजिनी सहम गयी। क्षणभर खड़ी रही। मन-ही-मन कुछ सोचती रही और फिर मयूर को एक ओर छोड़कर बाहर भागी। राजपुरोहित से कहा—"अपराधिनी मैं हूँ, दण्ड मुझे मिलेगा।"

"ठीक है।" राजपुरोहित ने कहा, "पापिनी आत्मा स्वयं अपना दोष स्वीकार कर रही है—किन्तु दण्ड का निर्णय देवता को करना होगा। तुम यहीं रहो।"

राजपुरोहित चले गये। शिंजिनी चुपचाप सोचने लगी। जिसको वह मुक्ति नहीं दे पायी उसे बन्धन देने क्यों चली थी। उसने प्यार किया किन्तु फिर देवता से सर्वस्व क्यों माँगा। सर्वस्व माँगकर फिर माँगने के अवसर को, आशा के स्पन्दन को, प्यास के सुख को सदा के लिए खो दिया! उसने निश्चय किया—अब वह प्रतिदान न लेगी—कभी न लेगी।

किंजल्क ने सुना, जनता में उमड़ता हुआ क्रोध। उसने कुछ भी ध्यान न दिया। उसे कुछ भी परवाह न थी गन्धर्व-लोक की। कल उसे शिंजिनी से जो कुछ मिला

उसके सामने किरीट, राजदण्ड, देवत्व सब तुच्छ थे—बहुत ही तुच्छ। उसे नहीं चाहिए कुछ भी। वह शिंजिनी के प्यार के सहारे सभी कुछ सह सकता है—निर्वाण भी, दण्ड भी।

राजपुरोहित आया। किंजल्क सचेत हो गया। राजपुरोहित ने आगे बढ़कर कहा—"देवता युवराज को चिन्ता करने की कोई आवश्यकता नहीं। शिंजिनी ने स्वयं अपना अपराध स्वीकार कर लिया है।"

"क्या?" किंजल्क को अपने कानों पर विश्वास न हुआ। "क्या उसने यह स्वीकार कर लिया कि उसने प्रेम करके अपराध किया है? क्या वह अपने प्रेम को लेकर विद्रोह नहीं कर सकती?"

"उसे केवल अपने अपराध के प्रायश्चित्त की आवश्यकता है।"

किंजल्क का विद्रोह सहसा बुझ गया। उसने कल जो प्रेम शिंजिनी से पाया था, जिसके आधार पर वह विद्रोह करने जा रहा था उसी को शिंजिनी ने अपना अपराध स्वीकार कर लिया था। तो क्या फिर वह शिंजिनी का दूसरा अभिनय था? उसका सिर फटा जा रहा था।

"देवता उसके लिए दण्ड का निर्णय करें।"

किंजल्क ने बेबस निर्जीव निगाहों से राजपुरोहित को देखकर कहा—"जिसने विद्रोह की प्रेरणा दी थी, अधिकार दिया था, जब उसी ने मुँह फेर लिया तो दण्ड किसकी शक्ति से दूँ? उसी ने इसे अपराध स्वीकार किया है। उसी से कहो दण्ड दे ले अपने को भी और मुझे भी।" और किंजल्क भोले बच्चे की भाँति सिसकने लगा।

राजपुरोहित शिंजिनी के पास गया और बोला—"शिंजिनी! देवता युवराज तुम्हारे अपराध पर दुःखी हैं, बहुत दुःखी। वे तुम्हारे पतन पर इतने क्षुब्ध हैं कि वे दण्ड का भी निर्णय नहीं करेंगे। तुम स्वयं अपने लिए दण्ड सोच लो।"

शिंजिनी अवाक् रह गयी। वह किसी भी दण्ड के लिए तैयार थी यदि वह गन्धर्वों की ओर से मिलता। किन्तु किंजल्क उसे अपराधिनी समझेगा इसका उसे स्वप्न में भी ध्यान न था। यह उसका नहीं, उसके प्रेम का अपमान था। वह व्यथा से पागल होकर बोली—"तुममें शायद सचमुच देवता की आत्मा प्रवेश कर गयी है किंजल्क! अन्यथा तुम इतना पथरीला निर्णय न देते। कोई बात नहीं। तुम्हारा प्यार मुझे मिला था। तुम्हारी परीक्षा भी मैं ही लूँगी। तुम्हारा दण्ड भी मूल्यवान है देवता! तुमने कम-से-कम उपेक्षा के योग्य तो समझा।"

उसने आँसू से भीगे हुए ओठ दाँतों से दबाकर कहा—"मैं जानती हूँ राजपुरोहित? जा रही हूँ गन्धर्व-लोक से मैं। स्वर्ग शायद मेरा अभिशाप न सँभाल सकेगा। पर धरती की चट्टान की छाती पर तो अपनी व्यथा को पटककर चूर-चूर

कर सकूँगी! अच्छा, विदा! देवता, किंजल्क देवता गन्धर्वों की रक्षा करें।"

और धरती के निवासियों ने देखा—सुदूर आकाश में एक सुधामयी तारिका टूटी और अतुलित प्यार के पंखों पर तीर की तरह मँडराती हुई धरती की मांसलता से टकराकर चूर-चूर हो गयी। उस उल्कापात के क्षणों में शरद का चन्द्र अद्भुत उदास पीलेपन से काँप उठा। रात्रि-रानी का सौरभ सहसा सिसककर बेसुध हो गया और कलियों के रक्त से सने हुए काँटों की नोक पर चन्द्र-किरणों के शव गिर पड़े।

कला : एक मृत्यु-चिह्न

"मैं विवश हूँ राजकुमारी! मैं व्यक्तियों की प्रतिमा का अंकन नहीं करता।"

"व्यक्तियों की प्रतिमा का अंकन! मैं व्यक्तिमात्र नहीं हूँ कलाकार, मैं सुन्दरी हूँ और सुन्दरी केवल व्यक्ति नहीं व्यक्तित्व होती है। काली घटाओं के रेशों से बुनी हुई मेरे नयनों की कजरारी अजानता, पुरवैया के झकोरों से काँपते हुए मृणाल की भाँति मेरे अंगों की चंचलता, क्या ये कलाकार के मन को लपटों में नहीं डुबो सकतीं। प्रलय-निदाघ की अग्निमयी सुन्दरता को अपनी पंखुड़ियों में समेट लेनेवाली रक्त-कलिका-सी मैं, क्या मैं कला की उपास्य नहीं बन सकती?"

"नहीं, अनन्य-सुन्दरी नहीं! तुमने कला को ग़लत समझा है। कला का विषय, कला का उपास्य सौन्दर्य होता है—सुन्दरियाँ नहीं!"

"सुन्दरियाँ नहीं, यह कैसे कहते हो कलाकर? प्रेम की काँपती हुई मध्याह्न वेला में जब कोई सुन्दरी चारों ओर बिखरी हुई यौवन की धूप को अपने एक अश्रु में समेटकर अपने देवता के चरणों पर चढ़ा देती है तो क्या उस एक झिलमिल बूँद में आकाश और पृथ्वी का सारा सौन्दर्य नहीं सिमट आता? क्या कल्पना की सीपी में वह प्रेम की एक पथ-दर्शक बूँद कला का मोती नहीं बन जाती?"

"नहीं, राजकुमारी! कलाकार जीवन के धागे में क्षुद्र मोती नहीं, अनन्त जल-राशियों का विस्तार गूँथा करता है। कला प्रेम को, सौन्दर्य को, आधार अवश्य बनाती है, किन्तु एक व्यक्ति की रूप-रेखाओं में बँधे हुए सीमित अंश को नहीं, वरन् व्यक्तिगत सीमा-बन्धनों से परे प्रेम की अनन्त समष्टि को साकार रूप देकर ही कलाकार उसकी पूजा करता है।"

"तो तुम्हारा विचार है कि एक व्यक्ति को ही अपना प्रेमास्पद बनाकर उसके चरणों में अपना सर्वस्व समर्पण कर देनेवाले प्रेमी में गम्भीरता नहीं होती?"

"गम्भीरता हो किन्तु उसमें प्रेम की जलती हुई प्यास नहीं होती, उसमें प्रेम की पूर्णता को आत्मसात् कर लेनेवाली पूर्णता नहीं होती, राजकुमारी! कलाकार का प्रेम तो कल्पना के मखमली पंखों पर फूल-से-फूल पर उड़ता हुआ, रेशमी किरणों

पर विश्राम करता हुआ, सूर्य के समीप तक जा पहुँचता है। कलाकार एक प्रेमास्पद के व्यक्तित्व पर अपना सब कुछ न्योछावर नहीं कर सकता, क्योंकि वह प्रेमिका से नहीं, प्रेम से प्रेम करता है।"

"प्रेम से प्रेम करता है! क्या कह रहे हो कलाकार?"

"तुम नहीं समझ सकतीं राजकुमारी। कलाकार का उपास्य उसकी प्रेमिका नहीं होती, वरन् स्वयं प्रेम होता है। प्रेमिकाएँ तो वे पूजा-फूल हैं जो प्रेम के देवता के चरणों पर चढ़ा दिये जाते हैं। इस अनवरत पूजा की रीति को कला कहते हैं।"

"प्रेमिकाएँ पूजा-पुष्प हैं जो एक के बाद एक देवता के चरणों पर चढ़ा दी जाती हैं, कली के बाद कली-रस चूसकर उड़ जानेवाले भँवरे की पुरुषोचित वंचकता का ही नाम कला है न! अपने छल, अपनी वंचना, अपने पाप को छिपाने का अच्छा बहाना ढूँढ़ निकाला है तुमने! हम स्त्रियाँ प्रेम को साधना समझती हैं। शलभ की भाँति जलते हुए प्रेम की लपटों को आलिंगन में समेटकर प्रेम की प्यास को निर्वाण की पूर्णता में विलीन कर देती हैं।"

कलाकार हँस पड़ा—

"तुमने अच्छी उपमा दी। राजकुमारी! शलभ जैसे तुच्छ कीटों में कल्पना या पूर्णता की प्यास होती भी है या नहीं, इसमें मुझे सन्देह है। उस शलभ से अधिक जागरूक दीपशिखा है जो मृत्यु के बाद मृत्यु को अपनी ज्वाला में विलीन कर परवानों के शवों पर भी गुलाबी प्रकाश बिखेरती जाती है।"

"चुप रहो! प्रेम की गम्भीर अनन्यता की हँसी उड़ानेवाले भावनाहीन पशु!"

"पशु!" कलाकार फिर हँसा—"इस प्रशस्ति के लिए धन्यवाद राजकुमारी!" मनुष्य कहकर कम-से-कम तुमने मेरा अपमान तो नहीं किया।"

राजकुमारी कुछ न बोली। अग्निमय दृष्टि से कलाकार की ओर देखती हुई प्रकोष्ठ की भूमि पर महावर-मण्डित चरणों से जलते हुए निशान छोड़ती हुई आवेश में चली गयी। कलाकार एक बार मुसकराया। फिर गम्भीरता से उन चरण-चिह्नों की ओर देखता हुआ चिन्ता-मग्न हो गया।

प्रातःकाल जब पारिजात-निकुंज में नवागत खंजनों के स्वरों पर थिरकती हुई किरणें कलाकार की पलकों से नींद की खुमारी धोने लगीं तभी प्रतिहारी ने सूचना दी—"राजकुमारी की दूतिका आयी है।"

कलाकार उठ बैठा। आकाश-वेलि के तन्तुओं से बुना हुआ पर्दा हटाकर दूतिका ने प्रवेश किया। उसके आरक्त नयनों में अब भी रात जग रही थी। जागरण के भार से पंखुरियों-सी पलकें झुकी जा रही थीं। खुमारी भरे क़दम पराग-सिक्त भूमि पर डगमगा रहे थे।

"आज रात भर अन्धकार की परतों में कुछ खोजती रहीं क्या देवी?" कलाकार ने मुसकराकर पूछा।

"हाँ, कलाकार! आज रात को हमारी राजकुमारी खो गयी थीं!"

"राजकुमारी खो गयी थीं?"

"घबराओ न कलाकार! वे इस पत्र-लेखन में खोयी थीं, बार-बार लिखती थीं, बार-बार मिटा देती थीं!"

और दूती ने आगे बढ़कर चन्दन-छड़ी पर लपेटा हुआ भोजपत्र कलाकार के समीप रख दिया। कलाकार ने एक बार दूती की ओर देखा, दूसरी बार उस पत्र की ओर और फिर उसे उठाकर पढ़ने लगा।

हरसिंगार के रस से केसरिया अक्षरों में लिखा था—"कलाकार! वर्ष भर की अवधि में तुम्हें एक आदर्श-सौन्दर्य की प्रतिमा का निर्माण करना होगा। ध्यान रहे, सौन्दर्य की प्रतिमा, सुन्दरी की नहीं। वह प्रतिमा जो पृथ्वी की प्रत्येक सुन्दरी के गर्व को चूर-चूर कर दे। किन्तु शर्त यह है कि वह सजीव हो, सस्पन्द हो, भावनामयी हो, प्राणवती हो, पत्थर की निष्प्राण मूर्ति मात्र न हो। यदि तुम उस निर्जीव सौन्दर्य में प्राण फूँक सके तो स्मरण रखना तुम्हारा भाग्य मेरे चरणों के तले होगा!"

कलाकार स्तब्ध हो गया। द्वार के समीप राजकुमारी के अरुण पद-चिह्न अभी मिटे न थे। उन पर स्वर्णिम चूर्ण बिखर जाने से उनका वर्ण रक्तिम हो गया था और वे अंगारों-से धधकने लगे थे। कलाकार उनसे उठती हुई अदृश्य लपट में डूब गया।

"कुछ प्रत्युत्तर?" दूती का प्रश्न झंकार उठा!

कलाकार की तन्द्रा टूट गयी—"हाँ, राजकुमारी से कहना, बारह पूर्णमासियों के बाद मैं उन्हें अपनी नवीन मूर्ति के उद्घाटन के लिए निमन्त्रित करूँगा!"

"और कुछ?"

"हाँ, और कह देना फूलों के रेशों से फाँसी गूँथने में राजकुमारी चतुर हैं!" दूती चली गयी।

कलाकार के अस्तित्व के सामने उसकी कला का मान आज एक प्रश्नचिह्न बनकर खड़ा हो गया था। उसने राजकुमारी की चुनौती स्वीकार कर ली थी। वह अपनी मूर्तिशाला में गया और निर्माण में तल्लीन हो गया। चैत्र-वैशाख की चन्द्रकिरणें विलास-गृह के पाटल-सौरभ को छेड़ती हुई आयीं किन्तु मूर्तिशाला के द्वार से ही लौट गयीं।

अषाढ़ की प्रथम घटाएँ किरणों के कमलों पर लहराने वाली भ्रमर-पाँत की भाँति आयीं किन्तु रिमझिम सन्देश देकर चली गयीं। उद्यान में मोर पंख फैलाकर

नाच उठे, किन्तु उनके नृत्य को देखकर विह्वल हो उठनेवाला कलाकार एकाग्रचित्त से निर्माण में तल्लीन रहा। बादलों से आँख-मिचौनी खेलकर चन्द्रकिरणों का आँचल उलटकर, कदम्ब की भुजाओं को आलिंगन में झकझोरकर, केतकी का घूँघट हटाकर, दो-चार चुम्बन चुराकर आनेवाला मादक समीर भी कलाकार की तन्द्रा को अस्त-व्यस्त न कर पाया।

धीरे-धीरे आकाश के सरोवर में इन्द्रधनुषी कमलों ने पलकें मूँद लीं। बादलों के श्यामल कमलपत्र पवन की धारा में बह गये, मयूरों के नृत्य थककर सो गये और शरद् के निरभ्र आकाश में मधुभाषी हंसों का कूजन चन्द्रकिरणों की डोर पर झूलने लगा।

और एक दिन कलाकार की मूर्तिशाला में उसका भोला हरिणशावक कान उठाये, मुख में अधकुतरी शेफाली दबाये, भय-भीत मुद्रा में भागता हुआ आया और कलाकार के अंक में मुँह छिपाकर खड़ा हो गया।

कलाकार ने प्यार से उसे थपथपाते हुए पूछा—"कोई नवागन्तुक है क्या?" और वह मूर्तिशाला के बाहर निकल आया। देखा—राजकुमारी खड़ी थीं।

दोनों कन्धों पर लापरवाही से डाली हुई भौंराली वेणी में मालती-कुसुम गूँथे हुए थे। कानों में ओस से भीगी हुई धान की बालियाँ झूम-झूमकर गाल चूम रही थीं। कलाइयों में कलीयुक्त मृणाल लिपटे थे और गले में पड़ी हुई मणिमाला चन्दन-चर्चित वक्ष पर सर रखकर करवटें बदल रही थी।

"कलाकार, प्रतिमा प्रस्तुत हो गयी?"

"अभी हृदय का निर्माण शेष है राजकुमारी!"

"वह सदा शेष रहेगा कलाकार! जिसके पास स्वयं हृदय नहीं, वह कला में हृदय कैसे ला सकेगा!"

कलाकार चुप रहा।

"कलाकार! तुम एक व्यर्थ की आशा में जीवन खो रहे हो। पत्थर के निर्माण में तुम जीवन नहीं फूँक सकते। एक व्यक्ति के हृदय की उपेक्षा कर समष्टि के सौन्दर्य की पूजा एक आकाश-कुसुम है, उसे हम मनुष्य नहीं तोड़ सकते कलाकार! अगर तुम्हारी कला की व्याख्या सत्य है तो कला एक मौत का मँडराता हुआ बादल है..."

"हो सकता है! कला एक मौत का मँडराता हुआ बादल है जो पश्चिम के आकाश में बिखरे हुए रक्तिम हलाहल को पी जाता है, किन्तु उससे बरसने वाली जीवनदायिनी बूँदों का स्पर्श कर धरा पुलकित हो उठती है!"

"धरा पुलकित हो उठती है, किन्तु कलाकार के प्राण ओस की बूँद की तरह ढुलककर धूल में खो जाते हैं!"

"खो नहीं जाते राजकुमारी! वे वन-फूलों में सौरभ बनकर दिशाओं में गमक उठते हैं। जानती हो, कलाकार जीवन का विजेता होता है!"

"हूँ—कलाकार जीवन का विजेता होता है, किन्तु मृत्यु का शिकार! और ये निष्प्राण मूर्तियाँ, जिन्हें तुम जीवन की पूर्णतम अभिव्यक्ति कहते हो, ये कलाकृतियाँ वे मुरझाये हुए फूल हैं जिन्हें कलाकार सिसक-सिसककर अपनी मृत्यु-समाधि पर बिखेरता जाता है। कला की साधना का पहला क़दम कलाकार के शव पर चरण धरकर बढ़ता है। कला की प्रतिमा का प्रथम अभिषेक कलाकार के तरुण रक्त से प्रतिपादित होता है। भूल जाओ इस पागलपन को कलाकार! पूर्णता में जीवन नहीं होता। पूर्णता में होती है मृत्यु की शान्ति। अपूर्णता में स्पन्दन होता है, जीवन होता है, वासना का वेग होता है, गुनाह की रंगीनियाँ होती हैं, कल्पना की उड़ान होती है कलाकार!"

कलाकार ने कुछ उत्तर न दिया—केवल मुसकराकर चुप हो रहा।

कलाकार व्यग्र था। वह बेचैनी से प्रतिमा के सम्मुख टहल रहा था—"क्या मैं हार जाऊँगा? क्या मेरी कला जीवनमयी न बन सकेगी? बोलो मेरी प्रतिमे! तुम्हें कौन से प्राणों की अर्चना चाहिए?"

प्रतिमा निस्पन्द थी।

"बोलो मेरी पत्थर की मूरत! अपना जीवन, अपना यौवन, अपनी वासना सब कुछ समर्पित करने के बाद भी तुम मेरा मान न बचा सकोगी? मैं अपनी तरुणाई के फूल तुम्हें चढ़ा चुका, फिर भी तुम्हारी पत्थर की नसें अभी सूखी क्यों हैं? उनमें अभी ख़ून की रवानी क्यों नहीं दौड़ी?"

प्रतिमा मौन थी, अचल थी!

कलाकार ने उस प्रकोष्ठ में मृत्यु की घुटन का अनुभव किया उसने उठकर वातायन का आवरण हटा दिया। शंख की घण्टियाँ झनझना उठीं!

दूर प्रतीची के आकाश के घायल हृदय से ताज़ा ख़ून फैल रहा था। उसके दर्द भरे वक्ष में सान्ध्य-तारे की नोक अब भी चुभी थी।

कलाकार क्षण भर उधर देखता रहा और फिर व्यथित होकर बोला—"राजकुमारी शायद सच कहती थी, अपूर्णता में ही जीवन है। पूर्णता शायद इसी मूर्ति की भाँति निर्जीव होती है।"

कलाकार सहसा रुक गया। क्षण भर तक वह कुछ सोचता रहा और सहसा

पश्चिम के आकाश का ख़ून उसकी आँखों में उतर आया। जलती हुई निगाहें प्रतिमा पर डालकर वह मुड़ पड़ा। उसकी गति में किसी भयानक निश्चय का आभास था।

प्रतिमा के सामने वह तनकर खड़ा हो गया।

"अब तक मैंने तुम्हारा निर्माण किया था, किन्तु तुम जीवनमयी न बन सकीं। अब मैं तुम्हें नष्ट करूँगा। मेरा प्रेम अब तुम्हें चूर-चूर कर देगा! फिर भी तुम जीवित न होगी, फिर भी तुम विद्रोह न करोगी? ओ पत्थर की पूर्णता!" उसने हथौड़ा उठाया—आवेग से उसका शरीर काँप उठा, उसने पलकें मूँद लीं और भरपूर प्रहार किया।

सहसा किसी असीम शक्तिशाली बाहु ने उसकी कलाई थाम ली। उसने चौंककर आँखें खोलीं। प्रतिमा की फौलादी अँगुलियाँ उसकी कलाई पर थीं और उसके अधरों पर थी पथरीली मुसकान! प्रतिमा की पुतलियों में ज़हर छलक रहा था।

"कलाकार!" पत्थर के स्वर गूँज उठे—"तुमने आज मुझमें प्राण फूँके हैं, किन्तु ईश्वर से समता करने का अधिकार तुम्हें किसने दिया है?"

"मेरे कलाकार ने!"

"मानवीय सीमा का अतिक्रमण करने का दण्ड भोगने के लिए तैयार हो?"

"दण्ड! दण्ड किस बात का? मैं अपनी कला के प्रति सदा ईमानदार रहा। मैंने अपनी पूर्णता के प्रति जागरूकता को धोखा देने की चेष्टा कभी नहीं की। मैंने कला की हत्या करने का पाप कभी नहीं किया!"

"यही तो तुम्हारा अपराध है। कभी पाप न करना स्वयं एक बहुत बड़ा पाप है। संसृति का नियम इसे नहीं सह सकता!"

"मैं केवल एक नियम जानता हूँ—प्रेम का!"

"प्रेम का?"

"हाँ, पत्थर की मूरत, मैं अपनी कला को प्यार करता हूँ, मैं तुम्हें प्यार करता हूँ!"

पत्थर के ओठ खिल गये।

"क्या तुम मेरा प्यार सह सकोगे? तुमने अपने से अधिक पूर्णता का निर्माण किया है—मेरे स्पन्दन को तुम अपने वक्ष पर सह सकोगे?"

कलाकार ने स्वीकृति का संकेत किया।

"तो आओ!" और पत्थर की दो भुजाएँ आलिंगन के लिए फैल गयीं।

कलाकार आगे बढ़ा और मूर्ति ने उसे अपने पथरीले आलिंगन में कस लिया। उसकी नसें चरमरा उठीं—उसकी पसलियाँ तड़क गयीं, उसके दिल की धड़कन बन्द होने लगी।

संगमरमर की गर्दन झुकी और मूर्ति ने अपनी ज़हरीली पलकें कलाकार के अधरों पर रख दीं—उसकी आँखों का ज़हर कलाकार के ख़ून में गुँथ गया।

बाहर के माधवी कुंज में कोयल हृदय फाड़कर चीख़ उठी! राजकुमारी चौंक उठी—"क्या चैत्र आ गया? कोयल आज प्रथम बार कूकी है!"

"नहीं राजकुमारी, आज तो फाल्गुन पूर्णिमा है। देखिए न!"

क्षितिज के पास उदास पीला चन्द्रमा धीरे-धीरे उठ रहा था।

"शृंगार करो! आज कलाकार के भाग्य का निर्णय करना है। पागल! कल्पनाओं से प्यार करता है, मूर्तिमान सौन्दर्य को ठुकराकर!"

और राजकुमारी ने केशों में लगा मृणाल-तन्तु खोल दिया। घटाएँ छिटक गयीं। एक सखी उन्हें अगर के धुएँ से सुवासित करने लगी। दूसरी अलकों के गुम्फन में कनेर-कलियाँ सँजोने लगी। दूती ने कुसुम का रतनार अंगराग मुँह पर मलते-मलते चुटकी काटकर पूछा—"क्या अशोक-कुंज से छिपकर कामदेव ने कोई तीर तो नहीं चला दिया है?"

"चुप रहो!" राजकुमारी ने आवेश में कहा—"आज या तो नारी का सौन्दर्य हारेगा या कला का आकर्षण!"

और राजकुमारी चल दी। प्रकोष्ठ के द्वार बन्द थे। उसने कंकण सँभालकर धीरे से पट खोले और चीख़ पड़ी। मूर्ति के चरणों पर कलाकार का शव पड़ा था। ओठ ज़हर से नीले पड़ गये थे।

राजकुमारी क्षणभर खड़ी रही और उसके बाद ज़ोर से हँस पड़ी—अट्टहास कर उठी। दूती सहम गयी—"राजकुमारी! राजकुमारी!!"

"मना मत करो! हँसने दो जी भरकर मुझे। आज मेरी विजय हुई है!"

"उफ़! कितनी निष्ठुर हो तुम!"

"निष्ठुर! मैं कलाकार की मौत पर हँस रही हूँ, क्योंकि मैं उसे प्यार करती थी। प्यार केवल हँसी है—भयंकर हँसी जो हम अनजाने में करते हैं। कल तक कलाकार मुझ पर हँसता रहा, आज मैं प्रेम पर हँस रही हूँ, कल शायद दुनिया हम सब पर हँसेगी।"

दूती सहम गयी!

"और...यह पत्थर की प्रतिमा! तोड़ दो इसे, चूर-चूर कर दो इसे..." राजकुमारी ईर्ष्या से चीख़ उठी।

दूती आगे बढ़ी—

"नहीं रहने दो। इसे कलाकार की समाधि पर स्थापित कर देना! यह पूर्णता की प्रतीक है—यह मृत्यु-चिह्न! शायद दुनिया इसे कलाकार की देन समझकर इसकी पूजा करेगी, पागल दुनिया!"

और राजकुमारी फिर हँस पड़ी।

नारी और निर्वाण

काली भोली पुतलियों को उठाकर पलकों की कोरों से लजाती हुई दृष्टि में यशोधरा ने मना किया—"न।"

सिद्धार्थ मुसकराये और उन्होंने पेंग बढ़ायी।

यशोधरा सहमकर बोली, "झूला पृथ्वी के समानान्तर ही रखो कुमार!"

"पृथ्वी के समानान्तर? वह झूला ही क्या जो पृथ्वी के समानान्तर रहे—अरे! झूले में तो वह वेग हो, पेंगों की वह ऊँचाई हो कि पृथ्वी झूमने लग जाए यशोधरा!" सिद्धार्थ ने कहा और पेंग लगायी।

वायु के सहसा आघात से यशोधरा के जूड़े में बँधी हुई मृणाल-तन्तुओं की जाली अकस्मात् टूट गयी और उसके केश लहरा उठे। यशोधरा ने एक हाथ से रेशम की डोर थामी और दूसरे से स्वर्णपट्ट, और अनुनय से कहा, "धीमे-धीमे झूलो कुमार! धीमा संगीत अधिक सुखदायी होता है। संगीत का सम अधिक मधुर होता है कुमार!"

"संगीत का सम तो मधुर है किन्तु उसकी मधुरता का आनन्द अलाप की ऊँचाई और स्वरों के घुमाव के बाद ही आता है गोपा।"

झूला बढ़ता गया...

रसाल की शाखें झूमने लगीं। पास के चम्पक-तरु की डालियाँ गुँथ गयी थीं रसाल की शाखाओं से। चम्पक की डालियों पर थे फल और फूलों पर थीं वर्षा की बूँदें—शाखें झूमीं और चम्पक सौरभ से सनी हुई बूँदें सहसा चू पड़ीं। यशोधरा ने अनुनय और प्रार्थना भरे नेत्र ऊपर उठाये और वे बूँदें चू पड़ीं उसके कपोलों पर। सिद्धार्थ ने देखी उसकी विवशता और उसके मुख पर शबनम-सी चमकती हुई सुरभित बूँदें—उन्होंने झूला रोक दिया—यशोधरा ने मुसकराकर देखा उनकी ओर।

सिद्धार्थ ने चम्पक-सौरभ से भी अधिक मादकता वाणी में उँड़ेलकर कहा, "नारी की मूक भंगिमाओं में भी कितने संगीत लहरा उठते हैं, उसके मौन में भी कितने स्वर ध्वनित हो उठते हैं—मुझे झूला रोकना ही पड़ा न।"

यशोधरा धीरे से उतर गयी और प्रसंग को उठाते हुए कहा, "झूला तो रोकना ही पड़ता! झूला आगे बढ़े या पीछे पर उसे पृथ्वी पर आना ही पड़ता है, संगीत के सम की भाँति और नारी वह सम है आर्य, जहाँ पर घूम-फिर कर पुरुष को आना ही पड़ता है।"

सिद्धार्थ अभी झूले ही पर थे, "क्या झूले को पृथ्वी पर आना ही पड़ेगा? क्या झूला आगे ही आगे बढ़ता नहीं जा सकता...?"

"नहीं, कदापि नहीं।" यशोधरा ने उत्तर दिया।

"आश्चर्य है! क्या पुरुष अपने पथ पर सीधे नहीं चला जा सकता? क्या घूमकर उसे आना ही पड़ेगा नारी के आश्रम में?"

"अवश्य।" यशोधरा ने उत्तर दिया।

"अच्छा तो देखो!" सिद्धार्थ ने उत्तर दिया, "तुम भूमि से देखो यशोधरा! झूला पृथ्वी पर नहीं लौटेगा, नहीं लौटेगा—वह आगे ही बढ़ेगा—"

सिद्धार्थ ने झूला आगे बढ़ाया—झूला बढ़ता गया, बढ़ता गया। वह रसाल-वृक्ष से ऊँचा हो गया—सहसा रेशम की डोर टूट गयी। यशोधरा स्तब्ध थी, पर आश्चर्य से उसने देखा कि स्वर्णपट्ट नीचे नहीं गिरा, ऊपर ही चढ़ता गया....।

सहसा बरसात की काली घटाएँ फट गयीं और टूटे तारे के समान सिद्धार्थ उनमें छिप गये। यशोधरा चीख़ उठीं—"कुमार!"

काली घटाएँ हँस पड़ीं और उसकी आँखें खुल गयी। भाल के स्वेद-बिन्दु उसने पोंछे और उखड़े स्वर में कहा, "बड़ा विचित्र स्वप्न था। देखूँ, आर्य कुशल से तो हैं!"

मणिदीप पर ढँका हुआ कमलपत्र उसने उठा दिया—कक्ष में धीमी हरीतिमा लहरा उठी—उसने मणिदीप उठाया और कुमार के शयनकक्ष की ओर चली।

शिशु राहुल ने प्रश्नवाचक दृष्टि से देखा उसकी ओर; यशोधरा ने थपथपाकर कहा—"आती हूँ लाल!" और चली सिद्धार्थ के शयनकक्ष की ओर। अर्धरात्रि बीत चुकी थी। शयनकक्ष के समीप जाकर उसने झाँका—शय्या शून्य थी।

विचित्र आशंका से वह सहम गयी—उसने काँपते हुए स्वर से पुकारा, "कुमार!"

आकाश की घटाएँ हँस पड़ीं। वह थी महाभिनिष्क्रमण की रात्रि।

टप!

टप!!

टप!!!

वटवृक्ष के नीचे डाल से डाल, पल्लव से पल्लव पर फिसलती हुई वर्षा की बूँदें चू पड़ीं सिद्धार्थ की अंजलि में—उनका ध्यान भंग हो गया और उन्होंने आँखें खोल दीं—पास के झुरमुट में कोयल कूक उठी—"कुहू।"

रसाल के हरे परदे में पपीहा बोला—"पीऊ।"

इस कोलाहल से घबराकर सिद्धार्थ ने आँखें बन्द कर लीं—"मुझे निर्वाण चाहिए। मैं इन बूँदों-सा सूक्ष्म बन सकूँ—मैं इस विहग-ध्वनि-सा विस्तृत हो सकूँ—मैं जीवन का सत्य देखूँगा, जीवन का सत्य।"

पर सामने के धुँधले वायु-पट में सत्य के स्थान पर चमक उठी नारी की छाया।

"दूर हटो नारी की छाया—मेरे निर्वाण-पथ में बाधक मत बनो। मुझे निर्वाण चाहिए। मुझे भ्रम में न डालो नारी!" छाया और भी पास चली आयी—उसके हाथ में विषपात्र है, ऐसा सिद्धार्थ को प्रतीत हुआ।

"कौन यशोधरा?"

"नहीं, मैं हूँ सुजाता—ग्रामाधिपति की कन्या—आर्य! यह प्रसाद ग्रहण करें!"—और उसने खीर का पात्र सम्मुख रख दिया।

सिद्धार्थ ने सिर हिला दिया—"न!"

"क्या मेरी पूजा व्यर्थ जाएगी!" सिद्धार्थ ने देखा—सुजाता के नयनों में था शहद-सा वात्सल्य, चाँदनी-सा स्नेह।

"ग्रहण करो न वन्धु!" सुजाता ने कहा और वट में सूत बाँधने लगी—"बन्धु!" सिद्धार्थ ने कहा, "नारी के प्रणयपाश को तोड़ा जा सकता है, पर स्नेह की इस अक्षय वात्सल्य-धारा में मनुष्य को तिनके-सा बहना ही पड़ता है।" खीरपान कर सिद्धार्थ ने गहरी साँस लेकर सोचा।

सुजाता वट में सूत बाँध रही थी। "नारी!" सिद्धार्थ ने कहा, "ममता के इन कच्चे सूतों से वट के कितने झंझावातों को बाँध डालती हो तुम!"

सुजाता अपना कार्य समाप्त कर चली गयी झुरमुट की ओट में। झाड़ियों में बुद्ध ने देखी फिर यशोधरा, पर वह अकेली न थी, उसके साथ था बालक राहुल।

"यशोधरा! यशोधरा!" यशोधरा की मूर्ति सहसा हट गयी—वृक्ष के नीचे थी केवल एक हरिणी और उसके पार्श्व में एक भोला-सा मृगशावक—

"क्या मुझे भ्रम हो रहा है!" सिद्धार्थ बोले और फिर उन्हें दीखी यशोधरा पर इस बार उसके साथ अकेला राहुल न था। यशोधरा के भाल से फूट रही थीं अगणित रजत-किरणें और उसके कोमल अंचल के नीचे कोलाहल कर रहे थे अनेक शिशु। वह अपनी दृष्टि से बरसा रही थी ममता की मृदुल बूँदें।

"नारी! माँ! शक्ति! तुम्हारा यह स्वरूप देवोपम है यशोधरा! मैंने तुम्हें पहचाना न था, यशोधरा।" सिद्धार्थ उठकर चले उस ओर—पर उठते ही छाया विलीन हो गयी। नीचे रसाल-वृक्ष के आँचल में लहरा रहे थे दूर्वादल और ऊपर पल्लवों से चू रही थीं वर्षा की बूँदें।

"क्या यह स्वप्न था?"—सिद्धार्थ ने सोचा, "नहीं, यथार्थ जीवन से कल्पना का यह स्वप्न सत्य था! नारी का यह स्वरूप—मातृत्व की वह छाया—मैं आज तक इससे अनजान था! नारी! तुम नारी बनकर इस संसार में बहा देती हो प्रेम की धारा और प्यारे शिशु उसमें जलक्रीड़ा करते हैं। जीवन दुःखमय है पर प्रेम की यह छाया उसमें भर देती है सुख की ज्योति—मुझे निर्वाण नहीं चाहिए। मैं मनुष्य को सुनाऊँगा यह प्रेम का सन्देश—मैं बसाऊँगा प्रेम का, करुणा का वह देश जहाँ के कण-कण में निर्वाण बसेगा—मुझे निर्वाण नहीं चाहिए।"

सिद्धार्थ उठ खड़े हुए। सहसा उनके सामने चमक उठा एक असीम ज्योति-पुंज।

"मैं हूँ निर्वाण।" आकाशवाणी हुई।

"मुझे निर्वाण नहीं चाहिए!" बुद्ध ने उत्तर दिया।

"मैं तुम्हारे आश्रय में हूँ बुद्ध!"

"मुझे निर्वाण नहीं चाहिए।" और बुद्ध चल पड़े।

"बुद्ध! जो मनुष्य संसार को आश्रय देने जा रहा हो वह मुझे आश्रय नहीं दे सकता?"

बुद्ध रुक गये, शान्त स्वर में बोले—"तो निर्वाण मेरे चरणों में शक्ति दे कि मैं द्वार-द्वार पर जाकर बजा सकूँ करुणा की वंशी—सुना सकूँ करुणा का सन्देश!"

और वह ज्योति-पुंज समा गया उनकी नख-ज्योति में—पर बुद्ध निर्वाण पाकर भी आकाश की ओर जाने के स्थान पर चल पड़े पृथ्वी को ओर।

सिद्धार्थ थे अब बुद्ध तथागत, भगवान्! संघ की एक विशाल सभा में उपदेश प्रारम्भ होनेवाला था।

सहसा गौतमी ने आकर कहा, "देव!" बुद्ध ने मुड़कर देखा—माता गौतमी—उन्होंने प्रणाम किया और पूछा, "यह तेजस्वी बालक किसका है माता?"

"यह बालक तुम्हारा—नहीं, यह यशोधरा का बालक है सिद्धार्थ!" गौतमी ने उत्तर दिया।

"कौन राहुल?" झुककर बुद्ध ने उसके मस्तक को चूमा—"इसके भाल पर स्वर्ग की छाया है गौतमी—इसके नयनों में करुणा की डोर है—मैं इसे भिक्षु बनाऊँगा—"

"यह आपकी सम्पत्ति नहीं है, यह यशोधरा की सम्पत्ति है आर्य!" आनन्द ने कहा।

बुद्ध बोले, "कहाँ है यशोधरा? बुलाओ, मैं उससे आज्ञा ले लूँ!"

"वह नहीं आएगी!" गौतमी ने उत्तर दिया, "पिपासित जलधार के पास जाता है, जलधार पिपासित के पास नहीं आती।"

"मैं स्वयं चलूँगा...!" बुद्ध ने उत्तर दिया।

अमा की घोर रात्रि में दूर रसाल-वृक्ष के उस उपवन में दिन का-सा प्रकाश हो रहा था। अपने कक्ष के द्वार पर यशोधरा शून्य दृष्टि से देख रही थी उस ओर। उन्हीं पल्लवों में उलझी है उसके जीवन की ज्योति जिसने उसके हृदय में इतना अँधेरा भर दिया है।

उसने गहरी साँस ली और सामने देखा बुद्ध—वह चकित रह गयी। जल्दी से गले में आँचल डालकर उसने चरणस्पर्श किया—दोनों ने एक-दूसरे को देखा और स्तब्ध रह गये।

सहसा बुद्ध ने अनुभव किया कि जैसे उनके हृदय में कोई कुछ बोला—"कौन निर्वाण?"

"हाँ, तथागत! मैं तुम्हारी साधना की तीव्रता सहने में असमर्थ हूँ। मैं जाना चाहता हूँ नारी के स्नेह की कोमल छाया में।"

"जाओ।" बुद्ध ने उत्तर दिया।

जिस समय यशोधरा ने अपना शीश बुद्ध के चरणों पर रखा उसने अनुभव किया अपने हृदय में झिलमिलाती हुई ज्योति का।

"मैं निर्वाण हूँ—यशोधरा को बुद्ध की एकमात्र भेंट।" ज्योति बोली।

"यह देवता की भेंट मेरे भाल पर सुशोभित हो।" यशोधरा ने कहा।

और यशोधरा के भाल का सुहाग-बिन्दु ज्योति से झिलमिला उठा। बुद्ध ने देखा और मुसकरा दिया।

यशोधरा ने देखा और सचेत हो गयी।

"यशोधरा! मैं तुमसे एक भीख माँगने आया हूँ।" बुद्ध ने कहा। यशोधरा मुसकरायी। "अन्त में स्वर्ग को भी जीतकर झूले को पृथ्वी पर आना पड़ा न?" उसने पूछा।

"क्या! कैसा झूला?" बुद्ध ने पूछा।

"ओह! मैं भूल गयी—वह तो केवल स्वप्न था!" यशोधरा ने कहा।

"जीवन ही स्वप्न है देवि! पर उस स्वप्न ही में तो सत्य है।" बुद्ध बोले।

"मैं भी उस स्वप्न में सत्य का आभास ढूँढ़ रही हूँ तथागत! मेरा तात्पर्य है—अन्त में निर्वाण को नारी के सामने झुकना पड़ा न आर्य।"

"नारी! हाँ, कह सकती हो! पर निर्वाण प्रणयिनी गोपा के सामने नहीं झुका, वह झुका है राहुल की माता के सामने। निर्वाण.नारी के सामने झुका अवश्य—पर

तब जब मातृत्व की साधना ने नारी को निर्वाण से भी ऊँची बना दिया।"

यशोधरा हँस पड़ी। "तो मुझे भिक्षा देती हो देवि?"—बुद्ध ने राहुल की ओर संकेत किया।

यशोधरा के अधरों की विद्युत् लुप्त हो गयी और आँखों में छा गयीं सजल घटाएँ—रुँधे कण्ठ से बोली, "ले जाओ।"

"मैं इस भिक्षा के लिए तुम्हें आशीर्वाद देता हूँ देवि! तुम्हारा सुहाग, तुम्हारा निर्वाण अचल रहे।"

और यशोधरा के सिन्दूर-बिन्दु में झिलमिला उठा बुद्ध का निर्वाण ।

तारा और किरण

वह विस्मित होकर रुक गया। नील जलपटल की पारदर्शक दीवारों से निर्मित शयन-कक्ष-द्वार पर झूलती हुई फ़ुहारों की झालरें और उन पर रंगीन इन्द्रधनुष की धारियाँ। सीपी की रंग-बिरंगी आभावाली कोमल शय्या और उस पर आसीन मुक्ता-सी स्वच्छ और प्रकाशमयी वरुणबालिका। उसका गीत सहसा रुक गया और वह असीम विस्मय से निर्निमेष पलकों से देखने लगा सौन्दर्य की वह नवनीत ज्योति...

वरुणा ने अपनी अलसायी पलकें उठायीं। आगन्तुक की ओर एक कुतूहल की दृष्टि डालकर वह सजग हो गयी। बिजली की कोरवाले सुरमई बादल के आँचल को उसने लापरवाही से कन्धों पर डाल लिया और जूड़े से गिरे हुए जलफूलों पर वह कोहनी टेककर बैठ गयी।

"उर्मि—क्या यही तुम्हारी नवीन खोज है?" आगन्तुक की ओर इंगित करते हुए वरुणा बोली।

"हाँ रानी"—उसके साथ की मत्स्यबाला लहरों-सी लहराकर बोली।

"कल सन्ध्या को अन्तिम किरणें बटोरने हम लोग स्थल तट पर गयी थीं रानी? किन्तु सहसा जल-वीचियों के नृत्य के साथ पवन के झकोरों में कुछ स्वर-लहरियाँ नृत्य कर उठीं—उनमें कुछ अभिनव आकर्षण था। कुछ विचित्र टीस थी। हम लोग किरणें बटोरना भूल गयीं और उन्हीं स्वरों में बँधकर खिंची चली गयीं एक सैकतराशि के पास जहाँ यह वंशी बजा रहा था और निर्निमेष पलकों से देख रहा अस्तप्राय सूर्य की ओर—हम लोग मन्त्रमुग्ध-सी खड़ी रहीं—स्तम्भित, मौन, निश्चल—हमारी चेतनाएँ जैसे इसके स्वरों के साथ बिखरती जा रही थीं पवन के झकोरों में—इसने हमको बाँध लिया था अपने स्वरों में...वंशी का स्वर गूँजता रहा—गूँजता रहा—गूँजता रहा—जब हमें चेतना हुई तो देखा गायक अचेत था। हमें वह बन्दी बना चुका था। और हम उसे बन्दी बना लायीं। रानी की सखियों पर भ्रम और संज्ञाहीनता का आवरण डालने के अपराध में इसे दण्ड मिलना चाहिए?"

"अच्छा तुम जाओ। मैं बाद में इसका निर्णय करूँगी।"

आगन्तुक मौन था। उसे यह सभी कार्य मायाजाल प्रतीत हो रहा था। दिवस के घनघोर श्रम के बाद बैठा था सागर तट पर अपनी वंशी लेकर अपने थके मन से विषाद का भार हलका करने और पहली ही फूँक के बाद उसने देखीं चारों ओर नाचती हुई मत्स्य-बालिकाएँ। उनके शरीर से सौरभ की इतनी तीखी लहरें उड़ रही थीं कि वह उनकी मादकता में बेसुध हो गया। और नयन खुलने पर अपने को पाया एक विचित्र प्रासाद में जो नील जलपटल से बना था। जिसके अन्दर परियाँ संगीत-भरी गति से घूम रही थीं—उसके पश्चात् ही अपने को पाया रानी के सम्मुख। विस्मय ने उसके शब्दों की शक्ति हर ली थी और वह अथक आश्चर्य से देख रहा था ये जादू के खेल।

"लो इस पर आसीन हो अतिथि!" माया देश की रानी ने स्वयं उठकर कोमल मृणाल-तन्तुओं से बुना हुआ एक आसन डाल दिया—वह उस पर बैठ गया।

"अतिथि!" पंचम स्वर में वरुणा बोली—"सुनती हूँ इन नील लहरों के वितान के पार कोई दूसरा लोक है। जहाँ उन्मुक्त आकाश है, जहाँ स्वच्छन्द पवन के झकोरे कलियों को अनजाने में चूम लेते हैं। जहाँ सूर्य की किरणें बादलों को सजल रंगों में रँग जाती हैं। तुम तो उसी लोक से आये हो न!"

"हाँ, रानी!" शान्त स्वर में आगन्तुक ने उत्तर दिया।

"अतिथि! मेरी कितनी इच्छा होती है कि मैं भी अपनी सखियों के साथ उस विशाल सिकता-राशि पर किरणें बुनने जाऊँ। किन्तु मुझ पर रानीत्व का अभिशाप है न। चिरकाल से इन जलप्राचीरों में सीमित रहने से अब मैं लहरों की तीव्रता सहने में असमर्थ हूँ अतिथि! फिर भी तुम्हें देख कर ही उस लोक के वैभव का अनुमान करूँगी। तुम मुझे वहाँ की कथाएँ सुनाओगे न?"

"अवश्य, पर रानी! तुम वहाँ की कथाओं को समझ न पाओगी। वहाँ की परम्पराएँ, वहाँ का वातावरण, वहाँ के निवासी यहाँ से भिन्न हैं—"

"तुम यहाँ भी उस वातावरण का निर्माण करो अतिथि!—मेरी उत्कट इच्छा है उसे समझने की। मैं यहाँ की नित्यता से अब ऊब चुकी हूँ। मुझे कुछ नवीन चाहिए—कुछ जिसमें परिवर्तन की गति मिल सके—जिसकी ओट से जीवन का स्पन्दन झाँककर विहँस पड़े—तुम इसमें मुझे सहयोग दो अतिथि! यह वरुण-लोक की रानी की आज्ञा नहीं प्रार्थना है।"

"मुझे स्वीकार है रानी!"

रानी के उदास नेत्रों में बिजली चमक उठी। और वह दोनों करों से जल-पराग उड़ाती हुई चल पड़ी सखियों को परिवर्तन का नवीन सन्देश सुनाने—अतिथि ने अपनी वंशी उठायी और उसके गम्भीर उच्छ्वासों से वातावरण भर गया।

वरुण-लोक में चंचल लहरों पर परिवर्तन लहराने लगा था। सन्ध्या होते ही

जब सागर-तल की श्यामता में तम का प्रगाढ़ आवरण छा जाता था और दीपित पंखोंवाली मत्स्य-बालाएँ जलप्रवाह में प्रकाश बिखेरने लगती थीं उसी समय साँझ की उदासी चीरकर गूँज उठता था आगन्तुक की वंशी का जादूभरा-स्वर। लहरें निश्चेष्ट और निस्पन्द हो जाती थीं। जल-फूल नयन मूँदकर डूब जाते थे आनन्द में और चारों ओर छा जाती थी एक रहस्यमयी तन्मयता—वरुणा रानी बेसुध होकर वंशी के स्वरों पर नाच उठती थी। कल्पना का साम्राज्य छा जाता था और उसमें बुन जाता था रेशमी तानों का स्वर्ण वितान।

एक दिन जब नीलोत्पल अलसाकर अपनी पलकें मूँद रहे थे तब मृणालों में एक गम्भीर बंकिमता सिहर उठी थी। और जब जल-तितलियाँ फ़ीकी मुस्कानों से मुँदते फूलों से विदा माँग रही थीं तो अतिथि का मन न जाने कैसी उदासी से छा उठा। उसने अपनी वंशी एक ओर रख दी और करुण स्वर में गुनगुना उठा एक अपना देश-गीत। करुण स्वर नील जलप्राचीरों से टकराकर टूटने लगे। धीरे-धीरे सारा वातावरण एक अज्ञात वेदना से सिसकने लगा।

व्याकुल रानी बोल उठी—रुँधे कण्ठ में भर्राये स्वर में—"बस बन्द करो आगन्तुक। तुम्हारा यह गीत जैसे एक विचित्र घुटते हुए वातावरण की सृष्टि कर रहा है—मुझसे यह सहा नहीं जाता।"

आगन्तुक धीमे से एक उदास हँसी हँसकर बोला—"यह हमारे देश की कृषक बालाएँ गाती हैं रानी। जब बरसात की पहली घटाएँ नन्ही बौछारों से उनके तन-मन को लहरा जाती हैं। और उस सिहरन को अनुभव करनेवाली उनके प्रिय की विशाल भुजाएँ उनसे दूर होती हैं तब उनके हृदय का प्रेम अवरुद्ध झरनों की भाँति कठोर शिलाओं से टकराकर करुण स्वरों में आर्तनाद कर उठता है—और तब हरे-भरे कुंजों में—पनघटों पर और लहराते खेतों में गूँज उठते हैं ये सिसकते गीत—"

"ठहरो अतिथि! तुम्हारे शब्द कभी-कभी बहुत गूढ़ हो जाते हैं। बरसात की घटाएँ उमड़ती हैं, कृपक-बालाएँ गाती हैं; ठीक! पर उनके मन का प्रेम उमड़ता है—प्रेम क्या आगन्तुक?" नितान्त भोलेपन से वरुण-बालिका ने प्रश्न किया।

आगन्तुक के मस्तक पर चिन्ता की उलझन की दो-चार रेखाएँ खिंच गयीं—"प्रेम क्या? बड़ा ही गूढ़ प्रश्न है रानी! इसका उत्तर देना असम्भव है।"

"तब क्या मेरी जिज्ञासा अतृप्त ही रहेगी?" कुतूहल और नैराश्य भरे स्वरों में रानी ने पूछा।

"अच्छा रानी क्या तुमने भी किसी उदासी भरी वेला में अनुभव किया है अपने हृदय में गूँजता हुआ कोई दर्दीला स्वर—क्या तुम्हारे हृदय में कभी अनजाने अकारण

ही कोई पीड़ा कसक उठी है और तुमने सुना है अपने मौन हृदय के खंडहरों में किसी अव्यक्त अभिलाषा का करुण वंशी-रव।"

"अतिथि! तुम बड़ी रहस्यमयी बातें बता रहे हो—मैं कुछ नहीं समझ पा रही हूँ।"

"हूँ! तुम समझ भी नहीं सकतीं रानी! हम मानवों में ही इस प्रेम की अभिलाषा का अनुभव करने के लिए जीवित स्पन्दित हृदय होता है रानी—यह प्रेम अलौकिक होते हुए भी वास करता है हम लौकिक नश्वर प्राणियों के ही हृदय में। यह तुम्हारे मायालोक से अपरिचित है—"

"तो क्या मैं प्रेम से अपरिचित ही रहूँगी? मैं कितनी भाग्यहीन हूँ। इस असीम जलराशि में रहकर भी मैं अतृप्त तृष्णा से जलती ही रहूँगी—मैं कितनी दुःखी हूँ। अतिथि! मेरा रानीत्व मेरे नारीत्व के स्वच्छन्द विकास को चूर-चूर कर रहा है—यह असीम वैभव, यह अनन्त यौवन क्या यों ही..." रानी का गला भर आया और उसके सीपी के समान नेत्र में नाच उठे दो बड़े-बड़े मोती—

अतिथि उद्विग्न हो उठा—उसने अनजाने रानी को व्यथित कर दिया था—उसने रानी की ओर क्षमाप्रार्थी की दृष्टि से देखा। रानी करुणा और याचना भरे स्वरों में बोली—"तुम मुझे प्रेम न सिखलाओगे अतिथि? मैं मानवी नहीं हूँ पर न जाने क्यों यह शब्द मुझे कुछ विस्मृत युगों का स्मरण दिला रहा है। प्रतीत होता है जैसे जन्म-जन्मान्तर की विस्मृति को चीरकर कोई अव्यक्त शब्दों में मुझे सुना रहा हो प्रेम के उदास गीत, क्यों मेरे ही हृदय के रहस्यों से मुझे अपरिचित रक्खोगे अतिथि..." और टप-टप दो आँसू चू पड़े रानी के आँचल पर।

अतिथि ने जैसे प्रायश्चित्त का मार्ग ढूँढ़ लिया। एक विचित्र मादकता से—रानी के नयनों में नयन डालकर वह मृदुल-दुलार भरे शब्दों में बोला—"मैं तुम्हें प्यार सिखाऊँगा मेरी रानी!"

रानी के उदासी के बादल फट गये और उनमें से झाँक पड़ीं दो-चार उज्ज्वल हास की रेखा-किरणें—

पथिक प्रासाद के झरोखे से देख रहा था—चारों ओर फैली हुई असीम जलराशि। चुपके से लहरों को लहरें चूमती थीं और झिझककर पीछे हट जाती थीं। एक विचित्र आशंका से त्रस्त-सी होकर, बेसुध पथिक को पता नहीं था कब रानी उसके पार्श्व में आकर खड़ी हो गयी—रानी के चंचल करों ने चुने कुछ जल-पटल और उन्हें राशि-राशि बिखेर दिया अतिथि—भावमग्न अतिथि पर। अतिथि ने चौंककर मुड़कर देखा—वरुण-लोक की रानी उसके हृदय-लोक की रानी—उसने वे कोमल जल-पटल उठाए और उन्हें मस्तक से लगा लिया—

"किन्तु इनमें सौरभ तो है ही नहीं रानी।"

"पर इनमें अनन्त यौवन तो है, अबाध विकास तो है, अमर सौन्दर्य तो है—क्या तुम्हारे लोक में फूलों में सौरभ भी होता है अतिथि? विचित्र है तुम्हारा लोक—सौन्दर्य तो रूप का गुण है—पर सौरभ तो नहीं—फिर तुम्हारे लोक में फूलों में भी सौरभ होता है।"

"हाँ! हमारे फूलों में सौरभ होता है रानी! हमारे लोक की पार्थिवता में ऐसे ही अलौकिक गुण रहते हैं रानी। रूपवान फूलों में सौरभ, कठोर लौह-तारों में मधुर स्वर और मादक यौवन में अलौकिक प्रेम—"

"तो प्रेम यौवन-सुमन का सौरभ है—लेकिन अतिथि! मत्स्यबालाओं से सुनती हूँ कि इन्हें कभी-कभी तटों पर बहकर एकत्र हुए राशि-राशि फूल मिलते हैं जो निरन्तर जल में रहने से गल जाते हैं। उनका रंग उड़ जाता है और उनसे निकलने लगती है कड़ी दुर्गन्ध—कभी-कभी श्मशान घाटों पर भस्म के ढेरों में दबी मिलती हैं फूल-मालाएँ, जो जलकर शुष्क हो जाती हैं और जो हल्के स्पर्श से चूर-चूर होकर बिखर जाती हैं। कैसा दर्द भरा वर्णन है अतिथि! क्या इन्हीं फूलों की भाँति तुम्हारे देश का यौवन भी अस्थिर है? क्या वहाँ का प्रेम भी इतना नश्वर है—बोलो।"

"हाँ, रानी! यौवन के आश्रित रहनेवाला प्रेम भी इतना ही नश्वर है।"

"अतिथि!" रानी चीख़ पड़ी। "प्रेम नश्वर है, यौवन अस्थिर है। नहीं-नहीं अतिथि! ऐसा मत कहो।"

"किन्तु रानी!"

"किन्तु परन्तु नहीं अतिथि! प्रेम नश्वर है, यौवन अस्थिर है। आहा! मेरे हृदय में जैसे ज्वालामुखी तप रहा है—मेरी चेतना में जैसे तूफ़ान गरज रहे हैं। मेरे मस्तिष्क में जैसे भूचाल आ रहे हैं अतिथि। प्रेम नश्वर है।"

रानी अर्ध-विक्षिप्त-सी अपने शयन-कक्ष की ओर लड़खड़ाते पाँवों से भागी—अतिथि स्तम्भित था—चकित था—वह सान्त्वना देने के लिए पहुँचा रानी के पास, पर शयन-कक्ष के पट बन्द थे। साँझ हुई, वे पलक मूँदकर सो गये। सात बार कमल फूले और मुरझाये पर रानी के पट पूर्ववत् बन्द थे—

अतिथि अधीर हो गया। रानी का अभाव उसे व्याकुल किये दे रहा था। वह पहुँचा और फुहारों की झालरें हटाकर उसने झाँका कक्ष के अभ्यन्तर में—शय्या पर अधलेटी रानी सिसक रही थी। वह अपने पर नियन्त्रण न कर सका।

"रानी।" आकुल स्वरों में उसने पुकारा।

रानी सिसकते हुए बोली, "आओ अतिथि।"

अतिथि भीतर गया—

रानी के आँसू थमे और वह संयत स्वरों में बोली—"अतिथि! मैं युगयुगों से प्रेम की प्रतीक्षा में जीवित थी। मेरी जन्म-जन्मान्तर की साधनाओं का उद्देश्य प्रेम था—मैं अपने अनन्त यौवन का साफल्य प्रेम में पाना चाहती थी। तुमने प्रेम की नश्वरता का चित्र खींचकर मेरी गति का आधार मुझसे छीन लिया। अतिथि! तुमने मेरी अन्तिम आशा को कठोर प्रहार से धूल में मिला दिया है—तुमने मेरे अन्तिम प्रदीप को एक निर्मम झोंके से बुझा दिया है और मुझे छोड़ दिया है घोर तिमिर में भटकने के लिए एकाकी—यह किस जन्म के कृत्यों का बदला तुम मुझसे ले रहे हो आगन्तुक? बोलो, इसका उत्तर दो।"

पथिक आश्चर्यचकित था। उसने कुछ कहना चाहा पर उसके शब्द ओठों पर ही घुटकर रह गये। उद्विग्न, व्याकुल और अधीर होकर उसने काँपते करों से थाम ली रानी की मृणाल भुजाएँ और उन पर चू पड़े दो तप्त आँसू।

रानी चोट खायी हुई नागिन की भाँति बल खाकर उठ बैठी—"यह क्या किया अतिथि?" उसने आग्नेय नेत्रों से पथिक की ओर देखा—"यह तुम्हारा प्रथम स्पर्श जैसे मुझे भस्म कर रहा है—मेरे तन का कण-कण जैसे जल उठा है—शायद तुमने प्रेम के करों से-मुझे स्पर्श कर लिया है और तुम्हारे नश्वर मृत्युलोक की प्रेम की छाया मेरे अनन्त यौवन पर भी पड़ गयी—आह! मेरे हिम से अंग गल रहे हैं इसमें. ..अतिथि..."

अतिथि प्रयत्न कर रुँधे गले से बोला—"रानी! हम मनुष्यों का प्रेम मनुष्य ही समझ सकते हैं—यौवन का आश्रित प्रेम नश्वर होता है—पर प्रेम का आश्रित प्रेम अमर—हम नश्वर जानते हुए भी पलकें मूँदकर प्रेम करते हैं—क्योंकि हमारा प्रेम आत्मदान होता है—याचना नहीं। तुमने प्रेम को यौवन की तुला पर तौलना चाहा रानी! और प्रेम के भीषण ताप में गल रही हो। तुम्हारी वासनाएँ और तुम्हारा नश्वर यौवन—और मैं। तुम अनन्त शून्य में झाँककर देखना रानी! मैं प्रेम की जलन में जलकर भी तुमसे प्रेम करूँगा। प्रेम की जलन मेरे हृदय में तुम्हारी कांचन-प्रतिमा को और भी चमका देगी रानी! मेरा प्रेम मलिन न होगा—बिदा।"

पर इस कथन के पूर्व ही रानी का हिम-तन गल चुका था। रह गयी थीं कुछ जल की लहरें जो प्रवाल के फ़र्श पर चूर-चूर होकर बिखर गयीं।

सुदूर क्षितिज में जहाँ आकाश और समुद्र मिलकर एक रहस्यमय देश का सृजन करते हैं—वहाँ साँझ होते ही आता है एक चमकीला तारा—लहरें उसे चूमने का व्यर्थ प्रयास करती हैं। दो-चार बादल आकर दुलराते हैं और वह अपना मुँह छिपाकर उनके विशाल वक्ष पर रो लेता है।

प्रातःवेला में सूर्य की दो किरणें किसी की विशाल भुजाओं की भाँति आगे बढ़ती हैं उसे आलिंगन में भरने के लिए, पर उनके समीप आने के पहले ही वह

अरुणिमा में मुँह छिपाकर लौट जाता है अपने निराशा के देश को। व्याकुल किरणें निराशा से चूर-चूर होकर बिखर पड़ती हैं सिकताराशि पर—

मत्स्यबालाएँ आती हैं। उन स्वर्ण किरणों को बीनकर ले जाती हैं वरुण-लोक। उनका कहना है कि यह है उनकी अदृश्य रानी का प्रेम जो तारे के रूप में चमकते अतिथि के पास जाता है पर उसके ताप से निस्तेज होकर बिखर जाता है पृथ्वी पर और वे उसे बीन लाती हैं अपनी रानी की स्मृति में—

वरुण-लोक में अब प्रेम करना मना है।

कुबेर

उस समय—

प्रकृति में—

शस्यश्यामला घाटियाँ भी थीं और रूखे-सूखे मरुस्थल भी। पर उन मरुस्थलों की नीरसता में भी जो वनफूल अंकुरित हो उठते थे, वे अपने सौरभ में अद्वितीय थे। वसन्त भी था और पतझड़ भी। किन्तु पतझड़ के पीले पत्तों में तेजोमयी कान्ति रहती थी जो वसन्त के रंगीन फूलों में छा जाती थी।

मनुष्य में—

सुख भी था और दुःख भी। किन्तु उसके दुःख में भी एक उल्लास था क्योंकि वह दुःख को दुःख न मानता था। उसकी वेदना में भी एक आनन्द था क्योंकि वह जीवन की सम्पूर्णता को पहचानता था। उसकी मृत्यु में भी एक दृढ़ता थी। क्योंकि वह आत्मा की अमरता पर विश्वास करता था।

मनुष्य और प्रकृति में—

साहचर्य था। मनुष्य स्वयं प्रकृति के एक पारिजात-कुसुम की भाँति जीवन की डाल पर सहसा पल्लवों का आवरण हटाकर खिल पड़ता था। रात्रि की नीरवता को अपने सौरभ से गुदगुदाकर, प्रभात की प्रथम किरण के साथ ही डाल की गोद से उछलकर भूमि को चूम-चूम लेता था। प्रकृति अपनी सद्यः विकसित तरुण कलिकाओं के समीर के शीतल झकोरे और चंचल जल-लहरियाँ मनुष्य को समर्पित कर देती थी और मनुष्य अपनी मानवीय भावनाओं से प्रकृति पूर्ण कर देता था। वह फूलों के सौरभ में अपने स्वरों के सहारे विखेर देता था चाँदनी और चाँदनी में अपने उच्छ्वासों से भर देता था भीना-भीना सौरभ। तरुणियों के स्पर्श से कलिकाएँ खिल जाती थीं और कलिकाओं के शृंगार से निखर आता था तरुणियों का यौवन। प्रकृति मनुष्य की शक्ति थी और मनुष्य प्रकृति का सहचर स्वामी।

दूर तक फैले हुए सुनहले परिपक्व खेतों के बीच में थी एक हरी-भरी अमराई। नीचे की नरम दूब पर अधलेटी हुई एक कृषक युवती दिवास्वप्नों में उलझ रही थी। बरसात की घटाओं से केशपाश मलयसमीर में लहरा रहे थे। सहसा वसन्त के नये चमकीले आम्र-पत्रों की झिलमिल जालियों को कँपाती हुई गूँज उठी मदमाती कोयलिया की मनभावनी कूक।

युवती के दिवास्वप्न भंग हो गये। किंचित् रुष्ट होकर उसने ऊपर की ओर देखा। कोयल फिर मुसकराकर गा उठी—"कुहू!"

"उँह! न जाने कब तक मुझे स्वरों का अभ्यास करना पड़ेगा" युवती झल्लाकर बोली—"देख ऐसे..." और उसने स्वर को पंचम पर साधकर एक गीत गाया। गीत के स्वर मधुभरी चाँदनी के समान अमराई को उन्मत्त करने लगे। गीत के समाप्त होते-होते कोयल फिर नटखट स्वरों में कूक उठी, "कुहू।"—युवती ने हारकर गीत बन्द कर दिया। कोयल और भी उल्लसित होकर कूकने लगी। सहसा पीछे से किसी ने युवती के दृग मींच लिये—

"कौन, छाया?"

"न।"

"चाँदनी?"

"फिर सोचो।"

"ओ! तुम हो।"—युवती के कपोलों पर सन्ध्या छा गयी।

अपना हाथ हटाकर युवक बोला—"आज कितना सुन्दर दिन है। जी चाहता है इस सघन रसाल की शीतल छाया में निरुद्देश्य बैठकर कभी तुम्हें और कभी बादलों को देखते हुए दिन बीत जाए।"

"नहीं, यह तो अकर्मण्यता है!"—युवती बोली।

पवन का एक झोंका रसाल को झकझोरता हुआ आया और उसके आँचल को अस्त-व्यस्त करता हुआ चला गया। उसने लजाकर आँचल सँभाला और हँसकर बोली—"आओ, पवन के इन झोंकों के संग उड़ चलें—किसी नवीन प्रान्तर में...।"

दोनों हँसते हुए चल पड़े।

"अब?"—सहसा युवक ने हँसकर पूछा।

बालिका ने आँख उठाकर देखा सामने के ऊँचे पर्वत को और आकाश में मध्याह्न के सूर्य को।

"अभी दिन शेष है। चलो, देखें क्या है इन ऊँची शैलमालाओं के पार!" मचलते हुए अर्द्ध-स्वर में युवती बोली।

"न" पुरुष ने दृढ़ता से कहा—"आज तक कोई नहीं गया है उस घाटी में। कोई गम्भीर रहस्य है उसमें। उसे अछूती ही रहने दो।"

"बड़े कायर प्रतीत होते हो।" नारी ने भर्त्सना की। "यदि आज तक कोई नहीं गया है तो हम लोग क्यों जाने से वंचित रहें। आओ, देखें तो उधर क्या है।"

नारी ने पुरुष का हाथ पकड़कर आगे पग रखा। युवक मन्त्र-मुग्ध-सा चल पड़ा उसके पीछे।

कुछ दूर चलने के पश्चात् हरियाली समाप्त हो गयी। चारों ओर शैलमालाओं की नग्न कालिमा जैसे दोनों की गति को अवरुद्ध करने लगी। युवक फिर रुक गया। "अब भी लौट चलो।" उसने अपनी संगिनी से कहा।

"इतनी दूर आकर फिर लौटने से क्या लाभ? क्या थक गये? लाओ, तुम्हारे स्वेदकण पोंछ दूँ।" अपने आँचल से नारी ने पुरुष का भाल पोंछा। युवक हारकर चल दिया नारी के पीछे।

अब हवा के झकोरे भी बन्द हो गये थे। वातावरण में एक अव्यक्त नीरवता छा गयी थी। पेड़, पशु, पक्षी कोई नहीं, केवल कठोर नंगी चट्टानें। "उफ़! इस नरक में एक क्षण भी रहना कठिन है।" पुरुष बोला।

"क्या तुम थक गये?" नारी ने प्रेम से पूछा।

"नहीं, नहीं! चलो, अभी मैं इससे दुगुना अन्तर पार कर सकता हूँ।" पुरुष ने विवश होकर कहा।

सहसा नारी को ठोकर लगी और वह आह करके बैठ गयी। पुरुष ने झुककर देखा, "ये तो किसी की अस्थियाँ हैं।"

"कुछ चिन्ता नहीं, आओ चलो!" नारी उठकर फिर चलने लगी। पुरुष नारी के इस असीम उत्साह पर विस्मित था। मौन होकर वह भी चला।

"सँभलकर आओ!" आगे चलती हुई नारी बोली। "यहाँ अस्थियाँ ही अस्थियाँ हैं—पथ पर।"

"यह मृत्यु का देश है रानी! चलो अब भी लौट चलें।" पुरुष ने सहमकर कहा।

"मृत्यु का देश? पर तुम तो हो मेरे साथ मेरे जीवन! फिर मुझे किसका भय?" नारी ने हँसकर कहा। पुरुष ने अनुभव किया जैसे विद्युत् उसकी शिराओं में दौड़ रही हो। वह चुपचाप फिर चल पड़ा। पार्वत्य-पथ समाप्त हो चुका था—आगे थी एक घाटी।

"इधर देखो।" नारी ने सहसा दक्षिण में एक चट्टान की ओर संकेत किया। चट्टान पर मनुष्य की एक विशाल-मूर्ति थी। चौड़ा वक्ष, उन्नत भाल, गठे हुए अंग पर लहराती हुई लट। आँखों में एक विचित्र-चमक और केशों में कालिमा के स्थान पर सुनहली कान्ति।

"कितनी सुन्दर मूर्ति है।" पुरुष ने कहा—"काश! इसमें जीवन भी होता, प्राण भी होते।"

"जीवन!" नारी ने मुसकराकर कहा—"यह कौन-सी बड़ी बात है। यदि मेरे स्पर्श से वृक्ष कुसुमित हो सकते हैं और यदि मेरे कण्ठ से शून्य मुखरित हो सकता है तो क्या मूर्ति जीवित नहीं हो सकती?"

नारी ने आगे बढ़कर उसके केशों को छुआ। सहसा वे कोमल बनकर लहरा उठे।

"देखा!" नारी ने विजयी नेत्रों से निहारा पुरुष की ओर। पुरुष आश्चर्य-विस्फारित नेत्रों से देखने लगा जादू की क्रीड़ा। सहसा मूर्ति ने गहरी साँस ली और उठ बैठी। उसने एक अँगड़ाई ली और जैसे युगयुगों की तन्द्रा से जागकर खड़ी हो गयी। नारी इस परिवर्तन से सहम-सी गयी और पुरुष भयभीत हो गया।

मूर्ति ने देखा—नीचे खड़े हुए काँपते नर-नारी को। वह चट्टान से भूमि पर कूद पड़ी, भूमि काँप गयी। नारी के मुँह से हलकी चीख़ निकल पड़ी।

"भयभीत मत हो शुभे! मैं कुबेर हूँ, धन का देवता, स्वर्ण का देवता, भूख का देवता!"

"देवता! तुम देवता हो! फिर हरे-भरे संसार को छोड़कर इस उजाड़ खण्ड में पत्थर बनकर क्यों निवास करते हो कुबेर?" पुरुष ने पूछा।

"तुम नहीं समझ सकते पुरुष।" कुबेर बोला और नारी की ओर मुड़कर उसने पूछा—"तुमने मुझे स्पर्श किया था नारी?"

"हाँ, देवता!" नारी ने स्वीकार किया।

"अब मैं जीवित हूँ।" कुबेर हँसा। उसकी हँसी शिला-खण्डों से भी कठोर थी—"अब मैं मनुष्य से बदला ले सकूँगा। मनुष्य ने प्रेम के सामने मेरी उपेक्षा की थी। उसकी असह्य उपेक्षा ने मुझे जड़ बना दिया था। आज मैं नारी का आश्रय लेकर मनुष्य से प्रतिशोध लूँगा।" उसने मन में सोचा।

"नारी, मैं मनुष्य से घृणा करता हूँ!" उसने प्रकट में कहा।

नारी कुछ न बोली।

"नारी, मैं देवता हूँ! प्रत्येक देवता मनुष्य से घृणा करता है।"

"घृणा किसे कहते हैं कुबेर?" पुरुष ने जिज्ञासा की।

उस समय मनुष्य घृणा से अनभिज्ञ था।

"तुम अबोध हो पुरुष, नारी से पूछो।" कुबेर बोला।

"घृणा किसे कहते हैं नारी?" पुरुष ने अपना प्रश्न दुहराया।

"घृणा! घृणा का अर्थ है प्रेम! क्यों ठीक है न देवता?"—नारी ने पूर्ण आत्मविश्वास से कहा।

"ठीक है, घृणा या प्रेम—मैं मनुष्य से घृणा करता हूँ, इसका अर्थ है, मैं मनुष्य से प्रेम करता हूँ। समझे मनुष्य?"

कुबेर एक कुटिल हँसी हँसकर बोला।

"तुम हमसे प्रेम करोगे! धन्य-धन्य कुबेर, तुम सचमुच देवता हो।" नारी ने श्रद्धा से हाथ जोड़कर कहा।

कुबेर गर्व से फूल उठा–"क्या वरदान चाहती हो नारी?"

नारी और पुरुष हाथ जोड़कर बोले–"हमारे खेतों में सदा धान्य रहे। हमारे आकाश में समय-समय पर मेघ लहराएँ। हमारे वृषभ, हमारी गायें सदा हृष्ट-पुष्ट रहें देवता!"

"बस–यह तो कुछ भी नहीं है।"–कुबेर ने कहा–"लो! मैं तुम्हें नवीन वस्तु देता हूँ।"

नारी ने कर फैला दिया। कुबेर ने उस पर रख दिया धातुखण्ड पीला-पीला।

"यह क्या है?" नारी ने पूछा।

"स्वर्ण।"

"स्वर्ण!" पुरुष चौंक उठा–"नारी! 'हिरण्यमयेन पात्रेण सत्यस्यापिहितं मुखम्!' स्वर्ण के आवरण से सत्य की साँसें घुट जाती हैं। हमारे पूर्वज सदा इससे दूर रहे हैं नारी।"

"बड़े कायुर हो।" नारी बोली। "देखो कैसी सुन्दर कान्ति है मानो सूर्य की प्रभातकालीन किरणों से निर्मित हो।"

"जाने भी दो!" पुरुष बोला। "इससे अधिक सुन्दर आभा हमारे पके खेतों में है। सुनहरी जौ की बालें क्या इससे कम सुन्दर होती हैं?"

"तुम मूर्ख हो पुरुष!" कुबेर ने कहा। "तुम इसका उपयोग क्या जानो। इस एक स्वर्णखण्ड से तुम सैकड़ों पके खेत क्रय कर सकते हो।"

"क्रय क्या?" पुरुष ने पूछा।

"क्रय! तुम इस स्वर्णखण्ड को देकर इसके बदले में धान्य ले सकते हो।" कुबेर ने समझाया।

"नहीं, नहीं, वह पाप है–दूसरे के श्रम के फल में हमारा भाग केवल प्रेम द्वारा ही हो सकता है।" पुरुष ने उत्तर दिया।

"प्रेम द्वारा ही नहीं, अधिकार द्वारा भी।"

"देश के सारे धान्य पर हमारा अधिकार होगा, देश के सब पशु हमारे होंगे, देश के समस्त वैभव के स्वामी हम होंगे। क्या तुम इस स्वामित्व के इच्छुक नहीं?" नारी ने पुरुष से पूछा। उसने उसके मृदुतम स्थान को पहचान लिया था।

पुरुष ने क्षणभर अपने विशाल वक्ष और पुष्ट बाहुओं को देखा। वह समर्थ है, स्रष्टा है, स्वामी भी बनेगा। उसने स्वीकारात्मक दृष्टि से देखा नारी की ओर। नारी अपनी सफलता पर हँसी। उसकी हँसी देखकर पुरुष की दृष्टि में न जाने क्यों अविश्वास आ गया।

"इतना स्वर्ण तो अपर्याप्त होगा देवता।" पुरुष ने कहा।

"इस शिलाखण्ड को हटाकर तुम यथेष्ट स्वर्णखण्ड ले सकते हो।"—कुबेर अपनी सफलता पर हँसा।

पुरुष ने अपना उष्णीष खोलकर उसमें स्वर्ण भरा और चल पड़ा। नारी ठिठकी, उसने कुबेर से बिदा लेनी चाही। पुरुष ने सन्देह की दृष्टि से देखा नारी की ओर और उसे आगे की ओर खींचकर कहा—"तुम पर मेरा अधिकार है, समझी?" पुरुष अधिकार का प्रयोग सीख गया था—और उसने अपना पहला प्रयोग किया नारी पर।

नारी कुछ न समझी, चुपचाप साथ चल पड़ी। थोड़े ही अन्तर के बाद वह थक गयी। उससे स्वर्णभार नहीं सँभलता था।

"अब मैं नहीं चल सकती," उसने कहा।

"क्या? तुम्हें मेरे साथ चलना होगा—अभी चलना होगा," पुरुष ने कहा।

नारी ने विचित्र भय से देखा पुरुष की ओर। पुरुष की आँखों से स्नेह लुप्त था—थी केवल कटुता। वह सहम गयी, कुछ न बोली। थोड़ी दूर चलकर, हारकर, थककर बैठ गयी—"अब मुझमें शक्ति नहीं रही।" नारी हाँफ रही थी।

पुरुष ने मुड़कर कहा—"रुक जाओ यहीं—अपने देवता से शक्ति की भिक्षा माँग लेना और तब आ जाना। मैं तुम्हें ख़ूब समझता हूँ—प्रवंचना की प्रतिमा।"

नारी इस कठोर व्यंग्य से तिलमिला उठी। उसका डर घृणा में परिणत हो गया—"निष्ठुर?" उसने पैर पटककर कहा—"जाओ, मैं अब मर जाऊँगी। तुमसे आश्रय की याचना न करूँगी—पत्थर।" पुरुष रुका नहीं, बढ़ता ही चला गया। नारी ने क्षण भर उसकी ओर देखा और फिर तड़प उठी। सोना फेंक दिया और पत्थर पर सिर पटकने लगी लेकिन कहा एक शब्द भी नहीं।

सहसा उसने सुना—"कुहू।"

सिर उठाकर देखा—पास की एक शिला के छिद्र में एक कोयल का नीड़ था। कोयल उड़कर आ रही थी। उसकी चोंच में सुनहली बाल थी। नीड़ से झाँककर बच्चे उसकी प्रतीक्षा कर रहे थे। कोयल ने उन बच्चों की ओर देखकर प्रेमभरी कूकभरी—"कुहू।"

नारी सभी प्रतारणा भूल मातृत्व की उस कूक में खो गयी—सो गयी।

पुरुष ने पर्वत-पथ पार कर लिया और विश्राम की एक साँस ली। पर यह क्या? वह तो उसके ग्राम का पथ नहीं—क्या वह पथ भूल गया है? रात हो गयी थी! कोई हानि नहीं, वह प्रातःकाल अपना पथ ढूँढ़ लेगा। आज नहीं तो कल वह सारे देश का स्वामी होगा। वह विश्राम करेगा। उसने शीश से स्वर्ण उतारकर भूमि

पर धर दिया और भूमि पर धरते ही उसने देखे—दूर वृक्षों की ओट में झिलमिलाते हुए ग्राम-दीप।

"आह, ग्राम तो पास ही है," उसने सोचा—और बढ़ने के लिए स्वर्ण उठाया। पर स्वर्ण उठाते ही ग्राम अदृश्य हो गया। आकाश में तारे हँस पड़े। मनुष्य चलता ही गया। इस भयानक मृगतृष्णा के इस दयनीय शिकार की इस अवस्था को तारे न सह पाये। उन्होंने पलकें मूँद लीं। सबेरा हो गया।

मनुष्य ने थककर स्वर्ण रख दिया और देखा...वह सामने पेड़ों के झुरमुटों में ग्राम।

"आहा!" वह प्रसन्नता से हँस पड़ा। पैर भर गये थे, शरीर थक गया था, मुँह सूख गया था, आँखें जल रही थीं, पर उसने स्वर्ण उठाया और चल पड़ा। ग्राम फिर अदृश्य हो गया।

वह चलता ही गया।

मध्याह्न का सूर्य तप रहा था, पेड़ों की पत्तियाँ सूखकर गिर रही थीं, जल के स्रोत सूख रहे थे। रह जाता था केवल ताप, भीषण ताप, श्मशान की लपटों-सा भयंकर!

वह प्यास से विकल था, क्षुधा से आर्त।

"भूख!"—क्षीण स्वर में उसने कहा।

"प्यास!"—मन्द स्वर में उसने कहा।

किन्तु तरु पत्र-विहीन हो गये थे और सरिताएँ निर्जल। उसकी आँखों के सम्मुख अँधेरा छा गया। वह मूर्छित होकर गिर पड़ा। अर्ध-मूर्छा में अस्फुट स्वर में बोला—"भूख!"

एक स्वर्णखण्ड उसने दाँतों से तोड़ा पर असह्य पीड़ा से कराह उठा।

"भूख! भूख!" वह कराहा—चीख़ उठा—"प्रेम मिथ्या है, नारी प्रवंचना है, सत्य है भूख—केवल भूख!"

"भूंख सत्य है, किन्तु अधिकार की या प्रेम की?" असह्य ताप से झुलसते हुए एक दूर्वादल ने पूछा।

मनुष्य निरुत्तर था।

हाँ—इसके उत्तर में पास के ठूँठ के कोटर से एक गिद्ध चीख़ता हुआ उड़ा और चारों ओर मँडराने लगा। उसकी चोंच में मांस का एक टुकड़ा था। टुकड़े से ख़ून की दो बूँदें मनुष्य के अधरों पर चू पड़ीं। मनुष्य ने सूखी जीभ से उसे चाटा—पर उसकी प्यास न बुझी। उसने भूखी आँखों से देखा मांसखण्ड की ओर—गिद्ध ने प्यासी आँखों से देखा मनुष्य की ओर।

आकाश में से झाँककर कुबेर ने देखा और अट्टहास कर उठा।

मंज़िल

सृष्टि बनाकर ईश्वर ने सन्तोष की साँस ली और निरीक्षण की दृष्टि से संसार को देखा।

विस्तृत धरा थी, धरा पर मखमली घास थी, घास के घूँघट को हटाकर फूल शरमाकर झाँक रहे थे और फूलों की गोद में तितलियाँ अपने रंगीन परों को समेट कर सो रही थीं।

किन्तु इस कोमल प्रणय को देखने वाला कोई भी न था।

ईश्वर ने एक अभाव का अनुभव किया।

उन्मुक्त नीला आसमान था, जिसमें रात को रुपहली चाँदनी हँसती थी, दिन को सुनहली धूप लहराती थी, सुबह को शबनम झरती थी, रात को तारे जगमगाते थे।

किन्तु तारों को गिन-गिनकर रात बिताने वाला कोई न था।

ईश्वर ने एक अभाव का अनुभव किया।

आसमान की सतह पर स्वर्ग था। स्वर्ग में अप्सराएँ थीं। अप्सराओं के साथ देवता थे। केसर के तीर चलानेवाला अनंग था। मादकता बिखेर देनेवाली रति थी। वैभव था, रूप था, रंग था, मादकता थी, विस्मृति थी।

किन्तु इन वैभवों से आकर्षित होकर स्वर्ग पाने की साधना करनेवाला कोई भी न था।

ईश्वर ने अभाव का अनुभव किया।

ईश्वर के वैभव क्रे सामने नतमस्तक होनेवाला कोई भी न था...। ईश्वर असन्तुष्ट हो गया।

अभाव! अभाव!! अभाव!!!

और तब ईश्वर ने अभाव को दूर करने के लिए एक भाव सृष्टि की। वह भाव आकाश-सा विस्तृत था, फूल-सा ताज़ा था, दूब-सा कोमल था, अप्सराओं-सा लजीला था, स्वर्ग-सा आकर्षक था। संसार में जहाँ जो भी कुछ सुन्दर था, आकर्षक था, सबको मिलाकर उस भाव की रचना हुई। उस भाव का नाम ईश्वर ने रखा—मनुष्यत्व। मनुष्यत्व में अनंग की चंचलता थी, रति की मादकता थी, धूप की गर्मी थी, दूब की नमी थी, शबनम की चमक थी, तितली का निखार था।

ईश्वर ने मनुष्यत्व का निर्माण किया और धरा पर उसे उतार दिया।

लेकिन उसकी इच्छा पूरी नहीं हुई।

ईश्वर ने सोचा, मनुष्यत्व उसके सामने सिर झुकाएगा—लेकिन वह अभी केवल भाव था। असीम भाव, अनन्त कल्पना। और उसकी वह सीमाहीन कल्पना केवल धरा से सन्तुष्ट न हुई। ईश्वर के सामने नतमस्तक न हुई। उसने आकाश के तारे तोड़ने शुरू किये, अनंग के तीर चुरा लिये, रति की मादकता लूट ली और नये स्वर्ग का निर्माण शुरू कर दिया।

ईश्वर सहम गया। उसने क्षणभर सोचा—अच्छा मनुष्यत्व को सीमित कर दो। धरा की कारा में मनुष्यत्व को बन्दी बना दो। उसने दो मुट्ठी धूल उठायी और असीम भाव को सीमित देह में आबद्ध कर दिया। मनुष्यत्व अब मनुष्य बन गया।

लेकिन मनुष्य ने भी हार न मानी। उसके तन के सौरभ से आकर्षित होकर तितलियाँ चारों ओर उड़ने लगीं, फूल उसके पैरों के नीचे बिछ गये, शबनम उसके पैरों को चूमने लगी। मनुष्य इस सबके स्नेह से तृप्त होकर हँस पड़ा और उसकी हँसी आसमान में किरणें बनकर छिटक गयी, किन्तु मनुष्य झुका नहीं।

ईश्वर असफल रहा।

उसने सोचा, मनुष्य अभी शबनम, तितली सभी को प्यार करता है। अभी उसका प्यार असीम है, इसलिए उसकी सत्ता भी असीम है, उसकी शक्ति भी असीम है—क्योंकि प्यार का ही दूसरा नाम अस्तित्व है और अस्तित्व रखने की सामर्थ्य का नाम शक्ति है। अतः उसने सोचा—उसके प्यार को भी सीमित कर दो।

और तब ईश्वर ने निर्माण किया नारी का।

सौरभ सी कोमलता, पुष्प की पार्थिवता के संयोग से नारी का निर्माण हुआ। और एक दिन पुरुष ने देखी—फूलों से लदी हुई बसन्ती झाड़ियों के बीच में लाज से सकुची हुई नारी। पुरुष को एक नया साथी मिला। वह हँसती थी तो फूल झरते थे। पुरुष फूलों को भूल गया। उसकी आँखों में चाँदनी छिटकती थी। वह चाँद को भूल गया। नारी की गति में ईश्वरत्व की शान थी। और पुरुष ईश्वर को भूल गया।

और ईश्वर फिर हार गया।

घने पेड़ों की शीतल छाँह में, हरी मखमली दूब पर पुरुष और नारी कलियों को उछाल-उछालकर खेलते थे। एक दिन पुरुष के मन में नया विचार उठा। वह

उठ खड़ा हुआ। उसने नारी से कहा—"संगिनी! आओ, हम तुम कुछ निर्माण करें।" और नारी बाँहें फैलाकर उसकी ओर बढ़ी—

ईश्वर काँप उठा! यह क्या! पुरुष ईश्वर से सृजन का अधिकार भी छीन लेगा? उसने फ़ौरन नारी और पुरुष के बीच में व्यवधान उत्पन्न कर दिया। वह व्यवधान था एक जलता हुआ प्रकाश-चिह्न! पुरुष ने पूछा—"मेरी मंज़िल क्या है? केवल नारी! नारी! केवल नारी!—कदापि नहीं!" वह उत्तेजित होकर उठ गया।

"मेरी मंज़िल क्या है?" उसने चीख़कर शून्य से पूछा और नारी को छोड़कर चल दिया अपनी मंज़िल की खोज में। उसने बिजली से चपलता ली, आँधियों से गति ली, जल से अधक साधना का वरदान लिया और चल पड़ा, चलता गया।

ईश्वर ने उसे बढ़ते देखा और पृथ्वी गोल कर दी, ताकि वह जन्म भर चक्कर ही लगाता रहे और आगे न बढ़ने पाए।

पुरुष इस षड्यन्त्र से अनभिज्ञ था। वह पृथ्वी का चक्कर लगाता गया। यहाँ तक कि उसी स्थान पर पहुँच गया, जहाँ नारी थी।

वह खड़ा हो गया। इसका क्या अर्थ? पृथ्वी का चक्कर लगाकर फिर वहीं पहुँचा जहाँ नारी थी। तो क्या नारी ही उसकी मंज़िल है?

नारी ने अलसौंही लजीली पलकें उठाकर पुरुष की ओर देखा। मुट्ठी भरकर फूल उधर फेंक दिये। पुरुष विह्वल हो उठा और उसने दो काँपते हुए ओठों पर दो जलते हुए ओठ रख दिये।

और! और! जैसे किसी जादू से दोनों खण्ड-खण्ड हो गये। असंख्य मनुष्य; पुरुष और स्त्रियाँ।

ईश्वर हँस पड़ा—अब मनुष्य विभक्त है। वह मेरे सामने झुक जाएगा।

लेकिन ईश्वर का अभाव ही तो है उस विभक्त आदम पुरुष की मूलभूत एकता। उसने विभाजन की बेहोशी में भी आवाज़ दी—"मेरी मंज़िल कहाँ है?" और असंख्य कण्ठों से यह प्रतिध्वनि उठी, "हमारी मंज़िल कहाँ है?"

ध्वनि-प्रतिध्वनि जब स्वर्ग पहुँची तो स्वर्ग की नींवें हिल गयीं। ईश्वर का सिंहासन डोल उठा।

और उसके बाद असंख्य चरण आगे बढ़े। "हम आगे बढ़ेंगे, अपने मंज़िल ढूँढ़ेंगे," उन्होंने एक स्वर से कहा।

धरती काँप उठी। पर्वत चूर-चूर हो गये। उन्होंने गरजते कुए तूफ़ानों पर अपनी आवाज़ तैरायी—"हम नहीं रुकेंगे। हम आगे बढ़ेंगे हमारी मंज़िल कहाँ है?"

उन्होंने क्रोध से पैर पटके। स्वर्ग चूर-चूर हो गया। उनकी गति के कारण उड़ती हुई गर्द में ईश्वर छिप गया। वे बढ़ते ही गये। ईश्वर डरकर धरती पर गिर पड़ा। टूटकर धरती पर बिखर गया। नारियाँ रुक गयीं कुतूहल से। आकाश से गिरे हुए उन टुकड़ों पर उन्होंने पुरुष के चरण की धूल देखी और रुककर उसकी पूजा

में लग गयीं। पथरीले ईश्वर के वे टुकड़े पुरुष के चरणों की धूलि से सने थे, इसी से नारी के उपास्य बन गये।

पुरुषों ने नारियों को रुकते हुए देखा। क्या वे भी रुकें? एक ने पूछा—"क्यों रुकें? क्या नारी हमारी मंज़िल है?"

"नारी हमारी मंज़िल है? असम्भव! नारी बहुत दुर्बल है!" दूसरे ने कहा।

"नारी तो स्वयं पुजारिन है। उसमें पूजा ग्रहण करने की शक्ति कहाँ?"

"नारी पथ हो सकती है, मंज़िल नहीं! साधन हो सकती है साध्य नहीं!"

और वे फिर बढ़ चले। हज़ार, लाख, करोड़, असंख्य बार वे पृथ्वी के चारों ओर घूमे, रुके नहीं। नारी पूजा में संलग्न रही। पुरुष बढ़ते रहे।

अन्त में पुरुष के पैर न थके—संसार की पगडण्डियाँ थक गयीं। वे बोलीं—"बस करो! मुसाफिरो हम हार गयीं। सच तो यह है पुरुष कि तुम खुद अपनी मंज़िल हो, विश्व की पगडण्डियाँ कोने-काने से चलकर तुम्हारी ही परिक्रमा करती हैं। पुरुष! मंज़िल तो तुम खुद हो। हम तो तुम तक पहुँचने का यत्न करती हैं।"

पर फिर भी पुरुष नहीं रुके। थकी म्लान पगडण्डियाँ उन्होंने हाथों में उठा लीं और आसमान को पैरों के नीचे बिछाकर चल दिये।

और तब से आज तक—

नारी पूजा करती है। पुरुष चलता है—इसलिए नहीं कि उसे किसी मंज़िल तक पहुँचना है। मंज़िल तो वह खुद है। वह बढ़ता है इसलिए कि चलने से पैरों की ताक़त बढ़ती है और मंज़िल खुद दिन-पर-दिन मज़बूत होती जाती है।

आसमान पर उसके पैरों के निशान रात को तारे बनकर चमक उठते हैं।

गुलकी बन्नो

"ऐ मर कलमुँहे!" अकस्मात् घेघा बुआ ने कूड़ा फेंकने के लिए दरवाज़ा खोला और चौतरे पर बैठे मिरवा को गाते हुए देखकर कहा, "तोरे पेट में फोनोगिराफ उलियान बा का, जौन भिनसार भवा कि तान तोड़ै लाग? राम जानै, रात के कैसन एकरा दीदा लागत है!" मारे डर के कि कहीं घेघा बुआ सारा कूड़ा उसी के सर पर न फेंक दें, मिरवा थोड़ा खिसक गया और ज्यों ही घेघा बुआ अन्दर गयीं कि फिर चौतरे की सीढ़ी पर बैठ, पैर झुलाते हुए उसने उलटा-सुलटा गाना शुरू किया, "तुमे बछ याद कलते अम छनम तेली कछम!" मिरवा की आवाज़ सुनकर जाने कहाँ से झबरी कुतिया भी कान-पूँछ झटकारते आ गयी और नीचे सड़क पर बैठकर मिरवा का गाना बिलकुल उसी अन्दाज़ में सुनने लगी जैसे हिज़ मास्टर्स वायस के रिकार्ड पर तसवीर बनी होती है।

अभी सारी गली में सन्नाटा था। सबसे पहले मिरवा (असली नाम मिहिरलाल) जागता था और आँख मलते-मलते घेघा बुआ के चौतरे पर आ बैठता था। उसके बाद झबरी कुतिया, फिर मिरवा की छोटी बहन मटकी और उसके बाद एक-एक कर गली के तमाम बच्चे—खोंचेवाली का लड़का मेवा, ड्राइवर साहब की लड़की निरमल, मनीजर साहब के मुन्ना बाबू—सभी आ जुटते थे। जब से गुलकी ने घेघा बुआ के चौतरे पर तरकारियों की दुकान रखी थी तब से यह जमावड़ा वहाँ होने लगा था। उसके पहले बच्चे हकीमजी के चौतरे पर खेलते थे। धूप निकलते गुलकी सट्टी से तरकारियाँ ख़रीदकर अपनी कुबड़ी पीठ पर लादे, डण्डा टेकती आती और अपनी दुकान फैला देती। मूली, नीबू, कद्दू, लौकी, घिया-बण्डा, कभी-कभी सस्ते फल! मिरवा और मटकी जानकी उस्ताद के बच्चे थे जो एक भयंकर रोग में गल-गलकर मरे थे और दोनों बच्चे भी विकलांग, विक्षिप्त और रोगग्रस्त पैदा हुए थे। सिवा झबरी कुतिया के और कोई उनके पास नहीं बैठता था और सिवा गुलकी के कोई उन्हें अपनी देहरी या दुकान पर चढ़ने नहीं देता था।

आज भी गुलकी को आते देखकर सबसे पहले मिरवा गाना छोड़कर बोला,

"छलाम गुलकी!" और मटकी अपने बढ़ी हुई तिल्लीवाले पेट पर से खिसकता हुआ जाँघिया सँभालते हुए बोली, "एक ठो मूली दै देव! ए गुलकी!" गुलकी पता नहीं किस बात से खीजी हुई थी कि उसने मटकी को झिड़क दिया और अपनी दुकान लगाने लगी। झबरी भी पास गयी कि गुलकी ने डण्डा उठाया। दुकान लगाकर वह अपनी कुबड़ी पीठ दुहरा कर बैठ गयी और जाने किसे बुड़बुड़ाकर गालियाँ देने लगी। मटकी एक क्षण चुपचाप खड़ी रही, फिर उसने रट लगाना शुरू किया, "एक मूली! ए गुलकी! एक..." गुलकी ने फिर झिड़का तो चुप हो गयी और अलग हटकर लोलुप नेत्रों से सफ़ेद धुली हुई मूलियों को देखने लगी। इस बार वह बोली नहीं। चुपचाप उन मूलियों की ओर हाथ बढ़ाया ही था कि गुलकी चीख़ी, "हाथ हटाओ। छूना मत। कोढ़िन कहीं की! कहीं खाने-पीने की चीज़ देखी तो जोंक की तरह चिपक गयी, चल उधर!" मटकी पहले तो पीछे हटी पर फिर उसकी तृष्णा ऐसी अदम्य हो गयी कि उसने हाथ बढ़ाकर एक मूली खींच ली। गुलकी का मुँह तमतमा उठा और उसने बाँस की खपच्ची उठाकर उसके हाथ पर चट से दे मारी! मूली नीचे जा गिरी और "हाय! हाय! हाय!" कर दोनों हाथ झटकती हुई मटकी पाँव पटक-पटककर रोने लगी। "जावो अपने घर रोवो। हमारी दुकान पर मरने को गली-भर के बच्चे हैं–" गुलकी चीख़ी! "दुकान दैकै हम बिपता मोल लै लिया। छन-भर पूजा-भजन में भी कचरधाँव मची रहती है!" अन्दर से घेघा बुआ ने स्वर मिलाया। खासा हंगामा मच गया कि इतने में झबरी भी खड़ी हो गयी और लगी उदात्त स्वर में भूँकने। 'लेफ़्ट राइट! लेफ़्ट राइट।' चौराहे पर तीन-चार बच्चों का जुलूस चला आ रहा था। आगे-आगे दर्जा 'ब' में पढ़नेवाले मुन्ना बाबू नीम की सण्टी को झण्डे की तरह थामे जुलूस का नेतृत्व कर रहे थे, पीछे थे मेवा और निरमल। जुलूस आकर दुकान के सामने रुक गया। गुलकी सतर्क हो गयी। दुश्मन की ताक़त बढ़ गयी थी।

मटकी सिसकते-सिसकते बोली, "हमके गुलकी मारित है। हाय! हाय! हमके नरिया में ढकेल दिहिस। अरे बाप रे!" निरमल, मेवा, मुन्ना सब पास आकर उसकी चोट देखने लगे। फिर मुन्ना ने ढकेलकर सबको पीछे हटा दिया और सण्टी लेकर तनकर खड़े हो गये, "किसने मारा है इसे!"

"हम मारा है!" कुबड़ी गुलकी ने बड़े कष्ट से खड़े होकर कहा, "का करोगे? हमें मारोगे?" "मारेंगे क्यों नहीं?" मुन्ना बाबू ने अकड़कर कहा। गुलकी इसका कुछ जवाब देती कि बच्चे पास घिरे आये। मटकी ने जीभ निकालकर मुँह बिराया, मेवा ने पीछे जाकर कहा, "ए कुबड़ी, ए कुबड़ी, अपना कूबड़ दिखाओ!" और एक मुट्ठी धूल उसकी पीठ पर छोड़कर भागा। गुलकी का मुँह तमतमा आया और रुँधे गले से कराहते हुए उसने पता नहीं क्या कहा। किन्तु उसके चेहरे पर भय की छाया बहुत गहरी हो गयी थी। बच्चे सब एक-एक मुट्ठी धूल लेकर शोर मचाते हुए दौड़े कि अकस्मात् घेघा बुआ का स्वर सुनाई पड़ा, "ए मुन्ना बाबू, जात हौ कि अबहिन

बहिनजी का बुलवाय के दुइ-चार कनेठी दिलवायी!" "जाते तो हैं!" मुन्ना ने अकड़ते हुए कहा, "ए मिरवा, बिगुल बजाओ।" मिरवा ने दोनों हाथ मुँह पर रखकर कहा, "धुतु-धुतु-धू।" जुलूस चल पड़ा और कप्तान ने नारा लगाया :

अपने देस में अपना राज!

गुलकी की दुकान बाईकाट!

नारा लगाते हुए जुलूस गली में मुड़ गया। कुबड़ी ने आँसू पोंछे, तरकारी पर से धूल झाड़ी और साग पर पानी के छींटे देने लगी।

गुलकी की उम्र ज़्यादा नहीं थी। यही हद-से-हद पचीस-छब्बीस। पर चेहरे पर झुर्रियाँ आने लगी थीं और कमर के पास से वह इस तरह दोहरी हो गयी थी जैसे अस्सी वर्ष की बुढ़िया हो। बच्चों ने जब पहली बार उसे मुहल्ले में देखा तो उन्हें ताज्जुब भी हुआ और थोड़ा भय भी। कहाँ से आयी? कैसे आ गयी? पहले कहाँ थी? इसका उन्हें कुछ अनुमान नहीं था। निरमल ने ज़रूर अपनी माँ को उसके पिता ड्राइवर से रात को कहते हुए सुना, "यह मुसीबत और खड़ी हो गयी। मरद ने निकाल दिया तो हम थोड़े ही यह ढोल गले बाँधेंगे। बाप अलग हम लोगों का रुपया खा गया। सुना चल बसा तो डरी कि कहीं मकान हम लोग न दख़ल कर लें और मरद को छोड़कर चली आयी। ख़बरदार जो चाभी दी तुमने!"

"क्या छोटेपन की बात करती हो! रुपया उसके बाप ने ले लिया तो क्या हम उसका मकान मार लेंगे? चाभी हमने दे दी है। दस-पाँच दिन का नाज-पानी भेज दो उसके यहाँ।"

"हाँ-हाँ, सारा घर उठा के भेज देव। सुन रही हो घेघा बुआ!"

"तो का भवा बहू, अरे निरमल के बाबू से तो एकरे बाप की दाँत काटी रही।" घेघा बुआ की आवाज़ आयी—"बेचारी बाप की अकेली सन्तान रही। एही के बियाह में मटियामेट हुइ गवा। पर ऐसे कसाई के हाथ में दिहिस कि पाँचै बरस में कूबड़ निकर आवा।"

"साला यहाँ आवे तो हण्टर से ख़बर लूँ मैं।" ड्राइवर साहब बोले, "पाँच बरस बाद बाल-बच्चा हुआ। अब मरा हुआ बच्चा पैदा हुआ तो उसमें इसका क्या क़सूर। साले ने सीढ़ी से ढकेल दिया। ज़िन्दगी-भर के लिए हड्डी ख़राब हो गयी न! अब कैसे गुज़ारा हो उसका?"

"बेटवा एको दुकान खुलवाय देव। हमरा चौतरा ख़ाली पड़ा है। यही रुपया दुइ रुपया किराया दै देवा करै, दिन-भर अपना सौदा लगाय ले। हम का मना करित हैं? एत्ता बड़ा चौतरा मुहल्लेवालन के काम न आयी तो का हम छाती पर धैलै जाब! पर हाँ, मुला रुपया दै देवा करै।"

दूसरे दिन यह सनसनीख़ेज ख़बर बच्चों में फ़ैल गयी। वैसे तो हकीमजी का

चबूतरा बड़ा था, पर वह कच्चा था, उस पर छाजन नहीं थी। बुआ का चौतरा लम्बा था, उस पर पत्थर जड़े थे। लकड़ी के खम्भे थे। उस पर टीन छायी थी। कई खेलों की सुविधा थी। खम्भों के पीछे किल-किल काँटे की लकीरें खींची जा सकती थीं। एक टाँग से उचक-उचककर बच्चे चिबिड्डी खेल सकते थे। पत्थर पर लकड़ी का पीढ़ा रखकर नीचे से मुड़ा हुआ तार घुमाकर रेलगाड़ी चला सकते थे। जब गुलकी ने अपनी दुकान के लिए चबूतरों के खम्भों में बाँस बाँधे तो बच्चों को लगा कि उनके साम्राज्य में किसी अज्ञात शत्रु ने आकर क़िलेबन्दी कर ली है। वे सहमे हुए दूर से कुबड़ी गुलकी को देखा करते थे। निरमल ही उसकी एक मात्र संवाददाता थी और निरमल का एक मात्र विश्वस्त सूत्र था उसकी माँ। उससे जो सुना था उसके आधार पर निरमल ने सबको बताया था कि यह चोर है। इसका बाप सौ रुपया चुराकर भाग गया। यह भी उसके घर का सारा रुपया चुराने आयी है। "रुपया चुराएगी तो यह भी मर जाएगी।" मुन्ना ने कहा, "भगवान् सबको दण्ड देता है।" निरमल बोली, "ससुराल में भी रुपया चुराये होगी।" मेवा बोला, "अरे कूबड़ थोड़े है! ओही रुपया बाँधे है पीठ पर। मनसेधू का रुपया है।" "सचमुच?" निरमल ने अविश्वास से कहा। "और नहीं क्या। कूबड़ थोड़े है। है तो दिखावे।" मुन्ना द्वारा उत्साहित होकर मेवा पूछने ही जा रहा था कि देखा साबुनवाली सत्ती खड़ी बात कर रही है गुलकी से–कह रही थी, "अच्छा किया तुमने! मेहनत से दुकान करो। अब कभी थूकने भी न जाना उसके यहाँ। हरामज़ादा, दूसरी औरत कर ले, चाहे दस और कर ले। सबका ख़ून उसी के मत्थे चढ़ेगा। यहाँ कभी आवे तो कहलाना मुझसे। इसी चाकू से दोनों आँखें निकाल लूँगी!"

बच्चे डरकर पीछे हट गये। चलते-चलते सत्ती बोली, "कभी रुपये-पैसे की ज़रूरत हो तो बताना बहिना!"

कुछ दिन बच्चे डरे रहे। पर अकस्मात् उन्हें यह सूझा कि सत्ती को यह कुबड़ी डराने के लिए बुलाती है। इसने उसके गुस्से में आग में घी का काम किया। पर कर क्या सकते थे। अन्त में उन्होंने एक तरीक़ा ईज़ाद किया। वे एक बुढ़िया का खेल खेलते थे। उसको उन्होंने संशोधित किया। मटकी को लैमनजूस देने का लालच देकर कुबड़ी बनाया गया। वह उसी तरह पीठ दोहरी करके चलने लगी। बच्चों ने सवाल-जवाब शुरू किये :

"कुबड़ी-कुबड़ी का हेराना?"
"सुई हिरानी।"
"सुई लैके का करबे?"
"कन्था सीबै!"
"कन्था सीके का करबे?"

"लकड़ी लाबै!"

"लकड़ी लाय के का करबे?"

"भात पकइबे!"

"भात पकाय के का करबे?"

"भात खाबै!"

"भात के बदले लात खाबे।"

और इसके पहले कि कुबड़ी बनी हुई मटकी कुछ कह सके, वे उसे ज़ोर से लात मारते और मटकी मुँह के बल गिर पड़ती, उसकी कोहनियाँ और घुटने छिल जाते, आँख में आँसू आ जाते और ओठ दबाकर वह रुलाई रोकती। बच्चे ख़ुशी से चिल्लाते, "मार डाला कुबड़ी को। मार डाला कुबड़ी को।" गुलकी यह सब देखती और मुँह फेर लेती।

एक दिन जब इसी प्रकार मटकी को कुबड़ी बनाकर गुलकी की दुकान के सामने ले गये तो इसके पहले कि मटकी जवाब दे, उन्होंने अनचित्ते में इतनी ज़ोर से ढकेला दिया कि वह कुहनी भी न टेक सकी और सीधे मुँह के बल गिरी। नाक, ओठ और भौंह ख़ून से लथपथ हो गये। वह "हाय! हाय!" कर इस बुरी तरह चीख़ी कि लड़के "कुबड़ी मर गयी!" चिल्लाते हुए भी सहम गये और हतप्रभ हो गये। अकस्मात् उन्होंने देखा कि गुलकी उठी। वे जान छोड़कर भागे। पर गुलकी उठकर आयी, मटकी को गोद में लेकर पानी से उसका मुँह धोने लगी और धोती से ख़ून पोंछने लगी। बच्चों ने पता नहीं क्या समझा कि वह मटकी को मार रही है, या क्या कर रही है कि वे अकस्मात् उस पर टूट पड़े। गुलकी की चीख़ें सुनकर मुहल्ले के लोग आये तो उन्होंने देखा कि गुलकी के बाल बिखरे हैं, दाँत से ख़ून बह रहा है, अधउघारी चबूतरे के नीचे पड़ी है, और सारी तरकारी सड़क पर बिखरी है। घेघा बुआ ने उसे उठाया, धोती ठीक की और बिगड़कर बोलीं, "औकात रत्ती-भर नै, और तेहा पौवा-भर। आपन बखत देख के चुप नै रहा जात। काहे लड़कन के मुँह लगत हो?" लोगों ने पूछा तो कुछ नहीं बोली। जैसे उसे पाला मार गया हो। उसने चुपचाप अपनी दुकान ठीक की और दाँत से ख़ून पोंछा, कुल्ला किया और बैठ गयी।

उसके बाद अपने उस कृत्य से बच्चे जैसे खुद सहम गये थे। बहुत दिन तक वे शान्त रहे। आज जब मेवा ने उसकी पीठ पर धूल फेंकी तो जैसे उसे ख़ून चढ़ गया पर फिर न जाने वह क्या सोचकर चुप रह गयी और जब नारा लगाते हुए जुलूस गली में मुड़ गया तो उसने आँसू पोंछे, पीठ पर से धूल झाड़ी और साग पर पानी छिड़कने लगी। "लड़के का हैं गल्ली के राच्छस हैं!" घेघा बुआ बोलीं। "अरे उन्हें काहे कहो बुआ! हमारा भाग ही खोटा है!" गुलकी ने गहरी साँस लेकर कहा।...

इस बार जो झड़ी लगी तो पाँच दिन तक लगातार सूरज के दर्शन नहीं हुए। बच्चे सब घर में क़ैद थे और गुलकी कभी दुकान लगाती थी, कभी नहीं। राम-राम करके छठे दिन तीसरे पहर झड़ी बन्द हुई। बच्चे हकीमजी के चौतरे पर जमा हो गये। मेवा बिलबोटी बीन लाया था और निरमल ने टपकी हुई निमकौड़ियाँ बीनकर दुकान लगा ली थी और गुलकी की तरह आवाज़ लगा रही थी, "ले खीरा, आलू, मूरी, घिया, बण्डा!" थोड़ी देर में काफ़ी शिशु-ग्राहक दुकान पर जुट गये। अकस्मात् शोरगुल को चीरता हुआ बुआ के चौतरे से गीत का स्वर उठा। बच्चों ने घूमकर देखा मिरवा और मटकी गुलकी की दुकान पर बैठे हैं। मटकी खीस खा रही है और मिरवा झबरी का सर अपनी गोद में रखे बिलकुल उसकी आँखों-में-आँखें डालकर गा रहा है।

तुरन्त मेवा गया और पता लगाकर लाया कि गुलकी ने दोनों को एक-एक अधन्ना दिया है और दोनों मिलकर झबरी कुतिया के कीड़े निकाल रहे हैं। चौतरे पर हलचल मच गयी और मुन्ना ने कहा, "निरमल! मिरवा-मटकी को एक भी निमकौड़ी मत देना। रहें उसी कुबड़ी के पास।" "हाँ जी!" निरमल ने आँख चमकाकर गोल मुँह करके कहा, "हमार अम्माँ कहत रहीं उन्हें छुयो न। न साथ खायो, न खेलो। उन्हें बड़ी बुरी बीमारी है। आक थू!" मुन्ना ने उनकी ओर देखकर उबकाई-जैसा मुँह बनाकर थूक दिया।

गुलकी बैठी-बैठी सब समझ रही थी और जैसे इस निरर्थक घृणा में उसे कुछ रस-सा आने लगा था। उसने मिरवा से कहा, "तुम दोनों मिल के गाओ तो एक अधन्ना दें। ख़ूब ज़ोर से!" भाई-बहन दोनों ने गाना शुरू किया—"माल कताली मल जाना, पल अकियाँ किछी से..." अकस्मात् पटाक से दरवाज़ा खुला और एक लोटा पानी दोनों के ऊपर फेंकती हुई घेघा बुआ गरजीं, "दुर कलमुँहें। अबहिन बित्तो-भर के नाहीं ना और पतुरियन के गाना गावै लगे। न बहन का ख़याल, न बिटिया का। और ए कुबड़ी, हम तुहूँ से कहे देईत हैं कि हम चकलाख़ाना खोलै के बरे अपना चौतरा नहीं दिया रहा। हुँह! चली हुँआ से मुजरा करावै।"

गुलकी ने पानी उधर छिटकाते हुए कहा, "बुआ, बच्चे हैं। गा रहे हैं। कौन क़सूर हो गया।"

"ऐ हाँ! बच्चे हैं। तुहूँ तो दूध पियत बच्ची हौ। कह दिया कि ज़बान न लड़ायो हमसे, हाँ! हम बहुतै बुरी हैं। एक तो पाँच महीने से किराया नाहीं दियो और हियाँ दुनिया-भर के अन्धे-कोढ़ी बटुरे रहत हैं। चलौ उठाओ अपनी दुकान हियाँ से। कल से न देखी हियाँ तुम्हें। राम! राम! सब अधरम की सन्तान राच्छस पैदा भये हैं मुहल्ले में! धरतियौ नाहीं फाटत कि मर बिलाय जाएँ।"

गुलकी सन्न रह गयी। उसने किराया सचमुच पाँच महीने से नहीं दिया था। बिक्री नहीं थी। मुहल्ले में कोई उससे कुछ लेता ही नहीं था, पर इसके लिए बुआ

निकाल देंगी यह उसे कभी आशा नहीं थी। वैसे ही महीने में बीस दिन वह भूखी सोती थी। धोती में दस-दस पैबन्द थे। मकान गिर चुका था। एक दालान में थोड़ी-सी जगह में वह सो जाती थी। पर दुकान तो वहाँ रखी नहीं जा सकती। उसने चाहा कि वह बुआ के पैर पकड़ ले, मिन्नत कर ले। पर बुआ ने जितनी ज़ोर से दरवाज़ा खोला था उतनी ही ज़ोर से बन्द कर दिया। जब से चौमासा आया था, पुरवाई बही थी, उसकी पीठ में भयानक पीड़ा उठती थी। उसके पाँव काँपते थे। सट्टी में उस पर उधार बुरी तरह चढ़ गया था। पर अब होगा क्या? वह मारे खीज के रोने लगी।

इतने में कुछ खटपट हुई और उसने घुटनों से मुँह उठाकर देखा कि मौक़ा पाकर मटकी ने एक ताज़ा फूट निकाल लिया है और मरभुखी की तरह उसे हबर-हबर खाती जा रही है। एक क्षण वह उसके फूलते-पचकते पेट को देखती रही, फिर ख़याल आते ही कि फूट पूरे दस पैसे का है, वह उबल पड़ी और सड़ासड़ तीन-चार खपच्ची मारते हुए बोली, "चोट्टी! कुतिया! तोरे बदन में कीड़ा पड़े!" मटकी के हाथ से फूट गिर पड़ा पर वह नाली में से फूट के टुकड़े उठाते हुए भागी। न रोयी, न चीख़ी, क्योंकि मुँह में भी फूट भरा था। मिरवा हक्का-बक्का इस घटना को देख रहा था कि गुलकी उसी पर बरस पड़ी। सड़-सड़ उसने मिरवा को मारना शुरू किया, "भाग, यहाँ से हरामज़ादे!" मिरवा दर्द से तिलमिला उठा, "हमला पइछा देव तो जाई।" "देते हैं पैसा, ठहर तो।" सड़! सड़!...रोता हुआ मिरवा चौतरे की ओर भागा।

निरमल की दुकान पर सन्नाटा छाया था। सब चुप उसी ओर देख रहे थे। मिरवा ने आकर कुबड़ी की शिकायत मुन्ना से की। मुन्ना चुप रहा। फिर मेवा की ओर घूमकर बोला, "मेवा बता दो इसे!" मेवा पहले हिचकिचाया, फिर बड़ी मुलायमियत से बोला, "मिरवा, तुम्हें बीमारी हुई है न! तो हम लोग अब तुम्हें नहीं छुएँगे। साथ नहीं खिलाएँगे। तुम उधर बैठ जाओ।"

"हम बिमाल हैं मुन्ना?"

मुन्ना कुछ पिघला, "हाँ, हमें छुओ मत। निमकौड़ी ख़रीदना हो तो उधर बैठ जाओ, हम दूर से फेंक देंगे। समझे!" मिरवा समझ गया, सर हिलाया और अलग जाकर बैठ गया। मेवा ने निमकौड़ी उसके पास रख दी और वह चोट भूलकर पकी निमकौड़ी का बीजा निकालकर छीलने लगा।

इतने में ऊपर से घेघा बुआ की आवाज़ आयी, "ऐ मुन्ना! तई तू लोग परे हो जाओ! अवहिन पानी गिरी ऊपर से!" बच्चों ने ऊपर देखा। तिछत्ते पर घेघा बुआ कछोटा मारे पानी में छप-छप करती घूम रही थीं। कूड़े से तिछत्ते की नाली बन्द थी और पानी भरा था। जिधर बुआ खड़ी थीं उसके ठीक नीचे गुलकी का सौदा था। बच्चे वहाँ से दूर थे पर गुलकी को सुनाने के लिए बात बच्चों से कही

गयी थी। गुलकी कराहती हुई उठी। कूबड़ की वजह से वह तनकर तिछत्ते की ओर देख भी नहीं सकती थी। उसने धरती की ओर देखकर ऊपर बुआ से कहा, "इधर की नाली काहे खोल रही हो? उधर की खोलो न!"

"काहे उधर की खोली! उधर हमार चौका है कि नै!"

"इधर हमारा सौदा लगा है।"

"ऐ है!" बुआ हाथ चमकाकर बोलीं, "सौदा लगा है रानी साहब का! किराया देय के दायीं हियाव फाटत है और टर्राय के दायीं नटई में गामा पहिलवान का ज़ोर तो देखो! सौदा लगा है तो हम का करी। नारी तो इहै खुली!"

"खोलो तो देखें!" अकस्मात् गुलकी ने तड़पकर कहा। आज तक किसी ने उसका वह स्वर नहीं सुना था–"पाँच महीने का दस रुपया नहीं दिया बेशक, पर हमारे घर की धन्नी निकाल के बसन्तू के हाथ किसने बेचा? तुमने! पच्छिम ओर का दरवाज़ा चिरवा के किसने जलवाया? तुमने। हम ग़रीब हैं। हमारा बाप नहीं है। सारा मुहल्ला हमें मिल के मार डालो।"

"हमें चोरी लगाती है। अरे कल की पैदा हुई।" बुआ मारे गुस्से के खड़ी बोली बोलने लगी थीं।

बच्चे चुप खड़े थे। वे कुछ-कुछ सहमे हुए थे। कुबड़ी का यह रूप उन्होंने कभी न देखा, न सोचा था।

"हाँ! हाँ! हाँ! तुमने, ड्राइवर चाचा ने, चाची ने सबने मिलके हमारा मकान उजाड़ा है। अब हमारी दुकान बहाय देव। देखेंगे हम भी निरबल के भी भगवान हैं!"

"ले! ले! ले! भगवान हैं तो ले!" और बुआ ने पागलों की तरह दौड़कर नाली में जमा कूड़ा लकड़ी से ठेल दिया। छह इंच मोटी गन्दे पानी की धार धड़-धड़ करती हुई उसकी दुकान पर गिरने लगी। तरोइयाँ पहले नाली में गिरीं, फिर मूली, खीरे, साग, अदरक उछल-उछलकर दूर जा गिरे। गुलकी आँख फाड़े पागल-सी देखती रही और फिर दीवार पर सर पटककर हृदय-विदारक स्वर में डकराकर रो पड़ी, "अरे मोर बाबू, हमें कहाँ छोड़ गये! अरे मोरी माई, पैदा होते ही हमें क्यों नहीं मार डाला! अरे धरती मैया, हमें काहे नहीं लील लेती!"

सर खोले बाल बिखेरे छाती कूट-कूटकर वह रो रही थी और तिछत्ते का पिछले नौ दिन का जमा पानी धड़-धड़ गिर रहा था।

बच्चे चुप खड़े थे। अब तक जो हो रहा था उनकी समझ में आ रहा था। पर आज यह क्या हो गया यह उनकी समझ में नहीं आ सका। पर वे कुछ बोले नहीं। सिर्फ़ मटकी उधर गयी और नाली में बहता हुआ एक मोटा हरा खीरा निकालने लगी कि मुन्ना ने डाँटा, "ख़बरदार! जो कुछ चुराया।" मटकी पीछे हट गयी। वे सब किसी अप्रत्याशित भय, संवेदना या आशंका से जुड़-बटुरकर खड़े हो

गये। सिर्फ़ मिरवा अलग सर झुकाये खड़ा था। झींसी फिर पड़ने लगी थी और वे एक-एक कर अपने घर चले गये।

दूसरे दिन चौतरा ख़ाली था। दुकान का बाँस उखड़वाकर बुआ ने नाँद में गाड़कर उस पर तुरई की लतर चढ़ा दी थी। उसी दिन बच्चे आये पर उनकी हिम्मत चौतरे पर जाने की नहीं हुई। जैसे वहाँ कोई मर गया हो। बिलकुल सुनसान चौतरा था और फिर तो ऐसी झड़ी लगी कि बच्चों का निकलना बन्द। चौथे या पाँचवें दिन रात को भयानक वर्षा तो हो ही रही थी, पर बादल भी ऐसे गरज रहे थे कि मुन्ना अपनी खाट से उठकर अपनी माँ के पास घुस गया। बिजली चमकते ही जैसे कमरा रोशनी से नाच-नाच उठता था। छत पर बूँदों की पटर-पटर कुछ धीमी हुई, थोड़ी हवा भी चली और पेड़ों का हरहर सुनाई पड़ा कि इतने में धड़-धड़-धड़ धड़ाम! भयानक आवाज़ हुई। माँ भी चौंक पड़ी। पर उठी नहीं। मुन्ना आँखें खोले अँधेरे में ताकने लगा। सहसा लगा मुहल्ले में कुछ लोग बातचीत कर रहे हैं। घेघा बुआ की आवाज़ सुनाई पड़ी—"किसका मकान गिरा है रे?" "गुलकी का!"—किसी का दूरागत उत्तर आया। "अरे बाप रे! दब गयी क्या?" "नहीं, आज तो मेवा की माँ के यहाँ सोयी है!" मुन्ना लेटा था और उसके ऊपर अँधेरे में यह सवाल-जवाब इधर-से-उधर और उधर-से-इधर जा-आ रहे थे। वह फिर काँप उठा, माँ के पास घुस गया और सोते-सोते उसने साफ़ सुना—कुबड़ी फिर उसी तरह रो रही है, गला फाड़कर रो रही है! कौन जाने मुन्ना के ही आँगन में बैठकर रो रही हो! नींद में वह स्वर कभी दूर कभी पास आता हुआ ऐसा लग रहा है जैसे कुबड़ी मुहल्ले के हर आँगन में जाकर रो रही है पर कोई सुन नहीं रहा, सिवा मुन्ना के।

बच्चों के मन में कोई बात इतनी गहरी लकीर नहीं बनाती कि उधर से उनका ध्यान हटे ही नहीं। सामने गुलकी थी तो वह एक समस्या थी, पर उसकी दुकान हट गयी, फिर वह जाकर सावुनवाली सत्ती के गलियारे में सोने लगी और दो-चार घर से माँग-मूँगकर खाने लगी, उस गली में दिखती ही नहीं थी। बच्चे भी दूसरे कामों में व्यस्त हो गये। अब जाड़े आ रहे थे, उनका जमावड़ा सुबह न होकर तीसरे पहर होता था। जमा होने के बाद जुलूस निकलता था और जिस जोशीले नारे से गली गूँज उठती थी वह था—"घेघा बुआ को वोट दो।" पिछले दिनों म्युनिसिपैलिटी का चुनाव हुआ था और उसी में बच्चों ने यह नारा सीखा था। वैसे कभी-कभी बच्चों में दो पार्टियाँ भी होती थीं, पर दोनों को घेघा बुआ से अच्छा उम्मीदवार कोई नहीं मिलता था अतः दोनों गला फाड़-फाड़कर उनके ही लिए वोट माँगती थीं।

उस दिन जब घेघा बुआ के धैर्य का बाँध टूट गया और नयी-नयी गालियों से विभूषित अपनी पहली एलेक्शन स्पीच देने ज्यों ही चौतरे पर अवतरित हुईं कि

उन्हें डाकिया आता हुआ दिखाई पड़ा। वह अचकचाकर रुक गयीं। डाकिये के हाथ में एक पोस्टकार्ड था और वह गुलकी को ढूँढ़ रहा था। बुआ ने लपककर पोस्टकार्ड लिया, एक साँस में पढ़ गयीं। उनकी आँखें मारे अचरज के फैल गयीं, और डाकिये को यह बताकर कि गुलकी सत्ती साबुनवाली के ओसारे में रहती है, वे झट से दौड़ी-दौड़ी निरमल की माँ ड्राइवर की पत्नी के यहाँ गयीं। बड़ी देर तक दोनों में सलाह-मशविरा होता रहा और अन्त में बुआ आयीं और उन्होंने मेवा को भेजा, "जा गुलकी को बुलाय ला!"

पर जब मेवा लौटा तो उसके साथ गुलकी नहीं वरन् सत्ती साबुनवाली थी और सदा की भाँति इस समय भी उसकी कमर से वह काले बेंट का चाकू लटक रहा था, जिससे वह साबुन की टिक्की काटकर दुकानदारों को देती थी। उसने आते ही भौंह सिकोड़कर बुआ को देखा और कड़े स्वर में बोली, "क्यों बुलाया है गुलकी को? तुम्हारा दस रुपये किराया बाक़ी था, तुमने पन्द्रह रुपये का सौदा उजाड़ दिया! अब क्या काम है!" "अरे! राम! राम! कैसा किराया बेटी! अन्दर आओ, अन्दर आओ!" बुआ के स्वर में असाधारण मुलायमियत थी। सत्ती के अन्दर जाते ही बुआ ने फटाक् से किवाड़ बन्द कर लिये। बच्चों का कौतूहल बहुत बढ़ गया था। बुआ के चौके में एक झँझरी थी। सब बच्चे वहाँ पहुँचे और आँख लगाकर कनपटियों पर दोनों हथेलियाँ रखकर घण्टीवाला बाइसकोप देखने की मुद्रा में खड़े हो गये।

अन्दर सत्ती गरज रही थी, "बुलाया है तो बुलाने दो। क्यों जाए गुलकी? अब बड़ा ख़याल आया है। इसलिए कि उसकी रखैल को बच्चा हुआ है तो जाके गुलकी झाड़ू-बहारू करे, खाना बनाए, बच्चा खिलाए, और वह मरद का बच्चा गुलकी की आँख के आगे रखैल के साथ गुलछर्रे उड़ाए!"

निरमल की माँ बोलीं, "अरे बिटिया, पर गुजर तो अपने आदमी के साथ करैगी न! जब उसकी पत्री आयी है तो गुलकी को जाना चाहिए। और मरद तो मरद। एक रखैल छोड़ दुइ-दुइ रखैल रख ले तो औरत उसे छोड़ देगी? राम! राम!"

"नहीं, छोड़ नहीं देगी तो जाय कै लात खाएगी?" सत्ती बोली।

"अरे बेटा!" बुआ बोलीं, "भगवान रहें न? तौन मथुरापुरी में कुब्जा दासी के लात मारिन तो ओकर कूबर सीधा हुइ गवा। पती तो भगवान हैं बिटिया! ओका जाय देव!"

"हाँ-हाँ बड़ी हितू न बनिए! उसके आदमी से आप लोग मुफ़्त में गुलकी का मकान झटकना चाहती हैं। मैं सब समझती हूँ।"

निरमल की माँ का चेहरा ज़र्द पड़ गया। पर बुआ ने ऐसी कच्ची गोली नहीं खेली थीं। वे डपटकर बोलीं, "ख़बरदार जो कच्ची ज़बान निकाल्यो! तुम्हारा चरित्तर कौन नै जानता! ओही छोकरा मानिक..."

"ज़बान खींच लूँगी," सत्ती गला फाड़कर चीख़ी, "जो आगे एक हरूफ़ कहा।" और उसका हाथ अपने चाकू पर गया—

"अरे! अरे! अरे" बुआ सहमकर दस क़दम पीछे हट गयीं—"तो का ख़ून करवो का, कतल करबो का?"—सत्ती जैसे आयी थी वैसे ही चली गयी।

तीसरे दिन बच्चों ने तय किया कि होरी बाबू के कुएँ पर चलकर बर्रे पकड़ी जाएँ। उन दिनों उनका ज़हर शान्त रहता है, बच्चे उन्हें पकड़कर उनका छोटा-सा काला डंक निकाल लेते और फिर डोरी में बाँधकर उन्हें उड़ाते हुए घूमते। मेवा, निरमल और मुन्ना एक-एक बर्र उड़ाते हुए जब गली में पहुँचे तो देखा बुआ के चौतरे पर टीन की कुरसी डाले कोई आदमी बैठा है। उसकी अजब शक्ल थी। कान पर बड़े-बड़े बाल, मिचमिची आँखें, मोछा और तेल से चुचुआते हुए बाल। क़मीज़ और धोती पर पुराना बदरंग बूट। मटकी हाथ फैलाये कह रही है, "एक डबल दै देव! ए दै देव ना!" मुन्ना को देखकर मटकी ताली बजा-बजाकर कहने लगी, "गुलकी का मनसेधू आवा है। ए गुन्ना बाबू! ई कुबड़ी का मनसेधू है।" फिर उधर मुड़कर—"एक डबल दै देव।" तीनों बच्चे कौतूहल में रुक गये। इतने में निरमल की माँ एक गिलास में चाय भरकर लायी और उसे देते-देते निरमल के हाथ में बर्रे देखकर उसे डाँटने लगी। फिर बर्रे छुड़ाकर निरमल को पास बुलाया और बोली, "बेटा, ई हमारी निरमला है। ए निरमल, जीजाजी हैं, हाथ जोड़ो! बेटा, गुलकी हमारी जात-बिरादरी की नहीं है तो का हुआ, हमारे लिए जैसे निरमल वैसे गुलकी। अरे, निरमल के बाबू और गुलकी के बाप की दाँत काटी रही। एक मकान बचा है उनकी चिन्हारी, और का!" एक गहरी साँस लेकर निरमल की माँ ने कहा।

"अरे तो का उन्हें कोई इनकार है!" बुआ आ गयी थीं, "अरे सौ रुपये तुम देवे किये रह्यू, चलो तीन सौ और दै देव। अपने नाम कराय लेव!"

"पाँच सौ से कम नहीं होगा!" उस आदमी का मुँह खुला, एक वाक्य निकला और मुँह फिर बन्द हो गया।

"भवा! भवा! ऐ बेटा! दामाद हौ, पाँच सौ कहबो तो का निरमल की माँ को इनकार है!"

अकस्मात् वह आदमी उठकर खड़ा हो गया। आगे-आगे सत्ती चली आ रही थी, पीछे-पीछे गुलकी। सत्ती चौतरे के नीचे खड़ी हो गयी। बच्चे दूर हट गये। गुलकी ने सर उठाकर देखा और अचकचाकर सर पर पल्ला डालकर माथे तक खींच लिया। सत्ती दो-एक क्षण उसकी ओर एकटक देखती रही और फिर गरजकर बोली, "यही कसाई है! गुलकी, आगे बढ़कर मार दो चपोटा इसके मुँह पर! ख़बरदार जो कोई बोला!" बुआ चट से देहरी के अन्दर हो गयीं, निरमल की माँ की जैसे घिग्घी बँध

गयी और वह आदमी हड़बड़ाकर पीछे हटने लगा।

"बढ़ती क्यों नहीं गुलकी! बड़ा आया वहाँ से बिदा कराने!"

गुलकी आगे बढ़ी—सब सन्न थे—सीढ़ी चढ़ी, उस आदमी के चेहरे पर हवाइयाँ उड़ने लगीं। गुलकी चढ़ते-चढ़ते रुकी, सत्ती की ओर देखा, ठिठकी, अकस्मात् लपकी और फिर उस आदमी के पाँव पर गिर के फफक-फफककर रोने लगी, "हाय! हमें काहे को छोड़ दियौ! तुम्हारे सिवा हमारा लोक-परलोक और कौन है! अरे, हमरे मरै पर कौन चुल्लू भर पानी चढ़ायी..."

सत्ती का चेहरा स्याह पड़ गया। उसने बड़ी हिकारत से गुलकी की ओर देखा और गुस्से में थूक निगलते हुए कहा, "कुतिया!" और तेज़ी से चली गयी। निरमल की माँ और बुआ गुलकी के सर पर हाथ फेर-फेरकर कह रही थीं, "मत रो बिटिया! मत रो! सीता मैया भी तो बनवास भोगिन रहा। उठो गुलकी बेटा! धोती बदल लेव, कंघी चोटी करो। पति के सामने ऐसे आना असगुन होता है। चलो!"

गुलकी आँसू पोंछती-पोंछती निरमल की माँ के घर चली। बच्चे पीछे-पीछे चले तो बुआ ने डाँटा, "ऐ, चलो एहर, हुँआ लड्डू बँट रहा है का!"

दूसरे दिन निरमल के बाबू (ड्राइवर साहब), गुलकी और जीजाजी दिन-भर कचहरी में रहे। शाम को लौटे तो निरमल की माँ ने पूछा, "पक्का काग़ज़ लिख गया?" "हाँ-हाँ रे, हाकिम के सामने लिख गया।" फिर ज़रा निकट आकर फुसफुसाकर बोले, "मट्टी के मोल मकान मिला है। अब कल दोनों को बिदा करो।" "अरे, पहले सौ रुपये लाओ! बुआ का हिस्सा भी तो देना है!" निरमल की माँ उदास स्वर में बोली, "बड़ी चण्ट है बुढ़िया। गाड़-गाड़ के रख रही है, मर के साँप होएगी।"

सुबह निरमल की माँ के यहाँ मकान ख़रीदने की कथा थी। शंख, घण्टा-घड़ियाली, केले का पत्ता, पंजीरी, पंचामृत का आयोजन देखकर मुन्ना के अलावा सब बच्चे इकट्ठा थे। निरमल की माँ और निरमल के बाबू पीढ़े पर बैठे थे; गुलकी एक पीली धोती पहने माथे तक घूँघट काढ़े सुपारी काट रही थी और बच्चे झाँक-झाँककर देख रहे थे। मेवा ने पहुँचकर कहा, "ए गुलकी, ए गुलकी, जीजाजी के साथ जाओगी क्या?" कुबड़ी ने झेंपकर कहा, "धत्त रे! ठिठोली करता है!" और लज्जा-भरी जो मुसकान किसी भी तरुणी के चेहरे पर मनमोहक लाली बनकर फैल जाती, उसके झुर्रियोंदार, बेडौल, नीरस चेहरे पर विचित्र रूप से बीभत्स लगने लगी। उसके काले पपड़ीदार ओठ सिकुड़ गये, आँखों के कोने मिचमिचा उठे और अत्यन्त कुरुचिपूर्ण ढंग से उसने अपने पल्ले से सर ढाँक लिया और पीठ सीधी कर जैसे कूबड़ छिपाने का प्रयास करने लगी। मेवा पास ही बैठ गया। कुबड़ी ने पहले इधर-उधर देखा, फिर फुसफुसाकर मेवा से कहा, "क्यों रे! जीजाजी कैसे लगे तुझे?" मेवा ने

असमंजस में या संकोच में पड़कर कोई जवाब नहीं दिया तो जैसे अपने को समझाते हुए गुलकी बोली, "कुछ भी होय। है तो अपना आदमी! हारे-गाढ़े कोई और काम आएगा? औरत को दबाय के रखना ही चाहिए।" फिर थोड़ी देर चुप रहकर बोली, "मेवा भैया, सत्ती हमसे नाराज़ है। अपनी सगी बहन क्या करेगी जो सत्ती ने किया हमारे लिए। ये चाची और बुआ तो सब मतलब के साथी हैं, हम क्या जानते नहीं? पर भैया अब जो कहो कि हम सत्ती के कहने से अपने मरद को छोड़ दें, सो नहीं हो सकता।" इतने में किसी का छोटा-सा बच्चा घुटनों के बल चलते-चलते मेवा के पास आकर बैठ गया। गुलकी क्षण-भर उसे देखती रही फिर बोली, "पति से हमने अपराध किया तो भगवान ने बच्चा छीन लिया, अब भगवान हमें छमा कर देंगे?" फिर कुछ क्षण के लिए चुप हो गयी। "क्षमा करेंगे तो दूसरी सन्तान देंगे?" "क्यों नहीं देंगे? तुम्हारे जीजाजी को भगवान बनाये रखे। खोट तो हमी में है। फिर सन्तान होगी तब तो सौत का राज नहीं चलेगा।"

इतने में गुलकी ने देखा कि दरवाज़े पर उसका आदमी खड़ा बुआ से कुछ बातें कर रहा है। गुलकी ने तुरत पल्ले से सर ढँका और लजाकर उधर पीठ कर ली। बोली, "राम! राम! कितने दुबरा गये हैं। हमारे बिना खाने-पीने का कौन ध्यान रखता! अरे, सौत तो अपने मतलब की होगी। ले भैया मेवा, जा दो बीड़ा पान दे आ जीजा को!" फिर उसके मुँह पर वही लाज की बीभत्स मुद्रा आयी—"तुझे क़सम है, बताना मत किसने दिया है।"

मेवा पान लेकर गया पर वहाँ किसी ने उस पर ध्यान ही नहीं दिया। वह आदमी बुआ से कह रहा था, "इसे ले तो जा रहे हैं, पर इतना कहे देते हैं, आप भी समझा दें उसे—कि रहना हो तो दासी बनकर रहे। न दूध की न पूत की, हमारे कौन काम की; पर हाँ औरतिया की सेवा करे, उसका बच्चा खिलावे, झाड़ू-बुहारू करे तो दो रोटी खाए पड़ी रहे। पर कभी उससे ज़बान लड़ाई तो ख़ैर नहीं। हमारा हाथ बड़ा ज़ालिम है। एक बार कूबड़ निकला, अगली बार परान निकलेगा।"

"क्यों नहीं बेटा! क्यों नहीं!" बुआ बोलीं और उन्होंने मेवा के हाथ से पान लेकर अपने मुँह में दबा लिये।

क़रीब तीन बजे इक्का लाने के लिए निरमल की माँ ने मेवा को भेजा। कथा की भीड़-भाड़ से उनका 'मूड पिराने' लगा था, अतः अकेली गुलकी सारी तैयारी कर रही थी। मटकी कोने में खड़ी थी। मिरवा और झबरी बाहर गुमसुम बैठे थे। निरमल की माँ ने बुआ को बुलवाकर पूछा कि बिदा-बिदाई में क्या करना होगा, तो बुआ मुँह बिगाड़कर बोलीं, "अरे कोई जात-बिरादरी की है का? एक लोटा में पानी भर के इकन्नी-दुअन्नी उतार के परजा-पजारू को दै दियो बस!" और फिर बुआ शाम को बियारी में लग गयीं।

इक्का आते ही जैसे झबरी पागल-सी इधर-उधर दौड़ने लगी। उसे जाने कैसे

आभास हो गया कि गुलकी जा रही है, सदा के लिए। मेवा ने अपने छोटे-छोटे हाथों से बड़ी-बड़ी गठरियाँ रखीं, मटकी और मिरवा चुपचाप आकर इक्के के पास खड़े हो गये। सर झुकाये पत्थर-सी चुप गुलकी निकली। आगे-आगे हाथ में पानी का भरा लोटा लिये निरमल थी। वह आदमी जाकर इक्के पर बैठ गया। "अब जल्दी करो!" उसने भारी गले से कहा। गुलकी आगे बढ़ी, फिर रुकी और टेंट से दो अधन्नी निकाले—"ले मिरवा, ले मटकी!" मटकी जो हमेशा हाथ फैलाये रहती थी, इस समय जाने कैसा संकोच उसे आ गया कि वह हाथ नीचे कर दीवार से सटकर खड़ी हो गयी और सर हिलाकर बोली, "नहीं!"

"नहीं बेटा! ले लो!" गुलकी ने पुचकारकर कहा। मिरवा-मटकी ने पैसे ले लिये और मिरवा बोला, "छलाम गुलकी! ए आदमी छलाम!"

"अब क्या गाड़ी छोड़नी है!" वह फिर भारी गले से बोला।

"ठहरो बेटा, कहीं ऐसे दामाद की बिदाई होती है!" सहसा एक बिलकुल अजनबी किन्तु अत्यन्त मोटा स्वर सुनाई पड़ा। बच्चों ने अचरज से देखा, मुन्ना की माँ चली आ रही हैं। "हम तो मुन्ना का आसरा देख रहे थे कि स्कूल से आ जाए, उसे नाश्ता करा लें तो आएँ, पर इक्का आ गया तो हमने समझा अब तू चली। अरे! निरमल की माँ, कहीं ऐसे बेटी की बिदाई होती है! लाओ ज़रा रोली घोलो जल्दी से, चावल लाओ, और सेन्दुर भी ले आना निरमल बेटा! तुम बेटा उतर आओ इक्के से!"

निरमल की माँ का चेहरा स्याह पड़ गया था। बोलीं, "जितना हमसे बन पड़ा किया। किसी को दौलत का घमण्ड थोड़े ही दिखाना था!" "नहीं बहन! तुमने तो किया पर मुहल्ले की बिटिया तो सारे मुहल्ले की बिटिया होती है। हमारा भी तो फ़र्ज़ था। अरे माँ-बाप नहीं हैं तो मुहल्ला तो है। आओ बेटा!" और उन्होंने टीका करके आँचल के नीचे छिपाये हुए कुछ कपड़े और एक नारियल उसकी गोद में डालकर उसे चिपका लिया। गुलकी जो अभी तक पत्थर-सी चुप थी सहसा फूट पड़ी। उसे पहली बार लगा जैसे वह मायके से जा रही है। मायके से...अपनी माँ को छोड़कर...छोटे-छोटे भाई-बहनों को छोड़कर...और वह अपने कर्कश फटे हुए गले से विचित्र स्वर से रो पड़ी।

"ले अब चुप हो जा! तेरा भाई भी आ गया!" वे बोलीं। मुन्ना बस्ता लटकाये स्कूल से चला आ रहा था। कुबड़ी को अपनी माँ के कन्धे पर सर रखकर रोते देख वह बिलकुल हतप्रभ-सा खड़ा हो गया। "आ बेटा, गुलकी जा रही है न आज! दीदी है न! बड़ी बहन है। चल पाँव छू ले! आ इधर!" माँ ने फिर कहा। मुन्ना ...और कुबड़ी के पाँव छुए? क्यों? क्यों? पर माँ की बात! एक क्षण में उसके मन में जैसे एक पूरा पहिया घूम गया और वह गुलकी की ओर बढ़ा। गुलकी ने दौड़कर उसे चिपका लिया और फूट पड़ी—"हाय मेरे भैया! अब हम जा रहे हैं! अब किससे

लड़ोगे मुन्ना भैया? अरे मेरे बीरन, अब किससे लड़ोगे?" मुन्ना को लगा जैसे उसकी छोटी-छोटी पसलियों में एक बहुत बड़ा-सा आँसू जमा हो गया जो अब छलकने ही वाला है। इतने में उस आदमी ने फिर आवाज़ दी और गुलकी कराहकर मुन्ना की माँ का सहारा लेकर इक्के पर बैठ गयी। इक्का खड़-खड़ कर चल पड़ा। मुन्ना की माँ मुड़ीं कि बुआ ने व्यंग्य किया, "एक-आध गाना भी बिदाई का गाये जाओ बहन! गुलकी बन्नो ससुराल जा रही है!" मुन्ना की माँ ने कुछ जवाब नहीं दिया, मुन्ना से बोलीं, "जल्दी घर आना बेटा, नाश्ता रखा है!"

पर पागल मिरवा ने, जो बम्बे पर पाँव लटकाये बैठा था, जाने क्या सोचा कि वह सचमुच गला फाड़कर गाने लगा, "बन्नो डाले दुपट्टे का पल्ला, मुहल्ले से चली गयी राम!" यह उस मुहल्ले में हर लड़की की बिदा पर गाया जाता था। बुआ ने घुड़का, तब भी वह चुप नहीं हुआ, उलटे मटकी बोली, "काहे न गावें, गुलकी ने पैसा दिया है!" और उसने भी सुर मिलाया, "बन्नो तली गयी लाम! बन्नो तली गयी लाम! बन्नो तली गयी लाम!"

मुन्ना चुपचाप खड़ा रहा। मटकी डरते-डरते आयी—"मुन्ना बाबू! कुबड़ी ने अधन्ना दिया है, ले लें?"

"ले ले" बड़ी मुश्किल से मुन्ना ने कहा और उसकी आँख में दो बड़े-बड़े आँसू डबडबा आये। उन्हीं आँसुओं की झिलमिल में कोशिश करके मुन्ना ने जाते हुए इक्के की ओर देखा। गुलकी आँसू पोंछते हुए परदा उठाकर मुड़-मुड़कर देख रही थी। मोड़ पर एक धचके से इक्का मुड़ा और फिर अदृश्य हो गया।

सिर्फ़ झबरी सड़क तक इक्के के साथ गयी और फिर लौट गयी।

सावित्री नम्बर दो

हर बार पूछना चाहा है, मगर बार-बार चुप रह गयी हूँ।

आज जब माँ को सज-धजकर वट-सावित्री की पूजा के लिए थाल में सूत और रोली, चावल रखकर जाते देखा तभी से बेहद बेचैनी है कि आज तो यह सवाल तुमसे पूछकर रहूँगी सत्यवान। जाते-जाते माँ की निगाह मेरी इस गन्दी छह साल से यहीं पड़ी रोग-शय्या पर पड़ी और वे ठिठक गयीं। फिर पूजा की थाली नीचे रख दी। मेरे पास आयीं। मेरे रूखे मैल-भरे बालों पर हाथ फेरकर बोलीं, "सवित्तरा बेटी!" और आँसू पोंछते हुए चली गयीं। सवित्तरा मेरा घर का नाम है, प्यार का (जब मैं प्यार के क़ाबिल थी)—असली नाम है सावित्री। और नहीं तो सिर्फ़ नाम के नाते ही तुमसे पूछती हूँ सत्यवान कि तुम बताओ मैं आख़िर करूँ तो क्या करूँ? हर ओर भटक-भटककर रोगी, जर्जर, बरसों से क्षण-क्षण धीरे-धीरे मरती हुई यह सावित्री नाम की लड़की अब बहुत थक गयी है। रास्ता क्या है सत्यवान?

लेकिन मुझे बिना जाने तुम सवाल का जवाब दोगे कैसे? मैं तो ख़ैर, तुम्हें जानती हूँ। बचपन से तुम्हारी कथा सुनी है, आशीर्वाद पाये हैं—'मेरी सावित्री को सत्यवान-सा वर मिले।' मगर तुम मुझे कहाँ जानते होगे। तुम्हें किसने बताया होगा कि इस गली की पलस्तर उखड़ी खिड़की के पास पिछले छह-सात साल से असाध्य रोग में हड्डी-हड्डी गलाती हुई यह जो पीली मुर्दार लड़की पड़ी-पड़ी अकसर तुम्हारी कथा को गुनती रहती है, इसका भी नाम सावित्री है।

तुम भाग्यवान थे, भाग्यवान थी तुम्हारी सावित्री। मौत को सृष्टि में पहली बार तुम्हारे लिए सावित्री ने जीता लेकिन आज इस गली में पिछले छह साल से जिस मौत को मैं जी रही हूँ उसे क्या तुमने जाना था? तुम्हारे लिए तो सब-कुछ कितना आसान रहा, वन में अकस्मात् तुमने पाया कि लो! जीवन बीत गया, मृत्यु का क्षण आ गया। बिना किसी ढील और मर्मान्तक इन्तज़ार के मौत का दरवाज़ा खुल गया, लेकिन इसके पहले कि तुम उस मरणोत्तर रहस्यों की दुनिया में क़दम रखो, तुम रोक दिये गये, क्योंकि तुम्हें मालूम हुआ कि एक क्षुद्र हाड़-मांस का जीव,

तुम्हें प्यार करनेवाले सावित्री कोटि-कोटि देवताओं से विद्रोह कर बैठी है तुम्हें वापस बुलाने के लिए। और फिर तुम ज़िन्दगी में वापस लौट आये विजय से दीप्त, गौरव से भरे-पूरे! कहीं कोई जटिलता नहीं। आसान मौत, गौरव-भरी वापसी। लेकिन मेरे मुहल्ले की इस गली में आकर हर कथा उलट-पुलट जाती है। तुम बताओ कि तुम क्या करते अगर शादी के दूसरे साल से सावित्री, अन्दर से हाड़-मांस को कण-कण गलानेवाले रोग से ग्रस्त खाट से लग जाती। इस खिड़की के पास पड़ी-पड़ी बस यह जानती रहती कि जिनके गले की वह खिलती-महकती वरमाला थी अब बरसों से वह उनके गले पड़ा एक अनावश्यक बोझ है जिसे न अब वह ढो पाती है, न उतार पाती है। और वह चुपचाप देखती कि रोज़ एक-एक कण कर पति के मन में प्यार मरता जा रहा है। रह गया है केवल एक सौजन्य, एक भलमनसाहत कि आख़िर जिस औरत को अब जीना नहीं है उसका दिल क्यों दुखाया जाए। तुम्हें क्या मालूम कि घृणा मन को उतना नहीं तोड़ती जितना यह ठण्डा, कृतज्ञता और सौजन्य-भरा दिखावा जो हर क्षण मुझे यह अनुभूति दे जाता है कि असलियत में तो मैं मर ही चुकी हूँ। मेरे प्रति मेरे पति का यह आदर-भाव भी वैसा ही है जैसा मृत शरीर के प्रति होता है।

और फिर भी मैं हूँ। कितना तकलीफ़देह है यह बरसों की अवधि में फैली हुई मौत को जानते हुए, देखते हुए, समझते हुए जीना। मैंने कई बार रो-रोकर यम से प्रार्थना की है कि एक सावित्री के नाम से तुमने यमपाश खोल दिया था। दूसरी की विनती पर कसकर बाँध लो। ताकि कम-से-कम मैं उन्हें मुक्ति दे सकूँ। मुझे बाँध ले चलो। मैं अब निरर्थक हो चली हूँ।

नहीं, उनकी शिकायत नहीं कर रही! वे बहुत भले हैं। बहुत सज्जन। हर डॉक्टर बरसों पहले जवाब दे चुका मगर वे अब भी दूसरे-तीसरे दिन शाम को आते हैं। पास की कुरसी पर बैठकर कहते हैं, "हिम्मत मत हारो सावी! मैं कोई कोशिश बचा नहीं रखूँगा!" लेकिन मैं जानती हूँ। मौत के मुँह से गिर पड़नेवाले उच्छिष्ट जूठे कौर-सा जो कोने में पड़ा हो, ज़िन्दगी से वंचित और मौत से अस्वीकृत उसका कुछ नहीं हो सकता।

सब थक गये हैं। सब ऊब गये हैं। साल भर वहाँ रही, फिर माँ-बाप ले आये। चारों तरफ़ मैं ही नहीं मेरे कारण सब पिछले पाँच साल में धीरे-धीरे गल गये हैं, और मैं अब भी खिड़की के पास तकिये से टिककर इसी मैली खाट पर पड़ी हूँ।

मेरी खाट के दायीं ओर वाली यह खिड़की एक चौहद्दी है। इसके उस पार ज़िन्दगी है, इस पार हूँ मैं। बाहर एक बड़ा-सा पार्क है। उसके चारों ओर मकानों के पिछवाड़े हैं, खिड़कियाँ हैं, छज्जे हैं, ऊपर बड़ा-सा आसमान है। वहाँ ज़िन्दगी समुन्दर की तरह लहराती है और मेरी खिड़की से टकराकर लौट जाती है। मैं सब देखती हूँ पर मुझे कुछ भी व्यापता नहीं। पार्क में खेलते हुए बच्चे हैं, बेंचों पर ऊँघती

हुई आयाएँ हैं, लाल गुलमोहर, पीले अमलतास और छोटे-छोटे फूलोंवाली नीलकाँटे की झाड़ियाँ हैं। लाल मकान के पिछवाड़े की खिड़कियाँ एक सुन्दर लड़की के कारण सजीव हैं। वह कभी केश सुखाते हुए पढ़ती है। कभी रेडियो में बजते गानों की लय पर नाचती है, कभी कमरा बन्द कर माँ की साड़ियाँ और गहनों में सजकर आईनों में अपने को देखती है। शाम ढलने लगती है और ऊपर उड़ते हुए कबूतर छज्जों पर उतर आते हैं। नाचती लटाइयों पर डोर लपेटकर लड़के पतंग उतार लेते हैं। आयाएँ ऊँघते बच्चों को घर ले जाने लगती हैं और खट से सड़क की बत्तियाँ जल जाती हैं।

यह सब भरी-पूरी ज़िन्दगी है। कितने बरसों से खिड़की में जड़ी इन छड़ों को पारदर्शी लोहे की दीवार से टकरा-टकराकर यह जीवन का समुद्र असफल अकारथ वापस लौट गया है। खिड़की के इधर पड़ी रही हूँ मैं। न मरी न ज़िन्दा। तुम्हारे लिए तो कोई तब लड़ा था जब कम-से-कम मौत ने तुम्हें पूरी तरह स्वीकार लिया था सत्यवान, पर मेरे लिए कोई लड़े तो किससे। मेरे लिए तो न ज़िन्दगी है न मौत। है एक तीसरे प्रकार की स्थिति, एक निरर्थक क्रम में बीतते जाते क्षण जो कहीं भी तो नहीं ले जाते-।

नहीं, यह भी नहीं कि जड़ हो चुकी हूँ। अगर ऐसा होता तो काहे को कुछ मुझे व्यापता। पर अभी तो रह-रहकर बहुत-कुछ कचोट जाता है। बचपन की खुशनुमा मीठी यादों से भरी पर अब दिनों-दिन टूट-टूटकर बिखरती माँ-बाप की गिरस्ती। पति का दूसरे-तीसरे दिन कभी फूलमाला, कभी कोई किताब लेकर थके पाँव सूखे मुँह आना, मुझे देखकर औपचारिक ढंग से निरर्थक हँसने की उदास कोशिश करना। लाड़ला बचपन बितानेवाली मुझ-जैसी दीदी के छोटे भैया का चबूतरे पर खड़े होकर आइसक्रीमवालों, चाटवालों को भूखी लाचार आँखों से एकटक देखना। बढ़ती हुई उम्र के साथ मेरी बीमारी में उजड़े हुए सीधे-सादे, प्रताड़ित, कुण्ठित पिता का दिनों-दिन दयनीय, हास्यास्पद और लालची होते चले जाना। यह माँ की ढलती उम्र के साथ आँखों में अतृप्त लिप्सा के कुत्सित संकेत और मेरी छोटी बहन के उभरते शरीर के प्रति उनकी प्रतिशोधभरी अमानुषिक निर्ममता। फलस्वरूप अपने बाप के सामने भी जाते हुए अपने शरीर के प्रति सचेत हो जानेवाली छोटी बहन की बीभत्स मुद्रा—यह सब मुझे अब भी कचोट जाता है। काश कि मैं जड़ ही हो जाती या यह सब दर्पण पर पड़ी परछाइयों की तरह अंकित होकर फिर मन से धुल जाता। लेकिन यह सब अन्दर व्यापकर बस जाता है। अनगिनत नासूरों-सा मुझे अन्दर से क्षण-क्षण खाये जाता है। जो न ज़िन्दगी में लौट सके, न पूरी तरह मौत जिसे बाँध सके, ज़िन्दगी से वंचित होकर भी जिसे निष्क्रिय पड़े-पड़े हर चीज़ देखने, उसकी तह तक उतरकर उसकी असलियत जान लेने की अभिशाप-भरी

मजबूरी हो उसका अन्त में क्या होता है सत्यवान? यह इस सावित्री के ही साथ क्यों हुआ?

क्या इसीलिए सावित्री! कि तुम्हारी नावाँरासी होते हुए भी न मैं उतनी पवित्र हूँ न निष्ठामयी। पर मैंने उसका झूठा दावा कब किया! इसीलिए न अभी-अभी जब वटसावित्री की पूजा के लिए जाते हुए माँ ने मुझसे पूजा की थाली छूने को कहा तो मैं सुनकर भी अनसुनी कर गयी। आँखें इस तरह मूँद लीं मानों मुझमें जान नहीं रही हो। लेकिन अगर तुम इस सीले अँधेरे घर में, बिस्तर पर पड़ी होती सावित्री! तब तुमसे पूछती कि पवित्रता क्या है, निष्ठा क्या है!

तुम्हें बताऊँगी कि मेरे मन पर क्या-क्या गुज़रा, तब तुम मुझे बताना कि निष्ठा और पवित्रता का मैं करती क्या! तुम तो स्त्री हो। बिना कुछ भी छिपाये तुमसे साफ़-साफ़ सब बता सकती हूँ। तुम तो जानती हो कि हम स्त्रियाँ चाहे सुन्दर हों या न हों लेकिन पति की आँखों का छलकता नशा, उसकी बाँहों का गर्म कसाव, कान में धीरे से कही गयी उसकी झूठी-सच्ची बातें हमें कितना भर देती हैं! हमारे शरीर अकस्मात् कितने बहुमूल्य; कितने गौरवमय हो उठते हैं! लगता है हमारे पास चाहे कुछ न हो पर एक चीज़ है उन्हें देने को, एक तृप्ति, एक उल्लास, एक भराव जो हम, केवल हम अपने अर्पित शरीर से दे सकते हैं।

और सोचो कि अकस्मात् एक दिन सबसे बड़ा डॉक्टर कह दे कि वह शरीर अन्दर से गल चुका है, उनके काम का नहीं रहा। किसी काम का नहीं रहा। वह मुझसे छीन लिया गया। और फिर भी मौत अभी दूर है? तुम सोचो तब तुम क्या ऐसी ही अडिग बनी रहतीं? सौम्य? निष्ठामयी?

मैं सुन्दर नहीं थी पर उनका प्यार पाकर मुझे अपनी देहयष्टि पर गुमान था। मोर की तरह पंख फैलाकर ठुमकती थी सारे घर में। मुहल्ले की दूसरी बहुएँ मुझे कोसती रहती थीं, मैं सजी रहती थी और वे रीझे रहते थे। सोचती थी इसी तरह सजी-सँवरी इनकी गोद में ही एक दिन आँखें मूँद लूँ। तुम तो मौत से लड़ी थीं सावित्री बहन! प्यार के लिए; मुझ अभागिन सवित्तरा को ब्याह के शुरू-शुरू के ही दिनों में लगता था मैं क्यों न मर जाऊँ, मैं कितनी मर-मर गयी हूँ।

लेकिन क्या मालूम था कि मौत वैसे नहीं ऐसे आती है। डॉक्टर इन्हें ले जाकर कुछ कहता है, ये मेरी सासूजी से कहते हैं और वे मेरी मोर-सी ठुमकती चाल से अन्दर-ही-अन्दर कुढ़ी, खीझी, विजय के स्वर में मुझसे न कहकर, मुझे सुनाकर अपने बेटे से कहती हैं, "मैं क्या जानती थी? तेरे करम फोड़ दिये मैंने ऐसी बहू लाकर। मरी कहीं तुझे रोग न दे जाए, हाय राम! जा, छोड़ आ इसके घर, वहाँ का पाप वहीं फले! तेरे लिए क्या लड़कियों की कमी है!"

वे कभी माँ से कुछ नहीं कहते। मेरे पास आकर चुपचाप खड़े हो गये। देह से सटकर बोले, "यह डॉक्टर किसी काम का नहीं। हम हकीम से सलाह लेंगे। कोई

ख़ास बात नहीं।" मैं उस समय जड़वत् थी। मैंने सिर्फ़ यही कहा, "मैंने सब सुन लिया है। मुझे मालूम होता कि शरीर में ऐसा रोग है तो मैं तुम्हारा जीवन नष्ट नहीं करती! मुझे माफ़ कर दो!" उनकी आँखों में आँसू भर आये। सबकी निगाह बचाकर उन्होंने धीरे-से मेरा हाथ दबा दिया।

कुछ दिन मन बिलकुल जड़ रहा। कोई कुछ कहे, सब सुनती थी। न आँख में आँसू थे, न मुँह में ज़ुबान। मेरी हालत समझकर यह मेरे माँ-बाप के यहाँ ले आये। सिर्फ़ दूसरे मुहल्ले की बात थी। मुश्किल से दो मील की दूरी।

मुझे अच्छी तरह याद है मायके की वह पहली रात! पार्कवाली खिड़की के पास मेरी खाट डाली गयी थी। माँ बेचारी मारे उत्साह के मुहल्ले के माली से एक वैसा गुलदस्ता बनवाकर ले आयी थीं जैसा जन्माष्टमी पर भगवान की झाँकी में सजता है। पीतल के गिलास में गुलदस्ता सजाकर कोने में रख दिया था। मेरे दहेज की एक घड़ी मरम्मत होने के लिए आयी थी। वह भी दीवार पर लगा दी थी। उसका शीशा खोलकर मेरी छोटी बहन सित्तो (स्कूल का नाम सीता) ने एक गुलाब के फूल की ड्राइंग बनाकर लिखा था 'गुड नाइट'।

मैं बहुत व्याकुल थी। सारी लाज छोड़कर मैंने इनसे कहा था कि रात यहीं रह जाएँ। ये भी बावले-से थे। मुझे चारों ओर से घेर-घेर लेना चाहते थे। माँ मुसकराकर चली गयीं। सित्तो ने फबती कसी। सब जैसे क्षण-भर को भूल गये थे कि मैं चबैने की तरह आधी मौत के मुँह में हूँ आधी गोद में!

पर भूल नहीं पायी थी तो मैं! क्षण-भर को मुझमें वही पहला-सा गुमान जागा। मैं कितनी भाग्यवान हूँ! और फिर जैसे अपनी सारी कुरूपता, डरावनेपन, बीभत्सता के साथ मेरी असलियत मेरे सामने खड़ी हो गयी। वह शरीर जिसे देकर मैं अतुल गौरवशालिनी थी वह तो गल चुका है! और मृत्यु की उस चेतना के समक्ष पहली बार मुझमें मेरा असली मैं जागा। नितान्त साधारण, नितान्त औरत। तुमसे छिपाऊँगी नहीं बहन् सावित्री। पहली बार, सबसे पहली बार, उनका भरा बदन, उनकी सौम्य मुद्रा, उनका न्योछावर हो-हो जाना, उनकी आँखों की प्यास मुझे ज़हरीले काँटे-सी गड़ गयी। झकझोरती हुई आशंका जागी कि मैं तो अन्दर से सड़-गल चुकी हूँ पर इनकी प्यास अभी ज्यों-की-त्यों है। पता नहीं कौन-सा सुन्दर शरीर मेरे इस गले हुए तन का स्थानापन्न बने। मुझे लगा कि अभी-अभी तो सित्तो ही इनके कन्धे से टिककर खड़ी थी। और ये, जिन्हें मैं देवता की तरह पूजती थी, एक क्षण में मुझे जघन्य शत्रु जैसे लगने लगे। हाय, मुझे चार महीने जीना हो तो ये तो मुझे चार दिन नहीं जीने देंगे। और अनजाने में ही मैंने जैसे दाँत पीस लिये हों। मुट्ठियाँ कस ली हों। सच कहती हूँ, चाहे मुझे धिक्कार लो पर मैंने मुट्ठी कसकर मन में कहा, "मैं अकेले नहीं मरूँगी। तुम्हें ले के मरूँगी। तुम्हें चैन से जीने के लिए नहीं छोड़ जाऊँगी..."

मुझे बुदबुदाते देखकर यह पास आये। बाँहों में घेरकर बोले, "क्या है सावी!" पर मेरे मुँह से वह नहीं निकला जो मैं मन में सोच रही थी। मैंने इनके कन्धे पर सर रखकर कहा, "मैं मर जाऊँ तो तुम सित्तो की देखभाल करना। बेचारी तुम्हारी बहुत इज़्ज़त करती है।" उन्होंने सित्तो की बात सुनी भी नहीं। केवल मेरे ध्यान में थे। मेरा मुँह बन्द करते हुए बोले—मुझपर झुककर, मेरे सूखे ओठों पर उँगली फेरते हुए, "मैं तुम्हें जान देकर बचाऊँगा पगली। नहीं बचा सका तो खुद भी जीवित नहीं रहूँगा।"

यह गली की बीमार जर्जर सबित्तरा तुमसे ज़्यादा भाग्यवान है सावित्री बहन! इसके पति ने इसके प्राण बचाने के लिए अपने प्राणों तक की शपथ ले ली। लेकिन अभागी हूँ मैं कि उनकी आत्महत्या-जैसी अमंगल बात सुनकर भी मुझे आघात नहीं लगा। मुझे असह्य खुशी हुई। वे मेरे अभाव में मर जाएँगे! इसने उस मरणान्तक रोग में भी मुझमें एक नया आत्मविश्वास जगा दिया। कितना सन्तोष उस समय मेरे मन में था! पाँव के अँगूठे से लेकर पलकों की बरौनी तक में तन के कितने-कितने उबाल आ रहे थे कि इस क्षण में इन्हें अपने को बार-बार अर्पित कर चुक जाऊँ। पर ये उसी तरह सौम्य और शान्त थे। मेरी पीठ पर थपकियाँ देते हुए चुप बैठे रहे। मैं शान्त होकर इनकी गोद में बच्चों की तरह सो गयी। सोते वक़्त इनकी थपकियों का मृदुल स्पर्श, और दीवार पर टँगी शादी की घड़ी की टिक्-टिक् घुल-मिल गयी थी। घड़ी में बना सित्तो की ड्राइंग का फूल जैसे लहर पर तैर रहा था। पर जानती हो सोते समय सोच क्या रही थी? ये दीवार के सहारे बैठे-बैठे मेरा सर गोद में रखे ऊँघ गये थे। मुझे गुमान था कि मेरी परिचर्या में ये कष्ट सह रहे हैं। मुझे जिस काया ने अमित सुख दिया है उसी को बार-बार कष्ट देकर उससे एक बहुत बड़ी आत्मीयता महसूस कर रही थी। निजत्व! अधिकार! वह मेरा है! मैं उसे जितना चाहूँ उतना कष्ट दे सकती हूँ।

नींद खुली तो चार बज रहे थे। पड़ोस में माया मौसी जाग गयी थीं और जमुना नहाने के लिए डोलची सँवार रही थीं। पार्क के पीपल पर एक घोंसले में कुछ पंख फड़फड़ा रहे थे। घास ओस से भीगी थी, यह अँधेरे में उड़ती सोंधी गन्ध से मालूम हो रहा था। भोर नहीं फूटी थी पर चारों तरफ़ बड़ा पवित्र, उजला, शान्त और प्रकाशमय-सा लग रहा था। धुँधलके के दस्ताने पहन एक बहुत मीठी ममतामयी नर्स की तरह भोर ने मुझे गोद में लेकर जैसे लतर और फूलोंवाली खिड़की के पास खड़ा कर दिया था। मुझे वह सारी सुबह बिलकुल याद है क्योंकि फिर मुझे वह शान्त, वह पवित्र उजलापन, वह ताज़गी, वह मन का फैला-फैला उदार हरियालापन वापस कभी नहीं मिला।

क्योंकि मेरी निगाह उधर से हटकर इन पर पड़ी। ये दीवार से टिके-टिके मसनद पर उठँगकर सो गये थे। और इन्हें देखकर दिलासा नहीं वरन् अजब भय

और अकेलापन मेरे मन में जागा। ध्यान आया आज मैंने जिस तरह इन्हें झुकाना चाहा ये बेंत की टहनी-से झुक गये। लेकिन क्यों? तो क्या इनका प्यार केवल मेरे शरीर का नहीं है? पर और तो मुझमें कुछ है नहीं। तब तो जिस दिन ये जान जाएँगे कि मैं उस शरीर के अलावा कुछ नहीं जो गल चुका है तो मैं कितनी छोटी लगूँगी इनके प्यार के आगे! और मैं इन्हें देखती गयी और उस धुँधलके में ये बड़े—और बड़े—और बड़े होते गये। मैं डर गयी, बहुत डर गयी। एक बार तो माँ को पुकारना चाहा जैसे बचपन में डरकर पुकारती थी। फिर ठिठक गयी और जैसे प्रत्याक्रमण की तैयारी कर ली। माना कि मैं छोटी हूँ, इतनी क्षुद्र कि आज मैंने इनकी मौत तक की कामना की! पर मैं हारूँगी नहीं। बता दूँगी कि आज तक इन्होंने जिसे प्यार किया वह मैं सबित्तरा नहीं, इनकी कल्पना की कोई सावी है। मैं उस सावी को धज्जी-धज्जी चीरकर फेंक दूँगी और देखूँगी ये मेरे, सबित्तरा के प्यार के बाहर कहाँ जाते हैं। छल तो इन्होंने किया। झूठ के सहारे तो ये जिये। सबित्तरा को जाना क्यों नहीं?

ये सो रहे थे। कुछ देर पहले जागने पर मैं जितनी शान्त थी और भरी-भरी, इस समय उतनी ही उद्विग्न और कड़वी होती जा रही थी। बेहद कड़वी। इनका अपमान कर, इन्हें छोटा बनाकर अपने ब्योंत-भर का बना लेने को कमर कसकर तैयार।

मुझे कभी नहीं मालूम था कि ज़रा-से सवाल पर गूँगी हो जानेवाली मुझको इतने तर्क आते हैं। हर तीसरे दिन दाल में नमक भूल जानेवाली मेरी याददाश्त इतनी तेज़ है, दो असम्बद्ध बातों को मिलाकर मैं इतनी पुष्ट कथाएँ बना सकती हूँ। मेरी कल्पना इतनी तीव्र है। सुबह ये जागे तो मैं चुप रही, अपने में खिंची हुई, जैसे तीर छोड़ने से पहले धनुष की डोरी खिंचती है। ये कपड़े पहनकर दफ़्तर जाने के पहले खाना खाने के लिए चले तो बोले, "अब माँ-बाप के बीच चैन से रहो, जल्दी-जल्दी अच्छी हो जाओ, फिर..."

और मैं उबल पड़ी, "तुम्हें माँ-बाप से क्या लेना-देना। तुम तो मुझे वहाँ से ले आये ताकि तुम्हारे माँ-बाप, भाई-बहन को रोग न लग जाए। मेरे माँ-बाप, भाई-बहन चाहे गलकर मर जाएँ।" उन पर जैसे पहाड़ टूटकर गिरा हो। पर मैं बेबस थी, आँखें जल रही थीं मेरी, नथुने फूल आये थे और मैं ज़ोर-ज़ोर से चीख़ रही थी...माँ दौड़ आयीं, "सबित्तरा! सबित्तरा!" लेकिन सबित्तरा उस समय ज्वालामुखी की तरह फट गयी थी। ये चुप कुरसी थामे खड़े थे और मैं बकती जा रही थी—"मेरे माँ-बाप क़साई थे जो तुम्हारे यहाँ भेजा। क्या है तुम्हारे घर में? सब रोगहे हैं। सब कुत्सित हैं। तुम लोगों को बड़ा पढ़े-लिखे होने का घमण्ड है! ज़बान मत खुलवाओ। बहन छैल-छबीली बनकर मास्टरों के यहाँ घूमती-फिरती है तो फ़र्स्ट पोज़ीशन लाती है।" "चुप रह सबित्तरा!" पिता ने डाँटा, पर सबित्तरा पर भूत सवार था, "क्या तुम

अपने को बड़ा बनते हो। मेरे लिए एक सोने का छल्ला तक नहीं बना और दोस्तों की बीवियों की ख़ातिरें होती रहीं। मैं तुम्हारे कारण घुली हूँ। तुमने मुझे गलाया है। भगवान तुम्हें गलाएगा। यह मत सोचो कि मेरे पीछे चैन की वंशी बजेगी। तुमने जान-बूझकर मुझे मारा है। सीधे-सीधे ज़हर देने की हिम्मत नहीं थी कि पुलिस की गिरफ़्त में आ जाते! कायर कहीं के..."

पिताजी इन्हें कमरे से बाहर ले गये थे। सित्तो पत्थर-सी खड़ी थी। माँ रो रही थीं। सिसकते बोलीं, "हाय, पाप मेरा था। मुझे क्या मालूम था मेरी बिटिया ऐसे नरक में पड़ी है! तूने पहले क्यों नहीं बताया?"

हाय माँ, तुमने उस समय मेरी तमाम बातों को सच क्यों माना। उस समय सबने सच क्यों माना। किसी ने यह क्यों नहीं समझा कि मैं इन्हें ज़लील नहीं कर रही हूँ, सिर्फ़ इस अहसास से भागने की कोशिश कर रही हूँ कि मैं इनके प्यार को जितना समझती थी कि वह उससे पृथक् कुछ और है। मेरे ब्यौंत से बड़ा है, मेरी परिधि से बड़ा है। पर मेरे पास उसे भर देने को कुछ नहीं। केवल शरीर था वह भी अब नहीं रहा। मुझे कुछ ही दिनों में मर जाना है और उतने दिनों मैं छोटी बनकर नहीं जीना चाहती। बड़ी बन सकूँ, न इसकी सामर्थ्य थी, न परिस्थिति, न दृष्टि, न संस्कार। एक ही तरीक़ा था कि इन्हें छोटा करूँ, इन्हें हर तरफ़ से तोड़कर अपनी परिधिभर का बनाऊँ। कैसे कहूँ कि यह मेरा प्यार नहीं था, पर अब सोचती हूँ कि सच क्या यह प्यार ही था? कुछ नहीं जानती! सिर्फ़ इतना याद है कि दफ़्तर जाते समय ये मेरे पास आये और मेरे रूखे बालों, आँसुओं और क्रोध से विकृत चेहरे पर हाथ फेरकर जाने लगे। मैंने हाथ झटक दिया और ये आँखों में आँसू भरे चले गये। लेकिन यह भी याद है कि इनके जाने के बाद फूट-फूटकर रोयी थी। बेहद रोयी थी और जब रो-रोकर थक गयी तब उठकर मुँह धोया था और सामने दीवार पर टँगी घड़ी की मिनट की सुई अपलक देखती रही, ये कब दफ़्तर से लौटें, कब लौटें।

या तो मेरा मन रोग से कमज़ोर पड़ गया था, या मैं बार-बार सही अहसासों से भागने की कोशिश कर रही थी, या मैं यह भूल जाना चाहती थी कि सुबह मैंने इतना भयानक नाटक किया है। बहरहाल जो हो, इनके आने का समय हुआ तो मैंने सित्तो को बुलाया कि मेरी चोटी कर दे और फूल लगा दे। सित्तो चोटी करती रही तो मैं सित्तो को बताती रही कि ये मुझे कितना प्यार करते हैं, इनका घर हमारे मायके से कितना अच्छा है। ननदजी कितने प्यारे स्वभाव की हैं और मेरा पक्ष लेकर सासूजी से लड़ जाती हैं। सित्तो, पगली बच्ची मेरी बातों से इतनी उत्साहित हुई कि उसने मुझे बताया कि उसकी पेटी में जमुनाजी के मेले से आयी नयी जापानी नाख़ून की पॉलिश रखी है जो उसने माँ से छिपाकर माया मौसी से मँगायी है। वह पॉलिश निकाल लायी और मेरे हाथ-पाँव के नाख़ून रँग डाले। एक क्षण को मैं भूल गयी कि सुबह क्या भयानक काण्ड हुआ है। मैं उसे भूलना चाहती थी—तेल चुपड़कर,

फूल लगाकर, नाखून रँगकर। सब भूल गयी थी। सिर्फ़ इतना याद था कि ये आएँगे दफ़्तर से। फिर किसी बहाने सित्तो और छोटे भइया को बाहर भेज देंगे और मुझे मुग्ध अपलक देखते हुए विभोर मुझमें डूब जाएँगे। पुकारेंगे...नहीं, लाज आती है बताते। मेरा वह नाम ये सिर्फ़ कभी-कभी लेते हैं।

लेकिन फिर वह नाम इनके मुँह से नहीं निकला। ये शाम को आये तो मुझे देखकर धक्-से रह गये। इधर-उधर देखा मानो ढूँढ़ रहे हों कि आँख में आँसू भरकर जिसके रूखे बाल, क्रोध से कुरूप चेहरे पर हाथ फेरकर गये थे वह लड़की कहाँ है। मेरे शृंगार की ओर बड़े अपरिचय की निगाह से देखा और आँख नीची कर ली। मुझे जैसे बिजली छू गयी। आग लपकाती जीभ! अच्छा, इन्होंने मुझे देखा तक नहीं! क्या सोचती होगी सित्तो जिसे मैंने इनके प्यार की इतनी बातें सुनायीं! मैंने तो अपने परिवार के आगे इनकी इज़्ज़त उठानी चाही, और ये...ठीक है, मैं वही करूँगी जो ये चाहते हैं।

और मैंने वही किया। फिर सुबह वाला काण्ड शुरू हुआ और रात के दो बजे तक चलता रहा। न मैं सोयी न किसी को सोने दिया। दो बज गये तो ये उठे, बोले, "मैं घर जाऊँगा। बहन को फ़ोन किया था, वह खाना लिये जागती होगी।"

और मैंने अपने अनजाने बेबस अपना सबसे विषैला तीर छोड़ा, "हाँ, खाना लिये सेज बिछाये वही तो रोज़ बैठती थी तुम्हारे लिए। मैं तो दुश्मन रही हूँ।"

ये पहली बार कड़ककर बोले, "सावित्री!"

मैं चुप हो गयी। डाँट खाकर नहीं। यह जानकर कि इन्हें चोट पहुँचाने में सफल हुई। सित्तो के सामने इन्होंने मेरे शृंगार का अपमान किया था। यही जानकर न कि यह शृंगार-रचा तन अन्दर से तो गल गया है। पर क्या हुआ। अब भी मैं इन्हें चोट पहुँचा सकती हूँ। इन्हें क्षत-विक्षत कर सकती हूँ। ये मेरे हैं।

और ये रात के दो बजे अपने घर गये। सिर झुकाये, मानो चौबीस घण्टे में ये बूढ़े हो चले हों। मैं खिड़की में से दूर तक इन्हें जाते हुए देखती रही। फिर सो गयी। बेहद थक गयी थी...पर सन्तुष्ट थी। क्यों? लेकिन सन्तुष्ट क्यों थी? अपनी चोटी में लगे फूलों की महक अच्छी लग रही थी। मोगरा था न, रात होते और महक रहा था। सित्तो कब दूध लेकर आयी और रखकर चली गयी मुझे पता नहीं लगा। धुत्त सो रही थी।

सोकर उठी तो धूप चढ़ गयी थी। पार्क में बच्चे झूला झूल रहे थे और स्वच्छ नीले आसमान में एक लाल पतंग थिरक रही थी। मैंने बचपन में पतंगें उड़ायीं तो नहीं

पर पतंग लूटने के हुड़दंग में ज़रूर शामिल रही हूँ। कभी-कभी कटी पतंगें मेरे आँगन में गिरकर अनार के पेड़ में अटक जाती थीं।

मेरे घर का आँगन बड़ा है। इसके बीचोंबीच एक थाला है जिसमें अनार और हरसिंगार के पेड़ हैं, कठचमेली के दो-चार पौधे हैं, एक पोई की लतर है। सोकर उठी तो सब कुछ दिमाग़ से उतर गया। जाने क्यों अपना बचपन बार-बार याद आता रहा। बचपन में इस पोई की लतर से उलझी रहती थी। कभी इसके पत्तों की पकौड़ियाँ माँ से बनवाती थी, कभी इसके पके फलों को दबाकर उनमें से लाल रस निकालकर अपने छोटे-छोटे धूलसने पाँवों में महावर लगाती थी। लेकिन इस थाले के सबसे विचित्र प्राणी थे काले गुबरैले। वे कभी-कभी निकलते थे। ज़मीन के अन्दर से पहले उनके पिछले पैर कुलबुलाते हुए निकलते थे। मैं देखते ही डर के मारे दूर खड़ी हो जाती थी। पहले एक गुबरैला उलटा, पीठ की ओर से निकलता था। फिर मिट्टी का एक गोल छोटा-सा पिण्ड ढकेलते हुए दूसरा गुबरैला निकलता था। फिर दोनों काले गुबरैले मिलकर उस मिट्टी के गोले को लुढ़काते हुए न जाने किधर ले जाते थे। जिस दिन यह देखती थी उस दिन बहुत डर लगता था। सपने में दोनों गुबरैले आदमक़द हो जाते थे, उनकी सूँड़ें और पाँव और भी बड़े हो जाते थे और वे मुझे गली में लुढ़काने लगते थे।

माया मौसी बचपन से हम लोगों की एनसाइक्लोपीडिया थीं। उनसे पूछने पर मालूम हुआ कि यमलोक का एक दरवाज़ा पाताल में है। जो लोग ग़लती से मरकर पहुँच जाते हैं उन्हें फिर लौटा दिया जाता है। अगर वे नहीं लौटते और ज़िद मचाते हैं तो दो यमदूत गुबरैले बनकर उन्हें लुढ़काते हुए ले आते हैं और ठीक जगह पहुँचाकर असली रूप धारण कर उड़ जाते हैं।

मेरा दिमाग़ ज़रूर बहुत कमज़ोर हो गया होगा क्योंकि जो भी दिमाग़ में आ जाए बस वही उस समय पूरे मन पर छा जाता था। जो मनःस्थिति थोड़ी देर पहले थी उससे न उसकी कड़ी जुड़ती थी और न आगे इसका नतीजा क्या होगा यह दिमाग़ में आ पाता था। बस उस समय बचपन सवार था और कुछ नहीं। तब तक थोड़ी-बहुत चलने-फिरने की ताक़त थी। धीरे-धीरे उठकर गयी और आँगन में अनार के थाले के पास जाकर बैठ गयी। लग रहा था जैसे बाक़ी सब केवल एक स्वप्न है, बस मैं तो इसी आँगन में बचपन में खेलते-खेलते सो गयी थी। आज बहुत दिन बाद नींद टूटी है। आँखें खोलीं तो फिर उसी आँगन में!

लेकिन आसपास का आलम बदला हुआ था। न माँ वे थीं, न पिता वैसे थे। बासी रसोई सूनी पड़ी थी। पिता दफ़्तर चले गये थे। माँ अपनी कोठरी में घुसी बैठी थीं। मालूम हुआ रात किसी ने खाना नहीं खाया। वही बासी रोटियाँ खाकर पिता चले गये। बासी रोटी में ही घी-नमक लगाकर छोटे भैया ने खा लिया था।

घर बिलकुल मसान की तरह सूना और भयावना लग रहा था। यह मेरा बचपन का घर तो नहीं!

मेरे कमज़ोर दिमाग़ पर फिर चोट पड़ी और मैं तिलमिला उठी। मैं जो करना चाहती हूँ वही नहीं हो पाता। अब सब भूलकर बचपन में लौटना चाहती हूँ तो घर का कोना-कोना मुझे धक्का देकर वर्तमान में लाकर खड़ा कर देता है। मैंने खीजकर पुकारा, "माँ! सित्तो!...कहाँ मर गये सब!" सित्तो आँखें पोंछती माँ की कोठरी से निकली। उसने बताया, रात-भर सब जागे हैं, माँ अभी तक रो रही हैं। सुबह सरला आयी थी तेरी ननद। कुछ फल और तेरी दवाइयाँ लेकर। माँ ने कुछ सख़्त-सुस्त बातें कह दीं तो वहीं सब फेंक-फाँककर चली गयी। मैंने देखा सचमुच थाले में, बम्बे के नीचे, देहरी पर फल और डब्बे बिखरे पड़े थे।

लेकिन यह माँ को क्या हो गया! उन्हें सरला का अपमान करने की क्या पड़ी थी! आख़िर क्या चाहती हैं माँ! मुझे ससुराल में चैन से क्यों नहीं रहने देतीं! मैंने चाहे जो कहा हो इनसे पर माँ उसे सच क्यों मानती हैं। माँ शुरू से मुझसे जलती हैं। पिता मुझे अधिक चाहते थे न! कभी माँ की नहीं चलने देते थे। मुझे अच्छी तरह मालूम है। इसका बदला माँ ने पिताजी से लिया। पिता लोअर ग्रेड क्लर्क थे, अपर ग्रेड आते-आते तीन बच्चे हो गये थे। माँ हमेशा ताना देती थीं कि इस घर में आकर उनकी ज़िन्दगी बरबाद हो गयी। न कभी पेट-भर खाया, न मन भरकर पहना। पहले पिता बड़े खुशमिज़ाज़ और मिलनसार थे। रोज़ शाम को दोस्त इकट्ठे होते थे। और वे सब पिता को डीयर बाबू कहते थे। सिर्फ़ इसलिए नहीं कि वे डीयर थे बल्कि हमारे मुहल्ले में हमारी माँ पहली बहू थीं जिन्होंने किंगरीडर पढ़ी थी। हमारा घर कुछ-कुछ नये फ़ैशन का था और कुछ बहुत जिगरी दोस्तों के सामने पिता माँ को डीयर कहकर पुकार देते थे। लेकिन जब आठ-दस बरस में कड़वाहट बढ़ती गयी और माँ अकसर दोस्तों के सामने उनका अपमान कर देतीं तो पिता काफ़ी अकेले, बूढ़े, गुमसुम और कुचले-कुचले-से हो गये। मैं पिता की प्यारी थी अतः माँ का एक ख़ास हथियार था कि वे जब किसी तरह पिता को नहीं पराजित कर पाती थीं तो मुझे बेरहमी से पीटती थीं। पहले पिता बीच-बचाव करते थे लेकिन बाद में वे केवल इतना करते थे कि कोट उठाकर बाहर चल देते थे।

मैं जानती हूँ माँ सदा से मेरी दुश्मन थीं। उनको लगता था कि जब तक बच्चे न थे तब तक सास ने उन्हें ओढ़ने-पहनने नहीं दिया। जब सास टलीं तो बच्चों के पालने में उम्र बीत गयी। अब माँ सोचती होंगी कि लो सित्तो के हाथ पीले कर कुछ चैन मिलता तो सबित्तरा आकर छाती पर जमकर बैठ गयी। पर माँ, मेरी दुश्मन, तुमने मेरी ननद से झगड़ा क्यों किया? तुम मुझे इस लायक भी नहीं रहने दोगी कि मैं लौटकर वहाँ चैन से रह सकूँ? चार दिन के लिए आयी हूँ वह भी तुमसे नहीं सहा जाता? मुझे यों ही मार डालो! कलथा-कलथाकर क्यों मारती हो?

सित्तो सहमी खड़ी थी और मैं आँगन में खड़ी माँ के प्रति बाही-तबाही बक रही थी। माँ कोठरी से निकल आयीं और बिना मेरे बकने की ओर ध्यान दिये चौके के बरतन समेटने लगीं। मुझे और भी आग लग गयी। दोगुने ज़ोर से चीखी, "अपना घर नरक बनाकर रखा, चाहती हो मेरा भी घर नरक बन जाए! तुम्हें क्या करना है! लौटकर मुझे तो उसी घर में जाना है।"

माँ तनकर खड़ी हो गयीं। उनके मुँह पर अपमान की विद्रूप मुद्रा थीं। हाथ जोड़कर बोलीं, "अब सत्यनारायण की कथा वन्द करो भवानी! ऐसी सती सावित्री होतीं तो बिना बात के उसकी भद्रा न उतारतीं। अब किस घर में वापस जाना है तुम्हें। डॉक्टर कह चुका है अब सिरिफ मर के जम के घर जाओगी। मुझे भी मार के अपने साथ ले चलना और कोई पूछने नहीं आएगा। मालूम हुआ है कि तेरी सास ने तो दूसरी लड़कियों के फ़ोटो मँगाये हैं, वही बेचारा अड़ गया है कि..."

मेरे माथे पर जैसे घन की चोट पड़ी हो। लड़खड़ायी और धम-से नीचे बैठ गयी। सित्तो ने दौड़कर थामा। लेकिन माँ आगे बढ़कर फिर ठिठक गयीं। सित्तो से बोलीं, "सती सावित्तरी से कह दो कि जाकर अपनी खाट पर लेटें। वही आएँगे तो उन्हें सब नौटंकी दिखाएँ। मेरी लोथ में अब ताक़त नहीं रही। सोचती थी कम-से-कम अब दिन चैन से कटेंगे लेकिन..."

मुझे सहारा देकर सित्तो ले आयी। अनार और पोईवाले बचपन से वापस फिर जहाँ-की-तहाँ। इस मायके को लेकर मैंने कल उन्हें क्या-क्या नहीं कहा! मेरा सिर फटा जा रहा था। तबीयत होती थी कि मैं दीवार पर सिर पटक दूँ। आँख मूँदकर तकिये में टिक गयी। मुझे लगा कि अनार की जड़ में से दो बड़े गुबरैले निकले। काले डरावने। एक मेरे ससुराल का, एक मायके का। बीच में मेरा गुड़ी-मुड़ी टूटा गला शरीर है। वे उसे लुढ़का रहे हैं, कभी आगे, कभी पीछे। राम! इसका अन्त कहाँ है? मैं कहाँ जा रही हूँ? माया मौसी सच कहती थीं, ज़रूर नरक का कोई दरवाज़ा पाताल में है जिसकी सुरंग मेरे आँगन में खुल गयी है।

मेरा दिमाग़ भी अजीब है। कुछ छोटी-छोटी चीज़ें बहुत बारीकी से याद रह जाती हैं और कुछ चीज़ें बिलकुल ध्यान से उतर जाती हैं। बीमार होकर मायके आने के ये पहले दो दिन तो ख़ूब याद हैं पर अगले डेढ़-दो साल सिर्फ़ एक धुँधली छाप बनकर रह गये हैं। सिर्फ़ इतना याद है कि घर-भर में इस भयानक भूकम्प के बाद फिर सब चीज़ें धीरे-धीरे अपनी जगह बैठने लगीं। माँ की खीज और बड़बड़ाहट, पिता का कोट उठाकर बाहर चल देना, और मेरा धीरे-धीरे अपनी बीमारी में मशगूल होते जाना। आज उन दिनों को सोचती हूँ तो लगता है कि लम्बी बीमारी खुद अपने में एक स्वतन्त्र अर्थ रखने लगती है। उठते ही सुबह की परिचर्या का सहारा लेकर

मुँह-हाथ धोना, बिस्तर बदलना, फल, बिस्कुट और दवाइयाँ खाना, फिर हलकी-सी नींद, फिर बदन अँगोछना, फिर खाना, बातें करना, बाल सुखाना, चोटी गूँथना और शाम होने की इन्तज़ारी करना। दवाइयों की गोलियों के रंग, फलों की मिठास के विविध स्वाद, थकान के गहरे और हलके शेड और परिचर्या से सँवरता हुआ अपना तन...उन दिनों की याद में सिर्फ़ एक चेहरा याद आता है। एक किशोर सुन्दर चेहरा राजाराम का। थकान के हलके गहरे शेड परिचर्या का सुख और राजाराम का चेहरा सब घुल-मिलकर आते हैं।

राजाराम पिताजी के दफ़्तर के चपरासी का लड़का था। लेकिन उसने इण्टरमीडिएट पास किया था और पिताजी ने अपने विभाग में उसे टेम्परेरी जगह पर रख लिया था। रहता बड़े ठाट से था। हलके रंग की पॉपलीन के कुरते और चौड़े साफ़ पाजामे। साफ़-सुथरे चेहरे पर तरकीब से कटे बाल। मैं उसे बचपन से जानती थी। मुझसे कई साल छोटा था लेकिन ख़ूब भरापूरा चौड़ा बदन और हर वक़्त हँसता हुआ चेहरा। वह सुबह-सुबह सब्ज़ीमण्डी से ताज़े मौसमी फल लाकर मेरी खाट के पास रखता था। फिर वहीं बैठ जाता था और बिस्तर ठीक करने में दवा, पिलाने में, उठने-बैठने में मुझे मदद देता था। पिताजी उसके सहारे निश्चिन्त थे। पहले तो सित्तो कमरे में रहती थी। बाद में सित्तो को माँ रसोई के काम में लगाने लगी।

उसकी बातें मुझे ताज़ी और अच्छी लगती थीं। पहले वह ख़रीदकर लाये हुए फलों के बारे में मज़ेदार बातें बताता था। ककड़ी गंगा-किनारे की अच्छी होती है कि जुमना-किनारे की। ऊँट तरबूज़ कैसे खाते हैं? फालसे का झाड़ होता है कि लतर? सुनते हैं कि माया मौसी ने माँ से शिकायत की थी, "राजारमवा से तो ऐसे घुल-मिलकर बातें होती हैं और अपना आदमी शाम को आता है तो मुँह लटकाकर बैठ जाती है।" माया मौसी ने ठीक कहा था। लेकिन मैं क्या करूँ! सब तरफ़ से मन की ड़ोर कट गयी थी। अब न शरीर गलने का दुःख था, न मौत का तात्कालिक ग़म। न पति के प्रति आक्रोश, न मायके का शोक। अपनी बीमारी का ही एक वातावरण था, शिथिल, अलसाया हुआ, दवा और फल, सहानुभूति और आश्वासन से बसा हुआ। राजाराम उस वातावरण का अंग था लेकिन वे उस वातावरण की परिधि के बाहर थे। बाहरी आदमियों की तरह दूसरे-तीसरे। कभी फूल-माला, कभी किताबें लेकर आते थे। अच्छे होने का आसरा देते थे। चले जाते थे। अच्छे होने की बात अब मेरे लिए कोई अर्थ नहीं रखती थी। इस बीमारी में ही क्या बुरी हूँ! राजाराम तो साँझ-सवेरे आ ही जाता है। मुझे माया मौसी से कोई दुश्मनी नहीं है। राजाराम को लेकर जितनी बातें उन्होंने मुहल्ले-भर में बखानीं वे सब सही हैं, यह भी मैं मानती हूँ पर मुझे बुरा यह लगता है कि उन्होंने इस ढंग से क्यों कहीं? उन्हें क्या मालूम कि बेचारा राजाराम मेरा दुखता हुआ सिर गोद में रखकर घण्टों दबाता

रहता है। मैं सो जाती हूँ तो पत्थर की तरह ज्यों-का-त्यों बैठा रहता है। लेकिन माया मौसी यह भी सच कहती हैं कि मैं अकसर सोती नहीं, आँखें मूँदे पड़ी रहती हूँ। पर मुझे बुरा लगता है कि वो यह क्यों कहती हैं कि मैं मक्कर साधे पड़ी रहती हूँ। बस कहने का यह ढंग मुझे खल जाता है। मक्कर नहीं साधती। सच बात यह है कि मुझे बड़ा आराम मिलता है, बड़ा सन्तोष मिलता है। मैं आँखें मूँदे पड़ी रहती हूँ और राजाराम सिर छोड़कर कभी हथेलियाँ, कभी कन्धे, कभी बाँहें दबाता रहता है।

माया मौसी को भी मुझसे शिकायत नहीं थी। उनका कहना था कि मैं तो शुरू से ऐसी ही रही हूँ लेकिन उन्हें अचरज था कि मैं आँखें मूँद लूँ तो मूँद लूँ मगर घरवालों ने आँखें क्यों मूँद ली हैं। इस पर मुझे भी ताज्जुब था। पहले घरवाला कोई आता था तो मैं ख़ुद सिर हटा लेती थी या राजाराम कुरसी अलग हटा लेता था लेकिन घरवालों ने देखकर अनदेखा किया तो मैं भी लापरवाह हो गयी। सब कुछ जैसे तयशुदा था। राजाराम आएगा ही, मेरा काम करेगा ही, यहाँ तक कि किसी बात पर मेरा मिज़ाज बिगड़ भी जाए तो सारा घर जानता था कि चुप रहो राजाराम के आते ही इसका मिज़ाज ठीक हो जाएगा। लम्बी बीमारी में वक़्त गुज़रने का हिसाब भी अजब होता है। कुछ चीज़ों को लेकर वक़्त जहाँ-का-तहाँ थम जाता है। जो घटना हुई बस वही होती रहती है, होती रहती है। मसलन उस दिन रात को दो बजे झगड़ों के बाद ये जो सिर झुकाये बूढ़े होते हुए अँधेरे में चले गये तो उस दिन से आज तक मुतवातिर उसी तरह सिर झुकाये ये बाहर दूर चलते जा रहे हैं, चलते जा रहे हैं और मैं खिड़की में से देख रही हूँ। उस घटना का घटित होना अपनी जगह मुकम्मिल हो गया है। कुछ चीज़ें ऐसी हैं जो मशीन की तरह अपने वक़्त से होती चली जा रही हैं, रोज़ अपने को दोहराते हुए। शाम होना, पार्क में बच्चों का इकट्ठा होना, पतंगें उड़ना, सामने की खिड़की में उस लड़की का जवान और चंचल होते चले जाना। सब अपनी जगह चक्के की तरह घूम रहा है। कुछ आगे नहीं बढ़ता।

आगे बढ़ता गया तो सिर्फ़ राजाराम! वक़्त का सारा ठहराव, बीमारी का दिनोंदिन गाढ़ा होते जानेवाला अवसाद, माया मौसी का सारा चबाव एक ओर और राजाराम एक ओर। कब, कैसे, क्यों मेरा तन-मन सब कुछ इस तरह उसके वश में होता गया यह मुझे ख़ुद नहीं मालूम! मैंने बताया न कि अगले ढेड़-दो साल की छोटी-छोटी रोज़ाना की घटनाएँ सब भूल गयी हैं, याद है केवल राजाराम का वह उत्तम चेहरा और कभी नीचे झुकी हुई और कभी मुझे चीर-फाड़कर रख देनेवाली दृष्टि! आज भी उसे याद करती हूँ तो ग्लानि नहीं होती, दुःख भी नहीं होता, सिर्फ़ एक ताज़गी महसूस होती है। उसकी लायी हुई खेत की मुलायम ककड़ियाँ तोड़ती थी तो एक ताज़ी हरियाली महक-महक उठती थी। कुछ-कुछ वैसा ही लगता है।

इस महक से याद आया, उस दिन उसे जाते-जाते काफ़ी रात हो गयी थी। पार्क में हरी घास ओस से भीगकर वैसे ही महक फेंकने लगी थी। माँ थककर सो गयी थीं अपने कमरे में। सित्तो पढ़ते-पढ़ते मेज़ से टिककर ऊँघ गयी थी ताकि राजाराम के जाने पर दरवाज़ा बन्द कर सके। उस दिन राजाराम तो बार-बार जाने के लिए उठा, सिर्फ़ मैं किसी-न-किसी बहाने उसे रोकती रही। बहुत अँधेरी रात थी। बादल घिरने से उमस हो आयी थी। पार्क की बिजली का बल्ब दिन में किसी ने ढेला मारकर तोड़ दिया था। चारों तरफ़ सन्नाटा था और मुझे डर लग रहा था।

उस दिन के डर की बात अकसर सोचती हूँ। यह मौत का डर नहीं था। वह किसी संकट का डर भी नहीं था। तो क्या कोई ऐसा डर भी स्त्रियों में होता है जो दूसरे को, अपने संरक्षक को अपनी तरफ़ खींचने, पूरी तरह खींचने का साधन-भर होता है? उस दिन के बाद से फिर मुझे वैसा डर कभी क्यों नहीं लगा?

लेकिन उस दिन के बाद से फिर जाने क्यों वह आवेश भी नहीं रहा। एक अजीब घटना दूसरे दिन घटी। रात को पिक्चर छूटी तो मुहल्ले के कई छोकरे घर लौटते हुए मेरी खिड़की के पास से गुज़रे। उन्होंने मेरी खिड़की की ओर देखकर आवाज़ कसी, "हरे राम हरे राम; राजाराम राजाराम!" मेरा ख़ून उबल गया। मैं ज़ोर से चीख़ी "कौन है रामजी का भगत ज़रा सामने आ तो बताऊँ।" पर मेरे मुँह से आवाज़ नहीं निकली, मेरी मुट्ठियाँ भिंच गयीं, दाँत-पर-दाँत जम गये और मैं एक ओर गिर पड़ी। मेरे धक्के से स्टूल उलट गया, सुराही गिर गयी और सित्तो भागी-भागी आयी। फिर माँ, फिर पिताजी, फिर माया मौसी, फिर अड़ोस-पड़ोस।

उसके बाद कुछ दिन मैं वैसी हो गयी जिसे ये लोग दिमाग़ ख़राब होना कहते हैं। पर मैं जानती हूँ कि मेरा दिमाग़ ज़रा भी ख़राब नहीं था। मैं बकती ज़रूर थी लेकिन जो बात मुझे ज़बान पर नहीं लानी चाहिए वह कभी नहीं लाती थी। राजाराम का नाम भूलकर नहीं लाती थी। हाँ, ज़रा-ज़रा सी बात पर मुझे इतना क्रोध आ जाता था कि मैं माँ के बाल नोचने लगती थी, सित्तो के कपड़े फाड़ डालती थी। मुझे सब लाख समझाते थे पर मैं ख़ुद नहीं जानती थी कि क्रोध किस बात पर आता है और आता है तो फिर रुकता क्यों नहीं।

इतना याद है कि वैसे इनका आना-जाना कम हो गया था, लेकिन मेरी यह हालत देखकर इन्होंने छुट्टी ले ली थी और बराबर घर में रहते थे। लेकिन मेरे कमरे में नहीं, क्योंकि इन्हें देखते ही मेरा क्रोध क़ाबू के बाहर हो जाता था। सित्तो का कमरा इनके लिए ख़ाली करा दिया गया था। राजाराम का आना सहसा क्यों बन्द हो गया, मैं नहीं जानती। कुछ लोग कहते हैं कि माँ ने उससे मना कर दिया, कुछ लोग कहते हैं कि मुहल्ले के कुछ लड़कों ने उसे धमकाया और उसे सड़क पर एक तमाचा भी मार दिया, "साला चपरासी का लड़का अपनी औक़ात भूल गया!"

मुझे इतना याद है कि कभी चबूतरे पर, कभी सित्तो के कमरे में, कभी आँगन

में मेरे तीमारदारों की बैठक होती थी तो ये सबसे आगे बढ़कर राजाराम का पक्ष लेते थे। कहते, "मैं जानता हूँ वह बेचारा बहुत अच्छा लड़का है।" मुझे बचाते थे, "मैं सावी को जानता हूँ। तुम लोग उसे क्या जानोगे! शादी के बाद ही मेरा दोस्त आया था, कैप्टन मुरारी। फ़ौज की आदतें। शाम को घूमने जाते हुए इसके कन्धे पर हाथ रख दिया। सावी ने तड़पकर जो तमाचा दिया..."

मुझे वह घटना याद है। उन दिनों शादी हुई थी। चलते समय सबने समझाया था। तन, मन, वचन से पति की रहना, केवल पति की। नयी बनारसी साड़ियाँ, जड़ाऊ गहने थे, माँग में सिन्दूर भरती थी, ननदजी चुटकियाँ लेती थीं। मन में कितना उत्साह था कि तन-मन-वचन से इनकी हूँ, केवल इनकी। कोई मुझे फुसलाकर देखे तो! जितना उत्साह तब नयी बहू की तरह सजकर रहने का था उतना ही उत्साह सती बनने का था। सावित्री बहन! मेरी सास ने रीझकर तुम्हारा नाम लेकर कहा था, "जैसा नाम वैसी बनो बहू!"

कैप्टन मुरारी ने हाथ रखा। मुझे बुरा लगा या अच्छा यह तो याद नहीं पर इतना याद है कि मन में एकदम उत्साह जगा कि अभी इन्हें बताती हूँ। मेरे देवता भी जान लेंगे कि मैं कितनी-कितनी-कितनी हद तक केवल उनकी हूँ।

लेकिन मुझे मन में कितना धक्का लगा जब मैंने देखा कि इनका चेहरा उतर गया। इन्होंने मुरारी को तो डाँटा, मुझसे भी कहा कि "इतना असभ्य हो जाने की क्या ज़रूरत थी।" मैं घर लौट आयी और ख़ूब रोयी। उस दिन इन पर ग़ुस्सा आया। बेहद ग़ुस्सा आया। इस समय इनके मुँह से यह बात सुनकर फिर ग़ुस्सा आ गया। दसगुना, सौगुना, हज़ारगुना ज़्यादा। जब उस बात पर मेरी पीठ ठोंकनी चाहिए थी तब सभ्यता सिखा रहे थे अब उसकी स्तुति गाने बैठे हैं। कायर! पाखण्डी! और मैं फूट पड़ी, "तुम्हें मेरी और राजाराम की वकालत करने की ज़रूरत नहीं पाखण्डी कहीं के! ख़बरदार जो ज़बान हिलायी। मेरे माँ-बाप के आँगन में तुमने पैर क्यों रखा? इतने दिनों तक नहीं आये थे। मैं सब जानती हूँ। सित्तो के कॉलेज़ फ़ोन कर-करके मेरा हाल पूछा जाता था। शरम नहीं आयी? मेरी बीमारी का बहाना लेकर उस बच्ची पर डोरे डालने शुरू किये हैं। मैं सब कह दूँगी। मरते-मरते सब कह जाऊँगी।"

आँगन में सब सिर झुकाये बैठे थे। माँ, सित्तो, ये। पिता बाँह से आँसू पोंछ रहे थे। सिर्फ़ दूर बरामदे में बैठी माया मौसी सुपारी कतर रही थी और बड़बड़ा रही थीं, "बीमारी का शरीर है कालिका भवानी का, नाहीं तो जलती लकड़ी से मुँह झौंस दिया जातै तो सब पागलपन छूमन्तर हुई जाता। हम ऐसी-ऐसी फरफन्दिन बहुत देखा है। मारत-मारत..." इन्होंने आँख उठाकर प्रार्थना की दृष्टि से मौसी की ओर देखा तो वे चुप तो हो गयीं मगर सुपारी-सरौता उठाकर पाँव पटकते चली गयीं।

इन पर यह चोट देकर मेरा जी हलका हो गया। थोड़ी देर में सब शान्त हो

गया। मैं भी। आँगन भी। अनार का एक फूल फूला था और धूप में उसकी चटख लाल पंखुड़ी और भी झिलमिली लग रही थी। मेरे मन पर एक भार था वह उतर गया था।

भार कई हफ़्ते से था। माया मौसी एक दिन माँ से कह रही थी कि यह छोकड़ा राजाराम सबित्तरा की बीमारी का बहाना बनाकर अँगुली पकड़ते-पकड़ते पहुँचा पकड़ रहा है। उसी दिन से मुझे बेचैनी थी। कब मेरे दिमाग़ ने यह सोच लिया कि ये भी मेरी बीमारी का बहाना बनाकर सित्तो पर डोरे डाल रहे हैं यह मुझे याद नहीं। पर उस दिन सारी दुनिया के सामने यह कहकर मैं बिलकुल हलकी हो गयी। निश्चिन्त। बड़े आये थे दुनियावाले राजाराम पर आरोप लगाने! बड़े आये थे ये उसकी वकालत करने!

मेरी यह हालत ज़्यादा दिनों नहीं रही, लेकिन जब तक रही तब तक के लिए मेरी यह खिड़की बन्द कर दी गयी थी। सामने पार्क की रेलिंग पर मुहल्ले के छोकड़े इकट्ठे हो जाते थे, मेरी ओर संकेत कर अभद्र बातें करते थे और मेरा ग़ुस्सा बेक़ाबू हो जाता था। एक दिन इन्होंने यह देखा तो खिड़की बाहर से बन्द करवा दी। मुझे बकना होता था तो दीवार का सहारा लेकर आँगन में आ जाती थी। मेरा आँगन में आना हुआ कि सित्तो कहीं भी हो भागकर माँ की कोठरी में घुसकर दरवाज़ा बन्द कर लेती थी। बाहर निकलती थी तो रो-रोकर उसकी आँखें लाल सूजी हुई होती थीं। बाक़ी सब चुप रहते थे। बिलकुल बुत की तरह चुप।

यह शायद मेरे प्रति सबसे बड़ी क्रूरता थी। चुप रहने का मतलब था मेरा तिरस्कार। लेकिन एक दिन मैंने देखा कि ये चौके में बैठे खाना खा रहे हैं। मैंने बकना शुरू किया कि ये थाली खिसकाकर उठ गये और अनार के थाले में हाथ धोने लगे। मेरा खोता हुआ विश्वास लौट आया। मैं अभी चोट दे सकती हूँ। और तब अकसर जब इनके लिए पीढ़ा बिछाने और थाली रखने की आवाज़ आती तो मेरा आँगन में आना अनिवार्य हो जाता।

इलाज कई हुए पर मैंने कहा न कि दिमाग़ में कुछ बिगड़ा होता तो सुधरता भी, यह तो एक आदत-सी उभर आयी थी जिसके आगे मैं बेबस थी। बिलकुल ठीक तो याद नहीं कि कब और कैसे इस पर रोक लग गयी, लेकिन जहाँ तक मुझे ख़याल आता है शायद सित्तो का बदला हुआ रुख मुझे कारगर साबित हुआ।

एक दिन जब मैं उसी तरह बक-झक करती हुई आँगन में आयी तो मैंने देखा कि सित्तो उठकर अम्मा की कोठरी में जाने लगी। इन्होंने थाली खिसकायी तो वहीं हाथ रोक दिया और दो घूँट पानी पीकर बैठ गये। और तभी चमत्कार हुआ। कोठरी में जाती सित्तो रुक गयी और बरामदे का खम्भा पकड़कर खड़ी हो गयी। एक क्षण

निर्निमेष उसने मुझे जिस दृष्टि से ऊपर से नीचे तक देखा उससे पहले तो मैं सिहर गयी पर मैंने चीख़ते हुए इन्हें और सित्तो को लगाकर एक बहुत कड़ी बात कही। और सित्तो जैसे चमक उठी, वह तनकर खड़ी हो गयी। राम रे! कितनी बड़ी हो गयी सित्तो इन तीनों बरसों में! वह छोटी बच्ची कहाँ गयी—"दिदिया! ख़बरदार जो तुमने अब वाही-तबाही बकी। बकना है तो अपना कमरा बन्द कर लो और जो चाहो सो बको। लेकिन अपना पाप मेरे मत्थे मढ़ती रही तो अब यह नहीं होने का। बहुत सह लिया मैंने। जितना दिदिया-दिदिया कर पाँव से लिपटती रही उतना तुम मुझे बलि चढ़ाती गयीं।" मैं एक क्षण को स्तब्ध रह गयी, इसे इतना बोलना भी आता है! फिर सित्तो आँगन में आयी। और इनसे बोली, "आपने हाथ क्यों रोक लिया? खाना खाइए!" बिलकुल आज्ञा देने के स्वर में, मानो सित्तो बड़ी-बूढ़ी है और ये छोटे-से बच्चे हैं, "चलिए खाइए, मैंने भी खाना-पीना छोड़कर, हाड़ गलाकर, रोकर, सिर पटककर देख लिया। पर अब क्यों करूँ। मैं जानती हूँ मैं क्या हूँ। मेरी अम्मा जानती हैं, बाबू जानते हैं। आप जानते हैं। दिदिया भी जानती हैं कि आप क्या हैं, मैं क्या हूँ लेकिन रोज़ जान-बूझकर जो ठेठर रचाती हैं उसके पीछे सब मरेंगे तो यह ठेठर-लीला बढ़ेगी ही घटेगी नहीं।" पास जाकर बोली, "खाइए, नहीं तो मैं समझूँगी कि आप भी दिदिया की बक-झक को सच मानकर मुझे ज़लील कर रहे हैं। सारा मुहल्ला तो करने ही लगा है, आप तो मेरे साथ यह अन्याय न कीजिए।" मैंने देखा कि इनकी आँखों में आँसू हैं और ये सित्तो के हाथ से कौर लेकर खाने की कोशिश कर रहे हैं।

क्षण-भर में जैसे घर का इतिहास बदल गया। सित्तो घर की बड़ी-बूढ़ी के मानिन्द आँगन में खड़ी थी और सारा घर बच्चों की तरह उसका अनुशासन मान रहा था। सूत्र उसके हाथ में थे। उसने मेरी ओर देखा और बोली, "जाओ, खाट पर लेटो। तुम्हारा दलिया और रस अभी ला रही हूँ।"

वह दिन था कि आज, मैं चुपचाप कमरे में गयी तो अब तक चुपचाप इसी कमरे में हूँ। वक़्त तो लगा पर धीरे-धीरे मेरे सामने स्पष्ट हो गया कि चारों ओर मैं सब कुछ उजाड़ चुकी हूँ, पार्क के नासमझ बच्चों की तरह रोशनी देनेवाले हर बिजली के बल्ब को ढेले मारकर तोड़ चुकी हूँ। अब चारों ओर सिर्फ़ बियाबान और सुनसान है। और तब पहली बार मालूम हुआ कि मैं जिस मौत से डरती थी वह तो कब की आ चुकी है। और धीरे-धीरे घटित हो रही है। राजाराम जब तक था तो स्वयं यह बीमारी एक जड़ाऊ सुन्दर कवच की तरह थी जिसमें घिरकर अपने को सुरक्षित मानती थी। लेकिन अब?

मुझसे कोई नहीं बोलता था। माँ, पिताजी, ये छोटा भैया, माया मौसी, अड़ोसी-पड़ोसी। सिर्फ़ सित्तो शान्त चुपचाप कमरे में आती—कभी दवा, कभी फल, कभी कपड़े लेकर और अपना काम कर चुपचाप चली जाती। कहती, "दवा ले लो,"

मैं देवा ले लेती। कहती, "फल ले लो", मैं फल ले लेती। बस। पहले डर के मारे चुपचाप उसके सामने उसकी आज्ञा मान लेती, उसके कमरे से बाहर जाते ही मारे नफ़रत के दवा फेंक देती। या दस बातें मन-ही-मन बुदबुदाती। मगर उसके आते ही आज्ञाकारी बच्चे की तरह चुपचाप उसका हुक्म मानती। बाद में लगा यह भी बेकार है। मेरी नफ़रत सिर्फ़ मुझे उद्विग्न कर जाती है। मैं बहुत चाहती थी कि सित्तो मुझे अच्छा-बुरा कुछ तो कहे। मैं अकसर उसके हाथ से दवा लेकर एकटक उसकी ओर देखती कि वह अब और कुछ कहेगी लेकिन वह चुप दूसरी ओर देखने लगती।

मैं जानने लगी थी कि मैंने अपने हाथों से हरेक के हृदय का दरवाज़ा अपने लिए बन्द कर दिया था। अब सब समाप्त है।

जब चारों ओर मन के दरवाज़े बन्द हो गये तब यह मेरे सिरहाने की पार्क की खिड़की खोल दी गयी। वही ताज़ी हवा, खुली रोशनी, बच्चों की हँसी, नीले आसमान में रंग-बिरंगी पतंगें, लेकिन खिड़की खुलने पर पहले-जैसे रोशनी कमरे में हरहराकर चली आती थी वैसा अब नहीं हुआ। मुझे लगा कि खुली खिड़की देखकर ताज़ी हवा, सुनहली रोशनी, बच्चों की किलकारियाँ इधर बढ़ीं तो मगर खिड़की की चौखट पर ठिठककर रुक गयीं। कमरे के अन्दर वही मैं, वही सुनसान अँधेरा और टूटापन! मैंने जाना कि जीती हुई भी मैं इस दुनिया के लिए अब बाहरी हूँ, ग़ैर हूँ, प्रेत हूँ, मर चुकी हूँ।

एक दिन सित्तो इन्हें लायी और मेरे पास बिठा गयी। फिर बाहर गयी और फूलों की एक वेणी ले आयी। इनके पास लाकर रखी और चली गयी। मैं सिर्फ़ उठकर बैठ गयी और माथे पर पल्ला डाल दिया। बहुत देर के बाद इनके मुँह से शब्द निकले, "तुम चिन्ता न करो, अच्छी हो जाओगी।" मुझे लगा कि वे शब्द बहुत दूर किसी दूसरे लोक में वास करनेवाले प्राणी के शब्द हैं। हज़ारों मील दूर से आते हुए अस्फुट और अपरिचित। तब से कभी-कभी ये आते हैं। चारों ओर एक ठण्डा सौजन्य है, जो चार दिनों का ही मेहमान है उसका दिल क्यों दुखाया जाए।

यह सौजन्य मुझे बेहद तोड़ जाता है।

आज इतने बरसों के बाद माँ मेरे कमरे में आयी। वट-सावित्री की पूजा के लिए थाली सजाकर। माँ को कुछ क्यों कहूँ? मुझे क्या मालूम नहीं है? माँ ने माया मौसी से सलाह की है कि दहेज का और ज़मीन ख़रीदने का सारा रुपया तो बड़ी की बीमारी में ख़र्च हो गया, अब तो अगर वे सित्तो को स्वीकार लें तभी घर का निस्तार है। सित्तो से कहने की उनकी हिम्मत नहीं लेकिन कल रात को माँ ने बैठकर लिस्ट बनायी थी कि मेरे पास कौन से ज़ेवर हैं जो सित्तो के काम आ सकेंगे और आज सुबह माँ वट की पूजा के लिए जाते हुए मुझसे पूजा की थाली छुआने लायी थीं।

मैंने थाली नहीं छुई (क्षमा करना सावित्री बहन)। बहाने से आँख मूँदकर

तकिये से टिककर लेट गयी तो ऐसा लगा मानो मेरे चारों ओर लोग चुपचाप इन्तज़ार में खड़े हैं कि मेरी मृत्यु की घड़ी टलती क्यों जा रही है। सबके चेहरे पर शोक भी है, इन्तज़ार भी, अधीरता भी; सब चुप हैं, सिर्फ़ दीवार पर लगी मेरी शादी की घड़ी टिक्-टिक् कर रही है। उस पर बना गुलाब बोलता है गुडनाइट-गुडनाइट-गुडनाइट! कमरे-भर में मोगरे की तेज़ महक है। मगर इस सबसे भी मौत की महक दबती नहीं! मृत्यु की यह दूसरी गाथा है सावित्री बहन! तुम्हारी गाथा से बिलकुल पृथक्!

सब बिना कहे, बिना बोले इन्तज़ार कर रहे हैं। मैं भी इन्तज़ार कर रही हूँ। मेरे लिए किसी का कुछ अर्थ नहीं रहा। न मैं माँ की बेटी रही, न सित्तो की बहन, न इनकी पत्नी, न राजाराम की...सिर्फ़ यह खिड़की मेरे लिए एक चौकोर दुनिया है। पार्क में खिलते गुलमोहर-अमलतास के रंग हैं, सामने की खिड़की में अठखेलियाँ करती लड़की के आकार हैं, खेलते बच्चों की हँसी की आवाज़ें हैं।

एक दिन एक अदृश्य हाथ आकर चौकोर स्लेट पर अंकित इन आकारों को मिटा देगा, आवाज़ें बन्द हो जाएँगी और मैं थककर लेट रहूँगी लेकिन कब...?

यह मेरे लिए नहीं

ऐसी सुबहें सिर्फ़ उस गली में होती थीं। सीले घर, टूटे मन, अन्दर-बाहर अँधेरा, हर चीज़ पर कुढ़न और खीज। और तभी जाने कहाँ से कोई एक छोटी-सी चीज उभर आती थी—दूसरों के लिए बिलकुल बेमतलब, मगर जो देखे और समझे उसके लिए कितना दिलासा देनेवाली! मसलन इस लम्बे, सीले बेडौल दीवारोंवाले कमरे में अलस्सुबह यह धूप का एक चकत्ता, सुनहला, चौकोर, सुबह के झकोरे में झील के पानी की तरह काँपता हुआ। क्वार-कातिक की ढलती रात की सर्दी खाया हुआ टूटता बदन हो, हवा में पड़ोस के अहाते में रात-भर झरे हरसिंगार की गमक हो, छुट्टी के दिन की सुबह हो और तख़्त पर लेटे-लेटे सीले बेडौल कमरे में बिना बुलाये आ जानेवाली इस चौकोर नन्ही-सी धूप को सिर्फ़ देखने, चुपचाप देखते रहने का बेहिसाब वक़्त तो...धीरे-धीरे महसूस होता है कि यह धूप की तितली स्थिर नहीं है, प्रतिपल काँप ही नहीं रही है, धीरे-धीरे खिसक रही है, आगे बढ़ रही है, और तब सहसा यह ध्यान आता है कि बाहर सूरज धीरे-धीरे उठ रहा है, उसी के अनुसार यह धूप जौ-जौ तिल-तिल खिसक रही है।

और जब जैसे बिजली छू जाए, कुछ ऐसा अव्यक्त उल्लास मन को झकझोर जाता था और दीनू सब भूल जाता था कि यह धूप का चकत्ता उस दीवार के छेद से आ रहा था जो तीन साल पहले नये कमरे के लिए चिनी जानी शुरू हुई थी, और राज-मजूरों का पैसा भी जब माँ नहीं दे पायी तो उसकी साइकिल बेचनी पड़ी थी। साइकिल बेचने से उसे कॉलेज के लिए पैदल तीन मील जाना और तीन मील आना पड़ता था, पर उसे कोई शिकायत नहीं थी कि सिवा इसके कि हर दूसरे हफ़्ते पुरानी पेशावरी में नया तल्ला लगवाना पड़ता था और जब उसे ऊपरी ख़र्च के लिए सिर्फ़ पाँच रुपये महीना मिलते थे (जिसमें से उसे फ़ाइल के काग़ज़, स्याही, साबुन, तेल और ड्राइंग-पिनें भी ख़रीदनी पड़ती थीं) तब उसमें से पूरा एक रुपया हर महीने मोची को चला जाए यह बरदाश्त नहीं होता था और वह बार-बार खीजता था कि माँ को हर छठे महीने मकान की मरम्मत करवाने की क्या धुन है? कॉलेज में फ़ीस

माफ़ थी, कुछ पुअर फण्ड से भी मिलता था, एक बारह रुपये और एक आठ रुपये की ट्यूशन थी और पैसे बचें, इसलिए माँ बाहर रहती थीं मगर हर छठे महीने आती थीं औरं साठ-सत्तर, कभी-कभी सौ रुपये भी अगर बचे हों तो तुरत नज़ीर मिस्तरी की बुलाहट होती थी और मकान में काम लग जाता था। कहती थीं, "तेरे बाबूजी की निशानी है। मरते-मरते उन्होंने क़र्जा लेकर चिट्ठा बँटवाया था।" हफ़्ते-भर जिस कापी में मज़दूरी की हाज़िरी लिखी जाती थी उसे चिट्ठा कहते थे और शनिवार की शाम को मज़दूरी बँटने का अर्थ चिट्ठा बँटना। माँ को चिट्ठा बाँटने में एक अद्भुत सुख होता था। पाई-पाई का हिसाब करती थी। बैजू भैया बैंक में काम करते थे। उनसे पाँच रुपये की चमचम नयी पाइयाँ मँगवाती थीं। चिट्ठा बाँटने के बाद गहरी साँस लेकर कहतीं, "पाई-पाई चुका दी। तेरे बाबूजी ने कहा था किसी की एक पाई चढ़ी मत रखना।"

लेकिन माँ के सुख का अलम् कहीं नहीं। दीनू जानता है कि अब एक पैसा नहीं बचा है। परसों ये गठरी-सन्दूक़ लेकर चल देंगी और छह महीने बाद फिर लौटेंगी। और फिर डिक्शनरी के नीचेवाली दराज़ में (जहाँ वह बचे हुए रुपये रखता है) हाथ डालेंगी, रुपये निकालेंगी, सावधानी से गिनेंगी, अपनी सिलाईवाली पिटरिया में सुई-डोरे और कतरनों के नीचे रख देंगी और दूसरे दिन उन्हें फ़र्श में दरार दिखाई देगी, उखड़े पलस्तरवाली दीवार से नींव में पानी भरता नज़र आएगा, छत का दायाँ बाजू फूला नज़र आएगा और कहेंगी, "दीनू बेटा, ज़रा कॉलेज जाते समय चकलानीम होते हुए जाना, नज़ीर मिस्तरी से बोलना बहूजी ने बुलवाया है।" और बस दीनू को सामने की थाली ज़हर लगने लगेगी। इन्हें क्या मालूम कि बुख़ार में एक दिन वह ट्यूशन नहीं गया तो दूसरे दिन उस दो कौड़ी के बिसाती ने क्या कहा था। इन्हें क्या मालूम कि वैद्यजी ने कहा है कि दवा की शीशी बराबर नहीं लोगे तो फेफड़ों पर असर होगा। इन्हें क्या मालूम कि तुरत खाना खाकर दौड़ते हुए कॉलेज जाने में नीचे तिल्ली में दरद होने लगता है। इन्हें क्या मालूम...वह नज़ीर मिस्तरी से सन्देशा कहकर और तेज़ चलता, बीच में सूनी सड़क पर दौड़ता—फट जाए, एकबारगी तिल्ली फट जाए, उसे इस नरक से छुटकारा मिले। बाबूजी की निशानी यह मकान बनता रहे, साल-दर-साल। लेकिन दीनू की गाल की हड्डियाँ उभर आयीं, पसलियाँ कसकने लगीं, जिगर ख़राब हो गया, आँखें कमज़ोर हो चलीं पर तिल्ली नहीं फटी, दीवार और छतों का फटना बदस्तूर जारी रहा। मरम्मत लगती रही और हर बार चिट्ठा बँटने के बाद माँ का गहरा सन्तोष भरा वाक्य, "पाई-पाई चुका दी। तेरे बाबूजी ने आख़िरी समय कहा था, किसी की एक पाई..."

दीनू की उम्र ही क्या थी तब! मुश्किल से सत्रह-अठारह बरस। फिर भी उसे यह लगने लगा था कि बाप की निशानी सिर्फ़ यह मकान है। वह नहीं। इस उम्र में

वह क्लास का सबसे तेज़, सबसे ग़रीब, सबसे दुबला, सबसे कम उम्र लड़का है। और किताबें उसे उधार माँगनी पड़ती हैं और कपड़े उसे घर में साबुन से पछाड़कर पहनने पड़ते हैं और शामें ट्यूशनों में बितानी पड़ती हैं और माँ हैं कि निचुड़कर बूँद-बूँद इकट्ठा होनेवाले पैसे को (जिससे वह एग्ज़ामिनेशन फ़ीस और अगले साल की एडमिशन फ़ीस देना चाहता है) फटी दीवारों में झोंक आती हैं। सिर्फ़ इस सुख को महसूस करने को कि उन्होंने पाई-पाई चुका दी—मज़दूर लगने ज़रूरी हैं, चिड्डा बँटना ज़रूरी है।

और इसीलिए जब वे फिर गठरी-सन्दूक़ लेकर बाहर जाने लगतीं और दीनू का कमज़ोर, पीला चेहरा हथेलियों में लेकर कहतीं, "कैसा सूख गया है मेरा लाल! बस दो साल और। तेरी नौकरी लगे, मैं आकर पास रहूँ तब पनपे! कहीं परायों के चौके का अन्न तन-बदन में लगता है?" तो दीनू के सारे बदन में एक अरुचि, एक विद्रोहपूर्ण घृणा, एक विक्षोभ उबाल खाने लगता। जो कुछ माँ करती हैं ठीक। लेकिन फिर डॉक्टर चाची को पराया मानना! डॉक्टर चाची अगर प्यार से दो वक़्त न खिलातीं तो! उन्होंने क्या नहीं किया दीनू के लिए! लेकिन माँ ने उन्हें कभी क्या अपना माना? किस बिरते पर? कि उन्हें मकान के किराये में से बारह रुपये माहवार दीनू के खाने का देती थीं। किसी की पाई अपने पे चढ़ती न रखने का क़ौल। और फिर जब दीनू की नौकरी लगी और माँ लौटीं तो उन्होंने खड़े-खड़े डॉक्टर चाचा और चाची से अलगाव कर लिया। "मेरे बेटे को परायों ने बस में कर रखा है।" उन्होंने अड़ोस-पड़ोस में कहा था। और दीनू को फिर उस दिन से माँ के चौके का दो वक्त का खाना भी कड़वा लगने लगा था। तीसरे महीने की तनख़्वाह से एक पुरानी साइकिल तो आ गयी थी और वह खड़खड़िया साइकिल सुबह सात बजे घर से निकल जाती। नौकरी पर होते हुए कॉलेज (पढ़ाई जारी थी), और वहाँ से इधर-उधर मीलों का निरर्थक चक्कर; रात को दस बजे लौटना। तब तक माँ कटोरदान में पराँठा-तरकारी उसके कमरे में रखकर सो जाती थीं। लेकिन जिस दिन नींद उचट जाए उस दिन दीनू की रात रोते या खीजते गुज़रती थी। वे ख़ुद बैठकर खिलाती थीं और खाते समय बतातीं कि बुआ का ख़त आया है कि दीनू की नौकरी लग गयी, अब वह बरसीवाले पाँच सौ रुपये लौटा दो! या बड़े ताऊजी का ख़त आया है कि दीनू के लिए एक सुशील कन्या देखी है। इन बुआजी के लड़कों पर दीनू के पिताजी ने हज़ारों ख़र्च किये थे और इन ताऊजी ने दो हज़ार रुपये देकर दीनू का वह बड़ा मकान हड़प लिया था और ट्यूशन के रुपये में से दीनू से सूद वसूल करते थे। ग़रीबी के तमाम हाड़तोड़ कष्ट में से उसने निश्चय किया था कि इन नृशंस रिश्तेदारों से कभी नाता नहीं जोड़ेगा मगर माँ थीं कि डॉक्टर चाचा-चाची को पराया घोषित कर इन रिश्तेदारों को उसके सिर थोपती थीं क्योंकि ये अपने ख़ून के थे। और कल रात तो ग़ज़ब हो गया जब माँ ने कहा कि मकानवाली तड़या,

जिन्होंने दीनू पर आरोप लगाया था कि वह उस मकान का दस रुपये किराया वसूलकर खा गया, आनेवाली हैं, जो बड़ा मकान कर्ज़ के एवज़ में ले लिया है उसका बैनामा करने—कोई उसे पाँच हज़ार रुपये में ख़रीद रहा है, टिकेंगी इसी घर में—तो दीनू के धीरज का बाँध टूट गया। जाने क्या हुआ उसे कि उसने हाथ का पराँठा खिड़की की राह बाहर फेंक दिया और पहली बार माँ से चीख़कर बोला, "मैंने सब सह लिया, मगर अब तुम्हारे ये कमीने रिश्तेदार यहाँ जमा हुए तो मैं इस घर में क़दम नहीं रखूँगा। क्या मेरा कोई स्वाभिमान नहीं! मैंने मर-मरकर पढ़ा पर इनका अहसान नहीं लिया!"

माँ ने अस्फुट स्वरों में कुछ कहा, फिर रुलाई रोकते हुए नीचे जाकर बिस्तर में पड़ रहीं। दीनू की तबीयत हुई भाग जाए और डॉक्टर चाचा से कहे कि अब उससे नहीं रहा जाता। माँ के साथ वह एक क्षण नहीं रहेगा। एक क्षण नहीं। उसे किसी में विश्वास नहीं। पहले कभी एक ईश्वर में विश्वास था जो उसके साथ सूनी सड़कों पर दौड़ता चलता था, जो उसके साथ बीमार थकी ग़रीब रातों के अँधेरे में कभी-कभी दिलासा-भरी बातें कर लेता था, लेकिन जिस दिन ईश्वर-भक्त माँ ने दस साल की आभार-भरी आत्मीयता को भूलकर मुहल्ले-भर के सामने डॉक्टर चाचा-चाची को अपमानित कर अलग कर दिया तब से उसे ईश्वर पर भी विश्वास नहीं। क्या करे वह? दीवार पर सिर पटक दे? मगर उससे दीवार में दरार पड़ गयी और मकान की नींव में पानी भरने लगा तो बाप की निशानी इस मकान का क्या होगा?

वह एक बार नीचे आया। तबीयत हुई ताला बन्द करे, साइकिल उठाए और दूर चला जाए, गऊघाट के पुल के अँधेरे में साइकिल टिकाकर एक छलाँग नीचे और फिर...वह नीचे आँगन में आया। बरामदे में माँ की सिसकियाँ सुनाई दे रही थीं। वे सोयी नहीं थीं। रो रही थीं। वह लौट आया। कमरे में पड़ रहा। लालटेन बुझायी। बुझती लालटेन की एक ख़ास महक होती है। वह आयी मगर उसके साथ एक और महक आयी पड़ोस में खिले हरसिंगार की। आधी रात हो चली थी। हरसिंगार फूल आया था। दीनू को कब नींद आयी मालूम नहीं। सिर्फ़ इतना मालूम है कि सोते समय हरसिंगार की महक के साथ परना दी की उजली हँसी की तरह लहर भी जाने कैसे गुँथकर आ गयी थी। दो-तीन दिन से परना दी (असली नाम अपर्णा बनर्जी) सुबह हरसिंगार चुनने आती है तो एक मुट्ठी फूल बोड़दा (बड़े भैया, यानी दीनू बाबू, यानी श्री एम.एस. दीन, रिसर्च स्कॉलर) के लिए माँ के पास रख जाती है। माँ उस वक़्त सन्ध्या पर बैठ चुकी होती हैं। पर कुश के आसन पर उससे फूल रखवा लेती हैं और कभी-कभी आचमन मन्त्र भूलकर उससे गप मारने में लग जाती हैं।

परना, उसके और माँ के बीच की गहरी ख़ामोश नफ़रत और अलगाव पर एक अजीव-सा अदृश्य सेतु है। अपर्णा नीचे माँ के पास बैठकर हँसती है, दीनू के कमरे में ऊपर हरसिंगार महकने लगते हैं।

ईश्वर तो नहीं है, निश्चित नहीं है यह दीनू को दृढ़ विश्वास हो चुका था वरना निरपराध उसे बचपन से इतनी तकलीफ़, इतनी अवमानना और इतनी बेबाक ईमानदारी के बावजूद ऐसे तुच्छ आरोप न सहने पड़ते। लेकिन इस घुटन, अँधेरे और क्षोभ-भरे दुखते मन की एक खिड़की किसी ऐसी दिशा में ज़रूर खुलती है जिधर सब कुछ बहुत खुला हुआ, बहुत उजला, विराट् और सीमाहीन है।

चार-पाँच बरस तक उसके किशोर बच्चे मन को यह लगा था कि उधर ही कहीं एक ईश्वर भी है ज़रूर, क्योंकि उन दिनों पढ़ाई और ट्यूशन से बचनेवाला सारा वक़्त साँजी के साथ बीतता था। साँजी के उस स्नेह से भरे-पूरे घर में बीता हर क्षण उसके ख़ाली-ख़ाली मन को भर जाता था। साँजी उसकी छोटी-सी मित्र थी, संरक्षिका थी, उसकी लड़ाकू सिपाही थी और जब अकसर माँ के कड़वे व्यवहार पर दीनू का छोटा-सा मन चोट खा जाता था तब अपने कन्धे पर उसका सिर टिकाकर, इकलाई के पल्ले से आँसू पोंछकर, माथा सहलानेवाली साँजी उसकी छोटी-सी, नन्ही-सी माँ भी थी। लेकिन·क्या मज़ाल कोई कुछ कह तो दे! सारी दुनिया में सिर्फ़ डॉक्टर चाची थीं जो बहुत बारीक मुसकान से पूछती थीं, "दीनू भैया! ये कमीज़ के बटन क्या साँजी की चुटैया में फँसकर टूटे हैं?" "क्या मतलब चाची?" वह नक़ली गुस्से से पूछता तो चाची कहती, "मेरा मतलब कि अगर तुम लोग लड़ते हो तो बटनों पर गुस्सा क्यों उतरता है। मैं कहाँ तक टाँकूँ। उसी को बुला लो टाँक दिया करे।" और दीनू सिर से पाँव तक लाज से छुई-मुई हो जाता। असल बात यह थी कि एक दिन झपट्टा लड़ाई में सचमुच साँजी के बटनों पर भी बुरी गुज़री थी, लेकिन राम! राम! वह बात क्या दीनू किसी को बताएगा! दीनू तो ख़ुद ही सन्न रह गया। कहीं साँजी ने ग़लत समझा तो बस वह गया। सभी उसे ग़लत समझते हैं, एक साँ...। वह तीन दिन तक रोज़ जाकर सबसे बात करता रहा, सिर्फ़ साँजी से हिम्मत नहीं हुई। जब साँजी ने तीसरे दिन उससे पूछा, "माँ जी को चिट्ठी का जवाब दे दिया? कोई कड़ी बात न लिखना। उन बेचारी के और है ही कौन?" तब जाकर दीनू की जान में जान आयी थी।

उन दिनों एक ईश्वर था ज़रूर। जेठ के दसतपा के दिनों में गली नरक की भट्ठी हो जाती थी। दीवारों से घिरी छत कुम्हार के आँवे की तरह तपती थी और उसमें सोनेवाले कम-से-कम आठ जने। बस चार-छह दिन की बात और साँजी सदा के लिए चली जाएगी। दीनू का खाना-पीना सब छूट गया था। चाची भी सब समझती

थीं लेकिन कोई कर क्या सकता था। सब जब सो जाते थे तब वह खरहरी खाट पर चित लेटा ऊपर तारों-भरे आकाश की ओर आँसू-भरी आँखों से देखता रहता कि उसने क्या किया है कि उससे सब छिनते गये—पहले पिता का साया, फिर माँ का विश्वास, फिर साँजी...और तब उन तारों के ऊपर और ऊपर से बहुत दूर से कोई आवाज़ कुछ कहती थी...उन दिनों ईश्वर था।

लेकिन जब बरस-भर के बाद साँजी लौटी और उसने कहा कि "इनसे किसी ने तुम्हारे बारे में बहुत उलटी-सीधी जड़ी है और अब तुम्हें चिट्ठी कैसे लिख सकती हूँ। तुम्हारे आने-जाने के ख़िलाफ़ भी मुझे ताक़ीद कर दी गयी है," तो दीनू को लगा जैसे उसकी सारी पवित्र निष्ठा को फिर धक्के से किसी ने चूर-चूर कर दिया और मन की वह खिड़की हमेशा के लिए बन्द हो गयी। रह गयी केवल वह उभरी हड्डियों, दुखती पसलियों, चूर-चूर बदन और तपते माथोंवाली तन्दुरुस्ती, ग़रीबी और अवमानना में पिसता मन, और माँ की नासमझ ज़बरदस्तियाँ। बरस-पर-बरस अँधेरे और घुटन में बीतते गये।

परना दी को सब मालूम था। कोई दीनू ने बताया थोड़े ही था। वह तो एक दिन जब ऐनुअल डे (वार्षिकोत्सव) में गया था तो अपर्णा आयी। माँ से कहा कि बोड़दा के कमरे में अपनी सलाई भूल गयी है और सलाई ढूँढ़ने के लिए सबसे पहले उसने वही दराज़ खोली जिसमें दीनू की डायरियाँ और साँजी की चिट्ठियाँ रखी थीं और जिस रफ़्तार से इमली खाकर चियाँ फेंकती जाती है उसी रफ़्तार से चिट्ठियाँ-डायरियाँ पढ़कर वापस दराज़ में फेंकती गयी। दीनू को मालूम हो गया था और जब वह बहुत नाखुश हुआ, तीन दिन तक नहीं बोला तब भी अपर्णा के चेहरे पर कहीं पश्चात्ताप नहीं था। माँ काम में लगी थी तो धीरे से पास आकर बोली, "बस मुँह फुलाकर अपने मन में अपशब्द कहते रहना! मैं साँजी नहीं हूँ कि मुझसे मारपीट करो! बोड़दा होने की मर्यादा रखना कितना मशक़्क़त का काम है न!"

लेकिन अपर्णा ने मन की वह खिड़की फिर खोल दी जिसमें से आकाश और खुलाव और रोशनी झाँकती है। यह बात ज़रूर है कि अब वहाँ ईश्वर नहीं था लेकिन जब कभी हरसिंगार-बसी सुबह की ऐसी धूप का चतुष्कोण फ़र्श पर काँपता, पंख फड़फड़ाता दीखता तो दीनू इस घर-आँगन की घुटन, यतीम ग़रीबी और माँ की कटुता सब भूलकर कुछ और सोचने लगता। इस पृथ्वी के परे, अनन्त आकाश में कहीं एक विराट् सूर्य उग रहा है, आकाश में धीरे-धीरे चढ़ रहा है ताकि रोशनी की एक पंख उसके कमरे में उसके सीलन-भरे फ़र्श पर थाली में भरे गंगाजल-सा काँपे। ऐसी सुबह सिर्फ़ उस गली में होती है, सिर्फ़ उसके लिए। पिता, तुम यह टूटी निशानी गले से बाँधकर चले गये तो क्या? रिश्तेदारिनी, तुमने दस रुपये के लिए लांछित किया तो क्या? माँ, तुम मुझे घोंट-घोंटकर कुढ़ा रही हो तो क्या? साँजी, तुमने निराधार छोड़ दिया तो क्या? एक सूरज मेरे लिए उगता है, गली में उतरता है...

और वह उठा तो रात का सब-कुछ भूल चुका था। ताज़ा था, खिला-खिला और नीचे उतरा तो धूप का वह चतुष्कोण और पुंजीभूत् होकर एक लम्बी सुनहली पट्टी बन चुका था और तख़्त के किनारे पर टँक गया था। सीढ़ियाँ उतरते हुए वह मना रहा था कि अपर्णा हो और माँ की कुढ़न ख़त्म हो चुकी हो...काश!

नीचे आँगन छोटा था, दीवारें ऊँची थीं, धूप देर में आती थी। वातावरण में गृह-युद्ध की चुनौती व्याप्त थी। माँ के चेहरे का वह ख़ास भाव उभर आया था; गुस्सा, उबला हुआ गुस्सा गोया जमकर चट्टान हो गया हो और उस चट्टान में से तराशा हुआ एक नुकीला झुर्रीदार दबंग चेहरा! लेकिन रात-भर के रोने से आँख के पास के पपोटे सूजे हुए, पुतलियाँ स्थिर, नथने लाल और ज़रा फैले हुए, ओठ पर जमे हुए ओठ। पश्चिमवाले बरोठे में पूजा के लिए पीढ़ा बिछा रही थीं। उम्र के साथ-साथ उन्हें कुछ-कुछ गठिया का असर होने लगा था। कामकाज में पीठ झुकाते ही कराहकर कहती थीं, "हे प्रभो!" लेकिन आज दीनू को नीचे उतरते देखकर अकस्मात् उनके ओठ और भिंच गये। उसकी ओर से मुँह फेरकर पंचपात्र में पानी भरते हुए बोलीं, "प्रब्भो!" ('हे' क्रोध में ग़ायब!) दीनू के माथे पर तुरत शिकन आ गयी, त्यौरियाँ चढ़ गयीं। माँ तुरत जान गयीं कि चुनौती स्वीकार ली गयी है। वे दीनू की तरह ईश्वर-विहीन नहीं थीं। मानो क़िलेबन्दी कर, युद्ध के लिए पीढ़े पर तनकर बैठ गयीं और अपने चारों ओर ईश्वर को मुनीम की तरह बिछा लिया। इधर पंचपात्र, उधर आम की लकड़ियाँ, सामने सामग्री की थाली, आगे हवनकुण्ड।

दीनू का सारा गुस्सा अन्दर-अन्दर घुमड़कर एक असहाय बेबसी में बदल गया। कोई कुछ कहे तो वह जवाब दे। लेकिन माँ तो एक व्यूह बाँधकर अन्दर बैठ गयीं। गोया उन्होंने सबकी पाई-पाई चुका दी और अब किसी से कुछ लेना-देना नहीं। "प्रब्भो!" उन्होंने कहा और उन सबको क्षमा कर दिया जो उनके प्रति अन्यायी हैं जैसे दीनू! और माँ का चट्टानी चेहरा गोया खुद एक मुजस्सम आरोप!

दीनू चीख़-चीख़कर कहना चाहता है कि यह आरोप ग़लत है। अन्यायी वह नहीं है, अन्याय तो उस पर किया जा रहा है। लेकिन वह कहे तो किससे? चारों ओर जो थे—मुहल्ले-टोलेवाले, कुटुम्ब-क़बीले, नातेदार, अड़ोसी-पड़ोसी उनसे कुछ भी कहने से फ़ायदा क्या? क्या उन्होंने आठ-दस साल से दीनू के फटे पैबन्द लगे बचपन को कैशोर्य की देहली तक घिसटते देखा नहीं है? वे सब जो अपनी-अपनी सन्तानों से इसलिए नाराज़ हैं कि उन्होंने कुसंग में पड़कर बीड़ी-सिगरेट पीना, 'सनीमा' देखना, चोरी से अपनी किताबें बेच आना सब सीख लिया—वही मुहल्ले के बुजुर्ग दीनू से और भी नाराज़ हैं कि उसने यह सब क्यों नहीं सीखा। ज़रूर इसमें कोई गहरा राज़ है और फिर ऐसा लड़का माँ को भी दुःख देता हो तो अचरज क्या?

दीनू आँगन में बेमतलब टहल रहा था।

द्वार पर खटका हुआ तो दीनू को लगा कि शायद परना आयी। लेकिन नहीं, यह तो हरदेई खटकिन थी जो रोज़ बिना नागा साग-भाजी दे जाती थी। माँ पूजा पर थीं अतः धनिया-मिर्चा, चौरा की फली एक कोने में रखकर चलने लगी। माँ का चट्टानी ख़ामोशी चेहरा पूजा करते-करते ज़रा-सा इधर मुड़ा और आँखों से एक आँसू गालों पर बह आया। हरदेइया घर की पुरानी परजा थी। तुरत समझ गयी और बिना दीनू की ओर देखे बोली, "हे भगवान! बेटवा-बिटिया न देव ऊ भला, मुला निखि़द्धी सन्तान न देव! बुढ़ापे में केकरा मुँह देखैं बहूजी बेचरऊ।"

दीनू ने दाँत पीसे और एक गहरी साँस ली। भगवान की अमलदारी कितनी पक्की है! माँ ने एक शब्द नहीं कहा। बस 'प्रभ्भो' के दरबार में गुहार की और तुरत भगवान की भेजी हरदेइया खटकिन दीनू को सजा दे गयी। दीनू क्या करे जिसका कोई भगवान नहीं रहा! कितना अकेला! कितना निरस्त्र!

अस्त्र दीनू के पास सिर्फ़ एक था, उसकी पुरानी साइकिल। लेकिन हमले का नहीं, बचाव का। अपनी पुरानी साइकिल उसने निकाली, उलटकर हैण्डिल-सीट नीचे कर पहिये ऊपर कर उसे आँगन में रख लिया और हौज़ में से पानी ले-लेकर उसकी सफ़ाई करने लगा। छुट्टियों की सुबह का यह एक अनिवार्य कार्यक्रम था। साइकिल में मशगूल होकर उसे लगता था गोया वह सुरक्षित है, अपने स्वाभिमान के कवच में आवेष्टित। वह पूजा के बरोठे के सामने जमकर बैठ गया। टायर धोये, तीलियाँ और रिम चमकाये, फ्री-ह्वील साफ़ किया, मडगार्ड के अन्दर जमी मिट्टी साफ़ की और जब चेन में चिकनाई लगाने चला तो उसे याद आया कि ग्रीज़ तो घर में है ही नहीं। हाँ, डॉक्टर चाची के यहाँ लकड़ीवाली कुठरिया में बुरादे के बोरे के पास-वाले डिब्बे में ग्रीज़ रखा है। वह तो किसी बहाने इस समय वहाँ जाना ही चाहता था।

उस घर-आँगन में दीनू का रुतबा ही कुछ और था। क्या शहंशाहों की अवाही का ऐलान होता होगा? दीनू को देखते ही छोटे भैया दीवार पर कोयले से कबूतर बनाना छोड़कर बोले, "गुण्टी, दीनू भैया आये हैं।" गुण्टी जल्दी से गुड़िया को नथ से खूँटी पर टाँगकर चौके में भागी—"अम्मा, दीनू भैया आये हैं!" चाची तुरत चाय की पतीली में एक प्याला पानी और डालकर बैठक में गयीं और झाँककर बोलीं, "सुनते हो, दीनू आया है!" डॉक्टर चाचा जल्दी से दवाओं की शीशियाँ होमियोपैथिक बक्से में रखते हुए, पाँव में खड़ाऊँ डालते हुए उठे, "अच्छा, आ गया! सुनो, तड़के सुबह भाभी आयी थीं। फिर उसकी बहुत शिकायत कर गयी हैं। लेकिन कुछ कहना मत।" और खड़ाऊँ घसीटते आँगन में आकर बोले, "कौन दीनू! आज तो छुट्टी है न बेटा?" दीनू का तन-मन माथे से पद-नख तक शान्त-शीतल हो गया। परना दी के हरसिंगार क्या महकेंगे जितना डॉक्टर चाचा की बोली मकहती है!

और पल-भर में दीनू एक दूसरी दुनिया में था। कहाँ की ग्रीज़ और कहाँ की साइकिल। डॉक्टर चाचा टीन की कुरसी पर बैठे थे, और-दीनू आँगनवाले तख़्त पर और बातें चल रही थीं रिसर्च की, राजनीति की, देश-विदेश की और दीनू के जिगरी यार-दोस्तों की, साँजी के घर की और डॉक्टर चाचा के दफ़्तर की। असल में चाचा डॉक्टर थोड़े ही थे। वे तो सरकारी दफ़्तर में हेडक्लर्क थे। बेहद सीधे और ईमानदार। उनके सहकारी उनसे बेहद नाराज़ थे क्योंकि वे न रिश्वत लेते थे, न लेने देते थे और उनके अफ़सर उनसे बेहद नाराज़ थे क्योंकि इससे सारे दफ़्तर में आये दिन कोई-न-कोई उलझन पैदा होती रहती थी। डॉक्टर चाचा से कहीं जूनियर लोग सुपरिण्टेण्डेण्ट बनते जा रहे थे जब कि.उनको एक के बाद एक तनज़्ज़ुली मिलती गयी। तन्दुरुस्ती बिगड़ती गयी सो अलग। सस्ते इलाज की खोज में होमियोपैथी का बक्सा घर में आया तो पास-पड़ोस में भी दवाएँ बँटने लगीं और चाचा डॉक्टर कहलाने लगे। वैसे वे अकसर थके हुए और उदास रहते, लेकिन दीनू के आते ही उनकी आँखों में घमण्ड और आत्म-तृप्ति की जो चमक आती है वह दीनू को, छोटे-से दीनू को पता नहीं कितना गहिर गम्भीर बना देती है। और फिर सुनिए, चाचा की दुलार-भरी प्रश्नावली और दीनू के अफ़लातूनी जवाब! चाचा को सबसे ज़्यादा दिलचस्पी थी—दीनू आजकल क्या पढ़ रहा है, क्या नयी-नयी बातें सोच रहा है, दोस्तों में किन बातों पर बहस-मुबाहसा चलता है। और फिर जब दीनू के मन का घाव ज़रा-सी हमदर्दी पाकर रिसने लगता तब डॉक्टर चाचा कहते, "तुम्हें भाभी की बात का बुरा नहीं मानना चाहिए। वे बेचारी अपने ज़माने की नज़र से हर चीज़ देखती हैं। तुम्हें अपने पढ़ने-लिखने में लगे रहना चाहिए। कहती हैं तो कह लेने दो।"

आज यह बात फिर उठी तो दीनू की आँख में आँसू आ गये, "मैं तो उनसे कुछ नहीं चाहता, मैंने उनसे कुछ नहीं माँगा। अपनी फ़ीस तक के रुपये खुद जुटाये। अब मुझे.वे चैन से तो रहने दें। मेरे सिर पर कभी मकान, कभी रिश्तेदार, कभी शादी—कुछ-न-कुछ लादे बिना उन्हें चैन नहीं मिलता।"

"दीनू बेटा, इसीलिए तो विद्यार्थी जीवन को तपस्याकाल कहा गया है। इसी में चरित्र बनता है।" चाचा ने बहुत भरे-भरे गले से कहा, "आज भी सुबह भाभी आयी थीं। मैंने तो उनसे कहा कि तुमने दीनू को पैदा किया लेकिन उसे समझा नहीं। लेकिन तुम भी सोचो बेटा, उन्होंने दादाजी के मरने के बाद कितना कष्ट सहा है।"

"तो अब तो चैन से बैठें, जितना घर में आए उसे मकान-मरम्मत में झोंककर फिर रोज़ क्लेश मचाने से क्या फ़ायदा? मैं तो मकान छोड़कर हॉस्टल में रहूँगा। उनका मकान उन्हीं को मुबारक हो! मैंने कल डॉक्टर मेहरोत्रा से बात कर ली है, के.एल.पी. हॉस्टल में एक सिंगिल सीट रूम मिल रहा है।"

"तेरा तो दिमाग़ ख़राब है। ले चाय पी। मैं भाभी से किसी वक़्त बात करूँगा।" और चाचा खड़ाऊँ खटकाते फिर बैठक में चले गये। पड़ोस के बिशन महाराज की पतोहू दवा लेने आ गयी थी। चाची ने कटोरदान में से मठरियाँ निकालीं और दीनू की प्लेट में रख दीं। दीनू ने मना किया तो चाची बोलीं, "क्यों भैया! तुम्हें तो ये सूजी की मठरियाँ बहुत अच्छी लगती थीं। तुम तो जेब में रखकर कॉलेज ले जाया करते थे।"

"उन दिनों की बात जाने दो चाची!" दीनू ने रुँधे गले से कहा। आँसू अब ढलका, अब ढलका—"मेरी कितनी तमन्ना थी कि मैं नौकरी करूँगा तो हम सब साथ रहेंगे। चाचा ने कितना किया मेरे लिएं, कुछ उनका भार बँटाऊँगा। लेकिन..."

"लेकिन क्या भैया? तुम क्या अब भी हमसे अलग हो? ईश्वर जानता है कि इनके ऑफ़िस में इतना-इतना उलट-फेर हुआ लेकिन इनके चेहरे पर कभी शिकन नहीं देखी, पर जिस दिन इन्हें मालूम होता है कि आज फिर भाभी से कहा-सुनी हुई, आज फिर तुमने खाना नहीं खाया तो तुम्हारे चाचा को रात-भर नींद नहीं आती।"

और जो आँसू दीनू की आँखों में इतनी देर से झूल रहे थे वे टप-से चू पड़े। वह क्या करे चाचा-चाची के लिए? कितना सोचता है, कुछ भी तो नहीं कर पाता। चाची बोलीं, "छिः तुम तो अब भी बच्चा बने हुए हो भैया! ईश्वर सब पार लगाता है!"

"ईश्वर नहीं है चाची, कहीं नहीं है। सब झूठ है। पहले मैं मानता था लेकिन सब ढोंग है। जाओ घ़र में देखो, माँ जी कर तो रही हैं पूजा! चित्त लगा होगा मरम्मत में या रिश्तेदारों में।"

"तो क्या करें घर में बैठी-बैठी? ठीक तो कहती हैं बहू ले आओ। उसकी देख-रेख में लगें, न दीवार की दरार सूझेगी, न नींव की सीलन!"

"हाँ, ले आओ बहू!" खीजकर दीनू बोला, "अपनी तो किताबें तक ख़रीदने का ठिकाना नहीं, अभी बहू-बहू की रट है, फिर दोहरा क्लेश घर में शुरू हो! मेरे पास तो ज़रा-सा रुपया आए मैं कहीं विदेश भाग जाऊँ!"

"हाँ-हाँ, भैया, तुम शादी की हाँ तो भरो। कुँवर-कलेवे में ज़िद ठान लेना कि मुझे इण्डोनेशिया आने-जाने का टिकट चाहिए। हारकर ससुरालवाले देंगे।"

अच्छा तो चाची अभी इण्डोनेशियावाली बात भूली नहीं है। बात यह थी कि साँजी के ससुराल चले जाने के बाद दीनू अकेले कमरे में दिन-भर पड़ा रहता। एक काली-सी डायरी में पता नहीं क्या-क्या लिखता और जाने कहाँ से उस पर झक सवार हुई थी कि वह देश छोड़कर कहीं चला जाएगा और जाने के लिए भी उसने क्या देश चुना था इण्डोनेशिया! उसकी हमदम और राजदाँ तो ले-देकर एक चाची

थीं सो जब उसने चाची से बताया कि वह इण्डोनेशिया जानेवाला है तो चाची कुछ नहीं बोलीं। आज बहुत दिन बाद चाची ने छेड़ा है। पर कहीं अन्दर-अन्दर दीनू को अच्छा लगा। चाची चतुर हैं। साँजी का नाम नहीं लेतीं, इण्डोनेशिया की याद दिलाती हैं! पुरानी चोट कभी-कभी पुरवैया में पिराने लगती है तो वह पीर भी अच्छी लगती है। असल में चाचा-चाची के घर की ये तो बात है। यहाँ आकर जैसे दीनू, चारों ओर से बिखरता हुआ दीनू, हर ओर से सँवरने लगता है। अन्दर से जहाँ-जहाँ टूट भी गया है वह भी सार्थक लगने लगता है। दिन जैसे उजला हो आया। आज वह ख़ूब पढ़ेगा—ख़ूब, ख़ूब। चाचा रात-रात भर जागकर चिन्ता करते हैं। उसने पुराने अन्दाज़ में जेब में मठरियाँ डालीं और उठ खड़ा हुआ। घर जाते ही पढ़ने बैठ जाएगा। माँ कुछ कहेंगी भी तो जवाब नहीं देगा। साँजी कहा करती थी... ओह! किस कायर लड़की की बात सोच रहा है? लेकिन क्यों सोच रहा है? और चाची को देखो। इण्डोनेशियावाली बात कहाँ अण्टी में गठियाये अभी तक रखे थीं। तभी न चाचा-चाची थे तो अपना घर कैसा लगता था! और अब?

अब क्या ख़ाक लगेगा? अन्दर जो है सो है, बाहर द्वारे पर तो केश बिखेरे साक्षात् परना दी खड़ी हैं। यह ठीक है कि सुबह-सुबह नहा-धोकर फूल चुनने निकलती हैं लेकिन विद्यापति ने सद्यःस्नाता के केशों का जो वर्णन किया है उसमें परना दी ने युगानुकूल सुधार किया है। संगम पर धूनी रमानेवाले साधुओं की जटाओं की छटा अपनायी है। दीनू का चित्त अन्दर से प्रसन्न हो गया। अंजलि में हरसिंगार के फूल लेकर, हाथ जोड़कर, माथे से लगाकर श्रद्धापूर्वक बोला, "अहा! क्या प्रेतनी छवि है!" अपर्णा ने बुरा नहीं माना। खिलखिलाते हुए एक मुट्ठी फूल और देते हुए बोली, "प्रेतनी नहीं पेतनी बोलो बोड़दा पेतनी! नहीं समझे। बाँग्ला में उसे पेतनी कहते हैं। हिन्दी में पतनी। वह 'पत्नी' अब बोड़दा के घर आनेवाला है। अभी पेतनी का पिता, पेतनी का माता अन्दर माँ जी के पास बैठा है। छी! छी! बोड़दा का वेश-भूषा में सब साइकिल का कालिख लगा है। क्या बोलेगा ओ लोग?" यह आकाशवाणी भाषित करते-करते वे गली के मोड़ पर अदृश्य हो गयीं।

उसने आँगन में झाँका। चौकी पर कानपुरवाले वागीशजी बैठे थे। उसका जी धक्-से हो गया। आज ख़ैर नहीं। वागीशजी का पूरा नाम (या उपनाम) वेद वागीश था। प्रख्यात भजनीक थे। "सरौता कहाँ भूल आये प्यारे ननदोइया" और "बालम आय बसो मेरे मन में!" की धुन पर बनाये गये अपने भजनों के बीच में रोचक धार्मिक दृष्टान्त देकर वे पण्डाल में रंग जमा देते थे। उनकी शक्ल देखते ही दीनू का गुस्से से ख़ून भी खौल जाता था और डर के मारे गला भी सूख जाता था। पश्चिमी फ़ैशन और उच्छृंखलता के पीछे दीवाने आधुनिक नवयुवक-नवयुवतियाँ

किस प्रकार कपिल-कणाद-गौतम के देश को रसातल की ओर ले जा रहे हैं, इसका सांगोपांग विवेचन वागीशजी करते थे तो माँ के चेहरे पर विजय का उल्लारा छा जाता था। घर आकर दीनू से पूछतीं, "सुना वागीशजी का भाषण?" तो दीनू उबल पड़ता और नवयुवकों के पक्ष-विपक्ष में ख़ासा शास्त्रार्थ होता था। जब बात इस पर आती कि उसने ख़ुद वागीशजी को चेहरे पर पोमेड लगाते और मैटिनी शो का टिकट ख़रीदते देखा है, तब शास्त्रार्थ का अन्त होता माँ के रो-रोकर यह घोषित करने से कि वे दीनू को जनम देने के पहले ही क्यों न मर गयीं और दीनू के यह ऐलान करने से कि "जो कड़वी बात कहेगा वह कड़वी बात सुनेगा। वागीशजी ने पढ़ा-लिखा क्या है सिवा दृष्टान्तसागर और भक्तिदर्पण के, जबकि आज के नवयुवक कितना पढ़ते-लिखते हैं! तुम्हारे रोने से वागीशजी विद्वान् तो हो नहीं जाएँगे!"

लेकिन उसकी आशंका निर्मूल थी। माँ के चेहरे पर तो रात के रुदन और सुबह के गुस्से का चिह्न तक न था। हलवे के लिए सूजी भून रही थीं और दोनों से बात करती जा रही थीं। "आओ बेटा, कहाँ चले गये थे सुबह से? नाश्ता भी नहीं किया।" माँ के स्वर में मिठास थी, समझौते का अनुनय था। वागीशजी ने स्वागत किया और कोने में बैठी उनकी पत्नी ने दोनों हाथ जोड़कर प्रणाम किया और ज़रा ग़ौर से दीनू को सिर से पैर तक देखने लगीं। दीनू ने संकुचित होकर मुँह फेर लिया। "अपने भैया में वे कोई बातें नहीं जो आजकल के पश्चिमी सभ्यता के नवयुवकों में होती हैं। क्यों कर हों, माता के संस्कार हैं!" वागीशजी गद्गद स्वर में बोले। दीनू एकदम बोलने को हुआ कि पश्चिमी सभ्यता के नवयुवकों में बुरा क्या है? लेकिन उसे एकदम याद आया कि वह चाचा के घर में ही तय कर चुका है कि किसी कठहुज्जती में नहीं फँसेगा। दीनू उठ खड़ा हुआ। माँ से कहा, "नाश्ता मैं नहीं करूँगा। चाची के यहाँ कर आया हूँ मैं पढ़ने जा रहा हूँ।" और अपने कमरे में चला आया। अब कमरा धूप में किताबों के साथ खिल उठा था। हरसिंगार के फूल मेज़ पर रख दिये और तख़्त पर बैठ गया। मुड़कर देखा माँ दरवाज़े पर खड़ी थीं। बोलीं, "इन लोगों को क्या जवाब दे दूँ? कितनी बार बेचारे कानपुर से चल-चलकर आये हैं!"

"तो मैं क्या करूँ? क्या मैंने बुलाया है? क्यों आते हैं?" दीनू बोला।

"आते हैं तो क्या मना कर दूँ? कितने बड़े-बड़े लोग तरसते हैं कि वागीशजी उनके यहाँ जाएँ। हमारे यहाँ बेचारे स्वयं दौड़-दौड़कर आते हैं। मैं आज हाँ किये देती हूँ।" और माँ ने एक फ़ोटो दीनू की गोद में रख दी। जैसे करेण्ट छू गया हो। दीनू ने फ़ोटो बिना देखे नीचे फेंक दी और बोला, "माँ, मुझे परेशान मत करो। मैं किसी से कुछ नहीं चाहता। मुझे कोई फ़ोटो-वोटो नहीं देखनी है।"

माँ का चेहरा तुरत कठोर हो आया। डाँटकर बोलीं, "तो क्या करेगा? मुझसे कब तक चूल्हा फुँकवाएगा? मैं बूढ़े हाड़ से कहाँ तक गिरस्ती करूँ अब? सोचा था

आख़िरी समय भगवान का भजन करूँगी।"

"देखो माँ, नीचे मेहमान बैठे हैं, चिल्लाओ मत। तुमसे मैंने कब कहा है गिरस्ती करने के लिए! तुम्हारा ही चित्त भगवद्भजन में नहीं लगा तो दौड़ी चली आयीं और घर से परायों को निकाल बाहर किया। मेरे लिए चूल्हा मत फूँको। मुझे तुम्हारे हाथ का खाये बिना भी चल जाएगा।"

"क्यों नहीं बेटा! इसी का तो बदला तू मुझसे निकालता है।" माँजी अब तक नियन्त्रण खो चुकी थीं, "वे लोग तेरे सब कुछ हो गये क्योंकि चार बरस उन्होंने तुझे चारा चुगा दिया। घरवाले, सगे-सम्बन्धी तेरे कोई नहीं। जाने क्या जादू कर दिया मेरे बेटे पर। अरे हत्यारो, ज़रा तो रहम खाया होता। मेरा एक बेटा सो भी मुझसे छीन लिया। जाने क्या सुबह-सुबह सिखाकर भेजा है। वे क्यों चाहेंगे कि तू शादी करे। तू तो दुनिया भर में मेरे नाम पर थुकवाएगा। मुहल्ला-भर थू-थू करता है। कभी बनैनी से नाम जुड़ता है, कभी बंगालिन से। तू शादी करके क्यों बँधेगा भला?"

साँजी और परना का उल्लेख ऐसे! यह दीनू को सपने में भी आभास नहीं था। तिलमिलाकर बोला, "तो ठीक है यही सही। मुझ जैसे दुश्चरित्र, बदनाम लड़के के साथ कोई अपनी लड़की की ज़िन्दगी क्यों बरबाद करना चाहता है। ले जाओ यह फ़ोटो!" और उसने नीचे आँगन में फ़ोटो फेंक दी। आज माँ ने एक बाहरवाले के सामने इतना ज़लील किया उसे! माँ! माँ तुम क्या करती हो! साँजी तुम गवाह हो! चाची तुम सच सच कहो! परना दी तुम माथा छूकर कहो, चाचीजी तुमसे दीनू का कुछ नहीं छिपा है—माँ ने इतनी बड़ी बात कह दी। वह अब नहीं सहेगा! एक क्षण नहीं! बस ख़त्म! उसने ऊपर से आँगन में झाँककर कहा, "और मुझे कोई शौक़ नहीं है कि तुम हाड़ तोड़कर गिरस्ती करो। आज से मैं तुम्हारे हाथ का टुकड़ा नहीं तोड़ूँगा। डरो मत, चाची के यहाँ भी नहीं, मैं हॉस्टल में जा रहा हूँ। मुझे तुम्हारा मकान-जायदाद भी नहीं चाहिए। इसे अपने सामने बेचकर ठिकाने लगाओ चाहे इसे सामने रखकर पूजा करो। मुझे कुछ नहीं चाहिए।"

आँगन ख़ाली था। वागीशजी जा चुके थे। माँ ज़मीन पर बैठी रो रही थीं, "हाँ, सबने मिलकर बहकाया है मेरे पूत को। अब चार पैसे कमाने लायक़ हुआ तो किसी से देखा नहीं जाता। अरे मैं मकान छाती पर रखकर ले जाऊँगी? जिसे छाती से लगा-लगाकर पाला जब वही ठोकर मार रहा है..."

"का भवा दीनू भइया? बहूजी काहे रोय रही हैं?" बग़लवाले मकान की छत से आँगन में झाँककर मुदियाइन ने पूछा। पीछेवाले मकान से मोखे में से झाँककर बचई महराज बोले, "कोई बुरी ख़बर आयी है क्या बहूजी?"

माँ जी सहसा सचेत हो गयीं। आँसू पोंछते हुए बोलीं, "नहीं, कोई बात नहीं। न यह मकान हमारे जिम्मे छोड़ जाते न हमको ये दिन देखने पड़ते।"

और आधे घण्टे में सारे मुहल्ले में ख़बर फैल गयी कि दीनू ने मकान अपने नाम कराके अब माँजी से कह दिया कि तुम चाहे रहो चाहे भाड़ में जाओ। छुट्टी का दिन था और हर घर में चर्चा चल पड़ी। बैजू भैया बोले, "छी-छी! देखने में कैसा सीधा लगता था! बिलकुल गऊ! सिर झुकाये आना, सिर झुकाये जाना। न किसी के तीन में न पाँच में। क्या मालूम था कि पेट में ये गुन भरे पड़े हैं? मुंशी हरलाल कान के खूँट निकालते बोले, "भैया, दोष तो बहूजी का है। जात-कुजात में लड़के को मिलने की छूट ही नहीं देनी चाहिए। हम लोगों ने कभी कुछ कहा तो उसके चाचा लड़ने को तैयार कि उस लड़के को कोई कुछ न कहना। अरे सब चाचा के तो बोये बीज हैं। कोई सगे चाचा तो हैं नहीं, माने-जाने के ठहरे!" बचई महराजिन बोलीं, "मुला अगर मकान वाजिब दाम में निकाल रहे होंय तो मुंशी हरलाल तुम कोशिश करके हमें दिलवाय देव! डॉक्टर बाबू से तो बनती है तुम्हारी।" और शाम होते-होते जब लोगों ने देखा कि दीनू साइकिल हाथ में थामे, पीछे कैरियर में एक छोटा सूटकेस बाँधकर कहीं जा रहा है तो लोगों को समझते देर नहीं लगी कि सूटकेस में मकान के काग़ज़ात हैं और ज़रूर वह वकील के यहाँ जा रहा है। हाँ, आज वह रोज़ की तरह सिर झुकाकर नहीं जा रहा था, गली के एक-एक घर-द्वार को रुक-रुककर देखता, ठिठकता, कुछ सोचता और फिर आगे बढ़ता। सड़क के पास एक बार उसने मुड़कर देर तक इधर देखा, पैडिल पर पाँव रखे और चला गया।

रात की कौन कहे, जब तीसरे दिन भी दीनू गली में लौटता नहीं दीखा तो मुहल्ले की बोली बदल गयी। "कमाऊ पूत सिरमाथे सहेजकर रखना चाहिए। कैसे-कैसे कष्ट सहकर यह दिन आया था। आज बाबूजी ज़िन्दा होते तो क्या ऐसे तिनका तोड़कर चला जाता! कैसा बज्जर करेजा है माँ का! खड़े-खड़े निकाल दिया। अरे मुहल्ले का लड़का है भैया, पता लगाओ जाने कहाँ भूखा-प्यासा पड़ा होएगा। कहीं रेल की पटरी पर न जाय पड़ा हो!" बचई महराजिन बोलीं, "अरे मकान के पीछे कलेश है तो बहूजी मकान हमें दे दें। वाजिब दाम ले लें। बेचारा लड़का दर-दर तो न भटके।"

माँजी स्तब्ध थीं। न रोना न धोना। तीसरे दिन सुबह चाचा-चाची ने बहुत-बहुत क़समें देकर दो-चार कौर खिलाये। फटी-फटी आँख से ऊपर देखती थीं गोया दीनू अपने पढ़ने के कमरे में है और अब नीचे आता होगा।

इतवार-से-इतवार आठ दिन, फिर अगला इतवार पन्द्रह दिन और शुक्रवार पाँच दिन—पूरे बीस दिन कैसे कटे हैं बस यह या तो अपर्णा जानती है या डॉक्टर चाचा। माँजी बरोठे में पूजा के पीढ़े के पास चौकी पर चुपचाप पड़ी रहती थीं। डॉक्टर चाची

दोनों वक़्त खाना बनाकर बाक़ी वक़्त माँजी के पास बैठी रहती थीं और डॉक्टर चाचा और अपर्णा बैठक में बैठकर सलाह करते रहते कि दीनू को कैसे वापस लाएँ? माँजी चार-पाँच दिन चुप रहतीं, फिर डॉक्टर चाचा को या अपर्णा को पास बुलाकर हाथ जोड़कर कहतीं, "उससे कहना माँ ने हाथ जोड़कर कहा है कि हम मकान नहीं रखेंगे। उस पर झंझट नहीं डालेंगे। मकान बेच देंगे।" फिर चार दिन की चुप्पी, फिर हाथ जोड़कर सन्देशा, "उससे कहना माँ ने हाथ जोड़कर कहा है कि वे ऋषीकेशवाले आश्रम में जाकर रहेंगी। इस घर में न लौटे तो वहीं आकर मिल ले।" चाची और अपर्णा मुँह फेरकर आँसू पोंछ लेतीं। फिर चार दिन की चुप्पी, फिर सन्देशा, "कहना माँ ने हाथ जोड़कर कहा है माफ़ कर दे बेटा। शादी-ब्याह की बात मुँह पर नहीं लाऊँगी।"

अपर्णा–चंचल बातूनी अपर्णा कितनी ख़ामोश, कितनी गम्भीर हो गयी थी। सुबह तो आकर जल्दी चली जाती थी पर शाम को आकर डॉक्टर चाचा से बात करती थी, "क्या किया जाए?" और जिस दिन माँ ने शादीवाला सन्देशा कहा उस दिन अकस्मात् डॉक्टर चाचा बात करते-करते रुक गये। बोले, "अपर्णा बेटी! एक बात कहूँ?" अपर्णा बड़ी-बड़ी आँखें उठाकर देखने लगी तो बोले, "बेटी, अब इसके बाद तो मैं दीनू को अपने पास रख भी नहीं सकूँगा। बेटी मेरी! तू अगर उसे सँभाल ले, तेरे बिना वह और किसी से सँभलेगा नहीं।" परना दी की बड़ी-बड़ी आँखें पहले और बड़ी हो आयीं, फिर डबडबा आयीं, फिर नीचे झुक गयीं। फिर गहरी साँस लेकर बोली, "चाचाजी! दीनू लौट आए फिर मैं नहीं आऊँगी। मुझे पहले ही इतना राग नहीं बढ़ाना चाहिए था। हमारे घर में ऐसी बात कोई सुन भी नहीं सकता। चाचाजी! मेरे पिताजी तो ज़हर खा लेंगे।" डॉक्टर चाचा चुप हो गये। अपर्णा के सिर पर हाथ रखकर जाने क्या सोचते रहे।

लेकिन बीसवें दिन जब चाचा की बहुत मिन्नत के बाद दीनू लौटा तो सब बदले-बदले-से थे, सिर्फ़ परना थी ज्यों-की-त्यों। "बोड़दा! अपने कमरे की याद भी नहीं आती थी? घर की भी नहीं?"

दीनू कुछ गम्भीर हो गया था, चुप अपने में जाने क्या-क्या सोचता रहा। बोला, "नहीं, किसी की याद नहीं आती थी। बड़ी शान्ति थी। न आरोप, न हर क्षण की तोहमत।"

"कुछ याद नहीं आता था बोड़दा? कुछ नहीं?"

"आता था!" दीनू परना की हथेली पर लकीरें खींचता हुआ बोला, "हरसिंगार की महक याद आती थी। सुबह सोकर उठने पर, कभी-कभी रात को सोने जाते हुए।"

परना की वही बड़ी-बड़ी आँखें उठीं, फिर नीचे झुक गयीं, "झूठ बोलते हो बोड़दा।"

"शायद!" दीनू ने गहरी साँस लेकर कहा और अनमना-सा बारजे से टिककर नीचे आँगन की ओर सूनी दृष्टि से देखने लगा।

शायद नहीं, बात सच थी। घर से सारा नाता तोड़ देने के बाद, माँ की प्रतिमा को चूर-चूर कर देने के बाद, घर से दूर—इन बीस दिनों में दीनू दिन-भर सोचता कि उसका स्वाभिमान जहाँ चूर हो, जहाँ उसके चरित्र पर आरोप हो, जहाँ उस पर अविश्वास कर उसे हर तरफ़ से ओछा और छोटा बनाने का सरंजाम हो—उस घर, उस आँगन के क़ैदख़ाने से छूटकर वह कितना सशक्त, कितना मुक्त, कितना शान्त अनुभव करता है। वह माँजी के बारे में सोचता, चाचा-चाची के बारे में सोचता, परना दी से तो कभी-कभी कल्पना में बातें ही करने लगता, लेकिन शाम होते ही जाने क्यों ऊँची दीवारोंवाला छोटा, अँधेरा-सा आँगन आँख के सामने घूमने लगता और घूमने लगतीं माँ की आँखों के पास की झुर्रियाँ, दीवारों की दरार, फ़र्श की नमी। दो बार चौंककर आधी रात को जाग गया था। उसे लगा जैसे वह अपने घर में, अपने कमरे में सोया है और बाहर नज़ीर मिस्तरी मरम्मत के लिए छत का सीमेण्ट खोद रहे हैं—ठक-ठक-ठक-ठक! नहीं, कुछ नहीं, सिरहाने टँगी दीवार-घड़ी बोल रही थी—टिक-टिक-टिक-टिक!

"शायद!" परना के कन्धे पर हाथ रखकर अपना क़सूर मानता हुआ-सा दीनू बोला, "शायद तुम्हें भी याद नहीं किया था मैंने।" और नीचे देखने लगा।

नीचे आँगन कितना बदल गया था! इस आँगन में पहले माँजी की एक कल्पना-प्रतिमा स्थापित थी। विराट् चट्टानी, हर क्षण शासन करती हुई, दीनू के सारे व्यक्तित्व को छोटा, नाचीज़, निरर्थक बनाती हुई और दीनू, छोटा-सा लेकिन ईमानदार दीनू अपने स्वाभिमान की रक्षा करता हुआ रह-रहकर उस छोटेपन के आरोपित चौखटे को तोड़ने की ललकार देता रहता था, और मन के इस कटु विक्षोभ में कहीं मिठास हमेशा के लिए मर न जाए इसलिए वह रह-रहकर चाचा-चाची की छाया ढूँढ़ता था, परना के हरसिंगार खोजता था।

आज आँगन कैसा उजड़ा-उजड़ा-सा है। जीत दीनू की हुई है। वह विराट्, आतंकप्रद, चट्टानी प्रतिमा चूर-चूर हो गयी है। उसके टुकड़े आँगन में बिखरे हुए हैं। शेष रह गयी हैं माँ, बीस दिनों में ही कितनी बूढ़ी, ख़ामोश, टूटी, पराजित। विजय के बाद की यह निचाट उदासी—दीनू कितना ख़ाली है। माँ की उस प्रतिमा के सन्दर्भ में जो भी दुनिया चारों ओर बनी थी वह प्रतिमा के टूटते ही कैसी-कैसी तो लगने लगी है! चाचा-चाची के लिए कुछ न कर पाने की बेचैनी, परना दी के

लिए एक अव्यक्त आकुल प्रतीक्षा, मन की वह खिड़की जिससे धूप झाँकती थी, सब इतने निस्पन्द, इतने धुँधले क्यों हो गये हैं? बीस-दिनों में माँ न केवल बहुत बूढ़ी हो गयी हैं वरन् उनकी कमर झुक-सी आयी है। पतीली में पानी लेने या चावल धोने रसोई से नल तक आने के लिए धीरे-धीरे आँगन पार करती हैं; 'हे प्रभो' भी नहीं कहतीं। और दीनू चुपचाप ऊपर खड़ा देखता है: कहाँ गयी वह तेज़स्विनी, युद्धरत, ज़िद्दी, आक्रमणकारी माँजी! यह दुर्बल, कराहकर चलनेवाली वृद्धा कौन है? अकस्मात् इसका बुढ़ापा दीनू के सारे मन पर क्यों छा गया है? वह अपर्णा से हँसता क्यों नहीं? चाची से दुलार-भरी मनुहार क्यों नहीं करता?

माँ की पलकें झूल आयी थीं और काम करने में कभी-कभी हाथ काँप जाते थे। बोलते-बोलते अकस्मात् चुप हो जातीं, फिर लम्बी चुप्पी के बाद वाक्य पूरा करतीं। उस दिन मुंशी हरलाल को साथ लेकर बचई महराजिन आयीं तो माँ बोलीं, "हाँ, हमें मकान नहीं रखना। अरे इसी के कारण दीनू को कभी कोई सुख नहीं दे पायी। उसके बचपन के दिन थे खेलने-खाने के। बाबू जी होते तो..." और सहसा जैसे शब्द चुक गये हों, सूनी दृष्टि से देखती रहीं, मिनट-दो मिनट की चुप्पी के बाद बोलीं, "मकान तो बेचना है। डॉक्टर लाला से बात कर लो!" डॉक्टर चाचा बोले, "अभी कुछ तय नहीं है। दीनू को फुरसत होगी तो बात करेंगे।" दीनू बोला, "बेचना है लेकिन अभी ठीक नहीं फिर सोचेंगे।"

माँ उस दिन दिन-भर वही वाक्य जैसे पूरा करती रहीं। कड़ाही में आलू छौंके और उतारते-उतारते बोलीं, "बाबूजी होते तो..." और फिर चुप, देर तक चुप, फिर सहसा चौंककर आलू कड़ाही से निकालकर बड़े प्याले में रखते हुए वाक्य पूरा किया, "मकान तो बेचना है।" गूँधे आटे से लोई काटी, गोल टिक्की बनाकर पाटे पर रखी—"बाबूजी होते तो..." फिर लम्बी निष्क्रिय चुप्पी और फिर चौंककर—"मकान तो बेचना है!" और बेलन से रोटी बेलने लगीं।

दीनू सामने बैठा था। चुप। माँ को देख रहा था और इतने आराम से बैठा था लेकिन जाने क्यों तिल्ली के पास ठीक वैसा ही दर्द-सा होने लगा था जैसे पहले खाना खाकर भागते हुए कॉलेज जाने में हुआ करता था। "बाबूजी होते तो..." "मकान तो बेचना है।"

आज खाना खाते समय दीनू ने पहली बार ग़ौर किया। यह माँ की दृष्टि को क्या हुआ! आँखें तो ख़ैर धुन्ध और पानी-भरी थीं ही, वे कैसे एकटक, कितनी विनत, कितनी स्वामिभक्त-सी दृष्टि से दीनू को देख रही थीं! जैसे वे पालतू मूक गाय हों! बेज़बान, बेआसरा! दीनू को याद आया—छह-सात साल पहले बचई महराज के यहाँ एक गाय थी, कुसला। दीनू शाम को उसे रोटी का एक टुकड़ा देने जाया करता था। कैसी हुमककर हुंकारती थी कुसला! एक दिन शाम को लौटा तो पता लगा कि चरकर लौटते हुए लॉरी से टक्कर खा गयी है। आकर गिरी तो उठ ही

नहीं पा रही। दीनू दौड़कर गया, रोटी का टुकड़ा लेकर। कुसला न हुमक पायी न हुंकारी। दो बार उठने की कोशिश की, फिर गिर गयी। बस एकटक धुन्ध-भरी, पानी-भरी आँखों से दीनू को देखती रही, देखती रही।

दीनू से फिर रोटी नहीं खायी गयी। उठा तो माँ बोली, "बस!"

"बस!" उसने कहा और ऊपर जाने लगा।

पीछे-पीछे माँ की वही दृष्टि—एकटक, मूक स्वामिभक्त!

(ओ माँ, ओ माँ! यह दृष्टि नहीं सही जाती। दीनू ने विजय चाही थी अपनी निष्ठा, अपनी ईमानदारी, अपने स्वाभिमान को प्रतिष्ठित करने के लिए। तुम्हारी आँखों में इस दृष्टि के लिए नहीं! तुम्हारी दृष्टि में विजयी-सा, स्वामी-सा, शासक-सा दीनू अपनी दृष्टि में और छोटा लगने लगता है।)

अपने कमरे में जाने के पहले, दीनू बारजे के पास खड़ा होकर उदास मुँह नीचे आँगन की ओर देखता रहा। चुप! गुमसुम!

जब माँ यहाँ रहती थीं तो हर महीने की दूसरी तारीख़ को सत्संग का पुराना चपरासी भवानीदीन चन्दे का रजिस्टर लेकर आता था। बाहर जूता उतारकर बरोठे में बैठकर जो भी उस समय मन्त्राणी हो उसकी निन्दा करता था, माँजी के ज़माने की प्रशंसा करता था और चन्दे के अलावा अपने लिए कभी पुरानी बनियान, कभी पुरानी धोती ले जाता था। इस बार आया तो माँ ने उसे भी दीनू के पास भेज दिया। "का भइया! माँजी कहत हैं कि—दीनू भइया कहैं तब चन्दा मिली!"

दीनू को फिर जैसे चोट लगी। "नहीं भवानी काका, माँजी की मरज़ी कौन टालेगा!"

"हाँ, ओही तो हमहू कहा! भइया अबकी सालाना अधिबेसन है।"

"अच्छा!" और दीनू ने आठ आने की जगह पूरा एक रुपया लिख दिया। माँ कुछ नहीं बोलीं। उसी तरह एकटक दीनू को देखती रहीं।

दूसरे दिन शाम को दीनू लौटा तो गुण्टी ने आकर चाभी दी। मालूम हुआ डॉक्टर चाची को साथ लेकर माँजी वार्षिक अधिवेशन में गयी हैं। देर से लौटेंगी। पराँठा-तरकारी कटोरदान में रख गयी हैं।

घर बिलकुल अकेला था और बेहद शान्त। धीरे-धीरे शाम हो रही थी और कमरा, बरोठा, आँगन सब अँधेरे में डूबते जा रहे थे। जाने क्यों दीनू ने लालटेन तक नहीं जलायी। अँधेरे में ही पराँठे निकाले, छत पर बैठकर खाये, अँधेरे में ही नीचे नल तक गया। अँधेरे में ही आकर बड़ी देर तक तख़्त पर पड़ा-पड़ा खिड़की से आसमान की ओर देखता रहा। चौराहे वाले पीपल की फुनगी के पास सप्तर्षि-मण्डल चमक रहा था। उसे याद आया कि बहुत छोटा था तब इसी तरह

एक दिन उसके पिता ने उसे सप्तर्षि-मण्डल दिखाया था और दो तारों की सीध में वह दूर पर ध्रुव। और ध्रुव की कहानी बताकर कहा था—झूठी बात कभी बोलना मत, सच्ची बात से कभी डिगना मत! उसे पिता की कितनी, कितनी कम बातें याद हैं। वह ज़रूर याद है कि वे हवन कराते थे। मन्त्र तो दीनू क्या बोल पाता लेकिन 'स्वाहा' बड़े उत्साह से बोलता और सामग्री हवनकुण्ड में डालता। हाथ में आँच लगती और जल्दी से हाथ खींच लेता। जब घर का यह ऊपरवाला हिस्सा बना तब बड़े हवन में उसे घी डालने का अधिकार मिला था। तब उसने स्वाहा के अलावा एक और शब्द सीखा था 'इदन्न मम!' कुछ मन्त्र थे जिनमें बाद में इदन्न मम आता था और घी अग्नि में छोड़ने के बाद पास रखे पंचपात्र के जल में एक बूँद घी टपका देना होता था। पिघले गर्म घी की बूँद पानी में पड़कर जमकर तैरने लगती थी। बरसों बाद उसने पढ़ा था कि इदन्न मम के अर्थ होते हैं—यह (आहुति) मेरे लिए नहीं है। 'इदमिन्द्राय इदन्न मम'—यह इन्द्र के लिए है, मेरे लिए नहीं। 'इदं सोमाय, इदं ब्रह्मणे...'

पिता उस घी को हथेलियों में मलकर अग्नि से हाथ तापकर दीनू के माथे पर लगा देते थे—'वर्चस्वी भव!' 'बाबूजी होते तो...' उसे सहसा माँ का ख़याल आया जैसा कभी नहीं आया था। आती होंगी। वार्षिक अधिवेशन तो बहुत रात तक चलते हैं। वह करवट बदलकर कब सो गया उसे याद नहीं।

रात को नींद कैसे उचटी यह तो मालूम नहीं लेकिन उसे यह लगा कि किसी फूल की तेज़ महक आ रही है। कौन फूल है यह? कहाँ फूला है? उसने बाहर देखा। सप्तर्षि अब घूमकर दूसरी जगह आ चुके थे। वह पानी पीने के लिए उठा। कहीं से हलकी रोशनी आ रही थी। उसने देखा उसके सिरहाने नेवारी के फूलों की एक बड़ी-सी माला रखी है। कौन रख गया माँ?

वह बाहर आया। अरे बाहरवाले बरोठे से रोशनी कैसे आ रही है? कौन है वहाँ? उसका जी धड़-धड़ करने लगा। दबे पाँव वहाँ गया। "कौन, अरे माँ? क्या कर रही हो?"

माँ चौंककर खड़ी हो गयीं। हक्का-बक्का। डरी हुई जैसे चोरी करते पकड़ी गयी हों। दीनू आगे आया। देखा ढिबरी जलाकर कोने में रखी है। "क्या था?" उसने पूछा। माँ के हाथ काँप रहे थे। सिर्फ़ इशारा करके रह गयीं। दीनू ने देखा। दीवार और फ़र्श के बीच एक चौड़ी-सी दरार फट आयी थी। माँ उसमें मिट्टी भर रही थीं।

दीनू का जैसे जी उमड़ आया, "कल नज़ीर मिस्तरी को बुलवा लेतीं। चलो हाथ धोओ।" माँ उसी तरह पीठ झुकाये नल तक गयीं, हाथ धोये और बिस्तर पर लेट गयीं। दीनू ढिबरी लेकर गया। खुरपी लाया और उसमें मिट्टी भरने लगा। माँ ने लेटे-ही-लेटे तकिये से सिर उठाकर देखा, फिर चुप लेट गयीं। दीनू खुरपी रखकर, हाथ-धोकर, तौलिये से पोंछते हुए आया। माँ जैसे सफ़ाई देते हुए बोलीं, "बेटा,

दरार-छेद देखेंगे तो मुंशी हरलाल और भी कम दाम लगाएँगे न! मकान तो बेचना है!"

दीनू ने गहरी साँस ली। कुछ कहा नहीं। ढिबरी बुझायी और चलते-चलते बोला, "माला कहाँ से आयी?"

"इस बार के अधिवेशन में ज़बरदस्ती मुझे सभानेत्री बना दिया। मैं तो मना कर रही थी।" माँ की आवाज़ अँधेरे में से आ रही थी, काँपती हुई, खुशी से या डर से, मालूम नहीं।

"फूल बहुत अच्छे हैं! नेवारी के हैं न?" दीनू अँधेरे में ही सीढ़ी चढ़ते-चढ़ते बोला।

"तुम्हें फूल अच्छे लगते हैं? पता नहीं परना अब क्यों नहीं दे जाती?"

दीनू अँधेरे में ठोकर खाते-खाते बचा।

अगहन लग गया था। तीन पहर से ज़्यादा रात बीत गयी थी। सर्द! दरार में मिट्टी भरते माँ के गीले हाथों की तरह। परना दी के नहाये केशों के गीले छोरों की तरह। उसे कँपकँपी छूट आयी। क्यों? शायद सर्दी की वजह से। उसने अलवान ओढ़ लिया, पलकें बन्द कर लीं। दो भूली-बिसरी, अग्नि में तपी, पिता की गरम आशीष हथेलियों में माथा छिपाकर सो गया।

"स्वाहा!...इदन्न मम! स्वाहा! इदन्न मम!" क्या सपना देख रहा है? वह चौंककर उठा। सूरज बहुत ऊपर चढ़ आया था और खिड़कियों से किताबों पर धूप आ रही थी। पीपल की डालों में धूप से डरकर कोहरे की एक परत दुबकी हुई थी।

स्वाहा...स्वाहा....

उसने झाँककर देखा। सचमुच बाहर के बरोठे में पूजा हो रही थी। डॉक्टर चाचा, चाची, माँ, गुण्टी। आटे-हल्दी से अल्पना बनायी गयी है, चार कोने पर तुरई के चार पीले फूल रखे हैं। ओह! वह भूल गया था। आज तो गुण्टी का जन्म-दिन होगा। चाचा हमेशा गुण्टी के जन्म-दिन की पूजा यहीं आकर माँ के हाथ से कराते हैं। गुण्टी इसी मकान में हुई थी न! छोटे भैया शायद अपर्णा को बुलाने गये थे, क्योंकि आगे-आगे अपर्णा आ रही थी और पीछे-पीछे छोटे भैया एक बिल्ली के बच्चे को डराते-धमकाते चले आ रहे थे। वह तुरत तैयार होकर नीचे आया और अलग चौकी पर बैठ गया। कभी वह पूजा करता था लेकिन जब उसका ईश्वर नहीं रहा तब उसने पूजा छोड़ दी। आज माँ खीजीं भी नहीं। कुछ कहा भी नहीं। बस वही एकटक अपलक मूक दृष्टि! उनका ध्यान न सामग्री पर था, न हवनकुण्ड पर। मशीन की तरह मन्त्र बोल रही थीं, मशीन की तरह आहुति डाल रही थीं।

स्वाहा...स्वाहा...

कितनी बूढ़ी, कितनी दयनीय, कितनी...

दीनू कब आकर पूजा में बैठ गया था—परना दी और डॉक्टर चाचा के बीच, यह भी उसे याद नहीं। वह क्या करे? उसका तो कोई ईश्वर भी नहीं। उसने यह कब चाहा था। उसने अनजाने में, बिलकुल अनजाने में परना दी के आगे से घी की कटोरी खिसका ली थी। आहुति डाल रहा था। यह विजय, यह स्वामित्व, यह आतंक—इदन्न मम! यह मेरे लिए नहीं! ईश्वर तो दीनू के लिए था नहीं, उसने खुद अपने चारों ओर अपनी सृष्टि बनायी थी और हर प्राणी को वह अपने अनुरूप बनाकर रखना चाहता था। अब वह सृष्टि भी नहीं। उसे कुछ नहीं चाहिए...इदन्न मम! वह किसी से कुछ नहीं चाहता। उदासी नहीं, एक शान्त निर्वेद। उसने माँ का झुका बूढ़ा शरीर, काँपती उँगलियाँ, धुन्ध-भरी जलमय आँखें देखीं। प्रभो! माँ को शान्ति दो। उनके शेष दिनों को उजाला दो। उसने परना दी की बड़ी-बड़ी झुकी आँखें और सूखे केशों की अनसँवरी उदासी देखी। अपर्णा ने अपने आपको इस घर से तोड़ लिया है। दीनू किसी के लिए कुछ नहीं कर पाया। माँ दुर्गा! परना की रक्षा करना। बड़ी पगली है।

वह ईश्वर से प्रार्थना कर रहा है? वह? दीनू? तो क्या इसका ईश्वर है? उसने फिर आहुति डाली। इदन्न मम! ईश्वर भी मेरे लिए नहीं! इदन्न मम—यह जो दीनू है, यह जो 'मैं' है यह भी मेरे लिए नहीं!

मुंशी हरलाल और बचई महराजिन कब आकर बैठ गये थे किसी ने ध्यान नहीं दिया। हाथ जोड़े, आँखें मूँदे बैठे रहे। पूजा ख़त्म हुई तो बोले, "आज शुभ समय है। मकान की बात हो जाए तो अच्छा है! दीनू बाबू भी घर में हैं।"

माँ की वही दृष्टि दीनू की ओर।

"मकान?" दीनू खड़ा हो गया, "मुंशीजी! मकान हम लोगों को नहीं बेचना है।"

परना की बड़ी-बड़ी आँखें डॉक्टर चाचा की ओर उठीं। इस उल्लास को वह और किससे बाँटेगी? और इस उदासी को? "फूलो-फलो बेटी मेरी!" चाचा ने आशीर्वाद दिया, माँ ने प्रसाद, चाची ने रोचना के दो रुपये। "चन्दन नगर से ख़त लिखना बेटी!" चाचा बोले। अपर्णा के पिता आये थे और सबको लेकर चन्दन नगर जा रहे थे। वहीं आढ़त खुली है।

"चलो छोटे भैया! पहुँचाओगे नहीं!"

दोनों चल दिये। अपर्णा आगे-आगे, पीछे-पीछे छोटे भैया अपर्णा की खुली झूलती केशराशि में तुरई का फूल फँसाने की कोशिश करते और डाँट खाते हुए।

बन्द गली का आख़िरी मकान

लम्बी बीमारी में बिस्तर पर पड़े-पड़े दुनिया किस कदर सिमट आती है।

दायीं ओर कच्ची दीवार, जिसमें बीच-बीच से गोबर का लेप उघड़ गया था। बीच में पिरोड़ से पुता हुआ आला, जिसके ऊपर दूर तक ढिबरी के धुएँ की काली लकीर और नीचे बहे हुए तेल की धारा का दाग़। बायीं ओर दीवार नीची थी, खपरैल झुक आयी थी और ओलती के मोटे मोटे बाँस। पाँयताने टीन के पुराने सन्दूक़ों पर पोटरियाँ, गठरी-मुठरी और अदालत के काग़ज़। ऊपर खूँटी से लटकता हुआ एक तार का खोंसना, जिसमें पुरानी चिट्ठियाँ, पुरज़े, ग़ैर-तामील हुए सम्मन, रसीदें, बैनामे और पुरनोट खुँसे हुए थे। सिरहाने था मोखा, जिसके पार खेत और हनुमान-चौरा दीखता था, क्योंकि वह कच्चा मकान गली का आख़िरी मकान था, यहाँ आकर गली बन्द हो जाती थी। मकान के उस ओर थे खेत, हनुमान-चौरा, कुआँ और बहुत दूर पर खेतों पार पठानों का मुहल्ला, समदाबाद। घर के ठीक नीचे गाजर और भँटे का खेत था, लेकिन सिरहाने मुड़कर वह नहीं देख सकते थे, क्योंकि अंग-अंग जकड़ गया था और बिना सहारे करवट बदलना भी मुमकिन नहीं था। रोम-रोम में भयानक पीर।

बीमारी भी कोई बीमारी-सी हो। अंग-अंग जकड़ा हुआ, ज़बान ऐंठी हुई, जिगर सूजा हुआ। कोई पूछे हनुमान-चौरा के बजरंग स्वामी से कि उन्हें यह कष्ट मुंशीजी को ही देना था। भँटे के खेत में पाकड़तले पड़े थे, बस वही अटिक-खटिक मंगल को कभी भोग लगा दें तो लगा दें, नहीं तो राम भरोसे। मुंशीजी उठाकर कुइयाँ के पास लाये, बड़ी कोठी से चन्दा माँगा, म्युनिसिपैलिटी से मंजूरी ली, 'बजरंग स्वामी न्यू टेम्पुल कमेटी' कायम की। पक्का चौतरा और छतरी बनवायी। स्थापना के दिन आशा कम्पनी का लाउडस्पीकर लगवाया और आज बजरंग स्वामी ने क्यों सुध बिसार दी? आख़िर कौन खोट देखी अपने भगत में? कायस्थ होकर भी कभी शराब-कबाब छिगुनिया से नहीं छुई। इतने बड़े वकील के बैनामा मुंशी होकर भी इक इंच धरती-धन इधर-से-उधर नहीं किया, पान-तमाखू के लिए ग़रीब से घूस नहीं

ली, जब से होश सँभाला मुहल्ले में आँख नीची किये हुए आये, आँख नीची किये हुए गये। और आज यह दशा कि पूरा क्वार, कातिक, अगहन बीत गया, गली-मुहल्ले की बात तो दूर, नीचे बैठक में बोरसी तापने नहीं आ सके। ले-देकर यही तीन ओर की दीवारें और ऊपर की खपरैल। खपरैल कुछ ग़नीमत थी। इस साल कई बरस बाद बड़े बेटे राघोराम के ब्याह के कारण नयी छवाई हुई थी। छप्पर नये सिरे से बाँधा गया था और बीच-बीच में नये खपरैल थे, आँवे में सिंके लाल ताम्बई रंग के। अच्छे लगते थे। एक बूँद बारिश की पड़े, तो सारी कोठरी सोंधी-सोंधी गमक उठे।

मुंशीजी ख़ास तौर से ये खपरे छाँटकर लाये थे। हालाँकि बारह आना सौ उसने दाम ज़्यादा लिया, लेकिन मस्सुर कुम्हार की मिट्टी और आँवे की तासीर ही अलग है। कितना उत्साह था उसके मन में राघोराम के ब्याह का! वकील साहब से सिफ़ारिश करके कहीं से वजीफ़ा बँधवाया था और मिडिल किया, मैट्रिक किया और बजरंगबली गवाह हैं कि एफ.ए. भी पास कर लिया। उस दिन मुंशीजी की ख़ुशी और घमण्ड का ठिकाना नहीं था। रिज़ल्ट का अख़बार पूरे दस आने में ख़रीदकर लाये थे और जीतलाल हलवाई का कलाकन्द! रात के दस बजे तक बीसियों लोग बधाई देने आये। अख़बार में हरेक को रोल नम्बर दिखाकर कलाकन्द हाथ पर धरकर मुंशीजी कहते रहे, "ग़रीब की भगवान नहीं सुनेगा तो कौन सुनेगा! अरे वज़ीफ़ा ले-लेकर और ट्यूशन कर-करके पढ़ा, हमारी क्या औकात थी! माँ की तपिश्शा का फल है! अब बेटा रोटी-रोज़गार लायक़ हुआ, हम लोगों का बुढ़ापा पार लगेगा। बजरंग स्वामी किरपा करो! इस हरिया को भी किसी किनारे लगाओ।"

बात यह थी कि छोटा बेटा हरीराम प्राइमरी से आगे ही नहीं बढ़ पाया था। दो लड़कों का सिर फोड़कर, एक मास्टर के घर पर कोयले से गाली लिखकर उसने शिक्षा सम्पूर्ण कर ली थी। कुछ दिन घर पर गाली खाता रहा, फिर मजमेबाज़ दवाफ़रोश से शेर को पछाड़ने की बूटी खाकर दो बरस बीमार पड़ा रहा, और फिर एक दिन मालूम हुआ कि उसने मिरवा के बाबू की शागिर्दी कर ली है और सुबह-सुबह उठकर सारंगी का रियाज़ करने जाता है। सा रे ग... रे ग म... ग म प... काफ़ी गालीगलौज, थुक्का-फ़जीहत के बाद मुंशीजी ने उससे बोलना छोड़ दिया था, माँ तो साफ़ कहती थी कि उसकी कोख में से सिल-लोढ़ा जनमता तो किसी काम तो आता, इस करमजले मूँड़ीकटे हरिया ने तो नाम डुबो दिया। एक बेटा है राघोराम, साच्छात गऊ! एक है ये जनम का चोर। हरिया अकसर जवाब नहीं देता था, लेकिन जिस दिन कहीं से एक पुरानी सारंगी घर ले आया और सुबह रियाज़ शुरू हुई, उस दिन माँ ने डाँटा, "बस, अब रण्डी पतुरिया भी लाके नचा आँगन में।

वहाँ चला जा उनके मुहल्ले में। उनकी जूती चाट और सारंगी वजा।" तव हरीराम ने वड़े कड़े स्वर में कहा, "माई रे, तू हमारी ज़बान न खुलवा, समझी! बड़ी मुंशियाइन वनी है तो वन। हमारे तो वाप-दादा सारंगी बजाते रहे हैं, हम तो वही करेंगे। इलम-हुनर सीखेंगे, जूती किसी की नहीं चाटेंगे! और कान खोल के सुन ले, तेरी जूती भी नहीं चाटेंगे और मुंशीजी की भी नहीं!"

वात पूरी भी नहीं हुई थी कि बड़े भाई राघोराम का एक भरपूर तमाचा पड़ा था हरिया के। और उसके बाद और तमाचे और घूँसे। मुंशीजी ने सिर पटक दिया। माँ ने रो-रोकर तीन दिन खाना नहीं खाया। सिर्फ़ नानी थी, जो हरिया को गाली भी देती जा रही थी और उसकी सूजी हुई पीठ और मुँह पर हल्दी-चूना भी लगाती जा रही थी। तव मुंशीजी पहली बार बीमार पड़े थे। हरिया ने जो कहा था, वह सीधा उनके मर्म पर लगा था, लेकिन राघो ने दिन-रात एक कर जो उनकी सेवा की, उससे एक बार फिर प्राण लौट आये। विश्वास भी। जब पहले दिन कचहरी जाने को तैयार हुए, तो ज़िन्दगी में पहली बार उन्होंने नाम लेकर राघो की माँ को बुलाया, "बिरजा सुनती हो, हनुमान-चौरा पर तेल-सेन्दुर भिजवा देना।" बिरजा का प्रौढ़, कहीं-कहीं झुर्री खाता चेहरा लज्जा से लाल हो आया। हमेशा ज़मीन में लिथड़नेवाला धूल-भरा पल्ला खींचकर सिर पर डालती हुई बोलीं, "अम्मा सीधा की थाली लगा रही हैं। हाथ से छू देव तो जाना।" राघो और हरिया की नानी, बिरजा की माँ हरदेई एक कन्या पाठशाला में दाई थी और घर-घर लड़कियों को बुलाने जाती थी। लेकिन अब स्कूल सुबह का हो गया था और बीच में छुट्टी लेकर आ जाती थी। सीधे की थाली छुआकर राघो से बोली, "बेटा, पैर छुओ मुंशीजी के।" और मिचमिची पलकों में आये आँसू पोंछती हुई बोली, "टोला-मुहल्ला जो चाहे कहे। जात-बिरादरी हमारे ठेंगे पर। हरदेई के लिए बेटा कहो तो मुंशीजी, दामाद कहो तो मुंशीजी! भगवान बिरजा को सुखी बनाये रखे। हाँ।"

हरिया कोने में चुपचाप खड़ा था। सुनता रहा, कुछ बोला नहीं। लेकिन ज्यों ही मुंशीजी ने दरवाज़े के बाहर पैर रखा, तुरत बीच आँगन में आकर लाल-लाल आँखों से विरजा की ओर देखता हुआ बोला, "बिरोजा के लिए एक दुअन्नी माँगी थी। किसी की गाँठ से नहीं निकली। आज सीधे के लिए हुन्न बरस पड़ा।" किसी ने कोई जवाव नहीं दिया, तो और चीख़कर बोला, "इलम-हुनर की बात मूरख लोगों को क्या मालूम। सारंगी के मत्थे पर बिरोजा जमा दो तो आवाज़ में गमक भी आती है और बीच-बीच में कमानी का बाल दो बार बिरोजा पर घिसकर खींच लो, तो देखो, तार कैसा झंकारता है! लेकिन कौन चाहता है कि हम हुनर सीखें? दुअन्नी माँगी तो पहाड़ फट पड़ा। हाँ! मुंशीजी के लिए..."

"बस हरिया! ख़बरदार, जो एक अक्षर बोला!" हरदेइया ने डाँटा, "मुंशीजी हम लोगों के सिर-माथे पर हैं। बाप बराबर हैं। दोनों बच्चों को लिये-दिये तेरी

महतारी दर-दर टुकड़ा माँगती, अगर मुंशीजी सहारा न देते। जो रक्षा करे, वही बाप। ठोकर देकर जो आधी रात निकाल दे और पतुरिया की सिड्ढी पर अफ़ीम खाये पड़ा रहे, वो काहे का बाप! समझा! घर में रहना हो तो ठीक से रह।"

"मुंशीजी जो होंय सो होंय। हमारे तो स्वामी हैं। लड़का की तरहँ रहना होयगा तुझे। सिर-माथे धारण करके। एक राघो भी तो है!" बिरजा बरसों बाद पहली बार सख़्त होकर बोली।

हरिया तब तक सारंगी लेकर बैठ चुका था। आलाप खींचते हुए बोला, "माई रे! इलम-हुनर तो आता नहीं। न राघो भइया को, न तुझे। नानी सठिया गयी है। कहती है, मुंशीजी को सिर-माथे धारण क़रेंगे, लेकिन देख... बिरोजा को सारंगी के सिर-माथे थापते हैं, लेकिन कमानी उस पर घिस-घिसकर बाल पैनाते हैं। बिरोजा बीच से कटता जाता है कि नहीं! इलम की बात है इलम की!" और हरिया शान्त हो गया।

लेकिन ज्वालामुखी जहाँ फूटना था, फूटा। सिर्फ़ दो घण्टे बाद, साढ़े बारह बजे पाठशाला में छुट्टी की घण्टी बजी और हरदेई लड़कियों को पहुँचाने उनके घर गयी, तो मालूम हुआ कि इतनी ही देर में आग लगानेवाले अपना काम कर गये हैं। हर घर में कुछ-न-कुछ मीन-मेख हुई, लेकिन मथुरा बाबू की छुटकी पतोहू ने पूरा डंक चला दिया। आँगन में बैठी अचार के लिए बड़े सरौते से आम काट रही थी। हरदेइया पहुँची कि वह बोली, "बस-बस, उधर ही रहना। अचार के आम पर ऐसे-वैसे की छाँह पड़ी कि गया!"

हरदेइया सन्न, धीरे-से बोली, "क्या कहती हो छोटी बहू?"

"ठीक तो कहती हूँ!" छोटी बहू चमककर बोली, "अभी तक चोरी-छिपे धन्धा चलता था। आज तो सब भण्डा फूट गया। दो-दो जवान बेटे हैं, उनके सामने लीला करते सरम नहीं आती तेरी बिरजा को! बुढ़ाई दावँ पल्ला ओढ़ के बहुरिया बनी है। छी! छी!"

और पाण्डे जी के घर में उसे साफ़ जवाब मिल गया, "देख, कल से हमारे यहाँ मत आना। हम अपनी लड़की को खुद पहुँचा देंगे। आज अपनी लड़की वेची, कल हमारी का नम्बर लगे, स्कूलवाले ऐसों को रखे क्यों हैं?"

हरदेइया घर पहुँची और बिरजा पर बरस पड़ी, "मनसेधू ने निकाल दिया तो दसासमेध डूब जाती। मनिकर्निका पर जल मरती। हमारी बुढ़ौती पर कलंक लगाने क्यों आयी?" और जब बिरजा ने रो-रोकर गठरी बाँधी और जमुनाजी की ओर चली, तो हरदेइया ने उसे चिपका लिया, "तू काहे को डूबे रे! डूबे ये पापी मुहल्ला। एक दिन जमुनाजी इसे लीलैंगी। अरे किस घर में कौन करम नहीं होते? ये छोटी बहू

का मरद कानपुर की एजेन्सी में बैठा है, यहाँ ससुर के साथ जो ठेठर नौटंकी होती है, उसे कौन नहीं जानता? बड़े घर के बड़े चलित्तर! मुरदा मार के पलंग के पाँव तले गाड़ देव! हम ग़रीब हैं, मगर बेईमान नहीं। समझे हाँ? यही पाण्डेजी कुआँ पर दातौन करते थे और बिरजा को अवाज़ा-तवाज़ा कसते थे। हमने लड़की बेची होती तो सारा मुहल्ला निहाल हो गया होता। सब घर की सती-सतवन्ती हमारी लड़की के जूठे मरदों के पाँव धो-धो के पीतीं। हमने इज्जत नहीं बेची, इसी का तेहा है न! देखेंगे कोई क्या करेगा। बेचरऊ मुंशीजी सीधे आदमी हैं न! उन्हें बोटी-बोटी करके खा जाव! हमने तो अपनी लड़की सोच-समझ के दी है। कन्यादान किया है। जिससे जो करते बने, कर लेव।"

तीसरा पहर था, मुहल्ले में सन्नाटा था। हरदेई की ललकार को किसी ने चुनौती नहीं दी और राघो स्कूल से चार बजे लौटे, उस समय तक हरदेई भी चुप हो गयी थी।

शाम को मुंशीजी कचहरी से देर से लौटे, तो उनके हाथ में लौकी के लच्छे का दोना था और दूसरे में मोटे अक्षरों में पं. रामबुझावन का हिन्दी छन्द में गीता का गुटका अनुवाद। दोना बिरजा के हाथ में देकर बोले, "दोना बच्चों के लिए ले आये। जीतलाल के यहाँ ताज़ा बना था।" और गीता राघो के हाथ में देकर उसके सिर पर हाथ रखकर बोले, "बेटा, हिन्दी में गीता है। अपनी माई को पढ़कर सुनाया कर। हम भी सुनेंगे।"

बिरजा चुप थी और घर में एक भारी सन्नाटा था। दिन में क्या हुआ, किसी ने मुंशीजी को बताया नहीं। ढिबरी जला दी गयी और राघो पढ़ने लगा, "न इसको अस्त्र काटैंगे, न इसको शस्त्र बाँटैंगे! सभी पीड़ा सहैगी यह, न आगी से दहैगी यह..." कि हरदेई बीच में फूट पड़ी, "और क्या, हमें कौन जलावैगा? कौन सतावैगा? जलानेवाले ख़ुद जल जाएँगे। भगवान एक-एक से निपटैगा। अरे ये बिसन, हमारा सगा भाई, एक कोख का जाया। हमसे बोला कि केसोबाई के हाथ बिरजा को बेंच देव। ये पँड़ाइन हमारी रोजी पर लात चलाय रही..." और हरदेइया फूट-फूटकर रो पड़ी। मुंशीजी गीता के इस अध्याय का सन्दर्भ नहीं जानते थे, अतः हक्का-बक्का कभी बिरजा को देखें, कभी हरदेई को। सन्दर्भ मालूम हुआ घण्टे-भर बाद, जब लाला भवनाथ अपनी मोटी काली काया को खींचते-घसीटते हाँफते हुए आये और धम्म से तख़्त पर बैठ गये। ऊपर-नीचे की साँस थिराते हुए बोले, "बताते हैं... सब बताते हैं... ज़रा साँस लेने दो!"

मुंशीजी ने अपनी गुड़गुड़ी उधर बढ़ा दी।

भवनाथ इसाक मियाँ की टाल के मशहूर ख़ुशदिल हिस्सेदार, मुंशीजी के ममेरे

भाई थे। काया का बेहद मोटापा उन्हें जड़ और शिथिल बनाने के बजाय और गतिवान् बना गया था। हर जगह उनकी पहुँच, हर ख़बर उनके पास। और उन्होंने बताया कि सुबह से अब तक क्या-क्या हुआ है, कैसे हरदेई के भाई, बिरजा के मामा बिशन उस्ताद, जो पास में ही मछलीवाली कोठी के पड़ोस में रहते हैं, उन्होंने क़सम खायी है कि ऐसे जात डुबोकर बिरजा को मुहल्ले में नहीं रहने देंगे। उस्ताद हैं, तबला-सारंगी बजाते हैं तो क्या, कथक लोग असली मिश्र ब्राह्मण हैं। मुंशीजी से उन्हें क्या लेना-देना, लेकिन आधी रात बिरजा को गँड़ासे से काटे बिना नहीं छोड़ेंगे। कैसे लच्छू लाला उन्हें लेकर मकान मालिक के पास गये हैं कि तुम लोगों को नोटिस दे दे। पाण्डेजी मनीजर साहब से मिले हैं कि भले-भले घर की कन्या लोक पाठशाला में पढ़ने आती हैं, हरदेई को छुड़ा दिया जाए। कैसे चित्रगुप्त मन्दिर में मीटिंग हुई है कि सब लोग तुम्हें समझावें और अगर तुम इन लोगों को न छोड़ो, शादी-ब्याह, हुक़्क़ा-पानी बन्द!

बाक़ी सब कोठरी से चले गये थे। ढिबरी टिमटिमा रही थी। भाँटे के खेत में सियार बोलने लगे थे, भवनाथ की बड़ी लहीम-शहीम छाया मिट्टी की दीवार पर काँप रही थी और कोने में बिरजा सहमी-सी चुप बैठी थी। मुंशीजी गहरे सोच में पड़े थे। भवनाथ के हाथ से गुड़गुड़ी ले ली थी, लेकिन... बिरजा उठी और चिलम का अंगार कुरेदती हुई बोली, "भवनाथ भइया! हमें संखिया ला दो। खा के सो रहें, सारी बला से फुरसत! दोनों बच्चे अपने जाँगर के हो गये... बस ये कुशल से रहें। हमें और कुछ नहीं चाहिए।"

मुंशीजी कुछ बोले नहीं, बड़ी बेबस निगाह से बिरजा की ओर देखा। फिर भवनाथ की ओर। पूछा, "चित्रगुप्त मन्दिर की मीटिंग में बिटौनी भी थी?"

"हाँ, बिटौनी भी, सतसहाय भी। बिटौनी तो सबसे आगे थी। सतसहाय बेचारे चुप थे। बिटौनी बोली कि हमारा सगा भाई क्या है, हमारा दुश्मन है। हम लोगों की शहर में मान-मर्यादा है। स्वराज भवन लो तो, यूनिवर्सिटी लो तो, मीटिंग जलूस लो तो, सब जगह हमारी इज़्ज़त ली है। हमारे भाई ने तो हमारे मुँह पर कालिख लगा दी। लोगों ने कहा, तुम समझाओ, तो बोली, हम तो उन नीचों के दरवाज़े भी न जाएँ। हमारी इज़्ज़त नहीं है क्या... मुंशी भइया, नयी मोटर पर आयी थी बिटौनी, पिछले महीने ख़रीदी है।"

"हूँ!" मुंशीजी गुड़गुड़ी एक ओर रखकर बोले, "भवनाथ, बिटौनी चार बरस की थी जब अम्मा मरी थीं। हमने बहन करके नहीं, लड़की करके पाला। शादी नहीं की कि ग़ैर-ख़ून की लड़की आकर उसे सताये नहीं। चलो अब अपने घर ख़ुश है, समाज में नाम है। ...लेकिन भवनाथ, उससे कह देना कि यह देहरी तो अब बिरजा की है। राघो की है। अब तो इस देहरी के बाहर जीते-जी न मुंशीजी जाएँगे न

बिरजा। जमराज बुलावेगा तभी जाएँगे। चाहे सारी दुनिया की ताक़त लग जाए। समझे!"

"सो तो है ही भैया! लेकिन ख़तरा है। जरा सँभल के रहना। बिरजा का मामा है न बिसन, अभी दारूख़ाने के पास मुस्तफ़ा पहलवान से कुछ खुसर-फुसर कर रहा था। अच्छा चलें, ये दोना काहे का है, लौकी का लच्छा!" और काँखते-कराहते भवनाथ मिठाई का दोना हाथ में दबाये चले गये...

रह गयी अँधेरी कोठरी, टिमटिमाती ढिबरी, पैंताने सहमी और कुछ-कुछ डरी हुई-सी बिरजा, खिड़की के पार बैंगन के खेत पर छाया घुप्प अँधेरा... और एक अजीब-सी आवाज़ : क्रीं क्रीं क्रीं! अकस्मात् उन्हें लगा जैसे उनका गला सूख रहा है। ऐसी आवाज़ तो साँप की होती है, उन्होंने सुना था।

"बिरजा देख, ढिबरी से, कहीं कोने-अँतरे में कीड़ा है क्या?" नहीं कीड़ा नहीं था। लेकिन उनका गला सूखता जा रहा था। भय कहीं अन्दर का था। शायद बहुत विश्वास, बहुत साहस, बहुत चुनौती के स्वर में कही गयी हर निर्भीक बात अपने पीछे एक प्रतिध्वनि छोड़ जाती है, कमज़ोर पीले भय की। अभी उन्होंने भवनाथ से बहुत तनकर सारे जीवन को बाज़ी पर लगा देनेवाली असाधारण जीवट की बात कही थी और अब उस टिमटिमाती ढिबरीवाली कोठरी में उसकी प्रतिध्वनि गूँज रही थी, कमज़ोर, पीली, भयभीत!

सचमुच उसका गला सूख रहा था और हाथ भी थोड़े-थोड़े काँप रहे थे। उन्हें तब पता चला जब वे गुड़गुड़ी टिकाने कोने में गये और चिलम उलट गयी। लौटते हुए मुस्तफ़ा पहलवान का खूँखार चेहरा आँखों के आगे नाच गया। खिड़की के पास खड़े हुए तो अकस्मात् ख़याल आया कि खिड़की के ठीक नीचे तुरई की लतर चढ़ाने को बाँस का टट्टर बाँधा था। कोई भी चाहे तो रात-बिरात उस पर पाँव रखकर एक छलाँग में खिड़की तक पहुँच सकता है। नीचे लतर के पास कुछ खड़-खड़ हुई, वे एकदम से चौंक गये, "कौन है रे!" कोई नहीं बोला। वे दबे पाँव गये और चौखट पर रखा एक ईंटा नीचे गिरा दिया। फदर-फदर करता हुआ बसन्तू इक्केवाले का लँगड़ा घोड़ा लतर के नीचे से दुलकी मारता भागा। मुंशीजी ने सन्तोष की साँस ली।

"बकता है भवनाथ! कोई मेरा क्या कर लेगा?" उन्होंने जैसे एक मुहिम जीतकर कहा। अभी क्षण-भर पहले उन्हें लग रहा था कि अँधेरे में न जाने कौन-कौन गँड़ासा लेकर उनके घर पर चढ़ आया है, लेकिन अब वे आश्वस्त थे। कोई नहीं था। बसन्तू का लँगड़ा घोड़ा था।

कुछ देर सन्नाटा... फिर कोई बोला, "अब पहुँड़ रहो। तकिया बदल दें?" वे जैसे चौंक गये। कौन बोला! और तब उन्होंने देखा कि उनके पाँयताने कोई बैठा

है, ढीली खाट की अदवाइन पर कथरी मोड़कर बिछा रहा है कि पाँव में गड़े नहीं! कौन है यह? शतरंजी पाड़ की मैली धोती पहने, माँग के पास कई पके बाल, आँखों के नीचे झुर्रियाँ, काफ़ी ढला हुआ-सा बदन, बड़े बेडौल-से हाथ के पंजे, बरतन माँजने से अँगूठा फटा हुआ और कत्थे-चूने से फटी हुई तर्जनी और चेहरे पर एक बुढ़ाता हुआ रूखापन। जैसे फिर से पहचानने के लिए मुंशीजी ने बेमतलब कहा, "बिरजा!" बिरजा ने झटके से सिर उठाकर देखा। मुंशीजी कुछ नहीं बोले, सिर्फ़ उसे फटी-फटी आँखों से देखते रहे—हाँ, इस औरत का नाम बिरजा है। आज पन्द्रह साल से मुंशीजी रोज़ इसे देखते हैं, लेकिन इसे जानते हैं क्या? उन्हें क्या मालूम कि इस बिरजा के तन के अन्दर एक जो मन है उसमें क्या है? उन्होंने क्या जाना है? ज़्यादा-से-ज़्यादा रोज़ चिलम भरनेवाले हाथ और तम्बाखू दबाता हुआ अँगूठा। पानी का गिलास देते वक़्त हाथ में लाख के कड़े खड़खड़ाते हैं। शाम को अकसर जब वे बाहर तख़्त पर बैठकर हुक़्क़ा गुड़गुड़ाते हैं, तो बिरजा सामने बैठकर बीजा छीलती है और मुंशीजी कुल इतना जानते हैं कि नीम की डण्डी को बीच से फाड़कर चिमटी बनाकर उनसे बीज दबाती जाती है बिरजा, और छिलके उतारकर बीज अलग छोटी थाली में रखती है और मुँह में सुपाड़ी रहती है, कोई बात पूछो, तो नीचे का ओठ सिकोड़कर बड़े अनाकर्षक ढंग से बोलती है। और रात को कभी नींद खुली है, तो भी उनकी आँखें नीची रही हैं और उन्होंने देखे हैं, पास सोती हुई बिरजा के दोनों पाँव। खुरदरे तलवे! अँगूठे के पास उँगलियों के बीच पानी के कारण फटी हुई खाल और मैल जमे गिलट के बड़े-बड़े बिछुए।

लेकिन ये बिछुए, ये खुरदरे मैल-भरे तलवे, बेडौल हाथ, आँख के पास की झुर्रियाँ, ये बिरजा है क्या? तो बिरजा कौन है? पैताने बैठी वह औरत? उसको वे भला सचमुच कितना जानते हैं? उस पर तो उनका उतना भी हक नहीं जितना बिटौनी पर था। फिर उन्होंने इतनी बड़ी बात कैसे कह दी? जब बिटौनी को नहीं जान सके वे, तो बिरजा को क्या जानेंगे? और फिर उन्हें महसूस हुआ कि बिटौनी, जिसे गोद में उन्होंने पाला, उसने आज ऐसी बात कहकर उन्हें सबसे बड़ी चोट दी है, उनसे सब छीन लिया है, और मुंशीजी बिलकुल तन्हा हैं, बिलकुल अकेले! इस अँधेरी, कच्ची, असुरक्षित कोठरी में सारी दुनिया की दुश्मनाई और धिक्कार से घिरे हुए बिरजा, अनजान अपरिचित बिरजा, उनके अकेलेपन का एक दरपन है, उनकी कोठरी में लगा हुआ। बिटौनी को जिस दिन डोली में बिठाया, उस दिन से अकेले हैं और चाहे मुस्तफ़ा पहलवान से लेकर बिसन उस्ताद तक को जीवट-भरी चुनौती देने की बात हो, चाहे सारी गली-मुहल्ले की धिक्कार और धमकी की बात हो, हर मामले में बिरजा तो घटनाचक्र के कारण खिंच आती है, वरना बिरजा के होने-न-होने से कोई फ़रक़ नहीं। ज़रूर दुनिया में कहीं कोई खोट है, जिससे मुंशीजी का मीज़ान नहीं बैठता और ज़रूर मुंशीजी में खुद कहीं खोट होगा, जो दुनिया से उन्हें धिक्कार

मिलनी ही थी। उन्हें अपने कचहरी के केस याद आये। कभी ख़ामख़ाह खेत-मेड़ के बहाने, कभी ढोर-डंगर के बहाने, ज़बरदस्त फ़ौजदारियाँ हो जाती हैं। मगर मामले की तह में उतरकर देखो, तो सिर्फ़ फ़साद! बेमानी फ़साद। अर्थहीन तनाव और अन्तहीन...

जब तक लड़ाई का उद्देश्य स्पष्ट हो, तब तक अपने-अपने ढंग से जीवट भी आदमी को बचाता है और डर भी! मगर जब लड़ाई का अर्थ ही मालूम न हो तो जीवट और डर दोनों यक़साँ बेकार! सिर्फ़ एक खोखली थकान!

"हम जाएँ, नीचे ओसारे में बिस्तर लगा लें कि..." बिरजा कुछ-कुछ आहत-सी, कुछ परेशान-सी उठकर खड़ी हो गयी थी।

"जाओगी?" उन्होंने पूछा और अकस्मात् उन्हें लगा कि नहीं, यह ग़लत है कि बिरजा नितान्त अपरिचित है, सच तो यह है कि यह बिरजा तो है ही नहीं, उनका अपना हाड़-मांस है, नहीं तो इस वक़्त उसके जाने की बात ऐसी क्यों लगती जैसे कोई उनके प्राण खींचकर ले जाने की बात कह रहा हो। और फिर अभी-अभी जो बेमानी लग रहे थे, वह डर और वह जीवट, दोनों एक साथ ऐसे रोम-रोम से उमग पड़े और उन्होंने लाख के खड़खड़ाते कड़ेवाले हाथ पकड़कर बिरजा को पास खींच लिया, "अब कहाँ जाना है?"

उस दिन तक क्या था, यह मुंशीजी ने कभी नहीं सोचा, लेकिन उस दिन से कुछ ऐसा पनपना शुरू हुआ, जो अभी तक नहीं था। मुंशीजी अकसर सोचते कि उसे क्या कहें, बाइस्कोप में या क़िस्सा-कहानी में जो अल्फ़ाज़ इस्तेमाल होते हैं, एक तो उनका भले आदमियों से क्या काम, दूसरे, अब बुढ़ापे में दो-दो बड़े-बड़े बेटों के होते हुए... छीः। सच तो यह था कि राघो और हरिया की फ़िकर सबसे पहले थी, उनके लिए घर-गिरस्ती जमानी थी, और बिरजा इस तमाम 'गिरस्ताश्रम' में उनकी हर क्षण की साथिन घरवाली! अब इस भावना को कोई बाइस्कोप या ठेठर-नौटंकीवाला नाम थोड़े ही दे सकता है! हाँ, एक लफ़्ज मुंशीजी को हिन्दी गीता में मिला था : 'मोह में अर्जुन पड़ा था, बीच सेना रथ अड़ा था।' सो जब गीता में भगवान ने मोह लिखा है तो मुंशीजी कभी-कभी उसी का इस्तमाल करते थे, "बिरजा, अब तो राघो-हरिया का इतना मोह बढ़ गया है...तुम्हारे बिना भला कैसे चलता!" चिमटी से चिलम की तमाखू पलटते हुए कहते, "अच्छा है, जो बशर मोह में नहीं पड़े तो उसे भगवान भी तो शरण में नहीं लेते। बिटौनी का ध्यान कभी-कभी आता है, पर ख़ैर...!"

वैसे हरिया ने उस दिन आकर बताया, तो किसी को यक़ीन नहीं हुआ। उसके बताने का ढंग भी तो कितना टेढ़ा था! बाहर से झूमता आया और बोला, "नानी, ओ नानी

रे! लाला भवनाथ आकर सब गप्प मार जाते हैं। इनका कहा कुछ भी तो सच नहीं। न घर पर किसी ने हल्ला बोला, न मुस्तफ़ा पहलवान ने मुंशीजी को छुरा भोंका!"

"अरे ज़बान सँभाल हरिया! यही चूल्हे की लकड़ी से झौंस दूँगी मुँह।" हरदेई ने डाँटा।

"सच रे नानी! भवनाथ लाला कहते थे कि बिटौनी की गाड़ी का रंग हरा है। झूठ। धानी रंग है रे। रंग पहचानना इलम की बात है। न कचहरी से आती है, न इसाक़ मियाँ की टाल से। लाला-लूली का इलम-हुनर से क्या काम?"

"कहाँ देखी गाड़ी तूने? बिटौनी बुआ आयी है क्या हरिया?" बिरजा ने पूछा।

"बुआ न पुआ। काहे की बुआ! हमारी कोई बुआ-उआ नहीं। हम ठहरे पण्डित हरिराम मिश्र... वो कायस्थ..."

और इतने में दरवाज़ा खुला और बिटौनी छोटी बच्ची का हाथ थामे अन्दर, "ए, भैया हैं हमारे कि कचहरी गये?" घर तो घर, सारे मुहल्ले में शोर मच गया। बिटौनी आयी है। मथुरा बाबू की छोटी बहू ने ताक-झाँककर गाड़ी देखी और मुँह बिचकाकर बोली, "उँह, मिट्टी के तेल से चलती है। हमें तो बास आती है।" पँड़ाइन ने छोटी लड़की को भेजकर कहलाया, "ज़रा गाड़ी में बैठने के पहले मिनट भर को हो लें।"

मुंशीजी कचहरी जा चुके थे। बिटौनी उठ खड़ी हुई। हरदेई बोली, "बिटिया, भैया के घर आयी हो, बिना मुँह जुठारे कैसे जाओगी?"

"हमारा बरत है आज!" बिटौनी बोली, "भैया से कहना कि कुछ जायदाद ले रहे हैं हम लोग। बैनामा भरोसे का लिखवाना है और ज़रा झगड़े की ज़मीन है तो ज़रा काग़ज़-पत्तर देख लें। इनसे दफ़्तर में मिल लें कभी!" और पँड़ाइन की बेटी से मुड़कर बोली, "चल टुन्नी, बड़ी प्यास लगी है, तेरे घर एक गिलास पानी तो पिएँ।"

थोड़ी देर बाद जब बिटौनी की गाड़ी स्टार्ट हुई तो फिर मथुरा बाबू की छोटी बहू ने झाँका और धोती से नाक दबाये आकर बैठ गयी, "मरी! मट्टी के तेल से चलती है। इससे तो हमारा ताँगा भला! मोटर दिखाने आयी थी!"

बिटौनी की मोटर बिरजा को फली। दोपहर को ही छोटी बहू ने कान्फ्रेंस बुलायी, तय पाया गया कि बिटौनी की वही हालत है कि "अधजल गगरी छलकत जाय।" घूस का पैसा आदमी ने जोड़ा, तो गाड़ी पर उड़ने लगी। पँड़ाइन को चेतावनी दी गयी कि ख़बरदार जो आगे कभी पानी को पूछा। ऐसी अमीर बनती हैं तो प्यास बुझाने के लिए सड़क पर छिड़काव करनेवाली म्युनिसिपैलिटी की गाड़ी अपनी मोटर के पीछे बँधवा लें, हाँ!

ज़ाहिर है कि अगला महत्त्वपूर्ण क़दम था, बिरजा और मुंशीजी के लिए हमदर्दी। अरे बेचारे ग़रीब हैं तो क्या, सिर झुकाकर चलते हैं। अब आदमी ने लात

मारकर निकाल दिया, तो बेचारी औरत जात क्या करे? ठाँव-कुठाँव पैर रखने से तो भला है कि एक मरजाद बाँधकर बैठे। अपने बच्चों का भी तो मुँह देखना है। क्या सगा बाप करेगा जो मुंशीजी राघो के लिए करते हैं! अपने तन-बदन का होश नहीं लेकिन मजाल कि राघो कभी मैले कपड़े पहनकर स्कूल जाए। आठ रुपये महीने का तो अँगरेज़ी का मास्टर रखा है। बेचारे ग़रीब हैं, मगर आनवाले हैं।

दूसरे दिन सवेरे पँड़ाइन की बिटिया टुन्नी स्कूल जाते समय सलेट-तख़्ती लटकाये हुए आयी और बोली, "बिरजा मौसी, अम्मा ने कहा है कि दोपहर को मथुरा बाबू की छत पर आ जाना। ज़रा बड़ी-मुँगौड़ी तुड़वानी है।" बिरजा को पहले तो कानों पर विश्वास ही न हुआ, फिर उसे मारे ख़ुशी के ऐसी रुलाई उमड़ी कि चूल्हे के ही पास बैठकर फफक-फफककर रोने लगी। मुंशीजी कचहरी न चले गये होते, तो उनके पाँव धो-धोकर जल माथे चढ़ाती।

शाम को मुंशी जी लौटे और कपड़े बदलकर गुड़गुड़ी लेकर तख़्त पर बैठे, तो बिरजा आकर सामने नीचे बैठ गयी और छिले हुए बीज पछोरती हुई बोली, "अब सब लोग जान गये हैं कि हमारे मुंशीजी कैसे देवता सरूप हैं। आज छोटी बहू कहती थीं..." और उसने दोपहर की सारी गाथा पुलक-पुलक बतायी। मुंशीजी के चेहरे पर एक धीर सन्तोष झलक आया। चारों ओर देखा, फिर धीरे-से एक हाथ बिरजा के सिर पर रखकर बोले, "सब तेरी तपस्या है। गीता रोज़ सुनती हो न?"

आज की हमदर्दी और सबकी स्वीकृति ने बिरजा के मन को बहुत भर दिया था। वह कहीं भी कंजूसी क्यों दिखाए? मुंशीजी से बोली, "बिटौनी बीबी कह गयी थीं... सतसहाय बाबू के दफ़्तर गये थे क्या?"

"नहीं।"

"क्यों?"

मुंशीजी कुछ भी नहीं बोले। एक मुख़्तसर-सी ठण्डी साँस। बिटौनी के इस तरह से आने से उनके मन को कोई चोट लगी थी, जो बिटौनी के विरोध से भी नहीं लगी थी।

मुंशीजी का मन विद्रोह चाहे न कर पाए, लेकिन स्वाभिमानी था। उन्हें अन्दर-ही-अन्दर कहीं यह बात कचोट गयी थी कि आख़िरकार बिटौनी ने भी यही माना कि भैया ग़रीब हैं, अतः जैसे चाहो इस्तेमाल कर लो। मुहल्ले की स्वीकृति जो बिरजा को इस तरह उल्लसित कर गयी, उन्हें ज़्यादा नहीं छू पायी। उन्हें लगा कि मुहल्ला बिटौनी की अमीरी से आतंकित होकर उनकी ग़रीबी को भलमनसाहत का पर्याय मानकर उन्हें स्वीकार कर रहा है, ताकि बिटौनी द्वारा आहत मुहल्ले का अहम् उन्हें ग़रीबी के कारण क्षमा देकर सन्तुष्ट हो सके। इसीलिए जब रात को बिरजा राघो से गीता सुन रही थी और राघो पढ़ रहा था, "मोह में अर्जुन पड़ा है, बीच सेना रथ अड़ा है।" तो उन्हें लगा कि अर्जुन बेचारा कितना ग़रीब है। उसे

न युद्ध से कुछ लेना-देना, न मेल-मिलाप से। बिलकुल मुंशीजी की तरह। एक ओर नये उभरते अमीरों की सेना खड़ी है। उसमें बिटौनी है, सतसहाय है, चित्रगुप्त मन्दिर के और कई वकील, अफ़सर हैं, दूसरी ओर उखड़ते-पुखड़ते अमीरों की सेना खड़ी है, जिसमें मथुरा बाबू हैं, छोटी बहू हैं, पाण्डेजी हैं। दोनों ओर से तीर चल रहे हैं। बीच में खड़े हैं मुंशीजी जिनको हमदर्दी और स्वीकृति का तमग़ा मिल रहा है, लेकिन उनका मन खिन्न है। बिरजा खुश है, खुश रहे! मुंशीजी अँधेरे में खिड़की से बाहर देखते हुए पूछ रहे हैं, "हे जसोदानन्दन, रिपुसूदन! हम इस सबका क्या करें?"

और बड़ी देर की खिन्नता के बाद उनका ध्यान जसोदानन्दन के बालरूप पर गया और उन्होंने देखा कि बिरजा गीता सुनकर जा चुकी है और ढिबरी के पास बैठा राघो धीरे-धीरे जुगराफिया रट रहा है। भोला मुखड़ा। एक लट माथे पर। धीरे-धीरे हिलते ओठ। उनका मन उमग आया। इम्तहान पास है। इसके लिए एक टिकिया मक्खन सवेरे-सवेरे बँधवा दें। कैसा दुबला गया है। और लम्बा कितना हो गया है। खपरैल छूता है। अब तो बहू घर में आए। वकील साहब ने कहा है कि पास हो गया, तो तुरत कहीं लगवा देंगे।

और सारा संशय शान्त हो गया। कुछ भी हो, राघोराम को सब प्यार करते हैं। सारा मुहल्ला! क्या हुआ जो उन्हीं की क़ायम की हुई 'बजरंग स्वामी न्यू टेम्पुल कमेटी' ने रामनवमी मनायी, तो उन्हें नहीं बुलाया, लेकिन राघोराम पर सारा ज़िम्मा था कि लाउडस्पीकर भी लगवाए और भजन के रिकार्ड भी छाँटे। शाम को आरती के समय गाए। पाण्डेजी ने कहा कि यह तो सब तुम्हारी माया है मुंशीजी, ऊपर तख़्त पर आकर बैठो। पर मुंशीजी नीचे दरी पर ही बैठे, और निहाल होकर देखते रहे कि कैसे राघो तख़्त पर चढ़कर मसनद पर झुककर मथुरा बाबू से पूछ रहा है कि राधेश्याम की रामायणवाले रिकार्ड लगाए कि रघुपतिराघव कीर्तनवाला। हे बजरंग स्वामी, राघो को ख़ूब-ख़ूब सुख-सन्तोष देना। मुंशीजी ने आरती के समय मलका विक्टोरियावाला रुपया थाली में डाला और प्रसाद लेकर चले आये।

यह बात नहीं कि मुंशी जी के मन में हरिया के लिए ममता न हो, लेकिन हरिया ज़रा कठिन जीव था। पहले वे उसे कचहरी जाते हुए एक दुअन्नी रोज़ देकर जाते थे, लेकिन बाद में उसने नानी से कहा कि महीना-महीना पाँच रुपये बाँध दें मुंशीजी, रोज़ दुअन्नी क्यों देते हैं? हरीराम मिश्र कोई मँगते फ़क़ीर हैं? मुंशीजी को यह भी मालूम हुआ कि इस पाँच रुपये में से अब हरिया बीड़ी भी फूँकने लगा है, पर उन्होंने कभी कुछ कहा नहीं, लेकिन उस दिन उन्हें गुस्सा आ ही गया। कल्यानी देवी के मन्दिर में किसी ने सिंगार कराया था और उसी के बाद चौधरी साहब की बगिया में चैती की महफ़िल जमी थी। चैती गाने बनारस से विद्याधरी आयी थीं। हरिया

रात-भर ग़ायब रहा। ख़ैर, यह भी कोई बात नहीं, लेकिन दूसरे दिन कचहरी गये और राघो की नौकरी के लिए वकील साहब से बात की, तो वे बोले, "बड़े चौधरी से बात की थी, कल महफ़िल में वे भी थे। उनको गऊघाटवाली ड्योढ़ी भेज देना। अभी अस्सी रुपये देंगे।"

मुंशीजी को जैसे कहीं का धन मिल गया। आख़िर राघो अपने पाँव पर खड़ा हो गया। मेरा बेटा! मेरा लाल! हे गंगा माई! अबकी माघ मेले में बिरजा के साथ जाकर महीने-भर कल्पवास ज़रूर करेंगे। हरदेई भी कब से कह रही है।

उन्होंने बहुत झुककर वकील साहब को प्रणाम किया, "आप ही का बच्चा है हुजूर!" और चलने लगे तो वकील साहब बोले, "मुंशीजी, आपका छोटा बच्चा बड़ा गुनी है। कल महफ़िल में क्या सारंगी छेड़ी है। चोधरी साहब ने दो रुपये बख़्शीश दी। पूछ रहे थे कि राघो इसी का बड़ा भाई है?"

मुंशीजी को जैसे धक्का लगा। राघो की क्या इज़्ज़त रहेगी अगर हरिया के ये करम रहे तो! घर जाते ही या सारंगी टूटेगी या हरिया की हड्डी-पसली। बिलकुल तय!

लेकिन घर पहुँचते-पहुँचते हरिया की बात ख़याल से उतर गयी। जाते ही बड़े प्यार से कोट उतारकर बिरजा को थमाया और बोले, "अब तो कमाऊ पूतवाली हो गयी! कल से राघो नौकरी पर जाएगा।"

बिरजा कोट खूँटी पर टाँगते हुए पुलककर बोली, "सच! तब तो अम्मा से कहें...गोपीगंजवालों से बात चलावें।"

मालूम हुआ कि कई हफ़्ते से बिसन मामा के यहाँ से सन्देश आ रहा है कि गोपीगंजवाले गोविन्द महाराज अपनी बिटिया के लिए राघोराम को देखना चाहते हैं। हरदेई से ख़ुद बरसों बाद अनबोला तोड़कर बिशन उस्ताद ने बात की है।

"तो क्या हरजा है? बहू आवे, घर-बार सँभाले, तो हम-तुम बदरीधाम हो आवें!" मुंशीजी बड़े सन्तुष्ट स्वर में बोले, "भगवान ने निभा दिया बिरजा, वरना हमारी-तुम्हारी क्या बिसात! वकील साहब ने बड़े चौधरी से बात की..." और अकस्मात् उन्हें हरिया की बात का ख़याल आ गया, तो भौंह सिकोड़कर बोले, "अब ये हरिया मुजरे में संगत करने लगा है। कल रात सारंगी बजाकर नाम डुबोने गया था। कह देना उससे कि हड्डी तोड़ेंगे एक दिन, हाँ! एक राघो भी तो है!" ख़ैरियत हुई कि हरिया उस समय था नहीं। मण्डली को गाड़ी पर चढ़ाने रामबाग़ स्टेशन गया था।

दूसरे दिन मुंशीजी ने अपने सामने राघोराम को तैयार कराया। धोबी का धुला पाजामा, कमीज़, ऊपर से सूती कोट। धारीदार सूती मोज़ा, बूट जूता, और हाथ में काला सूरज-छाप थैला, जिसमें पेंसिल, कलम, निब और कॉपी। हरदेई ने दही पेड़ा खिलाया और माथे पर भी दही का टीका, "बाप के पैर छू ले बेटवा! सबकी नैया

पार लगायी मुंशीजी ने। हम लोगों के लिए तो भगवान हैं।"

और तीसरे पहर तो बिरजा हँसते-हँसते लोट-पोट हो गयी। तीन बजे के आसपास हाँफते-हाँफते लाला भवनाथ आये। पीछे मजूर के सिर पर नया खपड़ा। बोले, "लो सँभालो बिरजा भौजी! मस्सुर कुम्हार के यहाँ से ख़ुद चुनकर मुंशीजी ने खपड़ा भिजवाया है।"

"खपड़ा?" बिरजा को ताज्जुब हुआ।

"हाँ, भौजी! राघो को लड़कीवाले देखने आवेंगे न, तो नयी छवाई तो कर लो। मर गये। मजूर के साथ-साथ पैदल आये हैं। कुछ शर्बत-वर्बत तो बनाओ भौजी!"

"भवनाथ लाला! तुम्हारे भैया अब सठियाने लगे।" बिरजा मुक्त कण्ठ से खिलखिलाकर बोली, "अरे लड़कीवाले देखने आनेवाले हैं, तो क्या कोई बन्दर-लंगूर हैं कि आके खपड़ैल पर बैठेंगे! अक्कल मारी गयी है इनकी तो!" और बिरजा देवर भवनाथ के आगे हँसी से लहालोट हुई जा रही थी, इस कल्पना से कि समधियाने के लोगों के लिए मुंशीजी ने नया खपड़ा खरीदा है। भवनाथ से कभी उसने सीधे मुँह बात भी नहीं की थी। लेकिन शर्बत तो दूर, उसने पीढ़ा डालकर देवर को सामने बिठा लिया और दाल-भरी परौंठियाँ सेंक-सेंककर खिलायीं। ठीक छह बजे गये भवनाथ।

इधर भवनाथ का जाना था कि उधर सारंगी लटकाये, रूखे बाल, सूखे मुँह, चप्पल चटकाते हरीराम मिश्र का प्रवेश हुआ। बिरजा ने आज बरसों बाद पहली बार हरीराम से कहा, "आओ यहीं पीढ़े पर बैठ जाओ। परौंठी सिंक रही है। सुबह से कुछ खाया?"

"क्यों नहीं? बिशन नाना के यहाँ विद्याधरी और पूरी मण्डली की ज्योनार थी।" हरिया बड़े उत्साह में था। पहली बार महफ़िल में संगत की थी और वह भी विद्याधरी के गायन में। एक-एक परौंठी के दो-दो कौर बनाकर पानी से गटकता हुआ बोला, "माई रे! सोनपुर के मेले में मोम की नक़ली औरत मिलती है क्या? तू राघो का बियाह कर दे। मैं मूरख नहीं बनने का!"

"क्या मतलब?" बिरजा ने खिलखिलाते हुए पूछा।

"मतलब क्या! स्टेशन पर मण्डली को विदा करने बहुत-से लोग आये थे। बिशन नाना थे, अनवर अफीमची था, जग्गू बेंजोवाला था, तो सब बोले कि राघो भैया ने बिरादरी का नाम जहान में रोशन किया है। एफ़.ए. पास करके अफ़सर बने हैं। अब गोपीगंजवालों के यहाँ ब्याह भी होगा।"

"तो इसमें मोम की औरत की क्या बात?"

"कुछ नहीं, जग्गू बेंजोवाले की नाना से लगती है न। तो उसने उन्हें छेड़ा कि ब्याह-वरिच्छा में राघो के कौन-से बाप जाएँगे, तो सब लोगों ने डाँटा और कहा

कि गोपीगंजवाले बोलते हैं कि उनके घर का पचड़ा वे जानें, पर शुभ काम में मुंशीजी को नहीं आने देंगे। ख़ून बह जाएगा, लाठी चल जाएगी, लहास-पर-लहास पड़ जाएगी। बिरादरी है, कोई मज़ाक़ नहीं। ला एक परौंठी और दे..."

और तब हरी ने देखा कि बिरजा जाने कब तवे पर परौंठी जलती छोड़कर दीवार से टिककर रो रही है। हरिया व्याकुल हो उठा, भरे-भरे गले से बोला, "माई रे! रोती काहे को है? हमने तो सबसे कह दिया कि हमारी नानी बड़ी लड़ाका है। मुंशीजी जाएँगे तभी बारात जाएगी, नहीं तो गोपीगंजवाले हों, चाहे विलायतगंजवाले हों, नानी राघो भैया का ब्याह करेगी ही नहीं। तो इस पर अनवर अफीमची बोला कि ठीक है...नकली बाप जावेगा तो गोपीगंजवाले नकली बहू विदा कर देंगे। मोम की औरत मिलती है सोनपुर के मेले में। सच रे माई!"

"चुप रह निपूते, राच्छस..." बिरजा आँसू पोंछकर फटे गले से चीख़कर इधर मुड़ी कि देखा दरवाजे पर मुंशीजी खड़े थे स्तब्ध! पत्थर की तरह! ज़रूर उन्होंने सारी बातें सुनी थीं। चेहरा जैसे स्याह... भीगा कोयला। बिरजा उठी और उनके पाँव के पास बैठकर फफक-फफककर रो पड़ी।

राघो अभी पहले दिन की नौकरी से नहीं लौटा था।

हरिया की बात के वाद उस दिन देहरी पर खड़े मुंशीजी के पाँवों के पास बिरजा का रोना जो शुरू हुआ था, तो उस दिन की साइत थी और आज की साइत, कि लगता था अब कभी हँसने-बोलने के दिन आएँगे ही नहीं। आख़िर मुंशीजी को हो क्या गया? न खाना न पीना। एक लकड़ी होती है जो जलकर कोयला होती है। एक मुंशीजी का चेहरा था कि हरिया की बात सुनकर पहले एकदम स्याह जैसे भीगा कोयला और फिर उस दिन से जैसे काठ। बिरजा लाख जतन करके हार गयी, लेकिन न दुःख, न गुस्सा, न कुछ पूछना, न बताना, बस कचहरी से गड्ड-के-गड्ड काग़ज़ लाना और खुशख़त उर्दू में नक़ल करते जाना। राघोराम चिलम भर दे तो ठीक, बिरजा से तो चिलम भी भरने को नहीं कहना। दो टुकड़ा तोड़कर भरी थाली छोड़कर उठ जाना, वह भी अगर हरदेई फुलका सेंके तो। अगर बिरजा रसोई में हो तो गुड़गुड़ी लिये-दिये मुंशीजी बजरंग स्वामी के चौतरे पर। बिरजा को कुछ मालूम तो हो कि आख़िर उसका क़सूर क्या है, बिशन मामा तो शुरू से ख़ार खाये बैठे हैं, हरीराम हाथ से बाहर है, जो मन में आता है सो बकता रहता है। बिरजा बेबस होकर मुंशीजी ही के पाँव पकड़कर रो सकती है सो मुंशीजी ने अपने को ऐसे खींच लिया है कि बस...

कैसा उछाह था उसके मन में राघोराम की नौकरी का! कटपीस की दुकान से लट्ठे का कपड़ा ख़रीदकर लायी थी। मथुरा बाबू की छोटी बहू के यहाँ हाथ की

मशीन लेकर दर्ज़ी बैठता था उससे दो पाजामा सिलवा लायी थी। लेकिन मुंशीजी की हालत देखकर हिम्मत नहीं पड़ती थी कि राघोराम को पहनाकर भेजे। मगर तीसरे दिन नहीं रहा गया। जब मुंशीजी ही बिलकुल काठ हैं तो बिरजा में कोई उमंग थोड़े ही थी बेटे की दुलार-मनुहार करने की, लेकिन असल बात यह थी कि दर्ज़ी ने कहा था कि कहीं कुछ झोल-झाल रह गया हो तो दो-तीन दिन में आकर ठीक करा लेना, वाद में फिर वह कुछ नहीं करेगा। उस दिन सुबह वह पाजामा निकालकर लायी। राघोराम को पहनाया। हाय! लड़का बिलकुल बड़े मुख़्तार की तरह लग रहा था पाजामा पहनकर। दर्ज़ी ने अलीगढ़ काट का सिला था। मुंशीजी कचहरी के लिए तैयार हो रहे थे। बिरजा ने पास जाकर अनबोला तोड़ने की फिर कोशिश की, "सुनते हो! राघोराम कैसा लग रहा है! नयी चाल का पाजामा है।" मुंशीजी ने आँख उठाकर देखा, कुछ बोले नहीं। बिरजा और पास जाकर थोड़ी रोचकता से बोली, "बिलकुल मुंशी लगता है। मुंशी का बेटा मुंशी। निगोड़े पर पाजामा कैसा सजता है, धोती में गबादू लगता है न?" मुंशीजी के ओठ कुछ हिले, ममता से, वात्सल्य से, आँख में एक चमक आयी, पुलक की, अभिमान की, और फिर अकस्मात् बुझ गयी। वही स्याह भीगा कोयला...उस दिन कचहरी जाते समय बिरजा से खैनी-तमाखू का वटुआ भी नहीं माँगा।

बिरजा ने जैसे-तैसे तरकारी-भात के दो-चार कौर निगले ही थे कि उसकी निगाह ताख़ पर रखे हुए बटुए की ओर पड़ गयी। उसने भरी थाली सामने से खिसका दी और हरदेई के आगे जाकर भभक पड़ी, "अब तो हमारे हाथ की खैनी-तमाखू भी ज़हर हो गयी मुंशीजी के लिए। हमने क्या किया है कोई बताए तो कि बस कुत्ता-बिल्ली हो गये कि बस दुरदुराते रहो! तुम भी घर में हो, चौबीस घण्टा देखती हो कि मुंशीजी के आगे-पीछे निहोरा करते घूमते रहते हैं। अब हरीराम बदनामी बके तो हमारा क़सूर? ऐसा तोताचसम आदमी किस काम का? या तो सिर पर चढ़ाकर रखे या..."

"यही तो ग़लती है न उसकी!" हरदेई जो चुपचाप सुन रही थी, अब बोली, "सर चढ़ाई डोमनी गावे ताल बेताल! सिर पर चढ़ाये हैं मुंशीजी, तभी भभक रही हो। चार दिन नहीं बोला तो क्या हो गया! मरद मनसेधू है। दुनिया जहान की फ़िकर सर पर रहती है। फिर सारी विपता मोल लेकर तुम्हें तुम्हारे बच्चों को सहारा दिये है, तो चुप न रहे तो क्या सातों पहर तुम्हारी आरती उतारा करे। हमारा मगज मत खाओ। जाओ यहाँ से।"

बिरजा चुप हो गयी। फिर कोने में जाकर बोली, "कोई क़सूर हो तो मार लें, पीट लें, काट के खेतवाले कुएँ में फेंक दें। अगर उफ़ करें तो कहो। अब राघोराम ने क्या बिगाड़ा है? बेटा समान है। चौबीस घण्टे सेवा में लगा रहता है। उससे भी चित्त फेर लिया है।"

हरदेई कुछ नहीं बोली। बिरजा थोड़ी देर आँगन में उठा-धरी करती रही, फिर पास आकर बोली, "गोपीगंजवाले कितनी दफे कहला चुके। मुंशीजी का रुख मिले तो बात करें। अब क्या राघोराम बुड्ढा हो जाएगा तो बहू आएगी?"

"उँह! अब मिल का भोंपू बोलना शुरू हुआ तो बन्द थोड़े होगा! चार मिनट चैन से घर में बैठना मुश्किल है!" हरदेई उठकर बाहर चल दी, "बहू आवे चाहे भाड़ में जाए। तुम जानो, तुम्हारा लड़का जाने, मुंशीजी जानें। हमसे मतलब?"

हरदेई बाहर जाकर फिर लौटी, दरवाज़े से झाँककर बोली, "हम पाठशाला जा रहे हैं। लेकिन कहे जाते हैं कि दामाद कहो तो, बेटा कहो तो, हमारे लिए जो हैं सो मुंशीजी हैं। अगर उनका परान माठा करने पर तुली तो हमसे बुरा न होगा। हाँ!"

"कैसे नहीं होगा! हम तो आज निपटारा करके मानेंगे। ऐसे दुत्कार सहके हमें घर में नहीं रहना..." लेकिन बिरजा की घोषणा सुनने के पहले हरदेई भड़ से किवाड़ बन्द कर चली जा चुकी थी...

जिस घर में ज़िन्दगी गुज़ार दो, अकस्मात् कभी-कभी एक क्षण के अन्दर वह घर कितना अजनबी लगने लगता है। किवाड़ बन्द होते ही बिरजा नल के पासवाले पत्थर पर बैठ गयी और एक बार उसने चारों ओर की दीवारों, दरवाज़ों, आँगन को निगाह घुमाकर देखा। गरमी की दोपहर ढलते-ढलते घर कैसा भाँय-भाँय करने लगता है। उसे लगा जैसे आँगन धूप से जल रहा है, दीवारें जल रही हैं, हर कोठरी में से आग की भभक निकल रही है और उसके बच्चे उसे इस भट्ठी में झोंककर चले गये हैं। उसकी माँ, इस भट्ठी का दरवाज़ा भड़ से बन्द करके चली गयी है। बिरजा क्यों है यहाँ? किसलिए? और बीच में गुज़ारे हुए तमाम वर्ष, उतरती धूप की तरह पता नहीं कहाँ चले गये और उसे याद आया कि ठीक इसी तरह एक गरमी की दोपहर को हरीराम को गोद में लेकर, राघो का हाथ पकड़कर, एक गठरी बग़ल में दबाकर वह किसी एक घर का दरवाज़ा ठीक इसी तरह भड़ से बन्द करके चली आयी थी।

उस दिन माँ के घर का यह आँगन माथे पर शीतल लेप की तरह लगा था। मुंशीजी वहाँ बैठे थे मचिया पर। उसी आले के नीचे जिसमें खैनी-तमाखू का बटुआ था। कैसा भरा-भरा चेहरा था तब! कोई अब जैसा थोड़े ही था, बिलकुल काठ! हरीराम को मचिया पर लिटाकर ख़ुद अन्दर चले गये थे। और बिरजा को लगा जैसे सारा घर भभक रहा है, लेकिन उस जगह कोई पेड़ झुककर छाँह कर गया है। शीतल, सुहावन। बिरजा अनजाने में ही उठी और जाकर उसी जगह बैठ गयी। अब उसकी आँख के आगे मुंशीजी का काठ-जैसा सूखा निष्प्राण चेहरा था और जिधर उसकी निगाह उठती थी—आँगन में गोबर लिपी दीवारों पर, देहरी पर—बस वही

चेहरा...और बिरजा को लगा कि यह धधकती भट्ठी नहीं! वह तो उसका अपना घर है, वह है इसीलिए यह आँगन है, दीवारें हैं, छत है। अभी तो हरदेई दरवाज़ा बन्द करके चली गयी, राघोराम भी बन्द करके चला जाए, कल को मुंशीजी भी बन्द करके चले जाएँ तो भी बिरजा क्या कर सकती है! वह बस यों ही बैठी रहेगी इन्तज़ार में कि जब जो भी वापस आए, वह दरवाज़ा खोलकर उन्हें वापस सहेज ले। वह अब भला कहाँ जा सकती है! यह काठ-जैसा निगोड़ा चेहरा जिसके मारे वह चार दिन से मरी जा रही है, घर के चप्पे-चप्पे से उसे जकड़े हुए है। वह क्या निपटारा करेगी मुंशीजी से? शाम को थके-हारे आएँगे, दिन-भर खैनी-तमाखू भी नहीं मिलेगी। क्या करे वह, हरिया होता तो उसे बटुआ देकर कचहरी भेज देती। बिना तमाखू-सुरती के उनका घण्टा-भर काम नहीं चलता।

और फिर अपने विद्रोह के सामने खुद हारकर बेहाल-सी बिरजा उठी और नल के पास जाकर अँजुली भर-भर पानी लेकर छपाछप मुँह पर मारने लगी, "बड़े आये मुंशीजी! बाँध के डाल दिया है इस घर में! कौन होते हैं हमें बाँधनेवाले! कचहरी में जमानत-मुचलका ले के चोर-गिरहकट को बाँधने की आदत पड़ गयी है। मगर हमें सीधा न समझें!"

"अरे भौजी! नहा रही हो तो अन्दर न आवें?" लाला भवनाथ दरवाज़े से ही खँखारे, और कल्पना में तथाकथित नहाती हुई भौजी अनुमति दें इसके पहले ही पसीने से तरबतर लाला भवनाथ धौंकनी की तरह हाँफते हुए आये और तख़्त पर बैठ गये, "बस भौजी! अब तो हम तभी उठेंगे जब तुम कसम खा के कहोगी कि जो हमने सुना है सब झूठ है।"

"सुना क्या है, पहले बताओ तो!"

भवनाथ ने बताया तो बिरजा के पाँव तले से ज़मीन खिसक गयी। मालूम हुआ कि बिटौनी के पति सतसहाय कई दिन पहले कचहरी गये थे और उन्होंने सब वकील-मुख़्तारों को बताया कि चूँकि अब राघोराम की नौकरी लग गयी है इसलिए बिरजा अलग रहने जा रही है, नहीं तो राघोराम की शादी में बाधा पड़ेगी। सतसहाय को बिटौनी ने बताया था, बिटौनी को टुन्नी की माँ पँड़ाइन सवेरे जमुनाजी पर मिली थीं। पँड़ाइन को बिशन उस्ताद के यहाँ से मालूम हुआ था। बिशन उस्ताद को मथुरा बाबू के दर्ज़ी ने बताया था। अब तो राघोराम के कपड़े तक मुंशीजी नहीं सिलवाते।

और अब बिरजा का चेहरा स्याह था, बिलकुल उसी तरह भीगे कोयले के मानिन्द।

मुंशीजी लौटकर आये तो घर क़रीब-क़रीब अँधेरा पड़ा था। सिर्फ़ चौके में ढिबरी जल रही थी और हरीराम कहीं जाने के लिए तैयार हो रहा था। उसी ने मुंशीजी

को बताया कि नानी (हरदेइया) को बिशन नाना ने बुलाया है। आज उनके यहाँ जमकर महाभारत होयगा। नानी भी गाली देते हुए कमर कसकर गयी हैं, राधेराम बाइस्कोप देखने गया है, सरकारी मोटर चौराहे के पास आयी है, मुफ़्त में बाइस्कोप दिखाती है जिसमें मच्छड़ मारने और सफ़ाई करने का सीन है, माई (यानी बिरजा) ऊपर मुंशीजी के कमरे में चादर ओढ़े पड़ी है। उसे बुख़ार आया है। हरीराम मिश्रा मुंशीजी से इतने आदर से बोल रहे थे कि इतने दिनों की भावशून्य जड़ता में भी मुंशीजी के चेहरे पर कुतूहल जाग गया। वे ऊपर अपनी कोठरी में जाएँ कि इसके पहले हरीराम पास आये और बोले, "क्या नौकरी ही सब कुछ होती है, इलम-हुनर कुछ भी नहीं? सारंगी बजाना कोई खेल नहीं। भैया पढ़-लिख गये तो माई दर्ज़ी के पास जाकर दो पाजामा सिलवा लायी, हमने कै बार कहा कि सारंगी पर धूल जमती है, एक खोल बनवा देते तो बहरी बन गयी।"

मुंशीजी ढिबरी की हलकी रोशनी में एक क्षण हरिया को देखते रहे, फिर जेब से एक रुपया निकालकर हरी के हाथ में रख दिया। हरी के चेहरे पर चमक आ गयी। लेकिन किसी उंशी-मुंशी का अहसान वे अपने ऊपर एक क्षण को भी नहीं रखते। तुरत एवज़ में असली ख़बर बताते हुए चल दिये, "कल सुबह गोपीगंज से भैया के देखनेवाले आ रहे हैं। बिशन नाना ने कहलाया है कि आज रात से ही दो-तीन दिन के लिए मुंशीजी चाहे बिटौनी के यहाँ चले जाएँ चाहे भवनाथ के यहाँ। एक बार बात तय हो जाए फिर आ जाएँ। बारात में उनके जाने की ज़रूरत नहीं। बिशन उस्ताद खुद जाएँगे नाती के ब्याह में।"

मुंशीजी ऊपर अपनी कोठरी में जाने के लिए सीढ़ी चढ़ने लगे तो लगा एक-एक पैर में सौ-सौ मन का पत्थर बँधा है।

कोठरी में अँधेरा था और गरमी की शाम की उमस। उन्होंने दीया नहीं जलाया। कोट-कमीज़ उतारकर अन्दाज़ से खूँटी पर टाँग दिया और खिड़की के पास बैठ गये। बिरजा न हिली न डुली। यह भी पता नहीं कि सो रही है कि जग रही है।

अँधेरा, ख़ामोशी, सिर्फ़ खपैरल के बाँसों में लगे घुनों की अनवरत आवाज़ कर्र-कर्र।

क्या आदमी के तन-मन में भी कोई घुन लगा रहता है? बाहर से चाहे कुछ न बदले लेकिन अन्दर से कुछ कहीं घुन की तरह उसे खाता रहता है और एक दिन बाहर के जिस बोझ को वह उछालकर फेंक देता है एक दिन वही आदमी उसी बोझ के नीचे घुन खाये बाँस की तरह पिचक जाता है।

अँधेरे में बाहर की आँख न देखे लेकिन मन की आँख ज़्यादा साफ़ देख लेती है क्या? मुंशीजी को लग रहा है कि न इस समय उन्हें मोह है न दुःख, डर है न क्रोध, ममता है न खीज; वे बस देख रहे हैं इस अँधेरे में क़ैद दो प्राणियों को।

राघोराम उस दिन हिन्दी गीता में से पढ़ रहा था, "रात आयी सो गये सब, नींद में जड़ हो गये सब, एक जो सब कुछ सरेखे, वही जाये और देखे।" उसके नीचे फूल का निशान बनाकर उसी अर्थ की एक कबीर जी की बानी भी लिखी थी, "सुखिया सब संसार है खावे और सोवे, दुखिया दास कबीर है जागे और रोवे।" लेकिन वे रो नहीं रहे हैं। जाग रहे हैं और देख रहे हैं। देख रहे हैं कि अन्दर से घुन खाते रहे, खाते रहे और अब दो बाँस बोझ से पिचककर टूट गये हैं। एक बाँस खाट पर पसीने से तर पड़ा है—बिरजा। एक बाँस खिड़की से टिका हुआ खड़ा है, वे खुद!

एक दिन साहस था, जीवट था और भय भी, आशंका भी; जिस दिन उन्होंने चुनौती दी थी, देखें कोई क्या कर लेता है, कौन छीनता है उनसे राघो को, बिरजा को। आज न भय, न आशंका—सिर्फ़ एक टूटी हुई अन्दर की निगाह जो अँधेरे में सब कुछ देख रही है।

पिछले पाँच-छह दिन से जब से हरिया की बात सुनी थी, सतसहाय की बातें सुनी थीं, वे कुछ फ़ैसला नहीं कर पा रहे थे। आज कुछ इतना सूना था बाहर, अन्दर, इतना अँधेरा था कि कब उन्होंने फ़ैसला कर लिया उन्हें खुद नहीं मालूम। लेकिन उन्हें क्या करना है इसका फ़ैसला कर लिया, और फ़ैसला कर लेने के बाद उनका मन जो पिछले पाँच-छह दिनों से इतना पथरीला, इतना बोझीला था, जैसे बहुत हल्का हो गया। वे उठे और बिरजा के सिरहाने जाकर बैठ गये। माथे पर हाथ रखकर बोले, "सिर पिराता है, दबा दें क्या?"

बिरजा कुछ नहीं बोली, न हाँ, न ना। मुंशीजी चुपचाप माथा दबाते रहे। ऐसी जड़ निर्जीव-सी पड़ी थी बिरजा कि उन्हें एक बार जैसे अँधेरे में डर-सा लगने लगा। कहीं उन्होंने किसी दोहे में सुना था—लकड़ी-जैसे हाड़, घास-जैसे केश। बिरजा का माथा, बिरजा के रूखे केश बिलकुल वैसे लग रहे थे। जैसे बिरजा से कहने के लिए नहीं सिर्फ़ अपनी घबराहट कम करने के लिए मुंशीजी बोले, "तुम कोई फ़िकर न करो। हम सब समझते हैं। आख़िर राघो को बचपन से पढ़ाया-लिखाया तो अब क्या उसके ब्याह-शादी में हम बाधा बनेंगे! तुम्हारे लिए भी ले-देकर वही है। हरीराम तो किसी काम का नहीं। बस यही था कि अब तक इतनी आन रखी है तो अब झुकने में ज़रा हेठी होती थी। बिटौनी के यहाँ किस मुँह से जाएँ? कैसे रहें? भवनाथ विचारा खुद टाल पर पड़ा रहता है, न घर न बार। कभी उसके लिए कुछ किया-धरा नहीं; यही सोचते थे कि अब इस घर से अन्न-पानी उठ गया तो कहीं और कैसे हो सकता है। लेकिन आज फ़ैसला कर लिया। ईश्वर जानता है बिरजा, कि चाहे परदेस में जा के मरें लेकिन हमारा यही घर हमारा वही बेटा राघोराम। अब करम में नहीं लिखा तो घर होते हुए भी आदमी देस-परदेस भटकता है।"

"क्या फ़ैसला किया है?" बहुत मरी-मरी अपरिचित-सी आवाज़ बिरजा के गले से निकली।

"तुम फ़िकर न करो! वकील साहब से समझा के सब बात बतायी तो बोले हमसे रुपया लो और हमारी बूढ़ी माई बद्री-केदार जा रही हैं, उनके साथ बद्री-केदार हो आओ। चले जाएँगे।"

और फिर सब चुप। सन्नाटा।

मुंशीजी को किसी से डर नहीं लगता पर इस सन्नाटे से जाने क्यों डरते हैं। इसीलिए महज़ सन्नाटे को तोड़ने के लिए बोल रहे हैं, "चार-पाँच दिन से सब सामान बँधवा रहे थे वकील साहब के यहाँ। अब तो चल-चलाव ही समझो बिरजा! बड़ा खौफ़नाक रास्ता है। न आदमी न आदमजात। कहते हैं बस बरफ़-ही-बरफ़ है। बस एक पहाड़ी चिड़िया होती है; बस वही बोलती रहती है, 'पंछी पग ध्यान यहाँ आपनो न कोई।' पैर फिसला तो बस हड्डी-पसली चकनाचूर। सोचो जिसका कोई रखवारा नहीं उसका भगवान रखवारा। इनसान का बस नहीं कि सहारा दे, चिड़िया बोलती है—पंछी पग ध्यान यहाँ आपनो न कोई। हे बजरंग स्वामी..."

बिरजा ने उनके हाथ अपने माथे से हटा दिये और करवट लेकर कराहती हुई उठ बैठी। धीरे-धीरे सीढ़ी से नीचे उतरने लगी। मुंशीजी ने सन्नाटे और अकेलेपन से घबराकर जैसे चुप्पी तोड़ने की आख़िरी कोशिश की, "तुम चिन्ता मत करो। राघोराम बाइस्कोप देखकर आ जाएँ। उसे सब काग़ज़-पत्तर सौंपकर कल तड़के सुबह हम वकील साहब के यहाँ चले जाएँगे। भवनाथ से कहला देना कि गोपीगंजवाले पक्का कर गये कि नहीं।"

बिरजा चद्दर डालकर तब तक गली में निकल चुकी थी। अँधेरे घर में सिर्फ़ चौके की ढिबरी जल रही थी वह भी भभक-भभककर बुझनेवाली थी। मुंशीजी को कुछ नहीं सूझा। कोठरी का, ओसारे का, बैठके का दीया जला आये और राघोराम के पढ़ने की लालटेन जलाकर तेज़ करके आँगन में रख दी। छाता, रूमाल, एक बड़ा-सा हरा कंघा, एक रेशमी मोज़ा, ये सब आज राघोराम के लिए लाये थे। उसके बिस्तर पर रखकर चौखट से टिककर खड़े हो गये। बिना राघोराम को देखे कैसे रहेंगे? "बेटा..." उन्होंने बड़े विगलित स्वर में पुकारा और फिर गहरी साँस लेकर चुप हो गये। बद्री हो आओ चाहे केदार लेकिन अगर गया में अपना बेटा पिण्डदान न दे, पितरपक्ष में तर्पण न करे तो नरक से छुटकारा नहीं मिलता। लेकिन कौन बाप होगा कि जीते जी अपने लड़के की ज़िन्दगी नरक बना दे। चले जाएँगे, कल तड़के ही चले जाएँगे। राघोराम जल्दी में अपना कोट सन्दूक़ पर गुड़ी-मुड़ी फेंक गया था। उन्होंने बड़े प्यार से कोट उठाया, झाड़ा, कालर ठीक किया और खूँटी पर टाँग दिया। आले में हिन्दी गीता रखी थी। उसे अपनी गठरी में रख लिया। "हे बजरंग

स्वामी...सबकी रक्षा करना...” गठरी में गाँठ लगाकर सुबह के लिए सामान ठीक करने लगे; वैसे कोई ग़म नहीं सिर्फ़ हाथ काँप रहे थे।

कब झपकी लग गयी, कब राघोराम बाइस्कोप देखकर लौटा और सो भी गया, मुंशीजी को कुछ भी नहीं मालूम, सिवा इसके कि उखड़े-पुखड़े सपने आते रहे। कभी बिशन उस्ताद की ज़ोर-ज़ोर से गरज-तरज, कभी अँधेरे में गली में बहुत-से पैरों की आवाज़; कभी बिरजा का रोना। मुंशीजी ने कहा भी, बद्रीनाथ महाराज सब ठीक करेंगे, बिरजा रोती काहे हो। अब वो राघोराम को देखो, बहू को सँभालो, मगर बिरजा थी कि रोती जाए। और नींद उचटी तो नीम से उड़कर बिजली के खम्भे पर एक घुग्घू बोल रहा था, आले पर ढिबरी बुझने-बुझने को हो रही थी और दीवार पर एक छाया, जिसका एक बड़ा हाथ दीवार से होता हुआ टेढ़ा होकर आँगन में डोल रहा था। मुंशीजी होशियारी से उठे, “कौन है?”

आँगनभर में फैला हाथ सहसा सिमट गया और आवाज़ आयी—“माई की पोटरी में अफ़ीम ढूँढ़ते हैं, किसी का कुछ लेते हैं क्या?”

“हरिया!”

“अरे आप सोओ न! अफ़ीम मालूम हो तो बता देव! माई तो रोय-रोय के बिशन नाना के यहाँ कह रही थी कि अफ़ीम का पूरा गोला लायी है। खाय के सो रहेगी। तो अब तो बिशन नाना हार मान गये। माई को तो अब अफ़ीम की ज़रूरत भी नहीं। दो तोला हम ले लेंगे तो किसी का खज़ाना लुट जाएगा!”

हरीराम से सारी गाथा मालूम हुई। सारा मुहल्ला बिशन उस्ताद के आँगन में इकट्ठा था और बिरजा जिसके मुँह से आवाज़ नहीं निकलती थी, चीख़-चीख़कर अपने मामा के घर का एक-एक राज़ खोल रही थी। मुहल्ला-भर जमा था। पार्टियाँ दो थीं, एक बिशन उस्ताद की धज्जियाँ उड़ने से ख़ुश और दूसरी कल की छोकरी बिरजा की गुस्ताख़ी से लाल-पीली, मगर दोनों पार्टियों का नारा एक ही था, “अरे बाप रे! बड़ा दूध का धोया बनता था बिशनवा! हरे राम! हरे राम! नरक में भी ठौर नहीं मिलेगा इसे।” और इसी परिपक्व क्षण पर अणुबम का प्रयोग हुआ! बिरजा ने स्पष्ट घोषित किया कि राघोराम की सगाई-बरिच्छा मुंशीजी के ही हाथ से होयगी और बिशन मामा ने कुछ इगड़-तिगड़ किया तो अफ़ीम का गोला लायी है बिरजा। पानी के साथ घूँट के सो रहेगी। गऊ और नारी हत्या का पाप सारे मुहल्ले पर।

जनमत पलटा, बिशन ने सबके सामने क़सम खायी कि मुहल्ले पर हत्या नहीं पड़ने देंगे, लेकिन इसके पहले कि विजयिनी बिरजा घर लौटे हरीराम पीछे से खिसक दिये थे। पहले ही।

मुंशीजी की आँखों के आगे ढिबरी, आँगन, नीम सब जैसे पेंग ले रहे थे।

कभी इधर उठ जाएँ कभी उधर उठ जाएँ। वाह रे बिरजा! मुंशीजी को बहुत याद आती थी तो बिटौनी की। माँ की याद नहीं आती थी। आज जाने क्यों माँ की याद आ गयी। जैसे वह बच्चे हैं और कमज़ोर हैं और खेल में बेईमानी करके बड़े बच्चों ने उन्हें पीट दिया है और टूटे घुटने, छिली कोहनी लिये वे सिसक रहे हैं और फिर कहीं से बिरजा माँ की तरह आती है और उन्हें उठा लेती है। "देखती हूँ कौन बाल बाँका करता है मेरे छौने का!" और मुंशीजी का मारे ख़ुशी और सन्तोष से गला भर आया, आँख में आँसू छलछला आये और गुड़गुड़ी पीने को जी हो आया।

दरवाज़ा खुला और चादर उतारते हुए बिरजा दाखिल हुई। मुंशीजी को लगा कि आँगन में उजास फूट गया। जाने क्यों एकदम उन्होंने कल्पना की कि आँगन में केले के पत्ते और आम की वन्दनवार है और बिरजा के साथ बैठकर मुंशीजी सत्यनारायन की कथा सुन रहे हैं। एक अध्याय ख़त्म हुआ और फूल की थाली बज रही है और शंख!

बिरजा ने घनौची पर से झंझर में पानी लिया और एक साँस में पीकर बोली, "जाओ बद्रीनाथ! ज़रूर जाओ, अब लौटना मत! भभूत रमा के वहीं चिमटा गाड़ो। वहीं शान्ति मिलेगी। यहाँ तो बिरजा का काला मुँह देखके मन-भर का थोबड़ा लटका रहता है।"

अरे! ये बिरजा है! इसके मुँह से तो बोल नहीं फूटता था। सचमुच! ये तो हरदेई का तेवर है! धिक्कार पर मुंशीजी की अजीब घुली-मिली प्रतिक्रिया थी, कुछ-कुछ लज्जा, कुछ-कुछ अचरज और बहुत सारी गुपचुप ख़ुशी। बिरजा का मुँह खुल गया था सो खुल गया था, "बद्रीनाथ में बरफ़ पर चिड़िया बोलती है—पंछी पग ध्यान यहाँ आपनो न कोई! अपना कौन है! सब तो दुश्मन बैठे हैं तुम्हारी छाती पर, बाल-बच्चा, कुटुम-कबीला ले के! दे दो अफ़ीम। फिर जाओ बद्रीनाथ!" मुंशीजी ख़ुशी दबाते हुए गुस्सा उभारते हुए बोले, "बस कर बिरजा, राघोराम सुनेगा, कुछ तो..." "सुनै, सुनै, सब लोग सुनैं! तुम्हें क्या! तुम्हें तो चिड़िया सुनाती है—आपनो न कोई! कौन मुँहझौंसी चिड़िया है?" हरीराम जो जल्दी से पोटरी छोड़-छाड़कर अपनी खाट पर दुबक रहे थे, लघुशंका के बहाने उठे, दो मिनट को आँगन में हक्का-बक्का खड़े रहे, कभी मुंशीजी को देखते कभी बिरजा को। अन्त में बुड़बुड़ाकर बोले, "राग बिलावल! राग बिलावल!" और खाट पर जाकर लेट गये।

सुबह जैसे रोज़ होती थी वैसे ही हुई। पहले पिछवाड़े खेत के कुएँ का डोल और चरख़ी बोले, फिर नीम पर कौए और फिर खपरैल से आँगन और आँगन से खपरैल पर गौरैया, लेकिन आज इन तीनों से पहले ही बिरजा का बोल गूँजने लगा था। बाल्टी और झाड़ू लेकर आँगन धोने में जुटी थी और हरदेई से सगाई-बरिच्छा की रसम का ब्यौरा ले रही थी। घर में ऐसा लग रहा था जैसे अभी-अभी बौछार करके बादल छँट गये हों। राघोराम को सुबह की औंधानींदी में ऐसा लगा मानो हरदेई

का चरख़ा चालू है। इतनी ज़ोर से लगातार वही बोलती थी, "का है नानी, सुबह-सुबह..."

"चल-चल उठ! कचहरी की तैयारी कर।" बिरजा बात काटकर बोली, "अब ठीक से काम-धाम में लग। कल से बहू आ जाएगी तो कहेगी..."

राघोराम एकदम चौंककर उठ बैठा और अचरज से माँ की ओर देखता रहा। फिर एक बार मुंशीजी की ओर देखकर कान पर जनेऊ चढ़ाकर बाहर चला गया।

मुंशीजी गीता खोलकर मन-ही-मन कुछ पढ़ रहे थे और बीच-बीच में बिरजा की ओर देख लेते थे। इतने दिनों का अनबोला ऐसे कैसे टूट सकता था। इधर तो मुंशीजी कोई काम भी बिरजा से नहीं कराते थे और आज जब इन्तज़ार कर रहे थे तो बिरजा अपने काम में लगी थी। गीता में मन नहीं लगा तो महज़ चुप्पी तोड़ने के लिए बोले, "हरी कल अफ़ीम ढूँढ़ रहा था। पोटरी में थी क्या?"

और सहसा बिरजा को याद आ गया। "क्यों रे! बीड़ी झौंसता था, अब अफ़ीम भी भकोसने लगा? कीड़े पड़ जाएँगे दिमाग़ में, नाक से निकलेंगे!"

"हम क्यों खाएँ अफ़ीम? अफीम खाएँ मुसलमान अनवर अफ़ीमची या लाला-लूली जो आधे मुसलमान होते हैं!" हरीराम तुनककर बोले। बाद में उन्होंने बताया कि अनवर-अफ़ीमची के पास उर्दू हरुफ में बड़ा इन्द्रजाल असली तीनों हिस्सा है। उसमें सब विद्या है। टोपी लगाके लोप हो जाओ। बिना विद्या पढ़े बन्द किताब का सब इलम मुँहज़बानी बता दो। जिन्न बुला लो और दूसरे की काया में परवेस कर लो। मगर सिखाता नहीं, कहता है अफ़ीम खिलाओ तो बताएँगे।"

मुंशीजी कभी हरी से हँसकर नहीं बोले थे, मगर आज सवेरा अच्छा लग रहा था। हँसकर बोले, "अरे, सब गप्प है बौड़म! दूसरे की काया में..."

"ये वकील-बुकला का इलम नहीं है जो पढ़ने से आ जाय मुंशीजी! सिद्धी से आता है। सब सच है।" फिर हरीराम भाई की ओर कनखी से देखकर बोले, "अफ़ीम लाय के रख ली पोटरी में तो देखो न माई की काया में तो जीते ही जी नानी की आत्मा परवेस हो गयी। कैसा टर्र-टर्र लगाये है भिनसारे से!"

बिरजा ने पहले एकदम आँख तरेरी, फिर हलके से हँसी, फिर एकदम चुप हो गयी। पहलेवाली बिरजा। झाड़ू अलग रखी। हाथ-पाँव पोंछे, फिर मटकी में से गुड़पगी लइया निकालकर मुंशीजी के सामने रखी और दो मगद के लड्डू, "बँधवा के हनुमानजी का परसाद है। शनीचर को लाये थे, पर हिम्मत नहीं पड़ती थी कि तुम्हें दें। हनुमानजी ने बिशन मामा का दिमाग़ ठीक कर दिया। बद्रीनाथ बड़े परतापी हैं पर बँधवावाले भी रच्छा करते हैं बखत पर, तुम सचमुच जाय रहे थे। बिरजा की रच्छा तो उन्हीं ने की!" बिरजा ने हाथ जोड़े। मुंशीजी ने भी आँख मूँदकर हाथ जोड़े और लड्डू तोड़ने लगे। टूटते-टूटते कुछ जुड़ गया था।

मुंशीजी फिर गीता पलटने लगे, "न इसको अस्त्र काटेंगे, न इसको शस्त्र

काटेंगे" और नीचे खुलासा किया था। लिखा था—मरता है वो मरता नहीं, जीता है वह जीता नहीं। अर्जुन तू समझ कि हारनेवाला हारता नहीं, जीतनेवाला जीतता नहीं। टूटता है वह कभी नहीं टूटता, जुड़ा है सो जुड़ा नहीं है, यह सब तो मैं लीला करता हूँ।

और फिर मुंशीजी के मन में जाने कैसी सुस्ती और डर व्यापने लगा। या शायद सिर्फ़...अलकस। उस दिन कचहरी नहीं गये। हरदेई पाठशाला चली गयी, राघोराम कचहरी चला गया, हरिया सारंगी ले के निकल गया तो खाट ओसारे में खींच ली और बिरजा से बोले, "आओ इधर बैठ के ज़रा गोड़ दबा दो, बड़ा अलकस लग रहा है!" बिरजा ने सज्जी मिट्टी से धोकर बाल सुखाये थे और माथे पर बड़ा-सा बिन्दा। मुंशीजी मन्त्रमुग्ध से देखते रहे, बोले, "बिरजा थोड़ी उमर और है। सदा साथ देना। तुम्हारे बग़ैर..."

बिरजा खिल आयी। बुढ़ाता चेहरा कैसा मधुरा आया।

"हम सगाई-बरिच्छा में नहीं रुकते, बद्रीनाथ चले जाते तो तुम सचमुच अफ़ीम खा लेतीं?" बिरजा कुछ बोली नहीं, लजा के दीवार की ओर देखने लगी। मुंशीजी ने हौले-से उसका मुँह अपनी ओर घुमा लिया, "बोलो न!"

"आँगन की कुण्डी लगा आवैं, दरवाज़ा खुला है!" बिरजा बोली।

वही दिन था जब दिन ढलते-ढलते मुंशीजी को तेज़ बुख़ार चढ़ आया। वह तो मालूम भी नहीं होता। मुंशीजी बहुत ख़ुश थे। पहले कभी शाम को कचहरी से लौटकर इसाक मियाँ की टाल पर एक-आध हाथ ताश-पत्ता खेल लेते थे। फिर सब छूट गया था आना-जाना। शाम को भवनाथ आये तो बोले, "इसाक मियाँ होंय तो चलो आज एक हाथ ताश-पत्ता हो जाय।" लेकिन खाट से उठे जूता पहनने के लिए तो पैर डगमगा गया। भवनाथ ने थामा तो बोले, "भैया, तुम्हें तो ताप चढ़ा है!"

वह दिन है कि आज, उबरे नहीं मुंशीजी बीमारी से। पहले कुछ दिन ओसारे में खाट लगी, बीच में कुछ ताक़त आयी तो कुछ दिन कचहरी भी गये लेकिन फिर खाट से लग गये। अब यही ऊपरवाली कोठरी, सिरहाने के मोखे से दीखते पिछवाड़े के खेत, कुआँ और बीच में हनुमान-चौरा। राघोराम सुबह-शाम नित्य घण्टों पास बैठता था, बैनामे की नकल, मिसिल की नकल सब मुंशीजी उसे सिखा रहे थे! बीच-बीच में सब रोक, एकटक उसे देखते, फिर कहते, "मरते दाँई बेटा के हाथ से गंगाजल और तुलसी मिल जाए बस!" और बिरजा तुरत आँखों में आँसू भरके कहती, "कुभाखा न बोलो मुंशीजी, लड़के का मुँह छोटा-सा निकल आया है। ब्याह का वर, सारा काम पड़ गया है, हम सेवा नहीं कर पाते तो शाप न देव।" "नहीं, नहीं बिरजा।" मुंशीजी गहरी साँस लेकर कहते और फिर मोखे से बाहर खेत की ओर देखने लगते।

'मोह'! गीता में कहा है न! सच है। मोह और बढ़ता जा रहा था। मन होता

था हर वक़्त बिरजा सामने रहे। हर वक़्त। और आँख लग जाए तो कैसा-कैसा सपना देखते थे। छीः मरते दाँई काम जागा है। "मगर अभी मरने की बात काहे को करते हो भैया," भवनाथ कहते, "अब तो बहू आवेगी, सेवा करेगी, फिर पोता गोद खिलाओगे। और बड़ी कोठी में बबुआ साहब के अगहन में पोता हुआ और चैत में बबुआइन के पाँव भारी हो गये। क्यों भौजी!" भवनाथ की बात पर बिरजा का चेहरा लाल हो जाता लेकिन कहीं बिरजा को अच्छा लगता। सच बात है कि काम जागे नहीं तो क्या! बिरजा ज्यों-ज्यों राघोराम के ब्याह का सरंजाम करती, बहू के कपड़े-लत्ते-सिंगार का सामान बटोरती त्यों-त्यों उस पर रस चढ़ता। उस दिन सेन्दुरदान, दर्पण आरसी लायी तो पहले लाकर मुंशीजी के पास रखकर बोली, "हमारी तो तमन्ना रह गयी कि एक चुटकी कभी तुम अपने हाथ से डालते!" मुंशीजी अन्दर से पुलक उठे, फिर गुस्सा दिखाते हुए बोले, "तमन्ना! ये सब भाखा कौन सिखाता है आजकल?"

"कलंक न लगाओ। छोटी बहू बोलती हैं ये लब्ज़।" आजकल बिरजा की बैठक दोपहर में छोटी बहू से होती, "और एक बात बतावैं," बिरजा पास झुककर धीमे से बोली, "वो ससुर-बहूवाली बात बिलकुल सच्ची है। हमारे सामने ही कहती है बुढ़वा से, दादाजी हमारी बड़ी तमन्ना है कि बाइस्कोप जाएँ तो विलायती क्रीम लगाएँ। बुढ़वा तुरत लाता है! उसकी नज़र बड़ी ख़राब है।"

"तो काहे को रोज घुसती है वहाँ जा के!" मुंशीजी अब सचमुच नाराज़ हुए।

"जाएँ न तो क्या करें! सारा काम करा रही है बियाह का। सिलाई की मशीन भी है उनके यहाँ। तुम तो खाट पकड़कर पहुँच रहे, अब बिटवा का ब्याह क्या रोज़-रोज़ होता है! ये न करो वो न करो, बस घर में पड़े मरते रहो। सारी ज़िन्दगी तो मुहल्ले के आगे आँख नीची करके गुज़र गयी।" और बिरजा तुनककर उठी, "और कोई मरद मानुख होता तो सराहता। यहाँ हर वक़्त त्यौरी चढ़ी रहती है।"

"बस भी कर," बीमारी में मुंशीजी भी चिड़चिड़े हो गये थे, "मुँह लगायी डोमनी गावे ताल बेताल!"

"अब तुम डोमनी न कहोगे तो कौन कहेगा, बुलाओ न अपनी कैथानी टोली को। हैं तो बिटौनी, एक बार झाँकने भी नहीं आयीं कि भाई को देख जाएँ।" यह चोट मरम पर थी।

"अच्छा, पुराण बखानने की ज़रूरत नहीं, ले जा यह सब। जो मन में आए, कर!"

"करूँगी, ज़रूर करूँगी, तुम्हें अच्छा लगे चाहे न लगे। वाह रे आदमी! बेटा का ब्याह नहीं सहा जाता, राम! राम!" बिरजा पाँव पटकते चली गयी।

मुंशीजी सुन्न होकर पड़ रहे। आज राघोराम को लेकर इतनी बड़ी बात कह

दी बिरजा ने। राघोराम। भगवान, सिरिफ भगवान जानता है कि उनके प्रान चौबीस घण्टे कहाँ अटके रहते हैं। जब तक कचहरी से आता नहीं, मुंशीजी अकुलाते रहते हैं। रोज़ मोखे से हनुमान-चौरा को देख-देख मन-ही-मन मनाते रहते हैं कि बजरंग स्वामी! लड़का पाँव पर खड़ा हो गया, ठीक रास्ते लगाये रहियो। कितनी बार बुलाते पर बिरजा नहीं आती, काम-धाम में लगी रहती है तो जी बड़ा घबराता है। ऐसे ही किसी दिन अकेले प्रान छूट जाएँ तो? और कोई होय, न होय, लेकिन राघोराम धरती पर उतार के एक बूँद गंगाजल ज़रूर डाल दे। किसी को बताया नहीं लेकिन सिरहाने जहाँ टीन का बकसा रखा है वहाँ ताँबे की गंगाजली पीछे ला के रख दी है। अमावस के नहान की गंगा का पानी है उसमें। "राघो, बेटा!" मुंशीजी ने भरे गले से कहा और आँख में आँसू भर आये, "बिरजा!" बिरजा को बुलाने का जी चाहा, बहुत जी घबरा रहा था, लेकिन मुँह तक आ के नाम नहीं निकला। चुपचाप पड़ रहे। पिछवाड़े खेत में औरतें मेड़ पूजने आयी थीं। गीत के स्वर हवा पर उड़कर आते और मुंशीजी का जी रोने-रोने को हो आता।

तीसरे पहर बिरजा आयी दवाई देने। कुछ बोली नहीं। दवाई देकर पैताने बैठ गयी और धीरे-धीरे पाँव सहलाने लगी। समझौता। मुंशीजी का मन और उमड़ आया। कैसा होता है मन! जिससे चोट खाता है, उसी से सहारा ढूँढ़ता है और फिर दुगुनी चोट खाता है। टूटता भी है और जुड़ता भी है और पूरी तरह न टूटता ही है, न जुड़ता ही है। गीता में खुलासा किया है न, फिर किसका बस। मुंशीजी ने भी एक शब्द नहीं कहा। बिरजा की गोद में हाथ रख दिये, अनबोला टूटा। बिरजा ने आगे झुककर पल्ला हटाते हुए कहा, "अब तो तुम कुछ देखते ही नहीं। छोटी बहू ने राघोराम की बहू के कपड़ों में दो बिलायती चाल की भीतरी अँगिया सिल के रखी थीं। एक हमने भी अपने लिए सिलवा ली, अच्छी है न! कहोगे बूढ़े मुँह मुँहासे। तो क्या हुआ! सुहागिन हैं तो मरद के लिए शृंगार काहे न करें! सारी उमिर तो टाट पहनके गुजार दिया कि मुहल्लेवालों की छाती पर साँप न लोटे। जलेंगे हमसे, परान तुम्हारा माठा करेंगे।" फिर बड़े मीठे से मुंशीजी का बढ़ता हुआ हाथ बरजते हुए बोली, "राम! राम! कैसी बेसरमी उतर आयी है दुनिया पर! भवनाथ देवरजी बताते थे कि अबकी कातिक के मेले में जमुनाजी पर बिसाती लोग बाँस में ऐसी-ऐसी अँगिया टाँगकर खुलेआम बेचते थे।"

नहीं, मरेंगे नहीं मुंशीजी। शरीर है। बीमारी-हारी लगी रहती है। फिर पिछले कितने बरस से कैसा दाह-जलन का जीना रहा, लेकिन अब पार कर लिया। अब कुछ अटपटा लगता है बिरजा का यह नया शौक़-रंग, लेकिन कितना सुख, कितना नशा है। नहीं, मुंशीजी गंगाजल की बात करें चाहे तुलसीदल की, लेकिन जानते हैं कि जीवन तो अब शुरू हुआ है। अब कौन मारेगा?

और उन्हें याद आया एक बार बहुत छोटी थी बिटौनी तो बीमार पड़ गयी

थी। सूख के काँटा। किसी की दवा ही न लगे। आधी-व्याधी भी उतरवा ली, डॉक्टर, वैद्य, हकीम की तो बात ही नहीं। तो किसी ने बताया गंगा पार झूँसी में एक महात्मा रहते हैं। मुंशीजी गये। बिटौनी को चरणों में डालके बोले, "महाराज, हमारा और कोई नहीं है, इसे अच्छा कर दो। बड़ी किरपा हो, इसके हाथ पीले कर दें, पति के घर जाए। नहीं तो महाराज हमारे प्रान ले लें, इसे दे दें।"

महाराज हँसे, बोले, "बेटा! और पति के घर भी तो मरेगी! फिर?" फिर महाराज ने कहा, "आया है तो जाएगा। पलंग पर मरेगा, धरती पर मरेगा, दिन में मरेगा, रात में मरेगा, जहाँ रखोगे वहाँ मरेगा। मरकर भगवान के चरणों में जाएगा न! तो अभी डाल दो भगवान के चरणों में। जहाँ पहुँचना है, पहुँच जाएगा। फिर कैसे मरेगा?"

और पूजा-पाठ में, तीरथ में, कीर्तन में कभी ऐसा नहीं लगता था जैसे कई-कई बार अब बिरजा के शरीर की सुखद आँच में लिपटे हुए मुंशीजी को लगता था कि कपाट बन्द हैं और बदरीनाथ महाराज के चरणों में दोनों डूब गये हैं। भगवान में जिएँगे तो कैसे मरेंगे भला? बिरजा से बहुत मोह में बँधे थे, बहुत साल से, पर अब वे जहाँ बँधते जा रहे हैं वह तो...

लेकिन बिरजा यह क्या करती है कभी-कभी। वैसे तो कुछ नहीं, यही बिटौनी की बात पर याद आया, छोटी बहू के यहाँ की बातें करती रहती है न! कहने लगी कि उस दिन कपड़ा-उपड़ा काटने-सिलने के बाद चलने लगी तो छोटी-छोटी कतरन गूदड़ इकट्ठा करके छोटी बहू बोलीं, 'ले जा यह तो बड़े काम की है!'

'ठिठोली करती हो, यह कौन काम आएगी?'

'अरे, बेटवा के ब्याह में बुआ का नेग भी तो होता है। बिटौनी आवैगी मोटर पर चढ़कर तो इसी की कथरी-गुदरी सिलके उढ़ाके उतारना!' मुंशीजी हँसे लेकिन अन्दर कहीं चोट खा गये। सारा रस जो उमड़ा था, खटाय गया। अब बिटौनी का तो जो रुख है सो है। मुंशीजी ने भी छाती पर पत्थर रख के सब तोड़ लिया। फिर यह सब क्या सुनना? ख़ैर, सुनना भी बदा है तो सुनेंगे।

पर एक बात ज़रूर है। हरीराम ने उस दिन बात बौड़मपने की कही थी पर थी पते की। मुंशीजी को भी लगता था कि आत्मा चाहे न परवेस की हो, पर इस बिरजा में से कोई दूसरी बिरजा ज़रूर निकलती चली आ रही है। अकसर बिरजा हँसती तो मुंशीजी ग़ौर से देखते रहते और चले जाने के बाद हँसने से ऊपर के ओठ के नीचे के मसूड़े उनकी आँखों के सामने घूमते रहते। दाँत बनानेवालों के यहाँ जैसे रखे रहते हैं। क्या पहले भी थे? या पहले वह बस कभी-कभी मुसकाती थी? यह हँसी छोटी बहू के यहाँ से सीखी है क्या? कभी-कभी वह कोई कठोर ताना मारने के बाद अब अजीब तरह से निचला ओठ बिचकाती थी और उस समय मुँह की कुछ रेखाएँ और गाल की हड्डियों का उभार एक अजीब मर्दानी कठोरता का

भाव छोड़ जाते। कहाँ देखा है यह? हरदेई में? नहीं! हरदेई अपने गुस्से में भी ममतामयी लगती है पोपले झुर्रीदार मुँह में। याद आया। मुंशीजी ने बिशन उस्ताद के मुँह पर यह रेखाएँ देखी हैं और फिर एकदम से उन्हें खयाल आया, बिरजा का माथा, भौंह और नाक भी बिलकुल अपने मामा पर गयी हैं। अजीब बात है इतने बरस तक कभी इस पर ध्यान ही नहीं गया। लेकिन अब भी ध्यान जाकर टिकता नहीं, बच जाती है वही बदन की मुलायम सुहावन आँच, जाड़े की सुबह में उपले की गोरसी की तरह अच्छी लगनेवाली। हरदेई के न होने से मुंशीजी को थोड़ी तकलीफ़ हो गयी थी। और तकलीफ़ से भी ज़्यादा अकेलापन। यह परिवर्तन भी विचित्र ढंग से हुआ। जिस दिन से बिरजा की आवाज़ तेज़ हुई उसी दिन से हरदेई की आवाज़ घर में दब गयी, यहाँ तक कि एक दिन आकर हरदेई ने कहा कि पाठशाला की ओर से एक गूँगे-बहरों का स्कूल जमुना पार नैनी में खुला है, वहाँ रहने की कोठरी भी मिलेगी और दो रुपया तरक़्क़ी भी। इतवार-इतवार आकर मुंशीजी को देख जाएगी। जाते बख़त बड़ी देर तक रोती रही, कहती रही, "बेटा, हमारा मन तुम्हीं में अटका रहेगा। न हमें भाई चाहिए, न बेटी, न नाती। बस, तुम बने रहो।" बिरजा ने बहुत कहा कि दो रुपये के लोभ में काहे जाय रही हो, मगर हरदेई रुकी नहीं, "अब राघोराम कमाने लगा। अपना लड़का देखो, अपना घर देखो। बस!"

इतवार को सुबह से ही मुंशीजी पूछना शुरू करते थे, "अभी हरदेई नहीं आयी?" आते समय हरदेई जमुना किनारे की ताज़ी लौकी, मूली और मौसमी साग ज़रूर लाती थी, मुंशीजी के लिए।

लौकी का झोर मुंशीजी शाम को रोज़ लेते थे, राघोराम के आने के बाद। लेकिन इधर राघोराम अकसर देर से आता था। दो-चार यार-दोस्त बन गये थे और घर आने के पहले अड्डा जमता था। कचहरी से जो काग़ज़ मिसिल आते थे उनमें कभी-कभी एकाध किताब भी बीच में दबी होती थी जो रात को नीचे अपनी कोठरी में बैठकर पढ़ता था। मुंशीजी ने देखा, एक दिन 'सफ़ेद शैतान', एक दिन 'सेक्सटन ब्लेक के कारनामे'। एक दिन तो एक विचित्र-सी किताब थी, मुंशीजी का जी धक् से कर गया। फिर वहीं ज्यों-का-त्यों रख दी कि राघोराम को मालूम भी न हो। रात को बिरजा को बताया तो कहने लगी, "जाग के पढ़ रहा होगा, अभी छीन के चूल्हे में झोंकती हूँ। भले घर में ऐसी किताब का क्या काम।" तो मुंशीजी ने रोका। बोले, "गुस्सा तो हमें भी आया था। पर बड़ा बेटा भाई बराबर होता है। अरे अब गिरस्ताश्रम में आ रहा है सब ठीक हो जाएगा। कुछ कहना मत।" सवेरे राघोराम कचहरी जाने लगा तो ऊपर बुलाया। माथे पर हाथ फिराकर बोले, "बेटा, तन्दुरुस्ती हज़ार नियामत। इधर-उधर की किताब पढ़ने से ख़ून पानी बन जाता है।" और बण्डी के जेब से पाँच रुपये का मुड़ा-तुड़ा नोट निकालकर बोले, "मलाई बँधवा लो एक

छटाँक। शाम को आते समय ले आया करो बेटा!" राघोराम ने चुपचाप सिर झुकाकर रुपया लिया और चला गया।

बाद में बिरजा आयी तो मुँह फूला हुआ था, "पैसा ज़्यादा हो गया है तो भण्डारा खुलाय दो न! एक तो गन्दी-गन्दी बात सीखता है लड़का। ऊपर से उसे पैसा दे दिया कि जाओ बेटा मलाई खाओ। जैसे अभी मलाई खाना बाक़ी है। सुबह पाँच बादाम पिस्ता घिस के मिसरी में देते हैं उसे।"

"बादाम पिस्ता? कहाँ से आया?"

बिरजा जैसे इस सवाल के लिए तैयार नहीं थी। एक क्षण अचकचाकर बोली, "अरे, आया कहाँ से! बिशन मामा के यहाँ से पाँचों मेवा आया था।"

मुंशीजी एकदम उबल पड़े, "बिशन मामा? कौन ज़रूरत थी उनके यहाँ से मेवा लेने की? किसने कहा था? हम कोई भिखमंगे हैं कि लड़के के लिए मेवे की भीख माँगें? घर में होगा तो सोने से लाद के, दूध-मलाई खिला के रखेंगे नहीं तो सूखा चबैना खिलाएँगे। उनका मेवा खिला के नहीं पाला है। वो होते कौन हैं?"

"बस भी करो!" बिरजा ने उपेक्षा-भरे लेकिन बहुत दृढ़ स्वर में कहा, "वो भी कोई होते हैं। सारी दुनिया में ढिंढोरा पीटते हैं कि चाँद का टुकड़ा निकला है बिरादरी में। राघोराम का दिन-रात निहोरा लेते रहते हैं। हमने तो घर छोड़ा, बिरादरी छोड़ी, लड़के को तो सारी ज़िन्दगी इन्हीं लोगों में काटनी है। सोचा बीमार पड़े हैं, कमज़ोर हो गये हैं, जब-तब गुस्सा होते हैं हो लें, मगर अब रोज़ बिना बात के लड़के की जान का खटारा..."

"बिरजा, कम्बख़्त! बदजात..." मुंशीजी अजीब स्वर में चीख़े, उठे और कमज़ोरी के मारे लड़खड़ा गये। बिरजा बिलकुल सहम गयी। "ले जा! ले जा! यह सब मुझे नहीं चाहिए।" और उन्होंने दवा की शीशियाँ उठा-उठाकर फेंकनी शुरू कर दीं।

"मुंशीजी!" बिरजा ने एकदम उनके पाँव पकड़ लिये, "मार डालो हमें, ये परान तुम्हीं ने दिये, तुम्हीं निकाल लो, लेकिन ये न करो।" मुंशीजी बेदम होकर पड़ रहे, उनका चेहरा स्याह पड़ गया था, आँखें फटी-फटी-सी हो रही थीं, हाँफ रहे थे।

थोड़ी देर बाद बिरजा के हाथ में से उन्होंने अपना पाँव खींच लिया। बिरजा डरते-डरते उठी। फूटी शीशी के टुकड़े दवाई सब बटोरी, पोंछी, मुंशीजी का बिस्तरा खींचकर ठीक किया और नीचे उतर गयी।

मुंशीजी एकटक मोखे से बाहर खेत, हनुमान-चौरा की ओर देखते रहे, फिर बहुत कातर, बहुत टूटी आवाज़ में बोले, "बजरंग स्वामी! तुम्हें घूरे पर से उठाकर चौतरे पर आसन दिया सो ग़लत किया? तुम अपने मुँह से कह दो! बस एक बार कह दो! ...फिर हमें सब सवाल का जवाब मिल जाएगा। लेकिन जवाब देगा कौन, भगवान है ही नहीं, नहीं है," मुंशीजी ने बहुत कड़वाहट से कहा।

लगता है बिरजा ने किसी से कहला दिया था। थोड़ी देर में भागते-भागते भवनाथ आये। पहले नीचे कुछ धीमे-धीमे फुसफुसाते रहे फिर ऊपर आये। मुंशीजी का चेहरा बिलकुल जड़ था, पत्थर। भवनाथ ने बात करने की बहुत कोशिश की लेकिन मुंशीजी 'हाँ' 'हूँ' से ज़्यादा कुछ बोले ही नहीं। कभी-कभी बीच में अजीब ढंग से ओठ फड़फड़ाते थे मानो आँसू रोकने की कोशिश कर रहे हों।

भवनाथ चले गये और थोड़ी देर में मुंशीजी ने सुनी नीचे आँगन में ख़ुद इसाक़ मियाँ की आवाज़। आज बरस डेढ़ बरस बाद इसाक़ मियाँ आये हैं और मुंशीजी नीचे बैठके में भी नहीं जा सकते। लगता है भवनाथ लिवा लाये।

इसाक़ मियाँ की आवाज़ में कुछ खराश थी लेकिन बोलते थे बुलन्दी से। "बहू, परदा कर लो और ज़रा इधर आओ"—मुंशीजी ने सुना, इसाक़ कह रहे थे, "औरत ज़ात से सीधे बात करना हमें ज़ेब नहीं देता, लेकिन मुंशी ऊपर पड़ा है और बीच में तुम्हारा चौका है, हम ऊपर जा नहीं सकते। इस बिशन की करतूत तुम्हें नहीं मालूम हो हमारे सामने बिलकुल नुमायाँ है। तुमने समझा कि तुमने अफ़ीम खाने की धमकी दी और वह मान गया। नहीं, तुमने उस दिन उसके राज़ खोलने शुरू किये तो वह डर गया। लेकिन बिरादरी में वह राघोराम का सरगना बनना चाहता है और मुंशी से अदावत रखता है। उसने मुस्तफ़ा पहलवान को पटाया था कि गवाही दे और राघोराम के बाप से अपनी औरत भगाने की अर्ज़ी दिलाकर मुंशी को थाना-कोतवाली में फँसा दे। बीच में मुंशी कचहरी जाने लगा था तभी समन वारण्ट कराने की साजिश की। मुहल्ले का पत्ता खड़कता है तो इसाक़ मियाँ को पता चल जाता है। मैं न बाभन-बनिया हूँ, न लाला-लूली हूँ, मैं हूँ असली पठान। मुंशी और भवनाथ मेरे मुँहबोले भाई हैं। मैंने बिशन को बुलाके कह दिया कि मुस्तफ़ा साले को तो हम खोद के कुएँ के पास दफ़न कर देंगे और समदाबाद का आठ-सौ पठान तुम्हारे बाल-बच्चों तक को नेस्तनाबूद कर देगा अगर तुम अपनी हरकत से बाज़ नहीं आए। ख़बरदार! साला बिशनवा बड़े ख़ाँ साहब की आरामगाह में अपनी बेटी भेज चुका है। मेरे सामने आँख नहीं उठा सकता। पिटे कुत्ते की तरह चला गया।"

बिरजा ने क्या कहा मुंशीजी को सुनाई नहीं पड़ा। भवनाथ ने भी कुछ कहा, फिर इसाक़ मियाँ ने वहीं से आवाज़ लगायी, "मुंशी! अबे कब तक जनानखाने में घुसा रहेगा! तबीयत ठीक कर। इधर से तेरा चौका छू जाता है। किसी दिन खेत की तरफ़ से कमन्द लगाकर खिड़की से आएँगे। ज़रा मरद पठान से रूबरू बातें कर तो तेरा दिमाग़ ठीक हो, नहीं तो औरतों के बीच पड़ा औरतों की तरह कुजड़िहाव करता है। जल्दी ठीक हो के टाल पर आ। ताश-पत्ता खेलेंगे नहीं तो बेटा, अगली रामलीला में तुझे सीता मैया न बनवा दिया तो असल पठान नहीं!"

थोड़ी देर बाद बिरजा ने हिम्मत करके झाँका। मुंशीजी का चेहरा ज्यों-का-त्यों

जड़ था, पत्थर। लेकिन मोखे से बाहर नहीं देख रहे थे। सीढ़ी की तरफ़ देख रहे थे एकटक। जैसे किसी का इन्तज़ार हो।

राघोराम घर में आया। उसे कुछ मालूम नहीं था। बिरजा के मुँह पर तनाव देखा तो बोला, "दरज़ी के यहाँ से कोट लेना था तो रुक गये थे।" फिर सीधे ऊपर गया। ढिबरी की हलकी-पीली काँपती रोशनी में मुंशीजी का मुँह बहुत पीला लग रहा था। पास जाकर बोला, "बरिच्छा का इक्यावन रुपया मिला था हमें तो साँवलदास के यहाँ से नया ऊनी कपड़ा आपके लिए ले आये थे। बन्द गले का नये चाल का कोट है। आपका कचहरीवाला कोट तो फट भी गया है। दरज़ी ने कहा है एक बार पहन लें। कहीं झोल-झाल होगा तो ठीक कर देगा।"

और कोट पहनाने के लिए राघोराम ने मुंशीजी को उठाने के लिए जो सहारा दिया तो मुंशीजी एकदम फूट पड़े, "भैया! बेटा... " राघोराम एकदम घबरा गया। "माई!" उसने पुकारा। बिरजा ऊपर आयी तो देखा राघोराम एक हाथ में कोट लिये तकिये के पास बैठा है और मुंशीजी उसके कन्धे से टिककर रो रहे हैं...रोये ही चले जा रहे हैं।

-

तीसरे दिन हूबहू यही दृश्य उपस्थित था, फ़र्क़ सिर्फ़ इतना था कि इस बार रुदन बिरजा का था, कन्धा छोटी बहू का और दर्शक थे भवनाथ देवरजी। भवनाथ थोड़ा हक्का-बक्का थे और रो-रोकर भौजी जो कह रही थी उस पर घबराहट में 'हाँ-हाँ' तो कहे जा रहे थे पर सुन कम रहे थे। एक तो उन्हें यह अचरज कि भौजी ने टुन्नी को भेजकर बुलवाया, अपने घर नहीं छोटी बहू के घर, फिर छोटी बहू बिना परदा किये मुँह खोले भवनाथ भैया के आगे बैठी हैं, और बिरजा भौजी नयी काट का जम्पर-अँगिया पहने ज़ार-ज़ार रोती जा रही हैं, आँसू थमते ही नहीं। जो कुछ उन्होंने बार-बार समझाकर नये-नये तर्कों और नये-नये आँसुओं के साथ कहा उसका सारांश यह था कि "मुंशीजी के कारण इसाक़ मियाँ ने बिशन मामा को जान से मारने की धमकी दी है। मुंशीजी से चाहे जो रंजिस हो उससे बिरजा को क्या लेना-देना लेकिन राघोराम पर बिशन मामा की छाँह है। अब बिरजा मुंशीजी को ही देखती रहे, राघोराम को न देखे? राघोराम को जात-बिरादरी, रिश्तेदार, नातेदार, कुटम-कबीला में ज़िन्दगी बितानी है। बिशन मामा कहते हैं कि हमारी बिरादरी में पहला लड़का है जो पढ़-लिखकर इतना गुनी निकला है। दो-चार बरस बाद इसे मनिसबिल्टी की निम्मरी के लिए खड़ा करेंगे। अपनी बिरादरी का कोई है ही नहीं। सारा चौक, मीरगंज, बहादुरगंज, जहाँ-जहाँ नाच-गाना होता है सारा वोट बिशन मामा दिलावैंगे। अब मुंशीजी से बिशन मामा रंजिस रखते हैं, राघोराम को और हमें मानते हैं तो हम क्या करें! ख़ून का भी तकाजा होता है देवरजी! ख़ून ख़ून होता है पानी

तो नहीं होता! अब मुंशीजी ने बिरजा को भी दूध में से मक्खी की तरह निकाल फेंका है। हमारा तो भाग ही खोटा है नहीं तो जिससे सात फेरे लिये थे वही हाथ पकड़कर घर से क्यों निकाल देता। जिसने हाथ पकड़कर शरण दी उसने अब चित्त से उतार दिया। बेटा-बहू का मोह न होता तो कहीं डूब मरती बिरजा; लेकिन अब सामने राघोराम है। बहू आवेगी तो क्या करैगी? आजकल की बहुएँ! अपने सिंगार-पटार सें फुरसत मिले तो। राघोराम का तो सब बिरजा को ही करना पड़ेगा। मुंशीजी से यह देखा नहीं जाता!"

अब ज़रा भवनाथ भी बरदाश्त के बाहर हो गया। बीच में कई बार भवनाथ ने रोका, "नहीं भौजी! ये बात तो ग़लत है!" लेकिन जब भवनाथ बोलें तो छोटी बहू अपनी सुग्गा-सी नाक फड़का के आँख डुला के भवनाथ की ओर देखे और फिर भवनाथ की बोलती बन्द हो जाए और 'हाँ-हाँ' करके सुनने लगें। लेकिन अब भौजी भैया को बिलकुल समझे ही नहीं और अन्याव की बात बोलें यह भवनाथ से नहीं सहा जाएगा। "अब हमें भी कुछ कहने देव!" भवनाथ ने जी कड़ा करके, छोटी बहू की ओर से बिलकुल ध्यान-नज़र हटाकर कहा, "देखो भौजी! हमको इतने साल से तुम्हारा और भैया का रत्ती-रत्ती हाल मालूम है। तुमने जितने जीवट से सब सहा और भैया ने जितने जीवट से सब अपने ऊपर ओढ़ा इसकी गवाही देनी पड़े तो हमारा रोम-रोम बोलेगा, लेकिन भौजी अब तुम्हारी आँख बदल गयी है। बिशन साला बेटी की कमाई..."

और बिरजा एकदम फट पड़ी, "हाँ बोलौगे अपने भाई-जैसी न! तोताचस्म जैसे तुम, वैसे तुम्हारे भाई! बहुत एहसान मत जताओ। था क्या मुंशीजी के? खँडहर-जैसे घर में मुरदा-जैसे पड़े थे। हम आये तो दीया-बत्ती जल गयी घर में। कोई टके को नहीं पूछता था। उमर बीत गयी थी। हम नहीं होते तो मक्खी भिनकती! और रहा बिशन मामा का? तो हम जो चाहें कह लें, गुस्से में; कोई पराया उँगली नहीं उठा सकता। इसाक़ मियाँ तो सुनी-सुनाई हाँकते हैं। तुम क्या कहोगे बिशन मामा के लिए! उनकी बेटी का कलंक बाद में बखानना, पहले अपनी बहन की ओर देखौ। बिटौनी को कौन नहीं जानता। बड़ी लीडरानी की दुम बनी है। मंगलापरसाद के चुनाव में मंजूर मियाँ काँगरेसी के साथ-साथ रात-बिरात हटिया से ले के कटघर तक का चक्कर लगाती थीं।"

भवनाथ उठ खड़े हुए। पहले दोनों हाथों से कान बन्द कर, फिर माथे के ऊपर दोनों हाथ जोड़कर बोले, "धन्य है भौजी! अभी क्रोध में हो। जब सुचित होगी तब बात करैंगे!" और छोटी बहू की ओर देखकर, हाथ जोड़कर चले गये।

और जाते ही जैसे ग्रामोफोन का तवा (रिकार्ड) पलट गया। दूसरा हिस्सा शुरू। अब बिरजा सिसक-सिसककर छोटी बहू को बता रही थी कि मुंशीजी तो देवता हैं। यही भवनाथ और इसाक़ ने उनका दिमाग़ बिगाड़ दिया। मुंशीजी तो बिरजा में जीते

हैं, बिरजा में मरते हैं। कभी-कभी बहुत थक के आते हैं तो कहते हैं बिरजा गोड़ दबा दे। रोम-रोम से न्योछावर रहते हैं।

"अरी बुढ़ाई दावँ की प्रीत बड़ी गाढ़ी होती है!" छोटी बहू जानकार की तरह बोलीं। फिर चारों ओर एक बार देखकर कि कोई है तो नहीं, बिरजा के कान के पास मुँह लाकर फुसफुसायी, "वैसे तो हमारे वो भी बहुत मानते हैं। कानपुर से कभी छठे-छमाहे आते हैं लेकिन हर तीसरे दिन कभी कानपुर की साटन छींट, कभी लखनऊ की गजक रेवड़ी, कभी कालपी की गुझिया। और आते हैं तो बस...लेकिन उनसे बढ़के हमारे बुढ़ऊ हैं। रात-दिन चक्कर लगाते हैं। चक्करघिन्नी की तरह और जैसे-जैसे उमर बढ़ती जाती है वैसे-वैसे लोभ...जानती हो? कहते हैं..."

और इसके बाद छोटी बहू की अन्तरंग वार्ता शुरू हो गयी। बिरजा बीच-बीच में मुंशीजी के प्यार की बहुत मीठी बातें याद कर-करके रोती जा रही थी और छोटी बहू की प्रणय-गाथा सुनती जा रही थी। असल में छोटी बहू और बिरजा की दोस्ती का मुख्य आधार यही था। बरसों से छोटी बहू तड़प रही थीं कि कैसे उन्होंने बेटे और बाप दोनों को कठपुतली बना रखा है इसका क़िस्सा किसे सुनाएँ, कैसे सुनाएँ। बरसों बाद बिरजा मिली थी जिससे बात फूटने का डर नहीं था।

बिस्तर पर बीमार पड़े-पड़े इतने दिन से पड़े-पड़े अब मुंशीजी के लिए संसार आवाज़ों का संसार हो गया था। पहले धूप के चढ़ाव-उतार से वक़्त गुज़रना मालूम होता था। अब दिशा और काल दोनों आवाज़ों में बदल गये थे। बहुत सुबह, पौ फटने के पहले खेत के कुएँ पर की गड़ारी बोलने लगती थी। कभी-कभी अगर हवा इधर की हो तो जमुना के पुल पर से चरबज्जी (चार बजेवाली) डाक गाड़ी के गुज़रने की आवाज़ आती थी। फिर गली में से बदलू कुम्हार खच्चर पर सकोरे लादकर हट्टी ले जाता था। खेत में एक ख़ास वक़्त पर टिटिहरी बोलती थी और दोपहर को तोते। ओलती के बाँसों पर कभी-कभी कबूतर का जोड़ा आ बैठता था और कभी-कभी पतंग लूटते बच्चों का शोर। कभी पिड़ोर मिट्टी, कभी पुराने बरतन और कभी कपड़े बेचनेवालों की आवाज़ें, कभी नल की टिप-टिप-टिप... जिस दिन रात को आठ बजे कल्यानी देवी के मन्दिर की आरती का घण्टा-घड़ियाल सुनाई पड़ जाए उस दिन मुंशीजी लेटे-लेटे हाथ जोड़ लेते थे। कुछ आवाज़ें समय और आयु का बन्धन पार कर अपने को दोहराती थीं और वर्तमान की आवाज़ों में ऐसे घुल-मिल जाती थीं गोया अभी-अभी बोली गयी हों। उनके साथ कभी-कभी मुंशीजी की अपनी आवाज़ भी होती थी। एक दिन नैनी से छूटकर जमुना पुल पर गाड़ी की आवाज़ आयी कि मुंशीजी को हरदेई की आवाज़ सुनाई पड़ी। "बेटा, तुम्हारा खैनी-तमाखू का बटुआ आले में रख दिया है, कचहरी जाते बखत ले लेना।" मुंशीजी चौंक पड़े। नैनी से

यहाँ रेलगाड़ी की आवाज़ आ जाए हरदेई की थोड़े ही आ सकती है! एक दिन तीसरे पहर वही बाँस के कीड़ों की कर्र-कर्र, "अब हम जायँ! कहो तो नीचे सो रहें!" बिरजा की आवाज़। "अब कहाँ जाना है, बिरजा।" पर मुंशीजी तो बोले नहीं। बिरजा भी थी ही नहीं! कुछ आवाज़ों का मुंशीजी को इन्तज़ार रहता था। संझा वेला, बल्कि गोधूलि तक राघोराम के बूट की चर्र-मर्र और पहला सवाल, "माई रे! मुंशीजी ने दवा खा ली? कैसी तबीयत है?" और इस आवाज़ पर मुंशीजी को लगता था बदन की पीर कम हो गयी।

लेकिन सबसे अजीब लगता था जब मुंशीजी पड़े-पड़े आँख खोलते और गोबर लिपी दीवार, आला, ओलती, टीन के बक्से सब पर से घूमती हुई निगाह सामने पैताने की बड़ी खूँटी पर टिक जाती जहाँ हरिया की सारंगी टँगी थी। इस बीच में कब हरिया वहाँ अपनी सारंगी टाँग गया किसी ने ग़ौर भी नहीं किया। कोठरी में अँधेरा था पर मोखे में से रोशनी सारंगी पर बराबर पड़ी रहती थी। इतनी सारी तमाम-तमाम आवाज़ों के बीच ख़ामोश टँगी एक सारंगी बिलकुल बेआवाज़। मुंशीजी अकसर उसे बेमतलब देखते रहते एकटक, फिर आँख मूँदकर इन्तज़ार करते कि कोई अदृश्य हाथ कमानी खींचेगा और सारंगी से बोल फूटेंगे।

कभी-कभी आँख मूँदे-मूँदे मुंशीजी को लगता कि कोठरी, खाट, मोखा सब छोटे हो गये हैं और सारंगी इतनी बड़ी, इतनी बड़ी, इतनी बड़ी हो गयी है कि सब आवाज़ें उसी में बजने लगी हैं। कुएँ की गड़ारी, पुल पर गुज़रती रेल, कबूतर की गुटरगूँ, बसन्तू के लँगड़े घोड़े की लदर-फदर, हरदेई, बिरजा, मुंशीजी सबकी आवाज़ें उसी में बज रही हैं। कौन निकालता है ये बोल? मुंशीजी अचरज से आँखें खोलते तो पाते खूँटी पर सारंगी वैसी टँगी है, ख़ामोश, बेआवाज़!

हफ़्तों बीत गये थे हरिया ऊपर आया भी नहीं था सारंगी देखने तक के लिए। इधर जब से राघोराम की शादी की चर्चा थी हरिया का चित्त सारंगी से भी उचट गया। कहाँ घूमता रहता था कुछ पता नहीं। घर में अलबत्ता शान्ति थी। वैसे एक-आध झपट सुबह-शाम बिरजा से होती और फिर बहुत देर तक बिरजा की झकझक चालू रहती।

उस दिन भवनाथ ने आकर बताया कि आजकल हरिया की चाल बहुत बिगड़ गयी है। वो मेहरिया बेड़िन है न, उसी के चक्कर में है। एक बार तो दारू पीकर घूम रहा था। अनवर अफ़ीमची ने एक बदनाम बेड़िन बैठा ली थी, बाद में उसे मुसलमान बनाकर उससे निकाह भी पढ़ा लिया था। नया नाम था मेहरुन्निसा लेकिन सब उसे मेहरिया ही कहते थे। मशहूर था कि वह शुरू से ही कभी किसी को 'नहीं'

नहीं कह सकती थी और निकाह के बाद भी वह ज्यों-की-त्यों थी। इसलिए मुहल्ले की कहावत बन गयी थी—"अनवर की बीवी, शहर-भर की मेहरिया। लेकिन हरिया! वह तो बच्चा था उसके आगे। कम-से-कम बारह बरस बड़ी तो होगी। छीः छीः!"

बिरजा को दूसरा शक पड़ गया। कुछ दिन पहले राघोराम की बहू के लिए जो कपड़ा-ज़ेवर रखा था, उसमें से एक नये चाल की अँगिया और एक इकलाई की चूड़िया पाड़ की धोती नहीं मिल रही थी। हो न हो यह हरिया की करतूत है। आने देव। अबकी लोढ़ा से उसकी खोपड़ी का कचूमर न निकाला तो बिरजा बिरजा नहीं। ले जाय अपना कपड़ा-लत्ता, सारंगी और रहे उसी अफ़ीमची के घर। दारू पिये, कहे तो बिरजा लोटा में संखिया घोल के पिला दे।

ज़रूर बीमारी का असर था नहीं तो मुंशीजी के दिमाग़ में ऐसा गलीज़ ख़याल काहे को आता। सामने सारंगी टँगी थी न, उसे देखकर उन्हें बार-बार मेहरिया के पतले छरहरे बदन का ख़याल आता था। उन्होंने एक बार देखा था। ऊपर सारंगी का हत्था होता है न, नीचे दो कटाव, पतली कमर, कूल्हे की तरह फिर गोल पेटा। सुनहरा गन्दुमी रंग। छरहरा बदन, ऐसे ही कूल्हे की दो हड्डियाँ उभरी हुई और ... छीः! छीः! तब मुंशी जी को कैसा लगा था? हुआ यह था कि सत्तार ख़ाँ तब कोतवाल थे, बड़े दबंग। अपने वकील साहब से बहुत छनती थी। वकील साहब के ही किसी काम से कोतवाली गये थे। कोतवाल साहब अन्दर के कमरे में थे, मुजरिमों की पेशी हो रही थी। वहीं उन्होंने मुंशीजी को बुला लिया था। बेड़िन की बिटिया तब चौदह-पन्द्रह बरस की होगी, लेकिन कच्ची शराब के किसी क़िस्से में पकड़कर लायी गयी थी। आते ही उसने पुलिसवालों के बेड़िनों के साथ के मधुर सम्बन्धों का वर्णन चीख़-चीख़कर ऐसे अल्फ़ाज़ में करना शुरू किया कि कोतवाल साहब बिगड़ गये, "साली के कपड़े उतारकर दस जूते लगाओ।" "जूते लगा लो, ख़बरदार हाथ न लगाना। हम ख़ुद अपने कपड़े उतार देंगे।" और बिजली की तेज़ी से उसने अपने कहे पर अमल करना शुरू कर दिया। कपड़े यह जा वह जा और आँख मटकाकर कोतवाल साहब को चिढ़ाये जाय। सत्तार ख़ाँ रोज़ा-नमाज़, धरम-करम के पक्के थे, "तौबा! तौबा! दोज़ख़ी है साली। नंगी मादरज़ाद! ले जाओ इसे!" मुंशीजी ने मुँह फेर लिया था।

लेकिन तब जिस बदन, कमर, कूल्हे की एक झलक भी उन्हें सह्य नहीं थी अब कभी-कभी सारंगी में उसे देखते रह जाते थे एकटक। बजरंग स्वामी! यह क्या हो गया? एक समय ऐसा आता है जब चीज़ों के नाम, रिश्ते सन्दर्भ सब ग़ायब हो जाते हैं। अनेक चीज़ें एक चीज़ बन जाती हैं। अब वह सिर्फ़ कमर थी, कूल्हे की उभरी हड्डियाँ, कमर का कटाव। ख़ामोश, बेआवाज़ औरत का बदन। नाम कोई भी हो।

और फिर मुंशीजी को याद आता कि जब ये बहुत उद्विग्न थे तब वकील

साहब ने कहा था, "मुंशीजी, तुम तो समझदार हो। जो किया तो अब नतीजे के लिए तैयार रहो। भैया हम दोष नहीं देते। यह औरत ऐसी खाई है कि बड़े-बड़े ऋषि-मुनि भवसागर पार गये लेकिन इस खाई में गिरे तो बचे नहीं। फिर हम-तुम तो इन्सान हैं। इसी मोह-माया से पैदा हुए हैं। इसमें शान्ति नहीं पर इससे निस्तार भी तो नहीं। अब मन छोटा न करो, कुछ दिन बदरीनाथ हो आओ। मन शान्त हो जाएगा।" काश! मुंशीजी उस रात रुकते नहीं, बदरीनाथ हो ही आते। भगवान्, उसी का दण्ड तो नहीं दे रहे हो?

हरिया की हरक़तों पर कई बार मुंशीजी को मर्मान्तक कष्ट हुआ है। सारंगी पर संगतवाली बात पहले दिन सुनी थी तो कितने बेचैन हुए थे लेकिन इतनी बड़ी बात पर उन्हें कुछ व्यथा ही नहीं। बस यह सोचते रहे कि यह मेहरिया छोटी थी तो अपने से दस-दस, बीस-बीस बरस बड़े मरदों को नचाती थी और अब अनवर अफ़ीमची की छाती पर मूँग दलकर दस-दस बरस छोटे छोकड़ों को नचाती है। और अनेक आवाज़ों में एक पुरानी आवाज़ गूँजती हुई। एक दिन तास-पत्ते के दिन इसाक़ मियाँ की टाल पर लकड़ी माँगने आयी थी मेहरुन्निसा और पैसा दिया नहीं। फ़रमाइश पर एक ग़ज़ल सुनायी थी, "पान खाना, लब रचाना, दिल लुभाना छोड़ दो!" और चलते बख़त मुंशीजी को कोहनी मारके बोली, "खेत में से जाना है। हमें डर लगता है, घर पहुँचा दो न! अकेली हूँ। अनवर निगोड़ा तो डेरे के साथ गया है।" अन्त में राम का भार बड़े मौक़े पर लक्ष्मण ने सँभाल लिया था। भवनाथ उठ खड़े हुए पहुँचाने के लिए। मुंशीजी को बजरंग स्वामी ने बचा लिया, लेकिन अब हरिया को कौन बचाए!

(लेकिन कौन बचता है। गीता की टीका में पढ़ा था न, जो बचता है वह बचता नहीं और जो नहीं बचता वह कहीं बच जाता है। लेकिन अब पता नहीं क्यों, मुंशीजी का मन गीता में लगता ही नहीं था।)

हरिया पर कहाँ तक बचता। उस दिन इसाक़ मियाँ ने पकड़ लिया। लकड़ी लादकर जमुना पार से नावें आयी थीं और इसाक़ मियाँ माल छुड़ाने गये थे। लौट रहे थे, तो बीच में जहाँ बिलकुल निचाट जंगल है और बेरी के पेड़ हैं, वहाँ एक बेर के पेड़ के नीचे हरिया बैठा बेर खा रहा था। बग़ल में कपड़ों की पोटरी थी। दो-चार झापड़ खाकर सब क़बूल दिया। मेहरिया ने कहा था कि उसे जिन्न जगाना आता है। नदी किनारे सियार की माँद पर सूरज डूबते समय सब कपड़े उतारकर सिद्धी जगाती है। लेकिन हरिया या तो जोड़ी कपड़ा दे या पाँच रुपया। हरीराम जोड़ी कपड़ा लिये सियार की माँद के पास मेहरिया के आने के इन्तज़ार में बैठे थे। भवनाथ टाल से हरिया को पकड़ चोरी के माल सहित घर लाये थे और फिर जो आँगन में कोहराम मचा था कि पाण्डेजी घर से दौड़कर आये कि हो क्या गया।

बिरजा ने चूल्हे की लकड़ी निकालकर हरिया को पीटा था और अगर मुंशीजी ऊपर से चिल्लाते नहीं तो उस दिन हरिया की हड्डी-पसली नहीं बचती।

पिट-पिटाकर हरिया ऊपर आया। पहली बार हरिया सचमुच सहमा हुआ था, दयनीय! चोट काफ़ी लगी थी। थोड़ी देर कराहता रहा, फिर दीवार का सहारा लेकर उठा, अपनी सारंगी उतारी, झाड़-पोंछकर उसकी खूँटियाँ कसने लगा। लेकिन न मुंशीजी से वह बोला, न मुंशीजी ने उससे कुछ कहा। इसी बीच राघोराम आया। मुंशीजी को लौकी का झोर पिलाकर बदन दाबकर चला गया। और तब पता नहीं मुंशीजी को क्या सूझा। बोले, "जिन्न क्यों जगा रहा है रे हरी!" हरी ने अचरज से देखा, जवाब दे कि न दे। मुंशीजी ने फिर कहा, "बोल रे!" "क्या करें! क्या हमारा मन नहीं होता कि राघो भैया की तरह खाएँ, पहनें? लेकिन हम किसी की नौकरी नहीं बजावेंगे। जिन्न सध जाए तो..." हरीराम की आँखों में बड़े-बड़े आँसू थे। और पता नहीं भगवान ने कैसी मति फेरी मुंशीजी की, बुलाया, "हरीराम इधर आ।" हरीराम सम्भावित तमाचे से अपना मुँह दोनों हाथों से बचाये, पास जाकर खड़ा हुआ कि उन्होंने टटोलकर तीन रुपये और कुछ रेजगारी निकालकर दी, "देख हरी! माई से कुछ नहीं कहना, समझा! ये पाँच रुपये ले जा। जब तेरे मन में जाग गयी है तो जो मन में आए कर ले। फिर अपने इलम-हुनर में लग। सारंगी छोड़ना नहीं है, समझा! और उस औरत की संगत में पड़ गया तो अब तो पड़ ही गया मगर देख उसके चंगुल में नहीं पड़ना। समझा!"

हरीराम पहले डर गये, फिर चारों ओर देखा, फिर रुपये गिनकर टेंट में खोंसे, फिर बहुत प्रसन्न होकर कोने में जा बैठे। आधा दरद ग़ायब हो गया था। और भी उत्साह से सारंगी ठीक करने लगे।

मुंशीजी के मन में जाने कौन-सी इच्छा अदम्य होने लगी। बड़े प्रगाढ़ स्वर में बोले, "हरिया! ज़रा अपनी सारंगी सुना न! हम भी सुनें!" हरिया के हाथ बड़े उत्साह से उठे, गज़ थामा, साधा, खींचा कि एकदम जैसे कुछ ख़याल आ गया। झटककर सारंगी रख दी और उठकर खड़ा हो गया, "मुंशीजी, पाँच रुपये दे के हमारा इलम-हुनर माँगते हो! ये रुपया हम पर उधार है। तुम्हारा भी, माई का भी, राघो भैया का भी! जितना लिया है एक-एक पाई हरीराम चुका देंगे। हमारे इलम-हुनर में दख़ल देने की ज़रूरत नहीं, हाँ!" और सारंगी टाँगकर पाँव पटकते नीचे उतर गया।

मुंशीजी ने गहरी साँस ली और करवट बदलकर आँखें मूँद लीं।

कमज़ोरी तो बेहद थी, लेकिन बदन की ऐंठन और दरद में कमी थी और सबसे बड़ी बात यह थी कि मुंशीजी अन्दर से जाने क्यों बहुत हलका महसूस करने लगे

थे। लगता था कि कठिन वक़्त पार कर गये और वैदजी का भी कहना था कि फागुन लगते-लगते मुंशीजी चलने-फिरने लगेंगे। अगले दिन हरदेई नैनी से आयी तो मुंशीजी ने उससे कहा कि उनकी बड़ी इच्छा है नीचे ओसारे में खाट डलवाने की। आँगन देखे कितने दिन हो गये। भवनाथ, राघोराम, हरीराम सब मिल के किसी तरह मुंशीजी को नीचे लाये। बिरजा भी ख़ुश थी। तीन बार गोरसी में कोयला सुलगाकर लायी थी; आँगन सुबह उठकर बुहारा; तुलसी चौरा को गेरू से रँगा। आँगन में धूप बहुत अच्छी लग रही थी। जहाँ बिरजा ने चावल बीनकर किरनकी फेंकी थी वहाँ गौरैया उतर आयी थी। हालाँकि एक बात का दूसरी से कोई तारतम्य नहीं था लेकिन जाने क्यों धूप में गौरैया को फुदकता देखकर मुंशीजी को लगा कि उन्होंने बजरंग स्वामी से जो सवाल पूछा था उसका उत्तर चाहे न मिला हो पर भगवान हैं, ज़रूर हैं। बिना उनके हुक्म के पत्ता नहीं खड़कता। इतवार था। शाम को वकील साहब देखने आये, मुंशीजी बहुत ही पुलककर बोले, "अब अच्छे ही समझो। कमज़ोरी बाक़ी है। अबकी फागुन-चैत में कपाट खुल जाए तो बदरीनाथ भगवान के दरसन ज़रूर करेंगे।"

"राघो की माँ को भी ले जाना।" वकील साहब बोले।

रात को ओसारे में टाट का परदा टाँगकर सर्दी की रोक की गयी और इस्ताक़ मियाँ ने टाल से कुन्दे भिजवा दिये कि ईंट का थाला बनाकर सुलगा दें—ठिठुरन नहीं व्यापेगी।

तीसरे दिन बिटौनी आयी। यही शाम को तीन-चार का समय रहा होगा। बिरजा भात राँध के, राघोराम को कचहरी भेज के चल देती थी, कभी छोटी बहू, कभी बिशन मामा, कभी पँड़ाइन के यहाँ। न वह बताती थी, न मुंशीजी पूछते थे। बिटौनी आयी और बैठी ही थी कि उसके मिनट-भर बाद बिरजा ख़बर पाकर तुरत आयी और कनखी से बिटौनी की ओर देखते हुए अत्यन्त मर्यादित गृहिणी की तरह बोली, "ज़रा पल-भर के लिए छोटी बहू ने बुलाया था तुम्हारी तबीयत का हाल पूछने। तुम्हारी आँख लग गयी थी तो जगाया नहीं।" और फिर मुंशीजी का कम्बल-तकिया ठीक करते हुए उनके माथे पर हलके से हाथ फेरकर उधर तख़्त पर बैठकर सुपारी कतरने लगी।

बिटौनी बहुत देर तक भैया के पास बैठी रही। ज़्यादा बोली नहीं। अगर मुंशीजी सतसहाय या बच्चों के बारे में पूछें तो बता दे और बाक़ी बीच-बीच में आँख डबडबाकर चुपचाप भैया की ओर देखती रहे। बहुत देर बाद दबी ज़बान बोली, "भैया, तुम ख़ुश रहो, अच्छे रहो, हम कभी कुछ कहती थीं तो इसी ख़याल से कहती थीं। हमारे कहे-सुने को क्षमा कर देना।"

"नहीं बिटौनो! ठीक है बेटा!" मुंशीजी भरे गले से बोले। बिटौनी आँख पोंछती उठ खड़ी हुई। बिरजा तख़त पर बैठी सुपारी कतरती रही। न बिटौनी उससे कुछ बोली न वह बिटौनी से। भवनाथ और राघोराम आ गये थे। राघोराम ने एक पल

मुंशीजी की ओर देखा, फिर बोला, "ठहरिए! पान तो खाती जाइए!" और माँ के पास रखे पानदान से एक पान बना लाया।

बिटौनी ने निस्संकोच हाथ बढ़ाया कि बिरजा पर निगाह पड़ गयी और एकदम हाथ रोककर बोली, "हमारे यहाँ एक पान नहीं लेते, अशुभ माना जाता है।" राघोराम दूसरा पान बनाने उधर गया कि बिरजा ने पानदान अलग खींच लिया, बोली, "हम छोटे आदमी हैं, ग़रीब आदमी हैं। एक ही पान है। नहीं खाना हो तो न खाओ भाई! हमें मान रखना था सो रख दिया।"

"अरे छोटे को छोटा नहीं समझते," भवनाथ बीच-बचाव करने के लिए बोले, "बोरसी में बड़ा कोयला जल जाता है, छोटा कोयला ठहर जाता है।" और बोरसी पर आग तपता हुआ हाथ उधर बढ़ाकर बोले, "लाओ, लाओ, बहन की ओर से हम ले लेते हैं पान!"

चलते-चलते बिटौनी ने फिर मुड़कर भैया की ओर देखा, "कैसी कंचन काया थी भैया की। मिट्टी में मिला दी लोगों ने! हे भगवान्!" और चली गयी। बिरजा ने सरौते में दबी सुपारी दाँत भींच के एक ही झटके में कतर दी। "ऊँह! आवैं चाहे जायँ!"

मुंशीजी जड़ थे। भावशून्य!

पता नहीं मगज़ की कमज़ोरी थी या थकान, अकसर पहले जिन बातों पर उनका ख़ून खौल उठे या मन चोट खा जाए ऐसी अनेक बातें अब अपने मन ऊपर से ही टाल देते थे। तर्कपूर्ण तारतम्य जुड़ता ही नहीं था या जुड़ता था तो ऐसा जैसा गौरैया देख के भगवान का! लेकिन शायद एक बात और थी, पहले मुंशीजी के सामने गीता के सीन के मुताबिक सारा सीन साफ़ था। परदे पर इधर पाण्डो सेना बनी है उधर कौ़रो सेना, बीच स्टेज पर अर्जुन खड़ा है। इधर सब सम्बन्धी हैं, पर उधर भी तो सब अपने हैं। अर्जुन कैसे बान चलाये! लेकिन यहाँ तो परदे पर मुसव्विर ने सीन ही ग़लत पेण्ट कर दिया। दोनों सम्बन्धी हैं, लेकिन दोनों ही मुंशीजी का पक्ष लेकर मुंशीजी के ही खिलाफ़ हल्ला बोल रहे हैं। अब मुंशीजी क्या बान चलावैं और क्या मोह बखानैं। दोनों बराबर, दोनों बेकार। राघोराम लौकी का झोर बनाकर ले आया था और वे उसमें थोड़ा पिसा जीरा और डालकर चुपचाप पीने लगे। हरी धनिया होती तो और मज़ा आता।

ठण्ड बढ़ गयी थी। ओसारे का टाट गिरा दिया राघोराम ने और आग में एक नया कुन्दा डाल दिया। मुंशीजी अच्छी तरह कम्बल लपेटकर लेट गये। आँखें बन्द कर लीं और जाने क्यों बिटौनी का ख़याल लौट आया। यह पाकड़ तले हनुमानजी की मूरत मिली थी न, उस दिन बच्चों के साथ मेड़ पर खेलते-खेलते बिटौनी को

बड़ी देर हो गयी थी। खोजने गये तो बिटौनी और बाक़ी बच्चे पाकड़ तले जमे थे। पहुँचते ही बिटौनी ने बताया, "भैया, यहाँ पाताल लोक की सुरंग है। भगवान जी भी दरवाजे पर हैं।" मुंशीजी ने देखा हनुमानजी की मूर्ति थी और पास में एक भीटा। गहरी गुफा सरीखा। शायद सियारों ने खोदा होगा। बच्चे उत्साह से बोले, "मुंशी भैया, इसमें घुसो तो पाताल में निकलता है।" पाताल में क्या होता होगा? मुंशीजी ने सोचा। नागबासुकी होगा, तक्षक भी होंगे, शेषनाग होगा और उनके सब सिपाही अर्दली नाग होंगे। अगर कोई वहाँ पहुँच जाए तो नाग-ही-नाग, नाग-ही-नाग। मुंशीजी को झुरझुरी छूटने लगी। बढ़ती ही गयी। आँख खोल दी। "राघोराम बेटा, बहुत सर्दी लग रही है। ज़रा एक कम्बल और डाल दे रे..." दाँत-से-दाँत बजने लगे थे और पसली में ऐसा दरद मानो कई-कई साँप डँस रहे हों। थोड़ी देर में घर-भर के कम्बल रज़ाई-गद्दे लद गये और मुंशीजी की झुरझुरी बन्द नहीं हुई। राघोराम वैद्यजी को बुलाने दौड़ा।

"तुम लोग जान लेने पर तुले थे! ऐसी नाजुक हालत मरीज़ की और खुले ओसारे में ला के डाल दिया। ऊपर कोठरी में ले जाओ। लक्षण बहुत बुरे हैं। अगर सरशाम हो गया तो धन्वन्तरि भी नहीं बचा सकेंगे! तेल का और लोहे का दान करा देना। शनि की दोहरी मारक दृष्टि है!" वैद्य जी ने बताया।

रात-भर और दूसरे दिन-भर फेफड़े में बेहद बलगम जमा हो गया था। साँस घरघराकर चलती थी लेकिन पूरे होश में थे। एक बार हँसे-बोले भी। हरिया कब आया किसी को पता नहीं चला। लेकिन आकर उसी कोने में चुप मूरत की तरह बैठ गया। बीच में बोले मुंशीजी तो एकदम उठकर गया और बोला, "मुंशीजी! वह हरामज़ादी है। बिलकुल दोजखी। हम उसके चंगुल में नहीं..." और राघोराम ने डाँट दिया, "क्या टें-टें लगाये है! देखता नहीं मुंशीजी की क्या हालत है! एक झापड़ देंगे..." डाँट खाकर फिर उसी कोने में आकर बैठ गया। बिलकुल ख़ामोश! रात आठ बजे भवनाथ टाल पर खाना खाकर हुक़्क़ा गुड़गुड़ाने जा ही रहे थे कि घबराया हुआ राघोराम पहुँचा, "आपको अम्मा बुलाती हैं!" भवनाथ हड़बड़ाकर उठे, "भैया तो ठीक हैं?" "हाँ ठीक हैं।" बहुत भरी आवाज़ में उसने कहा। भवनाथ घर की तरफ़ चले तो बोला, "उधर नहीं बिशन मामा के घर!"

सब ख़ामोश थे। वैद्यजी भी थे और राघोराम के ससुर गोविन्द महाराज भी। पिरजा औरतों के बीच में थी, बाल बिखरे, आँख सूजी, अजीब-सी शक्ल। वैद्यजी बोले, "भवनाथ, हमने कहा था न कि मारक दृष्टि है! किसी-न-किसी को तो लेती ही!" और फिर गोविन्द महाराज ने बताया कि आज दोपहर को राघोराम का बाप गुज़र गया। कुछ दिन से गोपीगंज में ही आ गया था, अफ़ीम खा के पड़ा रहता

था। अभी मट्टी नहीं उठी है। बिरजा और राघोराम जाएँगे तब उठेगी। एक मोटरवाला माल ख़रीदने इलाहाबाद आ रहा था। उसी के साथ आये हैं। उसी के साथ घण्टे-भर में जाना है। इतनी देर में सबसे बातचीत करके तय हुआ है कि बिरजा और राघोराम अभी चले जाएँ। बिरजा कल शाम तक लौट आवे लेकिन राघोराम को तो दाग़ देना है, कम-से-कम तेरह दिन रहना पड़ेगा। पूजा करके सूतक शान्त करा देंगे। बियाह में कोई रुकावट नहीं आएगी। उसी तारीख़ में हो जाएगा। अब देर करने की ज़रूरत नहीं। कपड़ा-बिस्तरा बाँधें और तुरत बिरजा और राघोराम चलें।

कोई कुछ नहीं बोला। कोई अपनी जगह से हिला भी नहीं। बस भवनाथ उठे और भौजी से बोले, "भौजी इधर आना!" बिरजा ने फटी-फटी आँखों से देखा और अपनी जगह जड़ बैठी रही। "भौजी तुम जाओगी?" भवनाथ ने पूछा। बिरजा कुछ नहीं बोली। मामी टन्नाकर बोलीं, "अब ऐसे में मुंशियाना नहीं चलेगा लाला! कोई छुट्टा-छेड़ा तो हुआ नहीं था। जाना तो पड़ेगा ही। राघोराम भी दाग़ नहीं देगा तो परेत-राच्छस बनके मुरदा छाती पर बैठा रहेगा और गोपीगंजवाले तो ऐसे में बियाह करेंगे नहीं। बिरादरी में कौन करेगा हम देखैंगे!"

भवनाथ चुप खड़े रहे कि भौजी कुछ बोलें। नहीं बोलीं तो बोले, "चिन्ता न करो भौजी! हम चौबीस घण्टा रहेंगे। खाना तो हम तुमसे अच्छा बनाते हैं। कल शाम को तुम आ ही जाओगी।"

बिशन मामा ख़ुद राघोराम के साथ गये कपड़ा-बिस्तरा निकलवाने। बाहर खड़े रहे। राघोराम ने बिना ज़रा भी खटपट किये कपड़ा-बिस्तरा निकाला। ऊपर झाँककर देखा। मुंशीजी सो रहे थे। हरिया भी कोने में कम्बल ओढ़ के सिमटा पड़ा था। वहीं सीढ़ी से धरती छू के मुंशीजी को प्रणाम किया और फिर जैसे कहीं कुछ जमा हो गया था वह फूट के निकल पड़ा। सिसकते-सिसकते बाहर आया। बिशन मामा ने पीठ पर हाथ रखा, "आज तुम बेबाप के हो गये बेटा! कोई बात नहीं, हम तो हैं!" रोते हुए अस्फुट स्वर में राघोराम क्या कह रहा था कुछ समझ में नहीं आया!

भवनाथ लौट के आये तो एक-एक पाँव सौ-सौ मन का हो रहा था। मुंशीजी सो रहे थे। बस साँस की घर-घर और साँस के साथ कम्बल का उठना-गिरना। वैद्यजी कह रहे हैं कि बारह घण्टे में साँस की चाल ठीक हो जाएगी। कुम्भ नहाने आये थे राजा बराँव तो यही हालत हो गयी थी। बस इसी दवा से बारह घण्टे में उठ बैठे थे और घोड़ा दौड़ाते हुए बराँव लौटे थे। अब कोई चिन्ता नहीं। लेकिन हरिया के भरोसे भैया को भवनाथ कैसे छोड़ें! हरिया को जगाया। औंधा-नींदी में घूम रहा था। "देख रे! भौजी और राघोराम नैनी गये हैं। हरदेई की तबीयत ख़राब थी। समझा! कल शाम को आएँगी भौजी। हम टाल जाते हैं अपना कम्बल-कथरी लाने। नीचे पड़ रहेंगे। जब तक आवैं, सोना मत!"

हरी उठ बैठा। नीचे की ढिबरी ला के ऊपर रख ली। लम्बे बीमार की एक

कड़वी गन्ध होती है। दवा की, छाती के लेप की, काढ़े की—घुली-मिली। कोठरी में अँधेरा और गन्ध और मुंशीजी के साँस की घर-घर। ढिबरी आते ही अँधेरा हल्काया और खाट की, मुंशीजी की छाया दीवार पर काँपने लगी। इस दीवार पर सारंगी की छाया! हरिया का जी बहुत घबराने लगा। कुछ समझ में नहीं आया। सारंगी उतारकर खूँटी उमेठने लगा। सुना मुंशीजी कराह रहे हैं। हरिया उठा। बुला रहे थे, "बिरजा, बिरजा!"

"माई और भैया नैनी गये हैं। नानी की तबीयत खराब है।" हरिया बोला। मुंशीजी ने आँख खोलकर चारों ओर देखा—दीवार, खपरैल, मोखा, टीन का सन्दूक। फिर आँख बन्द कर ली। "बजरंग स्वामी! बड़ी पीर है!" फिर बोले, "राघो, बेटा राघो!"

हरिया पास आया, "भैया भी गये हैं। नींद नहीं आती मुंशीजी! सारंगी सुनावें! आप उस दिन कह रहे थे। नींद आ जाएगी।" मुंशीजी ने फिर आँख बन्द कर ली। गाने में सुना था बदरीनाथ के चन्दन के कपाट हैं। हीरा, मोती, पन्ना, पुखराज जड़ा है। देखा मोखे के पल्ले में कोई हीरा, मोती, पन्ना, पुखराज जड़ गया है। पास में बिरजा खड़ी है, "तो हम जायँ मुंशीजी!" मुंशीजी ने रोका नहीं। "ज़रा कपाट खोलती जा रे! बड़ी घुटन है कोठरी में!" कपाट खुल गये। मोखे के बाहर देखा। न खेत था न कुआँ। न हनुमान चौरा। बस ऊँचे-ऊँचे पहाड़ और बरफ, और निचाट रास्ता और मुंशीजी गुड़गुड़ी लेकर निकल गये। बरफ की आँधी हाड़-हाड़ कँपा रही थी। पाँव फट गये थे। ज़बान ऐंठ रही थी। बस घाटी और पहाड़। न कहीं मन्दिर न तीरथ। कहीं कोई चिड़िया तक पंख नहीं मारती थी। बरफ, बियाबान बरफ। "अरे कोई है रे!" उन्होंने गला फाड़कर पुकारा।

"हम हैं न!" हरिया बोला। मुंशीजी ने आँख खोली। हरिया का चेहरा सूख गया था। "मुंशीजी!! ऐसे न देखो मुंशीजी! हमें बड़ा डर लगता है। क्या चाहिए बोलो न! मुंशीजी हम भी तुम्हारे बेटा हैं, मुंशी जी।" हरिया बिलबिलाकर रो पड़ा। मुंशीजी ने आँखें फिर मूँद लीं और बरफ में धँसते चले गये... सब तरफ सन्नाटा था, बस कहीं सारंगी बज रही थी।

भवनाथ ने गली में ही हरिया की चीख़ सुनी। दौड़े-दौड़े आये। हाँफते-हाँफते सीढ़ी चढ़े। माथा-नब्ज़ देखा। बरफ की तरह ठण्डा पड़ गया था सारा शरीर।

आश्रम

दूर-दूर तक वीरान बंजर में अकस्मात् यह दीवार शुरू हो जाती थी और फिर जैसे ख़त्म होने को नहीं आती। पुरानी लखौरी ईंटें, जगह-जगह लोना, कहीं-कहीं पत्थर के ढोंकों की चिनाई, सन्धों में से सुनहले साँपों-सी झूलती लम्बी सूखी घास और सूखी काई परत-दर-परत देहाती रास्ते के किनारे नम्बर लगे पेड़ों की क़तार, किनारे-किनारे सूखा नाला और फिर दीवार। चलते-चलते कितनी देर बाद पुलिया और फिर फाटक—विशालकाय, भयावह।

खचड़ा बस उसे उतारकर चली गयी, तो उसने अपना टीन का सन्दूक़ और सुतली से बँधा दरी-कम्बल पुलिया पर रखा। प्याऊ पर जो काला लड़का गन्दी-सी टोपी लगाये बैठा था, उससे मालूम हुआ कि आश्रम के अन्दर जाने की अनुमति लेनी पड़ेगी। लड़का उठा और खड़े होकर उसने आवाज़ लगायी, "पाहुन आये हैं ओ जैत सिंहा!" और फिर बैठ गया।

उसे अजब-अजब-सा लग रहा था। रेल-ख़र्च के लिए किसी तरह फ़ीस के रुपये बचाकर कितनी मुश्किल से वह आया था, लेकिन अब तबीयत हो रही थी, तुरत लौट जाए। दीदी आख़िर यहाँ आयी क्यों? क्या कर रही होगी? दीदी को तो मालूम था कि वह आनेवाला है। कहाँ बुआ का घर, जहाँ जाते ही दीदी झटपट आती थी और उसे बाँह में लपेटकर धकियाते हुए घर में ले जाती थी, "माँ! कुन्नी भइया वन्दरराम आ गये, देखो!" और फिर आँगन, सीढ़ी, छतें, सब हँसने लगती थीं, उजास फूट पड़ती थी हर ओर।

फाटक के दोनों ओर सील खाये हुए सहन थे और दो कोठरियाँ अँधेरी-अँधेरी-सी। एक कोठरी के आगे एक घाघरा सूख रहा था, दूसरी कोठरी की दहलीज़ पर एक मरियल बुड्ढा बीड़ी पी रहा था। आम और नीम के पेड़ों की एक-एक पत्ती पर धूल जमी थी, जैसे यहाँ बरसात होती ही नहीं। पुलिया के नीचे सूखा कीचड़ था। हाँ, शान्ति तो थी, जैसा दीदी ने अपने ख़तों में लिखा था। शान्ति भी, खुलापन भी, सादगी भी, बल्कि उससे कुछ ज़्यादा, सन्नाटा—उचटता हुआ

सन्नाटा। सिर्फ़ थोड़े-से जंगली तोते पेड़ की डालों से दीवार के कोटर, और कोटरों से पुलिया पर फुदक रहे थे। एक हरा पंख लम्बी नुकीली पत्ती की तरह उड़ता आया और उसके धूल-भरे जूतों के पास गिर गया। "ओ जैत सिंहाऽऽ बकसा उठा रे, पाहुन..." लड़के ने फिर गुहार लगायी।

उसे लगा, कोई नहीं आएगा। उसने अनमने भाव से उधर देखा, जिधर बस गयी थी। बस ओझल हो चुकी थी। सड़क पर एक बेडौल-सी ऊँट गाड़ी चली आ रही थी, जिस पर बोरे लदे थे। कहाँ आ गया वह? सचमुच दीदी यहाँ है। उसने मुड़कर लड़के से पूछा, "दीदी कैसी है अब?" लड़के ने आँख मिचमिचाकर उसकी ओर देखा। "दीदी! दीदी! मेरी बुआ की लड़की शान्ता सेठ। लिखा था, मियादी बुख़ार..." "फुआ की धी, भैण बोले हैं भैणा," लड़का संशोधन पेश कर फिर प्याऊ के बाँस का नलका धोने लगा।

"हुँ" जाने किधर से लाठी लिये एक लम्बे-तगड़े जाट ने आकर हुंकारा। सामान उठाकर चल दिया। "मैं इतै से जात हौं! तुम दायें रस्ते मेड़-मेड़ अइयो। छोटी अध्यापिका के पाहुन हौ? अरे उधर नहीं, इधर से...उधर कुइँया पर कन्याएँ श्नान ले रही हैं। आज दर्जा पाँच का श्नान दिन है न!"

कच्ची पगडण्डी, एक दो अधबने कमरे, कुछ खुदी हुई नींवें, फिर ईंटों का चट्टा, फिर आक-मदार के पौधे, लम्बे भोंपूनुमा सफ़ेद बैंजनी फूल, फिर तालाब। पाँव की धमक से चौंककर एक टिटिहरी का जोड़ा उड़ा और टीं! टीं! चीख़ते हुए चक्कर काटने लगा। सामने फिर एक दूसरी दीवार थी। लगे-लगे कई कमरे और सीढ़ियाँ। एक सीढ़ी के आगे उसने देखा, दीदी खड़ी थी। दुबली, कमज़ोर, एक सूती चादर लपेटे। वह दौड़ा, फिर रुककर धीरे-धीरे चलने लगा। दीदी मुसकायी—"कुन्नी भइया, आ गया! पगले, पढ़ाई का हर्जा करके भाग आया! मैं मरी थोड़े ही जा रही थी! ज़रा-सा बुख़ार था। जैतसिंह अभी तेरा सामान कार्यालय में रख देगा, क्लर्कजी के पास। अतिथिशाला में झाड़ू लग रही है। महीनों का कूड़ा जमा है।"

तो वह दीदी के पास नहीं ठहरेगा। अतिथिशाला उसे गोशाला या घुड़साल जैसा लगा, पर कुछ बोला नहीं वह। कुछ था यहाँ कि वह दीदी से भी सहज नहीं हो पा रहा था। दीदी भी कैसी लग रही थी? अलग-अलग-सी। पता नहीं, शायद कुन्नी को बन्दरराम कहना भी आश्रम के नियमों के खिलाफ़ हो। उसके मन में आया, दीदी के दोनों कन्धे पकड़कर झकझोर दे, "चल घर, अब कहाँ जेल में पड़ी है!" पर कुछ था यहाँ की हवा में, जो हर आवेग को बाँध देता था। वह सधी चाल से, निगाह झुकाये, आदर्श-भरे क़दमों से दीदी के बग़ल-बग़ल चलने लगा।

तालाब की हरी काई पर बबूल के पीले फूल चुपचाप झर रहे थे। दीदी क्षण भर रुक गयीं, "देख, कितनी शान्ति है यहाँ! एक वह शहर है और वहाँ के लोग, और वहाँ के नाते-रिश्ते। यहाँ सादगी की क़ीमत मालूम पड़ती है। खुली हवा। और

मनुष्य यहाँ अब भी मनुष्य हैं। तू ख़ामख़्वाह दीदी की चिन्ता कर-करके दुबला हो गया है कुन्नी! दीदी तेरी बड़ी खुश है यहाँ!"

"सच कहती है तू?" कुन्नी ने दीदी के दुबले हाथ हाथों में लेकर पूछा।

"सच कहती हूँ, भइया! आडम्बर नहीं है यहाँ। लोग दिखावे का शिष्टाचार नहीं करते पर मन के बुरे नहीं। यहाँ मैं फिर अपने को बना सकती हूँ। जितना वहाँ टूट-फूट गया सब! तू अभी बड़ी माँजी से नहीं मिला। वे तो सबकी माँ हैं। अनुशासन में कितनी कठोर, पर मन में कितनी ममता! जानता है, शहर से इंजीनियर आया था। नक़्शा पास करने। माँजी सब काम छोड़कर भण्डारे में बैठकर तेरे लिए मोयन डालकर मठलियाँ बना रही थीं। उन्हें मालूम था न कि शान्ता का भाई आ रहा है। यहाँ अभी सम्बन्ध निबाहे जाते हैं कुन्नी!"

कुन्नी को सुनकर अच्छा लगा। उसके सन्दूक़ में एक डब्बे में बुआ ने बीजे की कतरी, मूंग के लड्डू और मोयन पड़ी आलू की कचौड़ियाँ बनाकर रख दी थीं। दीदी को पसन्द थीं न। बुआ रोती जा रही थीं और बनाती जा रही थीं। उसके मन में आया कि दीदी को बता दे, लेकिन जानता था कि दीदी फिर छुएँगी भी नहीं। वह तो दीदी को यह भी नहीं बता सकता कि प्रकाशजी नयी बहू को लेकर आये थे, तो कुन्नी से दीदी की ही बातें करते रहे। उसने चुपचाप आँखें उठाकर पहली बार आश्रम को देखा। धूप में आश्रम अब अच्छा-सा लग रहा था। हवा के साथ काई की हरी चादर पर बबूल के पीले फूल इधर-से-उधर तैर रहे थे। आश्रम की हवा में कुछ था ज़रूर! उसे लगा, जैसे जिस दुनिया से वह आया था, वह धीरे-धीरे सिर्फ़ एक धुँधली याद बनती जा रही थी, इतनी जल्दी बुआ के आँसू, प्रकाश की आँखों में झाँकती अपराधी भावना, फ़ीस और ट्यूशन की झंझटें, यूनिवर्सिटी के जुलूस, नारे, हड़तालें, आन्दोलन, यहाँ तक कि दीदी की चिन्ता भी। अन्दर के सारे तनाव कहीं ढीले पड़ गये थे, मन और तन दोनों शिथिल, खुले-खुले-से, और हर चीज़, चाहे वह कुइयों के रहट की चूँ-चूँ हो, या छप्पर पर बैठा नीलकण्ठ, या पगडण्डी पर आती-जाती सहेलियों के झुण्ड, या अन्दर लड़कियों के लेजिम वर्जिश की छम-छम, या जैतसिंह के छप्पर पर छायी इमली की हरियाली, सब एक अज्ञात आश्वासन-से थे। किसकी ओर से किस दुःख के प्रति, यह तो नहीं मालूम, लेकिन थे ज़रूर! शायद छोटे पण्डित—स्वामीजी, सही कहते थे कि जहाँ इनके लिए गुंजाइश होती है, वहाँ प्रभु मौजूद रहते हैं। किन रूपों में उनका आभास प्रकट हो, कोई नहीं कह सकता, लेकिन वह आभास महसूस करा देते हैं।

उसे अभी तक आश्रम में जितने लोग मिले, उनमें गोस्वामीजी उसे बहुत अच्छे लगे थे। उनकी बातें, हालाँकि उन्होंने बहुत कठिन संस्कृत शब्दों में कही थीं, उसे छू गयी थीं। भेंट भी कहाँ हुई? जैतसिंह की इमली के पास। इस मौसम में सब पेड़ सूखे-सूखे-से थे, मगर इमली में नये कल्ले आये हुए थे। उसे बचपन के दिन

याद आ गये और वह कच्ची हरी पत्तियाँ तोड़कर उनकी खटास का स्वाद लेने लगा। "कुन्नी जी, यूनिवर्सिटी के छात्र भी इमली खाते हैं? मैं तो समझा था, वे केवल भूख हड़ताल करते हैं।" उसने चौंककर देखा। गीला निचोड़ा हुआ गमछा कन्धे पर डाले छोटे पण्डितजी खड़ाऊँ पहने खड़े मुसकरा रहे थे, "मेरी कुटी पर पधारिए न! कुछ बातें करेंगे।" और थोड़ी देर बाद वह छोटे पण्डितजी के छप्पर के सामने मूँज की खरहरी चारपाई पर बैठा उनसे शास्त्रार्थ में तल्लीन था। बातें यूनिवर्सिटी की शिक्षा और आश्रम की शिक्षा से ही चल पड़ीं। तीन दिन पहले वह जुलूस में शामिल यूनिवर्सिटी के खिलाफ़ नारे लगा रहा था, लेकिन इस वक़्त आश्रम की शिक्षा के आगे वह यूनिवर्सिटी की हेठी भला कैसे सह ले? उसके पास तर्क थे और आते-ही-आते आश्रम का जो प्रभाव उसके मन पर पड़ा था कि वह एक जेलख़ाना है, जहाँ उसकी दीदी क़ैद हो गयी है, उसका आक्रोश था। यह भी कोई शिक्षा हुई! शहर से कटी, जीवन की सहज धारा से कटी, कल्पित आदर्शों में बँधी, यहाँ ज़िन्दगी का एकांगी विकास ही तो होगा। "यह दीवार तोड़ दीजिए, पण्डितजी, चारों ओर के जीवन को देखिए, उसकी बाढ़ में छात्राओं को जूझने दीजिए।" पण्डितजी ने सहज भाव से एक पोटली में से इलायची निकाली, हथेली पर रखकर उसे देते हुए बोले, "भइया जी, आप तो गंगा तट के वासी हैं। गंगा का पानी जब कमर से ऊपर आ जाता है, तो नौका पर बैठकर पार करते हैं न? पर अगर नौका ऐसी बने, जिसमें हर तरफ़ से पानी आने दिया जाय, तब क्या होगा? डूब जाएगी न? ये आश्रम तो नौकाएँ हैं, आरोही पार लग जाएँ, तब जी चाहे उतना जल में कुलेल करें।" वह चुप हो गया, लेकिन अभी भी सहमत नहीं। "आप तो ईश्वर में भी विश्वास नहीं करते होंगे, नयी शिक्षा के हैं न?" और वह फिर मुखर हो आया। अपनी फ़िलासफ़ी का क्लास उसे सबसे ज़्यादा नीरस लगता था, अकसर ग़ायब रहता था वहाँ से, लेकिन इस वक़्त फ़िलासफ़ी की सारी शब्दावली उसकी ज़बान पर थी। वह ईश्वर के अस्तित्व को टुकड़े-टुकड़े कर रहा था, गोस्वामीजी चुपचाप सुन रहे थे, सहसा बोले, "आप तो केवल तर्क के लिए कह रहे हैं, लेकिन शान्ता बहन तो सचमुच कटु थीं, लेकिन इस बीमारी के बाद वे पूजा करने लगी हैं।" अच्छा उसे बहुत अचरज हुआ, दीदी और पूजा-पाठ, और कुन्नी को बताया भी नहीं। एकदम चिढ़कर बोला, "उनकी बात जाने दीजिए, पण्डितजी, वे कब किससे तुक बिठा लें, कुछ पता नहीं।" कुछ देर चुप रहा, फिर बोला, "अब देखिए, मेरा नाम कुन्दन कुमार है। दीदी मुझे बचपन से चिढ़ाती है कुन्दनराम, बन्दरराम। बताइए, कुन्दन की तुक बन्दर कैसे हुई? मगर उनका बिगाड़, तुक बैठ गयी, तो बैठ गयी!" कुन्नी मन-ही-मन बड़ा आहत था कि दीदी ने उसे अभी तक बाँह में लेकर बन्दरराम नहीं कहा, ऊपर से बुढ़ियों की तरह पूजा-पाठ करने लगीं। गोस्वामीजी हँसे, "कौन जाने, आपको भगवान उसी बेतुके रूप में मिल जाय भइया! उसकी लीला का कोई पार भी तो नहीं है। ख़ैर,

छोड़िए, आपका विश्वविद्यालय तो अनिश्चित काल के लिए बन्द हो गया है, कल के पत्र में समाचार था।" 'अच्छा, यहाँ अख़बार भी आता है।' उसे मालूम हुआ कि रात को नौ बजे बस शहर से लौटती है, तो ड्राइवर दे जाता है। पहले बड़ी माँजी और दूसरे दिन सब अध्यापक देख लेते हैं।

और उसे याद आया कि यह तीसरा दिन है और वह सचमुच उस दुनिया को जैसे भूल ही गया है। इन दीवारों के बाहर जो घटना प्रवाह है, समय की जो आपाधापी है, वह यहाँ बिलकुल थम गयी है। वह सब यहाँ कितना धूमिल पड़ गया है, जैसे दूर कहीं से आती हुई शोर की हल्की गूँज, और सारी चीज़ें तो बेतुकी लगती थीं, जाने कैसे उनकी तुक बैठने लगी है। वरना कोई कल्पना कर सकता था कि वह सुबह उठकर भाईजी की व्यायामशाला में पहुँच जाएगा। अभी अतिथिशाला ठीक नहीं हुई थी। कार्यालय में उसका तख़्त, बिस्तर, सन्दूक़ और सुराही रख दिये गये थे। क्लर्क को लोग पीछे क्लर्कजी और सामने भाईजी कहते थे। वह तीसरे पहर दफ़्तर के रजिस्टर और डाक देखते थे, सुबह लाठी मुग्दर घुमाते थे और दोपहर को कन्याओं को लेजिम और तलवार का अभ्यास कराते थे। भाईजी ने प्रण किया था कि दस-बारह दिन में वे कुन्नीजी का स्वास्थ्य बना देंगे। भाईजी तीसरे पहर दफ़्तर में काम करते वक़्त भी लाठी कोने में टिकाकर रखते थे। शाम को कुन्नी जैतसिंह के साथ कुएँ पर भी गया, जहाँ सुबह कन्याएँ स्नान करती थीं और शाम को बैल रहट चलाकर सिंचाई करते थे। सिंचाई के लिए कच्ची नालियाँ बनी थीं। जिधर पानी मोड़ना होता था, उधर गीली मिट्टी थोपकर, मेंड़ बाँधकर पानी मोड़ना भी उसे आ गया था। वह कीचड़ सने हाथों से कनेर की क्यारी में पानी मोड़ ही रहा था कि सन्देसा आया, बड़ी माँजी ने आज चाय बनवायी है। कुन्नी भइया को बुला रही हैं।

बुलाने के लिए छोटे वानप्रस्थीजी आये थे। गाढ़े की लुंगी और गाढ़े की मिर्जई पहनते थे और हमेशा हड़बड़ी में रहते थे। चाय आश्रम में कभी नहीं बनती थी। इस समय यह जानकर कि बड़ी माँजी ने शहर से चाय की पुड़िया कुन्नीजी के लिए मँगवायी थी, वे और भी हड़बड़ा गये थे। पूरब के थे, 'ड़' को 'र' बोलते थे। चलते-चलते बोले, "आप लोग तो सहर में रोज़ चाय सुरकते हैं न? कभी-कभी ठीक है, लेकिन तामसिक है, नींद को भी नसाती है।" कुन्नी ने मुसकराकर उन्हें देखा। उसे यही नहीं समझ में आ रहा था कि इन्हें छोटे वानप्रस्थी क्यों कहते हैं?

पहली बार वह अन्दरवाले आँगन में ले जाया गया। बड़ी माँजी अपने कमरे के सामने कुर्सियाँ डालकर बैठी थीं। उसने अभी तक उन्हें दूर से ही देखा था। सफ़ेद बिना किनारी की धोती, गोरा लम्बा चेहरा, चेहरे पर हर वक़्त एक समृद्धता का भाव, जो सिर्फ़ मुसकान के हल्के अन्तराल से टूटता था। मुसकान में निचला ओठ थोड़ा ऊपर उठ आता था। "आओ बेटा," उन्होंने बैठे-ही-बैठे बड़े स्नेह से बुलाया,

"तुम क्या कहते होगे कि दो दिन आये हो गये, माँ ने बात भी नहीं की। मुझे दोनों दिन शहर जाना पड़ गया। कुछ ज़मीन का झगड़ा था अदालत में।" सामने प्लेट में मठलियाँ और मोटे शीशे के गिलास में चाय—"शान्ता बेटा कहती थी कि तुम्हें आश्रम अच्छा नहीं लगता। हाँ, जंगल है यह तो, तुम्हारे शहर की रौनक यहाँ कहाँ!"

"नहीं, यह बात नहीं," कुन्नी ने दबे स्वर में कहा। उसका प्रतिरोध पहले ही टूट चुका था, फिर भला ऐसी स्नेही माँजी से वह थोड़े ही बहस कर सकता था!

"नहीं, कुछ बात तो है! सुना, तुम शान्ता बेटा से भी नाराज़ हो। यह भी तो उसका घर है। अपने घर में वह काम करती है।" कुन्नी चुप रहा, मठलियाँ सचमुच बहुत ही अच्छी थीं, और बड़ी माँजी के आगे तो कुछ बोला ही नहीं जा सकता। "तुम्हारा विद्यालय तो बन्द हो गया है। महीने भर यहाँ मेरे पास भी रह जाओ। शान्ता का भी मन भर जाएगा। यहाँ का जीवन भी देख.लो, शायद अच्छा लग जाए।"

"नहीं, मुझे ... तो ... अच्छा लगा।" उसने चाय घूँटते हुए कहा, "लेकिन मेरे अच्छा लगने से क्या? हमारी शिक्षा का कुछ उपयोग तो है, इसका क्या उपयोग!"

बड़ी माँजी हँसीं, "उपयोगी चीज़ का भी कहाँ तक उपयोग है बेटे, कभी सोचा? अगर उपयोग होता ही, तो आये दिन तुम लोग स्कूल बन्द कराते क्यों घूमते? अच्छा, हमारी शिक्षा ख़राब सही, तुझे मठलियाँ अच्छी लगीं?" कुन्नी ने लजाकर हामी भरी। "खुरजा से बहुत अच्छे घी के चार टीन साहजी ने भिजवाये थे। तेरे ही लिए खुलवाये। शान्ता से कहा है, तेरी दाल में भी यही डलवाए। भण्डारे का घी ठीक नहीं।"

फिर ख़ामोशी। बड़ी माँजी उधर बाहर की ओर देखती कुछ सोचती रहीं, फिर जैसे अपने में डूबी हुई बोलीं, "मैंने बहुत पापड़ बेले, बहुत विरोध हुआ, जब हम लोग आये तो कुल तीन लड़कियाँ थीं। जिसने यह अहाता और आश्रम बनवाया था, वह छोड़कर चला गया। यहाँ डाकू आकर छिपते थे। हमको धमकियाँ मिलीं, गुमनाम ख़त मिले, एक बार झगड़ा भी हो गया, फिर जब आश्रम चल निकला, तो इस जायदाद के दावेदार आ गये, तुमने फाटक के पास कोठरी में एक बुड्ढा देखा होगा। सेठजी कहलाता है। अभी भी डटा है। कहता है, सारी जायदाद उसकी है, मुक़दमा कर रखा है, लेकिन भगवान की इच्छा थी, पूरी होनी थी।"

"अच्छा!" कुन्नी को यह सारा इतिहास नहीं मालूम था, दीदी ने भी कभी नहीं लिखा। बड़ी माँजी के लिए उसके मन में श्रद्धा जागने लगी। वह अपने में डूबी बोलती गयीं, "लोगों ने यह भी कहा कि मुझे सम्पत्ति की हविस है। हाँ है, पर अपने लिए नहीं, इनके लिए!" उन्होंने आँगन में घूमती लड़कियों की ओर इशारा किया, "इनके लिए मैं जो भी जुटा सकती हूँ, जुटाती हूँ। वह कुछ भी नहीं है, यह भी जानती हूँ। हम लोग साधनहीन हैं, पर लगन है। उसी लगन के कारण साधन

जुट जाते हैं। अब शान्ता बेटी ही है। कहीं भी कॉलेज में दो घण्टे पढ़ाकर ज़्यादा वेतन पा सकती है। यहाँ मैं क्या दे सकती हूँ उसे!. मैं तो सबसे कहती हूँ कि देना-ही-देना है बेटा इस आश्रम में।"

कुन्नी देख रहा था माँजी की ओर, लेकिन उसका मन अपनी दीदी के चारों ओर घूम रहा था। देना-ही-देना है और उसी से सन्तोष मिलना है, तो क्या उसके लिए आश्रम ही आना ज़रूरी है! घर में क्या बाधा है, आख़िर प्रकाश ने जो नाटक खेल दिया है, उसका दण्ड दीदी बुआ को और कुन्नी को क्यों दे रही है! मान लिया, बुआ ने उसे ग़लत समझा, उसका बहुत कुछ मूल्यवान छीन लिया, फिर वहाँ दीदी ने देना ही अपना धर्म क्यों नहीं माना! असल में एक बात और थी। कुन्नी सब काम छोड़कर यहाँ इस अनजाने, अपरिचित आश्रम में आया था दीदी के लिए पर कैसा अजीब था कि यहाँ आश्रम उससे जुड़ता जा रहा था और दीदी जैसे छिटककर अलग होती जा रही थीं। जाने क्या सोच रही हैं, कुन्नी से दिल खोलकर बात भी नहीं कीं! ऊपर से पूजा, पाखण्ड! इसी पर वह और खीजा हुआ था, लेकिन बहुत सँभलकर बड़ी माँजी से दबे स्वर में बोला, "हाँ, वह तो देख रहा हूँ। दीदी यहाँ आकर बहुत बदल गयी हैं, अब तो पूजा भी..."

बड़ी माँजी सहसा गम्भीर हो आयीं, "बेटा, तुम बहुत सुशील बच्चे हो, पर तुम्हारी यही बात मुझे अच्छी नहीं लगी। तुम बिना समझे विरोध करते हो! पूजा को क्या समझते हो तुम? मनुष्य कमज़ोर होता है, कितने भ्रम पाल लेता है। पूजा के समय वह सिर्फ़ भगवान को साक्षी बनाकर अपने को जाँचता है कि उसने अपने को देने में कोई कमी तो नहीं रखी..."

इतने में सहसा सीढ़ी पर लाठी ठनकी और भाईजी दिखाई दिये, एक हाथ में लाठी और दूसरे में बादामी काग़ज़ का एक लम्बा सरकारी लिफ़ाफ़ा। "तारीख़ पड़ गयी है, समन आये हैं।" बड़ी माँजी ने भौंहें सिकोड़ीं, काग़ज़ देखकर दस्तख़त किये और लौटाते बोलीं, "इस बुड्ढे और इसकी बहू ने बड़ी गन्दगी फैला रखी है। यहाँ से हटें, तो आश्रम स्वच्छ हो। बड़े पण्डितजी उत्तरकाशी से लौट आएँ, तो कहना, काग़ज़ लेकर वकील से सब बातें कर लें, उनके लड़के का ऊधम ख़त्म हुआ, या नहीं?"

"माधव ऐसे नहीं मानेगा माँजी, जब तक यह लाठी उसके मस्तक को नहीं भेदेगी!" भाईजी ने लाठी उठाकर कहा, "बड़े पण्डितजी ने तो कह दिया है कि वह मेरा कोई नहीं, चाहो मार के कुइयाँ में फेंक दो। आप ही अनुमति नहीं देतीं! अभी क़ल शाम को बीड़ी पी रहा था बुड्ढे की बहू के कमरे में बैठा-बैठा वह निर्लज्जा भी..."

"अच्छा, अच्छा, बाद में देखेंगे!" माँजी ने सहसा कुन्नी की ओर देखकर आँख से भाईजी को मना किया, "ज़रा विमली को भेजना भण्डार घर से!" और जैसे

थकी-थकी-सी उन्होंने कुर्सी की पीठ पर सर टिका लिया और आँख मूँद ली। कुन्नी की समझ में नहीं आया कि बैठा रहे कि जाए। उसने चुपके से गरदन घुमाकर पीछे देखा। कई फर्लांग के घेरे में ईंटों का बड़ा-सा आँगन था। तीनों ओर छात्राओं के बड़े-बड़े कमरे और हरेक के साथ एक छोटा कमरा, जिनके आगे लतरें लगी थीं। शायद ये कमरे अध्यापिकाओं के होंगे। इनमें दीदी का कमरा कौन-सा है? आँगन के बीच में दो मण्डप-से बने थे। एक में दो-तीन लड़कियाँ बैठी बातें कर रही थीं, दूसरे में हारमोनियम पर शायद संगीत का अभ्यास हो रहा था। दो-तीन छोटी लड़कियाँ बीच आँगन में किसी बात पर झगड़ा कर रही थीं।

"ये लो, बड़ी माँजी तो सो रही हैं!" कुन्नी ने घूमकर देखा, एक पतली छरहरी लड़की सामने खड़ी थी। चेहरा सुन्दर तो नहीं, पर सलोना ज़रूर था और आँखें बड़ी निस्संकोच और थोड़ी शरारती। एकटक कुन्नी को देखती हुई। कुन्नी ने देखा, तो वह मुसकरा दी बेमतलब। कुन्नी ने अचकचाकर निगाहें नीची कर लीं।

"विमली," बड़ी माँजी ने आँखें मलते हुए कहा, "ऊँट गाड़ी पर रसद आयी थी, रखवा दी?"

"रखवा दी, माँजी! कोंहड़े और आलू भी आये थे, उन्हें तुलवा रही थी।"

"इन्हें जानती है?"

"हाँ, ये कुन्दन हैं न, शान्ता बहनजी के भइया। माँजी, कार्यालय में इनका सामान रखवाने मैं ही गयी थी। आप ठीक कहती थीं, शहर की शिक्षा उल्टी है। इन्होंने तकिये पर गिलाफ़ भी उल्टा चढ़ा रखा था, चादर भी उल्टी!"

"बस, बस, तेरी बातें ही तो लच्छेदार हैं! काम-धाम कुछ नहीं करना। बेटा, यह विमली भण्डारे का सब काम देखती है। तुम भण्डारे में ही जाकर विमली से गरम खाना परोसवा लिया करो। विमली बेटा, दाल में खुरजा वाला घी डालना, छात्राओं वाला नहीं, समझी?"

"हाँ, समझ गयी, अब जाऊँ?" और फिर कुन्नी पर एक चिढ़ानेवाली निगाह डालती हुई विमली चली गयी। जाते-जाते कुन्नी ने इतना और देखा कि उसकी गोरी गर्दन पर कन्धे के पास एक बहुत बड़ा तिल है।

"बहुत हँसमुख और बातूनी है बेटा, बुरा न मानना! अन्दर से बहुत दुखी है बेचारी!" माँजी ने दुःख की सारी कथा बता दी। मथुरा में तब छोटे पण्डितजी संस्कृत पाठशाला में पढ़ाते थे। इसके माँ-बाप इसे ले आये थे बेचने के लिए। पहले किसी के साथ भाग गयी थी, बच्चा हुआ, तो उसकी जान ले ली और इसे भी भगा दिया। माँ-बाप मथुरा ले आये, गोस्वामीजी ने जैसे-तैसे उद्धार किया और लाकर मेरे पास छोड़ गये। उन्हें भी बड़ा प्रवाद सहना पड़ा। पाठशाला वालों ने हटा दिया, तब यहाँ आ गये। क्षण भर चुप रहकर फिर जैसे शून्य में देखते हुए बोलीं, "हर आदमी दुःखी है। किसी और सम्बन्ध जोड़कर अभाव पूरा करना चाहता है। पर मनुष्य तो अपूर्ण

है। अपूर्ण से अपूर्ण जुड़कर पूर्ण कैसे हो सकेगा भला! वह तो तभी होगा, जब भगवान से जुड़ जाय। वही पूर्ण है। फिर भगवान जिधर प्रवृत्त कर दे, उधर जी-जान से लग जाय, तभी शान्ति मिलती है... अच्छा बेटा, तुझे देखकर मन को बहुत अच्छा लगा। अब जाओ, घूमो-घामो, रात को भण्डारे में ही जाकर खाना। कल शान्ता को चौधरी साहब के पास जाना है। तुम भी घूम आना, उनका गाँव देख आना।"

कुन्नी लौटा, तो कान में माँजी की बातें घूम रही थीं और आँखों में मुड़कर जाती हुई विमली की शरारती निगाह, गरदन के पास का तिल और उसकी कथा। क्या दुःख हर जगह घुन की तरह पैठा हुआ है? क्या सचमुच उससे मुक्ति का यही रास्ता है? दीदी ने क्या सही चुनाव किया है इस रास्ते का?

लेकिन शायद ये सब सवाल कुन्नी की सामर्थ्य से ज़्यादा भारी थे। अँधेरा छाने लगा था। वह अनमना-सा घूमता-घूमता कुएँ की ओर आगे बढ़ता गया। बाक़ी सब सवाल पीछे छूटते गये, सिर्फ़ एक सवाल बरकरार था—इसी रास्ते में दीदी को सुख मिले, तो ठीक, लेकिन इस रास्ते पर दीदी उससे, बुआ से, सबसे छूट क्यों रही हैं? यह सब दुःख-सुख, पूर्णता-वूर्णता, भगवान-उगवान सब ठीक हों, चाहे ग़लत, पर यह ज़रूर है कि जिस दुनिया में वह, बुआ, दीदी, प्रकाश, सब जुड़े-टूटे थे, उससे यह कुछ अलग है। दीदी उसकी उसी दुनिया से जुड़कर रहें, नहीं तो, नहीं तो क्या होगा—उसे कुछ समझ में नहीं आता था। इस सबको सुलझाना उसके बिरते का नहीं था, जो दुनिया उसके बिरते की है, उसी में दीदी क्यों नहीं रहतीं? लेकिन इस आश्रम की दुनिया में भी क्या है, जो कभी कुन्नी को अपनी ओर खींचता है और कभी पीछे ढकेल देता है। सामने कनेर और गुलाब की क्यारियाँ थीं। गुलाब शायद कभी कलमी रहे होंगे, अब तो कलम कब की ख़त्म हो गयी थी और नीचे की जंगली काँटेदार बन्ध्या डण्ठले कुएँ का पानी पी-पीकर आदमक़द हो गयी थीं। कनेर ज़रूर फूले हुए थे। उसने देखा, एक औरत, शायद बुड्ढे की बहू, घूँघट में मुँह छिपाये जल्दी-जल्दी फाटक की ओर जा रही है, और एक लड़का मुँह घुमाकर कनेर के पीछे खड़ा हो गया था। "नमस्ते कुन्दनजी, क्या देख रहे हैं?" उधर से छोटे वानप्रस्थी हाथ में लोटा लिये चले आ रहे थे, "अरे, माधव तो दुष्ट है, वहाँ छिपकर बीड़ी पीता होगा! चलिए आप, इधर कुएँ के पास रात को सर्प निकलता है!"

वह लौट आया। आश्रम की रात बहुत सुनसान होती थी—क़रीब-क़रीब डरावनी। बिजली अभी सिर्फ़ अन्दर के कमरों में थी। बाहर अभी भी लालटेनों से काम चलता था। सिर्फ़ एक लालटेन फाटक के पास थी, एक कुएँ के, बाक़ी सारी जगह अँधेरा। अँधेरे में दीवार के ऊपर ख़याली शक्लें उभरने लगती थीं और पेड़ अजीब आकार ले लेते थे। जैत सिंह कार्यालय में लालटेन जलाकर धीमी कर रख गया था। उसने लालटेन तेज़ की और चुपचाप बैठ गया। ऐसे में अजीब-अजीब यादें अपने को दोहराने लगती हैं।

उसे याद आयी, ऐसी ही सुनसान रात थी। बरसात की गंगा बाँध पर आ लगी थी। फूफाजी का अन्तिम संस्कार कर सब लोग लौट रहे थे। दीदी साथ गयी थीं। बिलकुल जड़, पत्थर। न एक आँसू, न एक बोल। अड्डे पर सिर्फ़ एक इक्का था। कुन्नी और दीदी को उस पर पिताजी ने बिठा दिया था। दीदी ने इशारे से प्रकाश को भी बुला लिया था। इक्का चला, तो एकदम दीदी गला फाड़कर चीख़ीं, "बाबू तो छोड़ गये, प्रकाश, तुम नहीं छोड़ना, मैं मर जाऊँगी...!" और प्रकाश से चिपटकर, फूट-फूटकर रो पड़ीं। कुन्नी भी रो रहा था। सात-आठ दिन बाद कुन्नी आया। बुआ तो फूफाजी वाले कमरे में कोने में चटाई डाले पड़ी रहती थीं। कुन्नी ऊपर दीदी के कमरे में गया और दरवाजे पर ही ठिठक गया। दीदी खाट पर लेटी थीं और प्रकाश दोनों हाथों से उन्हें कसे, उनके वक्ष में मुँह छिपाये बैठा था। दीदी धीरे-धीरे उसके बालों में उँगलियाँ फिरा रही थीं। आहट मिलते ही प्रकाश एकदम हड़बड़ाकर खड़े हो गये थे। मुँह फिराकर, लेकिन दीदी वैसे ही लेटी रहीं। क्षण भर सन्नाटा। फिर बोलीं, "कुन्नी पर मुझे विश्वास है, माँ से कुछ कहना मत, भइया। समय आने पर मैं खुद कह दूँगी।" सच बात है कि कुन्नी को अच्छा नहीं लगा था। मन में आया कि बुआ से कह दे, लेकिन दीदी का चेहरा देखकर चुप हो गया। बाद में धीरे-धीरे समझने लगा। प्रकाश का आना अलबत्ता कम हो गया था। कभी-कभी दीदी लम्बे-लम्बे ख़त लिखती थीं। कुन्नी के हाथ भेजती थीं और खत कभी बन्द नहीं करती थीं। "पढ़ना मत भइया!" दीदी लजाकर कहतीं। "नहीं, दीदी, मुझे क्या पड़ी है।" और लौटते समय जहाँ भी पहला एकान्त मिलता, कुन्नी पूरा ख़त कई-कई बार पढ़ता। कुछ के तो अंश रट गये थे। एक बार दीदी ने लिखा था, "मेरे पैदा होने के बाद बड़ा भाई जाता रहा। फिर दो भाई हुए, जिन्दा नहीं रहे। माँ हमेशा मुझी को इसका दोषी मानती रहीं—जाने कैसी कुलच्छनी है, इसी के ग्रह भाइयों को खा गये! मैंने एक दिन भी नहीं जाना कि माँ का प्यार क्या होता है। बाबूजी माँ थे, पिता भी, और तुम तो मेरे सब कुछ हो—माँ भी, पिता भी, मित्र भी, देवता भी और कभी-कभी ज़िद करते हो, तो बच्चे भी!" यह बात कुन्नी को नहीं भायी थी। भला अपने घर की बातें ऐसे फैलाने से क्या फ़ायदा! दीदी तो पागल हैं! पर कुछ कहेगा, तो बात खुल जाएगी कि वह ख़त पढ़ता है! एक बार दीदी ने लिखा था, 'स्त्री अपूर्ण होती है। किसी को खोजती है कि उससे जुड़कर पूर्ण हो सके। तुमसे जुड़कर जैसे सबसे जुड़ जाती हूँ। कुन्नी और प्यारा लगने लगता है। माँ से भी अब खीजती नहीं। सब कुछ नया-नया, प्यारा-प्यारा लगता है—मेरी खिड़की, इससे आनेवाली धूप, चहकनेवाली गौरैया, मेरी शय्या, मेरे सिंगार का शीशा। वही सारे पुराने शब्द नये-नये अर्थ देने लगे हैं। सबका अर्थ एक है—तुम।" उसके पास एक बादामी काग़ज़ की कापी थी, जिस पर हरे बाल प्वाइण्ट पेन से वह रेखांकित उद्धरण उतार लेता था। उसमें प्रेमचन्द, प्रसाद, शरतचन्द्र,

जैनेन्द्र के उपन्यासों से उसने चुनकर वाक्य उतार रखे थे। वहीं उसने ये वाक्य उतार लिये और नीचे लेखक के नाम की जगह लिखा—कुमारी शान्ता सेठ, कोष्ठक में 'हमारी दीदी'। वह उम्र सहज में ही किसी उदात्त, उज्ज्वल भाव की प्यासी रहती है। उसे लगता था कि यह एक बड़ी चीज़ है, जिसमें वह भी विश्वस्त रूप से सहभागी है। वह अब झूठ कम बोलने लगा था, लड़कों में गन्दी बातें होनी लगतीं, तो बीच से हट जाता था, कपड़े ढंग से पहनता था, यहाँ तक कि रोज़ अख़बार पढ़ने लगा था।

बुआ समझ गयी थीं। उन्होंने आकर कुन्नी के पिता से स्पष्ट बताया और फिर दीदी के लिए लड़के तलाश होने लगे, लेकिन दीदी अटल थीं। एल.टी. करके पढ़ाने लगी थीं। ठीक। "मैं जनम भर ऐसे रहूँगी, पर करूँगी, तो उन्हीं से।" प्रकाश इंजीनियरी पास करके बेकार बैठे थे और अकसर बहुत उदास रहते थे। उसे याद है, उस दिन बुआ आयीं, तो उनके पाँव धरती पर नहीं पड़ रहे थे। बेहद ख़ुश। मालूम हुआ कि प्रकाश की शादी कहीं तय हो गयी है। ससुर मिर्जापुर के पास किसी सीमेण्ट फैक्टरी में बड़े इंजीनियर हैं, वहीं प्रकाश को भी नौकरी दिला दी है। कुन्नी भागा-भागा गया। दीदी कमरे में अँधेरा किये औंधे मुँह पड़ी थीं, "कुन्नी भइया, तुम जाओ!" पर कुन्नी हटा नहीं। उसे पास बिठाकर चुपचाप उसके सर पर हाथ फेरती रहीं, न रोयीं, न बोलीं, जैसे फूफाजी के मरने पर। फिर दीदी जो चुप हुई, तो खुलीं ही नहीं। कई महीने बाद एक दिन पिताजी दफ़्तर से घबराये हुए आये और माँ को अलग ले जाकर जाने क्या कहते रहे, फिर माँ ने कुन्नी को बुलाया, "कुन्नी, तू शान्ता से मिला था कल?" "हाँ," "कुछ कह रही थी?" "नहीं।" मालूम हुआ, दीदी रात से पता नहीं कहाँ चली गयी हैं। पिताजी पागलों की तरह बुआ को लेकर यहाँ-से-वहाँ दौड़ रहे थे और कुन्नी साइकिल लेकर जमुना के किनारे-किनारे घूम रहा था। कैसे-कैसे ख़याल मन में आते थे। सात-आठ दिन बाद दीदी जैसे गयी थीं, वैसे ही लौट आयीं। सबने पूछा, कुछ नहीं बोलीं। फिर पिताजी ने सबको समझा दिया कि ज़्यादा बात करने की ज़रूरत नहीं है। लेकिन दीदी ख़ुश थीं। उसके चेहरे पर आब आ गयी थी। एक दिन शाम को कुन्नी गया, तो उसे आठ आने देकर नीचे से चाट मँगवायीं। कुन्नी ने हिम्मत करके पूछा, "दीदी, कहाँ थीं तुम?"

"बनारस। प्रकाश को चिट्ठी लिखकर वहीं बुलवा लिया था। उन्हीं के साथ थी।" फिर दही-चटनी उसके पत्ते में डालती हुई बोलीं, "उनसे कहा, तुम्हारा घर, तुम्हारी नौकरी, तुम्हारी गिरस्ती तुम्हें मुबारक, लेकिन मैं क्वारी नहीं मरूँगी, नहीं, नहीं, नहीं। सुहाग लूँगी, तो तुम्हीं से और लेकर रहूँगी। देख," और उन्होंने काठ का एक लाल सिंघोरा निकालकर दिखाया, "विश्वनाथजी की गली से यह सिन्दूर ले आयी हूँ। कोई समझे, या न समझे, तू भी चाहे, तो अभी नीचे जाकर अम्माँ से कह दे।" कुन्नी चुप रहा, "दीदी ख़ुश है। वह जाने, उसका काम।"

महीने-दो महीने बाद एक दिन वह गया, तो कोहराम मचा हुआ था। बुआ माथा पीट रही थीं और दीदी बाल बिखेरे चिल्ला रही थीं। न किसी ने उसके आने पर ध्यान दिया, न जाने पर। दो-तीन दिन बाद पिताजी रात तक दफ़्तर से नहीं आये, तो माँ ने बताया, शान्ता की तबीयत ख़राब है, उसे लेकर अस्पताल गये हैं। और कुछ भी कुन्नी से किसी ने नहीं बताया। उसने पूछा, तो डाँटकर माँ बोली, "अब पढ़ने-लिखने में लग! बुआ के यहाँ आने-जाने की ज़रूरत नहीं।" वह साइकिल लेकर दोनों अस्पतालों का चक्कर लगा आया, दीदी वहाँ तो थीं नहीं। पिताजी कहीं और जाते थे—किसी प्राइवेट डॉक्टर के अस्पताल में। माँ दोनों वक़्त का खाना और फल रखकर भेजती थीं। दस दिन बाद दीदी घर आ गयीं। उसने देखा, इनसे चला-फिरा भी नहीं जाता था। चेहरा पीला पड़ गया था। खाना और फल छूती नहीं थीं। कुन्नी गया, तो कुछ नहीं बोलीं। सिर्फ़ करवट बदलकर लेट गयीं और रोने लगीं। चार-पाँच दिन बाद कुन्नी से अकस्मात् रुँधे गले से बोलीं, "इन लोगों ने ही छीन लिया, उनका अंश ले आयी थी। मैं सब लांछन सहकर उसे नहीं खोना चाहती थी, पर इन लोगों ने छीन लिया। ठीक है। मुझे किसी से कोई शिकायत नहीं।"

तालाब में मेढक बोलने लगे थे। लालटेन की चिमनी पर धुआँ जमने लगा था। उसे पता नहीं कैसे विमली का ख़याल आ गया। (शायद खाने का वक़्त हो गया था।) विमली के बच्चे को मार डाला उन्होंने! कैसे मारा होगा! बच्चे ने आँख खोलकर ताका होगा, छोटी-छोटी उँगलियाँ।

"भइया, क्या हुआ? तू इतनी देर से रो रहा है, पगले!" दीदी सामने खड़ी थीं, "जैतसिंह खाने के लिए बुलाने आया। तूने सुना नहीं, रोता रहा, तो वह भागकर मेरे पास गया। क्या बात है? घर की याद आ रही है?"

"नहीं!" वह रुँधे गले से बोला। सचमुच उसका चेहरा आँसुओं से तर था। उसने कमीज़ उठाकर पोंछा। दीदी आकर पास में बैठ गयीं, बाँहों में लपेटकर बोलीं, "भइया, बोल, क्या बात है, मुझसे नाराज़ है!" और इस बात पर कुन्नी सचमुच फूट-फूटकर रो पड़ा, "चल, उठ। विमला थाली लगाकर बैठी होगी, खाना खा ले, तब बातें करेंगे।" लेकिन कुन्नी ने खाना नहीं खाया, उठा भी नहीं। दीदी पास बैठी रहीं और वह लेट गया। धीरे-धीरे उसे नींद आ गयी।

दीदी ने लालटेन धीमी की, उसके माथे पर हाथ फेरा, दरवाज़ा उटकाया और चली गयीं। जाते वक़्त उनकी भी आँखें गीली थीं।

चौधरी कौन है? उनका गाँव कहाँ है? दीदी क्यों जा रही हैं? उसने कुछ नहीं पूछा। चुपचाप लहड़ू (बैलगाड़ी) पर जाकर बैठ गया। पाँच-छह खस के बोरे उस पर लाद

दिये गये। आश्रम में पीछे एक और बड़ा तालाब था, जिसमें काली मिट्टी थी और खस निकलता था। बोरों पर गद्दी बिछ गयी और वह बैठ गया। दीदी एक झोले में कुछ काग़ज़-पत्तर लेकर आयीं और पास बैठ गयीं। बैल घण्टी टनकाते चल दिये। पक्की सड़क से लहडू कच्चे में उतर गया। धूल में पहियों की लीक देखते वह चुपचाप बैठा रहा। सहसा दीदी ने उसके हाथ पर हाथ रखा और बहुत प्यार से बोलीं, "बन्दरराम, अभी तक रोते हैं।" वह हँस पड़ा और फिर मान की मुद्रा में मुँह फेरकर बैठ गया। दीदी ने पीठ में ज़ोर से चुटकी काटी। उसने भी चुटकी का जवाब चुटकी से दिया और जैसे-जैसे दोनों के बीच के अलगाव की गाँठ अकारण पड़ गयी थी, अकारण खुल गयी। "दीद्दी आश्रम बहुत अच्छा है, पर अब तू घर चल!" "बस वही रट! कुछ और बात नहीं करनी है? कुछ अपनी बता, कुछ दीदी की सुन। अच्छा, वह लंगड़दीन अब भी तेरा दोस्त है?" लेकिन वह दोस्तों की बात करने नहीं आया था : "दीदी, बुआ ने तेरे लिए बीजे की कतरी और मूँग के लड्डू भेजे हैं। मैंने डर के मारे दिये नहीं थे।" दीदी सहसा गम्भीर हो आयीं, "दे देना, अब मुझे माँ से भी शिकायत नहीं, किसी से नहीं। पर मुझे यहाँ अच्छा लगता है?" "ख़ाक़ अच्छा लगता है, तुम्हारी तो ज़िद है," उसने पहली बार निकट से दीदी को देखा। उम्र चेहरे पर झलकने लगी थी और एक रूखापन चेहरे पर, जो पहले कभी नहीं था। "यहाँ क्या भगवान का भजन करोगी? वह क्या बड़ी माँ जो उपदेश दे रही थीं, पूर्णता, पूर्णता। ये लोग अभी भी किस दुनिया में रह रहे हैं! चेला मूड़ा है तुम्हें?"

"भइया, तू तो ग़लत मत समझ मुझे। चेला-वेला कुछ नहीं। मेरा मन भी कभी-कभी बहुत उचटता है यहाँ से!"

"चल, बात न बना। पूजा-पाठ क्या फिर बड़ी माँजी को दिखाने के लिए करती है?"

"नहीं भइया, मैं तो यह भी नहीं जानती कि भगवान हैं या नहीं? लेकिन जड़-मूल से मैं इतनी हिल गयी हूँ कि जो लगता है पत्थर की तरह अटल है वही शायद नहीं होता, तो सोचती हूँ जो नहीं लगता वह शायद होता हो। पर मैं पूजा नहीं करती!"

"फिर क्या करती हो?"

दीदी थोड़ी देर अपने में डूबी चुप रहीं। फिर बोलीं, "जो मेरे जीवन का सच है सो है। भगवान से जुड़कर पूर्ण होता होगा, वह हो। मैं किसी से जुड़कर सबसे जुड़ गयी थी। सच सबसे, अपने से भी। अपना तन-मन, अपना घर-परिवार सबका कुछ मतलब निकलने लगा था। फिर जो हुआ..." उनका गला भरने लगा... "ख़ैर, जो हुआ सो हुआ, पर एक से जुड़कर सबसे जुड़ी थी, पर उस एक से टूटकर सबसे टूटना नहीं चाहती। अब किसी तरह भी टूटना नहीं चाहती। मैं बहुत थक गयी हूँ

और अधिक टूटने से बहुत डर लगता है। पूजा नहीं करती। बस आँख बन्द कर सोचती हूँ। कहती हूँ भगवान अगर तुम हो, तो मुझे क्षमा कर दो, तुमसे जुड़ने की ताक़त अब नहीं बची, पर जैसी हूँ वैसी टूटूँगी नहीं। जितना सबसे जुड़ सकती हूँ, जुड़ूँगी। क्यों टूटूँ, मैंने कोई अपराध नहीं किया, नहीं, नहीं, नहीं!" दीदी अपने से बात कर रही थीं।

कच्चे रास्ते के दोनों ओर अब खेत थे। कुछ खेत कट चुके थे, कुछ में साग बोया हुआ था। सहसा दीदी चौंककर बोलीं, "वह देख मोर, उधर कुएँ के पास! इधर बहुत होते हैं। कभी-कभी आश्रम में भी आ जाते हैं। पता नहीं इन सबको देखकर अब बहुत अच्छा लगता है।" और दीदी बच्चों के से उत्साह से बताने लगीं कि कैसे मोर हाथ से दाना चुगते हैं। कैसे आश्रम के पीछेवाले निचाट मैदान में हिरणों के झुण्ड आते हैं! जाड़े में सुनहरे और वैशाख़-जेठ में काले हो जाते हैं। तालाब पर सारस उतरते हैं, सफ़ेद बगुलों की पंक्ति शाम को क़तार बाँधकर उड़ती है और एक बार तो पुलिया के नीचे भेड़िया भी आया था। कुन्नी ने जंगल में हिरन कभी नहीं देखे थे। गर्मियों की छुट्टियों में आएगा।

गोबर और मिट्टी की गन्ध हवा में आ गयी थी। गाँव नज़दीक था। जिस उत्साह से दीदी मोर, सारस, हिरण और भेड़ियों का ज़िक्र कर रही थीं उसी उत्साह से उन्होंने चौधरी के बारे में बताना शुरू किया। यह आदमी भी बड़ा ख़ूँखार है, पर आश्रम के लिए बहुत अच्छा। डाकुओं से बड़ा मेल-जोल है। पहले आश्रम में बड़ा ख़तरा था, अब इसी के इशारे पर डाकू उधर से गुज़रते भी नहीं। देखने में बिलकुल सीधा। मक्खन के लोंदे की तरह लेकिन अपने सगे चाचा को मरवा दिया था इसने। अब तो काँग्रेसी है। पुलिस और पंचायत दोनों इसकी मुट्ठी में हैं। बड़ी माँजी के पाँव छूता है। दीदी को शान्ता लली कहता है।

गाँव के घर साफ़ थे लेकिन रास्ते कीचड़ भरे थे। एक जगह तो लहडू धँसते-धँसते बचा। चौधरी का घर आगे ईंटों का था, पीछे कच्चा। चबूतरे पर चौधरी साहब खड़े थे। "आ गयी लली! भइया भी साथ आओ है। आ। बता छाछ पिएगा?" चौधरी मक्खन तो नहीं, पर घी का लोंदा ज़रूर था। पचास पार कर चुका होगा और एक मज़े की बात थी कि सर के बाल काले थे पर रोबदार मूँछें सफ़ेद। दीदी चौकी पर बैठ गयीं और काग़ज़-पत्तर समझाने लगीं। वह लहडू के पास खड़ा हो गया। खस के बोरे खुल गये और मिट्टी झाड़-झाड़कर उनके पूले बनने लगे। जाट औरतें झड़ी हुई मिट्टी बटोर-बटोरकर डलिया में, सूप में, आँचल में, जो मिला उसमें ले जाने लगीं। मालूम हुआ इस मिट्टी से सर धोती हैं। बीच-बीच में दीदी और चौधरी की बातें भी कुन्नी एक कान से सुनता जा रहा था।

बात जायदाद वाले मुक़दमे की थी। यह आश्रम असल में सेठ छगनलाल ने बनवाया था, गदर के कुछ साल बाद। गढ़मुक्तेसर में उनकी आढ़त थी, इटावे में

आढ़त थी और उनकी नावें गंगा जी में बनारस-पटना होते हुए बर्दवान तक जाती थीं। फिर उनका रोज़गार चौपट हुआ, सब बिखर गये। लावारिस जायदाद कलेक्टर ने बड़ी माँजी को आश्रम के लिए दी। तब यह बुड्ढा सेठ आया, बोला, उनके वंश का है। "होगा!" चौधरी गरज के बोला, "वाकी बहू तो पेशा करै है। जा गाँव के दो छोरे जात हते वाकी कनिया, तो मैंने कही टाँग तोड़ देऊँगा हरामज़ादो।" दीदी की बातों से मालूम हुआ कि कई मशहूर गुण्डे वहाँ आते हैं, बुड्ढे सेठ ने धमकी दी है कि मुक़दमा का फ़ैसला जब होगा तब होगा, पहले फ़ौजदारी करके आश्रम दखल कर लेंगे। चौधरी फिर गरजे और फिर बात यहाँ पर ख़त्म हुई कि चौधरी के गाँव से आठ-दस आदमी आश्रम की ओर से गवाही देंगे और बुड्ढे को चौधरी समझा देंगे कि अपनी हद में रहे, नहीं तो डाका कहीं और डलवा के माल उसके घर से बरामद करा देंगे। इस बीच में कुन्नी ने छाछ पी, बाजरे की खीलें खायीं, और मोर के पंख बीनता रहा। वह गाँव देख रहा था और गाँव के छह-सात बच्चे निस्संकोच भाव से, और तीन-चार तरुण जाट औरतें कनखियों से कुन्नी का मुआयना कर रहे थे।

अन्त में दीदी ने उसे बुलाया। चौधरी ने बड़े स्नेह से पास बिठाकर कहा, "लली जैसी सींकं सलाई है, भइया भी वैसो ही है सूखी लकड़ी। काऊ जाटनी के पल्ले पड़े तो मथानी बनाय के छाछ बिलोवैगी!" और अपनी मज़ाक़ पर ख़ुद ठठाकर हँसे। फिर बोले, "जेठ में अइयो लला। तुम्हें हिन्नी को बच्चो मँगवाय देंगे। पालोगे?"

लहड़ू वापस चला तो गाँव के मुहाने तक चौधरी पहुँचाने आये और फिर बोले, "लली! एक बात कहूँ, भूलैगी तो नाय, चौं? बड़ी माँजी से बोलियो कि वा मथुरा वाली छोरी है न बिमला देवी... बस उनसे कहियो चौधरी पूछत हते।"

बैलगाड़ी चली तो उसे झपकी आने लगी। अधनींदी में उसने देखा दीदी अनमनी-सी मोरपंखों की लम्बी सींकों को फँसा-फँसाकर छोटा-सा पंखा बना रही हैं।

उसकी जो उम्र थी उसमें कैशोर्य ज़िन्दगी के विराट प्रसार के सामने खड़ा होकर बहुत बड़े-बड़े सवाल पूछता है, उन सवालों का जवाब या तो मिलता ही नहीं, या जवाब मिलता है, तो अपने साथ और उलझे हुए सवाल ले आता है, बेचैनी अपनी जगह बरकरार रहती है। बस, चैन मिलता है जब छोटे-छोटे सुख सहज रूप में आकर बड़े-बड़े सवालों को भुला देते हैं। ये छोटे-छोटे सुख उसे नयी ताज़गी दे रहे थे। इमली के हरे कच्चे कल्ले, क्यारियों में बहता पानी, धूप धुली देहाती हवा, बड़ी माँजी की स्नेह दृष्टि, छोटे पण्डितजी की मीठी बोली, दीदी की सुधरती तन्दुरुस्ती, यूनिवर्सिटी, ट्यूशन और अम्माँ की झिड़कियों से अप्रत्याशित छुट्टी और सबसे बढ़कर खाने की थाली पर विमली की सहेज सँवार। विमली की शरारत भरी आँखें और चमकने लगी थीं और जब वह भण्डारे के चूल्हे से अलग छोटे चूल्हे पर बैठकर उसके

लिए ताज़ी रोटी सेंकती, तो वह छिपकर उसके गर्दन और कन्धे की गुराई पर वह तिल देखता रहता। विमली उठकर तरकारी लाती और झुककर परोसती, तो सामने से जैसे गुलाबी झरने छूटने लगते थे। एक नया उल्लास-सा उसके मन में लहर लेने लगता था। विमली जानती थी। कभी-कभी मक्खियाँ होतीं तो वह पंखा लेकर बैठ जाती और जाने कैसे पंखा झलते समय उसकी कुहनी कुन्नी के कन्धों से छू जाती थी। एक दिन बोली, "अभी तिल रक्खे हैं। तिल के पुए बनाएँ?" "तिल के?" और कुन्नी ने बड़ी अर्थभरी निगाह से उधर देखा। विमला का चूल्हे की आँच से तपा हुआ चेहरा और भी ताम्बई हो उठा, "ऐसे क्यों देखते हैं?" कुन्नी का गला सूखने लगा, वह कुछ बोला नहीं। चलते समय एक बार चारों ओर देखकर भण्डारे को सूना पाकर विमला एकदम पास आकर बोली, "आप सीधे-सादे नहीं हैं, मैंने तो सीधे से तिलों के पुए के लिए पूछा था, आप चोरी से क्या-क्या देखते हैं?" कुन्नी ने हिम्मत की, "जो दिखाई पड़ जाए!" "हाय राम!" एकदम उसने झटके से कसकर पल्ला लपेट लिया, "क्या दिखाई पड़ता है? शान्ता बहन से बता दूँगी सब। चोर कहीं के!" और चोर कहते हुए उसने शरारती आँखें और चमकाकर नीचे का ओठ ऐसे सिकोड़ा कि उसका मन हुआ, उसका मन हुआ... मगर उसी समय जी एकदम धड़-धड़ करने लगा और बिना रुके वह सीधे कार्यालय में भागकर अपने तख़्त पर लेट रहा। ऐसी बातें करने की उसकी हिम्मत कैसे पड़ गयी। कहीं सचमुच दीदी से विमली ने कह दिया तो। पर वह जानता था कि विमली कहेगी नहीं। कैसे जानता था? अब ये बातें भला कैसे जानी जाती हैं? ऐसे ही। जानता था।

वह दिन भर कहीं नहीं गया। गरम हवा के झोंके बबूल के बहुत पीले फूल उड़ा लाये थे और दरवाज़े के सामने कभी वे फूल सिमट जाते, कभी बिखर जाते। जैसे पानी में बताशा डालने पर धीरे-धीरे घुलता-घुलता नीचे बैठ जाता है, वैसे ही चोर कहने में सिकुड़ा हुआ एक ओठ बार-बार घुलकर मन में बैठता जा रहा था। शाम को फिर खाना खाने जाना है और शाम है कि होने को ही नहीं आ रही।

जैसे-तैसे शाम आयी और वह भण्डारे के दरवाज़े पर जाकर फिर लौट आया। कहीं कोई जान गया तब? नहीं, जैतसिंह एक बार बुलाने आए तब जाए! जैतसिंह भी आज जाने कहाँ मर गया। आख़िर गया। विमला आँखें चमकाकर एक बार मुसकरायी, पीढ़ा बिछाया, थाली लगायी और फुलके सेंकने बैठ गयी। फिर जाने से वही कन्धा सामने आ गया पल्ला खिसककर नीचे गिर पड़ा और, और यह क्या। काले मोटे खद्दर का उठे कालरवाला ब्लाउज जो ठुड्डी तक गर्दन को ढाँके था। विमला ने बहुत छिपी निगाह से उसके चेहरे की खीज देखी और दुगुने उत्साह से रोटियाँ फुलाने लगी। उसने भी एक शब्द नहीं कहा, दो रोटियाँ ज़्यादा ही खायीं और चलते समय सुपाड़ी लेना भी भूल गया। अकड़ना क्या कुन्नी को नहीं आता।

लेकिन दूसरे दिन भी जब वही पहिनावा था, ऊपर से विमला कुछ बेहद चुप

थी, तो उससे खाया नहीं गया। एक-दो रोटी तोड़कर उठ गया। शाम को नहीं गया। जैतसिंह आया तो कहला दिया उसे भूख नहीं है और लालटेन जलाकर बुआ को चिट्ठी लिखने बैठ गया। आठ बजे आश्रम में सन्नाटा हो जाता था। कार्यालय की दीवार घड़ी ने 9 बजाये तो उसने लालटेन धीमी की और तकिये पर कुहनी टिकाकर बैठ गया। निचाट सन्नाटा था, सिर्फ़ दीवारघड़ी की टिक-टिक, टिक-टिक!

और दरवाज़ा खुला, पहले एक गोरा पतला पाँव, फिर थाली वाला हाथ, फिर लालटेन वाला हाथ, फिर विमली का मुसकराता हुआ चेहरा 'उल्टी शिक्षा का यही फल। लड़कों को कोप भवन में बैठते तो सुना नहीं। लीजिए, अब तो खाना खाइएगा!'

"अब तो के मतलब?" उसने खुशी दबाते हुए स्वर को और रूखा बना लिया।

"मतलब? मतलब यह," उसने थाली स्टूल पर रखकर हल्के से कन्धे पर से पल्ला हटाया। आधे-आधे कन्धों तक खुला बहुत चौड़े गले का ब्लाउज। एक गुलाबी आभा फूटी और फिर झट से पल्ला चारों ओर से ढक लिया। "कोई कुछ पहने, आपसे मतलब? खाना-पीना छोड़कर बैठ गये। वाह रे वाह!" कुन्नी का पूरा बदन झनझना आया और फिर जैसे सचमुच चोरी करते पकड़ा गया हो, शर्म से पानी-पानी।

"खाइए न, कि हाथ से कौर तोड़कर खिलाऊँ?"

कुन्नी ने तुरत कौर तोड़ा और खाना शुरू किया। विमला पास खड़ी हो गयी, इतने पास कि कुन्नी की कनपटियाँ उसके तन की गरमाई महसूस करने लगीं। घड़ी की टिक-टिक तेज़ थी या कुन्नी के दिल की धड़कन, कहना कठिन था। खाना बहुत ही अच्छा लग रहा था और कौर मुँह में चल ही नहीं रहा था।

"आप जाइए, बहुत रात हो गयी है। मैं खा लूँगा।"

"और न जाऊँ तो!" विमला आसनी डालकर उसके पाँवों के पास बैठ गयी, "खा लीजिए, जैतसिंह गाँव में ज्यौनार खाने गया है। थाली छोड़कर गयी और सुबह क्लर्कजी ने कार्यालय में जूठन देखी तो विमली पर ही लाठी का अभ्यास होगा। हाय, आपके पाँव कितने गरम हैं?" उसका एक पाँव धोखे से विमला की बाँह में छू गया था। विमला ने उसे हथेली में ले लिया।

अधकुतरा कौर थाली में छोड़कर कुन्नी का हाथ रुक गया। पाँव से एक बहुत बारीक जलती हुई ठण्डक ऊपर चढ़ती हुई उसकी पलकों तक पर छा गयी। उसने पहली बार विमला की ओर भरी निगाहों से देखा। विमला ने पाँव के नीचे से हथेली हटा ली और आँखें झुकाकर ज़मीन की ओर देखती हुई बोली, "एक बात पूछूँ, सच-सच बताइएगा, आपको क्या अच्छा लगता है मुझमें!"

कुन्नी को काटकर रख दीजिए, उसके मुँह से जवाब नहीं निकल सकता, ऐसी बातें क्या करने की होती हैं।

ज़मीन की ही ओर मुँह किये विमला बोली, "आप सुबह आधे पेट उठ गये, मैंने भी अन्न नहीं छुआ। अभी सब काम निबटाकर फिर आपके लिए यह पहनने जाना पड़ा। ऐसे किसी को उँगली पर नचाया जाता है। ऊपर से कितने सीधे दिखते हैं आप लोग!"

"सच, आपने सुबह से खाना नहीं खाया!" अब कुन्नी के मुँह से बोल फूटा, "मैं नहीं खाता फिर, पहले आप खाइए। नहीं बाद-वाद में नहीं, अभी मेरे सामने खाइए।"

"नहीं मानेंगे आप, मैं बाद में खा लूँगी।"

"नहीं अभी!"

"लीजिए," विमला ने हाथ बढ़ाया और उसका अधकुतरा कौर मुँह में डाल लिया और फिर जैसे जाने किस आवेग में उसकी गोद में चेहरा छिपा लिया। अगले कौर कुन्नी ही बना-बनाकर खिलाता रहा। विमला छोटी बच्ची की तरह दुबकी बैठी रही। सिर्फ़ दीवार घड़ी की टिक-टिक, टिक-टिक।

"विमली" कुन्नी बोला, विमला ने बड़ी मुश्किल से बोझिल पलकें उठाकर देखा। कुन्नी आगे कुछ नहीं बोल पाया।

विमला उठी, थाली समेटी, बहुत भरे गले से बोली, "सुना है, आप लौटने की जल्दी कर रहे हैं। अपनी दीदी के कहने से ही रुकेंगे, मेरे कहने से नहीं, अभी मत जाइए, कसम है!"

"अच्छा!" कुन्नी बोला, "रुकूँगा।"

"फिर अगली छुट्टी होते ही... बोलिए!"

"अच्छा!"

"सुबह देर में आइएगा खाने, तब भीड़ नहीं रहती! चलूँ, अब कोपभवन में आटी-पाटी लेकर सोइए! गिलाफ-चादर उलट दूँ?" उसकी आँखों की शरारत चलते-चलते फिर लौट आयी थी।

कुन्नी अगली छुट्टी का हिसाब लगाने लगा। असल में विमला के कारण थोड़े ही। एक तो उसे गर्मी में हिरन देखने आना है, फिर बरसात में मोर, फिर जाड़ों में... वह बाहर निकलकर खड़ा हो गया। अँधेरे में डूबा हुआ आश्रम भी कितना सुन्दर लगता है! कुइयाँ के पास एक तारा चमक रहा था। दीवार एक मखमली फ्रेम थी, जिसमें आश्रम जड़ा हुआ था। तालाब में तारों की परछाइयाँ, रात की हवा में हिलते कनेर, फाटक के पास टिमटिमाती लालटेन, बबूल के झुण्ड में झिल्लियों का झनझनाता स्वर और नंगे पाँवों तले की ठण्डी धरती। उसे लगा एक बारीक शीतल आँच धीरे-धीरे ऊपर चढ़ रही है, वह उस धरती से जुड़ रहा है। एक से जुड़कर मनुष्य जैसे सबसे जुड़ने लगता है : कहाँ पढ़ा था उसने यह वाक्य...

हवा का एक झोंका आया। और उस पर उड़ते हुए दूर कहीं किसी गाँव से

ढोल के स्वर! शायद वही गाँव होगा, जहाँ जैतसिंह ज्यौनार खाने गया है। वह सगुन-असगुन में कभी विश्वास नहीं करता था, लेकिन सगुन होते ज़रूर हैं। नहीं तो इस वक़्त ढोल के स्वर का क्या मतलब?

धप! धप! जैसे किसी के पाँव पटकने की आवाज़ आयी। उसने चौंककर चारों ओर देखा कोई नहीं था। खटाक जैसे कोई बर्तन दीवार से टकराया और कुछ हाँफने की-सी आवाज़। ओह शायद बैल होंगे। सानी खा रहे होंगे। लेकिन अँधेरे में कुछ हिल रहा है। हाँ, बड़े पण्डितजी के छप्पर की दीवार के पास कोई है! दोहरा झुका हुआ, पाँव डगमगाते हुए, हाथ में कोई लम्बा-सा बर्तन, माधव तो नहीं है, "कौन है?" उसने काँपते गले से आवाज़ दी। वह रुका, धीरे-धीरे मुड़ा। कुन्नी ने देखा—कोई बूढ़ा-सा चेहरा गर्दन पर काँपता हुआ। अँधेरे में भी देखा, जैसे दो आँखें कुन्नी को एकटक देख रही हों। फिर वही डगमगाती टाँगें, दुहरा झुका हुआ बदन मुड़ा, छप्पर के पीछे चला गया। कुन्नी की ज़बान तालू से चिपक गयी। क्या करे? छोटे पण्डितजी को जगाए? क्या उसने ठीक से देखा था। कहीं माधव से मिलकर बुड्ढा सेठ या उसकी वहू कोई शरारत तो नहीं कर रहे हैं। वह अन्दर जाकर भाईजी की एक लाठी ले आया। और लालटेन। दबे पाँव गया। छप्पर के पीछे कोई नहीं था। शायद भ्रम हो। लौटकर उसने अन्दर से कुण्डी वन्द कर ली, कुछ देर पहले जहाँ अँधेरा था वहाँ भी जैसे विमला के बदन की उजास बिखर गयी थी, अब लालटेन की चिमनी भी अँधेरे में डूबती लगने लगी। उसने एक बार फिर खिड़की से झाँका। सब शान्त था। कहीं कुछ नहीं। सचमुच केवल भ्रम ही था, एक अज्ञात भय जो अकसर उसे बहुत रसभरे क्षणों में व्याप जाता था। उसने आँख बन्द कर ली और गोद में दुबका हुआ विमला का चेहरा फिर से महसूस करने की कोशिश करने लगा। कौर खिलाते समय उसकी उँगलियों ने नीचे के उस ओठ को छुआ था जिसने 'चोर' कहा था, गीला, बहुत मुलायम, काँपता हुआ ओठ। अगर उसके ओठ उँगलियाँ होते तो... उसका सारा बदन काँप उठा। उसे लगा, दूर कहीं एक डरी हुई चीख़, शायद विमला की; उसने घबराकर आँखें खोल दीं : कुछ नहीं, सिर्फ़ दीवार घड़ी की टिक-टिक टिक-टिक...

सवेरा वैसा ही था, जैसा हर ऐसे अनुभव की रात के बाद का सवेरा होता है। धूप कुछ और उजली हो उठती है, फूल कुछ और मुखर हो उठते हैं, बदन में अजीब आलस मिली फुर्ती। छोटे पण्डितजी छप्पर के आगे बैठे हुए रात का आया अख़बार पढ़ रहे थे, छोटी कन्याओं का स्नान दिन था, कुएँ पर काफ़ी घमासान मचा हुआ था। कुन्नी के मन में उससे भी ज़्यादा। दुःख हो या सुख, भय या सुकून वह दीदी से बातें किये बिना कैसे रह सकता था, लेकिन यह बात भला उसके मुँह से निकलेगी कैसे? फिर पता नहीं यह कुछ ग़लत तो नहीं हुआ। यह क्या उलझता

जा रहा है वह? आश्रम से चला जाना ठीक है। उसकी वजह से किसी ने दीदी को कुछ कह दिया तो।

वह मुँह-हाथ धोकर दायीं ओर वाले दरवाज़े के पास गया कि दीदी को बुलवाए तो देखा दीदी बाहर ही पेड़ के नीचे टाट बिछाये बैठी थीं। क्या यहाँ बैठकर पूजा करती हैं? आख़िर बात क्या करेगा? उसने जो ख़त रात बुआ को लिखा था वह ले गया। दीदी शान्त भाव से पत्र पढ़ने लगीं, उसने ग़ौर से देखा, दीदी के चेहरे पर स्थैर्य आ रहा है, पहले से अधिक खींचता है वह चेहरा। अन्तिम अंश पढ़कर खिल उठी, "तो तू ठहर रहा है, बहुत राजा भैया है।"

"पर दीदी सोचता हूँ, शायद ठहरना ठीक नहीं।"

"हाँ, ठीक क्यों होगा। मैं जो तेरे आने से खुश हूँ। वह तुझसे क्यों देखा जाएगा भला?"

कुन्नी ने दीदी की गोद में हाथ रख दिया, गोया हाथ ओठ हों जो सारी बातें दीदी को बता देंगे, मुश्किल यह थी कि वह बोल भी नहीं सकता था और बिना बोले रहा भी नहीं जा रहा था, "दीदी, तुझे मालूम है कल रात..." और उसका गला सूखने लगा।

"कल रात? क्या हुआ कल रात?" दीदी ने पूछा।

"नहीं, कुछ नहीं, कल रात बड़ा डर लगा मुझे। मैं बाहर निकलकर खड़ा था, तो मुझे लगा कोई आदमी हाथ में बर्तन लिये छप्पर के पास है। मैंने पूछा भी कौन है, पर बोला ही नहीं, टाँग अलग काँपती थी, सर अलग। मैं लालटेन लेकर आया पर कोई था नहीं?"

"हाथ में लम्बा-सा बर्तन था!" दीदी ने पूछा।

"हाँ।"

"हाय रे, लगता है जैतसिंह कल था नहीं, तो भूखे रह गये बेचारे। बर्तन लेकर खाना लेने आये होंगे पर भण्डारा बन्द होगा।"

"कौन था? क्या सचमुच कोई था?"

"बड़े वानप्रस्थीजी रहे होंगे। बुड्ढे से थे न, पाँव से ठीक से चल नहीं पाते। उन्हें मना भी है कि कमरे से बाहर न निकलें। बरसों बीत गये, वहीं अँधेरे में पड़े रहते हैं।"

"मगर क्यों? निकलते क्यों नहीं?"

"बड़ी माँजी का सख़्त हुक्म है भइया... असल में..." कहते-कहते दीदी रुक गयीं।

"कहना नहीं किसी से कि वे निकलकर उधर गये थे। समझा न!"

"लेकिन..."

"लेकिन-वेकिन नहीं, हर बात तेरे जानने की ही नहीं होती। निकलना मना

है इसलिए नहीं निकलते बस, तू ख़त भाईजी को दे आ। ठीक टाइम पर डलवा देंगे। मैं जाती हूँ, उन्हें कुछ खाने को दे आऊँ, भूखे पड़े रहेंगे पर माँगने नहीं आएँगे..."

शान्ति तो, सच बात यह है, गोस्वामीजी के पास मिलती थी। क्यों? वह यह भी नहीं जानता। क्योंकि विचित्र बात यह थी कि उनके सोचने का ढंग, हर बात को भगवान से जोड़ देने का सहज समाधान, यहाँ तक कि उनकी शब्दावली भी, उसके सारे मिज़ाज के साथ उसका मीज़ान नहीं बैठता था, लेकिन यह ज़रूर है कि उनसे बात करने के बाद मन के आगे सोचने की नयी दिशाएँ खुल जाती थीं, ख़ालीपन भरने लगता था। वैसे यह अकस्मात् छा जानेवाली उदासी और ख़ालीपन उसी की बीमारी थी या इस उम्र में होती है, यह भी उसे नहीं मालूम। अब इसी समय कोई कारण तो नहीं था। रात की अनुभूतियों से मिठावा हुआ मन सहसा क्यों उद्विग्न हो उठे, कोई कारण तो हो?

नहीं रहा गया, तो गोस्वामीजी के पास चला गया। गोस्वामीजी ने उसका सवाल सुना, तो सहज मुसकराकर बोले, "ओहो! कुन्दनजी! आपको तो शांकरी चिन्ता व्याप रही है! लक्षण तो महापुरुषों के हैं। शांकरी चिन्ता नहीं समझे आप! आप पूछ रहे हैं न कि आपके समझ में नहीं आता कि यह आश्रम की दुनिया अलग ही दुनिया है। यहाँ क्यों हैं आप? आपका इससे क्या लगाव? कुछ भी लगाव नहीं, फिर भी इसमें उलझते क्यों जा रहे हैं। बस, यही शांकरी चिन्ता समझिए! शंकराचार्य के बारे में तो दर्शन-कक्षा में पढ़ा होगा। ऐसे ही आपकी तरह बैठे-बैठे एक दिन लगे पूछने—कस्त्वं कोऽहम् कुत आयातः? अरे, आपकी उमर तक तो इसी सवाल को पूछते-पूछते भारत भर की दिग्विजय कर आये। यह प्रश्न उठा है, तो अब आप दिग्विजय के लिए निकले बिना थोड़े ही मानेंगे। लहड़ू जुतवाऊँ, या पदयात्रा पर ही निकलेंगे?"

कुन्नी हँसा। छोटे पण्डितजी का व्यंग्य भी इतना स्नेह-पगा होता है न? बोला, "अच्छा, मज़ाक़ जाने दीजिए। एक बात बताइए। दुनिया में हर आदमी का अपना अलग दुःख होता है। वह उससे खुद ही उलझता है, खुद ही उससे छूट सकता है, आप उसमें कुछ नहीं कर सकते। लेकिन फिर सहसा कभी-कभी आप क्यों अपराधी महसूस करने लगते हैं? आपको यह क्यों लगने लगता है कि—"

"अच्छा, शंकर और बुद्ध दोनों साथ-साथ!" पण्डितजी बात काटकर बोले, "यह दुःखवाली चिन्ता तो गौतम बुद्ध की थी, भइयाजी! उसका समाधान तो किसी सुजाता की खीर है। बोधिवृक्ष तो है नहीं यहाँ, यही जैतसिंह की इमली है। बैठ जाइए इसके नीचे! कोई सुजाता स्नान करके खीर खिलाने आ जाएगी! बस, ज़रा

बड़ी माँजी का डर है। अनुशासन में भी बड़ी कठोर हैं।" गोस्वामीजी उसकी ओर देखकर मुसकराये, "या किसी सुजाता की खीर खाकर यह दुःख-दर्शन जागा है?"

झन्न-से जैसे कोई आघात लगा हो और कुन्नी वास्तविकता में आ गया—तो कहीं यह उसकी उद्विग्नता कल रात के प्रसंग की प्रतिक्रिया तो नहीं है? एक दबा हुआ भय-प्रवाद का, या बूढ़े वानप्रस्थी की छाया का, उस अज्ञात रहस्य का? दीदी की निकटता से वह आश्वासन लेने गया हो जैसे... गोस्वामीजी कुछ सोचते रहे, फिर बोले, "लेकिन भइया, अब आपसे मन की बात बताऊँ। हम किसी के दुःख के सहभागी हो सकते हैं, या दुःख से मुक्त कर सकते हैं, यही हमारा दायित्व है, मुझे लगता है, यह भी मन की सुखद आत्मवंचना होती है। मनुष्य, हर मनुष्य एक दुःख अपने चारों ओर पाल लेता है और उसमें बड़े सुख से रहने लगता है। वह दुःख को छोड़ना नहीं चाहता। 'मैं बेचारा दुखी हूँ,' यह एक बात उसे सौ दूसरी जिम्मेदारियों से मुक्त कर देती है। अपने दुःख को छोड़कर पूरे खुले सुखी मन से जीना बड़ी हिम्मत की बात होती है—या शायद वह दूसरी प्रवंचना होती हो। कुन्दनजी, मैं एक ही बात जानता हूँ कि मैं अभी कुछ नहीं जानता। आपसे बात कर रहा हूँ, तो यह याद भी आ गया, वरना सब भूले रहता हूँ। हाँ, कभी विमला सामने पड़ जाती है, तो याद आ जाता है। आपको तो विमला का प्रसंग मालूम है। जब बहुत प्रवाद बढ़ा, तो एक बार मन में आया, सब छोड़कर दीक्षा ले लूँ। चटाई लेकर कहीं जमुना किनारे बैठ जाऊँ। लेकिन आपकी भाभी हैं, दो बच्चे हैं, आकर यहाँ चाकरी करने लगा।"

अब बातें और प्रगाढ़ होने लगीं। दोनों के बीच एक ऐसा अन्तरंग अनुभव उभर आया, जिसमें दोनों सहभागी थे, यानी विमला। पण्डितजी इलायची वाली पोटली ले आये। उसे देकर एक इलायची ख़ुद मुँह में रखते हुए बोले, "कभी-कभी सोचता हूँ, यहीं क्यों आया। आचार्य परीक्षा कर ली है, कहीं भी जा सकता था। पर लगता है, मनुष्य जहाँ से आघात पाता है, अपने उस दुःख के बिन्दु से अलग नहीं होना चाहता। इस विमला को भी माँजी ने कितना चाहा, कहीं और रख दें। चौधरी से मिलने गये थे आप, वह इसे ग्रामसेविका रखवाना चाहता था, नहीं गयी। मुझसे बात भी नहीं होती कभी, पर मुझे दिखाकर औरों से बहुत हँसकर बहुत ममता से बातें करती है। समझती है, इससे मुझे आघात पहुँचाएगी। मैं सोचता हूँ, पगली सचमुच कहीं उलझ जाए, तो कम-से-कम मेरे अपराध से मुझे छुटकारा मिले।"

क्या गोस्वामीजी को यह मालूम था कि यह बात कहकर कुन्नी के मन को वे कहाँ आघात पहुँचा रहे हैं? संशय पैदा कर देना कोई कम बड़ा आघात नहीं होता। कुन्नी सोचने लगा था—तो क्या कल का सब कुछ कुन्नी को सुख देने के लिए नहीं, छोटे पण्डितजी को आघात पहुँचाने का आयोजन था? पर उसे विश्वास नहीं हो रहा था। उसकी उँगलियों पर उस मुलायम गीले ओठ का स्पर्श अब भी सजीव था,

गोस्वामीजी को भला क्या मालूम? उसने पूछा, "आप अपराधी क्यों? आपने तो विमलाजी को बचाया था!"

"पता नहीं, भइया, बचाया, या दुःख में डाल दिया। वह तो यही कहती है। वह भागी, उस पर अत्याचार हुए, बच्चा गया, फिर बेची गयी, पर तब तक उसे कुछ होश नहीं था। मुझे जानने के बाद जब उसने अपने को जाना, तब मेरे पाँव पकड़कर बोली कि दासी बनकर रहूँगी, पर तुमसे अलग नहीं रहूँगी। और आपकी भाभी के पास जाकर उसके पाँव पकड़ लिये। मैं डर गया था, भइया, बहाना बनाकर यहाँ ले आया और बड़ी माँजी ने सारी बात जानकर इसे समझाया। लेकिन क्या इसकी भटकन ख़त्म हुई?"

कुन्नी उठा, तब भी गोस्वामीजी अपने में डूबे हुए थे। बोले, "शान्ता बहन से मैंने कभी नहीं कहा, लेकिन लगता है, वे समझती हैं, इसीलिए आपसे कह दिया। विमला से कुछ मत कहिएगा कभी। इलायची और लीजिए एक!" इलायची ले ली। ख़ाली-ख़ाली मन लेकर गया था, बोझ-सा लेकर चला आया। भण्डारे में आज विमला मिलेगी, तो? क्या बात करेगा?

देर हो चुकी थी, पर भण्डार घर में ज़्यादा रौनक थी। बड़ी माँजी आज ख़ुद मौजूद थीं। दीदी भी थीं, "देख भइया, आज तेरे लिए माँजी ने ख़ुद मीठी रोटियाँ बनायी हैं!" विमला सिल पर चटनी पीस रही थी। माँजी ने रोटियाँ ख़ुद परसीं और बोलीं, "शान्ता ने बताया कि तुम रुक रहे हो, बेटा, तो मैंने कहा, कुछ मीठा बन जाए! आश्रम में और क्या मीठा? इसी मीठी रोटी से मुँह मीठा कर लो। माँ का मन ख़ुश हो जाएगा। चलो, तुम्हें आश्रम भाया तो!"

"माँजी, यह तो किसी भी मिठाई से ज़्यादा सोंधी है! हाँ, बुआ को लिख दिया है कि घर पर कह दें कि अभी यहीं रहूँगा, पर फिर सोचता हूँ, यहाँ बिना कामकाज के क्या पड़ा रहूँ?" उसने बहुत बोझिल मन से कहा।

"क़ामकाज! बेटा, यह शान्ता का घर है, तो तुम्हारा नहीं? घर में कामकाज ही ज़रूरी है?"

"और कामकाज का क्या, डण्डे बजा! भाईजी के डण्डे कार्यालय में रखे ही हैं!" दीदी बोलीं, "घर में भी क्या कामकाज करता है डण्डे बजाने के अलावा! सुबह कह चुका है, रुकेगा, अब क्या मनुहार कराना चाहता है?"

"ये अभी जाना चाहें, तो ऊँटगाड़ी मण्डी लौट रही है, उसी में गद्दा लगवा दें!" विमला बोली।

"क्यों तुम लोग बकवास करती हो?" माँजी ने मीठी डाँट बतायी, "उसे रोटी तो दो! बेटा, यह आँवले की चटनी कैसी है?" माँजी थोड़ी चटनी परसकर उठ खड़ी हुईं। रहट पर एक बैल गिर पड़ा था। उसे देखना था। बड़ी माँजी आश्रम के एक-एक पशु-पक्षी की देखभाल ख़ुद करती थीं।

विमला ने दीदी की थाली भी लगा दी थी, लेकिन संकोचवश आज ख़ुद पंखा लेकर नहीं बैठी। अन्दर कुछ लेने चली गयी। वह उठकर ख़ुद ही हाथ धोने लगा, चलने लगा, तब भी विमला अन्दर ही थी। दरवाज़े तक पहुँचा होगा कि विमला भागी-भागी आयी, "अरे, सुपाड़ी तो लीजिए!" सुपाड़ी दी और देते समय दीदी की निगाह बचाकर उसकी जेब में एक काग़ज़ ठूँस दिया।

कार्यालय में आकर उसने काग़ज़ खोला, "आप जाने को क्यों कह रहे हैं। आपने रात को तो वादा किया था। क्या छोटे पण्डितजी ने कुछ कहा है। सवेरे आप उनके पास थे। मुझे मालूम है। रात मुझे थाली लेकर जाते देखा था। उनका विश्वास मत करिए। झूठे हैं। पण्डितानी से डरते हैं। वहाँ पण्डितानी ने ही पाठशाला से निकलवा दिया। मैं क्या करूँ। बाक़ी सब बात झूठ बोलते हैं। आप जाइएगा मत। विमला की कसम। काग़ज़ फाड़ दीजिएगा—याद से।"

उसने एक बार पढ़ा, दो बार पढ़ा। फाड़ा नहीं। सन्दूक़ खोला—रखने के लिए, फिर पता नहीं क्या सोचकर काग़ज़ फाड़ दिया। देर तक बैठा उसके छोटे-छोटे टुकड़ों के भी टुकड़े करता रहा।

मौसम बदल गया था देखते-देखते। हवा सूखी और गर्म हो चली थी। झोंकों में धूल के साथ-साथ एक चीज़ और उड़ती हुई आती थी—सेमल की रुई के छोटे-छोटे भुए। खिड़की के रास्ते कमरे में आ जाते और दीवार से छप्पर तक भटकते रहते। गुमसुम-सा बैठा हुआ कुन्नी कभी-कभी उन्हें पकड़ने की कोशिश करता। पकड़ाई में आना मुश्किल था। दिन चढ़ते ही दोपहर का सूनापन व्याप जाता और पड़कुलियों की घूँ! घूँ! सन्नाटे को और उदास बना जातीं। ककड़ियाँ आने लगी थीं, हालाँकि घर की तरह गंगा के कछारवाली पतली और मुलायम नहीं, काफ़ी बड़ी और सख़्त। माँजी ने उसे ककड़ियों का रायता बनाकर खिलाया था। अब अकसर माँजी या दीदी भण्डारे में रहती थीं। छोटी पण्डितानी गाँव से लौट आयी थीं। गोस्वामीजी भी कटे-कटे से रहने लगे थे।

जाने क्यों घूम-फिरकर वह उधर पहुँच जाता था, जहाँ ख़सवाला काली मिट्टी का बड़ा सूखा तालाब था, जिसके किनारे बैल बँधे रहते थे। उस दिन जो बैल गिरा था, उसके अगले पैर की हड्डी में जरब आ गया था और वह ठीक से खड़ा भी नहीं हो पाता था। बड़ी माँजी दो-तीन दिन में एक बार जाकर ख़ुद उसका पैर मलती थीं। और कोई भी पास जाए, तो वह सींग चलाता था।

कुन्नी अकसर वहाँ जाकर खड़ा हो जाता। बूढ़ा बीमार बैल अपनी उदास आँखों से उसे देखता रहता। एक बार वह ककड़ी ले गया। उसने सूँघकर छोड़ दी और फिर कुन्नी की ओर देखने लगा। कुन्नी को लगता था, किसी रहस्यमय ढंग

से अब यही एक जगह है, जहाँ दुःख में वह शामिल है, बाक़ी सब जगह दुःख को मन के अन्दर लेकर लोगों ने मन के कपाट बन्द कर लिये हैं। उसकी दीदी ने भी। वह फिर ठहरा क्यों है, किस डोर ने उसे बाँध रखा है?

यहीं उसकी भेंट बड़े वानप्रस्थीजी से हुई। हालाँकि जैसे हुई, वैसे न होती, तो अच्छा था। माँजी बहुत ज़ोर-ज़ोर से बिगड़ रही थीं, उसके हाथ में दो रोटियाँ थीं और बूढ़े वानप्रस्थी काँपते पाँवों से और भी काँपते हुए सर झुकाये खड़े थे। उसके पहुँचते ही बड़ी माँजी का स्वर थोड़ा धीमा हो गया और बोलीं, "भला बताइए, कोई बात हुई! मैं कहाँ-कहाँ से भीख माँगकर आश्रम के लिए अन्न जुटाती हूँ और यहाँ घी चुपड़कर रोटियाँ बैल के आगे फेंकी जा रही हैं! नहीं खाना है, तो पहले कहला दें। बुढ़ापा बहुतों का देखा है, पर यहाँ तो अक्ल बिलकुल मारी गयी है! न देखो, तो दस आदमी कहेंगे कि उसका ख़याल नहीं रखतीं! आपका दिमाग़ ठीक नहीं। शरीर नहीं चलता, तो कमरे में बैठो। मैं कहाँ-कहाँ देखती फिरूँ!" वह उलटे पाँव लौट आया, पर मुड़कर बूढ़े को देखता रहा। शरीर पूरा टेढ़ा-मेढ़ा हो चुका था, पर चेहरा अभी भी सुकुमार था। खाल, जो झूल आयी थी, कभी बहुत गोरी रही होगी। आँखों में नीलापन था, पर जैसे अन्दर की जोत बुझ-सी गयी थी। उन्होंने एक बार आँख उठाकर कुन्नी की ओर देखा, पुतलियाँ ठहराने में भी जैसे कष्ट हो रहा हो और निगाह जैसे कुन्नी के पार किसी शून्य को देख रही हो। माँजी चली गयीं, तो कुन्नी गया। कमरे की खिड़कियाँ जैसे बरसों से बन्द होकर जाम हो गयी हों। अँधेरा और सीलन, एक विचित्र प्रकार की बदबू। एक टिफिन कैरियर था, वही लम्बा बरतन, जो कुन्नी ने रात में देखा था। उसी के कटोरों में दाल, तरकारी और रोटियाँ पड़ी थीं। लगता था, उन्होंने बाद में रहा-सहा खाना भी नहीं खाया था। "मेरा नाम कुन्दन है, शान्ताजी मेरी दीदी हैं," उसने कहा। हिलता हुआ बूढ़ा, सर थोड़ा और हिला, फिर बहुत दबे स्वर में बोला, "जाइए, आप जाइए, नमस्कार!" कुन्नी लौटा नहीं, वहीं बैठ गया। जैसे आक्रमण के डर से कछुआ अपनी गरदन और पाँव अन्दर समेटकर बैठ जाता है, वैसे ही वह बिलकुल चुप होकर सहमे-सहमे बैठे रहे, धीरे-धीरे खुले, "ठीक करती हैं प्रेमा देवी। मैं तो पापी हूँ। इस आश्रम के लायक़ नहीं। पर अब जाऊँ कहाँ? नहीं, मुझे क्यों बुरा लगेगा? प्रेमाजी मुझे बहुत मानती हैं, सदा मानती थीं। मैंने ही इन्हें पढ़ाया, मैंने ही कहा कि भगवान ने बच्चे देकर छीन लिये। तो क्या? तुम पाठशाला खोलो। सब बच्चों को अपना मानो। मैंने समाजसेवा में इनका चित्त लगाया। अब भगवान ने यश दिया है। मुझसे शक्ति छीन ली, मैं कुछ सहायता नहीं कर पाता। उल्टे बाधा पैदा करता हूँ। क्रोध बस गया है चित्त में। कहाँ क्या कह दूँ। ठीक ही मना करती हैं कि लोगों से मत मिलो। काम, क्रोध, दोनों विकार हैं। पहले काम का दास था, अब वह नहीं रहा, तो क्रोध ने दबा लिया। भगवान से बहुत प्रार्थना करता हूँ, क्रोध से मुक्त करो। नहीं बरदाश्त

होता, तो क्रोध दबाने के लिए कभी-कभी तम्बाकू खा लेता हूँ। माधव है न, चुपके-से सेठानी बहू से लाकर दे जाता है। मैं जानता हूँ, बुरी बात है। प्रेमाजी को पता चल गया, तो मेरे पास से सब पैसे हटा दिये। अब कभी जैतसिंह से माँग लेता हूँ, कभी... कितनी बुरी बात है! माँगना कितनी बुरी बात है! प्रेमाजी ठीक ही नाराज़ होती हैं।"

कुन्नी को पहली बार मालूम हुआ कि बड़ी माँजी का नाम प्रेमादेवी है। बाक़ी बातें लौटते हुए छोटी पण्डितानी से मालूम हुईं। उधर से जा रहा था, तो गोस्वामीजी बोले, "बड़े वानप्रस्थीजी के पास से आ रहे हैं?"

"हाँ, बड़े कष्ट में हैं बेचारे!"

"होंगे ही," पण्डितानी तमक के बोलीं, "जैसा करेंगे, वैसा भरेंगे! बड़े वकील थे, बड़ा पैसा था, तो क्या भगवान को भूल जाए आदमी! बड़ी माँजी शिक्षा के काम में लग गयीं, नहीं देखभाल कर पायीं, तो लगे इधर-उधर चारा डालने! आख़िर को सबने धता बतायी! जिसे सात भाँवर फिराकर लाये थे, वही काम आयी। फिर भी क्रोध चढ़ता है, तो वाही-तबाही बकने से बाज नहीं आते। मरद की जात होवे ही है ऐसी!" और आग्नेय दृष्टि गोस्वामीजी पर डालकर अन्दर चली गयीं। गोस्वामीजी शान्त भाव से बोले, "आपको तो माँजी कुछ कहेंगी नहीं, कभी-कभी उनके पास बैठ लिया कीजिए। बड़े भले हैं। पहले तो खाना भी ख़ुद पकाते थे। कभी-कभी मीठे चावल बनाते थे। हम सबको थोड़ा-थोड़ा बाँट जाते थे। अब तो दो बरस से वह भी नहीं।"

दीदी से उसने सीधे पूछा, "बड़ी माँजी का व्यवहार उन्हीं से ऐसा क्यों है? हर वक़्त झिड़कियाँ! बाक़ी सबसे तो इतनी ममता!"

"मैं नहीं जानती, कुन्नी! कुछ गाँठ होगी उनके बीच। और अब मैं यह सब सोचती भी नहीं। इतना ज़रूर सुना था किसी से कि कोई डिप्टी डायरेक्टर था शिक्षा का, जिसने बड़ी माँ को बहुत ग्राण्ट वगैरह दिलवायी थी। कुछ अख़बारों में ऐसी-वैसी बातें भी छपी थीं। मगर कौन जानता है, सच क्या? बूढ़े वानप्रस्थीजी का एक भतीजा है कनाडा में। इन्हें ले जाने को तैयार था, पर ये कहने लगे, अब आयु का तीसरा चरण है। वानप्रस्थ धारण कर पत्नी के पास ईश्वर-चिन्तन करूँगा। सुनते हैं, संन्यास में पत्नी को भी छोड़ना पड़ता है, तो संन्यास भी नहीं लिया। वह जानें, उनका काम जाने!"

कुन्नी शाम को बड़ी देर तक सोचता रहा। क्या गोस्वामीजी सच कहते थे कि दुःख की लक्ष्मण-रेखा बनाकर मनुष्य उसमें घिरकर स्वेच्छा से बैठ जाता है? लेकिन क्यों?

एक दिन वह गया, तो बड़े वानप्रस्थीजी अपने पाँव में कोई गाढ़ा-गाढ़ा काला तेल मल रहे थे। उसने कहा, "लाइए, मैं मल दूँ।" तो प्रतिवाद नहीं किया। चिपचिपा

तेल, शायद उसी की दुर्गन्ध थी, जो कमरे में उसे पहले ही दिन महसूस हुई थी, "क्या प्रेमाजी आ गयीं? तुमने देखा?" बड़ी माँजी सुबह स्टेशन गयी थीं, कोई बिल्टी छुड़ाकर साथ लानी थी। राह में चौधरी के गाँव भी जाना था। शाम को आनेवाली थीं। वह हर दस मिनट पर पूछते थे, "अभी आयी नहीं? पता लगाओ। यहाँ तो सैकड़ों दुश्मन हैं। जैतसिंह गया है, या नहीं?" कुन्नी की समझ में नहीं आया, जिसके सामने इनकी ज़बान तालू से चिपक जाती है, उससे इतना मोह क्यों है? मालिश से उन्हें बहुत आराम मिला। आशीर्वाद देकर बोले, "यह मेरा टिफिन है न, यह असल में कुकर है। जानते हो, नीचे के खाने में कोयला सुलगाकर इसमें पन्द्रह मिनट में खाना पक जाता है। मीठे चावल बनाऊँगा, बेटा तुम्हारे लिए। यहाँ आश्रम् में सबको बहुत पसन्द हैं। लेकिन प्रेमाजी नाराज़ होती हैं। कहती हैं भण्डारे में सब बनता है। ज़रूरत क्या? ठीक कहती हैं, उनको तो सब देना होता है न? मेरा तो दिमाग़ ही काम नहीं करता!"

"आपको मेरे आने से बुरा तो नहीं लगता?" कुन्नी ने कहा।

"नहीं, बेटा, मुझसे तो कोई बात नहीं करता। बहुत जी करता था पहले। फिर तो बात करना भूल गया। हमारे बेटा होता, तो तुमसे बड़ा होता। पर वही कौन आकर बातें करता? मेरा दिमाग़ भी काम नहीं करता। क्रोध ऊपर से आता है।"

"कुन्दनजी हैं क्या यहाँ?" दरवाज़े पर विमला खड़ी थी। "सुनिए, शान्ता बहन ढूँढ़ रही हैं आपको। घर से कोई तार आया है।"

कुन्दन उठ खड़ा हुआ। विमला ने निकलते-निकलते उसकी एक अँगुली अपने हाथ में दाबकर बहुत मुलायमियत से पूछा, "मुझसे नाराज़ क्यों हो गये हैं आप? उसके बाद नहीं आयी, इसलिए? असल में गोस्वामीजी की वह आ गयी न! बड़ी कपटिन है! एक की दस लगाती! पर आऊँगी एक दिन, बस, अब तो ठीक!"

कुन्दन का मन, मुलायम हो आया। खुली बाँह पर हलके से हाथ रखकर बोला, "ईश्वर जानता है, मैं नाराज़ नहीं हूँ।" फिर मुसकराकर बोला, "एक तिलभर भी नाराज़ नहीं हूँ।"

"हाय राम!" विमला खिल आयी, लेकिन शान्ता बहन के पास पहुँचकर तार का मजमून सुनकर बुझ गयी। पिताजी का तार था, "यूनिवर्सिटी सोमवार को खुल रही है तुरत आओ।"

पूरी शाम तैयारियों में बीती। दिन ढलने के पहले ही माँजी आ गयीं। दूसरे दिन दोपहर को गाड़ी छूटती थी। बस उसके बाद आती थी। माँजी ने चौधरी के यहाँ छोटे वानप्रस्थीजी को भिजवा दिया कि ताँगा भेज दें अपना। भण्डारे में कहलाया, मठलियाँ बनवा दी जाएँ—साथ के लिए। दीदी धोबी के यहाँ से धुलकर आये कपड़े तहाकर सन्दूक़ ठीक करने लगीं और वह अनमना-सा कभी कुइयाँ, कभी

कनेर की क्यारी, कभी काली मिट्टी वाले तालाब के पास भटकता रहा। जैतसिंह शाम को उसकी और दीदी की थाली लगाकर कार्यालय में ही ले आया। दीदी ने उसकी दाल में ढेर-सा घी डाल दिया और ममता से देखती रहीं, "भइया, जब आया था, तो मुझे लगा, क्यों आया तू। अब जा रहा है, तो लग रहा है, क्यों जा रहा है अभी। अब भी कहे, तो मामाजी को लिख दूँ कि हफ्ते भर बाद भेजूँगी!"

"नहीं, दीदी, अब जाना चाहिए।"

"छुट्टियाँ होते ही आ जाना। आएगा न?"

"नहीं, दीदी! तुम कहोगी हिरन और मोर और भेड़िया। सब बेकार है, दीदी! एक बात पूछूँ! तुम्हें यहाँ क्या अच्छा लगता है? तुम्हारा क्या मेल इस सबसे, सच-सच बोलना दीदी!"

दीदी ने गहरी साँस ली, "नहीं, कोई मेल नहीं, शायद इसीलिए!" थोड़ी देर चुप रहीं। लालटेन की पीली मद्धिम रोशनी में बहुत उदास लग रहा था उनका चेहरा, "मैं कैसे समझाऊँ, मेरे मन की क्या हालत है? यह जो पीछे निचाट मैदान है..."

"हाँ, उसमें हिरन आते हैं, पुलिया के नीचे भेड़िया, वह सब सुन लिया।"

"नहीं, वह बात नहीं। वहाँ एक जगह से तार के खम्भे गुज़रते हैं। पता नहीं, कहाँ से आते हैं, पचासों मील दूर से, गाँव-खेत के पार से। पहले छोटे, फिर बड़े, फिर और बड़े, फिर सड़क पार कर दूसरी ओर के मैदान में छोटे और छोटे और छोटे होते-होते ओझल हो जाते हैं। मैं एक दिन शाम को उधर गयी। बड़ी देर तक खड़ी देखती रही। खम्भे के पास गयी, तो उसमें से झनझन-झनझन बराबर आवाज़ आ रही थी। मुझे लगा, ऊपर तार में से जो सन्देश आ-जा रहे हैं, यह उनकी आवाज़ है। किसी ने किसी को तार दिया है—आ जाओ, किसी ने बधाई भेजी होगी, किसी ने शोक-समाचार, किसी ने लिखा होगा, आ रहा हूँ। सबका एक स्वर झन-झन-झन। मैं बड़ी देर तक खम्भे से पीठ टिकाये, आँख मूँदे खड़ी रही। कोई सन्देश मेरे लिए नहीं था, सब मुझ पर से उड़ते चले जा रहे थे। यहाँ भी भैया, मैं खम्भे से पीठ टिकाये, आँख मूँद चुपचाप खड़ी हूँ। किस तार से कौन किससे जुड़ा है, किससे अलग है, किसी की बात किस तक पहुँच रही है, या नहीं पहुँच रही, या सब बातें घुल-मिलकर एक निरर्थक झनन-झनन बन गयी हैं, मैं कुछ नहीं जानती। शब्द कितने ख़तरनाक होते हैं, उनका अर्थ समझना, उन पर विश्वास करना कहाँ पर कितना तोड़ जाता है, तुम्हें सब मालूम है, भइया! मैं वह सब दुबारा नहीं महसूस कर सकती। ऐसे ही ख़ुश हूँ, बहुत ख़ुश।"

"लेकिन यह कब तक चलेगा, दीदी? उसके बाद..."

"जब तक चलेगा, तब तक सही, उसके बाद आगे कहीं चल दूँगी, पर वहाँ लौटूँगी नहीं। माँ को कोई झूठा आसरा मत दिलाना। मैं जानती हूँ, आगे राह नहीं, मगर पीछे ही कहाँ है!"

कुन्नी का मन भर आया। शायद अब वह भी दीदी के लिए निरर्थक है। शायद सब सबके लिए निरर्थक हैं।

दीदी समझ गयीं जाने कैसे। हँसकर उसका मुँह अपनी ओर मोड़कर प्यार से बोलीं, "अगर बन्दरराम तुम किसी दूसरे शहर में नौकरी करोगे और कोई लेडी बन्दरराम ले आओगे, तो शायद कभी तुम्हारे पास आकर रह जाऊँ!"

कुन्नी कुछ नहीं बोला। चुपचाप बेमतलब सन्दूक़ खोलता-बन्द करता रहा, फिर बहुत हिम्मत साधकर बोला, "दीदी, एक बात कहूँ! उस रात की बात मैंने तुम्हें बतायी थी न, जब मैं डर गया था। दीदी, मैंने आधी बात बतायी थी..." कुन्नी ने ठहरकर दीदी के चेहरे की ओर देखा। वहाँ कोई भाव नहीं था। ज़मीन की ओर देखते हुए बोलीं, "अच्छा हुआ, तूने ज़िक्र कर दिया। नहीं तो मेरे मन पर बोझ छूट जाता। बाक़ी बात मुझे मालूम है। बड़ी माँजी ने तेरे जाने के बाद ही बतायी थी। कमरे की बत्ती बुझा दी थी, पर वह जाग रही थीं। उन्होंने विमला से भी कुछ नहीं कहा, पर भण्डारे में इसीलिए मैं भी आती थी तेरे खाने के वक़्त।"

"दीदी, मुझे बड़ी..."

"नहीं, भइया, कोई क्या करे! अभागिन है बेचारी! माँजी आज उसका इन्तज़ाम करके आयी हैं। चौधरी के गाँववाले क्षेत्र में काम करेगी। पर रहेगी आश्रम में। ताँगा ले जाएगा, पहुँचा जाएगा।"

दोनों थोड़ी देर चुप रहे। फिर दीदी बोलीं, "चौधरी तो और भी चाहते हैं—विवाह। जायदाद बहुत है। माँजी ने अभी उससे नहीं कहा है। कह भी देंगी तो क्या, विवाह भी हो गया, तो क्या? पर अभी भी भटक रही है, तभी भी भटकेगी। देखो तो भटकन कहाँ नहीं, बस एक शान्ता है कि खम्भे से पीठ टिकाये आँख मूँदकर खड़ी हो गयी है। समझती है, बस, यात्रा ख़त्म हो गयी।" उसका मन जाने को हो नहीं रहा था। मोह असमय क्यों आता है?

पर आता ज़रूर है। वरना सुबह से उसे यह हवा, यह धूप, यह आसमान, कैसे-कैसे से क्यों लग रहे हैं? वह कभी क्लर्कजी को देखता है, जो बार-बार हिन्दी टाइमटेबिल देखकर हिसाब लगा रहे हैं कि ताँगा कब पहुँचेगा। छोटे पण्डितजी इधर-उधर से घूमकर फिर उसी के पास क्यों आ जाते हैं? जैतसिंह दो बार बेमतलब उसको नाश्ते क्यों दे गया? दीदी बार-बार कुछ-कुछ लाकर उसके सन्दूक़ में क्यों रख जाती हैं—ये रूमाल बनाये थे तेरे लिए, यह मेजपोश भी रख ले, एक पेन मेरे पास बेकार पड़ा था। बड़ी माँजी विमला से पूड़ियाँ सिंकवाकर रास्ते के लिए रखवा रही हैं, यह टेंटी का अचार है, यह पुराने नीबू का, यह मीठी नारंगियों का। यहाँ तक कि ताँगा आया और सामान रखा जाने लगा, तो माधव, जिससे वह एक बार भी नहीं बोला था, दौड़कर सन्दूक़ चढ़ाने लगा। उसने चारों ओर देखा। वृद्ध वानप्रस्थीजी के पास हो आये क्या? फिर बड़ी माँजी की ओर देखकर रह गया।

सब लोग फाटक तक उसे पहुँचाने गये। ताँगे पर सामान था, वह पैदल-पैदल सबके साथ। भाईजी भी उसके साथ स्टेशन तक जा रहे थे। बड़ी माँजी ने अचार की जो पोटली रखी थी, वह भण्डारे में ही छूट गयी थी। जैतसिंह दौड़कर लाने गया। छोटे पण्डितजी हाँफते-हाँफते आये—एक डिबिया में इलायची लेकर। उसका मन भर आया। शायद है कि कहीं मन के कपार खुलते हों, शायद है कि सब अपने दुःख में मजबूरन बन्द हों, पर खुलने का एक मौक़ा आते ही खुलना चाहते हों, शायद है कि वह सब के दुःख से बाहर नहीं है, या शायद है कि वह जाते वक़्त यूँ ही मोह में फँस रहा है, सब अपने में बन्द हैं, कोई किसी के दुःख में शामिल नहीं।

बड़ी माँजी ने घड़ी देखी। भाईजी लाठी लेकर आगे बैठ गये। दीदी आँख पोंछती आयीं। उसके हाथ में दस रुपये का नोट दिया, फिर बोलीं, "भण्डारे में बैठी रो रही है पगली, आयी नहीं, यह पैकेट दिया है विमली ने!"

"क्या है?" उसने खोला।

"अरे, तिल हैं! शायद भूल से कोई दूसरा पैकेट दे गयीं!" दीदी ने देखकर कहा। कुन्नी कुछ नहीं बोला। पैकेट लेकर खाने की टोकरी में रख दिया।

ताँगा चला। सबने हाथ जोड़े। "छुट्टियों में आना, बेटा!" बड़ी माँजी ने कहा। "ज़रूर!" वह जानता था कि वह नहीं आएगा न, बिलकुल नहीं आएगा।

फाटक पीछे छूट गया, नीम, आम, पुलिया, तोते... दीवार भी पीछे से खसक रही थी। लोग लौट रहे थे। सिर्फ़ दीदी खड़ी थीं और गोस्वामीजी। पेड़ के तनों में वे भी छिपने लगे थे। फिर काँपता हुआ कोई आकार, हाथ में लम्बा बरतन। बूढ़े वानप्रस्थीजी। एक बार उसका मन हुआ, ताँगा लौटा ले। दीदी ने शायद जाता हुआ ताँगा दिखाया। वह काँपता हुआ सर उठाये खड़े रहे, फिर दीदी का सहारा लेकर लौटने लगे। भाईजी ने बताया, सुबह विमला से गुड़-मेवा ले गये थे। मीठे चावल बना रहे थे। माँजी के डर के मारे किसी ने लाकर दिये नहीं, शायद लेकर आये हों।

उसने दोनों हाथ जोड़कर माथा झुकाया, पर हाथ उठे नहीं, जैसे उनमें जान न हो। अब दीवार भी ख़त्म हो गयी थी। दोनों ओर पेड़ और फिर मैदान। चौधरी के गाँववाला कच्चा रास्ता भी छूट गया। फिर सड़क मुड़ी। टेंटी की झाड़ियाँ, फिर पेड़ों के झुरमुट धीरे-धीरे दीवार भी ओझल हो गयी।

□□□

परिशिष्ट

डॉ. धर्मवीर भारती

संक्षिप्त जीवन-परिचय

जन्म : 25 दिसम्बर 1926, इलाहाबाद के अतरसुइया मुहल्ले में।
पिता : स्व. श्री चिरंजीव लाल वर्मा।
माता : स्व. श्रीमती चन्दा देवी।
सन्तानः पारमिता मित्तल, किंशुक भारती, प्रज्ञा भारती।

बचपन और शिक्षा :

शाहजहाँपुर के निकट खुदागंज क़स्बे के पुराने ज़मींदार परिवार के पाँच भाइयों में से एक थे श्री चिरंजीव लाल वर्मा। उन्होंने पुश्तैनी रहन-सहन छोड़कर रुड़की से ओवरसीयरी की शिक्षा प्राप्त की। कुछ दिन बर्मा में सरकारी नौकरी और ठेकेदारी की, फिर उत्तर प्रदेश में लौटकर पहले मीरज़ापुर और फिर स्थायी रूप से इलाहाबाद में बस गये।

बालक धर्मवीर बचपन में एक-दो वर्ष पिता के साथ आज़मगढ़ और मऊनाथभंजन में रहे। प्रारम्भिक शिक्षा घर पर ही हुई। इलाहाबाद के डी. ए. वी. हाईस्कूल में पहली बार चौथी कक्षा में नाम लिखाया गया। आठवीं कक्षा में थे तभी पिता का देहान्त हो गया। उसके बाद बहुत दारुण ग़रीबी में दिन बीते। प्रयाग में बसे मामा श्री अभयकृष्ण जौहरी के परिवार के साथ रहकर उच्च शिक्षा प्राप्त की। कायस्थ पाठशाला इण्टर कॉलेज से सन् 1942 में इण्टरमीडिएट पास किया। सन् बयालीस के आन्दोलन में भाग लिया और पढ़ाई एक बरस रुक गयी। सन् 1945 में इलाहाबाद विश्वविद्यालय से बी. ए. की डिग्री प्राप्त की और हिन्दी में सर्वाधिक अंक प्राप्त कर 'चिन्तामणि घोष मैडल' के हक़दार बने। सन् 1947 में वहीं से प्रथम श्रेणी में एम. ए. करने के बाद डॉ. धीरेन्द्र वर्मा के निर्देशन में सिद्ध साहित्य पर शोधप्रबन्ध लिखकर पी-एच. डी. की डिग्री प्राप्त की।

आजीविका :

छात्र-जीवन से ही ट्यूशनें कर आत्मनिर्भर होना पड़ा। एम. ए. की पढ़ाई का ख़र्च 'अभ्युदय' (सम्पादक : श्री पद्मकान्त मालवीय) में पार्ट टाइम काम करके निकाला। 1948 में 'संगम' (सम्पादक श्री इलाचन्द्र जोशी) में सहकारी सम्पादक नियुक्त हुए। दो वर्ष वहाँ काम करने के बाद हिन्दुस्तानी अकादमी में उपसचिव का कार्य किया। तदुपरान्त इलाहाबाद विश्वविद्यालय के हिन्दी विभाग में अध्यापक नियुक्त हुए। सन् 1960 तक वहाँ कार्य किया। प्रयाग विश्वविद्यालय में अध्यापन के दौरान हिन्दी कोश के सम्पादन में सहयोग दिया। 'निकष' पत्रिका निकाली तथा 'आलोचना' का सम्पादन। उसके बाद 'धर्मयुग' में प्रधान सम्पादक पद पर बम्बई आ गये। 'धर्मयुग' हिन्दी के सर्वश्रेष्ठ साप्ताहिक के रूप में स्थापित हुआ। 1987 में डॉ. भारती ने अवकाश ग्रहण किया। 1989 में हृदय रोग से गम्भीर रूप से बीमार हो गये। गहन चिकित्सा के बाद प्राण तो बच गये किन्तु स्वास्थ्य पूरी तरह कभी सुधरा नहीं और 4 सितम्बर 1997 को उनका देहावसान हो गया। नींद में ही मृत्यु ने वरण कर लिया।

यात्राएँ :

सन् 1961 में कॉमनवेल्थ रिलेशन्स कमेटी के आमन्त्रण पर प्रथम विदेश-यात्रा पर इंग्लैण्ड तथा यूरोप भ्रमण। पश्चिम जर्मन सरकार के आमन्त्रण पर 1964 में जर्मनी-यात्रा तथा 1966 में भारतीय दूतावास के निमन्त्रण पर इण्डोनेशिया तथा थाइलैण्ड की यात्राएँ कीं। सितम्बर 1971 में मुक्तिवाहिनी के साथ बांग्ला देश की गुप्त यात्रा की तथा क्रान्ति का पहला आँखों-देखा प्रामाणिक विवरण लिखा। भारत-पाक युद्ध 1971 के दौरान भारतीय स्थल-सेना के साथ वास्तविक युद्ध-स्थल पर निरन्तर उपस्थित रहकर युद्ध के वास्तविक मोर्चे के रोमांचक अनुभवों को लिपिबद्ध किया। इसके पहले ऐसा काम कभी किसी पत्रकार ने नहीं किया। भारतीय मूल की मारिशसीय जनता की समस्याओं का अध्ययन करने के लिए जून 1974 में मारिशस की यात्रा की। फिर ऐफ्रो एशियाई कॉन्फ्रेन्स में भाग लेने के लिए पुनः मारिशस गये। 1978 में चीन की 'सिनुआ संवाद समिति के आमन्त्रण पर भारत सरकार के डैलीगेशन के सदस्य के रूप में चीन की यात्रा पर गये। 1991 में परिवार के साथ अमेरिका-यात्रा पर गये। और अपने भारत देश के तो हर प्रान्त में बार-बार अनेक यात्राएँ कीं। यात्राएँ डॉ. भारती को बहुत सुख देती थीं।

अलंकरण तथा पुरस्कार :

1972 में पद्मश्री से अलंकृत हुए। 1997 से महाराष्ट्र राज्य हिन्दी साहित्य अकादमी ने हिन्दी की सर्वश्रेष्ठ रचना को उनकी स्मृति में प्रतिवर्ष 51,000 रु. का पुरस्कार देने की घोषणा की। पुरस्कार का नाम है—'धर्मवीर भारती महाराष्ट्र सारस्वत सम्मान'।

1999 में युवा कहानीकार उदय प्रकाश के निर्देशन में साहित्य अकादेमी दिल्ली के लिए डॉ. भारती पर डाक्यूमेण्ट्री फ़िल्म का निर्माण हुआ। अनेक पुरस्कारों में से कुछ इस प्रकार हैं—

1967 : संगीत नाटक अकादेमी के मनोनीत सदस्य;
1984 : हल्दी घाटी श्रेष्ठ पत्रकारिता पुरस्कार, महाराणा मेवाड़ फाउण्डेशन;
1985 : साहित्य अकादेमी रत्न सदस्यता-सम्मान;
1986 : संस्था सम्मान, उत्तर प्रदेश हिन्दी संस्थान;
1988 : सर्वश्रेष्ठ नाटककार पुरस्कार, संगीत नाटक अकादेमी दिल्ली;
1989 : डॉ. राजेन्द्रप्रसाद शिखर सम्मान, बिहार सरकार;
1989 : गणेश शंकर विद्यार्थी पुरस्कार, केन्द्रीय हिन्दी संस्थान, आगरा;
1989 : भारत भारती पुरस्कार, उत्तर प्रदेश हिन्दी संस्थान;
1990 : महाराष्ट्र गौरव, महाराष्ट्र सरकार;
1991 : साधना सम्मान, केडिया स्मृति न्यास;
1992 : महाराष्ट्राच्या सुपुत्रांचे अभिनन्दन सम्मान, वसन्त राव नाईक प्रतिष्ठान;
1994 : व्यास सम्मान, के. के. बिड़ला फ़ाउण्डेशन;
1996 : शासन सम्मान, उत्तर प्रदेश हिन्दी संस्थान;
1997 : उत्तर प्रदेश गौरव, अभियान सम्मान संस्थान।

प्रकाशन :

कहानी-संग्रह :

1. मुर्दों का गाँव — 1946
2. स्वर्ग और पृथ्वी — 1949
3. चाँद और टूटे हुए लोग — 1955
4. बन्द गली का आख़िरी मकान — 1969
5. साँस की कलम से — 2000

कविता-संग्रह :

6. ठण्डा लोहा — 1952
7. अन्धा युग — 1954
8. सात गीत-वर्ष — 1959
9. कनुप्रिया — 1959
10. सपना अभी भी — 1993
11. आद्यन्त — 1999
12. मेरी वाणी गैरिक वसना — 1999

उपन्यास :

13. गुनाहों का देवता — 1949

14. सूरज का सातवाँ घोड़ा 1952

15. ग्यारह सपनों का देश
(प्रारम्भ व समापन) 1960

निबन्ध :

16. ठेले पर हिमालय 1958

17. पश्यन्ती 1969

18. कहनी अनकहनी 1970

19. कुछ चेहरे कुछ चिन्तन 1995

20. शब्दिता 1997

रिपोर्ताज़

21. युद्ध-यात्रा 1972

22. मुक्त-क्षेत्रे : युद्ध-क्षेत्रे 1973

आलोचना :

23. प्रगतिवाद—एक समीक्षा 1949

24. मानव मूल्य और साहित्य 1960

एकांकी-संग्रह :

25. नदी प्यासी थी 1954

शोध-प्रबन्ध :

26. सिद्ध साहित्य 1968

अनुवाद :

27. ऑस्कर वाइल्ड की कहानियाँ 1946

28. देशान्तर (इक्कीस देशों की आधुनिक कविताएँ) 1960

यात्रा-विवरण :

29. यात्रा-चक्र 1994

पत्र-संकलन :

30. अक्षर अक्षर यज्ञ 1999

साक्षात्कार :

31. धर्मवीर भारती से साक्षात्कार 1999

ग्रन्थावली :

32. धर्मवीर भारती ग्रन्थावली 1998

□